2015
青年超新星
文學獎
作品集

目次

——入圍

評審總評

在燦爛星圖降臨前的問號

楊照

從表面上看，這次評審最特殊之處，在於七位評審之間嚴重缺乏共識。第一輪投票中得到最高票的，只有一篇四票，意即所有的三十九篇入圍決賽作品，只有這麼一篇得到超過半數評審認定排在前五名。就連得到三票的，竟然也只有兩篇。經過討論縮小投票範圍後，第二輪投票仍然只有一篇在全數七位評審的前五名單之內，甚至連最終得到第一名的作品，都只得到了六位評審的前五名認可。

七位評審的看法，嚴重分歧。但如果不看表面，多費些心力仔細閱讀評審會議記錄，得到的印象，可能會不太一樣。評審對於不同作品的排行高下很不一樣，這是事實；不過各位評審賴以評定作品好壞的基本標準，並沒有太多差異。換句話說，造成投票分歧的理由，別弄錯了，不是評審們看待小說的眼光很不一樣，而是能夠充分具備評審們認定好小說該有元素的作品，幾乎付諸闕如。評審們分歧的，是如何在條件都不充分的作品中排出好壞順序

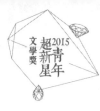

來。

這樣的評審很耗時間，而且說老實話，很累人，很沒成就感。從閱讀到會議討論，很少能夠興奮地觸及小說最核心、最高位的美學意義探討，必須一而再、再而三在小說初級道理間低空徘徊。

也就是說，這樣的競賽，當然出現了一些亮眼的「新星」，卻沒有眞正產生爆炸性、戲劇性的「超新星」，小說的天空上多了一些亮度，但並沒有讓人覺得要特別張口仰頭驚呼的衝動。

是因爲這一代最優秀、最亮眼的小說心靈，不會將創作重點放在校園的文學獎徵文上？還是「超新星」的新鮮「校園文學獎季後賽」規劃，需要多累積幾年成績，才能蔚爲風潮，鼓勵學校更認眞辦獎，刺激同學更認眞投入小說寫作？

還是因爲小說這件事，以虛構來深探自我與他人經驗與感情這件事，在年輕人生活中越來越缺乏吸引力？還是因爲對於小說所需要的技藝，在這個時代越來越找不到可供切磋磨練的場域？還是因爲關於小說應該擁有的高度突破性，不知爲何在新一代作者的筆下，失去了動力與勇氣？

作爲評審，我們能做到的，顯然只是在既有的星座圖上，加添幾點閃爍，無法高聲大呼：「看哪，那燦爛的爆炸！」作爲評審，我們不能無中生有製造出「超新星」來，我們只能在評審會議結束後，暗自嘀咕思索前面羅列的所有問號，同時衷心期待這個獎能夠持續累積，終有一天找到眞正足以改變天象景觀的「超新星」。

評審短評——首獎〈偉士牌少年大笑事件〉 蔡素芬

看似大學生活的漫遊，實則對未來理想的想望與期待，那未知的未來如海市蜃樓般，一下勾起希望，一下又幻滅無蹤。幸得在小說的最後，會發光的大樓在五毛眼前出現，代表未來並不完全沒希望。

小說的語言冷靜的進行一場幽默的日常生活詮釋，有時像一把冷箭刺中常規認識，有時調侃一下世俗觀念，凸顯大五生大波周邊友群的生活價值觀，反映這群青年的生活日常與思想。哀傷不矜，有一種自然承受的姿態，又試圖採取在百無聊賴中找出一點對應的態度，以突圍生活與情感的困境。

喜歡流行復古風、騎著偉士牌機車兜轉的主要人物大波，和同樣也騎偉士牌的詩社社長，是兩個身分對比的角色，一個爲世俗學歷觀和流逝的愛情在奮戰，一個已然人生勝利組。大波爲未來茫然，瞬間浮現又消失的發光大樓令其質疑又迷戀其存在性。最後在騎著腳踏車的友人五毛的眼前呈現，五毛對遠方大笑三聲，反映的是以大波、五毛這類坐困生活狹仄想突圍的人，未來並不完全沒希望，前面會有一個發光的所在，必須相信那光存在，值得往前一探。也是小說令人動容的所在。

評審短評——優等〈一支令人幸福的吹風機〉 楊澤

說眞的，我輩評審參與超新星文學獎充當星探，多少有份心理壓力在，年齡大都過了半百這層事實，令人難免持著戒愼之心。

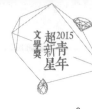

話說回來，雖有任務在身，閱讀於我基本上是一種開放性的體驗，一種放鬆甚至享受，鬆綁自己以接受新世界，探索新可能的美好過程。如果能因此發現一顆珍珠，一顆崛起中的新星，其樂何如？

〈一支令人幸福的吹風機〉正是這樣令人眼前爲之一亮的珍珠。乍看似篇尋常的親情散文，內裡卻暗潮洶湧。

穿紅色高跟鞋的媽。綁馬尾，圍蠶絲巾的媽。和姐妹淘聚會，回來不忘帶檸檬塔手工餅乾給女兒的媽。職場女性生活走都會風的媽。打扮摩登味十足，女人味也十足的媽。

自從母親正式與父親離婚，女兒（敘述者）其實有十多年未再見過母親了，但女兒一直清楚，母親有屬於自己的精采生活，「誰也留不住她，包括父親，包括她自己」。

母女同心，婚禮前夕想起母親也許是很正常的，但這樣一個個性鮮明，誰也留不住，走自己的路義無反顧的母親呢？怕是特別了些，也難怪女兒對媽的記憶會縈繞不去。

此作藉吹風機時而發出轟轟轟雜音聲，時而不會的詭譎現象，徐徐帶出，當年女兒對母親及母親背後成人世界的那份懵懵懂懂的情懷。文分九節，奇數節（1，3，5，7）寫現在，偶數節（2，4，6，8）寫過去，最後一節（9）寫夢又寫現實，藉重返（荒廢無人住的）舊家貫穿過去現在，點明：一支令人不安的吹風機其實也是一支令人安心、令人幸福的吹風機。

我在評審會上分析過，連結吹風機與非洲母獅幼獅的妙趣，此處不贅言。古典詩學喜言「斷連，遠近，虛實，輕重」的原則，作者不費力一一掌握到了，但此文最逗人深思的乃是，那些它藏得更深、選擇不明說的東西。

我的推測，推測就是了，作者可能對吉本芭娜娜小說有份熟悉：除了家庭傳奇與個體化的母題讓人聯想到吉本，最主要還是，那種刻意營造，既親密又疏離，欲迎還拒的生命情調及人際關係。文中呈現的女兒與母親關係是如此，女兒與男友或父親的關係又何嘗不如此？作者也許走得遠比我輩評審想像得遠。反覆讀此文，覺得其中另有層蹊蹺始終不明說，譬如母親與父親的失敗婚姻到底出了什麼錯？他們曾愛過彼此嗎？母親還是父親愛得較多呢？

但眞正重要的，也許不是「婚姻是什麼」，而是「婚姻對女人是什麼」。在這點上，作者的不明言可是毫不含糊的明言：一種屬於，如果你不認爲我誇大，當代女性的共識（「後獨立宣言」？）。

這樣一來，就像公獅子般，男人的重要性明顯降低。也就是說，男人的重要性不再那麼要緊，比不上，譬如，一支令人安心、令人幸福的吹風機。

評審短評——優等〈等死〉 駱以軍

〈等死〉似乎在一個刻意調暗光度、視覺窄仄的老人孤獨劇場裡，將一切，死亡將至然未眞正死的「生之殘餘」，用臭味、厭乏感、羞恥的記憶，連不道德的水波都不被激起的，快轉的老帳。這樣的老年書寫，或令讀者不快，但以對一位年輕創作者而言，這樣的觀看能力，將一個「慢慢的死去」的時間、空間，充滿粉塵感、光的偏暗知覺，或枯萎腐壞的腥臭味，形成一種「活」與「死」兩界面之間的，「多出來的狀態」。

這樣的雜異與對那些正在崩解的、進入死亡黑洞前的「活」的書寫意識，讓人期待作者將來是個充滿可能性的小說家。

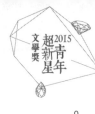

評審短評——優等〈迴轉〉 唐諾

在這批總稍嫌扁平、橫向流竄的年輕作品，顯得複雜、有層次、有垂直深入的專注和好奇，這來自於認眞的書寫態度。

但也許，認眞不僅僅是個態度而已，這極可能也是一種能力，一種我們逐漸消逝中的能力——你要持續想下去，也得要有東西可想才行，這些柴火般供你想下去的東西，則來自於書寫者對人、對周遭事物的情感和覺知，也來自於廣泛的閱讀和其間不知不覺的記憶和思索云云，這一切發生於書寫之先，好的書寫者有備而來。

小說書寫漫漫長路，你不會在三十五歲之前寫出你最好、最重要的作品，否則就太悲慘了，所以現階段，我以爲這來之不易的書寫態度比一篇作品的成果更珍貴——加油！

評審短評——優等〈平衡〉 宇文正

「這條路，比菸蒂還短，但強制要抽七秒以上……」
「這條路，本來坑坑洞洞一邊騎一邊跳……」
「這條路，本來鋪得很平，但不知爲何顚簸……」
「這條路，她很久沒騎了……」
「這條路已毋須計算秒數……」

以上，是小說五個段落裡每一段開場的第一個句子，點明主角騎車、在路上、努力維持著平衡。從盡力維持機車的平衡，象徵內心情感的顚簸，難以駕馭。平衡之必要，緣由於家的失衡，主角父母勉強維繫婚姻之名，然而父母之間的張力，時時籠罩屋簷下的她。但作者並未讓主角理所當然地落入灰敗的陰暗之中，不以傷害、心靈扭曲這類大量文學獎作品經常訴諸的煽情描寫來表現。主角冷眼觀察父母、尋找自己在父母之間的平衡感，從中逐漸理解了父親，甚而也能慢慢向母親靠近，反而讓人讀出健康的意志，這是本文作者處理父母疏離、家變題材令人耳目一新之處。

平衡之必要，也由於同志之愛。從模糊、困惑到逐漸清晰，主角走過許多同志在愛情、欲望啓蒙的過程中必經的道路，不但主角的內心世界在抗拒與順從之間拉扯，她戀慕的對象（Apple）亦然。愛情撲朔迷離，失而又得，大家都是「新手」上路，都在迷惘中跌跌撞撞，仆倒又拉起，她想大哭，Apple則放聲大笑，面對自己的性向、對愛情的期待，兩個女孩都無法平穩拿捏。寫同性愛情，作者也拋離了家庭社會壓力、外在眼光這類窠臼，直接訴諸本心。

〈平衡〉是一篇文字簡練，能在老題材中寫出新角度的清新之作，乍看沒有複雜的技巧，但家庭、愛情兩線交織，能夠流暢自然；每大段的開始，稍顯過於工整，卻也讓人感受到年輕作者上路試筆的小心翼翼。

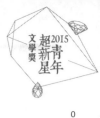

首獎

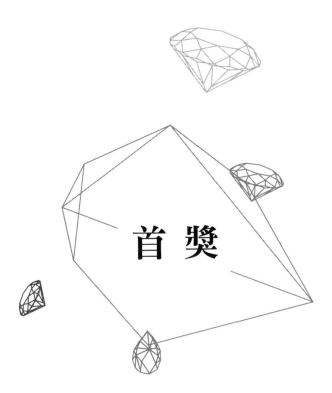

偉士牌少年大笑事件

李牧耘

大波騎機車繞學校三圈，被教官攔下。

他那所大學占地八公頃，跟一間高中校地差不多，所以沒晃幾下就轉回來，教官以為他是新生，需要長輩和藹的指點，結果走近一看，是大波，當下臉色驟變。教官問大波，上次校慶運動會缺席，何時來弄愛校服務，他答不上話。其實大波去年早該畢業了，會賴在學校的原因是延畢，原來他大四選修聖經文學，十分勤學，可是成績卻與及格擦肩而過，詢問助教才發現，課堂交代的主日禮拜，他一次也沒參加，最後受到耶穌的制裁，核心通識變成鹽柱風化了。大波對那教授連翻三天白眼，索性延畢一年。他念大學原本就只求社會觀感好看，因為親戚較勁學位就像太監爭奪「寶貝」，如此一來，既滿足他們的心理變態，也有更多時間讀自己喜歡的書。

他今天到校是下午，原本用過飯後打算騎車去附近補胎，不料卻被教官逮捕歸案。可是大波技高一籌，他趁教官去找另一位愛校服務的女學生時，瞞過值星主任的法眼，從軍訓室開溜了。大波騎車逃跑，教官跨上自行車在後面追，展開一前一後的追逐戰，然而自行車畢竟是靠人力的，支撐不久，只聽見身後教官飆的髒話，我操你媽的大波，聽著，下次讓我逮到有你好看。大波迎風大笑，直到靠近和平東路末段才找到停車位，由於輪胎漏氣的緣故，重心開始朝右偏移。他騎的偉士牌，車身漆白，上次出問題是在環河北路到台北橋快車道途中，害他緩速滑行好一段距離才停住，因為有過老經驗，這次漏氣並未造成交通意外。他把車牽到機車行，站在騎樓抽菸，老師傅探出頭，倒一杯茶水給他，問大波車齡多久？大波掐指一算，告訴他快四年了，性能依舊良好，載著前任主人奔馳不少里程，這車如今是梅開二度了。師傅笑稱，我沒聽過車子也有梅開二度的。大波於是問說：「你不認為嗎？」

「你有女朋友嗎？」師傅反問。

「現在沒有。」大波說。

「那剛好，無牽無掛的，出去玩可以騎遠一點。」

「遠一點是去哪？」

「你如果待過車友會就知道了，大家都會交換情報的，像是省道的『台十七線』，那條假裝自己跟海很熟的濱海公路，明明離海岸好遠好遠的，聽過嗎？全長兩百多公里，可以從台中騎到屏東，改天有機會一定要去看看。」師傅敲定價格，替他添了電子燃料，又說，現在流行你這款的復古風，年初有個年輕人騎車來修，也騎偉士牌，車身漆黃，戴的那頂帽子像飛行員的頭盔一樣，據說他是某間大學的詩社社長，身後載的那個姑娘，好漂亮啊。話題一轉到女人，師傅感嘆不已，說那青年有個好女伴，寫詩是應該的，美麗的女孩兒讓男人對世界充滿期待，那些對生活沒嚮往的人，通常不寫詩。大波因為不寫詩，只能微笑。

他試過車，確認無誤，決定前往仁愛醫院找一位叫五毛的朋友。他穿過復興南路，一條線上五六個路口都是綠燈，城市雲朵的狹長線條不斷往北流動。這路他太熟悉了，穿梭在車流逐漸變多的台北市區，很快就到醫院。醫院下午停診，大廳沒幾個人，掛號座的橘背塑膠椅呈川字排列，從遠處就能聞到老人體味，比鐵鏽味含蓄些，像是一罐氧化的茄汁鯖魚。

他坐在椅子上，看見五毛拉著滿載抽痰管的推車走過，朝他招呼。五毛是大波的高中學弟，父死母殘，半工半讀，月底往往喝水度日，畢業後很少聽聞他的消息，直到半年前大波他媽腹腔潰瘍，住院一個月，需要大波的人道關懷，兩人才在醫院重逢。大波那時正值期中考試，於病房看護他娘時徹夜苦讀，慘遭孔孟思想毆打，結果隔壁八十四歲榮民的孫子送來一盒大富翁「遊天朝」紙上遊戲，說老人隨蔣政府流亡至台灣，一直魂牽故土，可惜身體不宜遠行，今天帶大富翁給他解解鄉愁。

因為人數不足，大波便答應老榮民的邀請，但是轉身一看，他的孫子已經棄老人於不顧，逃往醫院中庭廣場，即便加上印尼籍的看護安妮，還是少一人。老人眼看不能玩大富翁，悲痛欲絕，此時，在醫院工作的五毛，剛好從樓下送尿布進來，不幸邂逅大波。四人玩過一局，老榮民買下半數的房，在「中國台北」各區都有置產，結算時，銀行依台灣都更德政，按市價三成的公道價徵收土地，老榮民氣得吹鬍子瞪眼睛，拔掉鼻胃管痛哭：「郝市長不要拆我房子啊！」一旁的安妮發現苗頭不對，連忙伸手按下求助鈴。護士們收到通知，分三批衝進來制伏老人，第一批拿約束帶將他雙手綁住，第二批聯絡護士長，第三批進不來的，則站在後方大喊「阿伯不要動」，他們見事情不妙，趁機走人。

從此大波便常來醫院找五毛。

他走進辦公室時，五毛正在看小說，毛姆的《月亮與六便士》，描述生活平順安穩的高更，某天突然拋妻棄女前往大溪地習畫，最後老死於異鄉的故事。大波認為這劇情太不道德，但是他無法指責，從客觀角度而言，男性對嚮往到達一個地步，確實會變得一點責任感也沒有。大波問五毛，今天換作你是高更會如何選擇？五毛不假思索便說，現實生活不是那樣的，高更逃得掉，是因為他只關心藝術，不曾考慮ＧＤＰ的問題，現實生活既不會放我走、也不會放你走。辦公桌前有座水族箱，水草上盛養著六七朵紅融融的金魚，有條魚沿邊喋喋吐泡，大波揮手驅趕，牠卻拉了條細長的屎。五毛見了，連忙制止大波甩魚。大波說：「不是故意的，你看，這隻魚對我拉屎。」

「讓牠拉吧，難道你沒有肛門？」

「你是不是心情不好？」大波問。

「我被甩了。」五毛說。

「你說什麼？」大波又問。

「我說，我上禮拜被甩了。」

「抱歉，難怪你看這種不道德的小說。」

「喂，你沒禮貌。」

「好啦，你下班我們去兜風。」

他們的對話持續一陣子，直到加護病房開放家屬探病，五毛便回到工作崗位，九點一過，醫院還原為死城，只剩遠方某個看護替老人拍痰的規律節奏。晚上藥局打烊，兩人從側門走路到停車場，一旁的路燈都壞了，只見管理員靠在光亮的收票窗口打盹，兩人經過時他才恍惚驚醒，繼續將冷掉的泡麵塞進嘴裡。大波扔給五毛安全帽，讓他跨上機車。這頂安全帽，從樣式到設計都是女用的，五毛花上一段時間才把頭塞進去，他說，戴你前任的帽子總感覺怪怪的。大波說，誰叫你窮到不肯花錢買安全帽。

催足了油門，偉士牌的尾燈棄停車場於不顧，路過兩棟百貨和一間小學，沿途再看見北科大，校園的操場上難得可以數出幾顆星星。風聲變得很響，五毛一直想說話，但說不清楚，兩人連續幾次互喊，卻沒有把車速放慢。而此刻，五毛在想他的女友，她胸前經常佩戴一條木工品項鍊，鍊條下懸掛一只紅眼的鹿頭，鹿角活生生地朝兩側弧形掙出。那條項鍊戴在她身上是好看的，只是鹿角太過寫實，當他們騎腳踏車出門覓食，她的項鍊往往捅得他脊椎側彎。從這裡他感悟出兩個層面的道理，一是，她代表他的理想，二是，那條項鍊構成了現實的殘酷，於是五毛有天問她，何時買的項鍊？她說：「某某前陣子送的。」

「某某不是學長嗎？」

「你不也是學長嗎？」她說。

「我跟他身分不同。」五毛說。

「你乖。」她說：「他只是護花使者，別多心。」

「護妳老母。」五毛說。

「別這樣。」

「那我不該生氣嗎？」

「冷靜點。」她湊近五毛的臉，親吻他的額頭，然後跨上後座說：「你知道嗎？護花使者是碰不到花的，我們快走吧，你騎腳踏車比誰都快。」五毛起初是不知道的，後來他知道了，分手第三天他去她公寓歸還鑰匙，才發現這三天內，已經有四個護花使者在排隊候補。她並沒有刻意隱瞞什麼，只是重要的事情，在沒有提起時通常不說。當他從追憶畫面回過神來，他們已經騎上台北橋，橋上機車不多，通行無阻，那幾分鐘的車程讓他們變成了公路電影。但是在台灣，公路的定義和美國不同，尤其台灣的公路又和產業道路聯繫，車程不可能好，不到幾小時就結束的路途，無法構成有意思的對話。

大波在國中以前搬過三次家，他望著車窗外逐漸退縮然後消失的景物，感覺自己正在被什麼看不見的東西拋棄，有時他會希望，自己才是那個壓縮的畫面，只有自己才能拋下自己。如果套用少年漫畫公式，大波每次搭上搬家公司的貨車離開，後頭肯定有個青梅竹馬的少女在追著車子道別，但問題是從來沒有，這讓他非常鬱悶，因為新的理想摧毀舊的理想，舊的鬱悶卻衍生新的鬱悶，問題永遠只是換作另一種形式存在罷了。他們繼續移動一段距離，車停在台北橋下，五毛從超商帶啤酒出來，指著永樂市場的方向，說他學校以前有活動，曾來這裡採買布料。大波問，你說你學校什麼活動？

「全校的體育表演。」五毛解釋。

「體育表演和運動會有什麼不同？」

「學校認為我們該動一動，把我們兜在一起，抖動給校長看。」原來五毛那間大學，每學年都搞一場表演，他班上有四十四人，其中四十個跑去表演，只剩他和三個人負責道具，那三個都是難以聯絡的人，聯絡上了也不濟事，他只好包下所有工作。然而，那場活動結束後，總召卻對他說，五毛同學，你太逞強了，做事要懂得分工嘛，他聽了差點中風。因為五毛不抽菸，大波談話時站得稍遠，兩人分別靠在路邊高架橋的梁柱下，偶爾有三四輛車經過，車燈一直在他們衣服上浮動，後來夜色更深了，這些都安靜下來，大波蹲下身把菸捻熄，走回五毛身旁，略顯猶豫地問他，有沒有聽說或見過「發光的」大樓？

「你是說會發光的大樓嗎？」五毛反問。

「這樣講好了，」大波說：「打個比方說，今天有一棟辦公大樓，它的日光燈全部開著，是全部喔，它從內部點亮，而不是建築物的牆壁在發光，可是深夜裡那邊不該有半個人住那的。你在四處都是漆黑的街道上遠遠看見，實際上它像是整棟建築都陷入光海一樣亮，有勾著金邊的光暈，卻不刺眼。」

「實際上？」

「對，眼睛看見後，透過神經元再傳送給大腦的那種實際上。」

「這是某部小說的內容嗎？」五毛搖頭。

「才不是小說好嗎，我認真的，你看我眼神多誠懇。」

「好了，你不用靠過來沒關係，我相信你。」

「老實說，」大波說：「這是我今天來找你的主目的。」

「那副目的呢？」

「明天陪我去永康街訪問一個女的。」

「不行，」五毛說：「我要工作奉養老母呢。」

「好吧，我覺得我們兩個要互相安慰一下。」

大波出生那年，據說有天夜裡滿室紅光，聖人出世都是這樣的，只差沒有祥雲和仙樂從陸海空三處飄來。他外公醒來看見這異象，激動地跟波媽宣布：「這小孩是星宿下凡啊！」結果兩人躡手躡腳走進客廳一看，發現是神桌上的電子紅燭忘記切電源，於是大波變回凡人。有一天大波突然發覺，自己是受到一本幼兒品德故事書的影響，因此變成了現在的大波，然而最為不幸的是，他忘記那本書的名字了。他因為一本書，對人的活著有了想法，但是他無法追溯自己如何被構築，也無法修正伴隨成長而來的錯誤。

這錯誤就像那棟他所不能理解的發光大樓一樣。

他頭一次目睹大樓的存在，是二十歲夏天，趁著大學即將開學的淡季，帶女友搭火車前往花蓮旅行。洗澡過後，他把鬍碴仔細刮了，走出浴室時，她正躺在床上看ＨＢＯ洋片。後來他們做愛，過程中把床弄歪，兩人邊嬉笑邊用毛巾替對方擦汗，完事時已過十二點，女友嚷嚷說她餓了，想吃消夜。既然飯店的客房服務早已結束，他們便走到街上，只見馬路對面有兩家賣鹽酥雞的攤子，遠遠亮著白燈，大波顧慮她不喜油炸而略過，再回頭時，老闆已經開始洗刷爐具了，將就之下，只能去超商買微波食品。回房間用過消夜，是凌晨兩點，女友卻發現化妝水用完了，於是他倆換上衣服，再次前往街角的超商。

大波知道一個女人即使只買化妝水，也比立院三審更審慎，所以他待在外頭的咖啡座歇著，歇上三個眼皮掙扎的時間，她仍沒有要結案的跡象，於是他起身打了呵欠，朝飯店的反方向散步過去。花東市區到了大半夜，和台北城的風景全然不同，街上已經沒有半個行人，路邊的電話亭傾倒著幾輛腳踏車，騎樓的陰影顯得十分厚重，像是用海綿局部吸收了其他地方的夜色。若能從一個適當的角度俯瞰過去，整座城市的窗格子都會是暗的。

那時他抬起頭，看見了「發光的」大樓。

大樓矗立於一群黑色建物中，像是光裡的梧桐，肉眼判斷約有二十層樓高。大波爬到郵筒上面，隔著很遠的幾條街看那棟建築，當他注視大樓的同時，感覺就像和站在屋頂上的「自己」對望，屋頂上的自己眼眶極深，瞳孔裡有寶藍色的星星。那棟大樓的光顯得蒼白，似乎有什麼訊息乘載於光譜中，大波想用指縫網住光源，和它來場促膝長談，然而他實在看呆了，終究毫無行動，他只想問為何深夜裡會有這樣奇怪的大樓呢？可是後來，有一隻小手輕放在他疲倦的背上。

「嗨，在看什麼呢？」女友說。

「嗨。」大波轉過頭。

「我以為你先回飯店了，等很久嗎？」

「不會，妳過來一下，看那個。」大波指著南方。

「那裡有什麼？」她湊近問。

「有棟大樓在發光。」

「哪裡？」

「咦？跑哪去了？」

「不見了嗎？」她瞧著大波。

「不對，剛才它肯定在那裡的。」大波說。

他在郵筒上待了十分鐘，她一直在那陪著，即使屏息注視，關於那棟大樓的一切，仍然失去了消息，可是大波又苦無證據，證明那個是花東平原上的海市蜃樓。於是女友伸出手把他從上頭扶下，攬著他說，明天早上還得上東華大學找朋友呢，回去睡吧，大波恍惚點頭，兩人跟隨黯淡的街燈回飯店。他躺在床上，回想入夜後看見的每一個細節，包括溫存的細節到光的細節，最後他閉上眼睛，一點一滴陷入睡眠的荒漠流沙中。那時他做過一場夢，有一個面貌模糊的身影，正站在流沙外圍看著他，遲遲沒有伸出援手。人影彷彿對他說了句話，但是他已然無法辨識語言的意義了，不久，他從現實的手到意識的手終於都被流沙吞沒。多年後，大波已經想不起女友身體的溫暖了，想不起乳房在手裡的溫度，但是他一直在尋找那天夜裡「發光的」大樓。他之所以騎車，就是為了要看見那個，可是每次告訴別人這件事，往往被嘲笑，只有五毛沒有。

多年來，他經歷過許多在沙漠中的睡眠。

大波醒來時，是送五毛回宿舍的隔天早晨，昨晚兩人喝過許多酒，但他清楚記得，自己確實將他送回宿舍，不是一旁的資源回收棚。早上十點，他到樓下超商買早餐，坐在窗台前默默咀嚼。他原以為今天該去學校點名，讓教室太冷清的教授增進自信，結果電台DJ提醒他，今天是充滿活力的週六早晨。他打算在中午過後，到公館的工作室找一位學攝影的朋友，李冬雷。自從被五毛婉拒後，大波只剩這個可靠的朋友，而且人是他介紹的。

他們預定下午三點半前往永康街，訪問一位女性，作為近期的創作素材。工作室是靠溫州街的出租公寓，由負責人和一群朋友布置，平常主要是社員睡覺跟看電影的地方。大波進門時，李冬雷正在調製藥水，桌上擺放四五個塑膠瓶，瓶身上的標籤都有些脫落了，他坐在桌前測量水溫，瞇細了雙眼。

李冬雷是位奇人，現役台大地質系的高材生，但是他謙虛，逢人只說搞地質的，不報校名，後來人們以訛傳訛，誤會他年紀輕輕就跑去當礦工。此人命名的由來大有學問，取自漢代〈上邪〉詩「冬雷震震夏雨雪」的典故，他阿爸替他起這個名字，就是要他冬雷震震，奪人所愛。原來李冬雷他媽，在他出生後跟別的男人跑了，他爸是粗工，極為悲憤，認為知識就是力量，也是泡妞的主要途徑，於是上圖書館自修國學，打算替當時還在學爬的兒子改一個有內涵的名字。然而事與願違，名字常是願望的一種寄託，他到二十歲的現在，還不曾交過半個女友，更別說是奪人所愛了。

李冬雷在學校從事風化現象研究，潛心於保護珍貴地質景觀的學問，他的國科會企劃可說是嘔心瀝血，論文以野柳女王頭為主，探討當風化運動的侵蝕加劇時，如何在不違逆善良風俗的情況下妨礙風化，指導教授們十分稱許，認為此子為妨礙風化開闢一條嶄新的道路。李冬雷常在碩士班的指導課程一同旁聽，跟隨教授前往不同山地採集風化標本，早出晚歸，他爸知道以後大為光火，認為他不思上進，成天出入「風化」場所，於是連賞他兩巴掌，從此他開始不務正業，學起攝影。豈知，李冬雷學有所長，踏入攝影領域後，短時間內竟也辦起聯展，但是相機耗材所費不貲，造成他時常沒飯吃。中國共產黨主席毛澤東曾說，革命不是請客吃飯，既然李冬雷沒錢吃飯，那就只能革命了，在他開始學習攝影後的一個月，陸續發生了兩起革命，一是金錢上的精神革命，二是他爸發動的家庭革命，最終他與他阿爸達成和諧的共識。大波在社團認識這位朋友，大為感慨，認為他爸一時不察，毀了一個地理學者和攝影師的光明前程。

時間拉回當下，大波提起昨晚跟五毛兜風的事，李冬雷則說，我昨晚夢見你了：「你載我到某座小鎮，把車停在一家雜貨店前。後來我走進一個光影極淡的巷子，穿過它時，看見四合院與池塘，池塘把我要走的路填滿，只能放棄前進，這時你帶了幾個裸體小孩回來，說車上的行李被偷了，讓我回去看看。」

「為什麼會有裸體的小孩啊？」大波很緊張。

「夢嘛，別太計較，這裡既沒有象徵，也沒有隱喻。」李冬雷說。

「繼續說。」大波掏出打火機，點著一枝菸。

「然後你說，你必須去等工作的消息，就先行離開了，我走到雜貨店前，看見背包被人翻動過，很著急地檢查一遍，看有沒有弄丟東西，結果我的皮包跟 Nikon F2 都沒事，只是所有底片都不見了，我跟歡歡去鶯歌發呆的作品，一直沒空弄，那裡還放著兩捲沒沖洗出來的小傢伙。」

「歡歡是誰？」

「我學妹。」李冬雷說。

「她是做什麼的？」大波問。

「作為我們稍後要訪問的對象。」

大波和李冬雷戴上安全帽，從公寓路口離開。由於時間還有餘裕，他們騎到忠孝新生附近把車停下，走去一旁的吉野家吃丼飯，提到待會要見面的歡歡，相談甚歡，只是兩個男人對看久了也沒有趣味，他們便張口扒飯。大波昨晚和五毛談到「發光的」大樓，但是他認為自己說得不夠細膩，或許造成了一些誤解，這跟交情深淺沒有關係，他只是沒辦法像李冬雷陳述夢境那樣，將所有見聞和盤托出，因為那景象雖然扎根於現實，卻又脫離於現實，他不知道能將這些情緒或恐懼告訴誰，更何況，那棟「發光的」大樓，肯定是花東平原上的海市蜃樓吧？他在海市蜃樓中看見自己，或者自己正在被一個幻覺看見，那會是反射他年輕時一切的煩躁不安、欲望和迷惘嗎？如果他告訴五毛，想必五毛會這麼問：「你覺得你一切的不安源自什麼地方？」

「對於未來的一片茫然。」

「你在想現實問題嗎？」

「我試著不去煩惱現實的事情。」

「那你幹嘛不跟你的幻想好好相處？」五毛說。

「為什麼？」大波再問。

「那棟奇特的大樓，說不定是一種願望啊。」

「可是後來我再也看不到它了。」

大波在能力上具有不錯的素養，儘管他個性散漫，花了五年還沒從大學畢業，讓認真思考出路的同學都以成功人士的角度規勸他，你對未來太沒有規劃啦，等你日後娶不到老婆、找不到工作就徒傷悲了等等，可是事實上，他一點也不想耗費半輩子的時間，在職場上玩升職遊戲，他只想找一個能跟他遠離都市的姑娘，在一個陌生的地方種種蘿蔔，養養小雞，開一間鄉村書店。某天有人告訴大波：「你太膚淺了，很多時候你的原則都讓人難以理解，不要成天關在自己的世界裡面。」大波點頭表示，好吧，你說的算。結果那人浪費整個下午，邀他加入某個直銷企業，他都有點搞不清楚這世界是他媽的怎麼回事了。

用過午餐，他們駛向捷運東門站，兩旁建築物沿一直線不甘心地把路讓開。大波在一條十字路口將車打住，等待交通警察指揮另一道車流通行，他無意間瞥見一台黃色的偉士牌機車，就停在他隔壁的隔壁。騎車的是一對年輕男女，頭上戴的安全帽像飛行員那種大鏡框與防風耳帶的頭盔，男的有張大眾臉，年紀在二十歲上下，至於女的就很不同了，女的極美，是那種巫術時代裡會被扔進河川治水的典型，而且她一個抵十個，若是從嘉陵江扔進去，長江流域整年都不用修築堤防，大禹只能三過家門都入，李冰父子的故事也不會流傳後代。

大波的想法是，好一對神仙眷侶，他猛然想起機車行師傅說過的話，原來那男的就是詩社社長。此時，紅燈轉綠，大波的白色偉士牌與黃色偉士牌分別開往兩個不同的方向。結果過了下個街區，李冬雷猛然抓住大波肩膀說，你看，剛才那個女生好正點啊，如果她是希臘神話的海倫，有幾座特洛伊城我都打下來了！大波回頭說：「你在想什麼啊，不要假裝堅強了，你看清楚，剛剛在前面載她的是個男人，她的特洛伊老早被打下來了，說不定攻進去時還木馬屠城，避孕措施做得很好呢！」說完他們就駛進了永康街。

他們跟歡歡約在一間原木風格的咖啡廳，此時店裡顧客不多，只有三人，老闆和一位穿著素色套裝的店員在外頭吸菸。到了約定時間，那位叫歡歡的女孩仍未出現，大波以為是手錶快了幾分鐘，於是問一旁的店員，女店員掏手機說，下午三點半。又過不久，老闆起身，推開大門去煮咖啡。兩人和店員繼續坐在外頭，可以聽見從門縫裡隱約傳來的音樂，那是台灣某樂團的新制古典，旋律裡有溫潤的木吉他和大小提琴做幫襯，鋼琴的樂音則讓整座空間沉澱下來。

旋律重複兩次，然後結束，女店員嘆口氣，表示這首曲子怎麼聽都不膩，李冬雷附和幾句，說他關注這樂團一段時間了。大波看手錶，又過了三分鐘左右，於是他起身告訴李冬雷，你學妹遲到了。李冬雷嚴肅地說，我差點忘記告訴你，其實她很早就來等我們了。大波走近窗戶的玻璃框，頻頻向內張望，可是有一隻手拍了拍他的肩膀，他轉身看，發現是那位女店員。

李冬雷於是拍腿笑說，她就是歡歡啦。

歡歡推開有點沉的木門，讓他們兩人進去。因為剛脫離冬季的緣故，空氣觸感還有些涼，她走進店裡，脫掉圍繞頸部的茶色圍巾，端上咖啡與兩盤胡蘿蔔蛋糕，說是請客的。歡歡老家住新竹，來台北學設計快兩年了，跟李冬雷是工作室的常客。她戴著一副咖啡色的圓框眼鏡，臉頰有雀斑，上頭安居的那雙眼睛，像是森林裡快活的小狐狸，但是她皮膚極白，彷彿從幼稚園便開始飲用防曬乳長大。大波將筆電和麥克風設置完畢，和李冬雷聊過幾句，其實這不是他們第一次訪問了，先前大波為了收集資料，已經有豐富的訪談經驗。

譬如說，今天的主題是百合戀情，或如詩人顧城說的那種，女孩與女孩的愛情是天上的花，或是暴烈如兩頭相戀的鹿，偶爾也用鹿角戳戳彼此，試探對方忍痛的程度。可是歡歡走過來問：「對了，你們怎麼會想訪問我，同性戀的題材不是被用到爛了？」

「放屁，」李冬雷說：「妳以為我把妳當異星人看嗎？」

「妳放心，」大波說：「我們他媽的根本不關心多元成家，在我眼裡，妳就是一般人，真正把這當一回事的人，是不會把它當一回事的，我知道大家都對性別認同膩了，所以只想聊妳的故事，我們不會選在哥白尼被燒死幾百年後，才告訴大家地球是繞著太陽轉嘛，然後李冬雷還會替妳拍照喔，他是高手。」

「好耶，我要換新的大頭貼。」歡歡舉起雙手歡呼。

歡歡和李冬雷，是大學入學那年認識的，兩人雖不同校，但有共同朋友，兩男五女去看新一代設計展。李冬雷印象最深刻的地方在於，那場展覽結束後，大家一同去了速食店，女同學的話題停駐在班上男性的品評，整體流程如：甲很高，乙很矮，所以乙出局，而另一位丙的長相又比甲英俊，所以丙再出線。此時一旁加入交通考量，譬如說，聯誼時能自備機車者佳，若是開父母贈送的跑車接送更好，跑車款式不拘，但以歐美車廠為主，至於那種能讓直升機直接降落在學校草坪的，過於炫富，其中一個女的提出這個，其他幾個女的聽了紛紛嗤之以鼻，表示不願跟這種闊少交往，然而大家都在心裡吶喊，交個屁，我只嫁給這種人。

歡歡被問到喜歡的類型時，她考慮很久才說，她欣賞那種主動的、有點大男人的、表演肩膀寬厚的男性，最好的結局是，她被那個人的某種特質吸引，然後他以那特質為舞台基礎，一輩子給她看。

結果兩年以後，那位欣賞大男人的歡歡，發現自己喜歡的其實是女性。她的愛人是一位年約三十歲的美麗女子，時常穿一身黑色棉質長T，最喜愛的小說家，是美國的 Paul Auster。她總是早上十點起床，凌晨三點睡覺，年輕時有過幾次男女參半的羅曼史，她在出發前往舊金山攻讀電影藝術學院的那個六月，和歡歡表達了心意。歡歡從前不曾談戀愛，卻帶上幾件簡單的衣物、幾本書、牙刷和小臉盆，搬去跟她住了兩個多月。在喝咖啡的空檔，大波把訪談稿讀過幾次，其中有非常有意思的問題，也有些問題摸不著頭緒。後來他看見一個很特別的，於是把它指出來，要大家先談：「妳們何時跑去華山園區約會啊？」

「濕漉漉的五月天。」歡歡說。

「歡歡，我們開始錄音了喔，剛才是測試所以沒關係，妳說妳想說的就好，隨性一點沒關係。」李冬雷彎下身替她撥鬢角並戴上麥克風，歡歡搔了搔鼻子，然後李冬雷又說：「繼續這個問題，約會的目的是什麼？」

「我們去聽她朋友辦的小型演唱會。」

「妳喜歡那場演唱會嗎？」大波問。

「我很少聽民歌搖滾的，」歡歡托著腮說：「剛開始我跟她待在會場裡，後來冷氣太強了，我就自己跑出來，可是你們知道嗎，那天晚上到九點以後，還有新人在酒廠拍婚紗照，有好多人走來走去的，所以我就到外頭的草地上等她，結果外面不知道為什麼超迷幻的，有好多寶藍色小燈都亮了，我超喜歡的，於是跑回去拉她出來看，她就順勢吻我了。」

「那些是街燈嗎？」

「不是。」她解釋：「那些大概是四月中以後的展品吧，我忘記那段時間華山有什麼活動了，總之我可以確定不是街燈，與其說那些是街燈，我覺得它們更像城市裡飄浮了許多顆藍色的小星球。」大波對這些裝置藝術十分讚嘆，請歡歡詳述那些光的色調與陰影層次，特別用紅筆標記下來。

李冬雷上完廁所，走到書櫃翻流行雜誌，此時咖啡廳的木門又被推開了，老闆走去領兩個人進來，他站定一看發現不得了，是剛才他們在路上瞥見的黃色偉士牌男女。男的留中分鬈髮，配粗框玳瑁眼鏡，容貌不需詳述，女的穿一件提花洋裝，容貌需要很多敘述，倘若跟超高畫質的她站在一起，什麼名模名媛都會變成點陣圖。李冬雷躡手躡腳走回桌位，激動地告訴大波：「海倫來了。」

「誰是海倫？」

「剛才路上那個女生。」李冬雷悄聲說。

「他們不是走岔路嗎？」大波說。

「那女的你別想了。」歡歡突然說。

「什麼意思？」李冬雷問。

「她的男人叫阿偉，跟我同校。」歡歡說：「他是電影系的當紅人物，不但受邀參加游牧影展，還是學生詩社社長，作品時常刊在雜誌上。他偶爾到學校接海倫不開車改騎腳踏車，人家都說那是浪漫，女生們注視他的那個景仰啊，就像貓遇見木天蓼一樣。」

「浪漫個屁，不就騎輛腳踏車嗎？」李冬雷面色凝重。

「你錯了。」大波說：「有錢人騎的那叫自行車，腳踏車是窮人騎的，你知道嗎，中國有一個回收業大亨，叫陳光標什麼的，不是來台灣進行慈善之旅？宣稱要救濟祖國苦難同胞，帶了幾千輛腳踏車過來，放在一個禮堂讓貧戶去取，他表示中國一個鄉的回收產額抵得上台灣行政首長貪汙幾年，回饋是應當的。這事太深刻了，害我日後騎腳踏車都以為自己在騎陳光標，心裡很有負擔。」

「白癡啊。」歡歡大笑。

「那歡歡以女生觀點怎樣看海倫？」李冬雷問。

「她跟著那個有品味的阿偉，沒有跟你是對的。」歡歡說：「你們這些男大生啊，成天酸女孩子拜金勢利，卻不知道人家那是珍惜愛情，她們受的教育，都讓她們盼望平靜的生活，只有先談錢說愛了，才能保障談情說愛的穩定。如果有一天利都聚到你這，換成她跟你跑，你勢不勢利？」

「我勢我勢。」李冬雷連忙點頭說。

「你好歹也堅持一下嘛。」

訪談過程拉回前頭，大波收拾稿子，提問她關於在咖啡廳打工的生活。他在抄錄筆記的同時，打開新的錄音檔讓歡歡說話，歡歡低頭表示：「其實呢，我是很嚴重的生活白癡，到了二十歲還不曾做過家事，後來在這裡待上半年，學會的第一件事就是洗碗喔。」

她的舌頭在上排齒縫間點了點，說：「咖啡廳嘛，除了咖啡跟蛋糕還會賣一些簡餐，譬如說我們擺盤，炸雞和沙拉有各自的盤子，不同盤子有不同意義，就像哈利波特的霍格華茲裡有四個學院一樣，把自己當成分類帽去記食物，我要對檸檬派說，你是雷文克勞的盤子，然後對凱薩沙拉說，你跟這個麵包站到葛來芬多的盤子去，結果還恍神放錯，拿起盤子卻發現，怎麼是赫夫帕夫？洗碗也很酷喔，洗碗是把那些杯杯盤盤匡啷一聲堆成一塊，用水將泡沫沖個乾淨，單純到一種不可思議的地步，我很享受這種愉快的、明亮的感覺。」

「平常洗碗的時段呢？」

「一般只有兩種，一個是客人很多，餐盤供應不夠，另一個就是供餐時間剛結束，不上菜了，那時步調就會變慢，可以到外頭抽根菸，放鬆心情。我發覺看水龍頭的水一直流進水槽很有趣，什麼都不用想，像是意識跟身體可以分割的，頭是金魚缸，手變成一台快樂的洗碗機。」

「羨慕洗碗機嗎？」大波又問。

「不羨慕。」歡歡說。

「那妳羨慕李冬雷嗎？」

「為什麼我要羨慕他？」

「因為妳看。」大波轉向左邊說：「他從剛才就沒有說話了，而他腦袋明顯轉向綽號叫海倫的女生那邊，所以我們可以判斷，他的手和腦子是分開的，手負責操作機器，但是腦袋專門在想，如何過去跟她搭訕，從他到現在都還沒把錄音關掉這點，就可以證明我的推論是正確的。」

「蠢斃了。」歡歡說。

訪談結束時剛過下午六點，他們三人告別，因為順路，李冬雷讓大波載歡歡回家。臨行前，李冬雷跟大波討了一根香菸，他抽著菸，站在入夜後的店門，思量著待會要如何找海倫說話。最後他鼓起勇氣，推門進去搭話，結果阿偉抬起頭，把手指擱在嘴唇前，要他輕聲，原來海倫這幾天適逢經期倦怠，已經枕著阿偉肩膀睡了。李冬雷覺得這一幕溫馨到讓人心痛，走出街上時抽了抽鼻子，也不知想起什麼，驀然痛哭起來，詛咒阿偉騎車回家時車子拋錨。

結果，大波載歡歡回家，半路上車子就拋錨了。

他牽著車沿途尋找機車行，兩人忘記週六傍晚車鋪大都歇息，走了許多冤枉路。歡歡因為不趕時間，便跟著大波一塊，直到他們終於看見營業的機車行，飢餓感差點要把胃袋鑿出洞來。師傅檢查後說，車子的發電飛輪出問題了，電盤裡頭夾雜碾碎的碳粉，只有在故障時才能發現。大波到外頭超商買了牛奶紅豆麵包，帶回來跟歡歡分享。他告訴歡歡，那是電盤的慢性病發作，換掉就行了。歡歡稱讚說，你看起來好有經驗喔。

「有經驗的不是我，是師傅，妳看，這位師傅沒有收學徒。」他說：「喜歡自己慢慢來的人，通常比較優秀，尤其老師傅在工作時都會投入感情，他一邊修車一邊跟它對話，所以我估計這個要五十分鐘。」

「你這樣講師傅，他很難為情的。」

「師傅年紀大了，我們站在外面說話，他聽不見。」大波說。

「我們還是換個地方吧。」歡歡提議。

「什麼地方？」大波問。

「遠一點的地方。」

三個半小時後，大波騎著那輛老舊的白色偉士牌，載歡歡出現在前往台十七線的清水市區。路途上，大波一直留意火車般從兩側疾駛而來的、起伏不定的建築，想要從中辨識關於發光大樓的跡象，可是沿著路肩的兩道，只有空蕩的漆黑色塊，以及偶然閃現於眼前的風力發電站，他遙望發電站的塔架與葉片，身後還載著一位可愛的女同性戀。台十七線的風景反覆不斷，無數的涵洞溝通快速道路，像是貪吃蛇遊戲那般，形成一種有稜角的漩渦。

雖說這條是濱海公路，但沿線卻離海極遠，唯一在改變的只剩路標數字，車燈破開的錐形是視線所及最大的範圍，他們在路上差點輾過一條蛇。他試著催快車速，然而繼續騎上幾十分鐘後，眼前所見的畫面仍然絲毫不變，歡歡有些害怕地伏在他身後，隱隱然就有一種無聲的語言，讓他感覺到一種悲哀，好像再如何努力，也逃不出這片黑暗。

他們最後決定停下車，將偉士牌停放到路肩，原本想找店面吃消夜的，只能姑且作罷。大波站在路肩抽了根菸，看見不遠處有個紅色郵筒，索性攀爬上去坐著，想一想台中離上次看見的那棟大樓有多遠。今年是他被大學教育耽擱的第五年了，往後的日子裡，該做些什麼好呢，乾脆拋家棄母去學畫算了？他已經不打算去尋找幻想了，他會長時間等待那個願望。他的讀書，原本就不為了工作，讀書是為了生活而非替學問服務的，他打心底不明白人們將跟他要求什麼。就像他也不會知道，在那樣的靜默之中，和幾年前不同的郵筒上，有雙柔軟程度相似的小手，正輕放在他疲倦的背上。

那天只是三月裡一個極平凡的春日。

人在台北的五毛，剛結完藥局的帳，他拉下鐵門，從醫院離開。這是五毛多年工讀生活中再平凡不過的一天，他騎上腳踏車，從東豐街駛離院區。等待紅綠燈時，他看見路口停放一輛大汽缸加長型黑色Lexus，有位中年男子挽著化濃妝的女高中生，從剛打烊的日本料理店蹣跚而出，上了轎車，穿過紅燈的馬路，揚長而去。五毛心想，波霸女高中生欸，真羨慕。

但是呢，他絕不能成為那種大人，他有許多理想和愛情，許多遠不可及的奢望，在他被社會銷磨得百無聊賴以前，絕不能變成那種中年人。他再抬頭時，望向醫院另一邊的馬路，從這條路延伸出去的辦公大樓與百貨都已經歇業了，可是在遠處的夜幕中，卻有那麼一棟大樓，燃亮得不可思議，彷彿連建材本身都在發光。五毛踩住踏板，停在馬路中央，他像是想起了什麼，朝遠方大笑三聲。

他決定去那海市蜃樓看看。

（中央大學「金筆獎」首獎作品）

得獎感言

這篇小說，是我二十歲春天的處女作，兩年前我曾拿它投稿台北文學獎，結果在決選的第二輪投票落榜了，為此我一直耿耿於懷。因為這是少作，我深知它有它必然的缺陷、空疏、鬆散，然而，多年後我再回頭看它，發現這篇小說除了很好笑，還有「某些東西」是現在的我再也寫不出來的，令人十分傷感。

對於少作能受評審肯定、讓它有個重新亮相的舞台，我很欣慰，很感激。

李牧耘

一九九一年盛夏生，台北人，現客居中央大學中文系，雖出任松林詩社首居副社長，但是不寫詩。除逃學、翹課、老氣橫秋、挖苦好學生外無不良嗜好。自二十歲冬天開始學寫小說迄今，產額仍少得可憐。

優等

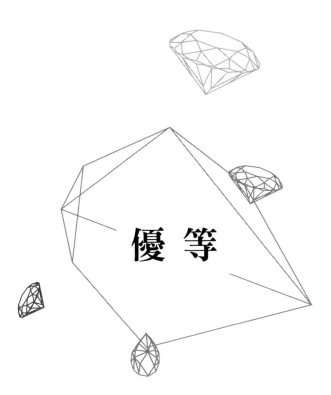

一支令人幸福的吹風機

張子慧

1

水聲停歇了，隱約傳來稀稀疏疏的摩挲聲，最後是一陣機器運轉的聲音，彷彿非洲大草原上母獅安撫幼獅時沉穩又緩慢的低吼。

在微冷的早晨聽著吹風機運轉，不斷重複著的低頻率雜訊，像空山幽谷中擺盪的回音，填滿在不大的室內空間。我再次翻了個身，把自己蜷曲到棉被裡，一直到令人舒服的聲音乍然停頓，尚在混沌的意識一下子變得清澈。

我有些詫異。

當男友將毛巾搭在肩膀，悠哉走出浴室時，我急忙掀開棉被，一腳已經踩上了室內拖鞋，從床上坐起身來劈頭就問：「吹風機沒問題嗎？」

男友感到莫名其妙：「好好的，能有什麼問題？」

「我是說，它還能發出轟轟轟的聲音嗎？」

「當然，就像往常一樣。」

「我昨晚洗完澡打開吹風機，明明把開關推到最大，也有熱風吹出來，但它一點聲音也沒有，就像被消音了一樣。」

「怎麼可能？我們買的又不是無聲吹風機，用這麼久了，也沒聽過它哪一次是靜音。」

男友想了想，回憶了昨晚的事說：「我昨晚回來進到臥室，看到妳頭髮還半濕，就在床上睡著了，想說是妳太累了，那時我把吹風機拿到房間來幫妳吹，吹風機完全沒問題，一樣吵得要死。」

「真不騙你嘛，我昨晚真的是完全沒聽見吹風機那轟轟轟的聲音。」

「妳會不會是電線插頭沒插好，所以吹風機接觸不良？」

我反駁了男友提出的歪理：「那樣的話，吹風機根本不會有風好不好！」

「會不會是最近太累了，所以感官有些遲鈍？」男友再接再厲回答我的問題，又像大人在測量小孩子有沒有發燒一樣，彎低身子把他的額頭貼近我的，裝作一副煞有其事的樣子閉上眼睛感覺溫度。

我被男友淘氣的舉動逗笑了，左閃右躲男友試圖再貼過來的額頭：「你這個樣子最好是量得出來啦，再說這跟感官遲鈍有什麼關係？我是真的、真的沒聽見吹風機轟轟轟的聲音。」

2

連接著臥房的陽台外，傳來吹風機運轉中轟轟轟的聲音，我欣喜的一下子站了起來，繪本從膝蓋上滑了下去，我踮著腳尖踩在板凳上，雙手攀著陽台的紅磚牆，朝臥房的方向張望。

母親總是很忙的，就算是假日，不能陪我玩也是沒辦法的事。有時會有客人來家裡，母親為了不讓我被不認識的陌生人嚇到，都會叮嚀我乖乖在陽台等她和客人談事情，不要隨便跑到客廳或臥房去。

每次只要有客人來家裡，那天母親的心情就會特別好，一邊哼著歌，一邊站在長鏡子前換好久的衣服，有時也會讓我幫她看看哪件洋裝比較漂亮，或幫我紮辮子。只要我聽話，母親就會很高興，母親還說等她忙完事了，晚上可以帶我去吃麥當勞。

母親每次來陽台找我前，都會先洗過澡，用髮夾綰起半乾的頭髮，身上有著沐浴乳的淡香，這時的母親總是特別溫柔，會笑著稱讚我好乖，摸摸我的頭問我餓了沒。

3

男友出門上班前擔心我身體不舒服，叮囑我難得的休假在家裡休息，我倒是很快就不把剛剛的事情放在心上，認真一想聽不見吹風機聲音什麼的，說不定真是自己多心多疑。男友出門後，倒頭就想繼續睡個回籠覺，一轉身，發現男友剛剛用的吹風機忘了收回去，放在一旁擺床頭燈的邊櫃上。

嘴裡叨念著男友的壞習慣，本想起身把吹風機放回原處，才一腳踏上室內拖鞋，冰冷的空氣讓人不禁意興闌珊的縮回被窩。

坐在床上呆了半晌，一想吹風機都在手邊了，何不再來試試昨晚被消音的吹風機是不是自己的錯覺。把吹風機糾結在一起的電線接上插座，推到最大的熱風。

室內一片寧靜，只有熱風徐徐吹來。

把吹風機關掉又重開，也把插頭拔下再插上，試了好幾次都一樣，熱風徐徐吹著，世界和吹風機一樣在轉動著，只有轟轟轟的雜音消失得無影無蹤。

難道真的是我太累了？

這陣子忙著置辦婚禮、新家，上星期好不容易才結束一個專案，每天加班到晚餐經常性忘記吃，導致我聽不見吹風機轟轟轟的聲音。或者其實只有我一個人聽不見，全世界都聽得見我手中的吹風機正在轟轟轟作響，甚至覺得它太吵了，只有我是一臉茫然。

惱了半天仍是無解，男友不在家，沒有第二者可以幫我證明，我手中的吹風機是不是靜音狀態，是不是每個人都跟我一樣聽不見。不過想了想，又覺得也許是吹風機用久了，難免遇上偶爾當機，發不出正常聲音的情況，決定利用難得的休假，出門去買一台全新的吹風機。

4

穿著洗完澡後換上的睡衣，我坐在床上翻著繪本，一下子揉揉眼皮，一下子打個呵欠，忽然外頭一陣開門的聲響，我跳起身往客廳跑去。

母親在玄關脫下紅色高跟鞋，我拿來居家的絨毛拖鞋讓母親換上，順便把家裡的大門反鎖，聽見母親喊我，我急忙應聲，母親停下腳步，解下脖子上的蠶絲巾，和外套一起吊上掛衣架，一邊動作一邊說：「有東西給妳，我放餐桌上了，看完了就早點去睡覺。」

餐桌上放著的牛皮紙袋裡，裝著一份檸檬塔和手工餅乾，想來母親今晚和朋友去咖啡廳用餐了。把紙袋放進冰箱裡，關上客廳的燈，走回臥房的時候，浴室裡傳來一陣潺潺的水聲，是母親正在洗澡。

5

電話響了起來，是父親打來的，提醒我婚禮的請帖差不多該寄出去了，我笑著說前天已經去郵局寄了，您老人家什麼都不用擔心，等著婚禮當天牽女兒的手就可以了。

講完電話，我洗了個澡，赤腳在踏墊上擦乾身子，把梳妝台上新買的吹風機包裝拆開，三段式開關推到最底，吹風機徐徐吹著。

但數分鐘後，室內依然一片寧靜，這次連熱風都不見了，接觸到髮梢的風涼涼的，讓人肩頭一縮。我粗魯的把吹風機的插頭拔下，胡亂捲一捲便扔在梳妝台上。

男友一進房間，看到我又是頂著半濕的頭髮躺在床上，哄著我在梳妝台前坐下。

「妳今天買了新的吹風機？」此時的吹風機似乎又變得乖巧，拿在男友手中，熱風徐徐吹著，也不斷傳出轟轟轟的雜音，我舒服得瞇上了雙眼。

「奇怪了，明明我剛剛打開吹風機時，它一點聲音也沒有，連熱風都消失了。」

「會不會是婚前憂鬱症發作？感覺不到熱風、聽不見聲音什麼的，一定是妳最近太累、太緊張了，才會一個人胡思亂想，聽說嚴重一點，還會突然產生想分手的念頭。」

「才不會想分手呢，我覺得現在的自己超級幸福的。」

身旁快要和我結婚的男友輕輕梳著我的頭髮，吹風機轟轟轟的雜音不斷迴盪，伴隨著熱風吹上我的脖子和臉頰，一切都令人覺得安心。

6

早晨我翻了個身，揉揉眼睛，身旁的溫度已經涼了，母親穿著套裝，端坐在梳妝台前，照著鏡子細細描繪著。

母親很漂亮，眉毛是荷塘裡彎彎的月兒，睫毛是夏夜裡撲流螢的小扇，底下的一雙鳳眼，像窗簷下的晨露水潤明媚，偶爾我會揪著我的塌鼻子，希望跟母親一樣如成熟的綠蔥管細長直挺。

當母親放下固定劉海的髮夾，打開吹風機，一手拿梳子順著髮絲緩緩吹捲著，轟轟轟的聲音就像早晨的鬧鐘，聽著聽著起床的精神就來了，母親梳好一束馬尾，便隨性收成一個鬆散的髮髻。

我總是賴在床上看著母親的一舉一動，直到母親都打理好了，我才慢慢起床換衣服。刷完牙洗好臉，悠悠的晃到客廳，正要到廚房烤片吐司當早餐，母親剛好也進來，把剛喝完咖啡的杯子放到洗碗槽。「我先出門了，早餐自己烤吐司來吃，冰箱裡面有果醬，吃完早點出門。」母親總是這麼說。

7

男友提到父親下午也給他打過電話，一樣是叮嚀婚禮籌備的事宜。下個月初，我就要和同居兩年、交往七年的男友結婚，結婚的年紀恰好是我大學剛畢業，暗自訂下以二十七歲為理想目標，一切都順利得彷彿在做夢。

籌備結婚時，雙方父母都多少給了一筆錢，加上自己的積蓄，婚前就已經買好一間自己的房子。未來，家裡的成員會變多，我們會有孩子，也許是男孩，也許是女孩，在學習成為一名溫柔賢淑的妻子之外，我也會盡心盡力扮演好母親的角色。

男友把吹風機的風速調到弱，用梳子把劉海輕輕捲起。就在我昏昏欲睡，身子晃到一個右傾的角度，額頭差點敲到桌緣，男友即時扶住我的肩膀，把手壓在我的髮頂上，笑著說：「我聽說，剛出生的小寶寶如果哭鬧不休，讓他聽聽吹風機的雜音，寶寶就會安靜下來，然後慢慢想睡覺，就像妳現在一樣呢。」

「……為什麼？」

「因為吹風機會發出單調又不停重複的低頻雜音，很像母體內羊水流動的聲音，讓寶寶有種回到母親肚子裡的錯覺，才會安心的睡著。」

「母親的肚子裡都是這麼吵的嗎？……雖然我是不覺得吵啦。」

半晌，男友關掉了吹風機，笑著說：「好啦，吹乾了，別再硬撐，快去睡吧。」

把男友催促到浴室後，我換上睡衣，坐在床上看書，說也奇怪，時間還不很晚，平常不會這麼愛睏的，但就是不知不覺想睡，偏冷的溫度最適合進入夢鄉。在我拋開書，把頭埋到枕頭裡的時候，聽到一陣轟轟轟的聲音，宛如近在耳邊，有著吹風機運轉的時刻讓人流連。

8

夜裡母親回來得很晚，我明天要早起上學，很多時候我已經寫完作業、洗好澡、熄了燈躺在床上一會兒或更久，大門處才傳來一陣開鎖的聲響。有時我已經睡過一回了，耳邊傳來一陣轟轟轟的聲音，伴隨著搔著臉頰、逗著髮絲的熱風。

臥房裡留著一盞小夜燈，我半瞇半睏的睡著，母親穿著蕾絲睡衣，坐在床邊的梳妝台前，用毛巾把頭髮稍稍擦乾後，對著鏡子靜靜吹著頭髮。

夜裡的母親解下馬尾，沒有梳著髮髻，一頭微鬈的烏黑長髮落在肩頭，母親一邊吹著頭髮，目光也一直聚焦在鏡子中央，好像是在凝視著鏡子裡的臉，又好像什麼也沒在看

橙黃色的燈光照在母親身上，有一種朦朧的姿態，好像快要消失般，令人看不真切。我雖然想一直看著母親，但深夜裡總是濃濃睡意來襲。

9

夢裡，我感覺自己蜷曲著四肢，被一股流動的液體包覆著，轟轟轟的聲音環繞著四周。在這裡，我是被保護的、是被需要的，我是與將我誕生在這世界的另一個生命相聯繫著的。

聽見啪搭一下關掉電燈的聲音，感覺有雙手把我蜷縮在床上的身子挪了挪，把滑落腰際的被子拉上我的胸口，理了理被我壓亂的頭髮，感覺到一股視線停留，卻無法分辨，這雙手究竟是母親的，還是男

友的？

一覺醒來，房間裡沒有男友，也沒有母親，只是想起了一些事。

趁休假最後一天出門，我走回了熟悉的夢境，兩旁翠綠的行道樹夾道而立，我在一棟公寓前駐足，朝著五樓陽台仰望，想確認是否還掛著那一盆經常被我忘記澆水的石蓮花。

好久沒有回家，我猶豫了一下，悄悄地拉開門，一瞬間，覺得自己彷彿是闖空門的小偷，在不屬於自己的領域裡，揣著少許愧疚感登堂入室。

應該保持白色的紗門上，不知何時累積了層層灰物，用手指輕輕一劃，指腹上出現一圈一圈的髒汙。早就斷了電，燈打不開，明明是白天，屋子裡灰濛濛的。赤腳踩在磁磚地板上，走過狹小的客廳。

我慢慢轉開把手，似乎不發出任何聲響，就不會打擾棲息在這裡的一切。

如往常一般。

房間裡沒有被翻箱倒櫃、結滿蜘蛛絲，也沒有煥然一新、富麗堂皇，一切都跟以前一樣，至少我覺得應該一樣。記憶中的景象已經模糊不堪，但與事實不至於有太嚴重的偏差。不過就是間幾年沒人管理的房子，能有什麼不一樣，我在心裡自語。

床頭的鬧鐘還擺著，只是不會再動了，長時間靜置在空氣不流通的地方，讓電池容易生鏽。拿出提包裡的手機一看，現在是下午四點五十分，不知道等會兒會不會有人回家，拿著跟我手中一模一樣的鑰匙打開大門，大聲喊著：「我回來了！」一邊把肩上的書包丟到地板，一邊找著母親出門前留言的紙條。

這樣的話，等等我要和她說什麼才好，不過在我表明身分之前，應該會先被質問，畢竟我是一名唐突闖入家中的不速之客，說不定她會害怕顫抖的望著我，扯著喉嚨驚惶失措的大叫：「媽媽呢？」

如果變成這樣，我就煩惱了，因為我也不知道母親在哪裡，自從母親正式與父親離婚後，我已經有十多年沒再見過母親了，母親擁有屬於她精采的生活，誰也留不住她，包括父親、包括我、包括這間房子。

我走到浴室，再自然不過的打開水龍頭，我笑了笑，我想在煩惱任何事情前，得先洗個澡，吹個頭髮，然後好好睡一覺，回到我的生活。

在微冷的室溫下，坐在梳妝台前，熱風轟轟轟地吹了出來，我又覺得睏了，有一支吹風機總是令人幸福的，讓人想起最單純的時候，想起在每天的早晨和深夜見到母親的日子。

這時如果有人剛剛放學回家，像平常一樣打開房門，孩子般開心的、大聲的嚷著：「我回來了！」她會看見，有個女人正趴臥在梳妝台上沉沉睡去，房間裡的吹風機還在轟轟轟作響，還在吹著熱風，就像非洲大草原上母獅安撫幼獅時發出沉穩又緩慢的低吼，就像母獅用下巴茶黃色的短毛磨蹭著剛出生的幼獅柔軟的身體，把幼獅圈圍在自己皮毛覆蓋的懷抱裡。

就像母親還在一樣。

（台北市立大學「學燈文學獎」首獎作品）

得獎感言

一直都覺得，吹風機的聲音令人幸福非常，常常想著，要是可以不耗電、不會電線走火，能悠悠聽著就好了呢。沒想到一個小小的心得，得以被拼湊成一篇故事，這實在是太不可思議了，只能由衷地說著謝謝。

《海賊王》波特卡斯．D．艾斯說：「對不起，我對活一千年沒有興趣，我只要今天能活著就好。」在吹風機一如既往轉動的時候，我還活著，和所有我最愛的，就能懷著最幸福的睏意。

張子慧

一九九五年生，新北市新店人，現就讀台北市立大學中國語文學系，關於經歷的部分，仍在書寫中。

大概就像宮崎駿《神隱少女》一樣，當千尋跑過紅色拱橋，跑出「那個世界」後的心情：「我不知道將去何方，但我已在路上。」

等死

黃聖鈞

阿茂伯名字有個茂字，所以大家叫他阿茂伯，電影《海角七號》裡也有一個阿茂伯，每當有人喊他阿茂伯心裡還是有一絲得意，在那麼一瞬間覺得自己是個明星。

過完七十歲的生日後，看盡了滾滾紅塵的阿茂伯變得越來越容易睡著，也越來越嗜睡。

每天，從起床的那一刻開始，他就一直在打呵欠，疲倦地坐在沙發上，眼皮沉重，不住地打瞌睡。等到家人叫他去吃飯，他就走到桌邊去吃飯。家人讓他去洗澡，他便一聲不吭地走到陽台，從晾衣架上幕布般密集的衣服裡挑出自己的沙灘褲和白汗衫。然後，他赤身裸體地坐在浴缸邊上，用破了洞的藍白條紋毛巾蘸上臉盆裡的熱水，往自己鬆鬆垮垮的皮上抹。即使年邁的他已經感覺遲鈍，滾燙的水還是能把他燙得齜牙咧嘴，大呼痛快。如果洗的時間久了，兒媳會敲敲衛生間的門，喊上一聲「爸」。要麼，就是受兒媳差遣而來的孫女隔著門大叫一聲：「阿公！」

「啊？」他也想大叫。

「你沒摔倒吧？」

「沒……」可每當他想大叫，總感到喘不過氣來。

洗完了澡，他坐回到沙發上，孫女則坐在對面的長沙發上側著腦袋看電視。她已經十七歲了，就在本地的職校上學，看電視的時候喜歡把腳蹺在茶几上，肥碩的雙腿永遠無法併攏。阿茂伯看著自己的孫女穿著比自己的褲衩還短的短褲，心裡不是很舒服。他覺得這種打扮更應該出現在那些做見不得人勾當的女人身上——要知道，那些女人為了錢，甚至願意和他這樣的老頭子睡覺。她們的字典裡已經沒有「未來」兩個字了，日復一日，她們只是站在巷子的路口張望，在路人的輕蔑和垂涎中等著身後的紅燈亮起。

儘管在心裡不太舒服，但和其他的老頑固不同，阿茂伯不會因此喋喋不休；他心胸頗為寬敞，在老伴去世三天的時候，他還給過一個萬華的流鶯兩千塊。更何況……老頭兒望著孫女，心想：這女孩一看就覺得沒出息，她多半也在做，或者就要去做這一行了，可就算做了，不知道有沒有客人肯點她。

於是，阿茂伯緊張兮兮地坐在空調底下，專心致志地思索這冷氣是否會讓自己受涼。他把舊羊毛毯往自己身上裹一圈，聚攏起體溫，用這生命的信號告訴身體的各個日益腐朽但還艱難運轉的零件：我還活著。當然，他也可以選擇回自己的臥室，並且不開空調。可只吹電風扇的話，在那狹窄的空間裡，他又感到喘不過氣來，感覺電風扇出來的風都是熱的。

不愛說話，這是阿茂伯總打瞌睡的主要原因——至少，孫女是這麼覺得。這有些想當然，可能是出於對老年人的歧視。畢竟，每當電視裡的選秀節目插播廣告時，音量總會忽然變大，這時候，老頭兒便會驚醒，然後抱怨上幾句；只不過，孫女的注意力也還是在跳動的螢幕上，一句話也聽不到。她癱在沙發上，沙發因她過重的身體深深凹下去，身上的脂肪像被水泡爛了的肥皂一樣，被擠壓變形，幾乎要從衣服裡流出來。她盯著電視機，時而皺眉，時而大笑，又會突然罵髒話，或是熱淚盈眶。那就像是菜市場裡被掏去所有內臟擺在案板任人挑選的雞，只不過裡面包裹著一支遙控器，接收著電視機傳來的信號。屋裡的空氣盛滿了奇怪的寂靜：老頭兒在打鼾；剩下的，便是電視機裡傳出的噪音，還有膨化食品在口腔中「咔嚓」作響——層層疊疊，構成聲音的背景，讓人覺得自己什麼都沒聽見，但是耳朵發脹，不至於聒噪，但卻讓人心煩。

社區外的公園廣場上，擠著相當數量的老頭子和老太太（其實他們大多數只有五、六十歲）。環繞著點點飛蛾的路燈下，他們排著鬆散卻不失整齊的隊伍，出於某種自發的秩序。領隊的是一個鬈髮的中等身材老女人，穿著運動服式樣的高中運動服，身邊是接著電源的可攜式音箱。夜空裡迴盪著吵鬧的音樂：歌詞漸漸模糊，聽不出在唱什麼，只剩下被刻意加強的節奏感傳播甚遠。甚至連路過的人都能感受到那種振動，和他們所呈現出的亢奮與健康，以至於阿茂伯的兒媳三番四次問他是否願意去那裡走走。而在他唯一去過的那次，看到那群人在舞蹈中表現出的整齊劃一，只帶給他深深的隔閡感，彷彿是在參觀異教徒的集體禱告——假若從未接觸過這種信仰，它就會讓人感到深深的恐懼。

面對這種場景，一向不喜歡抱怨的老頭子冒出了一個溫馨可人的想法：這種恐懼可能只是看不慣年輕人的表現而已。

占據另一邊的，則是些穿著輪滑鞋的年輕人。他們為自己設置障礙，從一頭滑向另一頭，塑膠輪子在地板上摩擦碾出粗暴的聲響。而偶爾停在原地的，往往是那些初次嘗試的女生。她們會尷尬地扭著腰，試圖用繃緊的臀部抵消不可挽回的失衡，直到在嬉笑中被其他孩子扶住，或是在更大聲的嬉笑中摔在水泥地上。阿茂伯只能像剩下的人一樣駐足觀望，因為他一轉身，就會發現自己正飄浮在一個孤立的世界。在那裡，他總感到喘不過氣來。

那次之後，日復一日，夜復一夜，他只是像現在這樣：坐在空調下的沙發上，裹著老舊褪色羊毛毯，利用瞌睡之間的空檔，稍稍活動一下腦子，想一些輕鬆平淡的事情，或者是可以輕描淡寫的事情。

比方說：阿茂伯臥室的床底下，除了打開的一箱，還有四整箱白酒，一箱有十二瓶，一瓶差不多有一斤多；而現在，他只在吃下酒菜的時候才會喝。有時候坐車去泡溫泉，找一個人互相搓背，回來的時候去小店裡買一份豬耳朵，一杯半白酒，一週一次，不多也不少。開啟的那一箱已經喝了三瓶，喝完之前，他不好意思再去買新的。他時常覺得自己死前都無法喝完這些酒，那也意味著，死前，他得一直喝它們。那麼，死後呢？兒子在家不喝酒，也看不上這檔次的白酒，阿茂伯堅信兒子一定會扔掉它們的，就像他堅信自己死後，兒子會把他拉到最近的火葬場燒掉，甚至可能會把他和別的老頭燒出來的灰搞混。想到了這些，阿茂伯喝得越來越慢，彷彿要省到死後去。而那些酒，因為包裝粗糙，不停地揮發著，搞得整間屋子都是酒氣，在房間裡就算不喝酒，待一會再出來都渾身酒氣。

這些白酒的牌子很奇怪，叫地球酒，商標是一個地球，中間圍繞著一道光芒。這酒無論在哪都很少能見到有賣——不奇怪，因為這酒廠是阿茂伯一個姓劉的戰友開的，這些酒也是他送的（他說這是高檔白酒，口味卻是比相同價位的真酒還要糟糕些）。老劉儀表堂堂，腰板挺直，轉業以後便去當了武術教練。老劉把白頭髮焗成一把油黑，換了個只有四十歲的老婆以後，又奇蹟般地生了一個今年差不多快十歲的兒子，就為這件事，老劉和前妻所生的大兒子都快氣瘋了：老劉的孫子今年都二十了，他卻和那老婊子生了個王八兒子出來瓜分遺產！幾年前，阿茂伯和這位戰友一塊吃飯，見到了那個老女人：喝醉了便把老劉晾在一邊，開始一邊哭哭啼啼一邊罵老劉沒良心。太尷尬了，他們不得不把話題轉向那個瘦得跟猴子般的小男孩：

「來，給伯伯打個拳看看！」

「呵，漂亮！」阿茂伯本想說的是「什麼東西」。

說起老劉那年輕老婆，比起她的飢渴難耐，她的醜更可能令人感到疑惑。不過，阿茂伯倒沒有太吃驚，畢竟自家的媳婦也不漂亮，但依然讓他感到過十足的快樂，老年人就是這麼懂得知足。五十多歲的時候，阿茂伯還和兒媳婦曖昧過；那時候，阿茂伯的老伴還沒死，還忙著猜忌兒媳婦和她所謂「表哥」之間的關係，卻不知道自己陰蝨是外面的女人傳給兒子，兒子傳給兒媳婦，兒媳婦又傳給自家的老頭，倒了這麼多手，這才從老頭那傳給她自己。她甚至還想過託醫院熟人檢查一下孫女的血，幸好被阿茂伯及時勸阻——阿茂伯說她瘋了，告訴她，無論結果如何，這種事說起來都很丟人現眼，正所謂家醜不可外揚。

這勸說想想很有道理：孫女都大了，兒媳婦也已經顯出老相，既不能怎麼樣，也不會怎麼樣。他迷迷糊糊地繼續回憶：兒媳婦剛生完孩子那會兒，她的乳房還很細緻有力，後來卻越發鬆軟，再也捧不住任何親吻和觸摸；如此這般，再親的「表哥」也會有背叛先前熱情的那天——這時間差本可給老頭兒帶來更多便利，可年過七十，他卻越來越容易睡著了

又一次睜開眼睛的時候，阿茂伯的身子如往常一樣顫了一下，彷彿剛要斜身倒下去。公園裡的音樂聲隱約傳來，一下一下地引著他再次入睡。老頭兒乾咳一聲提了提神，正在聚精會神滑手機的孫女被嚇了一跳，掙扎著坐起身，抬頭瞟了他一眼。看見爺爺正出神地看向掛鐘，這才側了下身，繼續滑手機，下意識地疊緊了雙腿。沒一會兒，又捧嬰兒般地捏著手機鑽進了臥間。留下電視機，對著空沙發和滿滿的垃圾簍，繼續做有關減肥機器或是潔齒口香糖的廣告。

阿茂伯想要回到自己的房間去擺弄自己從二手市場帶回來的古董，卻突然想起幾個月前已經賣掉了。那是一支青銅戈，年代看起來很久，外皮已經鏽得變了顏色。他經常在房間裡，帶著接受化療的耐心，用一塊破布反覆擦拭它，彷彿在擦祖先的牌位。隨著大把時間過去，他越發衰老；可自從大陸跑來台灣之後，那支戈卻未曾變化過。也許，在過去的三千年裡（如果它是真的），它也一直是這個樣子；也許，在它眼裡（無論它是否是真的），每一個擁有過它的人長得都一樣：上一個，這一個，或許還有下一個。

事實上，很多東西都長得越來越像：天天有退休男女跳舞的那個公園廣場（就是阿茂伯只去過一次的那個廣場）邊上，是一個由政府主持建起的新購物中心，「附帶」著一個新的居民區。那幾棟樓白而高，帶著灰綠色的尖頂，靠近看像是墳墓，從遠處看則像是黑白無常中無常鬼的尖帽。最初，那裡有一些居民。後來，就漸漸傳出那裡的房子建築品質極差的說法。再後來，那裡的每個保全都被發了一份圖譜，裡面貼著本地所有建築品質鑑定師的照片和姓名。一年後，因為保安誤傷了幾個長相模糊的住戶，那裡的房子徹底成了只能買不能住的墳地。儘管如此，它們的身價依然居高不下。然後，每個晚上，它們都只能整齊地站在遊動的燈光中，睜大黑洞洞的窗口，看著對面購物中心的大螢幕上長生不死的廣告。

這樣的房子會被搶購，原因想必是大家覺得政府會勒令本地的國中把分校區開到那裡。至於大家為什麼會這樣覺得，大抵是出於對政府的信任，或者是傻，就像老頭兒的兒子一樣；畢竟，這批房產有政府在其中投資——以上，是阿茂伯泡溫泉的時候聽說的。

於是，每當阿茂伯在喪葬用品小店看到紙做的房子時，都會想：兒子以後一定會買這個燒給自己的。他對此堅信不疑，因為他堅信兒子是個蠢貨。同時，他堅信自己若收到房子的話，一定會從黃泉之下把房子燒回給兒子的。

「燒錢給我就行了，這種東西鬼都不會要的。」如果他可以，他就會這麼告訴兒子。

阿茂伯覺得自己是個十分有主見的人，尤其是在他兒媳婦面前。他曾告訴兒媳婦那支戈的來歷：秦始皇的隊伍打到諒山，把這支戈留在了那裡，埋了上千年之後，被一個種地的農民挖到，而現在阿茂伯把這支戈帶回來了。這博物館配詞般的介紹聽上去實在是棒極了：首先，這意味著很值錢；其次，對於一個嫁給窩囊廢的女人來說，這塊破銅爛鐵的存在宛如巨大的補償——先是心靈上的，然後是肉體上的。總而言之，如果阿茂伯說的是真的，那就太好了，以至於她竟然相信了，而且押上了自己那反正也值不了幾個錢的肉體。

而現在，這件事再也無從追溯真假；因為阿茂伯以兩萬五的價格把它賣給了博物館的工作人員。當時，他們一拍即合。其中的理由很簡單：對於阿茂伯來說，如果是真的，他算是賤賣；但是，一方面，兩萬五說多不多說少不少；二來，再漂亮的空頭支票都需要兌現，哪怕沒能全部兌現。如果是假的呢？破銅爛鐵可賣不到這個價。對於博物館呢？真假與否並不重要，只要能引來報紙、電視台的採訪就可以了。有時候，阿茂伯也會懷疑，那些工作人員是不是騙子冒充的……不過，是又怎麼樣呢？對於騙子來說，真假也不重要，只要能激起更大更蠢的貪婪就可以了。

他想想不禁覺得好笑。

只有死者是無所不知的，阿茂伯在妻子死後只嫖過那麼一次。儘管被兒子狠狠地罵了一頓，他卻問心無愧。那廢銅換來的兩萬五，他只花了幾千，剩下的，都交給了兒媳婦。她拿到錢的時候開心極了，她也是摳門的人，除了孫女，誰也別想花到這筆錢，丈夫也不行。阿茂伯問心無愧，這正是他那摳門的老太婆唯一在乎的事。至於嫖娼不嫖娼，有沒有跟兒媳勾搭，她才不管呢。

中國不是有句老話，死者為大。相應地，生者不得不承擔起彼此的輕蔑和欺騙。聽起來確實不怎麼地道，不過反正他們遲早也會死，這樣就扯平了。這種死亡是那麼地可怕，卻又是那麼地美妙，那麼地誘人：它只有一次，而且有去無回；如果死而有憾，上天不會給予第二次機會。於是，他們活得急迫而義無反顧：他們工作或是犯罪，為求安穩，他們只結不會離的那種婚，他們生兒不育女，只是為了在生命的最後調整好走進墳墓的步伐。所以經常聽到老人們告誡沉迷酒色的年輕人：「哪天你老了，要怎麼辦？」

儘管一度也曾沉迷於酒和性，可這些最終都沒能阻擋阿茂伯——他還是成功了：他活到了七十歲，七十歲，一個老頭終於從害人的酒精和亂倫中清醒了過來，調整好了邁向死亡的步伐；可是，現在，死亡的大門究竟在哪裡？他彷彿看到了，他邁步前進，卻老是感覺跨不到那道門檻。

阿茂伯的寸頭在慘白的燈光下閃著光，從高處看像剝了殼的茶葉蛋。他依稀記得：老伴年輕時的屁股有一股西瓜瓜瓤的味道，兒媳婦的屁股有一股紅薯乾的味道……擁有這些味道的年月裡，他從未感到過無聊。就算超市裡買來的紅薯乾和西瓜的味道早已不復當初，他也沒有任何察覺。直到那次，當他對妓女的屁股無動於衷時，他才發現：自己身上的某些東西早就一去不復返了。

事到如今，阿茂伯只得把目光釘在對面的牆上。他越來越認不得掛鐘了——每一秒長得都一樣：前一秒，後一秒，這一秒，或許還有下一秒，秒針走過的聲音都一樣，滴答滴答，阿茂伯聽著，忽然覺得內心空洞無比。他已經如此無所事事，死亡卻遲遲不至。他如此無所事事，如同已經獲得了永生一般。這般空虛，眼前的一切都似是而非；他疲憊地閉上眼睛，躲進輕描淡寫的黑夜，隨時都會睡著。

用賣古董的錢買來的新電視機掛在另一面牆上。更平更大的螢幕上，更多的廣告在跟阿茂伯說話。他掩緊毛毯，捂不住半點睡意。另一邊，阿茂伯的孫女待在臥室裡，什麼聲音都沒有，他知道：她又在用手指操自己了。

老頭兒有些感慨。毛毯下，他把手伸進褲襠一摸，冰涼涼，軟趴趴的，跟假的一樣。

（世新大學「舍我文學獎」首獎作品）

得獎感言

首先我真的非常感謝各位評委，因為我自己從沒料到能入選優等，這只是一篇五千多字的小說，與很多參賽作者的篇幅相比真的很迷你。在幾十所高校的小說首獎能相中我，這對我來說是何等的榮幸。我創作這篇文章的動機很簡單，我成長於一個粵西北的小縣城，那裡的年輕人基本上都外出打工，在家裡的幾乎是老弱婦孺，我每次回老家看到這些獨居老年人的生活都有很大的感觸，他們寂寞久了，也很願意跟我分享他們的故事，我也做一名合格的傾聽者，而我傾聽到的不只是別人的故事，更是生命的真理，心裡百般感觸，只好動筆寫下來。這次的獲獎對我來說是極大的鼓舞，我也會繼續寫下去，在這裡再次感謝欣賞我、肯定我的評委們。

黃聖鈞

從小對文字就有一種敏銳，喜歡寫作，漫無目的的寫作，筆記本上到處都是雜七雜八不成章的句子或者段落，有時候會翻閱，看到這些碎片靈機一動，就把它串連起來，組成了一篇文章。

迴轉

王靖文

期中考結束迎來週末。

四人宿舍在累積整個禮拜的高壓沉默後，像氣墊被戳了一個洞似的，隨著室友一個個收拾行李離開，而緩慢塌陷下來。從窗簾的裂縫中竄出一道斜淌的光。南部山上的太陽在冬天總是湖邊鷺鷥的顏色，重重的白透出清新冷冽的氣味。

「每個人都有自己的生活了。」

最後考完的你走進宿舍甩下了書包時想著，使你肩頸痠痛的重量撞擊地板後震起滿地灰塵。

曾經一同進退的室友不知從何時開始，相約吃消夜的時間減少許多。常是半夜電動打到一半，肚子餓了轉身想喊，卻發現身後坐落幽暗的洞窟。他們去尋找山林間的花兒了。

你只有將音量開到最大，使戰友的髒話充斥整個房間，感覺自己身處於一場真正的戰役，音響傳來的呼嘯是你與外界僅存的聯繫。在這由幻想建構的沙漠布景中，你蜷曲身子，拿著對講機的手醃漬在悶濕的布料中，陰溝裡的你胸如鼓捶，屏息等待奮力一躍的時機，準備給予敵方重重一擊……

你站在空蕩的房間，無視塵埃像蟲群般困在無形的通道中流竄，眼中只映入那道南部陽光的白，彷彿要與它融為一體（白色讓你想到衣服。乾淨合身的白色T恤，在球場上飛揚，或晾在陽台，都能使人類的趨光性強烈起來）。

你很滿意自己傻傻盯著的模樣。

儘管看上去很孤獨。

●

他同你一樣縮在自己房間，室友回家的回家，拍拖的拍拖，你們只好過著普遍男大生的廢宅生活。睡個午覺起來已經四點了，隔著五道牆的你和他，一個吃起前天買的吐司，一個索性不吃。不約而同戳開電腦，開始組隊打起英雄聯盟。直到肚子發出咆哮，滑鼠快速點動的聲音已糊在一塊，才願意拔起黏在鍵盤上的手。拎著鑰匙、錢包和安全帽，走去敲他的房門，開啟覓食任務。

你們簡略的吃了家一百元小火鍋，有搭沒搭的閒扯。最近你家人又寄來了點心，聽說是很有名的半熟乳酪蛋糕，而他第一百五十三次抱怨起那些沒心沒肺的室友。

「他真的怎麼講都講不聽耶，死都不鎖門，明明知道考完試大家都可能直接跑了。要是我沒回來啊是要人隨便偷喔？」

你完全可以想像他室友在背起後背包準備出門前，望一眼他凌亂不堪的桌面，便將鑰匙塞回口袋直接走出門的樣子。

他就住在離宿舍四十分鐘車程的地方，卻很少回家。

「就是不想被管，才來住宿的。能不回去當然就不要回去啊！」

他這樣說。

「唉，不過他女朋友真的很正耶，這種人為什麼可以交得到女朋友啊？」

他喝了一口麥茶，瞅著你，若有所思。

「不過人太好大概也交不到，你的閨蜜一號奶這麼大你也不看。」

從閨蜜一號數到九號，對於那些與你關係甚好的異性朋友，他總是津津樂道，如數家珍。誰有一百七十公分五十公斤的魔鬼身材，是誰提著F奶卻有著洋娃娃一般的大眼睛，還有中分長髮的文青型女孩又打槍了哪個癡漢。

他從沒意識到這樣的行為就像銀行櫃員，以愛憐的語氣點算別人的鈔票。

八卦話題他早晚更新一次，卻都只是在身旁沒其他人時對你嘰哩呱啦說個沒完，一點行為表示都沒有，反而幫你想了一堆如何使關係有所進展的作戰計畫。

不過你自己也挺疑惑為什麼女生總愛繞著你身邊轉。明明你不是長得最好看的那個，不是最高的。身材偏瘦，看上去弱不禁風，你的異性緣卻不是普通的好。

「大概是你個性很溫吞吧，長得斯斯文文的那種，很老實，很能信任的感覺。」你問你閨蜜時她這麼說。「不像你那個朋友，感覺超花。交不到女朋友是因為會怕吧。」最後還不忘補刀一句。

早已習慣他的碎碎叨叨，採取的一貫態度就是當他不存在。

默默將碗裡剩餘的湯一口氣吞完，向後倒，手撫上微凸的肚子。

胃在冬天從不符合熱脹冷縮的道理，總需要碳水化合物才能使腦袋相信身體已有足夠熱量。你在腦中描繪出一碗凍圓，在台北你從未嘗過這樣好吃的點心。沁涼的深色糖漿裡，幾顆橙色的地瓜圓如鍍上了銀，仙草凍倚著抹茶凍悄悄墊在碗底，像塊青草旁的墨硯……

他戴好安全帽，等你跨上車後突然轉頭。

安全帽帽沿下，一道視線穿透兩層護目鏡直射向你卻依舊清晰。那是你再熟悉不過的——看似徵求卻從沒打算接受異議的眼神。

「喂，我們去逛花園吧。」

你套上安全帽，默認一直是你們之間最大的默契。

●

你在後座直盯著他白色的全罩式安全帽，上頭被貼上一張畫著紅色圓圈中一橫白線的貼紙。

他當時人躺在醫院，等著膝蓋的傷口拆線。你將這頂安全帽重重放上床旁的小桌，刻意發出聲響，瞪著他傻笑的臉。那段時間你暴躁地讓人無法恭維，原本好脾氣的形象毀於一旦。每個人都看出你是在自責，自責那天央求他替你買消夜。你的顏面肌肉僵硬如一粒咀嚼近疲乏的口香糖，還有其他事像蛀蟲鑽進你的腦海，黏在神經上，連呼吸都會痛。

你沒和人說過，連他也沒提。

他繼續傻笑，酒窩深陷，嘴向兩側咧開，和眼睛形成不同角度倒置的新月形狀。眉毛海苔般黑像秤台平行於他肥大的臥蠶。一碗凍圓翻倒的景象在你腦海瞬間閃過。那個當下你不在現場，畫面卻如播放電影般鮮明。每想起一次，那些細節便浮現得更徹底。

一碗凍圓以時速數十公里的速度飛出去撞擊上那台貨櫃車廂。塑膠碗爆炸，配料四處飛散，抹茶凍和仙草在地板上碎成一攤。甜湯以機關槍發射之姿掃過，路人的衣服上多出一排褐色彈孔，在五顏六色的招牌下發光。而時間差不多了，接下來的畫面在內心保護機制作用下強迫中斷，時間在此刻停格後開始倒帶。潑出的水漬縮回黏合如初的塑膠碗內。地瓜圓從較遠的地方滑行來，在地板上黑色綠色的爛泥又恢復彈性，飛回袋中的碗……

你突然想起什麼，從包包中拿出那張貼紙拍上，說這是你送他安全帽的附加條件。

「欸你當我白癡喔！這是禁止進入的標語，又不是什麼危險小心慢騎。」

「靠！啊就那時候別人在發我就拿了，就只有這種的啦！小心我買什麼未滿十八。」

「如果我開太快可以抱我，不要抓後面。抓後面很危險。」

你回過神來，手放開了後面的抓把。

這不是他第一次提醒你，從台北過來的都市男孩，不會騎也不常給人載，半年了，仍無法習慣機車的震動。然而你反而往後坐了，雙手擺放在兩腿之間，屁股退到完全沒有接觸的地方。小心安置好就開始四處張望。路程已進入快速道路，車速飆到八十，你的臉頰和耳朵早被冷風拍打到沒知覺。

兩側被綠樹環抱，接下來幾十公里都會是相同的風景。

於是你抬頭看天。

此時的你坐著兩輪車在路上奔馳，抬頭一望，覺得天空是一個被樹葉圍成的小圓潭，浮在你們上空，彷彿當藍色到達一定的量後，就會傾盆洩下整池的潭水，將你們打濕。

翻轉。

「弟，你聽著。別跟人說，我只告訴你。如果我和他的事被發現的話，我會立刻和他逃去南部。我們已經在那裡看好要租的房子。」

「可是你們真的覺得跑到那裡好嗎？」

「嗯，會不一樣。」

「你確定？」

「不是都說換個環境才能改變的機會？我們可以慢慢說服。會變好啦！一定。相信哥。我會扭轉我的命運，哈哈哈！」

車速飆到了一百，行過龍崎，景觀在眼前豁然開朗。車子仍被道路包夾，陷在直線和曲線的溝中，但沒了那些高樹，天空便在瞬間擴散開來，從一小片被樹梢塑形成的池子變成一個大碗，穩穩罩在你們頭上。

你不能說它是空的，頭頂上永遠不會是空的。

儘管每個人都只是在裡頭亂竄的螞蟻。

像國小時你打翻一瓶飲料，四處噴濺而某一角被抹布遺落，不知過了多久出現一群工蟻，牠們密集撲覆描繪出糖漬形狀。恐懼像螞蟻在喉嚨般騷動，而你清楚被壓扁的昆蟲只會使人更加反胃，只好用鐵碗蓋住。

很久以後你才知道，如果沒有人拿開碗，牠們終將成為以糖黏著的屍堆。無法沿著碗的邊緣爬上，爬上了亦沒能得到什麼。

碗裡裝著有限的空氣，你唯有這樣想才能解釋所有生物為何都擁有死亡。

其實整個世界、所有人類，不過就是在這個巨大的碗裡不斷的繞圈。

「唉，可憐的孩子……我早就說過了，如果有了這樣的習氣，會有淫邪果報——」

「別這樣說……不會的……我兒子，他不是……」

「已經有很多紀錄可以參考，太太。前些日子我就跟妳說過，要小心他的交友狀況。雖然現在說也沒用了，他的邪氣已經累積到這種程度，變質了……靈魂……」

「夠了，別再說了，求求你……」

「業障因果，不過現在沒事了。他還清了這一世的苦報了，在下一世他或許就能回歸清白。」

太陽早已下山了，你沒能見著月亮，卻感覺天亮著，在遠方暗暗透著光，簡直亮得像白天，只不過顏料配深了點，彷彿太陽也正在天際徘徊，隨時都會跳出來。

而雲將自己一朵朵捲揉在一起，像極了和哥哥小時候常吃的棉花糖。不知是湊巧還是刻意，繞著碗緣圍了一圈，於是能見的藍色只剩一小塊。有些部分黏乎乎的，像好幾團白棉花一層層疊起，緊密糾纏，只好放棄分離，就這樣任風吹殘，或許可以稍稍移動些。剩尾端有時牽些藕斷絲連。有些地方又薄得像隨地一扔的紗布，被風吹到這又吹到那，有時攤散有時蜷曲。

星星亦不多，就綴在白白綿綿軟軟的雲中間，分開點爍著藍、紅、黃、白色，光芒微弱。遠遠不及偶爾上高架橋時，朝右手邊看去，底下那些積成一小堆破碎寶石發出的刺眼七彩。

其實你不常見到這麼大的天空，在台北根本不會意識到你們是被碗公罩住的螞蟻。高樓大廈就像剛離開學校經過的兩排樹，天空在建築物的切割下分崩離析，比樹還慘。樹只是將它變消瘦，至少留了一整條隙縫讓你窺探。

說到雲，你一直很喜歡雲。在所有造物主的恩賜裡，你最喜歡雲。你從小就愛抬頭看天，看雲的形狀，它們的凝固、變化。

你喜歡和哥哥指著這個雲說這好像一隻可達鴨，而他會說旁邊那朵就像冰淇淋。左邊有一隻長頸龍，頭頂上是展翅大頭鳥飛過，且很快就和牠的翅膀分離，變成了一隻烏龜。你問過爸爸，他說他喜歡海；你問你媽，她說她都愛，如果硬要選一個，大概是草吧。你問哥哥，他說他喜歡水，因為水可以變形，不只是形狀，還有型態。它們可以進入到任何人類無法想像的地方，例如空氣。而且水能感覺到情緒，當你對水說好聽的話、唱歌或是大罵髒話，水便會呈現完全不一樣的結晶形狀。當你的情緒波動的是愉快的、正面的，它的結晶就會完整而堅毅，但當你對它咒罵，它竟擺出破碎的姿態。

你覺得水真不錯，接著你很快的聯想到，雲就是水做的，不過是它的其中一種狀態，像在天空中二十四小時播放《超級變變變》（你和哥哥在童年週末常窩在家看的日本綜藝節目，每一組別用道具和人體呈現出一段動態畫面，評審按燈決定是否過關），承載你波濤洶湧的想像力。

利用自然的水循環，在高雄看見一潭池水，很有可能是你在台北看見的雲下凡。

雲可以擴散，又聚合。因為水無所不在，就算分開，那也不是絕對的分開，只要相觸，便能再次融合。

這簡直是你這一生最大的憧憬啊！

沒有分離的世界，就算有，也終將在某一處重逢。

而人的靈魂和肉體是緊緊相繫在一起，一方痛，另一方必定會感受到疼痛。一方碎，另一方也跟著崩塌潰堤。

第一次認知到這件事，大約是你國中的時候。

你哥哥剛滿十八歲就考取了駕照，不顧家人反對，用自己打工賺來的錢買了一台機車。你爸爸百思不解為何要如此迫切，等他考取汽車駕照，直接買一台車就是了。汽車是鐵包人，機車是人包鐵。家境小康，竟不惜自己花錢也要一上大學就有一台代步工具。但哥哥就是這樣的人，他連家人也不想有一點虧欠。不像你，至今仍花家裡的錢出國，補習日文，暫時不去想以後。

不過只有你知道，哥哥會急著要車的原因，其實是為了載一個人。

哥哥載著那個男孩逃走了，向家人公布兩人的關係後，正如你哥預料的，家中如同發生一場核爆，你哥在家走動，碰到任何東西都會粉碎。

「你怎麼可以做出這種事！我兒子怎麼會變成……變成那種東西？」

「哪種東西？你說哪種東西？」

正如你哥先前告訴你的，兩人騎著車逃到很遠很遠的地方去了。

在你哥離家出走後，你們家打了一百通的電話一整天終於等到回撥。到了電話中的地點，你看見哥哥的機車倒在馬路邊，每個禮拜細心擦拭的白色機身上布滿刮痕，深淺不一。

哥看見這些刮痕該有多心痛啊，當時你麻木的想。

更遑論有人將紅色油漆潑在它身上，不曉得擦不擦得乾淨。

你知道把你哥帶走的人，不是什麼醉漢，從來都不是。

他們只是逃到很遠很遠的地方。

差不多過了三十分鐘，他說快要到台南市區了。

你其實早就注意到。

你們已經脫離了有方向標語、地上有黃線的公路。現在兩側是一些灰色破舊的小屋，除了路口與路口的分離，一間間像是畏寒似的緊緊貼在一塊兒。

開始需要等紅綠燈，你看見了 7-ELEVEn 和檳榔攤。

騎車速度慢了下來。

你們來到十字路口。如果將所有車子清除，大概有你高中操場那麼大。

台北沒有這麼寬敞的路。

你們騎進了待轉區，看見前方的路被高掛的閃爍招牌包夾。路人出現了。熟悉的味道從很遙遠的地方傳來，耳邊隨即響起車廂關門前的尖銳警鈴。捷運轟隆轟隆駛過站。電梯攀爬而上，在所有半張臉沒入手機螢幕的身影裡，你很快認出你哥。站外距十幾哩遠，雞蛋糕香氣逼人，小包三十五、大包五十的爭嚷。買不到五分鐘，開始尋找行道樹旁的垃圾桶。紅線上的車窗探出一隻黃金獵犬，脖子上圍著領巾吐著舌。商店商店商店，新東陽麥當勞五十嵐墊腳石星巴克 NET 與人。

台北相較之下或許缺了點人情味，但從不缺乏人的氣息。

在哥哥還沒有機車的時候，捷運站是你們最常行經的地點。紅線藍線橘線棕線黃線，每一個出口你們都背得滾瓜爛熟，年幼而熱愛幻想的你，腦子常會冒出一個畫面——捷運公司和觀光局領你們上台頒發獎狀。台下歡聲雷動，一張張興奮的臉對應你們驕傲揚起的面孔，太陽在你們的頭頂罩上一襲電熱毯似的，每一種笑容牽動都使你暈眩。市長上台，麥克風的回聲懸盪在台北上空，一棟棟高聳的灰色的嶄新高樓在四周，群山似圍繞。更遠處綠色若有若無，白色圓頂覆上鋼骨。最勤於搭乘大眾運輸交通工具將台北走透透的人，非你們兄弟兩人莫屬了……

目的地已近，他的速度突然變緩，油門遲疑著。他說應該要下剛剛經過的那個隧道。左右張望了一下，尋找掉頭的地方。最後往前衝，在前面的路口轉彎。要下隧道時他突然笑了，你問他怎麼，他笑著說前面那個人剛剛也忘了在這裡下。

你們跟在他後頭進了隧道，燈打在圓弧的牆上，像極了流轉的水紋。你莫名想起了小時候和家人去台東，看見的那個「奇觀」。

台東的都蘭鄉有一個正在對抗牛頓的地心引力說的景觀。那裡有一條細小蜿蜒貼著山壁的渠溝，會在你我腳邊緩緩流著。神奇的是，它是由下往高處流。

這當然不是什麼真的可以對抗地心引力或神祕點之類的地方。事實是，溝旁的道路是條下坡路，但是水溝其實是坡度很小的上坡，因為道路位置較高，不易察覺那些小坡度，於是當人連著道路一塊看時，便真像是水從低處往上流一樣。

哥哥興致勃勃地為你描述。他以前就來過這裡。

但當你親眼看見時，立刻把原理拋得一乾二淨，不由自主的發出讚嘆。

就像人們在施展魔術時，你知道這是運用障眼法、是利用袖子藏住你挑出的那張牌、是透過其他人配合或極快的手速，你仍會將之拋諸腦後，放任自己享受那些魔幻的美好時刻。

你想著那條蜿蜒小水流，想著當時帶給你的震撼。就算是個再簡單不過的道理，你得到的快樂也不會因為有背後的原理支持而感到幻滅。

這也是人類之所以能活得那麼長的原因吧，當你張開眼睛，腦子會幫忙過濾掉你不需要的東西。

當時年幼如你認為，水真的可以逆向而行。

到花園了，寬闊的停車場停滿了車，沒有空位。一台要走，另一台在後頭虎視眈眈。

你們看中的位子較小，他有些艱難的將車擠了進去。

脫下自己的白色安全帽硬是塞進快滿出來的置物廂裡，順手把你的接過掛在手把上。

他總是把你送的安全帽放在置物廂。

你沉默的看著他習以為常的臉，直到他看向你，皺起眉頭，伸手重重巴了一下你的後腦勺。「發什麼呆啊！快走，我要餓死了。」

你不甘心的小聲反駁了一句：「不是剛吃完飯，你是豬喔。」

你們鑽進了翻湧的人潮，從離出口最近的一排逛起，邊走邊尋找那些網路上或同學推薦過的攤位。

你們經過陳記麻辣鴨血，兩人坐下點了一碗。

你剛聽他說餓，就慢吞吞的吃了幾口。他卻是大方的吃了四五塊鴨血後，喝了些湯，就將碗推給你，滑起手機。扔了句：把剩下的吃完。

「你不是很餓嗎？」

「等一下才有肚子買其他的啊，這裡是花園耶，又不缺吃的。」

你看他態度堅決，也就默默把半碗給吞了。

他說他渴，儘管陪著他去買了冬瓜茶，但你惦記著在推薦名單上的印度拉茶。你遲疑，最後還是看著他買了一杯。你說你想喝別的。

在吃完蚵仔煎之後，你們在買炸飯糰和牛排的時候失散了。

因為兩攤都要排隊，卻又都想吃，只好分頭行動。這兩家隔著三排，都是在排尾攤位。但是你買完牛排想說他應該還沒好，畢竟飯糰的隊伍比較長，就跑去找到那間印度拉茶，順手帶了兩個印象中不錯吃的雞肉捲及一盒拔絲地瓜。

你手忙腳亂接過那一袋絲襪奶茶掛在手腕上，他打來說他在牛排店門口。你看著旁邊那家在花園鼎鼎有名的滷味攤，問他想要吃什麼。

你掛著大袋小袋，看見他就拎了一小袋子，拿著飯糰已經嗑了起來，看到你吃了一驚。

「啊怎麼買這麼多回來啊，你這樣吃得完嗎？」

「聽說這家的拔絲地瓜很好吃啊，還有這袋拉茶，想說喝喝看。」邊說邊將東西往他手上塞，想把卡在手腕上的拉茶拿下來給他嘗些味道。

「這個雞肉捲，很好吃，你吃吃看。」

「你買得太多了啦，你吃啦，不用給我。」

「沒關係，我吃飽了，這些是買給你的。」

「我也很飽——啊！」

啪啦一聲，水花四濺。之前買的冬瓜茶被打翻，灑了他一身。

「幹就跟你說我不要了嘛！」

你傻愣的看著他將身上的飲料拍掉，無奈白色的T恤已被染上了好幾攤淺黃的水漬。他看了一眼你半舉的手臂掛滿食物袋的蠢樣，語氣才稍稍溫和些，罵了一句：「算了算了，你給我賠一件衣服。」你仍舊腦袋一片空白，根本聽不出來他是在壓抑怒氣還是氣已消。

你們繼續魚貫的直走轉彎直走轉彎，他一路上無意識的鎖著眉，你只能小心翼翼的跟在他背後不發一語，恨不得讓自己縮小成一粒珍珠跟著啪噠掉在地上逕自滾遠。然而他像是什麼都沒發生過一樣繼續吃喝，會自己放慢和你並肩，除了面對人群釋放暴躁外，沒什麼不同。

兩人都有些心照不宣。

把食物都逛過一輪後，便沒有繼續像沙丁魚似的被人夾著流往後面的衣服攤位。

你們回到停車場，十二點多，在車上幾乎一路無話。吃飽喝足後只感覺昏昏欲睡，全賴著風拍打你的臉頰和耳膜，才得以暫且保持清醒。

過了那個你們錯過一次的隧道，穿越好幾條大馬路，甚至在離開市區後闖了幾個紅燈。

你們又開始奔馳在久久才會見一次車燈的公路。

碗公一樣的天空仍在頭頂上罩著，曖昧的深藍色沒有變淡也沒轉黑，雲依舊浮貼在邊緣。你盯著近在咫尺卻遙不可及的天際線，思緒像耳邊的風一樣聒噪凌亂。在夜市裡害他把飲料打翻的畫面蛀進你的思緒，恐懼和疼痛像隔著布幔搔刮你的心。你知道它在那裡，你沒辦法將它消滅。時間還沒到，你沒有預知能力，這令你不安，卻也同時是你可以抵禦它侵入的其中一個原因。

突然，路旁的兩側重新變成了包夾的綠樹，樹梢重新取代了雲，你的大碗變回一小池潭水。

●

你依舊每天去他房間叫他起床，和他一起買早餐上課。

週末就等他上線的燈一亮，開啟ＬＯＬ，然後被他狂電，聽他罵你這徒弟怎麼如此不成材，虧他拉你進來玩也好幾個月了。

唯一麻煩的是，電話中，你爸問你這個禮拜怎麼錢花這麼多。你不能說去花園夜市，你爸不准你搭摩托車，原因你自己很清楚。

你也曾以為自己不會再和這個交通工具有任何關聯。

對於一個關在台北市的男孩，學測英文滿級分，自學日語，每個暑假都去歐洲，卻在上大學後才真正了解另一半的台灣是怎樣的存在。

你填學校志願表，離台北一個比一個遠。不再有狹窄的巷弄，擠滿了人的商店街。路邊的雞蛋糕，公車站牌與排隊學生。沒有捷運呼嘯的聲音，更沒有那台躺在地上傷痕累累、無法復原的機車。

沒有那個人。

卻也多了一個人。

這天你一如往常，和他在遊戲中連線，組隊時又遇到了一個雷包，看樣子是場註定失敗的戰爭。眼看對方已攻進你們守衛的堡壘，你自知是沒希望了。但他沒有放棄，連珠帶炮的髒字幾乎能與滑鼠點擊節奏同步。每當出現這種情況，有著戰友激憤的掩飾（或是潤滑劑？）就是你執行危險任務的時刻了。

遊戲從來都不是重點。你早知道房間是空的，仍下意識的環顧四周。房間裡的空氣與南部下午的光就像牛奶攙了大量的水一般，稀釋後注入那些無人的凹洞，不均勻的白在整個空間流轉沉浮，沾染那些亂披在椅背上、垂掛在床緣欄杆的髒衣服。本該在滑鼠上做垂死掙扎的手，此刻卻鑽進了你的褲襠。

你直勾著螢幕，但雙眼失焦，已停止轉動，彷彿被蒙上了稀釋過的牛奶。你聽見他吼著你的名字。帶著十九歲已變聲成熟的低沉嗓子拔高音量，從腹部帶有重量的一口氣推上眉間，竄出使用過度的喉嚨，些許沙啞，咽喉放鬆而力道飽滿，幾乎沒有思考餘地的夾雜盛氣、怒氣、熾烈、慌忙——呼嘯著你的名。

你的手飛快填裝著子彈。

「喀啦。」不協調的聲響，在你縮著頭弓起背即將抽空空氣時出現。

轉過頭，看見室友半拉著門，僵滯的望著你。帽沿打下的陰影，粗框眼鏡遮掩，實在很難看清抿著嘴唇的這人此刻擁有怎樣的眼神。室友閃進房間，迅速但輕緩的帶上了門，拿起書桌旁的安全帽。

景象突然和另一幅畫面重疊。

你跳出遊戲畫面，打開了網站。螢幕中交疊的人形擁有相同的身體，你面不改色的將手伸進你的棉褲，沒多久你連隊友叫囂咒罵的聲音都聽不見了。

在你的手停下來之後，抬起頭，眼神渙散，以至於你一時間沒有反應過來，你的立桌鏡中，反射出在你身後的一個人影。

你全身的肢體被人注入水泥，每一條肌肉硬如冷卻的石膏。你知道你的室友沒有惡意，這對男生宿舍來說是見怪不怪的，你室友大概覺得自己什麼都看過了，也就沒什麼好尷尬的。直到瞥見你螢幕上的畫面，原先平直的眉頭皺了起來。你利用桌上的鏡子反光看見室友的表情從純然的疑惑、困窘，變成一個難以解讀的表情。五味雜陳裡頭似乎沒有正面的情緒。音響爆出一句句粗話中夾雜著你的名字，盤旋於兩人上空凝結。你的牙齒吱吱作響，心臟如鼓擂；身體在沸騰，汗卻冰冷。

你決定將這起意外定格在這一瞬間，開始現出你的拿手絕活。

迴轉。

室友的表情在鏡子裡重新上演一遍，你發現順序變換並沒有想像中的讓你好過一些。而他的手像生了磁性，將落在桌上的安全帽吸附掌中。倒著走回門口。

一個旋身。喀啦。門輕輕合上了。

突然想起似乎就是從那時候開始，你不再和室友吃消夜。

●

你們之間應該沒出什麼差錯。

其實你隱約有預感那一趟花園夜衝會對你們的關係產生變異。

你覺得一定會有，卻又同時安慰自己，這大概是下意識地將事情做最壞的打算，好讓真正發生之後有所準備。因為你們的相處模式和以往實在沒什麼不同。

他仍然什麼事都第一個和你說，笑容依舊，一個眼神你就能會意。漸漸的，你原先緊繃的心情也慢慢鬆懈下來。唯一有些改變的是你們之間的「女性話題」減少了。

你有先檢視過是否是你太過敏感，但認真回想了很久，你確定你的看法沒錯。以前他常會沒事就來和你報告新發現哪個別班的正妹，細數你身邊的正妹閨蜜，儘管不曾有過實質行動。

你很快就將心態調整回去，拉了拉自己肩上的包包，讓它固定在不會掉而扛起來最輕鬆的位置。

直到你在社群網站看見了那個「穩定交往」動態。

他沒和你提過，從未，你以為這是一個玩笑。但是他回應了那二十幾條看起來同你一樣驚訝的留言，證實了這個噩夢。

你以為你是他最好的朋友，卻沒能擁有預先知道這件事的權利。

這實在太扯了。

你不敢直接去和他理論，你找了你的好閨蜜。

「呃，我還以為你知道耶。你怎麼可能不知道？他說他一開始是，呃，怕你喜歡我，我們不是有澄清過很多次嗎？但是他前幾天突然說他確定你不可能喜歡我了，所以就……抱歉我以為他一定會告訴你，所以我才沒開口。」

你的腳失溫了，手指抽搐，掌心握都握不實。既然身體無法控制，你只好被動的讓思緒帶你到花園夜市。深色的糖水刻印在黑色的柏油路上，倒在一旁的塑膠杯被來回踐踏到近乎面目全非。那天是夜晚，那現在就是夜晚。你開始施展你那迴轉的魔術，那些微小的水滴輕緩升起，乍看之下像雲、霧，像蒸氣，即將注入回到他手中的杯子。但是畫面被迫中止了，他身穿的白色布料纖維纏住了那些水分子，汙點讓你聯想到乾掉的血漬。乾掉的血跡該要更紅（放久了不曉得有沒有可能變成那樣的褐色）。

擴散速度更快，範圍更大些，大到能包覆住你的雙眼，從此瞎了一樣，碰上那些彎曲的路程總得小心翼翼的觸摸後繞道。繞道。不停地。直到哪一天，你發現迴轉的魔術又再一次失效。

「妳說他什麼時候知道？」

閨蜜看起來慌張得像要哭出來，這激起你一陣殘忍的快感，嘴角卻不動聲色。

你不知道你的臉蒼白得像個死人。

這幾天下來，你的意識像是飄到了很遠的地方。你一直背在肩上的重物其實從來都不是重物，你既沒有隨著它滑下肩膀，也沒有將它拉近。在你知道祕密的當下，耳邊傳來了某種線斷裂的聲音，而它就像一顆氫氣球一樣緩緩升起，隨風飛到了地平線的另一頭。

原來靈魂可以抽離。

（東吳大學「雙溪現代文學獎」首獎作品）

得獎感言

一隻蟹縮在殼中，躲進洞裡。
一顆糖果被扔了進來，蟹將吃完的糖果紙摺成小星星拋了出去。
在後來出現了更多糖果，比較大也比較甜，蟹滿懷感激的將每張包裝紙摺成更大的星星拋出洞。
某天他被扔進的重物砸懵了，仔細一看，原來是一大包糖果。
眼冒金星的蟹想，那些星星既不甜、又不完美，為何還是收到了這麼多糖果？
但他還是繼續的摺著包裝紙，摺著星星，摺著一個又一個不切實際的夢。
或許有一天，他會發覺，自己摺出的星星，其實很值得、很特別。

王靖文
台北人，一九九四年七月八日生，典型巨蟹座。迷信，念舊，內心多愁善感，然行為崇尚理性。喜歡研究夢，平時塗塗鴉、寫寫字，認為沒有音樂及鮮奶茶的生活無意義。

平衡

朱容瑩

這條路，比菸蒂還短，但強制要抽七秒以上。

這是她第二次來，第一次是剛升大學的暑假，媽媽特地從公司請假陪她，她的緊張指數莫過於大學指考，手一抖，畫錯格，無故失了好幾分；果然，幾天的時間無法改變太多，剛剛手一抖龍頭一歪就壓線了。媽媽沒有安慰或責備，自顧自的大笑，一副我早就知道妳平衡感差得要命今天是過來看妳出洋相的模樣。她本來很沮喪的，被媽媽的笑攪亂，只剩無奈和無言。

媽媽自從六年前和爸爸大吵後分房，就沒再哭過鬧過，生活只剩一種表情，生氣也笑無聊也笑煩躁也笑，媽媽變得只會笑。

Apple在場外的加油聲讓她回神。考機車駕照，直線七秒，度秒如年，她好像在一個扭曲的時空中回到過去，又被拉回現實。突然緊張起來。在限度內極盡可能地歪斜，也極盡可能地維持平衡。險些擦邊，好歹終是過了。騎出考場時，Apple跑過來，緊緊抱住她。

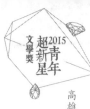

「終於不用當無照駕駛的騎士了。」在冬日的考場外站了一陣子，Apple 的臉蛋紅撲撲，人如其名，髮絲散著果香。Apple 是唯一一個在她還沒考到駕照以前敢給她載的人。第一次載 Apple，Apple 一坐上車差點摔下來，連騎都還沒開始騎，她說妳太重了好難平衡，Apple 罵聲屁，又上車。她摸索兩人共同的平衡，像走鋼索那樣戒慎恐懼，騎了一段蜿蜒曲折的路，Apple 直呼小命去了半條，而她的手心都是汗。

在南部求學，沒車等於沒腳。兩人之中至少有一人要會騎車，她勸 Apple 去學騎車，都會騎腳踏車了，機車應該不算太難。

「不要，我天生就是給人載的命。」Apple 嬌滴滴地說。沒有商量餘地。

任誰聽到這話，都會受不了地大罵公主病，並附贈一個翻到後腦勺的白眼。可她真是這麼覺得，她無法想像瘦弱纖長的 Apple，死命地踩著腳柱，扳著車身。一定立不起來。好不適合。

於是無照駕駛一陣子後，有了第二次考照。

好險過了。

她打算 Line 給媽媽，告訴她考過了，手機還沒拿出來，便想到媽媽一定回個捧腹大笑的貼圖，然後就沒了。這種間接句點的貼圖，讓她感到氣餒，乾脆不傳了，下次回家再當面說就好。

她載 Apple 回宿舍，不過才多了一張輕輕薄薄的駕照，心中卻踏實很多，繳了兩百五十元得到的廉價認證，連騎車都越來越穩了。不禁無端亂想——難怪大家都愛考證照，都需要被認同在這方面或這段關係裡面沒有問題。親人有血緣的相依，愛人有婚姻的承諾，那，友人呢？友人什麼都沒有，好虧。

●

這條路，本來就坑坑洞洞一邊騎一邊跳，前陣子高雄氣爆後封路整修，不到半年就把路修好，柏油重鋪，填平坑洞，現在筆直暢通。她們倆騎上凱旋路到凱旋夜市，凱旋夜市比剛開幕時人氣減少許多，攤位也沒多特別，但是從學校出發，延著凱旋路一路向南不用轉彎就會到，她騎車不太會轉彎，只好一直來這裡，反正有Apple陪，哪裡都好玩，什麼都好吃。

她們吃吃鬧鬧，睡到隔天中午，一起不去上早上的課。

初來大學報到，四個同班的人一寢，除了Apple外的另外兩人「看起來」都和她不是同個tone，不得不承認她深入骨子裡的外貌協會，Apple好像也心有靈犀般的跟她相處，她們歪膩在一起，幾乎二十四小時全天候處在同個空間，若有天只看到其中一人單獨活動，同學們還會八卦發生了什麼。

但怎麼可能整天相黏，在寢室裡，她們大都各自關入電腦的結界。她聽到Apple打字的聲音滴滴咚咚彷彿搖滾樂的鼓，她沒有煩她，但自己無事可做，只好把耳機戴上，點開一部又一部的電視劇，韓劇日劇中劇美劇台劇，穿梭不同的國度，填滿各種故事，一個人的時間，其實也不會太寂寞。

每天，Apple臉書上的小視窗潮起潮落像海浪連綿不絕，她雖好奇但從沒過問，有次趁Apple上廁所時偷看，原來是學長同學甚至別系的也有。她知道Apple不乏追求者，Apple長得甜甜嫩嫩，大眾情人那型。如果Apple召喚司機，自願者一定可以填滿整條愛河，但卻只煩她載。她心想，這是Apple跟她的默契。

她是特別的。

至少兩人談天相處時，Apple不會拿出手機回訊息，光這點，她就確定她是特別的。

「欸欸，載我可是妳的榮幸，有多少人想載卻載不到。」吃完消夜的回程，Apple把下巴靠在她的肩膀，她的頭髮隨風搔著Apple的臉頰，Apple一手抓住，「好香喔，連洗髮精都要學我。」不知怎地，她哈哈哈地大笑，害得車身不穩。Apple嚇得唉唉叫，要她騎車專心點。

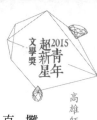

嬌生慣養的Apple，除了她，還有誰能受得了？

回到了學校的停車場，她們看到室友和某位男子離情依依摟摟抱抱，恍若無人般難分難捨。這景象太過震撼，兩人當下說不出話來，那個平凡無奇的室友在毫無半點與人曖昧的風聲傳來之前，就迅雷不及掩耳的死會了。她們不好意思在寢室聊這個，怕冒犯到不熟的室友，只好抱著一堆髒衣服跑到外面的洗衣間邊洗邊八卦。

「連林怡君都有男朋友了，我應該很有希望吧。」

「妳交男朋友的話，我一個人會很寂寞的。」

她怎麼也沒想到Apple會這樣說，「說什麼屁話，要交也是妳先交吧，我才害怕妳拋棄我勒。」

Apple說哪有，她回哪沒有，兩人哪有來哪有去的，笑成一團。室友交男朋友的消息，一下子就不再好奇了。愛情的分分合合，哪有友情來得長久。「交男朋友後，就不能像現在那麼自在了。」她在回寢室前煞有其事的吐出這話，Apple笑笑的說對啊，可是這聲對啊聽起來好像又不太對的樣子。

●

這條路，本來鋪得很平，但不知為何漸漸顛簸，才修好不久的凱旋路，越來越難騎。Apple終於吃膩凱旋夜市，也終於熟習轉彎，她們去了更多地方，但東西沒有更好吃。Apple一邊吃東西一邊滑手機回Line，和她有一搭沒一搭的聊天，她用沉默暗示生氣，Apple居然什麼都沒發現。

她忍不住酸了Apple幾句。

「難道我只能跟妳好？」

她其實想回是啊，但話一到嘴邊什麼都說不好，「要不是為了陪妳，這個時間我應該會在球場練系隊吧。」

Apple把嘴裡的湯包嚥下，拎起包包，說要回去了，聲音和表情沒有喜怒，一如平常。她心裡不安，可再做解釋又怕越描越黑，而且Apple並沒有生氣的樣子，她太在意反而很怪。

一路無語。在機車上，Apple的腳沒踩在腳踏板上，她一停下來就能感覺Apple雙腳踩地，這是另一種平衡，一輛車有兩種平衡，騎車不會更穩，反倒變得好費力。

又不是小學生，哪會因為跟誰好跟誰不好的問題吵來吵去，她以為一覺起來，隔天就會和好如初。是這樣沒錯，她們還是一起睡過早上的課，在正午十二點半左右一起醒來，一起買午餐，一起去教室，一起做分組報告——就好像什麼都沒發生過。

欲蓋彌彰的刻意粉飾，讓她心裡更難受，她們的相處變成貼圖，明明該表達的意思都有傳達到，讀起來卻很假很空洞。奇怪的是，旁人都沒感覺到異樣，以為她們還是很好。

走吧去吃消夜，到了晚上，這是稀鬆平常的問話。Apple說不用，想了想，每天都這麼混真的挺浪費時間，要她去練球或是做其他事，不要為了消夜而消夜。

「妳還在生氣嗎？我昨天不是這個意思。」

「我也不是這個意思。」

噢。好吧。她機車鑰匙都帶好了，「不然妳要吃什麼我買回來。」

Apple搖搖頭，露出笑容說謝謝，像饅頭人微笑的貼圖，很燦爛但非常客套。

從此之後，雖然她們白天的相處沒有任何改變，但到了晚上就不再一起去吃消夜了。Apple一樣在臉書的訊息海裡奮力衝浪，她也一樣看了一部又一部的電視劇。於是漸漸地，Apple不再主動要求她載，Apple每晚都不在寢室，她並不知道Apple和誰出去，也沒多問；她則是去練系隊，變得和媽媽一樣臉上堆滿了笑，去沒幾次就和隊上的人打成一片。

各自走各自的路，彼此都不愁寂寞。

幾個禮拜後在同一堂通識課，民主與法治，老師對著投影片一字一句的複誦，比念經還平淡，同學們低頭滑入各自的世界。她在臉書上看到Apple和某某某穩定交往中，心裡空蕩蕩的，說不出滋味，若是 Apple 再早一點交往，那時的她一定無法接受，倘若沒發生那些不算爭執的爭執，Apple 還會交男朋友嗎？她什麼也不能確定。

「交男朋友了？」

「（饅頭人笑著點頭的貼圖）」

「何時？」

「上禮拜吧。」

「恭喜啊。」

「（饅頭人掩嘴賊笑的貼圖）」

已讀。

過了很久後，Apple 傳來饅頭人流淚咧開嘴雙手比讚的貼圖。

她馬上已讀。

因為前幾天有學生出車禍，老師在課堂講著交通安全及其法規。兩人互相傳訊息，明明沒傳幾句，鐘聲就響起。她沒當面問，Apple 也沒多說。各人收拾各人的背包，動作很慢，很刻意，好像在等什麼。

她們並肩離開教室，卻誰也沒說話。

即將升上大二，宿委調查住宿的人數，她想也沒想就勾不住宿。旁邊的人問 Apple，Apple 會繼續住。你們那麼好幹嘛拆夥？她說宿舍沒冷氣又沒自己的空間住起來不舒服，Apple 說沒錢外宿，兩人表示就算沒住在一起也不影響感情。那人乾笑，也對，妳們看起來那麼好怎麼樣也不會拆夥。

對啊，她一直是這樣告訴自己的。

●

這條路，她很久沒騎了，也不知道那些破爛的坑疤重填了沒，下一次選舉前應該能補好吧。輕軌即將駛經這條路，或許高雄將減少汽機車量，減少廢氣排放，減少交通意外，真好啊。但她還是堅持騎機車，輕軌造福的是Apple才對，不過現在Apple有男友載，好像也沒必要搭。到底誰會搭輕軌呢？她懶得再想。

為了繳房租，她接了幾個家教，在燈火通明的夜色中與下班的人潮擠在陸橋裡，塞塞停停，考驗平衡感，反正不載人，只要平衡自己，不算什麼難事。回到狹小的租窩，她點開韓劇日劇美劇中劇台劇，偶爾練練系隊，一天接著一天。日子流著流著，把一些不清不楚的事物沖淡，猶如她擺在浴室的那罐洗髮乳，快要用罄時就再加點水，氣味越來越模糊，還越來越難起泡。索性換一罐花香的。

她和Apple已經不住一起了，但分組報告仍同一組，她們從兩人世界擴大成一個更大的團體，連本來沒什麼交集的同學也好了起來。大團體定期聚會，吃飯出遊自拍打卡一個也不少，大家看起來都很好。她不願這麼想，可是這些多出來的人就好像為了掩飾兩人的尷尬而存在，在團體中只會使她更寂寞，笑肌僵在臉上不易脫下，很瘦，很疲累。

她佩服起媽媽總是笑得很真實，情緒真假莫辨，每件事都能讓人開心似的。剛好這禮拜六是媽媽的生日，乾脆給媽媽一個驚喜，不事先講要回家。

但她一回到家，卻看到爸爸在客廳看連續劇。

「媽媽今天還要加班？」

「妳媽和排舞的朋友去溪頭兩天一夜。」

她打開Line看歷史訊息，果然媽媽有說這禮拜要去溪頭玩，是她記錯時間。她和父親把蛋糕切來吃，留一半給媽媽。

「你平常都這樣嗎？」

「你媽晚上去跳舞，我在家裡看連續劇，大家都有事情做。」

早在六年前她就想問爸媽，為什麼不直接離婚，夫妻變成室友（還是不會打招呼的那種）還有維持的必要嗎？她知道不管怎麼問，他們的答案一定是為了她，所以她才沒問，她不想擔負爸媽的不快樂。口口聲聲說為了家庭、為了小孩，他們什麼時候才能為了自己？

鬼使神差，她很小聲的問：「你不會孤單嗎？」

爸爸專心的看著電視，置若罔聞，她不敢再問。

父女倆攤在沙發上一邊吃蛋糕一邊看連續劇，有這麼一瞬，她對爸爸燃起同病相憐之感。

她忍俊不禁，整個人笑了起來。

「妳這副德性真是跟妳媽一個樣。」爸爸專注的盯著電視，頭轉也沒轉的說。

●

這條路已毋須計算秒數，它可以是條永遠的路，或像是菸蒂般燒完就丟棄。氣爆滿週年，大家追思留言，可更久之後，行人騎士經過還會有一絲絲不安或不忍嗎？當她再度騎上這條路，已不想細究這些無事增添的憂愁，反正大家的情緒總是一窩蜂，因誰的外遇而打抱不平，因某些日常而大驚小怪。不能自主的情緒，她才不願，她要做個明白人。

Apple 突然傳 Line 約她去逛凱旋夜市，久違地，手機振得她有些手足無措。她本來打算假裝沒看到，晚半個小時再回個語焉不詳的貼圖就好，但雙手不受控制的直接撥電話給 Apple，這時就算按掉也來不及了。Apple 馬上接通，說突然很想吃凱旋夜市的湯包，她說好啊，兩人約定時間，她騎到校門口接她。

Apple 上車時車身重重的晃了一下，她費力地抓緊龍頭，雙腳撐地，回憶平衡感，恰若遁入冥想，於宇宙中找尋一粒塵埃。機車發動，仍是凱旋路，Apple 好像說些什麼，風太大，她聽不清楚。Apple 一把抓起她被風吹得四散的頭髮，比打蚊子還精準，Apple把下巴抵在她肩上，然後提高音量，說最近分手了，聽不出悲喜。

她不知道該哭還是笑，她清楚記得那時在教室裡，在知道Apple交男朋友的當下傳了「恭喜啊」，內心則是想著妳最好長長久久，妳分手後就不要回來找我。可當一語成讖時，她的心情反而茫然得不如預期，什麼話語都多餘。「蛤那我不就又得載妳了？」她說。Apple搥她一拳，罵聲靠。一時不穩，差點撞到旁邊路障，Apple笑她騎車技術還是這麼差。「自從妳交男朋友後，我就沒載過人了。」本想這樣回Apple，但她想了想又嚥下去。

Apple抓著她的長髮，大有騎馬握韁繩之感，甩甩手上的髮絲，發現香味與從前不同。「妳換洗髮精了？」她嗯了一聲。「還不錯聞，下次換我學妳。」Apple小聲的說，也不管她有沒有聽見，話語隨風散去。

紅燈。

Apple說前男友比她還不體貼，她乾笑了幾聲，Apple又說不如我們兩個在一起算了，之前感情有多好啊，都是前男友從中破壞。她說不要，Apple又搥了她好多下。

燈轉綠，直騎。

她突然很想叫Apple下車，她突然很想大哭一場，她突然想如射門成功的足球選手般展開雙手繞著球場奔跑，千愁萬緒倏地湧上，糾結複雜到她無法理清，她只好放聲大笑，Apple聽見她的笑聲，雖然不知因何事而笑，也跟著她一起笑，身體因笑而雙雙巍巍顫著。

就在此時，她終於感到自己與媽媽如此接近。

（高雄師範大學「南風文學獎」首獎作品）

得獎感言

原本，烤蘋果派時不小心擠太多檸檬進去，和法式杏仁醬達成一種微妙的平衡，正甜滋滋卻要發酸。感情也是，無關愛情友情，反正有了情就想占有或逃離，在校園的感情，沒有太多算計，或酸或甜，都是那麼的直接。畢業後生活起了翻天覆地的改變，幾乎忘記這個作品跟參加該文學獎，處於紊亂的職場更珍惜學生時期的單純，那些複雜的情愛現在看來都是美好的依存。於是回過頭看過去的我，期許自己愛寫作的心風雨中仍不改其志，感謝在寫作路途給予支持的師長親友，等度過現在的渾沌期，我會再寫再出發。

朱容瑩

新北土城人，現居高雄。一九九二年生，天秤座AB型。想學鋼琴沒學成，只好五音不全地敲打電腦鍵盤以成文。書寫是將生活的切片做成標本，再夾回生命之書。

入圍

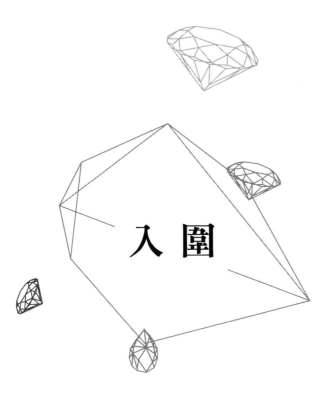

聯絡簿

李嫚珊

前個房客離開，我本不應該在意的，但是心想這牽扯到居住的品質，是我忍不住翻閱聯絡簿前幾頁的原因……

我小心翼翼翻閱著他人隱私、窺看他人生活，這舉止讓我發現，自己竟是不自覺地提筆記錄下每天所過的日子。

當宗塵在鐵製的樓梯上每踏一步，腳下發出的吱嘎聲音似乎都在對宗塵的體重表達抗議，他緩緩走上公寓牆外的鐵製樓梯，樓梯讓他走起來像是馬戲團的走鋼索表演者，一步步小心、如履薄冰似的讓臉頰直冒冷汗。上到二樓時打開厚重的門，裡頭一股霉味朝宗塵鼻腔襲來。

宗塵用手掩上口鼻，輕咳幾聲，並用另一隻手揮走擋住視線的灰塵，宗塵回頭望向晴空萬里的天空，接著轉身凝望眼前好似被黑夜吸取般無止境的走廊，宗塵不免皺眉，懊悔著是否該轉身離去。

「你來啦？」一聲渾厚沉重的聲響從走廊尾末傳來，宗塵瞇起眼，嘴微張開道：「……陳老先生您好，我是……」老人一聲劇咳打斷宗塵的自我介紹，宗塵緊張地往老人方向小跑，地板隨著宗塵不算劇烈的踏步卻發出隆隆聲響，宗塵緊張的盼著老人又望著地板，接著從地板傳出陣陣咚咚聲，樓下的嗓音也隨之傳來：「是誰在樓上跑的？搞不清楚規矩喔！」宗塵嚇得跳起，腳奮力一跳的踏回地上，同時發出更大的聲響，宗塵嘴巴哇了聲隨即雙手捂住嘴，左顧右盼四周又望了地板，似是要把地板給穿洞向對方賠不是，吃了驚心想著：慘了？不會以為我在挑釁吧？

老人低頭看地板咳了聲說：「抱歉，新來的不懂，等等會跟他說，要罵人也得把上個月的房租繳齊不是？」樓下一陣沉默，宗塵似乎聽到一聲細如蚊蚋的埋怨……

「嘖！這地方這麼破舊還收這麼貴？」

宗塵沉默地摸摸外套裡的口袋，那裡放著三期的房租，這裡的房租與一般小套房比還不到它一期的一半，心想在這都市裡這麼便宜還嫌？宗塵厭惡的皺眉，鼻子裡充滿這公寓的味道，宗塵心裡不免有把秤，在想著口袋裡的租金與環境相比是否能達成某個協議？

……或是平衡？

宗塵搖搖頭不去細想，這地方是舅舅介紹的，不得領了他人恩賜又懷著小肚雞腸埋怨環境，這裡可遇不可求，別再抱怨了，宗塵捏了臉認命想著。

這裡只是一個暫時的避風港，等到大學畢業就離開這裡。

今日他起了個大早，決定先來這裡向房東打聲招呼再去學校上課，而這段期間可以拜託舅舅幫忙將行李先搬進公寓，如此回來的時候稍微打掃一番也就算是住進這裡了。

「陳老先生……抱歉打擾了，我是今天開始住在這裡的林宗塵，我的舅舅一早有打電話……」老人朝他擺擺手，宗塵再度住了嘴不免納悶，老人朝他伸手，宗塵自以為對方伸出手是在釋出善意，想到都市人的熱情，宗塵是個從南部上來的年輕小夥子，對老人心懷感激的要說出一句問候話：「謝謝陳老先生讓我……」

老人揮手拍掉宗塵的手，宗塵錯愕的摸著自己微疼的手背，老人的雙眉扭擰在一起瞪著宗塵，遲了半刻宗塵才會意過來，咬牙切齒從口袋拿出租金，雙手奉上兼彎腰遞給老人，老人這時才和顏悅色的嘻嘻笑著接過。

老人說了句：「乖。」宗塵抬頭接著向老人敬了禮問道：「陳老先生，我住哪間？」老人用手指舔了舔嘴，在宗塵眼前立即打開信封袋口數著金額，絲毫沒有意思要答理宗塵，宗塵內心的那把秤似乎要傾斜往某端直直墜落。

老人嗯了聲滿意地點點頭將錢收進衣服裡，指著旁邊用藍色油漆漆上的鐵門，將鑰匙遞給宗塵，宗塵要接鑰匙時，老人開口說：「規矩只有一個，樓下管理室的聯絡簿每天回來都要寫，不限字數。」

宗塵瞪大眼睛，心想沒聽錯吧？聯絡簿我從國二後就不願再寫了！

這什麼鬼啊？以前是小孩子也就罷了，每天過的日子都是些微不足道的小事，但是兒時的宗塵人小鬼大，恍若要將那時刻的自己洋洋灑灑的寫在簿子裡與人分享自己偉大的事蹟。

現在的宗塵可是個年過十九的青年，享有隱私權的青少年，為何要把生活的點滴與這公寓的人分享不可？一點道理也沒有，即便是父母，也沒這權利再窺看兒子的聯絡簿。

「能不寫嗎？我要打工又要讀書還得寫作業，從早忙到晚，怕是晚回來樓下關了那不就……」宗塵猶豫的說著，老人將鑰匙握回手中不讓宗塵接去，宗塵的手就這樣尷尬地停在半空中，老人挑起一邊眉毛說：「如果是這點你放心，你要是擔心這個，我將樓下大門的鑰匙也給你打一副，但是勸你別再像今天一樣爬外面樓梯到二樓來，日日夜夜風吹雨打又要受你這體重，到時候要是壞了……」宗塵心裡有點氣，自己是走上來不是爬，這樓梯壞得嚴重為何不請人來修理，再者自己的體重也不過七十而已，老人頓了頓接續道：「但是假如是你不想寫，那就別住這好了。」老人說完從衣服拿出熟悉的袋子遞到宗塵眼前，宗塵望著老人一手鑰匙，一手租金……

這秤就這樣明顯擺在宗塵面前。

宗塵閉起眼，腦海全塞滿這狹小公寓的霉味、舅舅熱情的介紹、摸著好久的租金袋子、小學的聯絡簿、家鄉的美景在火車的奔馳下如快轉般閃走眼前，與大學的課程像是螺旋般不停環繞。

一聲大而緩慢的鈴聲響起，宗塵瞬間驚醒，才發覺自己在教室的課堂座位上，教授臨走前不忘推著眼鏡瞪了宗塵一眼，宗塵有些疲倦的搖頭晃腦望著周遭，陌生的環境與嘈雜的交談聲，宗塵起身摸出牛仔褲裡的手機，卻不小心將裡頭的小東西都一併拿出，銅板在地上發出清脆的聲響，除此之外，還有沉重的金屬聲掉落於地，宗塵望了地上一眼，朝天花板翻了個白眼，嘴巴大嘆口氣的彎下腰撿起零錢與公寓鑰匙。

公寓裡的大門與房門鑰匙宗塵僅只是用個小鐵環將兩個繫在一起，他揉著眉心想著樓下管理室的聯絡簿，這爛規矩竟然會有房客想遵守，轉念一想，陳老先生這房東之所以會自信滿滿，想必得歸功於低廉的租金，思及此，宗塵不免懊悔心中那把秤再怎麼偏頗也都是往這鑰匙偏去，哪會有怨言呢？

宗塵想起現下的自己像是以前高中時養在研究室的白老鼠似的，不停地在輪子上拚命跑著，而那時宗塵只專心於手上的筆記以及數學，儘管老鼠似乎跑得很累，宗塵也只是冷眼看著老鼠，重要的還是手上的數據。想起這微薄的記憶，不免低聲淺笑，自己住在便宜的公寓，反倒成了房東的小老鼠嗎？

宗塵苦笑地看著掌心鑰匙。

「宗塵！」宗塵驚訝跳起，突如其來的聲音讓宗塵跌坐在地，隨即張望四周，宗塵用手撫著自己狂跳不已的胸部，胸部起伏使得宗塵大力喘氣，想來這天也挺不好受的，無論在哪個場所都被嚇到，他不免懷疑自己是否真的不適合待在都市裡。

宗塵抬起頭看上喊他的人，那是他的前輩。

她已在這間超商打了半年的工，卻是個還在就讀高職的學生，留著一頭漂亮長髮梳成馬尾辮，臉頰上帶有雀斑以及渾身散發稚氣活潑的感覺，是宗塵看見布丁的第一印象，而布丁女孩的本名是江美華，只是美華堅持他一定要叫自己牌上的小名，與其叫妳布丁我還不如稱前輩來得好，宗塵納悶心想。

「你幹嘛心不在焉？」宗塵拍了拍自己的褲子，撿起鑰匙放回口袋，無奈地看望美華，宗塵呼出口氣說：「剛來這裡還不是很習慣。」美華雙手扠腰，臉頰鼓起腮幫子瞪著宗塵，宗塵轉頭不再多看美華一眼，跑到外頭去將回收用的瓶罐整理整理，準備放進儲藏室，等下禮拜的送貨員回收，宗塵堆疊瓶子的時候，不禁想起今天一整天都是被人盯著，心中有著更多的不自在，看望黑夜的都市在各個大樓小區間彼此亮起，此刻像白日般明亮清晰，他想起鄉下在這時間早已漆黑一片，眼中恍若蓋上一層迷霧，宗塵伸手抹擦。

思鄉的情緒於這通明熱鬧的都市越湧越出，淚水像斷了線般直直落下，宗塵趕緊跑往超商後頭蹲下身子，肩膀微微顫抖。

宗塵懊惱地想怎麼突然多愁善感起來，隨即用領口擤去鼻涕，此時肩膀也不再抖動，接著他便拿起手機看著螢幕上的顯示時間，距離下班也差不多到了，明亮的螢幕照在宗塵臉上，映照出的臉既蒼白又無力，好似所有氣力都因方才宣泄情緒的短暫時刻被消耗殆盡。

轉身回到超商門口時，宗塵往超商左邊的街角瞥去，腦裡像是有個箭頭指著街角，從那街角直走會看到郵局，接著右轉，徒步不到十分鐘便會看見一棟屋齡看似三十年，斑駁的牆壁彷彿吐口氣，油漆就會禁不住掉落，露出灰色的水泥牆，走進大門口，鼻腔裡會灌滿醃醬菜或是泡菜濃郁的味道，充滿霉味但又如此清晰，即使刻意放輕腳步力量，但是樓梯踏板仍會發出嘎嘎聲響，彷彿在說歡迎回家。

是的！那就是宗塵目前的家。

宗塵將瓶罐整理好後，似乎有東西快速地從他腳上刷過，毛茸觸感讓宗塵不寒而慄，不禁大喊一聲，快速從儲藏室奪門而出，看見美華正在幫一位客人結帳，兩人吃驚地轉頭看一眼宗塵，宗塵瞪大眼，張嘴想說些什麼，接著轉頭找顧客投訴單，在上頭慌忙寫了幾句，便向美華道了歉，打卡離去不再瞧美華嘟嘴的模樣。

跟隨一排排路燈走的宗塵，他的膽子不像剛才那般膽小受怕，等走到大門口時，宗塵掏出鑰匙打開大門微縫，閃身進入公寓裡頭，公寓的燈忽明忽滅的讓宗塵深吸口氣，緩緩靠近面對大門的管理室。

管理室的空間不大，大約兩三坪左右，一個個紙箱堆放在裡頭，每個箱子都標註年份，有些看似久遠，有些則像新的一般，宗塵心想或許是房東將管理室當成儲藏室，管理室唯一有的家具是一張桌子，上頭擺了好幾個本子立在桌子左側，右側開了一盞檯燈留著一支筆，宗塵靠近一看，用手撫過每個本子上的編碼，留意到今早樓下那名粗聲的男子，想著自己房門號碼推斷樓下那名男子的號碼，不免好奇地想看看那人的聯絡簿裡寫些什麼，正當抽取出時，宗塵看見桌面下的透明墊子留有一張紙，上頭潦草地寫了一行字：

「除自己號碼本子外，其他不得翻閱，違者嚴厲告知雙方當事者。」

宗塵的手擱在半空中，身子一僵，不禁想起自己早上才碎念過個人隱私的事情，滿臉羞赧地將手轉到自己房門號碼的本子抽取出來，翻到第一頁，準備提筆寫下時，發覺紙面上凹凸不平的痕跡，宗塵粗糙的指腹摸著這些凹凸，心裡發顫著轉頭看望四周與身後的門緊緊關閉，手抖著拿出背包的鉛筆盒，取出美工刀，小心翼翼的對聯絡簿「開刀」。

之後將東西全放入背包裡頭，此刻的宗塵全被好奇心填滿，腦海裡的不安與惶恐隨之煙消雲散，他潦潦草草的在本子寫上幾段文字，接著便走到樓上回去自己的房間。

宗塵打開電燈，發現一箱箱的紙箱隨意放在地板上，不管它們，直接走進另一間房，每間屋子都配有兩房一衛，宗塵將兩房分成書房與臥室，書房現下被紙箱占滿，他踩著紙箱蹦跳到臥室門前，開門入內，隨後關起臥室的門並關掉臥室裡頭的電燈，兩間房的電燈是連動式，一來省電二來方便。

坐到床上打開床邊的小夜燈，宗塵藉著微弱燈光抽取出背包裡的物品放到床上，他滿懷興奮，似乎把疲累與瞌睡蟲全數趕跑，接著打開並攤平紙，那是在樓下管理室割下的聯絡簿第一頁。

這張紙上之所以會留有一些印痕，或許是前位房客所留下的痕跡，宗塵心裡邊想邊拿出鉛筆，小心翼翼的在上面輕輕塗抹，直到將上一頁的字跡露出後，他才得以看見這位房客臨走前的記錄。

好奇心足以殺死貓。

這是宗塵看到紙上的訊息後，心裡唯一想到的一句話。

現下宗塵將紙揉成一團後丟入垃圾桶，身子裹著棉被直挺挺坐在床上，仰起頭來望著天花板的電燈，有幾隻從窗口飛進來的蛾盤繞在宗塵的視線內，飛越的軌跡像線般纏繞在宗塵眼中，他的眼裡彷彿因為那些線而勾勒出某些景象，宗塵的心不自覺的像被勒住似的難以呼吸，窒息到令他快喘不過氣來，眼睛轉而直盯著前方，像是後頭有東西盯著他看，宗塵連轉頭瞥一眼也不敢。

前個房客所留下的訊息讓他徹夜未眠。

隔天醒來宗塵全身痠痛，關節發出喀喀作響的聲音讓宗塵緊皺眉頭，深吸並吐納一口氣後，起身收拾，換件衣物到學校。

下樓梯時，宗塵發覺一樓大廳仍舊漆黑一片，他打開電燈並看了一眼時鐘顯示六點。此刻靜悄悄的，讓他誤以為昨天在這裡待的景象與今日是兩個截然不同的地方，昨晚這裡詭譎且好似染上一片螢光綠遊走在他的視線內，既噁心又難受，而今日卻乾淨白皙，感到無比寧靜，光影灑落在白色地板上像是撲簌的蝴蝶飛著。

宗塵悄悄打開管理室的門隨後掩上，看著一箱箱的紙箱上面的編碼，他悄悄搬起編號二〇一四年的箱子，從開學當日住進這裡的宗塵，箱子還未被聯絡簿占滿，他打開並取出自己號碼的那一份。

僅只是一句話停留在那頁上，宗塵便對聯絡簿留了心思，早上他重新將那紙團撿回收進書包的筆記本內。前房客臨走所留下的簡短話語，讓他決定不能對房子的品質不管不顧……

如果公寓內真留有這妖魔鬼怪之物，那宗塵是否要請同學收留他幾天？

但如果是人為的話……俗語不經常說道……

……有時人比妖魔可怕多了。

這兩個理由足以讓宗塵暫將他人隱私丟到一旁，偷拿了六月至八月的聯絡簿後，又拿出三本與聯絡簿顏色相近的筆記本放進箱子，接著再將箱子放回原處。

打算閱讀所有關於手上鑰匙的前任主人的聯絡簿，盡責地當個房客，提出改善居住品質的要求。

鈴聲驟響也未能打擾到宗塵的專注，此時的宗塵專心於桌上的聯絡簿，渾然不覺於學校的下課鈴聲，他看著聯絡簿上清秀的筆跡以及內容去推算，並在腦中想像寫這聯絡簿的是怎樣的一個人。

宗塵看著教室裡尚未離開的學生，把他們當成娃娃，拆解他們的肢體外貌，喃喃自語道：「她的臉龐，身高或許是配左邊的，身材則是右邊長髮……」

這是宗塵看的第五本聯絡簿。

同時是前房客住在公寓的第一本。

「寫聯絡簿是小孩才做的事情。」

光是第一句話就讓宗塵對這位前房客抱有好感，這兩個月看下來，他藉由聯絡簿的內容而得知不少關於前房客的一些事情。

宗塵的房間曾被前房客弄出一個大洞，被房東罵得狗血淋頭；前房客粗枝大葉且體重超過八十公斤、被甩了兩次向房東哭訴還愛喝酒，經常與樓下粗聲男人發生爭執，她還曾經打破玻璃，被其他房客投訴嗓門太大。

筆跡時而清秀，時而潦草。

從字跡，宗塵看見她趴臥在管理室的桌子上寫聯絡簿的神情，開心的時候筆跡清楚易懂，從內容可以感染到她的快樂；難過時，筆跡雜亂如鬼畫符般，想將負面內容的真實驅散並封印在簿子裡。

前房客是位直爽女子。

宗塵心煩意亂的將聯絡簿闔上，這幾天的閱讀讓他的內心對公寓的疑問越顯越大，他步出教室跑到廁所外的走廊，打開電話撥了熟悉的號碼，電話那端傳來熟悉的聲音：「喂？」

「舅舅？」宗塵緊抿著嘴好久才發出聲響。

「宗塵？還順利嗎？」舅舅開朗的先發出笑聲，接著問道。

「舅舅跟房東是在當兵時認識的摯友對不對？他是不是什麼事情都跟你說？」宗塵扯了嘴角問。

「沒錯啊！怎麼突然問這個，過得不順利喔？想先當兵？」舅舅拉大嗓門大叫著，宗塵將手機拿離耳朵些許距離，接著靠近問關於聯絡簿令人在意的事情：「房東的女朋友是不是在他的公寓自殺啊？」宗塵生氣地大吼。

電話的另一端瞬間沒了笑聲。

四周靜悄悄的讓宗塵想起夜晚坐在床上的情景。

宗塵的背脊發涼，從腳底竄起一股冷冽的寒風，十一月的秋高氣爽似乎離寒冬不遠。

「你從哪知道的？」

「怎麼不跟我說？」

電話兩頭瞬間爆發嗓音，圍觀的路人全被這嗓音驚嚇到，隨即鳥獸散，慌張奔逃。

「舅舅，那是凶宅你還介紹給我？」宗塵氣憤的說著，想起管理室的聯絡簿與前位房客的事情，讓他煩躁的心像是被什麼給添堵，難受不已，宗塵只覺自己委屈，這兩個月邊打工支付租金還得兼顧學業，不是該事先告知公寓的情況才讓房客決定是否要住的嗎？

「要不然你以為自己的房租為何是這種價？」舅舅嗤笑的說著。宗塵聽了咬了下唇，難過之情全顯露臉上，像是被揍了好幾拳令人頹廢。

「還有她是到醫院搶救無效在醫院死的。」舅舅冷哼說著。

「重點是她在哪裡選擇自殺地點。」宗塵握緊手機咬牙切齒地反駁。

「你偷看了陳棗的聯絡簿？」舅舅沉聲問著，與剛才截然不同的語氣讓宗塵挺直身子，想起表弟只要犯錯時，舅舅就會擺出當兵的威嚴板著臉孔。

陳棗是房東的本名。

宗塵錯愕的急答道：「我怎麼可能有辦法看到房東的聯絡簿？」為何舅舅會將話題移轉到房東的聯絡簿？

房東有寫聯絡簿的習慣？

所以房客也要跟著寫聯絡簿？

宗塵腦袋混沌得不明所以，彷彿知道一件事情卻隨之挖開更大的疑問，宗塵壓下怒氣，被恐懼取代的問：「舅舅你知情不報也就算了，倒是聯絡簿跟我說的事情有什麼關聯？」

「你最好先跟我說清楚你是怎麼知道的。」舅舅憤恨地說著。

「舅舅你倒好！幫著朋友隱瞞不幫著外甥，手肘向外彎著卻是做賊的喊捉賊！」宗塵顧不得兩人之間的輩分以及該遵守的禮貌，理智在此刻被拉扯斷開，他生氣的說完後將手機關閉，全身的血液宛如被抽走般，宗塵背靠著走廊柱子，沮喪的身子滑下坐於地板。

宗塵心想，沒什麼會比知道自己住的房間是別人曾自殺的場所還要更慘的事情，心想只要趕緊跟房東說明這件事情並暫時搬去住同學雅房，與對方分租共擠點即可。儘管心情已被悵然所填滿，他此刻只想趕緊回公寓收拾簡便行李跑去同學家。

然而房門上的一張紙讓宗塵的心恍若被踹到深黑谷底，無法撈回。

「我要回南部參加婚禮，大約三天後回來，記得在十點過後鎖上大門。」

宗塵張著嘴巴，這才想起除了房東有大門鑰匙外，就只剩下自己有大門鑰匙，如果不是由他來關，出了什麼事情，依照房東的個性，肯定得賠償不少。

可現下他根本不敢住進房間，只得裹著毯子帶些零食跑到一樓的管理室裡，時針停在晚上九點。看著桌上的架子，他發覺現在住在公寓裡的含他與房東也才五人，其中一人是宗塵來的第一天被罵的粗聲男子，另外兩人，宗塵曾在走廊上與他們打過招呼，是對男女朋友共同居住。

宗塵取出自己的本子，在聯絡簿寫下今天發生的事情，想著如果房東看他的聯絡簿肯定會知道，就像是前房客的做法一樣。

二〇一四年九月二十一日

自從知道我的房裡死過人，就快點還我剩下兩期的租金，王八蛋！

宗塵寫完後，拿出前房客的聯絡簿與自己的筆記本，將房客留下的日記部分謄寫在自己的筆記本裡，酒後吐真言果然不假，前房客曾因為失戀而強拉著房東喝酒，而宗塵也慶幸前房客的酒量好，房東酒醉後，便將自己的事情如首曲般急急彈奏響起，好似不停斷的高潮跌宕在弦上，千迴百轉卻仍舊轉回內心深處，比起前房客的失戀，房東的遭遇才是無法以酒醉忘。

二〇一四年七月六日

陳粟的事情令人遺憾，但是不論是什麼原因，現在我是無法住下去了，我得趕緊找到新的地方，我開始感覺詭異又不安，覺得有人在看著我，每到半夜都會聽見沙沙的聲響。

宗塵謄寫這部分時，竟真的聽見沙沙的聲音從後方發出，嚇得他跑到成堆的紙箱後面，將身子埋入裡頭不敢出聲。

管理室的門微開，宗塵看見一男一女進入狹小空間，藉著紙箱之間的空隙，宗塵看見兩人交頭接耳的拿出聯絡簿寫著幾個字，隨後將本子放回離開。

宗塵瞥了眼時鐘，十點半。

他緩步靠近大門，將門鎖上後又立即衝回管理室，只得躲在紙箱後頭靠牆睡著，在夜晚，宗塵迷迷糊糊的發覺管理室似乎不只他一人，另有他人慌亂的翻閱本子，宗塵懷裡抱著自己與前房客的聯絡簿，朦朦朧朧間還未清醒，那人又掩上門離開，隨即他又昏睡過去。

早起時，宗塵到學校餐廳吃著早餐，看到手機未接電話已高達三十通，宗塵還是不願意回撥，他翻找背包裡的聯絡簿，看著自己的筆記本除了記錄前房客的趣事以及自殺事件外，宗塵偶爾還會在旁加註自己的感想。

這舉動不為誰而做，僅只是對於前房客的生活產生好奇，對於知道凶宅的事後，除去未找到新的地方無法離開之前，她竟也能停留一個多月，宗塵想起自己知道這件事後倒是連一晚也待不下去，立即奔逃至管理室。原先是想躲到同學家，但是又被房東拜託，想要打電話給房東推掉這事，但又未曾向他要過號碼，也拉不下臉撥給舅舅，而又不能丟下房間的東西直接離開，要是出了什麼事情不就得歸咎於他身上，左思右想，只得將自己的事情先擺放一邊，好好當隻看門狗顧家，所幸房東也給了點宗塵看家費。

宗塵呆坐在管理室，隨即想到自己現在的身分是否算得上是代理房東呢？

「所以我就算翻看不是自己的聯絡簿，也是於情於理都合乎規矩吧？」宗塵手一伸，將嘴巴說的這句順勢寫在聯絡簿上，想要氣氣房東，房東若看見這個，臉上的尷尬表情肯定很滑稽。他順勢低聲笑著。

隨即翻開那對情侶的聯絡簿，兩人每天都會互相寫些甜言蜜語的對話，宗塵的光棍身分自是看不過去，將它放回原處，接著他翻閱粗聲男的聯絡簿，發覺對方的筆跡剛勁有力，一如他的聲音渾厚，具重量感。

宗塵看一眼時鐘上的時間，將聯絡簿放回原處，照昨晚般偷躲進紙箱後頭，門接著便開啟，九點半是情侶檔回公寓寫聯絡簿的時間點，而七點半即是現在，則是粗聲男的時間。宗塵偷窺著粗聲男，粗聲男是個瘦竿子，身材高眺，長相反倒清秀，與聲音帶給人的形象差距甚遠。粗聲男寫完後，就將簿子放回原處離開管理室。

宗塵從紙箱裡冒出頭來，站起身子走到桌前翻開粗聲男的日記，內容裡詳細記錄每天的生活點滴，還按著時間像打卡般寫下每段時間在做的瑣細事情，宗塵心裡吃驚道：「虧得這檯面粗野動作，檯下細膩工夫。」人不可貌相。

宗塵悄悄闔起簿子，對內容未有太多探究，內心罪惡感升起，看了一眼時間倒也快九點半，宗塵將抄寫完前房客的聯絡簿放回原處，同時打開自己的聯絡簿潦草寫了幾句關於超商打工前輩的各種行徑，導致宗塵在思慮著是否要換工作？

聯絡簿上的每字每句都讓宗塵回憶起當天發生的事情，一幕幕好似為他拍攝的片子，重新播出。

真實而印象深刻。

宗塵想著今晚是否還要在管理室睡覺，幾經考量，他還是決定先上樓將些輕便衣物整理乾淨，十點鎖好大門後，就跑去同學家暫住一晚，明早房東回來就向他挑明凶宅之事。

凶宅不是罪過，租金尚且滿意。

可欺瞞最不可饒恕。

宗塵心想不可原諒的是他還得翻閱前房客的聯絡簿才得知此事。

宗塵進入房間後，著手整理自己的行李，方聽得樓下發出些東西倒塌的巨響，宗塵心一驚，拿著整理好的行李以及背包下樓查看。

可千萬別出事才好，好歹是代理房東。

宗塵不下樓倒好，一下樓臉上便被掛了彩，等到看清誰出的拳，才發覺自己是掃到颱風尾……

粗聲男正與情侶檔男子大打出手。

女子則在一旁冷眼觀看。

宗塵氣急，此時也顧不得自己輩分最小，大聲說著：「別再打了！不然鬧到街坊鄰居報警，你們就完啦！」宗塵想人民保母是最有力的盾牌，用手捂著受傷的左臉頰，咬牙吃痛拉扯臉大吼。

然而對方似乎沒有聽見宗塵的威脅，只是繼續互毆對方，宗塵心想這兩人平日素不來往，為何會突然打起來？他看望四周發現除去大廳的凌亂，管理室裡似乎也翻箱倒櫃著，宗塵繞過戰場轉身進入管理室，臉頰仍舊火熱的疼，但也顧不上那疼，心疼的不是臉頰的傷，而是大廳被毀壞的物品。

宗塵看了粗聲男的聯絡簿，先前是因罪惡感而不去讀他，現下細細讀起，才暗自不妙，據簿子裡的最新消息顯示，粗聲男與女子是同間公司員工，而粗聲男在簿子裡寫滿對女子的仰慕之心。

但為何男子會去翻閱他的聯絡簿？是不小心還是無意，這事實也就攤在前方的鬧劇，宗塵發現自己擋不住成年人之間的怒火，只得撥電話向遠方求救……

可遠水卻救不了近火。

「喂？宗塵你聽我說，舅舅不對的地方……」宗塵顧不上舅舅正要說什麼，立即打斷，「打架了啦！房客在打架！」宗塵緊張大喊。

「什麼？等等，阿東在我旁邊，我們提早回來想跟你講那件事，正開車下高速公路……」

「我可以打電話報警嗎？」宗塵看到前方的一切嚇得快哭出來，因為粗聲男不知為何手裡突然冒出了根棍子，往男子的腿狠狠打去。

女子此時也因這情景驚聲大喊，一切發生得太過突然，讓宗塵以為這是整人節目。

「絕對不行！」房東的聲音從電話另一頭傳過來。

宗塵生氣的正要罵問時，房東脫口而出：「如果二樓違建被查出……」宗塵瞪大雙眼，不敢置信的張著嘴，聲音不禁提高八度問道：「我住在違章建築裡？」宗塵氣急敗壞。

「所以我住的地方不但是個凶宅，還外加違章建築！」宗塵嘶吼著，同時心想舅舅究竟分得幾杯羹，如此對後輩獻殷勤推薦此歸所。

「不是……你這孩子先冷靜一點……」舅舅無奈的聲音低低地傳進耳朵裡頭，陳東的聲音似乎在宗塵嘶吼的那刻全沒了消息，接著轟的一聲巨響從宗塵的另一耳傳來。

「怎麼了！」宗塵與舅舅瞬間大喊，宗塵一眼望去大廳的方向，火紅色填滿白色地板，宗塵吃驚暗叫不妙。

「電線走火。」宗塵一字一句慢慢說，愣在眼前的現場，粗聲男跟男子此時才從打鬥中恢復神智，女子的尖叫源源不絕地從喉底發出，宗塵呀的一聲拿著自己的行李跟背包，拉著女子往外頭奔去，隨後一瞥後頭鼻青眼腫的兩人，朝他們大喊：「失火啦！還不快逃！」

兩人這才回神奔竄逃離現場。

後來舅舅跟房東都來到現場，我們六人看著老舊公寓逐漸被火紅色的烈焰所吞噬，無奈遭逢祝融之災的房客——粗聲男與情侶檔正在接受記者的採訪。

房東一回家看著自己的公寓變成一堆廢棄黑木時哭得不成人樣，舅舅扶著房東，才不至於讓他癱倒在地，但隨後房東呀呀幾聲，嗚咽說聲全沒了後便昏過去，救護車緊急將房東送到醫院，舅舅看看宗塵，交代他先到同學家住幾天後，也開著車跟到醫院。

宗塵自始至終都未曾開口過一句話，記者看他安靜，不發一語，自討沒趣的便離開了，警察也只問了另外三人，接著遞給宗塵一張名片要求主動聯絡。警車隨後跟著消防車與看笑話的街坊鄰居就這麼離開了。

頓時原本喧鬧的場所轉為一片寧靜，宗塵看著火苗竄出、身邊的人驚聲尖叫、舅舅的道歉、房東錯愕的哭泣，隨即想起聯絡簿的第一頁，同時也是前房客的最後一頁。

「壁櫥裡有老鼠窩。」

宗塵便是因為這句話開始偷看前房客的聯絡簿。

在小時候被家人餵過烤老鼠時，他連著三天發高燒，自此給老鼠嚇到將之視為妖魔鬼怪。超商打工時，也因在儲藏室遇見老鼠蹤跡而驚了魂。宗塵原想去開壁櫥查看老鼠窩但又不敢，若跟房東說，又怕被說是男人還怕這生物，於是便想著前房客的聯絡簿是否有寫些其他存在於這公寓內的生物，如壁虎、蜈蚣……等。

誰知這一看下去，就接連將公寓裡的祕密一個個挖掘出來，宗塵朝名片看去，將之揉成一團丟往公寓的殘骸，宗塵內心並未因被隱瞞一事而填滿怒火，也不哀傷於他大部分的生活用品都隨著祝融離去，內心反倒一片平靜。

宗塵轉身離去，打開手機按了幾個字，不再想房東的聯絡簿寫些什麼導致女友自殺，而變成凶宅讓他憤恨不已。

不再細想房東哭泣的是變成黑炭的公寓，還是日積月累保存在管理室的聯絡簿？不再去想公寓裡的老鼠窩，畢竟這一切都燒了。

妖魔鬼怪消失了，人有時真比妖魔可怕多了，但宗塵在害怕的同時，也由衷感激他們所做的一切，使得他能逃離這處所。

他心想這兩個月加上前房客的五個月，這加總讓宗塵產生錯覺，覺得自己住在那裡快半年，他一驚拍了頭，緩緩道出：「原來公寓就是房東的聯絡簿！」

宗塵頓時內心輕鬆，臉頰雖腫脹疼痛，但笑容卻掛在他的臉上，宗塵笑著打完說出的那句話語，並按下儲存鍵，隨即跳出一視窗詢問命名，宗塵毫不猶豫……

將它命名為「聯絡簿」。

（大同大學「尚志現代文學獎」首獎作品）

李嫚珊

一九九三年七月二十五日誕生的小獅子。攻讀媒體設計，喜好圖文創作、漫畫、動畫製作、寫小說。

希望能透過觀察周遭的人事物，透過筆記錄並結合自己的感受想法來繪製，寫下來傳達給讀者。

僞童話：《迷路的彩色先生》

姚怡妁

這個世界，一切都是以黑、灰及白所組成的單調世界，天空是灰色的，如紙片單薄的雲是空虛的白……連同生活於此的人都是這三種顏色。

對於單調的世界，人民並沒有太多不滿，顏色的多寡並不影響他們的生活，況且，他們一出生便只接觸這三色，對於其他顏色一點印象、感覺都沒有。

從事農業活動的人仍然工作著，從事商業活動的人仍然工作著，從事教育活動的人仍然工作著——顏色對於他們，根本就無所謂的啊。

然而，在灰色天空比往常更陰暗的那一天，未曾有過的顏色出現在某個小鎮入口。

——是晴朗的天空藍。

穿著正式西裝，手上拖著沉重的行李箱，存在突兀且明顯的男人踏著輕巧的步伐，搭著輪子偶爾輾到石子所發出的喀喀聲。

其他人紛紛向其投出好奇的目光。

那個人身上的顏色截然不同，皮膚、頭髮、眼珠、衣著……每一處都與他們不同，他的身上大都不是黑、灰或白。

「您好，與眾不同的先生。」小鎮裡最不懼怕外來事物的鎮民走上前，掛著和善的表情向其打招呼。

天空藍色的男人禮貌地拿下帽子，回以親切，「日安，我親愛的朋友……又或者該是夜安？」

這裡很陰暗，就像是雨天或是夜晚，可是這裡並不潮濕，天空也沒出現無以計量的閃亮星子。那麼，現在該是何時？

「現在是白天，但是今天的烏雲蓋過了大部分的陽光。」鎮民回覆。

而這名猛然出現的男人，其存在就有如今日的美麗陽光。

迷路於此的男人早在進入單調色彩的世界時，就發現自己的不同了，這裡沒有其他顏色，自己似乎將這世界所有的色彩都收歸於己。

「我想問個問題。」鎮民不太好意思地開口：「請問您身上都是什麼顏色呢？」

他們不知道黑灰白以外的顏色，沒看過、沒遇過，自然也就不需要其名稱。

男人眨眨眼，將自己的帽子遞給一臉好奇的人，「這是藍色，天空藍色，就跟天空一樣的……噢。」

他忘了這裡的天空沒有藍色。

好奇心一下子積到最高點，鎮民又是撫又是嗅地把玩著對他來說是新奇的事物。躲在一邊的其他鎮民見外來者沒有敵意，紛紛聚集到他們身邊，對男人提出一堆問題，請求端詳他身上的異處。

天藍色的男人耐心地為所有人解答，他只慶幸今天身上只有少少的幾個顏色，否則他一定會被纏到隔天或是更久。

小鎮所有人很是歡迎外來的訪客，由鎮長安排，男人住進了鎮上最好的一間旅館，當然也是由三種顏色組成。

由於男人身上是他們所沒有的彩色，所以鎮裡的人都稱呼他為「彩色先生」。

隔天，天空該是略微偏黑色色調時，已經起來出門準備要去工作的農人們一一發出大大的驚嘆聲。

農人們的驚呼逐漸喚醒小鎮裡沉睡的人們，大多數被吵醒的人推開窗，睡眼惺忪地想大罵外面的人安靜點。可是話還未出口，他們就被農人所詫異的事物給吸引了。

本該是灰色色彩的天空竟然變換了顏色，比昨日彩色先生所穿的衣服還要深沉一些，但是還是看得出來那是美麗的藍色。

眾人的睡意頓時全消，雙眼蹦出驚喜的神采。

他們的世界有色彩了！

這件事驚動了所有人，每個人都張大了眼睛，目光一刻也不願意離開這令人驚奇的轉變。

大家都認為這一定是因為彩色先生來到這兒，因此世界開始被繪上顏色。

「彩色先生！您看！那就是您眼中的、天空的顏色嗎？」昨天先與彩色先生示好的鎮民亞爾文，興奮地拉著對方的手，一手指著比稍早前還要更加清澈的青空。

「哦！是我所熟悉的天空啊！」

一聽見彩色先生的聲音，眾人紛紛回頭並上前，感謝這個帶來好事的訪客。

當然，他們並沒有忘記去注意今天彩色先生的穿著。

不同於昨日，是暖和的榛色。

「彩色先生、彩色先生，今天的顏色叫作什麼呢？」牽住母親布著厚繭的手，綁著兩條三股辮的小女孩漾著笑容，伸出另一手拉著彩色先生的衣袖。

彩色先生揉揉小女孩的頭，引來對方陣陣發笑。

「今天是榛色，是堅果的顏色。」說著，彩色先生一把接住從前方丟過來的幾顆果實，「美麗且飽滿的榛色。」

「果實的顏色！」小女孩高興地大叫。

這麼一來，明天的果實就會漆上顏色了！

大家都抱著愉快的心情如此想著。

果不其然，榛色也出現在小鎮裡，飽滿的顏色讓眾人的心情更加歡樂了。

他們發現到彩色先生穿著什麼顏色的服裝，世界便會被塗上什麼顏色——天空的藍色、果實的榛色、葉子的翠綠色、柑橘的橙色……本來只有黑色、灰色與白色，但現在已經被不少顏色給填滿。

這個世界是如此的繽紛且耀眼——

唯一讓人們感覺可惜的是，他們的身體並沒有顏色。

在過去的某一天，彩色先生穿過與他皮膚相似的緊身衣，雖然大家一度認為彩色先生的衣著品味令人不敢恭維，但他們能擁有膚色的事更為重要。

不過，那樣的顏色沒有於每人的肌膚上綻放，他們身上仍然是接近白色的淺灰色。

眾人不解，而為世界填上顏色的彩色先生更是不解，他本來就不知道為何世界會有變化，更別說一直以來的改變為何停止。

只能抱著失落，但沒有人怨恨彩色先生，畢竟那也不是他可以控制的。

「彩色先生，你認為我們該怎麼辦呢？」亞爾文略微失望地詢問。

雖然小鎮裡幾乎所有人都與彩色先生相識，不過與他最好的仍是第一天最先上前攀談的亞爾文。

拿著典雅的純白色茶杯，杯緣以淡粉色繪製了如裊裊炊煙的柔軟線條——亞爾文從沒想過有一天自己能看見自家的器皿擁有那三色以外的顏色，裡面咖啡的顏色甚至是褐色的！

對此，亞爾文相信眾人都是相當感謝彩色先生的，只不過眾人現在有了更加希冀之物……鎮民們的表現似乎越來越怪異。

他不知道該怎麼說……不，是他不願意如此去想罷了，因為大家的生活與態度一直都是那樣的單純。

彩色先生也持著相同款式的茶杯，喝了一口褐色的液體。幸好現在的咖啡也有了色彩，否則要他喝一杯與其他飲料都差不多顏色的東西，他都快覺得自己要受不了了。

「亞爾文，你指的是哪方面的問題？」就彩色先生來看，雖然一開始最有問題的是世界的顏色，不過當眾人得到了，之後有問題的就不再是色彩了。

他被人們喜歡著，因為他會帶給這世界原先沒有的事物，可是當他使世界繽紛起來，同時也讓原先單純的人心添加了各種不同的情緒。

亞爾文瞄了彩色先生一眼，對方今天穿的是米白色的西裝。「今天是什麼顏色？」

「米白色，亞爾文，你還沒記住各種顏色的名字嗎？」

由於是第一次接觸，其實大多數人尚未完全將各種顏色的名字記憶起來，看見時多少都還是會詢問。

「你不能要求新生兒記住父母、兄弟姐妹們的名字。」亞爾文理直氣壯。

彩色先生失笑一聲，「聽見三十歲的大男人說自己是新生兒還真是可怕。」

亞爾文用鼻子哼了聲，亞爾文這才想起剛剛的問題，「差點被你唬弄過去。所以，你認為我們該怎麼辦？」

將杯中的咖啡飲盡，彩色先生呼了口氣，「我不知道該怎麼讓你們的皮膚擁有顏色。」

「我想也是，我只是想問問看。」亞爾文之前也看過他人請求彩色先生多穿幾次膚色的服裝，雖然大家都很希望自己身上也有顏色，不過要他來選的話，他還是希望彩色先生別再穿上那種像是裸著的衣物。

像是知道對方在想什麼，彩色先生苦笑，「別那樣，我沒有其他件膚色的衣服啊。」

「你的品味真是糟糕。」亞爾文逕自下了結論。

「才沒有！」

之後，彩色先生還是依他人要求，勉強換上被人側目的膚色緊身衣，但期望仍是一次次地落空。

「其實我不認為膚色對我來說很重要。」

曾經，亞爾文這樣說過，而且也從未祈求過。

自己身上有色彩，並不是很能理解他人的想法。而他人從原先的零到有，最後就只剩下一種……彩色先生並不是不能猜測他人的想法，可是結果就是如此，他已經讓自己換上丟人的衣服好幾天了，沒有辦法就是沒有辦法。

他們何時會選擇放棄呢？

「唉。」無奈地嘆氣，彩色先生撐著頭。

今天他穿著大紅色的無領長袖T恤，鮮豔的色彩與他憂鬱的心情成反比。

「今天不是穿緊身衣，你怎麼心情一樣很差？」亞爾文坐在彩色先生對面，順手擺出一盤點心在兩人之間。

「沒有人願意放棄。」彩色先生半闔著眼，「不肯服輸這點很好，可是在無法成真的事物上執著就令人疲憊了，尤其那份執著還是利用他人達成自身所祈願之事物。」

亞爾文搔搔臉頰，無法給予任何回應。他也是屬於受惠者的一員，最初他也很高興一切的轉變，直到世界變得美麗而他也不再有任何遺憾，他就知道自己已經無所求了。

有時候，生命不需要太過完美。況且，黑、灰與白是他們最初始的世界，他也不想因為有了新事物而失去最初的自我。

只是，這樣想的人似乎只有他，沒有第二人。

吐出心底的一口濁氣，亞爾文驀然起身，拉著彩色先生往外走，「我們出去走走吧，悶在這兒也不是辦法，出去走走說不定心情會好一點。」

其實彩色先生很想拒絕，因為外面的人就是使他身心靈都感到疲累的人群，不過他不會拒絕亞爾文，因為他是他認定的、唯一對他好的友人，也是唯一對他無所求的人。

一走出門，各式色彩的世界映入眼簾。彩色先生想起第一天他所見到的景色。

雖然那時是灰色的天空、紙片般的白雲，可是那樣的景色卻讓他開始懷念起來。

彩色先生不禁懷疑自己對這世界是否有益。

「日安！彩色先生！」

並不像大人帶著些許的失落，小孩們的臉上總是掛著燦爛的笑容。

「日安。」彩色先生揉揉孩子的頭。

「彩色先生，今天是什麼顏色？很像是蘋果的顏色呢。」小女孩用小手捏著紅色的布料，觸感與自己身上或是他人身上的衣服全然不同，柔柔的，很舒服。

「是紅色喔。」彩色先生回答：「跟蘋果不太一樣，這個比較像是血的顏色。」

眨眨眼，小女孩歪著頭，「血？血不是黑色的嗎？」

在世界豐富前，血的顏色是黑色的，小女孩雖然沒有看過自己體內到底是不是流著黑色的血液，但大人們偶爾會因為受傷而流血，那時她看見的是烏漆嗎黑的顏色。

想想也是，這裡黑色就是以較深一些的顏色替代。彩色先生搔著臉頰，思忖了半晌後，跟亞爾文要了把小刀，忍痛在自己的掌心劃下一痕。

鮮豔的血珠伴隨淺淺的刺痛從掌心冒出，彩色先生將手掌伸到女孩面前，「這就是紅色，鮮豔的血紅色。」

女孩瞪大了眼，「不、不是黑色的……」顫顫巍巍的小手欲碰觸紅色的血珠，但一碰觸到便立刻縮手。

看著自己的手指沾上了一點的紅，小女孩整個人興奮地快昏厥。用另一隻手抹去血，在手指上剩下殘存的紅。

在皮膚上的顏色！

以為自己的皮膚有了顏色，女孩高興地尖叫：「紅色！我的手上有紅色！」

聽聞尖叫聲，附近的居民一擁而上，紛紛拉過女孩的手端詳。

「真的有顏色！」

「雖然不是膚色的，但真的有顏色！」

「我也要顏色！」

注意力轉回到彩色先生，眾人貪婪的視線全都放在彩色先生冒著少許血珠的手掌。

發覺不妙，本來想逃跑的彩色先生被人抓住，接著便是掌心傳來的撕裂痛感，「啊啊啊！」

居民們像是捉到獵物並享用的獵食者，眼中全是渴望鮮血的瘋狂色彩，他們用手指刨挖著獵物的掌心，血腥的味道刺激著鼻腔，豔麗的鮮血彷彿是助燃物，將所有人的欲望燃到最高點。

「啊啊啊啊——」彩色先生吃痛地大叫，卻沒有任何人注意到。

手掌被抓得坑坑洞洞的，鎮民們的暴力並不因此而停止，反而在看見更多血液後越加亢奮。

沾染上顏色的雙手變得黏膩，鐵鏽的氣味也一併附著於上，各種怪異的感覺使得人們覺得噁心。可是，這些不足永遠比不上滿足欲望的歡樂。

噴灑而出的鮮血越來越多，就著空隙不斷滴落於地，積在地上幾乎可以成為小池塘。

「給我！我的臉上還沒有顏色！」某個在比較後方的男人大叫，伸出的手染了滿滿的紅。

「我的脖子也沒有顏色！」某名婦人扭曲了臉，眼內充滿嗜血的狠戾。

人們的呼聲壓過彩色先生的哀號，不過後者也無法發出太大的聲音，因為他的嘴裡也塞滿了如吸血蛭的手指。

被推擠到人群最後方的亞爾文傻愣愣地望著眼前正在分食顏色的鎮民們，與他最要好的人在上一秒還在跟他說笑，下一秒卻成為眾人的美食，而他卻沒能做出任何反應。

喉嚨深處爆出噁心感，亞爾文捂著嘴、忍著嘔吐感，他想離開，雙腿卻不受控制地立定於原處。

噩夢一般的豔紅色不斷噴灑出來，伴著洶湧的濃郁氣味。

眼前所熟悉的人們，已經不再是他最愛的人們了……

那些人就只是暴戾且貪婪的……

●

這個世界，一切不再是以黑、灰及白所組成的單調世界，天空不是灰色的，悠然於空的雲也不是紙片般的白。

對於充滿色彩的世界，人民的心裡仍有不滿，無法填滿的無底洞一同被附染在人們的心上。

迷路的彩色先生成為新世界的創造主，真心感謝並思念他的卻僅有一人。

「很久很久以前，世界還是只有單調的黑、灰與白……有一天，某個帶著彩色的男人出現了，他被其他人稱作『彩色先生』……」

彩色先生，你知道嗎？世界從黑白的有聲劇場變為彩色的默劇了。

（大葉大學「紅城文學獎」首獎作品）

姚怡妁

生於一九九六年一月十八日。

或許是因為不擅長與人交際，所以從小就喜歡閱讀。書中的世界以文字展現於讀者面前，因而想試著用文字去表現出腦中所想到的事物，雖然不夠成熟，但希望總有一天可以用文字將腦中的一切好好地表達給他人。

陰影

陳昱霖

不出十坪的老舊公寓，男孩坐在破爛不堪的沙發上玩著父親買回來的遊戲主機。簡單黑色的塑膠外殼上連著掌控世界的遙控器，男孩玩著的不只是全球最新的遊戲主機，也是這屋子裡看上去最有價值的物品。

男孩不懂得主機的名稱叫作什麼，聽其他人都叫它X爸，自己也就跟著叫X爸。為什麼要叫它爸爸，自己也搞不清楚。別人都說爸爸是陪伴孩子成長、給孩子幸福快樂的人，真要是這樣，那X爸除了不會煮飯給自己吃以外，還真的名副其實。

「從從，吃飯了！」

男孩的母親剛回家，將雨衣脫下後便坐到了沙發的左側，從放著遊戲機的木桌底下，拿出了前幾週的舊報紙鋪在桌上後，才將買來的便當放下。男孩看見母親買了便當回來，顧不得遊戲時間還剩多少秒，便開心地放下手中的搖桿，連忙依偎到母親身邊。每次到了吃飯時間男孩總是如此高興，儘管只是一個再普通不過的五十元便當，男孩總是吃得津津有味。

在孩子眼中，母親的便當就像個魔術空間，總有吃不完的菜。媽媽每次都會說這給你、那給你後，就從自己的餐盒裡面夾出自己喜歡吃的菜色。而年幼的孩子也沒想太多，母親夾一口，自己吃一口！人生的快樂莫過於如此！

男孩名叫楊從，親戚們總是左一聲從從右一聲從從的叫他，久而久之大家就都這麼叫楊從。每天X爸陪著自己，媽媽買飯回來就是男孩最開心的時候。喔！還要去掉母親每次在吃飯前都要叫自己去洗手，那真是件煩人的事情！楊從心底默默咕噥著。

楊從的母親姓林名達蘭，在自己二十歲時就生下了楊從，結婚時也就幾位親人朋友在附近的小吃店吃吃喝喝，既沒有大教堂，也沒有華華麗麗的婚禮儀式，就連最基本的一張結婚證書，丈夫也不願意隨她跑一趟。但達蘭自己也並不怎麼在乎，結婚證書這東西只在求學的那六年中有聽過，管它是什麼玩意兒。

小時候常常有人取笑達蘭的名字，說她取個山地人的名字幹嘛？但達蘭的父親是平地農民，而母親是因為國共內戰而遷移來台的外省人，完完全全沒有山地的血統。也因為自己的家庭是外省與在地所組成的，達蘭從小過得並不順遂。被女方家族歧視，受男方親戚排擠。要說有個童年，在父親還沒因為二二八事件身亡以前，還有些微事情可以回味。之後？一個沒爸還要靠自己母親娘家養的女孩，誰會理妳！

也因為如此達蘭很疼自己的孩子！有好吃的，給從從；有好玩的，給從從；有……都給從從！儘管自己難過一點、餓一點，都不能讓孩子受任何委屈！每次看到從從吃飯吃得心滿意足，自己的心就會跟著暖起來！只要從從過得開心，自己再苦也都值得！

然而，這樣短暫的幸福對母子兩人來說，卻是一生中最快樂的時光。

●

「我說什麼妳沒在聽嗎？幹！」男子大力的揮下手中的雨傘，雨傘還沒打到人，雨水就先噴濺到達蘭的臉上。重力加速度之下，就算是雨滴，打在臉上也是陣陣的痛楚，更別提隨後而至的毒打。

「我……」從從的母親意圖解釋，但換來的只是男人更加無情的痛打。而從從此時在一旁瑟瑟的發抖，男子的咆哮、怒罵，一字一句早已深深地烙印在從從心底。

「媽媽挨打的時候你就躲在桌下，知道嗎？」曾經的話語在從從心底響起。不是不想反抗，而是不能反抗！從從曾經試圖告訴父親不要打媽媽，但結局反而是父親變本加厲的打罵，甚至連自己也不放過。

男孩抱著自己顫顫發抖的後腦，試圖用手臂擋住耳朵、將眼睛閉起來，什麼都看不見、聽不著，希望下次再張開眼睛後一切都會安然無恙。只有母親的嘴角跟手臂上會有微微的黑紫斑點，真的只會有些微的紫黑色斑點。不會怎樣，也不會怎樣！儘管那斑點從來都沒有褪去過，也不曾削減過。現在，只要聽媽媽的話，躲在桌下就可以了吧？

「我叫妳不聽我話！會工作很了不起嗎？說話啊？不敢說話是不是？打到妳會說話為止！」

●

天再怎麼黑，總有亮的一天。但有時人們總會將月亮誤當作太陽，以為事情好了，結束了，一切完美解決了！卻絲毫沒有想到那只是黑夜中的烏雲消散，月亮透露出一點希望的光芒。

或許楊從就是如此吧？迷迷茫茫，誤把月娘當太陽！但又怎能期待一個不滿九歲的小孩懂得這一切？事情過了，睡個覺總會將過去的種種全數忘記。有可能會記上一天或者一個禮拜，但時間過了之後他們會忘記一切，又滿懷笑容的重新接納你。這也是小孩可愛的地方！

楊從就讀的小學距離家裡有段二十幾分鐘的路程，通常達蘭都會起個大早幫孩子準備早餐後，陪伴男孩一起走到學校自己才去上班。但有時媽媽沒辦法陪自己上學時，楊從就會一個人默默地走到學校。

在楊從的班級，導師要求每位學生都要提早三十分鐘到校以便打掃教室。原本校方規定七點半到校即可，因為導師的要求，每位學生必須在七點準時到校，若是沒來，小則算進遲到紀錄，大則藤條教訓。也因此楊從必須每天早上五、六點就起床刷牙洗漱，要不然男孩絕對趕不上導師規定的時間。

這天，楊從也一樣一個人走到了學校。早上起來時，看見渾身酒氣的爸爸躺在床上，而媽媽不知為何赤裸裸地睡在地板，嘴巴上也浮起自己熟悉的紫色斑點。楊從把自己床上的棉被拿過來蓋在媽媽身上後，就從冰箱拿幾片吐司趕緊出門上學。

雖然楊從加快了腳步，但還是趕不上導師規定的時間，在七點五分時才抵達教室。而一進教室，除了同學在打掃以外，讓人為之膽戰的莫過於自己的導師正站在講台上指揮全班打掃教室。

「遲到的人直接去後面罰站。」導師連看都不看，繼續指揮同學打掃，而楊從也只能默默的走向教室後方罰站。

在老師的指揮下，班上沒有任何一位同學敢稍加偷懶。就連平時調皮搗蛋的學生也不敢拿著掃把，假裝自己是孫悟空般揮舞，更別提拿著清潔劑的男孩，連把噴頭拿來當槍使的絲毫想法都不敢萌生。

碰的一聲，一位女孩不小心將手中的水桶打翻。好不容易拖乾淨的地板就這樣被汙水弄髒，而女孩的衣服也被髒水噴濺了不少部分，一旁的導師看到了連忙趕過來，但為的卻不是關心女孩。

「笨手笨腳，什麼事情都不會做嗎？媽寶嗎？垃圾。」一連串難聽的字眼就這樣從導師的嘴裡罵出，絲毫不敢置信他是在跟一個完全沒有縛雞之力的小二學生訓話，字眼極其刻薄，而女孩雖然哭了出來，但手中的動作卻絲毫不敢停下來，試圖從一旁拿起拖把好將自己造成的攤子收拾乾淨。

而女孩連拖把都還沒碰到，導師又接著繼續罵道：「不要做了，不要做了。去後面跟那廢物窮小孩罰站吧。」

「成事不足，敗事有餘。現在的小孩都是這樣嗎？垃圾。那個誰？對對對，就是在叫你，過來把這邊收拾收拾。」老師叫一旁正在擦窗戶的男同學來收拾，頭也不甩的就自顧自地走回講台，繼續指揮全班打掃。

楊從只是抬頭看了看後便又低下頭，繼續自己還沒罰完的站。

班導的名字叫作杜人龍，大學剛畢業就考取了教師證照。隨後透過祖父的關係，在這種十個老師有九個找不到職缺，剩下一個還是代課缺的環境下，得到了正式教師的職務。進了學校絲毫不以靠關係為恥，反而仗著自己的祖父跟校長是世交，在學校裡囂張跋扈，為所欲為。一開始，許多老師都看不慣他的教學方式，也試圖跟校長反應。但每次總是得到少年人年輕氣盛，過幾年就沒事了、新官上任三把火之類的敷衍談話，總要大家多忍忍。

日子一久，大家也慢慢習慣了這位杜老師的教學方式，甚至有些老師也開始效法他的嚴厲風格。畢竟在杜人龍的權威管理下，每次他的導師班都是整潔與秩序的常勝軍，學生的成績也明顯的比以往要高。雖然過程可能出了點差錯，但到終點就好啦，不是都說條條大路通羅馬，走哪條路不都一樣嗎？

掃完地後，一如往常進行學校每週一必定舉行的全校集會，一到六年級的學生只要不是下雨天，都必須站在司令台下集會。〈國歌〉、〈國旗歌〉越到高年級開口的人越少、唱的人幾乎都是三、四年級，學校在二年級下學期才會正式教導學生唱這兩首身為國民必須學會的歌曲，也是最有熱情唱歌的年紀。等到了五、六年級，不是覺得每週唱一樣的歌很蠢，就是懶得開口。

二年級的楊從，在班級隊伍中默默地微張嘴巴唱著國歌，聲音小到連站在旁邊的人都幾不可聞。學校連教都沒教過他，但在每次週會聽著別人唱歌，久而久之就把所有歌詞以及發音都背了起來，甚至可以一字不漏的完整唱出來。只是唱得出口，卻完全沒辦法了解歌詞的意思。

集會結束後，就是課程的開始。主科包含：國文、英文、數學、社會與自然，除了社會與自然以外，其他都是身為導師的杜人龍所要教導的科目。在集會結束後的第一節課就是數學。

「楊從，上來回答問號的數字是多少。」杜人龍指了指黑板上自己抄寫上去的題目，並點名楊從上台將答案寫出來。

楊從聽著老師的話走上台前試圖解開黑板上的題目。而二年級的題目能有多難？不外乎就是一些判斷何為正三角形、等腰三角形的題目，但黑板上的三角形一邊寫著3，另一邊寫著4，最後的一邊則是寫著問號。楊從看了看題目，老師似乎是要問自己問號的數字到底是多少。但是沒有拿尺量怎麼知道是多少。

「垃圾學生。連這都不會嗎？去後面罰站。」不到兩分鐘的思考時間，楊從立刻又被杜人龍叫到後面罰站。但更過分的事情緊接而來。

「窮小孩就是不一樣，哈哈哈。同學們，一起笑他。看他會不會變得比較聰明一點，看他能不能從垃圾變成可以資源回收的垃圾。哈哈哈哈哈。」杜人龍用相當逗趣的表情要求全班嘲笑楊從，而班上大多數的學生也被導師那詼諧的臉孔逗笑，跟著轉頭看向罰站的楊從，那畏首畏尾的樣子還真像老師形容的一樣，笑他真的能讓他變聰明？我是不是要幫忙笑一下，讓楊從能夠變得聰明一點？

楊從也只是默默的低下頭，什麼都沒說繼續罰站。

「杜老師，你這樣會不會太過分？」坐在教室最後一排的周育婕站起身來大聲地詢問杜人龍。但她可不是學生，她是師範大學分發來國小實習的教師，剛好就被派到杜人龍的班級，而今天也是她第一次且第一天的實習。

「妳是說我把那窮小子說成有可能成為資源回收垃圾太過分了嗎？那我以後就只叫他垃圾好啦，哈哈哈哈哈。」杜人龍完全不把周育婕的訊問當作一回事。

「你……」周育婕才說出第一個字，就立馬被杜老師打斷：「坐下吧。不管妳做什麼，都於事無補的。乖，坐下。」臉色之輕視完完全全表現出來，甚至有種挑釁帶威脅的意味在。周育婕絲毫沒有息事寧人的打算，一旁的學生看到教室的氣氛變得如此凝重，各個也都安靜的待在自己的位子上不敢亂動。

「楊從，過來。」周育婕一轉頭拉起男孩的手，完全不管杜人龍先前的命令。直接帶著楊從走出教室，氣憤的她看到杜人龍的一舉一動，完全不敢置信有這種在上課直接謾罵學生的老師。自己還被分配到這樣的環境來實習，來實習什麼？學會怎麼打擊學生的心靈嗎？這樣的老師居然還被評為最優秀的班級，校長還肯安排實習老師進來？這所學校是怎麼了？育婕心中罵道。

將楊從帶離教室後，周育婕看離教室有段距離便停了下來。問問楊從有沒有哪邊不舒服？或是心裡有什麼委屈？楊從只是搖搖頭，示意這是小事，並不造成心理負擔。但楊從說的小事，卻是將父親家暴與老師的冷嘲熱諷比較後，所得出的結論。育婕搖了搖頭，似乎是要讓自己的情緒冷靜一點，隨後才摸了摸楊從的頭說：「現在回去教室上課，剩下的交給老師處理吧。」便看著楊從自己一個人走進了教室，她才緩緩地走向了校長室。

●

楊從下了課便直接回家，家裡面的經濟狀況不可能讓他跟其他的孩子一樣，去上才藝班或是補習班，每次楊從回家後，就是放下書包開始做作業，做完作業就跑去跟自己的「爸爸」玩。有時，「爸爸」會被自己的父親占據，楊從就會開始畫畫，畫房子、畫大山、畫大海，畫一切自己嚮往的地方，儘管那些地方他從來都沒有去過。而達蘭將家務處理完後要是還剩下點時間，也會說幾個故事給楊從聽，可惜的是，這樣的時光往往都會被其他事情所取代。

今天，因為自己的父親占據了「爸爸」，達蘭正在打掃屋子沒時間給楊從講故事，男孩便在餐桌上用鉛筆畫圖。楊從的父親，就這樣自己一個人坐在沙發上玩著X爸，吃著剛從便利商店買回來的豆乾與啤酒。每當達蘭因為打掃而稍微妨礙到他玩遊戲時，孩子的爸總是會大聲斥責孩子的媽。

「跟妳說過多少次了？叫妳不要擋住我玩遊戲！現在好了吧？角色死掉了。妳自己看著辦。」父親把操作桿大力地摔上桌子，原本就已經不穩的桌子被震了一下彷彿快要斷成兩半。達蘭又握緊了手上的拖把，顫顫地回答：「我只是經過幾秒鐘而已，又不是故意的……而且我……在打掃……」

「老子叫妳閉嘴啦！」楊從的父親不管啤酒是否喝完，一手拿起就直接往達蘭的身上砸。而達蘭為了閃避飛過來的瓶子，原本握緊的拖把也因此鬆了手。但男人可沒因為丟了個瓶子就消氣，走向前去賞了達蘭一巴掌又繼續罵道：「昨天才教訓過妳，今天皮又癢了？還是又犯賤了？我操。」

原本在餐桌上畫畫的楊從，聽到聲音後連忙跑到客廳，只見父親又開始打起媽媽，手中還拿著鉛筆的他，完全無所適從的站在原地。

「媽媽挨打的時候你就躲在桌下，知道嗎？」聲音又再次從腦中響起，媽媽過去的叮囑跟過去自己挨打的經歷，讓楊從不敢踏出反抗的一步。但是他不想再看到自己最愛的母親每天被這樣毆打，自己也每天生活在持續的壓力底下。「媽媽……」楊從口中又喃喃地念著媽媽，小拳頭也慢慢地握緊，腿部微彎彷彿就要踏上前去阻止父親。

「我操。」楊從的父親大罵，隨即又開始毆打達蘭。也因為這聲音，徹底打散了楊從上前去的勇氣。男孩又一次地躲到了桌子底下，等待風暴過境。

●

周育婕黯然的走回校方配給實習教師的辦公桌，無論怎麼向校長反應杜人龍教導的問題，校長的回應也像其他老師跟自己所說的一樣，不外乎打著太極叫人多忍耐一些，甚至到了最後，校長居然以自己只是個實習老師，不方便插手學校方針為由，將她請了出去。

「有用嗎？哈哈哈哈哈。」杜人龍嘴角上掛著嘲諷般地淺笑過來看著周育婕，似乎早就料到女實習老師的舉動都是徒勞無功的。

「告訴妳吧。只要我教導出來的學生比其他人優秀，得到家長的正面評價，校長就不敢動我。況且我跟校長還有點私人關係。妳想撼動我的地位？做夢比較快！傻傻的社會新鮮人。」育婕幾乎是用仇視的眼神看向杜人龍，但自以為高高在上的杜老師根本連一眼都不想看這個自己一點都不放在眼裡的敵人。

「明白什麼是最弱的猴子嗎？今天妳帶出去的那位學生，只要我不去幫助他，縱容學生們欺負他。學生的壓力就有一個管道，我給他們什麼壓力，他們都可以從那隻最弱的垃圾窮猴子身上找到發洩。他們就不會來煩我，懂嗎？這就是教育的藝術。」杜人龍沾沾自喜地向周育婕誇耀自己的教學方式，完全沒有愧疚的意思。而就在杜老師說完話時，周育婕大力的拍下辦公桌並站了起來，凶狠狠地直接瞪著杜人龍：「你就因為這麼無聊的理由，欺負一個男孩？」杜人龍看了看眼前憤怒不已的女人，氣定神閒地回答：「呦？要不然呢？妳覺得其他三十三位的未來跟一位垃圾窮小孩的未來哪邊的利益比較大？」完全不做任何思考，周育婕立刻應道：「就算這樣，也不能這樣教導孩子！」育婕接近怒吼般的嘶喊，杜人龍正踏著周育婕的容忍底線且絲毫沒有退讓，看似還要更往前踏地繼續說道：「妳只是位實習老師，妳的分數全部掌握在我手上。今天妳扳不倒我，還是我的屬下，就乖乖的做妳的本分。最後再奉勸妳一句吧。

「不要人救不走，還把自己賠了進去。」

●

在一個月裡面，杜人龍非常積極地實現最弱的猴子計畫。在課堂上，出過分的題目要求楊從答覆，若是答不出來，便命令男孩直接走到後面罰站，更少不了一番羞辱。但每當楊從走到教室後方罰站時，周育婕也會離開座位，站到楊從的身邊陪他一起罰站。這舉動雖然只是治標不治本的作為，但著實讓楊從溫暖了許多，也讓男孩跟女實習老師的距離近了不少。

不過杜人龍的計畫可沒那麼簡單，每當楊從與其他同儕吵架時，杜人龍會極度地偏袒楊從的相對方，對楊從極盡的苛責，甚至還給欺負男孩的人糖吃，似乎是想要將欺負楊從營造成一種為老師允許的霸凌活動。對此，周育婕當她能看到學生爭執時就直接介入，但她也不可能全部的時間都陪在楊從身邊，有時還會被杜人龍惡意地調離現場。甚至有些學生發現跟楊從吵架時找杜人龍，「親切」的杜老師都會偏袒他們、獎勵他們，就乾脆避開周育婕挑釁楊從，再去找杜人龍評理。理所當然的，楊從的日子一天比一天難過。

就在一次的藝術課中，周育婕陪著楊從畫畫。這可不是說周育婕偏心，不願意照顧其他學生。實在是最近欺負楊從的現象增長得太誇張了，如果自己有空就盡可能陪在男孩身邊，才有可能降低男孩所受的傷害。

繪畫題目是我的母親。非常簡單，每個學生一聽到題目都開心了起來。有圓的母親、方的母親、星星狀的母親，各式各樣的母親就在學生的筆下綻放了出來，萬紫千紅的創意也揮灑自如。而從每個人對母親皮膚的著色，也可以大致了解學生的媽媽是在從事什麼行業。比如皮膚較黑，那位學生的母親大概就是在室外工作；相對的皮膚較白的就是在室內工作了。五光十色整身華麗無比的穿著，雙親社會階級都會偏高等等，都是可以從孩子的繪圖裡面看得出來。

就只有楊從，在自己母親的嘴角跟額頭上塗上了紫黑色。周育婕看了百思不得其解，為何人的皮膚上會有不自然的紫黑色呢？想了想便問楊從：「從從，這個紫黑色的斑點是什麼？」楊從不假思索地回答：「就媽媽臉上的斑點啊。周老師的媽媽臉上沒有嗎？」對於楊從來說，母親臉上的紫斑點一直都沒有退卻過，看久了就認為那是媽媽身上的特徵，在畫圖時便自然而然地畫出來了。「那是……你有碰過母親的紫斑點嗎？」周育婕追問。楊從也只是搖了搖頭：「媽媽從來都不讓我碰，說如果碰到的話媽媽會很痛，所以不能碰。」

是瘀青？還是胎記？周育婕在心裡揣測。持續性的瘀青到底有多少種可能？家暴？還是職業傷害？還是普普通通的跌傷而已？女實習老師開始詢問楊從問題，試圖從孩子口中問出自己想知道的答案。但就在這時下課的鐘聲響了，在前排的杜人龍不管學生們完成了沒，統一要求由最後一位同學收到前面的桌上。

但感覺自己似乎發掘了問題的育婕，怎麼可能讓線索就這樣斷掉？將來收畫紙的同學打發走後，繼續問楊從問題。而杜人龍聽聞這件事情後便立即走了過來，硬生生地想要將楊從的畫紙搶走，周育婕眼明手快的連忙將畫紙抓住。周育婕瞪著杜人龍惡狠狠地說：「你要做什麼？」杜人龍不甘示弱地回答：「收畫紙啊！難道妳聽不懂中文？要不要我說英文？」

「不需要。你知不知道楊從可能發生了什麼事情？」周育婕試圖與杜人龍提起自己發現的線索，但杜人龍絲毫不以為意，聳聳肩後直接回答：「關我什麼事情？妳會去關心被垃圾車載走的垃……」「楊從有可能被家暴。」周育婕已經不想再跟這個性格扭曲的骯髒生物對談，直接說出自己的發現，並接著說出自己認為該如何處置。

但看向杜人龍一副屌兒郎當的樣子，大概就能猜想到他要說什麼，果不其然，杜老師完全沒有違逆周育婕的期望：「妳是說……有人會願意家暴垃圾？哈哈哈哈哈。妳在說笑話嗎？我不得不承認這還滿好笑的。」到底為什麼會有這麼惡劣的老師，又是怎樣的體制能讓這種老師當上正式職？育婕心想，但儘管這樣，她還是不願意放棄拯救楊從，隨後立即接著說：「這張畫紙可能是證據，我想有可能……」育婕話說到一半又被打斷，但這次並不是杜人龍的插話，而是在她眼前硬生生的就把楊從的畫紙撕爛。

「證據沒了。」杜人龍本來就抓著畫紙的另外一端，聽到周育婕說的話後，二話不說直接將楊從的圖畫紙撕爛，只留下一角給愣住的周育婕，其餘的部分都在自己手中撕個精光。

「你都做了些什麼啊！！！！！」周育婕抓狂式的大吼，現在唯一可以提出來的證據或許就只有這張畫紙了，但杜人龍居然就在她的眼前把畫紙完全撕掉，撒在地上的紙屑早已宣判回復無望。杜人龍看向抓狂的周育婕，心中似乎沾沾自喜，就連嘴上也露出了勝利的笑容。撕毀畫紙的男人將左手平放在左耳耳後，做了一個我沒聽到的動作：「我做了什麼不是很清楚嗎？妳剛剛都說了些什麼？」

杜人龍望向憤怒瞪著自己的女老師，愉悅平靜地講述著：「妳說妳想要上報？想要幫楊從解決家裡問題？我會站在妳的對立面阻止這一切的。不只有我，全校從上到下都不會希望有影響明年招生率的事情爆發。妳算算妳的敵人吧！初出茅廬的小夥子。

「還有，順便一提。不管妳之後做什麼努力，妳這次的實習都會不及格，不需要太過擔心。我現在馬上就去請校長將妳攆出去。別質疑我做不到，看看妳這個月去向校長反應過幾次了？四十七次！多麼驚人的一個數字啊！可惜我跟校長的關係可不像妳想的那麼簡單。哈哈哈哈哈哈！蠢女人！哈哈哈哈哈哈哈！」杜人龍講出來的事情著實讓周育婕嚇了一跳，自己每次向校長請願失敗後都會做下紀錄，以便找出失敗的理由。哪怕一點希望也好，她也想要將杜人龍從這間學校攆出去，而計算到今天為止，正好是四十七次的請願，沒想到自己面對的敵人遠比自己想像的強大。他到底是如何知道的？每次去的時候都跟蹤我？還是校長自己跟杜人龍說的？原本有著信心的女實習老師，在這時終於敗下陣來。

「妳影響到我了。滾吧，廢物。」杜人龍走出教室前，最後在周育婕耳邊輕輕地罵著。

●

時間又過了兩個半月，楊從的問題哪件都沒有解決。不管是家中，抑或是學校，楊從都倍感壓力，不管在何處，自己都沒辦法好好的過上一段稱得上安全的時光。周育婕早已被趕出了學校，少了女實習老師的保護，班上同學欺壓的現象也開始加重，且楊從的同儕發覺欺負楊從似乎是班導默許的霸凌，也就開始肆無忌憚地找楊從麻煩。

而楊從的情緒也開始變得越來越孤僻、冷漠，甚至該說，他早已喪失小孩該有的那份樂觀、開朗。現在的他變得陰暗、難以相處、害怕與人溝通。許多第一次看見楊從的人都會不自覺地遠離他，甚至有些人覺得這孩子根本就是個神經病。

這天，楊從又是一個人坐在鞦韆上，託杜人龍的福，現在在這所學校裡，從從連一個最基礎的朋友都沒有。沒有人會親暱的叫他從從，不是叫他窮小子就是喚他垃圾。而就在這時，班上幾個男同學就往楊從走了過來。其中一位男孩跩個二五八萬，學杜人龍的樣子學了個十足：「垃圾，滾。這個鞦韆我要玩。」另外一位男學生看了便哈哈大笑：「我們要玩，滾吧你。哈哈哈哈哈。這鞦韆給你坐還髒了呢。哈哈哈哈哈。」其他學生聽了他的嘲諷後，都忍不住笑了出來。

「垃圾。」

「窮小孩。」

「成事不足，敗事有餘。」

「垃圾學生。」

「大家一起笑他。」

「趕快變成可以回收的垃圾吧。」

一句一句痛苦不堪的話語不停地出現在楊從那小小的腦袋裡，像足了一把又一把的利刃深深刺進自己的內心。原本以為只有父親家暴的問題才是真正的噩夢，現在連學校也變成自己擺脫不掉的夢魘。

無論承受多大的壓力，往往讓人崩潰的事情都是輕如鴻毛的小事。

「我操！」所有人都懵了，全部人都傻了。原本只會乖乖讓人欺負的楊從，現在居然握緊了拳頭，一拳又一拳地向他們掄了過來。

「我操。」又是一拳打了過來，打得其他男孩們完全措手不及。但在楊從的心底，過去受的種種委屈全部浮上了心頭。被別人罵垃圾、被嘲笑、被欺凌，甚至連自己最愛的母親都保護不了。那一次，自己握緊了拳頭，卻退縮回了安全的桌下。那一次，老師用超過難度的問題陷害我，我沒有反抗。那一次……那一次，到底有多少次？是我後悔沒有勇敢踏出那步？又有多少次，是我懦弱害怕？

「哈哈哈哈哈。」這次輪到楊從笑了，楊從大笑，笑到不能忘我。但眼睛裡面含著的淚水卻不是喜極而泣。

一拳又一拳打在同學身上，楊從絲毫沒有留情。不停的打、不停的踹，用那小小的拳頭拚命往死裡打。

「我找到方法啦！哈哈哈！」發狂似的大喊，楊從似乎發現了什麼似的雀躍不已。其餘男孩看著楊從邊哭邊笑，早已分不清楚那聲音究竟是哭聲還是笑聲，也無從判知楊從手上的血到底是誰的，所有的人只覺得現在的情況極其詭異。在一旁圍觀的人早有人跑去通報老師，但等到老師到的時候，楊從早已不知去向，只留下一群被發狂男孩打傷倒地的學生。

楊從跑出學校，連書包都沒拿就直接往外衝，口中不停地喃喃念著：「只要這樣做就不會被欺負了……哈哈……哈哈……這樣做別人就不會來欺負我了……哈哈……哈哈……」就這樣，楊從跑回了家中，拿起放在口袋的鑰匙就把門打開，看到自己的媽媽與父親都在家哩，自己的嘴角也就只有冷笑。

「看來有可能發生了……哈哈哈……」

「哈哈……哈哈……哈哈……」

●

我是楊從殺父案的辯護律師，姓陳單名蝶。那天，楊從回到家中後，果不其然雙親開始爭吵，楊從看見父親又開始家暴林達蘭時，不再像以往的模式躲到桌下，而是拿出原本就準備好的菜刀，繞到了父親背後，直接往腰部砍了下去。據發現者周育婕表示，她發現楊從時，男孩正不停地往躺在地上的父親揮舞菜刀，還不停哈哈大笑。那樣子讓周育婕本人膽戰心驚，她沒有辦法想像一個八歲的孩子在自己眼前居然像隻厲鬼一樣，不停地殘虐自己的父親。

在一旁的林達蘭早已昏迷了過去，現在正在加護病房急救當中。但警方早已排除楊從弒母的可能，在林達蘭身上所受的外傷，明顯都是由楊從的父親導致的。而楊從目前也身處於醫院，不過並不是因為任何的外傷或內傷。在我去探望他的期間，男孩只會念著兩個名字：媽媽、周老師。除此之外，並沒有什麼可以讓案情突破的地方，只能期望有一天男孩能從精神病院走出來吧。

探望楊從的周育婕向我坦白了自己擔任實習老師時發生的一切，包括那位明顯不適任的教師——杜人龍的事情。姑且不論要不要動用私人關係把杜人龍給扯下來，他的所作所為絕對不是法律所能容許的，就用他最喜愛的最弱的猴子法則來懲罰他吧。不過這次，他是猴子，而我是玩弄他的人。

不得不說周育婕是個堅強的女孩呢！見到了那樣的場面心靈還能承受得住，在我擔任律師期間，見過所有血腥場面的當事人都得要跟心理醫生面談過，才有可能走出陰影，多則幾年，少則幾週。還沒看過絲毫不用我介紹心理醫生給她的人，尤其是見過如此糟糕的場面。

要出庭了，我放下了手中的資料，披上專屬於律師的黑袍。離開醫院時，周育婕問我，有沒有十足的把握還給楊從一個全新的人生。

我指了指來幫楊從診療的醫生問她：「妳相信他嗎？」周育婕只是點了點頭，表明自己相信穿著白袍的醫生能夠診療好楊從。

「那就給我一樣的信任吧。」

「律師跟醫生都是在救人，只是我們穿的是黑袍。」

將黑袍穿戴整齊，打開那扇楊從未來的大門，這是我的工作、我的職責。

還給楊從全新的生活，無憂無慮的未來。

「辯護開始！」

（中原大學「普仁崗文藝獎」首獎作品）

陳昱霖

高雄人。現就讀於中原大學財經法律學系。熱愛思考，更喜歡透過文字把所想到的神奇事物與人分享。面容不甚姣好，所以轉以文字培養自身修養內涵。而"Change the world by my words."就是我的理念！

愛的迴旋

宋艾玲

在熙熙攘攘人聲鼎沸的中正機場，孝智等著久違的蕙萱，看著出關的她，孝智說：「妳這次終於下定決心回來了，妳前前後後不知放了我幾次鴿子，機位都訂了又取消。」

蕙萱說：「我不是不愛故鄉這片土地，實在是有著太多太多的羈絆，那份思念與依戀不會因歲月流逝而稍減，反倒是與日俱增，在美國時，每當午夜夢迴之際，彷彿又回到了兒時，對著我深愛已逝的親人，訴說著離別之情，當醒來，只有沾滿淚水的枕頭。」

孝智說：「妳也別那麼的多愁善感，生離死別幾乎都是每個人所避免不了的。」

蕙萱說：「話是不錯，但真正來臨時，那份痛楚可說是痛徹心扉，它不會隨時光流逝而稍減疼痛，這也是我一直不敢輕易回來的原因。」

於是蕙萱和孝智回到了她位於新竹東光路的家

吃過了晚飯、洗完澡、並肩而睡的兩個人閒聊了起來，蕙萱談起兒時新竹許多的小吃，她娓娓道來：「一般人只知城隍廟的貢丸和米粉，妳是否還記得那個叫賣生酒釀的老頭，以及巷弄內那位退役軍人自醃的榨菜，每當醬缸開時所飄出的榨菜香味，直至今日仍讓人難以忘懷。」

孝智說：「叫賣的老頭早已不在了，而醃榨菜的那一片違章建築也被拆了改建成大樓，至於醃榨菜的老伯也跟著不知去向了。」

蕙萱聽了不免一陣失望，彷彿過去的一切都淹沒在歷史中。

生蕙萱時，父母親的年紀都很大了，對她的那份寵愛是無法以言語形容的。上面的哥哥、姐姐都比她大上十幾歲，根本就玩不到一塊，伴隨她長大的只有個心愛的娃娃。蕙萱也很能自得其樂，每天跟娃娃編排著不同的故事。

蕙萱和孝智是新竹竹師附小的同學，當年蕙萱之所以會念附小，就是因為她的父親認為，不管日後從事任何行業，國學基礎一定要扎實。

在附小的六年時光中，蕙萱和孝智除了彼此分享許多事情，下課時也會一起去餵兔子，澆自己的花圃。算術一直是蕙萱最痛恨的科目，她不懂為何一定要把兔子和雞關在同一個籠子內，然後去數牠們有幾隻腳。

蕙萱經常對孝智說：「為什麼每次妳都能把複雜又令人討厭的算術解釋得那麼清楚，讓我一下子就能了解？」

當她們一起上竹女中後，討論的主題變成了《紅樓夢》和《戰爭與和平》，並幻想著如果自己是書中的主人翁會如何自處。

孝智是個來自缺乏愛的家庭，從小父母離異，她跟著打零工又有暴力傾向的父親，在那保守的年代，面對這樣命運的人，同年紀的朋友都會敬而遠之。當時孝智正面臨休學，蕙萱的家不但伸出了援手，媽媽還交代蕙萱說：「面對如此可憐際遇的孩子，除了給予關懷外，愛，才能治癒任何的傷口。」從此孝智就成了蕙萱家的一分子。

此時蕙萱的父親已日益衰老，所以他更珍惜每一分鐘與女兒相處的時光，每當蕙萱和孝智放學時，他不是佇立窗前，就是買了她們最愛吃的蘿蔔絲餅或豆沙餅在校門口等著她們放學，當她們兩個高興的吃著餅，卻忽略了夕陽餘暉下日漸傴僂的父親的衰弱。

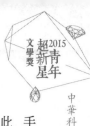

當驟變悄悄來臨時，誰都無法抵擋，蕙萱的父親就像他平日毫不拖泥帶水的灑脫個性，悄然的走了，留學美國的哥哥與姐姐不能久留，只有來去匆匆，偌大的房子只剩下她們母女與孝智三人，蕙萱十分感謝孝智陪她度過人生最傷痛的日子，孝智說：「當我在人生最苦難時，遇到了你們，我現在所做的，不及你們給我的萬分之一。」

本已篤信佛教的母親，花在廟宇念經的時間更長了，精神上彷彿已隨父親而去，在人世間空留了一具軀殼。蕙萱雖仍處於哀傷中，但準備大學聯考分散了不少的悲傷。放榜的結果，孝智仍留在新竹念清華大學，而蕙萱卻選擇隻身北上念自己一向喜歡的國文，一方面也想遠離那令她無法忘懷的傷痛之地。她向孝智說：「媽媽就拜託妳了。」

當踏入大學之門時，學長為新生一一介紹學校，如著名的傅鐘、椰林大道、神祕的醉月湖等，蕙萱為即將來到的四年大學生活，感到興奮不已。大學與高中是兩個截然不同的時期，尤其是在台大，它給你充分的自由，老師上課從不點名，只要你有能耐，即使整學期都不出席，教授仍讓你過關。蕙萱從不缺課，因為她覺得有許多教授的學識與涵養，令她相當佩服，如果翹課，實際上是自己的損失。

就在大三的一次聯誼中，蕙萱認識了高立德，英挺的鼻子加上兩道濃眉和大眼，帥氣又有個性的外表，讓蕙萱怦然心動，而溫柔婉約的蕙萱也深深吸引了立德。從此圓山、陽明山、外雙溪等地都有他倆的足跡，蕙萱生命中除了父親，從未有任何一個男人曾經駐足過她心中，但高立德卻已在她心靈深處生了根。鼓起萬般勇氣，蕙萱終於找了個假日把高立德正式介紹給媽媽了。當媽媽獲知立德做的是飛行的職業，馬上皺起了眉頭，送走了立德後，媽媽誠懇的和蕙萱說：「撇開職業不說，他已掌握了妳的喜怒哀樂，日後你倆若在情感上出了任何問題，會為妳帶來極大的痛苦。」蕙萱問孝智的意見，孝智說：「只要是妳喜歡的人，我都給予祝福。」

誠如媽媽所言，由於蕙萱太愛立德，同時又怕失去他，彼此間常為一些小事不斷發生摩擦，雖然事後都是立德向蕙萱道歉，但蕙萱已覺得十分痛苦，不知彼此是否還能繼續走下去。

直到有一次在立德出勤的前夕，他向蕙萱說：「為了避免夜長夢多，出完任務回來後，我們就結婚。」此時蕙萱陷入了長考，平心而論蕙萱是深深愛著立德的，她認為只要彼此相愛什麼困難都能克服，所以蕙萱也決定只要立德出完任務一回來，她就要嫁給他。沒想到就在此時，電視上出現了快報，某某偵察機在出任務時不知什麼原因突然失蹤，蕙萱此時彷彿五雷轟頂，心痛到一點感覺都沒有。媽媽和孝智也趕到了台北看著心碎的蕙萱，不知從何安慰起，只有在彼此默默相對中給她最大的心靈支持。

此時蕙萱已畢業在即，孝智為她打包，於是蕙萱又回到了新竹。接下來的日子，蕙萱彷彿行屍走肉，為了安慰母親，只好強顏歡笑，就在此時，留美的哥哥回到清大做客座教授，他要母親和妹妹去參觀他引以為傲的實驗室。選了個假日，蕙萱帶著母親和孝智三人來到了清大，就在他們參觀完打算回家之際，身後響起了一個清亮的聲音，原來他叫趙謙，哥哥是他的指導教授，經過彼此寒暄後，不知為何蕙萱總覺得媽媽對他特別有好感，當母親得知他是僑生，在台沒有任何親友時，還邀請他來家中玩，不知是否出於客氣，他竟然一口就答應了，蕙萱心想還不是客套話。沒想到一個禮拜後，趙謙竟然真的登門拜訪，蕙萱想，既然客人是媽媽邀請的，那和自己一點關係都沒有，媽媽正在念一段長經，示意蕙萱去接待客人，在雙方的談話中，蕙萱發現趙謙十分健談，兩人彷彿是久別的老友。接著趙謙大方的接受媽媽午餐的款待。從此每逢假日，趙謙都會有意無意的出現在蕙萱家，蕙萱總以淡然的態度接待他，直至有一天趙謙直接邀請蕙萱外出吃飯，飯後他一改平日輕鬆的口氣，嚴肅的問蕙萱說：「我在清大的課程已結束，學位也拿到了，遠在加拿大的父母，要我回去團聚，蕙萱，妳是否肯嫁給我？」

這突如其來的求婚，使蕙萱相當錯愕，蕙萱說：「你至少要給我考慮的時間吧。」趙謙回答說：「星期一我打去妳的辦公室，若妳沒上班，就表示妳同意了。」蕙萱說：「好，這樣可避免彼此的尷尬。」

回到家後，她把事情的原委全告訴媽媽，媽媽問她如何決定，蕙萱回答說：「對趙謙談不上愛，不過平心而論，中規中矩的他是個值得信靠的終生伴侶，現在的工作也不是我所喜歡的，既然如此，何不乾脆嫁人。」媽媽說：「為何妳沒有新嫁娘的喜悅？」蕙萱回答說：「我的愛已隨立德塵封了。」媽媽同意了蕙萱的選擇，孝智也獻上誠摯的祝福。

趙謙是個喜歡速戰速決的人，蕙萱也覺得既然答應了也沒有拖延的道理，因此婚期很快就決定了。就在結婚前夕，蕙萱竟然接到立德的電話，原來立德當日的偵察機機械發生了故障，迫降在琉球的外島，當時立德還身受重傷，因此耽擱了聯繫的工作，直至今日才回到台灣。蕙萱在電話的那頭已淚流滿面，她輕輕的和立德說：「我馬上就要結婚了。」只聽到立德暴跳如雷的回答說：「只要妳還沒嫁人，我一定會把妳要回來的。」經過立德再三的遊說，蕙萱終於首肯為立德而悔婚。當電話一掛斷，蕙萱的母親已站在面前了，她說：「絕無悔婚的道理，妳與立德的緣分在他墜機的那刻已經結束了，雖然和趙謙沒有像立德那般的熱戀，但妳已多了一份責任，若妳一意孤行，當悔婚的同時，不但失去名譽，同時也失去了深愛妳的母親。」蕙萱在媽媽的曉以大義下，只好放棄了她的最愛，當她與立德電話訣別時，她向立德說：「相信我，此生你是我的最愛，無奈命運捉弄我們，此生無緣，只待來生了。」當蕙萱掛上電話的那一刻，彷彿身體被割掉了一塊肉，痛得使她無法言語。接下來繁忙瑣碎的婚事，使得她腦子一片空白，只能任人擺布，當婚宴結束後，房內只剩下他們兩人時，趙謙對著蕙萱說：「妳知道嗎，當我第一眼看到妳時，就已認定妳是我今生的新娘，我也終於體會到，為何漢光武帝會說：『娶妻當娶陰麗華』了。」蕙萱以淡淡的微笑回答了趙謙，但她心中很明白，在心靈深處的某個角落是趙謙永遠無法進入的。這也讓她想起，曾經讀到林太乙的一篇文章，她談到父親林語堂，在他的心中也有著一塊角落是自己的母親永遠無法進去的。

不過今日既然已嫁給了趙謙，此生就必須要忠於此段婚姻，從此俞蕙萱已永遠屬於趙謙了。

趙謙為了讓蕙萱能多陪伴媽媽，特別向清大申請了兩年的教職，日後蕙萱回想起來，這兩年可算是她人生中最快樂的時光。

白天她陪著媽媽上市場，並學會了幾道簡單的料理，晚上就是她和趙謙的小天地，趙謙除了健談外，也十分風趣，常常逗得蕙萱哈哈大笑，每逢假日他還帶著蕙萱、岳母和孝智走遍新竹各個景點，也吃遍所有好吃的地方，一年多後婷婷出生了，看著手忙腳亂的蕙萱，媽媽和孝智就接手過去，蕙萱也樂得輕鬆。

兩年的教職轉眼就到了，此時趙謙也接到了遠在加拿大父親的來信，希望他能回去，好讓祖孫三代能團聚。既已嫁人為婦，蕙萱只好收拾行囊，踏上旅途，臨別之際，蕙萱不捨的向孝智說：「妳也該為自己找一個好的歸宿。」孝智卻回答說：「我現在只想做好妳母親的另一個女兒，陪在她身邊。」蕙萱心想著，真是諷刺啊，媽媽生了我們幾個孩子，沒想到最後陪伴她的竟是毫無血緣的孝智。

當飛機抵達多倫多時，趙謙的父母都出現在機場，對於久違的兒子，他們皆以含蓄的擁抱表達無盡的愛意。看得出來趙謙擁有母親的清秀和父親的高挺，公公一手就接過蕙萱手中的婷婷，互道寒暄後，還有著三桌的接風宴等著他們呢。

趙謙是處於一個大家庭中的長孫，他們家不像蕙萱家人口簡單，十個手指就能數完全部的人，在三桌的人中，有著搞不清楚的關係，一會是姑姑，一會又是叔公、嬸婆的，表哥表姐更是一大把，還有著許多尚未出現的人。

蕙萱由於從小受附小的影響，從事老師的工作，一直是她心中的志業，等婷婷找好托嬰後，蕙萱想再補修個教育學分，當整桌人聽到她的計畫時，彷彿她犯了滔天大罪，大家七嘴八舌的，大概的意思是認為女人就該在家相夫教子，尤其是該為他們趙家添個男丁以續香火，他們總認為蕙萱好命才能嫁給像趙謙如此優秀的人，此時的趙謙方才正視已寒著臉的蕙萱，打了圓場後，趕緊結束這令人痛苦的接風宴。

蕙萱十分痛恨凡事用吵架方式來解決問題，可是與趙謙的摩擦越來越密集，她總覺得再親密的關係，都不可試圖影響他人的生活，就像爸媽從不會去干涉哥哥或姐姐的生活。可是趙謙就認為他的爸媽是出於好意。由於再深的感情，也經不起再三的摩擦，彼此觀念的差距，使得他們的關係降至冰點。蕙萱此時收到學校入學的通知，找好了婷婷托育的地方後，蕙萱趁著趙謙外出，抱著婷婷住進了學校附近出租的公寓。某日，趙謙出現在蕙萱的面前，鐵青著臉問蕙萱：「妳搞失蹤是想離婚嗎？」蕙萱回答說：「我是給你時間等你長大，也讓你有考慮的空間，如果你執意要分手，我也尊重你的選擇。」趙謙充滿著怒氣拂袖而去，蕙萱看著先生離去的背影，心中充滿了無限的感嘆，沒想到他們的婚姻竟會走到如此地步。

婷婷是個十分難搞的小孩，常常無厘頭的哭鬧，蕙萱此時就想起身邊若有孝智或媽媽那該有多好！可是再苦，蕙萱都咬緊牙關，絕不向台灣訴苦。

某個深夜，響起了侷促的電話聲，蕙萱湧上了不祥的感覺，電話的那頭是孝智，她向蕙萱說：「媽媽在睡夢中很安詳的走了。」蕙萱一方面痛哭著媽媽終於可以和自己深愛的人團聚了，另一方面她也後悔是否該為這段婚姻而失去陪伴在自己深愛的家人身邊。由於無法放下課程，孝智替蕙萱處理了一切事情。此時的蕙萱幡然醒悟，在這世上她幾乎已失去了所有，那份淒涼的感覺，使她不禁潸然淚下。

自從蕙萱結婚後，透過孝智的關係，立德一直知道蕙萱的境況，趁著到美國受訓結束，有幾天的假期，他特別前往了加拿大，看見站在門外的立德，蕙萱恍如隔世，知道立德還有幾天的假期，蕙萱便陪著他在附近走走，深情款款的立德對著蕙萱幽幽的說出：「我們是否還有機會復合，當初失去妳，是我今生最大的遺憾。」蕙萱回答立德說：「當我結婚前夕，對你所說的一番話，我絕不食言，來生我絕對會千方百計的找到你，當你的新娘，為你生兒育女，做牛做馬一輩子，來回報此生對你的不起。」二人很有默契的相對苦笑，一切盡在不言中。

很驚訝趙謙竟會出現在蕙萱面前，看著蕙萱，趙謙很誠懇的說：「蕙萱，我已長大，我該負起養妻子、女兒的責任了，我希望妳能給我這個機會，現在佛州的大學有個職位正等著我，那裡的天氣十分適合婷婷和妳，我們一起前往好嗎？」蕙萱說：「你忘了當日曾說過，我是你的陰麗華嗎？」

趁著此次回台，蕙萱做了一次尋根之旅，首先她回到了附小，雖然沒有小兔子了，一花一木也不似從前，但畢竟曾經留下她與孝智的許多回憶。接著她和孝智吃了新竹著名的小吃，雖然有許多已失傳了，但部分留下來的，仍能填滿蕙萱的鄉愁。最後蕙萱來到父母親的面前，對著此生最摯愛的人，蕙萱忍不住淚水潰堤，對他們無盡的思念與感恩，不會隨歲月流逝而稍減。

臨上飛機之際，蕙萱不捨的對著孝智說：「妳已是赫赫有名的教授，該找個伴了，不要再孤寂的一個人過日子。」

孝智回答說：「妳忘了，我還有婷婷這個女兒，正等著當丈母娘與外婆呢。」

登機的廣播聲再三響起，蕙萱回過頭除了向孝智道別，也向她所愛的這片土地說再見。

（中華科技大學「四分溪文學獎」首獎作品）

宋艾玲

出生在新北市，家庭成員除了爸、媽、哥哥外，還有祖父母。爸、媽辛勤地工作為家庭付出了一切，哥哥從小就教導我，要增廣見聞最好的方法就是大量閱讀，而爺爺雖身逢戰亂，但書本卻從不離手，在早期《中央日報》的長河版，常可看到他老人家的作品。至於奶奶，則遺留給我一個最重要的資產，那就是「愛」，在這篇〈愛的迴旋〉作品中，滿多地方敘述奶奶的待人處事，每當提及往事，總是不自覺地潸然淚下，謹以此篇作品獻給此生最摯愛、最尊敬的人。

逐夢令

沈昀蒨

那不過是一條普通的窄巷。嵌在牆上的路燈閃閃爍爍、要亮不亮的，卡在縫中的蜘蛛絲一頭繫著燈管不放，一頭垂在空中飄蕩。蜘蛛似乎不在家，成群的灰蚊在燈下亂竄囂張。

斑駁的屋子刻著歲月的痕跡，柿橘的磚牆已被時間折騰得泛黃。九重葛帶刺的藤蔓沿著不再純白的花崗岩柵欄向下尋求呼吸，葡萄色的花瓣觸到微濕的柏油路上顯得柔弱嬌媚。這兒的屋子最高不過三、四層樓，粗細不一的電線在蘇菲頭上纏綿。

路旁一只被細密小雨淋得不再堅壯的破紙箱發出窸窸窣窣的聲音，有雙渾圓而銳利的眼睛如珍珠般發亮著。蘇菲沒有嚇著，拎起幾乎及地的寶藍長棉裙蹲下與之對望。適才過肩的棕髮在深夜的路燈下毫無違和感，時間彷彿靜止似的。突然，一陣風襲來，側分的劉海擋住了蘇菲的視線，一隻驕傲的貓優雅地走出那與牠的身分完全不符的紙箱。有如蘇菲髮色的牠，輕蔑地瞅了蘇菲一眼，蘇菲這才發現，牠的左眼是琥珀綠，右眼卻是彈珠般的湖藍色。

一躍而上有些生鏽的腳踏車，破裂的籃子感覺承載不住什麼。已呈現消風狀態的後輪讓這台腳踏車顯得更加搖搖欲墜。當然，牠知道自己不該再流連於此。一向不喜歡沾濕自己的貓，立馬踩著輕盈的步伐前行。粉嫩的肉蹼與地面親吻，沒有發出任何一點聲響。蘇菲左跳右跳，小心翼翼地避開柏油水坑，努力尾隨牠的步伐，忘了自己應該要回家的這件事。

昏暗的光線混合雨水使蘇菲的視線有些混亂，一不注意，貓竟垂直緩緩地爬上了一根有缺角還有木釘的水泥電線杆。說也奇怪，只有這根電線杆嵌著的路燈沒有亮。雖然缺了角，但並不似其他窄巷裡的同伴們那樣沾滿汙漬。「也許是燈泡燒壞了。」回過神來的蘇菲已不見那隻貓驕傲的蹤影。彎身撥撥自己駝色皮鞋上的泥巴，全身掛滿小水珠的她在夜風中不禁打了個哆嗦。

終於回到家中。蘇菲將有如用來開藏寶箱的大門鑰匙放在玄關，伸手觸碰鏤花的水晶小燈，暖光旋即斥退黑暗。雪白的冰涼地板與她的腳掌緊密貼合，她模擬起貓肉蹼踮在地面的感覺，閉眼享受那種不陌生卻沁入心骨的接觸。

褪下藍條紋襯衫和寶藍的長裙，蘇菲站在鏡前仔細地審視自己，柔媚地笑了笑。滾燙的熱水從蓮蓬頭落到蘇菲的身上，水珠滑過她長而不翹的濃密睫毛，遍布肌膚各處。她坐在地上撫觸因工作燙傷而烙印在腳踝除不去的圓疤，游離在這樣隱祕卻又赤裸裸的個人時光，想起方才令她忘記回家的棕貓，「感覺那隻貓應該是天蠍座的。」蘇菲在牠身上彷彿看見自己的倒影。

融了玫瑰香的霧氣氤氳了整間浴室，蘇菲的雙頰被熱氣蒸得如初春的櫻花般緋紅，心跳得飛快。據說只要在布滿霧氣的鏡子上寫下自己的願望，那麼就一定會實現。她一如往常地在沐浴後的鏡面上寫下六個字，又怕被發現地用只有正常吐司一半大小的右手掌抹去。凝視著被擦拭而暫時潔亮的鏡面中的瞳孔，連她自己也看不穿自己。

換上睡衣躺在柔軟的床上，蘇菲不怕黑地關了所有的燈。靜謐的空間只有她自己的呼吸和秒針散步的聲音，每一個毛細孔都變得敏銳起來。有時候蘇菲會想起那個很遙遠的父親，她已經記不太得他的長相了。那都是聽人說的，聽說父親一直盼望著她能是個男孩，聽說她一出生所聽到的第一句話就是：「怎麼是女孩啊！」她好像不是個被盼望的存在。在迷迷濛濛中，蘇菲沉沉睡去，有種力量被抽離的無力感。

蘇菲搖搖晃晃走到了貓爬上去的電線杆下。「妳來了。」消失在黑夜盡頭的貓是什麼時候出現的？而且牠會說話？

明明窄巷的路燈都一亮一滅的，她卻能十分清楚地看見那隻貓和那根電線杆。四周的景色有些模糊，柏油路面依舊濕漉漉的，穿著單薄睡衣的她卻完全感覺不到絲毫涼意。她隨著說話的貓爬上電線杆，發現它竟然沒有通電。一階、兩階、三階……第十五階。走到第十五階時，四周忽然漸漸清晰。除了支撐自己的電線杆，所有的景色都不是窄巷中的。

那是個山巒繚繞的地方，一片黛綠似乎沒有被汙染過。蔚藍的天空綴著些許調皮的棉花，躲在山後的烈日調高了這整幅畫的對比度。廣大的草皮上有幾棵小綠樹，兩旁盡是盛開如蘇菲沐浴時雙頰被潑染般紅的櫻，空氣清甜得讓蘇菲想大口大口打包帶回家。

一個男人遠遠地走了過來，他不是太高，卻有著剛毅的線條，整個人散發一種沉穩的氣質。不知道看見什麼，他笑得很愉快，雙眼彎成小船，和他的眉一樣。蘇菲想起自己笑時，眼睛也總瞇成一鉤彎月。

男人背著純黑的雙肩背包，身上的灰棉衫微微滲出汗，黝黑的健康肌膚將棉衫撐得甚是好看。深藍牛仔褲的長度在他身上稍長了些，卻讓人覺得不必修改依舊英挺。他摸摸身上，拿出打火機想點菸，蘇菲出聲制止，無奈男人卻聽不見。她認出，那是一年前搬到她家隔壁的大哥凡伊，總是能讓她耍賴的人，總是在她遇見困難的時候，可以給她中肯建議的男人。

一個不穩，蘇菲幾乎從電線杆摔落，還來不及驚呼，眼前的景色已經瞬間抽離回蘇菲的房間。天色仍舊漆黑，僅有少數幾顆星宿不願離棄這片無垠。

「貓，窄巷，和電線杆？」大汗淋漓的蘇菲還在疑惑，起身走到浴室要整理自己卻險些滑倒。她抬頭望向壁上的木製古鐘，滴滴答答的聲音仍舊持續著，貓頭鷹還躲在洞裡未出來整點報時，距離她入睡前的時間卻不過走了十分鐘。

事已至此，蘇菲說什麼也睡不著，而且第六感告訴她，那隻驕傲神祕的貓就在電線杆下等她。

蘇菲起身匆匆換上輕便白T恤和短褲就出門。雨已經停了，只在夜裡綻放的曇花香撲鼻而來。貓果然在缺角的電線杆下休息，而且對於蘇菲的到來並不感到訝異或試著躲藏。這次牠沒有說話，仍舊是那樣優雅且緩慢地爬上電線杆。這回是真要爬上電線杆了，蘇菲有些擔心摔下來會沒命。

「我能上去嗎？我剛剛做夢有夢到你。」貓冷冷地回頭看了蘇菲一眼，停下腳步示意要蘇菲跟上，左右拍打的尾巴表現出了牠的不耐，但圓圓的瞳孔已不似蘇菲剛回家時看到的那樣細長，顯得溫和多了。

一階、兩階……這次到了第二十一階。蘇菲氣喘噓噓地死命緊抓著電線杆，貓則一臉悠閒地垂直在木釘上。青綠色的布簾外站著兩個女人，一個淡定如貓，一個焦急如蘇菲，還有三個護士來去去、進進出出，但距離有些遙遠，蘇菲看不清楚。一個矮矮胖胖、頭髮有些稀疏的男人穿著白袍走進了布簾裡，蘇菲一眼就認出是讓自己平安降臨到這個世界的醫師，以前母親做身體檢查時，總是回去找那位醫師呢。本想和他打聲招呼，但他看起來似乎很忙。

沒多久，醫師抱出一個小嬰兒，眼睛還沒睜開，全身皺巴巴的，他急急忙忙將嬰兒放進保溫箱中。淡定如貓的女人輕瞥了一眼，嘴巴不知碎念什麼；焦急如蘇菲的女人在醫師出來的時候就走進布簾裡了，看來裡面是個產婦。

「為什麼帶我來看這個？我根本聽不到他們說什麼也看不太清楚啊。」蘇菲拍了拍微拱的貓背抱怨。突然，像是有什麼開關被打開似的，蘇菲開始聽見周圍的聲音。

「怎麼是個女的？還長得這麼醜，一點都不像我兒子！」那淡定如貓的婦人尖銳的嗓音透過桃紅的嘴唇劃破醫院，嚇到了蘇菲。那婦人在說完這句話後就轉身離開了，朱紅色的指甲像極了《白雪公主》裡的巫婆，尖嘴猴腮的模樣和赤紅顯眼的扶桑花裙令蘇菲不由得心生厭惡。蘇菲覺得這人似曾相識，卻又一時想不起來。

一陣風吹來，布簾稍稍掀開了些，蘇菲基於好奇心向內看，發現床上是一個面無血色、虛弱的女人，床邊是一個頭髮微鬈卻雍容華貴的婦人，但太遠了看不清。

這樣熟悉的場景讓蘇菲用盡全力去回憶，終於想起原來保溫箱裡醜醜的人兒就是早產的自己，所以床上那個女人是……

「喂，你去哪裡？」還沒來得及重整思緒和氣憤，貓隨即往下跳了十四階，蘇菲也急急跟了上去。她發現，地面是現在的自己，每往電線杆上爬一階，自己就回到過去一歲，也就是現在貓咪要帶她去影響她最大的那一年……

蘇菲看見自己嘴裡咬著口香糖，小手被母親握在掌心中。方才看見的雍容華貴的婦人已蒼老了許多，但還是很健康的模樣，黑色的長窄裙看來高雅而不突兀。

吹著半屏山劉海的母親和婦人自信地走進法庭，暗色的木製裝潢使法庭看來莊嚴肅穆。法官微笑地要小蘇菲吐掉口香糖答話，小蘇菲一臉傷心地對法官說：「這是我剛剛才吃的！」看到這幕，蘇菲不禁笑了出來，也有些許的心酸。她想起，這是母親和父親離異的那一天，而她是去選擇要跟母親生活還是要跟父親生活。

開庭結束，母親帶著小蘇菲和婦人要離開時，對於蘇菲來說已經很遙遠的父親原本要把小蘇菲帶走。她雖還在惋惜浪費掉的口香糖，卻還是聰明地躲到了婦人後面。

蘇菲摸了摸貓咪的頭，輕聲說了句話。貓咪已不再似當時驕傲，溫順地一階一階向下走。奇怪的是，每往下踩一階，木釘就斷一截。雖然電線杆已老舊了，但前幾次的探訪都不曾如此。

這次他們都沒有停留，咻一下就回到了地面。

天色已有些微亮，淡黃的曙光奮力想擠開黑夜。清晨的空氣有些濕涼卻如此乾淨，蘇菲不禁想到第一次回到過去遇見凡伊大哥的地方。窄巷的路燈還未全滅，曇花的香味已經消失。缺角的電線杆上的木釘已經都不見了，路燈也亮了起來。穿著單薄就出門的蘇菲不禁顫抖，決定帶著貓咪一起回家。

蘇菲本想幫牠洗個舒服的熱水澡，卻在抱起牠時，驚覺牠居然沒有沾染到任何一點塵泥，毛髮依然如此蓬鬆香柔。貓咪掙脫了蘇菲的懷抱，自顧自地踏在冰涼的地板上，仍舊沒有任何一絲聲響，像在找尋什麼似的。自討沒趣的蘇菲進了廚房想弄點牛奶給自己和貓咪喝。

微波的時間有點久，等到蘇菲將溫牛奶放進玻璃盆中端到客廳時，已經不見貓的蹤影。雖徹夜未眠，但蘇菲卻一點睏意都沒有，只覺得這樣微亮不亮的天空和安詳的靜謐令她有些寂寞。

蜷縮在牛皮沙發上，蘇菲不小心碰倒了沙發上的東西。她慵懶地彎腰拾起，是佛洛依德的《少女杜拉的故事》。簡約的封面難以引起人主動閱讀，但翻閱之下才會知道其實插圖十分精美，內容也頗生動有趣。蘇菲笑了笑，心理學系的她怎麼可能沒念過這本書呢？

「真是隻小笨貓。」她低喃了一聲。

隨意翻了翻，蘇菲剛好翻到當時自己做筆記的地方：「厄勒克特拉情結」。蘇菲一愣，原來自己已經掉入自己研究的領域中了。

窄巷從未有過曇花的香味，為何那日撲鼻而來的是曇花香？

「夢境一直是人的潛意識啊。」蘇菲一直努力過日子，努力想證明自己，有時卻十分無力。也許，貓是來告訴她，要學著去面對、接受自己的創傷，但蘇菲已經決定要拋開對凡伊的依賴心。

蘇菲走進浴室整理儀容，拿起咖啡色眉筆輕輕掃過兩道彎眉，換上紅格襯衫和純白長褲，背起包包準備出門上課。在踏出大門的時候，就被迎面而來的陽光閃得瞇起了眼。

稍微適應了外頭的亮度，蘇菲悄悄地走到了隔壁庭院。曇花已經凋萎，但卻有新嫩芽從旁竄出。她望向凡伊的窗口說了句再見，微微發酵的心有些酸楚，溫熱的水在臉上開闢出路來。

這也許是最後一次說再見，等到再相見的時候，彼此都會過得更好。

（元智大學「元智文學獎」首獎作品）

沈昀蒨

「我不愛經過轉折後的思緒，一如飛葉不會解釋它飄落的理由。」——《大度山之戀》

喜歡小孩、喜歡看雲、最喜歡吃東西。十一月剖半是我的生日。偶爾寫寫詩，偶爾寫寫散文，第一次寫小說獻給了元智文學獎。

虞美人

許立葳

一九九五年（六歲）

蔣捷第一次看崑曲是在電視上、三十度高溫下、旁邊還擠著打呼嚕的阿公和聚精會神的阿嬤。對剛上小學一年級的蔣捷而言，崑曲還比不上等會兒六點開始的《無敵鐵金剛》。蔣捷不安的看了看牆上時鐘，又瞄了瞄左邊的阿嬤，嘴吧又張又合，又合又張，卻沒膽開口，只好訴諸行動。

「怎麼啦？」阿嬤被突然扭來扭去的蔣捷不斷撞擊，不得不轉頭過來正視自己的孫子。

蔣捷偷偷竊喜，又立刻故作鎮靜，「阿嬤，已經六點了。」

「喔？嘿啦嘿啦……」阿嬤點了點頭，不過當杜麗娘嫋嫋婷婷的出現後，又把自己的孫子拋在腦後。

蔣捷等了半天，沒等到阿嬤的下文，只好故技重施，努力的搖動自己小小的身體。

「唉唷！阿捷，哩麥當啦！阿嬤咧跨電視捏！」這次阿嬤一把抓住蔣捷，又被電視轉移注意力。蔣捷試圖掙脫魔爪，不過阿嬤實在是太入戲了，手部力道還隨著劇情加劇越來越大，最後蔣捷只好翻了一個大白眼，放棄逃脫，無奈地瞪著電視。

過不到半分鐘，蔣捷也跟著阿嬤沉迷了起來。他實在聽不懂那些咿咿呀呀的唱詞，但美麗的畫面卻吸引了他，當鏡頭從滿園怒放的梅樹拉近至杜麗娘含羞的眉眼時，小小的蔣捷被震撼了。

那只是一瞬間的畫面，一個姑娘春心萌動的抬眸。在那個鏡頭裡，樹影稀疏的落在杜麗娘年輕的面容上，她垂著眼，有些瑟縮，下半張臉隱沒在陰影裡，眉眼因此清晰地暴露在光照下。花旦的眼角像是書法收尾的那筆捺，劃開了基底的蒼白，濃烈而深刻，亟欲伸手，卻又在結尾放緩速度，彷彿單單一條黑線就寫清了愛情的狂熱和畏縮。

當清俊的小生開口時，杜麗娘立刻抬起雙眼。花旦粉紅色的妝容從她的眼尾暈染開來，朦朧了眼線的鋒利，渲染了女人的嫵媚，接著這片粉色勢不可擋的蔓延至整個畫面，原先陰鬱的樹影也被染上一層薄紅色，美不勝收。

這真的好漂亮。

蔣捷在心裡默默的讚嘆，下意識的撫過自己的眼角和臉頰，彷彿這股美麗的色彩也沾染到自己，他也因此奪目了起來。

阿公迷迷糊糊的起床後，意外的發現小孫子竟然安靜的在看崑曲。更令他詫異的是，接下來的好個月，蔣捷都自願犧牲掉卡通時間，毫無怨言地跟著阿嬤看戲。

過了幾個月，蔣捷見到了許久不見的父親。他逆光站在門口，強烈的光線讓他的面目全非。

父親踏進門後，蔣捷才清晰地看見他的全貌，這也算是父子倆第一次正式見面。小蔣捷短短的六年人生中，幾乎沒有出現過這個身影，父親如今像是風景畫上多餘的一筆墨，讓人無所適從。

蔣捷被阿公阿嬤向前推，他死命抓著阿嬤的衣角，只探出一顆頭，怯怯的說：「爸爸……」

蔣父留著寸頭，多年旅外生涯啃食了他的笑意，他朝兒子禮貌的頷首：「蔣捷，這個是你妹妹。」

這時候小蔣捷才看見有個大約五歲的小女孩站在父親旁邊，她的身影被蔣父的影子覆蓋，蔣捷只能聽到她細細嫩嫩的聲音。

「Hello... I, I am Emma...」

蔣捷一頭霧水，這個妹妹一開口就吐出了他完全無法理解的語言。

「Emma, what did I tell you? 中文，Ok？」蔣父皺了皺眉，抓住女兒，把她推向前。

這時蔣捷驚恐的發現自己也完全無法理解父親的話，他轉向阿公求救，但阿公只是保持著欣慰的笑容，摸摸他的頭。

「窩……窩是Emma……」小女孩不甘心的嘟著嘴，她被蔣父從背後用力一推，立刻改口：「窩是將娩。」

「江……娩？」蔣捷一臉莫名其妙，他妹妹為什麼姓江？

阿嬤這時候卻呵呵地笑了起來，她開心地上前，彎著腰，捏了捏小女孩的臉，大笑道：「你阿妹素叫蔣娩啦！對不對？阿娩？」

小蔣娩被這突如其來的熱情嚇了一大跳，連連向後退，想要瑟縮到唯一熟悉的父親身後。但蔣父卻越過她，一個箭步上前，大力的擁抱自己的母親。

蔣娩愣愣的站在一旁，幾乎融化在陰影之中。她盯著地板上的光，突然間，她發現光裡面多了一隻黑色的影子狗，那隻小狗正歡快的跑跳著，甚至還對她吠叫。

影子狗沿著地板上有陽光的地方跑了一圈，接著竄進一旁的陰影裡。蔣娩著急地往它消失的地方看去，只看見蔣捷站在她身邊，用兩隻手搭成了影子狗的樣子，朝自己汪汪叫。

蔣娩瞪大眼睛，發出驚呼：「哇！」

「這是手影喔！」小蔣捷從來沒有接受過這麼大的讚嘆聲，忍不住挺起胸膛。

小妹妹完全聽不懂他在說什麼，於是蔣捷抓住她的手，親自教她比了一次影子狗。

「Again! Again!」蔣娩拉著哥哥的手拚命搖晃，露出了目前為止最燦爛的笑容。

蔣捷慢慢發現有妹妹的好處，他不再需要勉強自己和其他小男生玩無趣的摔角，反而可以用照顧妹妹的名義待在家裡，看看電視、畫畫圖。

後來阿嬤看他做得不錯，也就放心把照顧蔣娩的工作交給他。於是，小蔣捷開始教妹妹說中文、陪她上廁所、幫她編辮子……蔣娩跟這個哥哥也很親，兩兄妹常常會窩在房間內玩得很開心。

「哥哥！」小蔣娩盯著手上的鏡子，左右搖晃自己的腦袋，不滿的嘟起嘴：「我不喜歡！」

蔣捷看了看自己幫蔣娩綁的麻花辮，困惑地說：「沒有歪掉啊！」

「不喜歡！」

「喔……好吧……」蔣捷突然靈光一閃，想到最近他們一起看的日本動畫片，決定試試新花樣。

過了一會兒，蔣捷把鏡子遞給妹妹。「怎麼樣？像不像桃子①？」

「哇！」蔣娩摸著自己頭頂上兩個大大的黃色蝴蝶結②，興奮的抓起桌上的塑膠花，大喊：「愛天使結婚桃子③！」

---

①《愛天使傳說》為一九九七年在台灣播出的日本少女動畫片，主角們能透過咒語和魔法飾品變身成結婚天使和惡魔戰鬥。

②女主角結婚桃子有一頭長及腰部的粉紅色頭髮，綁了兩個黃色大蝴蝶結。

③結婚桃子在第一階段變身時的咒語，變身後會身穿白色婚紗、手拿捧花。

「哥哥！你也要一起來！」蔣娩抓起桌上的蕾絲桌巾，披在蔣捷頭上充當新娘婚紗。兩兄妹在房間裡又蹦又跳，玩得不亦樂乎，甚至還溜到阿嬤的梳妝台前，把阿嬤的化妝品拿出來大玩特玩。

蔣娩抖著手，用口紅在蔣捷臉上大肆作畫，末了還十分滿意的點了點頭。但當蔣捷轉過頭照鏡子時，差點沒被自己嚇死。他大聲嚷嚷：「妳是在我臉上鬼畫符嗎！」

蔣娩不知道「鬼畫符」是什麼意思，但絕對不是什麼好話，於是她憤憤道：「我覺得很漂亮！」

「才沒有！」

「那你畫嘛！」蔣娩很不服氣。

「誰怕誰！烏龜怕鐵鎚！」蔣捷拿起了阿嬤的眼影，在蔣娩臉上塗抹。

小蔣娩不習慣化妝品，她用力閉緊雙眼忍耐奇怪的觸感，同時還不忘接哥哥的話：「烏龜怕鐵鎚！蟑螂怕拖鞋！」

蔣捷完成後，把妹妹轉向梳妝鏡，鏡子裡的小女孩眼角被細細密密的暈染出一層淡紅色。

「哇！這是什麼？」

「可惜我顏色如花，豈料命如一葉乎！」蔣捷用手指捏了個崑曲的手勢，怪聲怪氣的唱了起來。

「是什麼？是什麼？」小蔣娩見哥哥不理她，用力的拽了拽蔣捷的袖口，但蔣捷依舊自顧自地唱著自己的詞，咿咿呀呀的比手畫腳。

蔣娩從梳妝椅上爬了起來，一邊看著哥哥的動作，一邊自己笨手笨腳的模仿，兩兄妹就這樣在房間裡不斷地轉圈圈，倒也自得其樂。

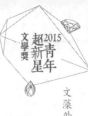

「這是在幹什麼！」

突然，房門被打開了，孩子們的父親拎著公事包、一臉詫異的瞪著兩兄妹。蔣捷大驚，立刻把頭上的蕾絲桌巾扯下，低著頭站直，小蔣婉也怯怯的停下腳步，站在哥哥身邊。

「你……！」蔣父手指著蔣捷，氣得說不出話來。他把手上的公事包用力一丟，大步向前，擰著蔣捷的耳朵把他提起來，接著反手就是一巴掌。

「這是什麼鬼樣子！亂七八糟！」蔣捷跌在地板上，他哇地大哭出來，卻讓蔣父更加憤怒，再打了他一巴掌：「再哭！有什麼好哭的！」

站在一旁的蔣婉嚇傻了，她跟著哥哥一起哇哇大哭。蔣父轉過頭，朝她咆哮：「Emma! Get out!」

蔣捷瑟縮在地上，看著妹妹慌亂地被爸爸推出房門，原先在她眼角的紅粉色眼影被淚水糊成一坨，被眼淚洗刷到只剩一片蒼白。

蔣捷不忍，邊哭邊說：「是、是我要妹妹陪我玩的……」

「閉上你的嘴！」蔣父用力把門關上，轉過身，把兒子從地板上拉起來，推到鏡子前。「你看看你這是什麼鬼樣子！不成體統！」

阿嬤的化妝品被蔣捷撞倒，蔣捷疼痛的捂著額頭，蜷縮在化妝台上。他緩慢地抬起頭，清晰地看見鏡子裡自己的臉，口紅糊了滿臉，沿著淚水的痕跡緩緩地流下，像是眼角冒出了猩紅色的淚水，怵目驚心。

蔣父抓起了他的衣領，蔣捷驚恐地掙扎著，沾滿口紅的手掌在鏡子上留下長長的疤痕。

「不男不女！」他的父親嘶吼：「不男不女！」

二〇二八年（三十九歲）

Lisa 坐在咖啡廳的角落，她望著窗外。外頭正下著三月的春雨，雨勢不大，道路兩旁的羊蹄甲爭先恐後地綻放著，像是少女輕狂的揮霍著歲月的美麗。

接著熟悉的身影從雨中暈染開來。Lisa 瞇起眼睛，似乎是要將這個人烙印在視網膜上，一輩子也不准他消失，但過了一陣子，Lisa 鬆開緊皺的眉頭，揉了揉乾澀的眼睛，放棄的癱坐在椅子上。

當男人走進店裡時，Lisa 已經坐直身體，她從容地朝他微笑，招呼他坐下。

等餐點都送上來後，Lisa 習慣性地接過男人遞來的濕紙巾。她眨了眨眼睛，定睛一看：「Michael，幹嘛突然換新牌子？這樣最近買的就都浪費掉了。」

男人也抽出紙巾，細緻的擦拭著手指。「新聞說我們以前買的牌子有螢光劑。」他沉默了一會兒，開口說道：「我很抱歉。」

「沒什麼啦。」Lisa 眨眨眼，不動聲色地說，卻又暗自覺得好笑。原來男人的時間跑得如此之快，對女人而言的「最近」，已經是他們的「以前」。

男人張口欲言，然而什麼也沒說，他轉身在公事包裡翻找東西。這段期間，Lisa 望著桌上玻璃瓶內的小小蠟燭，由於店裡燈光昏暗，蠟燭顯得格外明亮，玻璃瓶上的倒影也因為強烈的光影而十分明顯。

Lisa 漫不經心地看著五彩斑斕的倒影，視線習慣性地追隨對面那個男人的身影。男人一如既往的穿著一件白襯衫，在玻璃上糊成了一抹詭異的蒼白，在晃動的彩色倒影裡顯得怵目驚心。Lisa 模糊的笑了，眨了眨眼，突然雙眼一陣刺痛，她又極為奮力地眨眼。

「妳沒事吧？怎麼一直在眨眼睛？」男人擔憂地望著她，順手將找到的牛皮紙袋放在桌上，「妳是不是昨天又熬夜了？」

「沒有啦，」Lisa 朝男人揮了揮手，「我去廁所看一下好了，Michael，你等我一下。」

當 Lisa 走進廁所，她的視線已經被刺痛所產生的淚花糊成一片。她趕緊從皮包裡取出眼鏡，對著鏡子照了照，把隱形眼鏡取出來，發出了一聲解脫的嘆息。

一不小心，Lisa碰掉了放在洗手台邊緣的眼鏡，她張開因為疼痛瞇起的眼睛，在地上摸索了一陣子。當她起身要戴上眼鏡時，卻又被鏡子裡的景象嚇了一跳。

鏡子裡映照出一名極為狼狽的女子，Lisa幾乎不敢相信那是自己！她雙目猩紅，淚水模糊了妝容，甚至連短髮也因為剛才在地板上的碰撞而分外凌亂。Lisa無奈地嘆了口氣，向前微傾，從鏡子裡觀察自己眼睛的狀況，卻更加清晰地看見眼底破碎的猩紅色，還有從眼尾自然暈染開的紅粉。

花旦的眼妝，Lisa忽然憶起，也是他最愛的顏色。

她沉默的站了一會兒，接著沾水將臉上的妝擦乾淨，並拿出梳子把短髮梳回原本時髦又強悍的弧度，但又撥亂，轉而梳成有點青澀的學生短髮。

Lisa很討厭戴眼鏡，這讓她看起來像是社會菜鳥。這次她卻十分小心地拿出眼鏡，將鏡面擦拭乾淨，確認就算隔著眼鏡，也能清晰地看見自己那抹嬌嫩的粉紅色。

當要轉身離去時，Lisa對著鏡子露出了一個羞澀的笑容，一名似曾相識的妙齡少女朝她回笑。

「妳去了好久。」當Lisa回到座位上時，男人正低頭滑弄手機。

「稍微補了一點妝。」Lisa一如他們初遇時羞澀地笑，眼角的粉色為她的笑容渲染了幾分嬌媚。男人抬首，對這個熟悉的笑容恍若未見，只是自顧自地將牛皮紙袋遞給Lisa。

看見這個牛皮紙袋，Lisa笑容一僵，燭影趁機攀上她雙頰的溝壑，撕開方才莫名而生的青春，為歲月留下的傷痕再添一刀。過了半晌，她才澀然開口：「你……你簽了嗎？」

不等男人回覆，她便僵硬的抽出紙袋裡的離婚證書，和她當初交給他的幾乎一模一樣，只是上面多了個簽名。

「蓉華。」男人輕輕地呼喚Lisa：「房子是妳的，爸媽那邊也由我去說。」

「蓉華……哈，是啊，李蓉華，」Lisa 出神地看著離婚證書，輕輕的撫摸上面兩個似曾相識的中文名字，怔怔道：「李蓉華。」

「怎麼了？」

「沒什麼……我很久沒聽到別人叫我中文名字了，」Lisa 怔忡道：「只有你會這麼叫我。」

男人失笑：「妳以前也叫我蔣捷啊。」

「不知道什麼時候變了。」Lisa 喃喃地說，不自覺地攢緊了手上那張單薄的紙。「一起上學、一起畢業、一起工作……什麼都變了，Michael，什麼都變得不一樣了啊！」

蔣捷愣住了，過了半晌，他倏地撇過頭。眼前的女人像是一柄碎裂的匕首，帶著心碎和鋒利，狠狠刺進他的雙眼，讓他不敢、也不忍再碰。

他眼眶微紅，不再看自己的前妻，只是嘟嘟囔囔的說道：「妳以前是個膽小鬼，很愛亂哭，現在卻變成女王了，這麼漂亮，工作又那麼成功，好像這個世界沒有打得倒妳的事情……」

Lisa 似乎什麼也沒聽見，她死死地盯著桌上的燭火。過了將近一個小時，原先挺拔的紅蠟燭也只剩下三分之一，其餘都化成了紅淚，凝固在玻璃瓶上，讓色彩斑斕的世界頓時血跡斑駁。

接著她極為緩慢的抬頭，視線越過前方的蔣捷，落在窗外盛開的羊蹄甲上。十幾年前的校園也開滿了這樣粉紅色的花樹，他們在樹下度過了六個年頭，李蓉華曾經相信過，她不需要名字裡的榮華富貴，只期望這個人能白首相伴。

淅淅瀝瀝的小雨落在玻璃窗上，模糊了花樹的輪廓，在蒼茫的夜色中暈染了一片粉紅色。在恍惚之中，Lisa 看見窗上的倒影流下一滴又一滴粉色的淚水，像是要流盡這輩子所有的青春與愛戀。

過了一段時間，雨勢漸歇，玻璃窗上殘留的雨珠慢慢落盡，這時 Lisa 才看清自己的倒影，眼尾的粉色早已隨著大雨流光，這張臉只剩無止境的蒼白，和歲月一刀一刀挖鑿出的溝壑。

果然眼鏡不適合我呢，好醜。

Lisa 看著倒影，恍惚地想，接著她莫名的鬆了口氣，拔下了眼鏡。

她說：「就這樣吧。」

蔣捷止住呼吸，茫然地喃喃道：「是我……我對不起妳……。」

「Michael……蔣捷，你也是個可憐的人。」Lisa 將手裡的離婚證書收回紙袋裡，小心地裝進手提包，蒼白一笑：「我們也只能這樣了。」

蔣捷死死地盯著她，眼眶血紅，近乎破碎。Lisa 以為他會哭，但他沒有，蔣捷只是微笑，僵硬而溫柔的微笑，然後緩慢的點了點頭：

「好。」

接著他迅速的拿起桌上的咖啡杯，低頭小啜。Lisa 看不清他的神情，卻看見蔣捷在顫抖，他的身軀、他的靈魂都在激烈的顫抖。

他們相識二十多年、結縭十幾年，事到如今，Lisa 才真正看清楚這個男人長久以來的孤寂，他掩飾得太好，導致如今遍體鱗傷。

Lisa 漠然的撫上自己的雙頰，如她所料，只有遍地荒旱。

已經來不及了。

她平靜地想著，然後閉上乾涸的雙眼。

二〇〇四年（十五歲）

「所以，你考試的時候竟然沒帶筆？」李蓉華不可思議地發出驚叫聲：「蔣捷！你不想活了嗎！」

「小聲一點！我爸會殺了我的！」蔣捷連忙拉住這位初中三年的同桌，把她拉到家裡沒人的角落，再小小聲的辯解：「而且我不是說了嗎？我旁邊的男生借我筆啦！」

李蓉華朝天哼了一聲，過大的黑框眼鏡因為這個動作滑下鼻梁，她又故作老成的把眼鏡往上一扶，冷笑道：「你真的很狗屎運。」

「至少我考得還不錯，可以直升高中部啊。」蔣捷笑得很狗腿：「我們說不定還可以繼續同桌三年呢！」

「哼！你最好有這種運氣啦！」李蓉華一臉滿不在乎，但嘴角卻偷偷地向上翹。

事實證明蔣捷的運氣確實不錯，他和李蓉華又分在同一班，但兩人中間卻隔了個新同學。根據蔣捷的說法，這位就是用一支筆救他於水深火熱之中的救命恩人。

這位救命恩人剛開學就在班上掀起軒然大波，好壞皆有。多數老師視他為眼中釘，女生對他是又愛又怕，男孩子們倒是沒那麼多感覺，只是單純喜歡和這個個頭高的男孩打球。

蔣捷一開始嘗試和自己的救命恩人攀關係，無奈這位恩人上課不是在睡覺就是在聽隨身聽，下課則是和籃球隊的朋友跑得不見人影，蔣捷想開口還找不到對象。

前任同桌李蓉華小姐對此倒是頗有一番見解。根據她的觀察，對付這種不平凡的人類，就要使用不平凡的手段。

於是在某次的英文課，蔣捷在前任同桌的慫恿下，抽掉了現任同桌墊著睡覺的英漢字典。

「喂，你到底有什麼毛病啊？」許維康惡狠狠的踢了蔣捷的桌腳，讓蔣捷罰寫第一百零三次的「我不在上課嬉戲吵鬧」毀於一旦。

蔣捷憤憤地踢了回去，小聲地朝救命恩人咆哮：「我只不過抽掉你的字典，誰知道你會整個人往後倒啊！」他作賊心虛的四下張望，確認教師辦公室目前沒人後，又繼續張牙舞爪的怒吼：「明明就是你自己的問題！還怪我！」

「我睡得正熟，你嚇我一跳，我才會這樣的好嗎？」許維康翻了一個大白眼，用手上的鉛筆指著蔣捷的鼻子，逼問道：「所以你到底有什麼毛病啊？」

看著救命恩人因為罰寫而通紅的手指，蔣捷有點小小的良心不安，於是他只好全盤托出，順便感謝許維康在當初對自己的救命之恩。

聽完這個匪夷所思的故事，許維康瞪大眼睛：「就這樣？」

蔣捷點點頭：「就這樣。」

「那你幹嘛？直接講不行嗎？」

「所以我說我只是想把你叫醒啊。」蔣捷無辜的聳聳肩：「你上課不是在睡覺就是在聽音樂，下課又不知道跑到哪裡去了，我有什麼辦法？」

「我……我……」許維康試圖反駁：「誰叫你不去打球啊？」

這個歪理讓蔣捷頓時哭笑不得：「我又不喜歡打球。」

「你不喜歡打球？」許維康震驚不已，上下打量蔣捷，又自顧自地點頭：「看你這個瘦巴巴的身材，估計也接不到球。」

這句話的鄙視成分太重，讓蔣捷怒吼一聲，拿筆記本砸到救命恩人頭上。許維康也不甘示弱地站了起來，利用身高優勢按住蔣捷的頭，死命擠壓。

這時教師辦公室的門倏地打開，兩人同時往門口望去，只見剛開完會的教務主任和老師們一臉茫然的看著他們。過了半晌，負責英文的李姓老師率先回過神，怒吼一聲，朝兩名學生衝去。

蔣捷和許維康被狠揍了一頓，同時也增加了上百條罰寫，當他們一同度過了一個多月的辦公室罰寫時光後，莫名的培養出炙熱的革命情感。

剛開始，李蓉華對於蔣捷新交的好友有點不滿，認為他擠壓到自己「正宮」的地位，但後來她也交到了其他女性朋友，女孩子們常會唧唧喳喳地聊一些蔣捷不太在乎的偶像劇。

慢慢地，高二分班之後，兩人也不再像小時候那樣不分性別的黏在一起了。

偶爾文組的李蓉華會刻意到蔣捷班上找他，同班的男孩子都會發出莫名的口哨聲。對此，蔣捷十分不解，還向許維康請教過，而許維康只是痛揍他一拳，罵他白癡。

「所以到底是為什麼啊？」蔣捷捂著被揍了一拳的肚子，委屈道。

許維康白了他一眼：「哈！對啊，為什麼啊？」

接著許維康就自顧自地戴上耳機，把腳靠在桌上，十分愜意地進入自己的音樂世界。這個年紀的少年總有一骨子輕狂，尤其是許維康，他剛入校頭髮就已過耳，如今也能綁起像蝌蚪尾巴般的小馬尾，頗有幾分浪子的率性。

蔣捷有些豔羨的看著許維康。他羨慕許維康的一切，他的身高、他的灑脫、他的人緣……蔣捷總是想盡辦法和許維康待在一起，彷彿在一起的時間多了，自己就能變成他。

午後的陽光灑落在許維康身上，他鋒利的輪廓融化在一片金色之中，讓他頓時溫和許多。蔣捷莫名的心中一動，悄然的湊上前，與許維康肩並肩地坐在一起，甚至還大膽的抽走他右耳的耳機。

「喂！你幹嘛？」許維康倏地睜大眼睛，瞪向蔣捷，有些凶狠。

蔣捷忍不住瑟縮，許維康平常總是半瞇著眼睛，彷彿沒有誰能入得了他的眼，偶爾睜大，也是為了逞凶鬥狠，沒人敢在這種時候直視他的雙眸。

但是在這一刻，蔣捷清晰地看見少年的雙眼。那雙眼睛像是質地上好的墨翠，乍看之下是濃墨般的黑，卻又在日光下流轉著光華，在那光華深處，蔣捷看見自己的身影氤氳其中。

蔣捷頓時感到無比雀躍，因為在許維康眼底他的倒影是如此清晰；但蔣捷又突然覺得萬分恐懼，畏懼這份莫名而生的喜悅。

「我只是開個玩笑！」蔣捷惶恐的將耳機丟回給許維康。

「你有夠怪，」許維康奇怪的看了蔣捷一眼，哼了一聲，把右耳耳機遞給蔣捷，又再度愜意地躺了回去。「算了，一起聽啦！」

「喔……好、好喔！」

許維康嘻嘻一笑，用力搓揉蔣捷的頭：「反正是英文歌，你也聽不懂啦！」

「誰說的！」蔣捷反手揍了許維康一拳，他塞緊耳機，用力聽了一會兒，接著囂張大笑：「哈！我知道！是那個什麼……馬倫五！」

這回換許維康驚訝了，他拔掉耳機，坐了起來。

「魔力紅④！去年葛萊美獎⑤的最佳新人！你怎麼會知道？」

「喔……因為我妹很喜歡啦，」蔣捷十分心虛，他根本對這個樂團毫無概念。「她天天在家裡唱他們的歌，又對我一直碎碎念，我才有點印象。」

「你妹好酷！很少有人聽這個的！」

「你可以找我妹聊啊，她應該也會很開心，她今年剛進我們學校。」

蔣捷頓了頓，突然覺得許維康興奮的神情十分刺眼，鬼使神差的補上一句：「要我介紹我妹給你可以，但要是你敢把她，我絕對會揍死你。」

④Maroon 5，中譯魔力紅，在二〇〇二年發行第一張專輯《珍．情歌》（A Song About Jane），並在二〇〇三年獲得葛萊美獎（Grammy Awards）最佳新人獎。

⑤Grammy Awards，中譯葛萊美獎，是美國最具權威的音樂獎項之一。

聞言，許維康臉色微紅，他尷尬的咧了咧嘴，又有點惱羞成怒：「誰這麼低級！」

「你啊！」

許維康佯怒，抽回蔣捷手上的耳機，扔在桌上。

「走啦！要上課了！」

「你先去吧，」蔣捷朝他擺了擺手，「我收一下東西。」

等他把桌子上的東西掃進書包裡，上課鐘剛好響起。蔣捷慌慌張張的站直，卻一不小心撞到桌角，痛得他哀嚎一聲，連忙扶住旁邊的桌子，卻剛好壓到方才許維康扔下的隨身聽。

蔣捷一手拿起隨身聽，一邊喃喃自語：「搞什麼？他是白癡嗎……？」

他小心翼翼地收起隨身聽，笑紋悄悄綻放，一絲春意從眼角渲染開來。蔣捷的上下眼睫像是皴擦出的乾筆畫，又短又黑，讓他的眼神比誰都要深邃而深情。

此時他不知道想到什麼，笑意加深，健康的淡粉色隨著笑容綻放，絢麗奪目，像是一朵早於春季盛開的花。

當蔣捷背起書包、準備離去時，彷彿看見窗戶倒映出當年電視裡的杜麗娘，含情脈脈、欲語還休。再定睛一看，窗上的倒影卻只殘留他一人，滿目春色，眉眼如同花旦的眼線般濃烈而深邃，迤邐出愛情的狂熱與畏縮。

但眨眼間，窗戶彷彿和童年的梳妝鏡重疊。蔣捷又變回當年滿臉猩紅的小男孩，耳邊迴盪著父親的咆哮聲，一陣、又一陣，像是無可抵禦的大浪，讓他無處可逃。

二〇二八年（三十九歲）

蔣陳招弟用力地在氧氣面罩裡掙扎，意識朦朧，卻不甘心就這樣離去。

她的身體一向十分健朗，到八十多歲都維持著早上練外丹功、晚上看崑曲的好習慣。某天她身旁的老伴突然長睡不醒，從那一刻起，她的時間彷彿加速向前行駛，直直邁向死亡。

如今她知道她就要走了，但她還在等待。即使多次昏迷，她都還能在迷茫中甦醒，就為了等待那個孩子。

突然「砰」的一聲，病房的門被撞開，一個男人神色慌張地衝了進來。蔣陳招弟的手指動了動，接著開始急促的呼吸起來，她努力地睜開眼，卻只看見被生理性的淚水糊成一片的世界。

「怎麼樣了？」男人抓住一旁的護理師，面色驚惶。

護理師悄悄地把他往旁邊帶過去。

「病患年紀大了，請你再想想動手術的必要性。」

「不！」男人眨眼間露出破碎的神情，「請你們救救她！拜託！求求你們！」

蔣陳招弟聽不清他們爭吵的內容，卻能感受到孩子的悲痛，她努力的張嘴，試圖安慰這個孩子，但吐出的每一句話，最終只化成了面罩上的白霧。她哀傷又急切，一口氣順不過來，又再次陷入了熟悉的黑暗之中。

心電圖刺耳的尖叫聲打斷了爭論，兩人同時回頭，下一刻病房裡立刻湧進許多護理人員，他們拉開男人，鋪天蓋地的切斷了兩人最後連接的視線。

蔣陳招弟依稀感受到熟悉的吼叫和按壓，在每一次的混亂過後，她總會張開眼睛。然而長久以來，視線所及卻只有這片狹窄且蒼白的天空，漸漸的她開始疲於睜眼，世界實在奔流得太快了，已沒有相愛的人伸手扶持，她就只能任由自己被捲入永恆的寂靜中。

但現在不是時候，蔣陳招弟模糊地想著，不能是現在。

當護理師走出病房時，無奈地搖了搖頭：「我們已經盡力了。」男人像是一縷幽魂，呆呆地站著，接著他衝進病房，卻又突然怯於向前，過了半晌，才以一種獻祭的腳步緩慢向病床移動。

床上的老人幾乎已經融入了蒼白的床單。她四肢癱軟、面色慘白，只有氧氣面罩裡微微吐出的白霧證明她仍舊活著。男人踉蹌的坐進病床旁的椅子，他顫抖的伸手，握著那隻曾經強壯的手掌。

兒子。

蔣陳招弟模模糊糊地感覺到那隻有力的大手，感覺是如此的陌生，卻又如此熟悉。她曾細細親吻這隻手、曾牽著他走過大街小巷、曾用衣架痛打過他、曾幫他抹藥……她也曾感受這隻柔軟的小手慢慢抽長、慢慢強壯，最終對方已學會毫無眷戀的放手，她卻一輩子空著手掌，等待對方回來。

兒子……

男人倏地睜大眼睛，看清了老人在面罩和白霧後不斷呼喊的字眼。

「不！我不是……！」男人試圖解釋，卻紅了眼眶，最終他咬了咬牙，面露狠戾和不甘，卻又不得不屈服：「阿母……。」

蔣陳招弟模模糊糊地笑了，她感受到空曠的手掌再次被填滿。於是她最後一次、用盡一輩子的力量，握緊了這隻久違的大手。

男人感到一痛，老人原本垂軟的雙手突然用力，緊緊掐住他的皮肉，像是一種無聲的哀求。他抬起頭，看見原本雙眼緊閉的老人微微地睜開眼睛，混沌的雙眼無法對焦，卻直直的看向自己。

蔣陳招弟盡力了，卻依舊無法清晰的看見兒子的樣貌。她能感覺到力氣正在流失，但她不甘心，她還有話要說，她努力張大嘴巴，一字一句、緩慢而吃力地說著。

不要怪……

男人死死地瞪著面罩，不敢置信地流著淚。

她說：不要怪你的兒子。

男人張了張嘴巴，卻發出了野獸般的喘息聲，半晌，他才如同孩子般無措地嗚咽著。「對不起……真的很對不起……求求你……求求你……！」

他啜泣著，握著那隻蒼老的手，蜷縮在病床旁，一如當年那個蜷縮在阿嬤身旁看崑曲的小男孩，又像是拚命向上天祈求贖清罪愆的信眾。

「好……我、我不怪他……我不怪蔣捷……」

蔣陳招弟是個幸運的人，曾經她放開了一雙小手。不久之後，又有另外一個孩子懵懂的握住她。

他拉她看崑曲、陪她早起、帶她看病、為她哭泣……他握住她的手，感受她慢慢枯萎、慢慢蠟黃，這是個太過善良的孩子，讓她不願意留他在世上煎熬。

不過縱然有萬般不捨，也要有學會放手的時刻。

老人微微一笑，鬆開手。

「蔣捷先生，你沒事吧？」

當男人回過神後，他已經行屍走肉般簽署完一堆文件，茫然地坐在醫院走廊。

護理師擔憂的看著他，遞出了一杯熱茶，「你先喝點茶，不要把自己逼得太緊。」

「謝謝。」蔣捷蒼白的微笑，接過了茶杯，小小的啜了一口。「我爸……他有來過嗎？」

「蔣先生嗎？他之前偶爾會來，但待的時間都不長……」護理師突然頓了一下，有些尷尬的補充道：

「可能在國外的工作真的很忙吧！」

「沒關係，我爸一直都是這樣。」蔣捷神色極為平淡，聳了聳肩。「我小時候也看不到幾次，我媽就是因為這樣才跟他離婚的。

「你也知道，我是我阿公阿嬤帶大的，所以其實離不離婚我也不在乎，我跟他們也不親。

「我後來才發現我其實很在乎……但也來不及了，結果我花了半輩子都在努力討我爸開心。」他垂首，脖頸像是禱告般彎曲。「我這輩子都在贖罪，可是又不知道自己錯在哪裡。」

護理師有些尷尬，蔣捷對父母的話題總是避如蛇蠍。此刻他卻自然的提起他們，像是要一吐為快，更像是已經對他們不懷希望，不再怨懟，卻也疲於再愛了。

「啊，對了，這個給妳。」蔣捷從包裡摸索了一陣，掏出一張紅色的喜帖，遞給護理師，「謝謝妳一直對阿嬤的照顧，我妹她要結婚了，希望妳也可以來。」

「紅色炸彈？」護理師不禁失笑：「這算是感謝嗎？」

蔣捷微微一愣，忍不住大笑：「抱歉抱歉，我們都沒注意到這件事！妳來吃大餐就好，禮金就算了吧！怎麼能讓恩人破費呢！」

這是頭一次蔣捷笑得如此燦爛。過去多年來，他都帶著一股深入骨髓的疲憊，但現在笑起來，他的眉眼旁泛出細細的笑紋，像是葉脈在陽光下舒展的弧度，沁人心脾。

「新郎是誰？我有看過他嗎？」護理師也被感染了笑容，順手打開喜帖。

蔣捷眨了眨眼，濃墨般強烈的眉眼還帶著些微哭泣的痕跡，「他是我高中同班同學。」

二〇一五年（二十六歲）

咖啡廳門口的時髦男人露出了一個挑逗的微笑。他輕輕地含住吸管的前端，用舌頭纏繞、挑弄，任由津液從嘴角滑落。

蔣捷面色一紅，故作鎮定的撇過視線，卻壓抑不住身體緩緩燃燒的燥熱。

「天啊！今天真的是好熱！」對面的李蓉華脫下針織外套，大聲抱怨：「我們主管今天又一直找我麻煩，真的是有夠衰！」

「我真的不知道我是不是哪裡惹到她，我們的企劃書已經交上去三次了！三次！她每一次都有問題！要不是Jack願意幫我cover，我現在說不定還在公司加班，沒辦法來找你……喂！」

李蓉華翻著桌上的菜單，不斷向蔣捷吐苦水，卻發現眼前的男人並沒有把注意力放在自己身上。

她敲了敲桌子，「喂！蔣捷！你有在聽嗎？」

「什麼？」

「你到底在看什麼……？」她轉過頭，看向蔣捷一直盯著看的對象，「什麼啊？你喜歡這種類型嗎？」

蔣捷一驚，胃部倏地緊縮。他最黑暗的渴望彷彿被撕開了痂，他只能極力隱藏，不讓別人聞到真相腐敗的臭味。他強裝鎮定，乾笑道：「哈！哪有！」

「我是滿訝異的啦，這就是你這麼多年交不到女朋友的原因嗎？」李蓉華側過身觀察門口那對男女。他們都穿得非常時髦，兩人正湊在一起窸窸窣窣地講些什麼，接著朝這裡看了一眼，靠在對方身上咯咯笑了起來。

「不、不是！」蔣捷脹紅了臉，握緊雙手，拚命解釋：「不是這樣！我不是……！」

「幹嘛這麼緊張？」李蓉華狐疑的看了他一眼，促狹一笑，上前拉住蔣捷的手，湊近他，悄聲說：「我懂我懂！你喜歡狂野一點的女生嘛！男人都是這樣啦！」

蔣捷一愣，顫抖著手，小小聲的喘著氣，覺得自己從死亡邊緣復甦。

「你實在是太安靜了啦！這樣女孩子很難注意到你……」李蓉華啃咬著冰紅茶裡的吸管，模糊的說著。

蔣捷聞言，淡淡地笑起來，卻沒多說什麼。

「不過以我對你的了解，等你追到老婆後，一定會變成一個妻奴！」李蓉華哈哈大笑：「你老婆會很幸福喔！」

「可能吧，我不知道……最近……我爸在催我帶人回家了。」

李蓉華蹙眉，嘆了口氣：「你爸跟你……唉，算了，我還是別問了。」她停頓了一會兒，換了個話題，開口道：「你最近工作怎麼樣？還習慣嗎？」

「做會計的工作都差不了多少，只是你們公司比我以前待的大很多，算起帳來比較麻煩。」蔣捷道：「不過妳滿有名的，名聲都傳到我們會計部來了。」

「哈哈！有姐罩你，你別擔心！」

蔣捷看著李蓉華，吁了一口氣：「妳真的變很多，現在變得這麼引人注目……怎麼樣？有沒有男朋友？」

李蓉華微微一愣，她錯開蔣捷視線，低下頭，不斷攪拌所剩不多的紅茶。「上大學的時候交了一個，後來工作就分手了。」

她偷瞄了蔣捷，莫名的補上一句：「現在……我還是單身。」

蔣捷看著眼前的女人，看清了她眼底微微閃爍的希冀。頓時他的五臟六腑像被一雙大手擠壓，讓他無比疼痛，想要開口，卻只嘗到滿嘴苦澀。他下意識地朝門口那桌看去，剛才坐在那裡的時髦男女已經離去，空空蕩蕩的位置像是一柄利刃，刺痛著蔣捷的雙眼。

「Lisa！妳也來這裡吃飯啊！」

一群穿著公司制服的女孩子嘰嘰喳喳的進了店裡，看見李蓉華後，一窩蜂的衝了上來，圍著李蓉華開心地大笑。

「是啊，我來見老朋友。」李蓉華似乎和每個人都非常熟稔，她順手拉過蔣捷，「這位是我的國中和高中同學。他是蔣捷，妳們也可以叫他 Michael，現在在我們公司會計部工作。」

蔣捷露出有些尷尬的笑容：「嗨！妳們好。」

「國高中同學？等等……！」其中一名長髮的女子像是突然意識到什麼，驚喜地轉向李蓉華，「Lisa！他就是妳之前說的『老同學』嘛！」

李蓉華還沒反應過來，「什麼……？」

其餘的女孩愣了半晌，也突然嘰嘰喳喳的笑鬧了起來：「天啊！Lisa！之前妳講得那麼悲情，現在還不是在一起了！」

「對啊！還不跟我們報備這個好消息！真不夠意思！」

「等、等等！不是啦！妳們不要亂講！」李蓉華臉色大紅，她慌亂地站了起來，試圖制止朋友們的嘻鬧。

蔣捷看著眼前笑鬧的女子，她們像是生命最璀璨的花朵，無懼地綻放在陽光下。他向後瑟縮，將自己隱藏在窗簾的陰影之下，再向前望去，只見窗外的陽光在桌上切開了一條界線，涇渭分明，一邊是光、一邊是影；一邊正值花季、一邊枯朽凋零。

鬈髮的女子巧妙地繞過李蓉華，一把抓住蔣捷，笑嘻嘻的說：「Michael，你要好好珍惜我們家 Lisa 喔！聽到沒有？」

「不是啦！蔣捷！你不要聽她們亂講！」李蓉華驚慌的衝上前，臉色脹紅，手足無措的朝蔣捷解釋：「她們只是在開玩笑！你不要當真……！」

「我聽到了。」

李蓉華身邊傳出一陣歡呼聲，她卻呆愣地站在原地，不可置信地望著眼前熟悉的男人。

「你……你說什麼？」

蔣捷看著李蓉華，她的面容在陽光下極為美麗，染了一層嬌羞的薄紅，眼眸裡星光閃爍，奪人眼目。她變得好漂亮。

蔣捷心想，突然胸腔一痛，他下意識的按住疼痛的位置，卻感受不到心臟的跳動聲，胸腔裡空無一物，只剩無止境的虛無在滾動。

他很茫然，卻隱約聽見自己開口：

「我會好好珍惜蓉華的，妳們不要擔心。」

當蔣捷要離去前，李蓉華悄悄地走到他身旁，侷促不安的站了一陣子，過了半晌，才下定決心的開口：「你剛剛說的……是在開玩笑嗎？」

「我們試試看吧。」蔣捷溫柔的微笑：「我是認真的。」

李蓉華依舊有些茫然，她喃喃道：「好……好，我知道了。」

蔣捷有些莞爾：「抱歉，我不能送妳回家，我等一下要幫蔣婉搬家。」

「沒、沒關係……我自己開車來的，」李蓉華朝他揮了揮手，倏地停下腳步，露出一個極為羞澀的笑容，眼底光輝閃爍，「那我們明天見。」

「明天見。」

蔣捷目送李蓉華離去，他在原地站了許久，纖瘦的背影在路燈下如同濕筆畫下的人物，悄悄地消逝在暮色裡，卻無人知曉。

半晌，他拿起手機，看見幾封蔣婉傳來的訊息，才緩慢的邁開腳步，漠然地騎車離去。當他到達蔣婉的公寓時，蔣婉正在把家用品丟出房門外，地板上盡是一些男性生活用品。

「蔣娩！」蔣捷連忙快步上前抓她的手，但蔣娩毫不領情，她甩開蔣捷，衝進房門內，又扔出一堆東西。

蔣捷抓住妹妹的肩膀，「夠了！妳到底在做什麼！」

「我不搬家了！憑什麼是我搬！」蔣娩總算停了下來，她轉向自己的哥哥，臉上布滿淚跡。她崩潰大哭：「是他先劈腿！我沒有錯！我才不要順他的意搬出去！」

「妳說什麼？許維康他……！」蔣捷大驚，眼角瞟到對面已經探出頭的鄰居，連忙把蔣娩推進房內，用力關上門。

公寓內部更是凌亂不堪，到處都是散亂一地的生活用品，甚至還有一些碎玻璃。蔣捷小心翼翼地帶著蔣娩到客廳的沙發，安置她坐下，接著去廚房裝了兩杯熱茶。

「妳冷靜一點，」蔣捷把一杯茶遞給妹妹，安撫的說：「等妳冷靜下來之後，再仔細告訴我發生了什麼事。」

蔣娩接過茶，低著頭，眼淚一滴一滴地掉，「哥，我不打算搬家了！」

「妳說許維康劈腿……妳確定嗎？」

「他們在這裡亂搞！」蔣娩倏地抬頭，像隻負傷的獅子，鮮血淋漓。她大聲咆哮：「在這裡！在我們家！他怎麼敢？他怎麼敢……！」

說著，她又再次捂著臉痛哭起來。蔣捷小心翼翼地開口：「妳確定嗎？是不是妳誤會了什麼？我覺得許維康不是這種人……我們都認識那麼久了……。」

這句話刺激到了蔣娩，她眼眶血紅，死死地盯著蔣捷，像是要將他生吞活剝。蔣捷不自然的撇開頭，這時，蔣娩發出陰沉的笑聲，淚水從她的雙頰不斷墜落。「哥，你為什麼要偏袒許維康？

「你以為我不知道嗎！啊？你為什麼偏袒許維康！你以為我不知道嗎！」

蔣娩傾身，一把抓住蔣捷的手臂，力道大得像是要將他拖入煉獄。她尖聲咆哮：「你以為我看不出來嗎！你的眼神！你每次看他的眼神！哈！蔣捷！你是要騙誰！」

蔣捷拚命搖頭，顫抖的辯解：「妳、妳不要亂說……！」

「我亂說？你摸摸良心再說一次！你自己心知肚明吧？少裝了！裝了這麼多年你不累嗎！」蔣娩神色瘋狂，近乎魔怔。

「夠了！蔣娩！不要再說了！」

「你真噁心！蔣捷！你他媽的真讓我噁心……！」

蔣捷倏地站起來，一巴掌打在妹妹臉上。

那個巴掌力道之大，讓蔣娩的臉頰整片泛著青紅色，她跌坐在地板上，抽著氣，渾身顫抖，半晌，她像是突然驚醒似的抬頭，驚恐的看向自己的哥哥。

「哥……！哥！對不起……！」蔣娩顫抖著，掙扎著要站起來。「哥！我不是、我不是這個意思……！」

蔣捷呆滯地坐在沙發上，渾身顫抖，他不敢置信的看著自己的手，接著他發出一聲破碎的哀鳴，死死地抱著頭，將自己蜷縮起來。

蔣娩靠向哥哥，笨拙地伸出手，緊緊地抱住哥哥的頭。蔣捷嗚咽著，緩緩地伸手抓住妹妹的後背，兩兄妹死死地抱著對方，像是要將世界隔絕在這個擁抱之外。

「哥……對不起！對不起！」蔣娩看不見哥哥的臉，卻清晰地感受到淚水滾燙的暈染在肩上，她擁緊蔣捷，眼淚也跟著一滴一滴的掉落，「都是我不好！哥！你不要再怪自己了……！」

過了半晌，又像是過了一整個世紀，蔣捷輕柔地推開妹妹。他低著頭，用手抹了抹臉，淡淡的開口：「蔣娩，妳不用擔心……我早就對許維康沒什麼感覺了。」

「哥……」蔣娩怔怔地看著蔣捷，心裡有股莫名的害怕。

「我跟蓉華在一起了。」

蔣婉不敢置信地睜大雙眼。

蔣捷自顧自的說下去：「我打算再過幾年後，就向她求婚。我們會有兩三個小孩，會有個正常……幸福的家庭。」

「那你呢……？」

蔣捷淡淡地笑了：「爸會開心的。」

他抬起頭，緊緊握住蔣婉的手。「蔣婉，妳先不要急著跟許維康分手，冷靜下來去找他談，好不好？」

蔣婉心裡一片茫然，她看著哥哥堅定又懇求的眼神，只能緩緩地點了點頭。

「你們會幸福的。」蔣捷微笑，又像在說服自己：「我希望你們都能幸福。」

二〇二八年（三十九歲）

「爸。」

蔣捷在飯店走廊上遇見自己許久未見的父親，他朝他禮貌的頷首，「好久不見。」

時光在蔣父身上留下極為殘酷的傷痕。幾年未見，他已是髮鬢星霜、背部微駝，但依舊神色冷峻。

他掃了一眼自己的兒子，嗯了一聲，卻不再多做回應，連一眼都懶得施捨。

蔣捷斂下眼，內心波瀾不起。「那我先走了，我等等要陪蔣婉入場。」

聞言，蔣父面色有一瞬的難堪，他咆哮：「胡鬧！我還沒死呢！」

「爸，這是蔣婉的意思。」蔣捷平靜地說：「這畢竟是她的婚禮。」

蔣父脹紅了臉，喘著氣，卻無法辯駁，再多的意氣風發也在這一刻煙消雲散。他咬著牙，像是要反擊般地冷笑一聲：「你和蓉華簽字了？」

「是。」

「哈！我早就知道了，你有病！你配不上她！」

「是，我配不上她。」蔣捷點頭：「你也知道，我喜歡男人。」

接著蔣捷轉身離去，留下父親一人。剛才那句話像是一柄利劍，狠狠穿透蔣父的身軀，這麼多年來他不願意承認的事實，如今被兒子刺了個鮮血淋漓。他緊緊地咬著牙，眼眶泛紅，「真是不成體統！我怎麼會有這種兒子！孽障！孽障啊……！」

但蔣捷早已走遠，只剩下蔣父的聲音空茫的迴盪著，過了一會兒，這陣咆哮就也被時間淹沒，在生命的洪流裡消失殆盡，連個尾音都不曾停留。

當蔣捷走進房間時，蔣婉正侷促不安的照著鏡子，見哥哥進來，她連忙上前。「哥！你看！我的妝怎麼樣？」

粉白色的蕾絲頭紗將蔣婉的面目悄悄地隱藏在陰影下，當她抬首，五官在妝容的襯托下顯得額外深邃。蔣婉的眼尾旁渲染了漸層的紅粉色系眼影，如同少女初戀的紅暈，深棕色的上勾眼線又為她增添了幾許女人新婚的嫵媚。

蔣捷恍惚地看著眼前的女子，童年最美好的記憶悄悄地爬出頭。那時候，在電視裡，有個少女也是這樣面色含春，在樹影下咿咿呀呀的唱出對愛情羞澀的期望，也唱出了蔣捷此生對愛情最美的憧憬。

「像崑曲的花旦一樣……妳很漂亮，」蔣捷眼眶泛紅，「謝謝妳，蔣婉，謝謝妳。」

「我們小時候常在一起玩，你都會用阿嬤的化妝品幫我畫這個妝，不過我今天稍微改造了一點。」蔣婉微笑，勾住了哥哥的手臂，彷彿從當初初見，兩人就不曾放手。

「走吧！」蔣捷帶領著妹妹向前行，粉白色的薄紗長裙在他們身後迤邐成一條時間溪流，負載著他們過往脆弱卻強韌的生命軌跡。

蔣婉緊張的抓緊哥哥的手。蔣捷向下看去，只看見妹妹在頭紗下低垂的臉。他捏了捏蔣婉的手掌，輕聲道：「只是結婚而已，不要緊張。」

蔣婉沉默許久，抱緊了哥哥的手臂，「哥，對不起。」

蔣捷想了想，苦笑：「我不知道，我想不起來了。」

「哥……你當初結婚也是這樣嗎？」

「沒關係。」

「對不起。」蔣婉只是再重複一次：「對不起。」

蔣捷微微一笑，沒多說什麼，只是揉了揉妹妹的頭。

他牽著她走進前方開啟的婚宴廳，門開啟的瞬間，蔣捷被強光刺激的瞇起眼，他只看見模模糊糊的淡粉色。待習慣後，才發現大廳內掛滿了高低不一的玻璃瓶，瓶裡盡是小小的紅色蠟燭。遠遠看去，昏黃的燭光和玻璃上的蠟燭倒影硬生生被揉在一起，糊成一片泛著光暈的粉色。

「蔣婉，」蔣捷悄悄地湊近妹妹，「妳滿厲害的嘛！」

「我有請許維康幫忙，」蔣婉輕聲道：「他是設計師啊！」

蔣捷皺起眉，「這樣好嗎？」

「又沒關係，我們都不知道分了幾百年了。」蔣婉不在乎的聳聳肩，接著拉緊蔣捷，「好了啦！快站好，我們要進場了！」

當音樂隆重地響起，兩人便一同走上紅毯。蔣捷恍惚地走著多年前曾走過的路途，他忽然感到十分茫然，兩旁撒下的粉色花瓣綿綿密密的覆蓋了他的視線，讓他什麼都看不清。

霎時間，蔣捷熟悉的面容一個一個從鋪天蓋地的粉色中蕩開，護理師、父親、Lisa……他們都離得很遠，淺淺的笑著。蔣捷定睛一看，卻什麼都看不見，彷彿他們就只是回憶裡的漣漪，無法盛開在這片絢麗的花雨中。

接著他看見了一個似曾相識的身影。那個男人坐在前面幾桌，頭髮剃得極短，將半瞇的雙眸清晰地顯露出來。男人向他們送了個飛吻，接著溫柔的拉起身邊小女孩的手，朝他們揮了揮。

「你看，許維康的小女兒好可愛。」蔣娩悄悄地指向那個男人。

那一瞬間，蔣捷突然恍然大悟，他以為自己會一輩子將當初的少年刻在心口上，但其實他刻下的只有愛情逝去的傷痛。這麼多年不見，許維康在他心中的身影早已面目全非，留下的只是一個朦朧的、綺麗的午後側影。

於是蔣捷轉身，向遠處的許維康揮手，也向多年前電視裡的杜麗娘揮手，接著繼續向前，不再駐足，任憑滿天粉色花瓣簌簌墜落，覆蓋來時足跡。

後記：

〈虞美人　聽雨〉

少年聽雨歌樓上，
紅燭昏羅帳。
壯年聽雨客舟中，
江闊雲低，斷雁叫西風。
而今聽雨僧廬下，

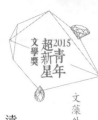

鬢已星星也。
悲歡離合總無情，
一任階前點滴到天明。

筆者十分喜愛宋代詞人蔣捷的〈虞美人　聽雨〉，故以此為題，期許能寫出生命中平凡卻又不凡的故事。

（文藻外語大學「文藻文學獎」首獎作品）

許立葳
喜好動腦，怠於行動，作品產量慢數量少。
喜好藝術創作，不論形式。
曾獲校內文學獎新詩B組兩屆亞軍。

浴缸哲學

蘇奕儒

拓爾弗把手伸出水面，微微發紅的手散著蒸氣，泡了太久的皮膚開始起了皺褶，小時候，他的母親總是在浴室外敲著門，要他趕快出來，並告誡他，泡在水中太久皮膚就會開始起皺紋，然後爛掉，不知道這是哪聽來的迷信，不過拓爾弗是一次都沒聽進去，哼，無聊的女人，她只要懂得該在什麼時候把報紙收進來就好了。

然而這麼無聊的母親某天被發現陳屍在廚房中，那時拓爾弗已經搬出去住了，發現的人是小他十歲的妹妹，當時母親應該是在攪拌麵粉吧，因為失去了重心，跌倒時也把整個碗砸到地上，混著牛奶、蛋黃及麵粉的流質狀物體散落了一地，發現時那些半成品也都已經凝固了。

就跟每天出現在晨間新聞上的家庭悲劇一樣，配著三明治被大家吞下肚，人們看到會說：「天啊，這太悲慘了。」然後提起公事包去趕八點十分的公車。

第一時間聽到母親去世的消息時，拓爾弗開始思考，應該把自己的人生比喻為什麼呢？然後他把浴缸放滿熱水，坐了進去，在找到解答前大概就不會出來了。

不知道從什麼時候開始，只要拓爾弗迫切需要在人生中尋找某些答案，他便會把自己鎖在浴室中，看著蒸氣逐漸上升，包圍住自己，他覺得其他事好像都沒這麼重要了。

那次他給自己的答案是「馬芬蛋糕」，自己無藥可救的人生就像馬芬蛋糕一樣，其實並沒有什麼具體的原因，只是他覺得母親當天一定是在做馬芬蛋糕，這女人只要一想到就會開始做馬芬蛋糕，從來沒有好吃過，然後在接下來的幾天，拓爾弗就得要有計畫性地把這些惱人的小點心給消化掉。找出答案後，他鬆了一口氣，一臉釋懷地從浴缸中爬起來。

這次是貝兒，他交往了半年的女友，交往是自己說的，他可沒把握對方也這麼認為！他們一起看過電影、接過吻、上過床，不過拓爾弗還是不敢直接把貝兒稱作女朋友。

貝兒消失了，沒有任何徵兆，就這麼突然地從拓爾弗的人生中蒸發了，明明他們前一天還一起去看展覽，然後到路邊的快餐車店吃漢堡，分開時貝兒在他的肩膀上捶了一下，一切都是如此鮮明又不真實。他試著打了好幾通電話，都是轉接到語音信箱，拓爾弗真的被搞糊塗了。

他們是在三號大道的轉角認識的，那天貝兒就靠在郵筒上抽菸，菸頭燒出的菸灰被風吹走，她長長的金髮跟圍巾混在一起，拓爾弗看呆了，愣愣地佇立在她旁邊，貝兒惡狠狠地回瞪，「沒事就滾。」她這麼說。

「我要寄信。」拓爾弗頭點了一下，示意她擋到了。

「我建議你不要現在寄。」

「為什麼？」

「我寄了信，但是後悔了。」

「什麼？」

貝兒沒有回答他，一口氣將香菸吸到底，把剩下來的菸屁股扔進郵筒裡，拓爾弗還沒反應過來，貝兒又將打火機打開，跟著扔了進去，不一會，郵筒便發出陣陣濃煙，一恍神，貝兒已經離開了，錯愕的拓爾弗看著不斷冒著煙的郵筒，他突然覺得世界煥然一新，就像IKEA裡賣的家具一樣，閃閃發亮並充滿了甲醛味道，握緊拳頭，拓爾弗做了這輩子從來沒想過的決定：邁開腳步，追上貝兒，並跟她要了電話。

拓爾弗一個人住在三十五坪的公寓裡，通常是貝兒來找他，帶著出租店租的影片，然後過夜，所以這裡會不時擺著貝兒的私人用品，但不知不覺中，家裡已經看不到貝兒的東西了。

現在剩下一隻叫佛洛伊德的金魚，那是某天貝兒突然拿來的，圓形的玻璃缸，下面鋪了一點白沙，紅色的金魚就在裡面轉啊轉的，拓爾弗覺得貝兒當時可能有喝酒。

「這是哪來的？」

「我前男友放我這邊的，他也沒拿走，我覺得很礙眼，又不想沖進馬桶，就拿來你這了。」貝兒神色自若地說：「它叫佛洛伊德。」

抓了抓臉龐，又是前男朋友，拓爾弗本能性地對貝兒的前男朋友反感，他想像現在在魚缸裡頭轉圈圈的是她那個高高的、戴著黑框眼鏡的男朋友，不想還好，越想他就越不想收下這個麻煩。該收下嗎？還是該委婉地拒絕？

「妳要留下來吃晚餐嗎？」最後，拓爾弗問。

「你煮什麼？」

「奶油義大利麵。」

「嗯，我才不要吃那個。」貝兒吐了吐舌頭，做了一個鬼臉。

他們那晚叫了中國菜，然後在沙發上做愛，醒來時貝兒已經走了，看著在桌上游來游去的金魚，拓爾弗覺得自己好像感冒了。

約瑟夫，是一家叫「神愛世人」酒吧的酒保，九個月，這是他截至目前為止做過最久的工作，油漆工、園丁、熱狗攤小販，甚至是私人保鑣（他謊稱自己空手道四段），有的沒的他都做過，但有時候懶病一發，可能就是兩個月不去工作，連炒魷魚都省了，直到存款出現危機才開始想辦法，他可不想被房東趕出去，神奇的是，只要約瑟夫想要，一定能立刻找到工作，沒有人知道約瑟夫什麼時候會倦怠上班，這連他自己都不能肯定，並對這點感到很困擾。

約瑟夫體內流著四分之一墨西哥血統，卻討厭吃墨西哥捲餅，他中意自己的一頭黑鬈髮，適合留著些許的鬍碴，在鬆鬆的襯衫上打了條還算乾淨的領帶，照了照鏡子，他覺得今天也是個當酒保的好天氣。

約瑟夫挺喜歡這份工作的，他常常這麼想，也許自己生來就是當酒保的料，他實在害怕哪一天自己又會不來上班，每當他拿著抹布擦拭玻璃杯時，都會開始胡思亂想，一個月後的自己還在這裡嗎？兩個月後的自己還能像現在這樣擦著杯子嗎？他覺得自己得做些什麼，於是他開始跟顧客打賭。

賭的通常是無關緊要的事情，好比電視上棒球比賽的結果，或對面的辣妹是一個人喝悶酒還是等著其他朋友，約瑟夫樂此不疲，為自己能對這些行屍走肉的傢伙提供一點生活上的刺激而自豪，他覺得每一個賭注，不論輸贏，都會變成一條線把自己綁在這工作上，算一算到目前為止已經跟九十三個人對賭過了，五十五勝、三十七敗、一平手，而拓爾弗大概是第六十個跟自己打賭的傢伙，也是他賭注生涯中唯一一次的平手。

「嘿！夥計，我要的是啤酒，這東西是給娘泡喝的吧！」

約瑟夫捲著袖子，自信地對拓爾弗說：「那是我特製的超級長島冰茶，我敢說你不可能在三分鐘內把那杯『娘泡汁』喝完。」

「如果我喝完了呢？」

「今晚你喝的我全買單。」

不過約瑟夫實在不知道該算誰輸誰贏，拓爾弗確實一飲而盡，然後吐了滿地都是，嚴重到約瑟夫開始懷疑他今天到底吃了多少東西，這還不打緊，客人在酒吧嘔吐是每天都會發生的例行公事（員工守則第四條：客人吐得越多，付得越多），但當他從工具間拿出拖把時，竟然發現拓爾弗的嘔吐像某種傳染病般蔓延，其他神智不清的酒客也開始大吐特吐，這場景詭異到讓他想起前幾天在電視上看到的殭屍影集。

兩人很有默契地再也不談這件事。

熟識之後，拓爾弗喜歡坐在櫃台看約瑟夫跟別人打賭，他覺得很有意思，約瑟夫是個十足的賭徒，也是個老千，他總是可以在看似公平的賭注下偷偷抬升自己的勝算，看他用一個鋼製菸灰缸加一包洋芋片，贏得一整個皮箱的衛生棉條（對方是女性用品推銷員），還有整個酒吧的歡呼，拓爾弗內心也感到澎湃萬分。

「約瑟夫，你覺得什麼樣的女人才能被稱作賤貨呢？對了，如果你是女權主義者，你可以忽略這個問題。」某次拓爾弗坐在吧台前這麼問道。

「在你開始叫她們賤貨前，她們都不是賤貨。」約瑟夫一邊將頭埋進冰櫃裡檢查食物，一邊這樣說著，拓爾弗不喜歡這個答案，這樣模稜兩可的答案就像是說著：「自己想啊，呆子。」並且賣弄著自己的高姿態。於是拓爾弗決定喝完這杯就結帳，並開始回想起自己當時是怎麼罵貝兒婊子的。

大概又是貝兒提到自己的前男友吧，這不是一次兩次了，貝兒的前男友是個工程師，一年前搬回溫哥華，至於如何分手的，拓爾弗不敢問，他甚至不敢自居為貝兒的現任男朋友。

拓爾弗以為自己早就可以坦然面對了，但那天，不知怎麼搞的，他看到貝兒提起她前男友的神情，說話的雙唇，都發著紫色幽光，他簡直無法直視，一切都像慢動作，拓爾弗把手中裝滿熱可可的馬克杯砸到牆上。婊子，他說，然後感受熱騰騰的巧克力流過他的腳下，那原本是泡給貝兒的。

他想像貝兒會走過來賞他一拳或直接把他踢倒在地板上，不過什麼都沒發生，貝兒把電視轉到了靜音，抱起大腿，一語不發地盯著螢幕看。

拓爾弗低頭看了看自己的腳，他覺得自己的四肢離大腦越來越遠，幾乎失去了知覺，整個人搖搖欲墜，於是他馬上把自己鎖在浴室裡，泡進浴缸，溢出的熱水瞬間讓浴室充滿了水蒸氣，頭髮還殘留著剛剛飛濺出的可可亞，他有著強烈的無力感，不知道這次該問自己什麼問題。

結果他在浴缸中睡著了，夢見自己跟著浴缸一起在天空中飛翔，浴缸不斷升起粉紅色的泡泡，遠方有一道光芒，也許到了那邊就可以見到上帝或真理之類的，他穿梭在高樓大廈之間，地上的一切都變得好小好小，雖然如此，他還是看見了約瑟夫，也看見了貝兒，不會錯的，這肯定是他們兩個，拓爾弗賣力地揮著手並大聲叫喊，卻沒有人發現在上空全裸飄浮的自己。

醒來後，貝兒已經離開了，她也許是某種小精靈或仙子的化身，總是可以在人們醒來前離去。地板上早已凝固的熱可可令拓爾弗想起母親陳屍在廚房中的情景，他趴下去，把臉貼在巧克力上，甜甜的，冰冰的，大概就是這種感覺吧，閉上眼睛，他希望再次張開雙眼時這些事都不曾發生過。

這兩天，拓爾弗一直在煎熬著要不要跟貝兒道歉，不過因為他沒有原諒貝兒，也沒有原諒自己（雖然大部分確實是自己的問題），如果馬上道歉的話，會不會只是要敷衍了事呢？然而，這些想法都在貝兒再次出現在自己家門口時，化成了深深的虧欠感。

「我租了片子，你要看嗎？」

「……嗯，好啊。」

如果貝兒這時突然從懷中抽出菜刀將自己捅死，拓爾弗大概也能心平氣和地接受吧。

一切都跟平常一模一樣，自然地對談，無違和地互動，或許那天發生的事真的就是一場夢，他這麼想，然後轉頭看了看貝兒，她正專注地看著電影，拓爾弗覺得她的側臉很美，伸手摸了摸她的頭髮。

過了兩個月後，貝兒就消失了。

他很難不把兩件事做連結，但是如果真的有關係，那中間這兩個月又算得上什麼呢？為何她不直接一走了之？然後拓爾弗又按下了通話鍵，也依然轉接到語音信箱。

他找過約瑟夫談這件事。

「她不會回來了。」約瑟夫篤定地說。

「為什麼？」

「要賭賭看嗎？」

拓爾弗覺得這時他應該力挺自己的感情，可是想了想，還是不作聲繼續喝著手中的伏特加。

「女人啊，心中都有一個按鈕，只要她們想要一切都重來，就會毫不猶豫地按下，然後過去的一切全都會爆炸，你被炸死了，我也被炸死了。」約瑟夫一邊說一邊調和著各種基酒，手臂上的線條若隱若現。

他只好向浴室找尋慰藉了，該怎麼做才能讓我的人生不那麼可悲？在放熱水時，拓爾弗已經想好了問題。但這一次的問題拓爾弗答不出來，太難了，他放掉變冷的水，又加入新的熱水。

他想在浴室裡尖叫，卻又不想讓聲音傳出去，這是他的浴室，他的空間，專屬於他一個人的，他要保存這一切，沒有人可以搶走，包括他的尖叫聲。所以他試著把頭埋進浴缸裡，使盡全力大聲吼出來，氣泡從彎成圓形的嘴巴中湧出，結果還是結結實實地吞進了一大口水，痛苦地趴在浴缸邊緣咳嗽。

他覺得內心有什麼東西被啃噬了，現在急著找回來，不過如果這個東西原本就不屬於自己，該向誰討呢？

坐在浴缸中，原本的熱水現在已經比身體的溫度更低了，他想起了那隻金魚佛洛伊德，貝兒離開後，拓爾弗也開始倦怠於去餵牠，多久了？拓爾弗不敢去想這個問題，他從浴缸站了起來，鏡子因水氣的關係只映出一團肉色的輪廓。他裸身走到客廳，身上的水滴沿著身體滑落，留下一條濕濕的軌跡。

魚缸的水變成淺黃色的，佛洛伊德明顯瘦了一圈，在水面上漂啊漂，嘴巴一張一合地掙扎，牠的魚鰾大概已經失去功能，所以也活不久了。拓爾弗拿起魚缸並再次走回了浴室，他忽然想起來，之前有聽過一個科學研究，泡水之所以會讓手變皺是為了增加摩擦力，他現在正實際感受到這種說法。拓爾弗坐在浴缸裡，把佛洛伊德倒了進去，裡頭的沙子也順勢掉到了他如海草般擺動的陰毛上，而佛洛伊德依然只能在水面上漂浮。

聽說金魚只有七秒的記憶，以七秒為單位的話，佛洛伊德是在第幾個七秒忘記貝兒那個天殺的前男朋友呢？又是在第幾個七秒忘記貝兒是誰呢？而現在，牠應該正在思考到底為什麼會在浴缸中漂浮吧！拓爾弗看著牠吃力地晃動著尾鰭，突然有點羨慕，然後又開始啜泣。

沒關係，我會陪著你的，拓爾弗在心底默默地說。

（台北大學「飛鳶文學獎」首獎作品）

蘇奕儒

我叫蘇奕儒，今年十九歲，單身，討厭吃番茄跟木瓜，喜歡吃冰淇淋，所以把獎金換成等值的哈根達斯，我一點意見也不會有。

太棒棒了，我成功自我介紹完自己了，所以現在我要去買個杯子蛋糕來慶祝，大家晚安。

風箏女孩

杜芳妮

很多時候，事情永遠都不會只是它們表面的樣子。

當時間的齒輪不停轉動、歲月的痕跡鐫刻在生命，
抬眼，會發現當初那些我們以爲的，
都不僅僅是我們以爲的，那個樣子。
我們能改變的，很多；我們不能改變的，也多。
當你回頭看見那個傷痕累累的自己，彷彿還能感受到那顆跳動的心最初的炙熱。

起風了，人抬起腳、邁開了步伐。
當風箏緩緩爬向天際、撕扯著與天空之間的距離，

我們都不曉得，飛翔的，究竟是風箏還是拉著線、想飛翔的人。

宇揚，二十六歲

這是一個陌生城市的早晨，灰色的天空正繡著細細的雨，隔著落地玻璃內的我，按照慣例將方糖丟入黑咖啡，方糖在黑咖啡裡散落成小分子然後被那濃濃的黑吞噬。每天早上一杯黑咖啡是我給自己的新習慣，就從來到這個城市的第一天開始；一口飲盡黑咖啡後，一如往常披上外套，輕輕鎖上門。

我和雯馨到台北生活已經兩年了，縱然我清楚捷運、公車的路線，甚至是台北市所有的路名，對我而言台北依舊是陌生的城市，在這裡的兩年和其他地方沒什麼太大的不同，頂多人多些、空間擁擠些，一樣準時八點上班打卡、下班責任制，只要不做些奇異的裝扮、怪異的行為，一般來說路人不會多看你一眼，連餘光的機會都不會有。

說到底，是少了那一份熱情吧！我是指我的生活還有這座城市，我有一份薪水不錯的工作，也有穩定關係的女朋友，我和雯馨戀愛五年同居兩年，當初是她辭掉工作跟著我來台北的，我沒有要求她，也沒過問原因，沒有人開口提婚姻，就這麼一起生活整整兩年；小吵架是一定的，但我們都是醒來隔天見面就沒事的，我們的宗教信仰也不同，雯馨每個週末都會參加教會的聚會，而我則是初一、十五便要整天吃全素的人。雯馨現在是國小安親班的英文老師，和我們最初戀愛時候的她不一樣，現在少了那麼點青澀，多了份溫柔婉約，也許是工作使然，又或是歲月的成長，我們的愛情不再那麼鮮豔、濃厚，而是淡淡的幸福。

我習慣在午休時間去茶水間為自己泡一杯濃茶，然後翻翻早上已經被別人翻皺的報紙，報紙上印著一隻黃色的鴨子還有一團團黑壓壓的人群黑點，上頭斗大的標題「黃色小鴨在高雄光榮碼頭」。

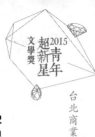

嗯，高雄，充滿回憶的地方，也是妳的城市。

一下子太多情緒湧上心頭讓我感到有些不適，伸個懶腰再次將回憶還有情緒收回心底藏進深處，喝了口濃茶便起身回到工作崗位，今早收到許多新文件，看來今晚不能早回家了，給雯馨留了個訊息，便迅速埋首於工作。

下班的時候走進台北捷運站，發現顛峰時間尚未結束，人潮擁擠的電扶梯跟月台讓人感到難以呼吸，我靜靜的坐在月台最後的椅子上看著等待的乘客、硬要擠上車的乘客，還有下車鬆了口氣卻又繼續擠上電扶梯的人，我就這麼坐著，等到人少了、車廂空間多了才上車。回到家的時候雯馨已經睡了，我洗完澡後躺在床的左邊，輕輕地揉揉雯馨的肩膀，輕輕地吻了她的肩頸說了聲晚安，便蓋上被子。

對我來說這是座陌生的城市，但自從我看了那份報紙之後，我在這座陌生的城市，卻開始一直想起我熟悉的妳。

曾經，我認識了一個女孩，她有著圓圓的眼睛、漂亮的雙眼皮以及笑起來便在嘴邊燦爛綻放的梨窩；對很多事情總是表現的滿不在乎，但一旦認定了某個人、某件事就會有異於常人的執著；有很多朋友，但是討厭去人多的地方；有那麼一點傻呼呼，卻也有著那不著痕跡、不給別人壓力的體貼，只要在她身邊就會覺得很自在。

我曾經愛過這樣的女孩，深深地愛過

然後錯過

錯過。

語濰，二十五歲

一出高鐵站便被眼前洶湧的人潮震懾住，大概是因為現在是下班時間，所以人潮比我想像的還多，所幸這裡的標示很多又很清楚，才順利的走進捷運站，手上捏著鑰匙有點煩悶的進入板南線候車月台。

我一直都不喜歡人多擁擠的地方，這個城市讓我感到不自在也不喜歡；拿出手機LINE了芸芸。

「我進捷運站了。」

『這麼快！我還沒出門呢！要等妳到了我再出門嗎？』

「不用，我自己進去就好。幾點的飛機？」

『八點四十。這段時間我的房子就拜託妳嘍 ^^』

「好哦！記得我的禮物 ^^」

把手機放回口袋後，我靠著柱子等待著人比較少的捷運班次，仰著頭看著捷運小螢幕播著的電影預告，眼睛有些疲憊，脖子也很痠，於是我決定讓眼睛離開螢幕看看別的地方，順便讓脖子休息，我的左邊是電扶梯，只有台北捷運才看得見右邊靜止、左邊留空讓趕時間的人拔腿狂奔的電扶梯，當我往我的右邊看的時候，三十秒，整整半分鐘，我的視線和腦袋思緒就這麼僵在原地。

第三十一秒的時候，捷運進站了，於是我沒有等到我想要的空蕩車廂，就跟著排隊人群一起擠進去，就算車門已經關閉，我還是不敢將視線再次放在同一個地方。

我沒有辦法說服自己沒有看見坐在椅子上的人，完全沒辦法。

我以為我已經忘記了，但是那張臉還是和記憶中的一樣清晰；我以為我再一次看到他的時候能夠表現平淡，內心也平靜，就像他以前對每個人的方式一樣，溫和又不失禮；天呀！我甚至沒有想過我會再見到他！

短短三十秒，很清楚地拆穿了給自己兩年的謊言，在心底一直都無法擦去的人、一年的回憶以及深埋心底的感情。

戴起耳機將音量調到平常的二倍大，試著深呼吸想放鬆自己突如其來緊張的情緒，但似乎徒勞無功，應是帶著涼意的晚風，吹在雙頰上卻似乎感受不到冰冷。

也許是一時情緒滿溢，又或者是我只是在氣自己的無能，窩在芸芸家的沙發上打開手機，給芸芸留了一個 LINE 訊息。

「嘿，猜我來台北幫妳看家的福利是什麼？我看到劉宇揚哦！」

老實說我不知道自己為什麼要故作輕鬆，甚至不知道為什麼自己要告訴芸芸這件事，因為芸芸甚至連宇揚是誰都不知道。罷了，反正等芸芸看到也不知道是什麼時候的事了。

第一次遇見宇揚是在兩年前，宇揚算是一個樣貌平凡的人，沒有精壯的身材、出眾的樣貌，是那種出現在照片上你也不會特別注意到他的人，因為就連表情也平淡如靜止的水一樣，要喜歡這樣的一個人，大概要真的站在他身邊、與他相處多時才能夠明白，宇揚有一種能讓人感到安心的穩重。

我們在朋友的聚會上相識，那天下著雨，大約七、八個人聚在咖啡廳聊天，並不是特意約好的，而是興致一來的臨時邀約，所以聚會裡的人不會全都是熟識的朋友，在一群人的談笑聲裡我知道他叫劉宇揚，然後其他什麼話題我都不記得了，因為我被他的眼睛吸引住了，應該說是眼神。

就算嘴角揚起標準的弧度、爽朗的笑聲，眼睛也還是傷心著。

小心翼翼藏好的悲傷，我發現。

我一直小心地控制，不讓自己凝視他的目光被發現，然後他很自然的走出歡樂的談笑聲、離開座位，於是我悄悄跟了出去，其實當下我不知道自己在做什麼，只是跟著他。

「妳也覺得裡面悶嗎？」

突如其來，我有點訝異，於是我回頭看看身後，沒有人。

「我嗎？哦，對呀！裡面好熱真的！哈哈哈……」我僵硬的答應著，連笑聲聽起來都分外尷尬。

然後他就笑了，瞇起眼睛的微笑，眼神帶著溫柔。

有個什麼東西在我的身體裡亂竄著，讓我有點難以思考。

他把手伸出遮雨棚，讓細細的雨滴降落在手心，我也伸出手模仿他。

「不進去嗎？」

他好像真的很喜歡冷不防地冒出一句話，我總覺得自己有些跟不上他的步調，我搖搖頭。

「那我們去吃冰吧！突然很想吃冰淇淋，就麥當勞。蛋捲冰淇淋。」突如其來的邀約，我只記得自己好像很開心的跟著跑出去了，因為我記得自己狠狠的吃了五支蛋捲冰淇淋然後肚子痛。

「妳很喜歡麥當勞的蛋捲冰淇淋嗎？」他以一種不可思議的表情看著我。

「喜歡。」

「喜歡到一次吃五支還吃到肚子痛？」

「不是。因為下雨。不喜歡。下雨。」

他又笑了，這一次是真的在笑，因為眼睛裡面是快樂的；然後他轉身走向櫃台，我問他要做什麼。

「那我想我還需要十支蛋捲冰淇淋。」

眼睛帶著溫柔和快樂的對我笑了。

我覺得自己的腦袋完全斷電了。

不喜歡下雨，我們都是。

那天之後，我和宇揚只要遇到雨天就會一起去吃冰淇淋，只要一通電話就走。當然不是每次都狠狠吃個五支、十支，就是單純的吃個冰、聊聊天，然後等雨停。老實說，我其實很享受我們相處的時光，很單純、很自在地聊著我們的生活、自己的童年，還有別人的未來。

嗯，只聊別人的未來。因為我們都想給自己的未來完全的神祕感，不揣測，也不計畫。

「欸，不喜歡下雨的兩個人還特地在下雨的時候約出來吃冰，不奇怪嗎？」

「奇怪啊！可是現在總覺得下雨不吃冰才會渾身不舒服。」

「真是個奇怪的人哪！」

「彼此彼此。」

然後我們比賽，看誰能一口氣把剩的蛋捲冰淇淋全部塞進嘴巴。

我不喜歡下雨，可是我開始期待下雨，在任何我想你的時候。

宇揚，二十六歲

坐在星巴克二樓靠窗的位置，我攤開牛皮筆記本，就只是攤開，然後凝望窗外。今天是美好的星期三，因為今天我給自己放了一個假，不為什麼，就單純的想給自己留白一天。我每幾個月就會給自己放一個這樣的假，卻什麼都不做，就這樣一杯黑咖啡、一本筆記本放桌上，然後放空。

可是今天，我突然想寫點什麼，因為我又開始想起妳。

我的大學在高雄，有一次回學校提著母親備好的兩大包行李，原本月台上的旅客已經擠得沒什麼空間可以移動了，火車上的乘客一下車，整個月台更加擁擠、混亂，我趕緊提著行李尋找較空的地方站，不知不覺被擠到月台最末端的地方，前頭擠往出口的人群緩緩的移動著。然後我的視線裡擠進一個小小的身影，也是兩隻手都提滿了東西，因為身形嬌小的關係，鼓大的後背包在她背上看起來更加突兀，她先是氣喘噓噓的將手撐在膝蓋上，再一鼓作氣使勁地把後背包從背上順著手臂甩到地上，然後很自然地坐在背包上；她接起電話，好像在講些什麼好笑的事情，因為她一直笑著，表情、聲音都笑著。

可眼睛裡面是悲傷。

當她眼神開始向四周打轉，我看見她笑彎的眼睛裡面流動著憂傷，輕輕地、悄悄地她將視線移回自己的行李上，慢慢的把背包背起，東西都拿上手，大步邁向人潮已經和緩的出口。

當你在世界上遇見一個和你有著一樣眼神的人，就會覺得這個人很熟悉。

後來，在一個雨天的下午，我再一次遇到這個女孩。我試著裝作沒發現她投射過來的目光，我試著猜想她注視的原因，於是我在適當的時機離開座位，發現她也跟了上來的時候，就覺得事情越發有趣了；在我打破沉默，或者，應該說是我突然開啟了跟她的對話，我是這麼想的：真是一個把心情寫在臉上的女孩子。

忘了原因是什麼，我只記得自己當下興致一來，就和這個近乎不認識的女孩去吃冰，看她一口氣吃完五支蛋捲冰淇淋然後肚子痛；在驚訝之餘，我看到她回答為什麼拚命吃蛋捲冰淇淋的原因，那時候眼睛裡面最真誠的純粹。

「不是。因為下雨。不喜歡。下雨。」她看著透明玻璃上的雨滴這麼說。

那一刻，我是真的感覺我們很接近、很相像；於是，我決定要讓這個女孩走進我的生命，如果哪天我在這個遼闊的世界丟了自己，至少，我看著她就能想起我們共同擁有的眼神與純粹。

也許，一開始就是我自私的決定錯誤了，我甚至沒徵求妳的同意，就展開了對妳的依賴關係。

語濰真正走進我生命的那陣子，雯馨人在美國遊學。

是的，那時候我已經有了雯馨，但我自私的依賴著語濰的純粹，以及刻意遺忘雯馨。

除了雨天的固定吃冰邀約，我們開始有了很多活動，常常兩個人、一台相機就這麼出發，我們常去海邊，不為什麼羅曼蒂克的理由，就只是單純的想聞聞海水的味道、吹吹黏膩的海風，還有語濰最喜歡的土雞蛋夕陽，語維說高雄海邊的夕陽都像土雞蛋裡的蛋黃，顏色特別鮮明、形狀特別圓，平常媽媽煎的太陽蛋都是洗選蛋，看不到土雞蛋，所以抓到機會就一定要來看看，就只是想看看。

去渡船頭吃海之冰的時候，明明都不喜歡人多擁擠的我們，卻硬是要擠進最角落的位置，因為那裡可以清楚看到送上二樓的冰從送冰電梯出來的樣子；明明知道海之冰的分量很大，卻還是堅持要一人一碗比賽，每次我吃到頭都麻了，還是要故作輕鬆的向語濰挑釁，她也從不自動投降，總是一副滿腔熱血的樣子繼續埋頭苦幹，明明冰到手都在發抖了。

我和語濰無話不說，但我倆都沒提過感情；不是不談，是沒有人提起。所以我想，語濰一直都不曉得雯馨的存在，因為連我都差點忘記了，刻意但是表面看似自然的不去想起雯馨。

雯馨，我愛了五年的女人，如果扣除我把愛放在語瀰身上那近乎一年的時間，我還是整整愛了這個女人四年。我們是大學同學，但是雯馨大我二歲，因為雯馨喜歡出國遊學，年復一年的突然迷上了哪個國家就收拾行李、辦妥手續，對於出國學習這回事，雯馨有著異於常人的毅力跟堅持。

她這麼常出國，你們怎麼戀愛的？身邊的人都會有這種疑問，連我們自己都訝異的是，我們的愛情就是在雯馨短暫停留台灣的三個月裡面播種然後萌芽；這種感覺很奇妙，我是說關於我們兩個人的愛情本身感覺很奇妙。原本在學校見面的次數已經屈指可數，每次約好在圖書館一起看書，也都只是我的書包在隔壁的空位坐了一整天。本來應該算是八竿子打不著的兩個人，就這麼說愛就愛了……然後我們的五年。

我和雯馨在一起的第二年、原本應該一起過的第二個跨年夜，雯馨人在洛杉磯，我只是聽過、在網路上看過的ＬＡ，我甚至連雯馨過去了以後也沒有去計算我們之間所謂的時差，雯馨不是那種因為你特地計算好彼此的時差而感動得痛哭流涕的女人，也不會因為你沒在深夜電腦前面守候她的上線而大發雷霆抑或是乾脆來個一哭二鬧三上吊的那種女人。總而言之，原本預定要回來台灣和我一起跨年的雯馨，因為學校報告拖延而沒能趕回來，我在前一晚凌晨時分接到電話，電話另一頭是雯馨帶著疲憊但充滿歉疚的聲音，縱然那個時間我是被吵醒的，我還是沒生氣，尤其是對雯馨這種美女。

原本打算和朋友聚個餐就回家洗澡睡覺的我，因為在走進家門前的巷口看見語瀰拿著一個大鍋子還有大鍋蓋而改變了想法。

「怎麼沒去跨年？」我順手拿起她手上緊抓的大鍋子。

「他們要吃燒烤，我想吃火鍋。」她連同鍋蓋一起塞給了我。

「但是妳怎麼知道我家？」

「我買了三盒豬肉，我不吃牛。」沒等我說聲請進，語濰很順勢的把鞋子放在門邊。然後我就笑了。呵，奇怪的女孩。

從這一年的最後一天到下一年的第一天，我們都醒著、吃火鍋、聊天，然後我們忘記倒數五、四、三、二、一，陽台外的黑暗突然被迸裂的五顏六色填滿，色彩繽紛的光點映著語濰的眼睛閃閃發亮，然後我記得自己這麼開口了：

「老實說，我不知道妳在傷心什麼，我說的是妳的眼睛，裡面。」

她先是愣了一下，以一種特別的眼神望著我，在我耳邊低語。

然後，我俯身，我們的第一個吻，手上還拿著筷子，空氣裡還飄散著火鍋的香氣。

「我遇見了和我一樣眼睛很傷心的人之後就不會了，我們都不會了。」

雯馨，二十八歲

最近總有些心神不寧，已經很久沒有這樣的感覺了，自從搬來台北生活之後。來這裡生活的這兩年生活還算安逸，縱使一開始對這裡的生活只是懷抱著苟且的心態，但現在的心情也都幾乎保持在很平靜的狀態，這樣就夠了。這裡不是我的家鄉，但是我想重新開始的起點，和自己、和宇揚的關係重新開始的起點。

宇揚是我的男朋友、穩定交往的對象、不提婚姻但是一起生活的人，我們的關係目前維持了五年；未來的日子，我想我應該還是會一直愛著這個男人，直到我們不愛了。或是……他不愛了。我和宇揚的愛情，來得突然，突然到我連當初在一起的衝動都要忘了，我還來不及習慣，宇揚就已經在我身邊了。因為兩個人都不是很喜歡成天黏在一起的那種甜膩，所以我們的熱戀期很平均地分攤在我們的生活之中，但是我自己一直明白一件事：其實，我們的愛情，不純粹。

至少，我的愛情不是。

我和宇揚在一起的第二年、原本約好了要一起過的第二個跨年夜，我失約了。

「親愛的，你睡了嗎？」我保持著我們以往講越洋電話的語氣。

「嗯？還沒有……」他的聲音明顯是睡了然後被吵醒，但他依然一如往常的溫柔。

「真的很對不起！沒有辦法飛回去跟你一起跨年了，因為學校報告延遲的關係，我沒有辦法趕回去。」

「這樣啊……妳不要太辛苦了，沒關係我等妳明年回來。」

「我會盡快回台灣的！真的很對不起。」

掛上電話，我的手心仍冒著汗，站在這充滿藥水味道的走廊上，空氣中沒有流動著半絲台灣準備迎接新年的快樂，額角嵌著幾滴汗珠，忐忑不安的心情讓我無法靜靜地坐在椅子上，已經是第二次面對這種事情了，但是還是沒辦法平復我的緊張。幾個月前我在酒吧結識了一個義大利男人，五官立體、眼睛深邃、下巴與脖子還蓄了點鬍碴，談話的方式也算是幽默，這樣的男人就一般情況來說是很迷人的，更何況是在充斥著酒精、迷醉音樂的情況下，於是，我深陷了。

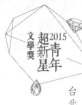

原本只是一夜情的，也只該是一夜情的，應該說我根本不該讓它發生！之前也有類似的情況，可是這次很不一樣，身體的感受強烈到淹沒我的理智，我想我失控了，腦袋裡的思路、我的情緒、身體好像全都失控，在那個晚上之後……我和那個義大利男人的關係持續了幾個星期，在他回義大利之後結束。

說真的，我清楚知道我和那個義大利男人之間存在的介質並不是愛情，而是一種需要。我知道自己正在犯錯，這種需要不受我的控制，我沒有辦法克制身體渴望的契合；當那個義大利男人回國之後，我以為一切都結束了，但事情不是我以為的那個樣子。

我懷孕了。

是懲罰吧！懲罰我背叛我和宇揚的愛情；老實說，我承認有時候會覺得我們的愛情像無味的水，是連最後的甘甜都嘗不到的那種，但我一直渴求的就是這種所謂平淡的幸福、穩定的關係，我過去付出太多的感情，每一次都把自己全部交了出去，然後一無所有、疲憊不堪的回到原點，周而復始的我真的累了，對這樣轟轟烈烈、耗盡心力的愛情累了。原以為我可以自己一個人就這麼停靠著，但是我害怕寂寞，我是一個不甘寂寞的人，當我為這樣的自己傷透腦筋時，宇揚就來了。

「我愛宇揚嗎？」這個問題不下上百次在我腦海中環繞，通常我會給自己肯定的答案，可是就是有那麼點不踏實的感覺；宇揚是一個溫柔的人，所以他的溫柔是對所有人不是只有我，不常把情緒表現出來的宇揚，生氣的時候也只是皺皺眉頭然後不語，讓我覺得自己跟他的距離很遙遠，尤其是他望著遠方的那種神情，好像我們是在不同的世界。

我花了整整三天整理我的思緒，然後開始著手處理後續，打通電話給宇揚向他說了個謊只為了圓這個大謊，然後帶著忐忑的心、對宇揚的愧疚，還有下定重新開始的決心坐上手術台。

因為是二次墮胎，所以需要休息的時間就更長了，也為了讓自己不要看起來有異樣，所以我特意延遲三個月才回台灣，飛回台灣後我直奔宇揚的住處，熱切的想好好經營我們之間的感情，打了三、四通電話，宇揚都沒接，可能又忘記帶在身上了吧！因為沒有宇揚家的鑰匙，所以我靠著行李坐在宇揚家門口睡著了。

「雯馨？」

耳邊傳來熟悉溫柔的嗓音，雖然身體已有些痠麻，但還是努力的站了起來，給聲音的主人一個擁抱。

「我回來了！」把頭埋在宇揚的肩頸，這個我十分想念的擁抱。

「我不會再飛了，就一直留在這裡。和你一起。」帶著微笑，我在宇揚的耳邊呢喃。

最後一次我告訴自己，我在接下來的日子裡，要埋葬那些對愛情的憧憬，因為在這個懷抱裡的是灑在皮膚上柔和溫暖的陽光，而不是炙熱耀眼太靠近便會受傷的豔陽。

語濰，二十三歲

因為宇揚的關係，我開始學習攝影。

宇揚喜歡攝影，也一直有著不少的作品，我很喜歡宇揚拍的西子灣，尤其是有夕陽的西子灣。宇揚大多數的作品都是風景，鮮少有人物、動物之類的照片，宇揚不喜歡動物，更準確一點來說，是不喜歡有毛的動物，他總覺得有毛的動物移動起來挺嚇人的，可是他有幾張拍的是我們去動物園看到的兔子，那些兔子當時的確算是某種程度的靜態物，因為睡得正香。

「欸欸！你沒問過兔子就拍牠們！」看著專注在調整角度拍兔子的宇揚，我用不屑的口氣喊著。

「而且你不是不喜歡有毛的動物嗎！真的是很奇怪的人耶！」我皺著眉頭。

突然宇揚拿起鏡頭對焦我的臭臉然後迅速按下快門，用他一貫溫柔的口氣笑著說：

「動物大王，例外。」

「什麼！你說誰！」

「鬍子該刮嘍！動物大王陛下。」宇揚先是挑了眉，然後笑著轉身，雖然我好像被偷偷罵了，但是心情還是好愉快哦！然後我助跑，一個箭步。飛身。像蜘蛛降落那樣落在宇揚背上。

至於人像照，他很少拍攝，至少我在的時候是這樣。有時候他幫我拍的照片也不會拿給我看，我也不會主動要。可是有一次就從他的書裡面掉出幾張照片，很一般大小的相片，一張是一個女生在機場遠遠的背影，相片裡面的女生身材高眺而且穠纖合度，有一頭及腰的長髮襯著淡藍色的洋裝；另一張是一個五官立體的女生，因為只有側臉，所以最記得的是她那勾人的長眼。我不認識相片裡的女生，但看著相片讓我心裡頭酸酸的，很莫名。

如果有一天，你送我一張你為我拍的照片，你會送什麼樣的照片呢？照片裡的我是開心的嗎？

今天又是雨天了，因為宇揚最近都在家裡趕畢業論文，於是我沒給他打電話，便在他家附近的麥當勞買了兩支蛋捲冰淇淋要帶給他，自從雨天可以一起分享蛋捲冰淇淋開始，我對雨天總是感到有些期待與雀躍，興奮的跑上宇揚三樓的住處，我有些喘，但兩手拿著冰淇淋也無暇顧及劉海的淩亂。

當我要按門鈴的時候，那扇綠色的門就開了，高眺的身影映入眼簾。

「宇揚，我今天跟朋友有約先出門了！」高高的女生對著屋子裡面交代著，她喊宇揚的名字讓我的胸口有些緊繃的感覺。

「嗯？請問妳是？有什麼事嗎？」禮貌性的問句，然後高高的女生對我微笑。

這張臉，立體的五官，還有笑起來勾人的長眼，不。能。呼。吸。

「走錯了！」我聽見自己這麼說，然後倉皇的逃離。

我跑到巷子口就停了，一種難以言喻的感覺，有個什麼壓住胸口了。把蛋捲冰淇淋丟進公共垃圾桶，我一個人走回家。

回家。

另一個眼睛在傷心的人，從一開始就已經有人在照顧了呀！

宇揚，二十四歲

看著新洗出來的照片，是今年春天跟語濰去西子灣拍的照片，有好幾張她的眼睛還是不小心流露出在傷心的眼神，我們有著一樣傷心的眼睛，但是我們彼此也無從去解釋我們的眼睛怎麼會總是暗暗地藏著悲傷。

靠著海邊的小石牆，語濰說今天不看土雞蛋夕陽，看船。」

「欸欸，就我們現在看得到的東西，你覺得我像哪樣東西？」語濰的眼睛閃著光。

「嗯……風箏。」我指著旁邊五、六個小朋友剛準備好要放的風箏。

「風箏？那……你是放風箏的人！」

「不是，我是天空。」

「為什麼！這不公平，你才沒有那麼偉大！」她忿忿的說。

「在我這兒飛翔，不好嗎？」然後語濰就笑了。

我很喜歡看語濰的笑容，就算把聲音抽離，也還是能感受到她的開心。她是一個對我來說很特別的女孩，和她在一起很自在，會覺得她異於常人的反應和說話方式很可愛，可是當我想著語濰有多好的時候，我就會突然想起雯馨。

我愛雯馨，三年前就愛了。可是在愛情裡有所謂的先來後到嗎？

我愛語濰，是由好多好多喜歡組成的那種愛，所以我沒有辦法說明理由。

當我在兩者之間徘徊的時候、在內心拉扯的時候、應該讓我的愛情選邊站的時候，語濰，這個世界的另一個我，幫我做出了決定。因為我找不到她了。

到了我和雯馨畢業的那一天，雯馨從擁擠的人群中把自己給擠出來，然後走向我。

「我們……去新的地方，過新的生活，好嗎？我會辭掉之前的工作。」

「新的地方？」

「嗯！我們，新的地方。」

其實我們當時沒有討論過要去哪裡，只是回家後發現信箱裡面躺了一封錄取通知書，然後就來台北生活了。

我和雯馨一起去台北過我們想要的，新的生活。

我。假裝。自己。忘記。語濰。

我只是黃昏的天空，因為當黑夜來臨，我就沒辦法留住風箏。

宇揚，二十六歲

我找到風箏了。

在星巴克放自己留白假的那個下午，突然在傍晚時分下起了大雨，傾盆大雨。我將墨綠色的窗簾拉進玻璃窗中央，試著不讓突如其來的大雨紛擾我陳舊的回憶，我坐回位子閉上眼準備繼續整理我的回憶時，大雨敲打玻璃的聲音跟光線又來到我身邊，於是我再度起身調整窗簾，這一次窗簾在我一轉身又被揭開了。

猛然一回頭，回憶皺褶裡頭已泛黃的那張臉，卻突然鮮明了起來，熟悉的人，熟悉的眼神，一貫的哀傷。

「妳怎麼改喝星冰樂了？」試著掩飾我內心的激動，我保持一般的語氣。

「蛋捲冰淇淋。漲價了。」還是一樣，緊張的時候臉會紅。

「不知道妳為什麼跑來台北，但是兩年前是真的有些話沒來得及對妳說……」

語濰低下頭喝著星冰樂，一次兩杯。

「我是真的愛過妳，那樣的愛裡面沒有雯馨。」

「所以我說，你是放風箏的人，為什麼要說自己是天空？」語濰突然抬起頭，眼睛噙著淚水。

我先是沉默，就算已經沉澱了兩年，有些選擇不管多久以後都難以抉擇。

「我一直都只是天空，不是妳想像那樣偉大、遼闊的天空，而是差點把妳給侷限住的天空。」

語濰低頭不語，淺色的原木桌子印上一點一滴的淚印子，外頭的雨水拍打在玻璃、屋簷的聲音混合著語濰的眼淚，觸動、放大著我的神經。看著她顫抖的肩膀、聽著她不平穩的呼吸聲，我想給她一個擁抱，但我卻動不了，僵直在座位的身體以及桌面上早已失去溫度的黑咖啡。

窗外的雨漸漸地停了聲響，語濰的眼淚也像是終於被轉緊的水龍頭，除了哭紅的雙眼、些微浮腫的眼皮，剩下的只有臉頰上的淚痕。

突然，語濰拿起桌上的牛皮筆記本隨意的翻了幾頁後，抽出本子側邊夾的藍色原子筆，匆匆寫下幾行字，便把本子闔上遞給我，然後轉身下樓。

「下個星期六，風車公園，我們。」

沒有確切的時間、沒有清楚邏輯的文字，我看著用力過度的筆跡透過紙背，在下頁也印著若有似無的痕跡。

我在星期六上午六點左右抵達風車公園，淡藍色的天空鋪撒著棉絮般的雲朵，陽光輕輕地穿越雲層，被樹葉揉碎在草皮上。我不知道語濰什麼時候會出現，準確一點來說，我不知道語濰會不會出現。

上午八點，開始有小孩跟家長在草皮上追逐嬉戲，空氣的溫度逐漸升高，有個小男孩拿著風箏抬起腳步向前奔跑，可是不管他跑得多快、跑得多遠，風箏依舊沉沉的在線的另一端。

下午一點，室外溫度依然悶熱，強勢的豔陽面對遠處的烏雲依然沒有退卻；起風了，草皮上抓著風箏線的人開始用力奔跑，淺藍色的天空瞬間被抹上五顏六色，地上的人笑著、尖叫著、歡呼著，而風箏以不規則的路徑在天空中舞著。

下午四點，天空布滿烏雲開始下起了毛毛雨，然後雨勢一點一點的變大，一個小小的身影穿越尋找遮蔽物躲雨的人群，筆直地朝我走來。

無論阻礙著視線的是打在肌膚上會痛的雨滴還是亂竄的人群，我依然能看見妳眼睛裡流動的悲傷。

「我們開始吧！」語漓將手上緊捏著的淺藍色風箏塞到我手上。

「可是，下雨了。妳要放風箏？」拿著傘的我擔心地看著她濕透的衣服。

她抬頭看著我的眼睛，我們這樣注視著對方，我看見她眼睛裡頭不只是以往的悲傷，還有著好多複雜的情緒。

然後她開始拉著風箏線奮力奔跑，原本輕輕放在我手上的風箏跟著向前奔跑的風箏線一起逃離。

我追上她，我們一邊跑一邊看著風箏跌跌撞撞的爬上天際，然後不平穩的飛翔。

風停了，我們的腳步也停了，風箏跌落在距離我們不遠的石頭上。

「原來，就算乘載著雨水的重量，風箏也還是能飛上天空。」還在喘氣的我突然聽到語漓這麼說。

「我們相遇的第一天是雨天，我們一起度過了好多個雨天，每一個有你的雨天對我來說都像是晴天。

我一直以為你是放風箏的人，因為我以為你手上握著我的風箏線，你的一舉一動都影響著我，一直到現在，我才能確信你是天空，對我來說很棒的天空。」

雨停了，語漓打開背包，拿出一個淺藍色信封遞給我，我輕輕地打開，是相片。

相片裡頭的我一邊吃著冰淇淋一邊看著相機裡的照片，而相片的左半部是語漓笑彎的眼睛還有她嘴角左邊的梨窩。

「這是我發現我們唯一的合照，就送你吧！」語漓笑了，眼睛裡頭沒有悲傷。

然後她轉身離開。

看著她離去的身影，我擰了擰濕透的上衣，準備回家，拿著相片發現背面寫了幾行字：

你是下雨的天空，而我是乘載著雨水的風箏；
風停了，我便離開天空回到地面；雨停了，你會放晴然後出現彩虹。
風箏從來不屬於天空，
所以，現在的我會靜靜地等待風箏的主人出現，
再見了，我曾經停靠的天空。

（台北商業大學「北商文學創作獎」首獎作品）

杜芳妮

生長於一個長不大的家庭，有一個調皮、一點都不嚴肅的爸爸，幾乎十項全能的媽媽；一個長相、個性、興趣完全迴異的妹妹，但是我們很愛彼此。童年記憶散落於中部金黃色的稻田間；國小、國中在不怎麼發達的都市也不能算是偏僻鄉下的楊梅；除了花錢跟賺錢以外的嗜好是攝影跟看書，很容易笑，也很容易哭。專長是三十秒掉淚還有把拳頭塞進嘴巴裡；目前最遠大的夢想是長到一百五十公分，最想實現的生日願望是順利畢業，考到研究所然後賺大錢。我是一個平凡的人，如果你看見我的不凡，一定是因為那目光來自不凡的你。

以樹吟詩

鍾孟芸

和樹結下不解之緣，聽起來可以寫成一段浪漫美好的故事，只可惜這緣分幾乎和種種迷人的元素搭不上關係，至少在我第兩百九十五次被樹根絆倒、灰頭土臉四腳朝天躺在人行道上的那一刻，我是這麼堅信著的。印象中，小時候曾經在老家附近的鳳凰木下，和一大群街坊玩伴蹙著腳尖賞花，那豔麗得理直氣壯的紅色，挑戰視野的極限，也挑戰著小小的心的容量。當時絲毫不感覺頭頂上籠罩著、腳底下賁起著造成危險的事物，但漸漸到了有一天，也許是多愁善感的中學時期，開始懂得懷疑了、開始習慣戒慎恐懼了、開始感到孤單了，我開始因看起來無害無所謂的東西跌倒。樹是其中之一，學校裡掛著模糊說明牌的、路邊掀翻水泥磚的、家樓下附送堅硬花盆的，我的腳總會三不五時被吸引過去，在意識還沒反應過來之前，身體已經自動就跌倒姿勢，各式各樣引人注目的聲響和難堪的傷痕隨之而至。

曾經想過要聚精會神躲避被樹絆倒的窘事，但正如同試圖逃避其他煩擾困難，再回頭卻領悟其微不足道的障礙一樣，跌腳腫個樹瘤般的包，或是袖子被樹枝勾脫了三尺線，對我來說，就像數學段考不會及格，是宿命的一部分吧。

晨光明媚，歲月靜好，而我再度仰躺在樹淺淺的陰影下，鼻腔充滿混合車輛廢氣的泥沙味，和手提袋外撒成一片的文件一起髒兮兮，第兩百九十五次掙扎關節生疼的手腳，試圖扶正顛倒的我的世界。我瞄了瞄新增一道刮痕的手錶，指針好像顫抖了一下。

那讓我想起，散落我身旁的是詩。像當時跌跤之後莫名想拾起的，那棵樹下的。感官和記憶突然同時敏銳了起來。

想起來了，我記得。

●

到底是哪一年畢業的呢？十一年前？十二年前？我只知道時間在這當中毫不留情地攜帶我的記憶不停地向前滾動，想仔細回首過去的種種，它們卻像隔了一層毛玻璃般朦朧成同一塊。

原則上校友回娘家，是畢業三十年後的事。然而明天的這個時候，我將身處地球的另一端。旅居外地的畢業生風塵僕僕趕回來母校相見歡，據說是非常普遍的事，但我覺得自己沒有那種熱情，也沒有那麼特殊的牽絆。我還是回來了，接受了返校看看，再和幾個比較熟悉的同學吃頓飯當作餞別的提議。對我的同學們來說，即使現在操場上和我們的經驗重疊的，可能只剩下快爛掉的排球網——那起落的排球和奔跑移動的身影，甚至背景那棟前兩年完工的大樓，都是那麼新異——她們還是認真地認為這裡的一磚一瓦都環繞著神聖光榮而華美、燃起內心無限熱情的光環，只要光環的光曾經照在我們身上，就永遠不會褪去。

才剛過早上七點。母校的光輝沉澱在眼皮下方，但似乎只有我試圖理會平常大家都耿耿於懷的熊貓眼。

一年級的時候，我們升旗就站在廣場的這一角，但現在我們班好像已經被縮班裁撤了；以前的社團辦公室變成倉庫般的存在，回想舉辦成果發表那段期間，真是義無反顧又轟轟烈烈；舊校舍重新上了一層漆，反射出的陽光亮得不太自然，像是在腐朽的古木殘根上插幾枝人造花般惹人發噱。儘管已經劇變至此，這整座校園似乎依然被當成絢麗壯闊的洋灑詩篇來崇拜，不可輕易忽略的光環從這個角落緊箍著到另一個角落，每個曾經駐足此地的人都把自己當作組成壯美的其中一個元素而沾沾自喜。幾個學妹抱著課本快步通過走廊，挺直的腰桿、昂揚的步伐，和最重要的——眼中的那道光，再回頭看看我的同學們，一群卡在青春和老熟之間進退維谷、猶豫該往時間軸的哪一邊靠攏的姐姐阿姨，那光，只會掙脫歲月的壓抑和稀釋，更顯閃亮而刺眼吧。

我漫漫然掃視著這所謂華麗洋灑的、橫陳在心中的詩篇。三十年後，我還會勉勉強強為了浸潤在這想像中的燦爛回憶裡而回來嗎？

辦公大樓接著教室群，新的圖書館還在興建，操場邊的杜鵑剛謝。這對我來說，只像是翻開一本已經讀過、如今又重修再版的書而已。但我還是翻開了，一行行義務式地讀過。操場邊的杜鵑會再開，新圖書館會在下一屆畢業生離開學校之前剪綵，走廊上的人潮一如往常隨鐘聲漲落。三年級待的那間教室在中庭整治成有模有樣的花園之後，不再被凌亂的樹影遮蔽。

倏然心驚。窗明几淨的教室赤裸裸映入眼簾，視野中遍尋不著層疊枝葉覆蓋起來的跡象。只是一棵樹而已，連名字都叫不出來的、理論上是重點以外的樹，但它的輪廓其實始終鮮明地活在我的印象裡。

像漏了一個字的詩句，從裡到外散發著令人不快的阻滯感。明明只是一棵樹，卻讓我的思緒徹底停擺不前。

我已忘了很多事，但我記得。

● 樹最喜歡一天當中的早晨。

這裡是校園中最熙攘卻也最寂寞的地方——上學途中睡眼惺忪的學生來來去去，放學路上打鬧嬉遊的學生來來去去，笑聲鐘聲、風聲雨聲來來去去，結伴的小鳥小蝸牛來來去去，落單的小蚊子小螞蟻來來去去，季節來來去去，時間來來去去——誰都在這裡踅了一遍又一遍，或輕或重地踮躡踩踏過樹根默默抓著的這片砂土，卻誰也不記得在這兒留下了什麼足跡，也沒有誰願意分一點點印象給靜默在這兒的樹。

如果生活是道填充題，這裡絕不是填上正解的那個空格，充其量只是必經的計算過程；不！根本是計算紙周圍偶然留下的模糊邊緣。

直到女孩們走過來了：一小群吱吱喳喳地走過來，鞋跟點著前夜雨後殘留的淺淺泥濘。竹帚畚箕給她們輕輕巧巧拿著，那是即將在空白無聊的計算紙上記述工整字跡的妙筆。她們是來清理寂寞的。

所以樹最喜歡一天當中的早晨。它喜歡聽女孩們嘰嘰呱呱交談，嗖嗖窣窣掃拂落葉，窸窸刷刷耙梳稀落近禿的草堆；它喜歡感覺女孩們的腳步在根上輕躍，女孩們的掃帚在落葉堆裡翻騰，女孩們的裙襬偶爾在樹幹邊摩挲，女孩們的手掌偶爾貼在樹皮上溫暖；它喜歡看她們的髮絲在晨風裡飛颺，衣角在晨曦中閃亮，背影在深深淺淺的樹蔭底時短時長。它喜歡她們準時且定量的陪伴，溫柔又從容地在它的記憶裡慢慢畫出蜿蜒美麗的一首詩。啊，它也有記憶、它也讀詩，樹隱祕不欲人知的意志甦醒而自信。

鐘響了，女孩們走掉了，一小群吱吱喳喳地走掉。其中一個跌了一跤，散亂的髮梢和皺褶的裙角卻似乎絲毫不留戀樹根溫柔的擁抱，掙扎著想要逃離。另一個回頭望了望樹所在的位置，漆黑的眼眸中卻找不到樹影。她們細碎的笑中攙雜細碎的言語，樹聽不懂。鐘聲把所有熟悉親密的感覺吸收殆盡，如同烏雲榨乾陽光溫暖的養分。然而就像甜潤的雨終究會降下，明天早晨，正是明天早晨，陌生疏離的腳步會稀釋淡去，那感覺會再一點一點被釋放。孤獨會被拂淨、詩會繼續延伸，樹隱祕不欲人知的意志如此堅持。

樹漸漸遺忘同樣行色匆匆毫不停留的光陰，仍然喜歡著一天當中的早晨，但種種情緒自隱祕的意志中不斷蔓延，悄悄爬升，像附生的苔蘚鑽入年輪、寄居的昆蟲破癭而出。原來樹也能如此動念牽掛，它不禁訝異自己意識的暴漲。在那清亮初醒的晨光，樹只能低垂著滿懷盼望的枝椏猜測女孩們的表情，在她們的笑聲穿過葉隙瞬間奮力捕捉；當大雨如針刺扎每一寸皮膚，泥沙浮濫、根枝水腫，樹只聽得到空蕩涮響的水聲淘挖樹洞，熟稔的世界被隔絕在冷冷的雨幕外。她們是否看到，當它跟著風沙沙地搖擺葉片時，當它以陽光的頻率振動枝幹時，當它鬆開手腳任憑葉落沙揚時，是它正因喜悅而起舞，因歡欣而顫動，因不顧一切的殷殷期盼而留下拓印著心情的訊息；她們是否聽見，雨窗外的淅瀝淅瀝中有悄然微弱的呼喊，從雨柱鞭笞、浸泡軟爛的泥淖掙扎湧現，也許依舊無聲，卻包裹一層灰濛濛的想望，憂鬱苦澀，是它不斷膨脹的深情和思念……

於是女孩們有掃不完的落葉、拂不盡的沙塵。每片樹葉上斑駁爬滿的是樹靜靜流的淚，深紅淺黃包含著太多太複雜的感覺，蛛網般相互交織得幾乎無法辨識；小蟲嗤嗤齧咬、啃噬，在畏縮蜷曲的葉脈間築巢，消磨癡癡等待的光陰，倏又嗡嗡振翅，拍打空氣一齊發出嘲笑聲。樹是那麼的癡，勝過命如朝露的蟲，這棵連名都未知的樹！而真正清晰明白的各種喜怒哀樂卻全由根溢出，埋進土堆，偶爾風起，就用均等的顏色形狀大小翳入天際，那是價值全無的灰塵，模糊日光的視線；樹也朦朧，朦朧中依稀可瞥見女孩們光潤的鼻尖，不知道有沒有因為塵土陣陣而微微皺起？樹外露的心震顫，抖落枝葉似乎能減輕負擔，卻連意識也一起變得淡薄了。微微腐朽而越顯柔軟的枯葉殘根一層層被溫柔地掃起，地表的沙土群起奔逃，散逸消失。

那溫柔顯得好遠，那些曾撫摩過樹皮的細膩指尖、閃亮伶俐的笑聲、吸收陽光而搖曳的裙襬，漸漸遠去了。記憶的光輝像暮色褪去，隱藏在年輪的某個角落，沉入核心休眠了。課間的時光、放學後的時光，越來越漫長了。冬天來了，葉片全掉光了，女孩們的腳步也匆促了，樹只能再次沉默了。

但是樹還是最喜歡一天當中的早晨。無聲無語、靜悄靜謐地，懷著隱隱約約的期待而喜歡著。每朝的相會都像飛過枝頭的風聲或稍縱即逝的陽光一般短暫，密布的雲朵罩住天空，如同厚厚的毛帽圍巾包緊女孩們的頭髮，思緒被密實地深埋其中。四周空蕩冷清，像重回某種秩序一樣，世界來來去去，意義模糊的踮躡踩踏帶領時間序列般前進。樹隱約記得它懷著一顆心，雖然此時連記憶都顯得多餘——只剩下靜默，一如平常的靜默，像空白作業簿一樣被擦拭得乾乾淨淨的那種靜默。但它就是記得：有心，心中有早晨初甦的懵懂喜悅，有不需言語自然流露的詞彙，匯流集結成詩。

當它萌芽，那名字為詩的，也正醞釀茁壯。樹忍不住想試著哼歌，發出和心情一樣的頻率朗誦詩。

「欸！快過來看！妳們快過來看！」

每根分岔的樹枝頂端，不多不少都長出一片嫩葉，新新綠綠地挺立在寧謐的空氣中。女孩們全都抬起了頭，她們的笑臉第一次和樹接觸，暖暖地滿溢著興奮，劃破寂寞無聊的初春清早，開朗地綻放著。淡淡而生冷的陽光彷彿瞬間變得柔和溫暖，滑順甜美一如新釀成的蜂蜜，蜜裡沉浸的是澄澈的目光和純淨的笑顏，漾開一波波漣漪，和樹呼吸起伏的心互通。不同的腳步依舊徘徊穿梭，孤單的枝條仍會滋長，但也一定會走到終點又回到原點，讓長出來的新葉獨立搖曳，在天地之間占據一首詩的位置。女孩們會來，一小群吱吱喳喳地走過來，掃除寂寞、替它吟詩。

●

樹最喜歡一天當中的早晨，它感覺自己也留了一首詩在她們心裡。

已經想不起來細節，也許我曾經在最喜歡胡思亂想、對周遭事物最敏感的時候，偶然抬頭看了它幾眼；也許還曾經拿起掃帚，懷著黛玉葬花一樣的心情，替它掃除落葉吧。

樹會回來嗎？我感到惶惑不已，而後又產生一種定論。這好像是下達到我的內心深處，告訴我「這裡已經完全沒有值得妳回來的理由了」的一條指令。腦中嗡嗡嗡地想起某條旋律，好像一首詩給人唱著，但唱到一半就斷了。

唱著詩的人是我嗎？斷了的地方要在哪裡接續？我想著，努力想著，幾乎就要邁開步伐去尋找。樹的頂端長出的是通往地球另一端的機票，是我的未來、我的夢，它在記憶裡顫抖著，用最細微不可聞的聲音一字字吟唱；在腦海中搜尋這首詩、亟欲接續完成詩的我，已經不是當時站在樹下，把任何事都當成理所當然，抱著氣焰高張的成見而滿不在乎的我。

樹已不在這裡，我甚至描繪不出它具體的樣貌；我也已不在這裡，我的熱情不再需要任何停駐此地的藉口；詩的後半段，也不在這裡，不在彷彿散發著亮卻朦朧的回憶裡，而是在更遠的地方。我相信。

●

當時只不過是按著輪值表踏上校園裡的小小林徑，又毫不意外地在打掃時間打滑摔跤而已。畚箕裡的枯枝落葉早就懶得替我嘆息。但我的眼睛在滾滾沙塵中流著淚睜開時，看到了那樹，樹皮裡不動聲色地奔流著血液般澎湃的物質，或者說是一種精神。它似乎急欲訴說些什麼，葉尖抖動，根脈攔住了我，莫名的暖熱澆灌我的心。

我想起來了。那一首始終留在心裡的詩，像兒時滿眼炙熱的鳳凰花一樣明亮，散發樹的香氣。我眼前的樹不開花，但它卻讓我看到花瓣毫不忸怩的紅，那是在我體內奔流、未曾消失的美麗印象；而且我是多麼貼近那香氣，近得都能朗誦出葉脈般鋪展開來的無聲詩句。

再次的跌倒又如何呢？在花蔓燦爛的樹下跌倒，在塵埃飄浮的樹影裡跌倒，在現在、為下一餐飯東奔西跑的人生路途中，屈服於一棵陌生的樹，跌倒。這樣的宿命也正在我的血管裡流動，伴隨著美麗依舊的記憶片段。它，那樹，這樹，也感覺得到吧？此刻樹的香氣竄進鼻腔，那也是一首詩，迤邐出一長串無言無聲的情意，甚至依稀記得背景是春來乍到的甜暖空氣；我站起來拾起它。

（台北醫學大學「楓林文學獎」首獎作品）

鍾孟芸

出生於一九九四年十二月二十五日。

目前就讀台北醫學大學牙醫學系二年級。

喜歡木頭的暖調、貓的柔軟和大雨的爽快。書包裡常備閒書一本以鎮定心情，空白筆記紙抄筆記之外大都拿來塗鴉。小時候滿懷憧憬的寫作熱情，好像已經漸漸轉變成更接近習慣的無所求。有時候，對於現在拿著筆塗寫的手會有越來越多時間拿著口鏡，感到有點惶惑。

Si je t'aime.

莊斐丞

你因為愛他所以想了解他。
哪怕僅是細胞與毛囊。
又或許，出於你的職業病。
那些生理上的構造無法抑制你心理層面，對他的愛。

綠色假髮。黃色眼睛。蛇一樣低溫的肌膚。美麗動人卻無法和人類二字掛鉤的容貌。他端坐在鏡頭前，如同你家裡擺設的外國瓷娃娃。他的睫毛很長，略微上挑的鳳眼晶亮，所以你喜歡讓那雙妖冶繪上誇張豔麗的色澤。

燦爛的火紅色配上一抹孔雀藍似冰與火和諧的完美交融；輕快的鈷綠色和檸檬黃鮮明如同古典希臘文學裡眾神的蒼翠森林。你會牽起他賽雪纖長的手，在大理石般光潔的手背烙下一吻。無須了解他性格裡有沒有殘缺，也不用理解他大腦裡所想像的畫面是如何天馬行空或冷靜如斯。

你不需要會說話的生物，你只想得到一個美麗精緻的娃娃。

思考如何描寫你們初次相遇的畫面，也不過是一個波瀾不興的日常裡，你看見他。

對外你自稱是個攝影師。

老實講，你除了抱著單眼相機和幾座像大砲般壓迫人的長鏡頭、遮片，在街上漫無目的悠晃，和偶爾替工作室接些毫無技巧可言，只要會ＰＳ或者模糊柔焦打光復古之類特效就可以搞定的小雜誌封面拍攝外，嚴格來說你沒有做過任何能被稱作攝影的行為。

將人類部分靈魂捕捉並投射在三乘五吋的長方框中，很模糊卻顯得異常清晰的概念式舉動——你願意將此稱之為攝影。

所以比起照相你更傾向於雕刻。老家有個空間是父母特地打造的畫室，你以前本科專業是雕塑與繪畫，這是條適合你的道路。你總是在畫室裡留到最晚，畫著一張張美麗風景人像畫，或臨摹石膏裸女，那些你得意的作品，帶點印象派混合林布蘭光影的畫作至今仍在老家的畫室角落。

出於某些不重要的原因，你離開了它。

你遠遠逃離那用與生俱來不可分割的血緣束縛住你的鄉村，認為逃到遙遠島國的北方就能和曾經完美切割，擁抱轟轟烈烈的思想和豪情壯志。

你覺得你是該衣錦還鄉的，夢想著父母會看到你帶了成就歸來而感動痛哭。

但你依舊在此處載浮載沉。

時間和現實將你的理想磨平，剩餘貌上曖昧模糊的輪廓線，又或是地面一攤血腥混雜蚊蠅的肉沫。

你不敢回頭去展望你放開的美好。

無止境的絕望中，你看見了他。那個有著鳳眼淚痣、驕傲美麗的少年，無關性別倫理，你只是被他吸引。

一朵搖曳盛開的罌粟。

你走向他。你搭訕他。少年表情毫無波瀾起伏，慣性微彎的嘴角讓你覺得他是否在嘲笑你的穿著打扮一舉一動？

一瞬間你想起攝影。

你想攝影少年。

將他的靈魂囚禁在小小的長方形空間裡，你巨大鏡頭後方。

一張網。

密不透風的網。

「你願意成為我的模特兒嗎？」

你問他。

不，不該這樣。

你們之間沒有對話，只有沉默。

人類以語言溝通。

但和少年不該使用人類的方式。

你回憶初中時期偶然看過的《Der Tod in Venedig》，喔，一個老者對美麗少年的妄想呢喃。

不應該出現對話框。

只有沉默。

只有獨白。

就像在告解一樣。你正對少年的美麗告解。

你不確定他有沒有點頭。

但也沒有表示反對。

你開始拍攝他，你的小公寓裡有間暗房工作室。你邀請少年在星期一三五時來工作室拍攝，星期二四六你會花費整整一天在暗房裡用顯影劑將所有美麗洗滌而出。就像一種獨特神祕的宗教儀式，你敬重並遵守只有自己明瞭的條規法則。

喔，星期天必須休息。像安息日，主休息；你亦如是。

你要求少年穿上灰黑或灰白色的服裝，因為那既非神聖亦非墮落，那樣的少年才是人類。對，不能是天使因為太過遙不可及；不能是惡魔因為太過淫穢不堪，只能是人類，將矛盾和愛恨交織得如此嵌合又順理成章的人類。

偶爾你讓他成為精靈。雪紡希臘長袍在腰間別上雕琢成桂葉形狀的金色皮帶，素白臉上沒有多餘妝容，你將一切模糊柔焦。林間漫步帶來花香春意的森之精靈於焉誕生。

雋永美好。

你陶醉地看著照片，透過每張面無表情的少年、睥睨萬物的少年又或者睡眼惺忪的少年。

這是你的愛。

透過長方形相片上美麗的眉眼，描繪一片風景。

即使對對方一無所知。

這也無損，你對他的愛。

●

「最近還好嗎？」

端坐對面的藍衣男子詢問，語調聽來關切，又虛假得不可思議。

「我認為我很不錯。」

你焦躁地絞著手指。

耳邊傳來沙沙沙，筆尖刮過紙張帶來的聲響。

男子身後的女人振筆疾書，纖長睫毛很是突兀——至少替她稍嫌平淡的臉增添些許特色。

她穿著純白連身裙，正巧和你四目相對。

神色緊張地別過頭。

眼神飄移不定，似乎對一切心懷恐懼。

「是嗎？沒有別的事想跟我聊聊？」男子推了推眼鏡，顯得很漫不經心。

因為話題不符合他意料中的發展嗎？

「我想沒有。」頓了頓：「我們之間可以聊什麼？」

「很多吧？或許。」撫摸眼鏡邊框的男子看來像在撫摸自己豢養的貓咪一樣溫柔：「可以和我聊聊你的家庭交友狀況或是你最近迷上的少年……聽著，我們是朋友。朋友應該無話不談。」

朋友？朋友。

這個名詞之於你太過陌生。

「你覺得我們是朋友？」

「為什麼我們不是？每天都會見面，熟知彼此的姓名嗜好，為什麼不能被稱為朋友？你需要個朋友聽你說話，而我很樂意擔任這樣的角色。」鏡片後方的眼神很平淡，彷彿你問的只是一件平凡無奇、毫無威脅性的小事。

你並不了解他。

對他提出的朋友論感到懷疑，但你不知道該怎麼推翻一切。

「我最近很不錯，沒什麼值得說的，也沒什麼值得抱怨的。」

對他說話你總顯得小心翼翼。

就像幼年時對父親說話，要斟酌再三才軟弱開口的態度。

「那或許很好，比一開始都來得好。」男子微笑，剎那間你猛然將他嘴角上揚的弧度和某種冰冷爬蟲類重疊了。

「我可以離開了？」

你緊張地繼續絞著手指，男子饒富興味地打量你的舉動。

「當然可以，芷凰妳送他回去。」身後的女人一震，最終點頭，將書寫板夾到腋下，比了個請的手勢。

「對了，」聲音從後方飄來，有點虛無，有點冷淡。「芷凰妳以後負責接待他。」

「我知道了……」

芷凰。

你用眼角餘光打量其貌不揚的女人。

就像你就像千千萬萬的人類一樣，女人的外貌不會令人驚豔，也非不堪入目。

普通人。

你對女人笑笑。

感謝主，你身邊終於多了個正常人。

●

你維持著和少年之間的主雇關係。

你付錢；他讓你將他的影子保留在很多張紙片上。

少年從來沒跟你說過一句話。他只是來，對你微笑，脫去衣服換上指定的樣式站到布景前方，要他笑就笑，也許保持冷豔神祕的高深莫測或俏皮靈動的天真無邪。

他能照你所說的去做，但你永遠都無法觸摸最為內在的靈魂。

你眼裡的少年活著，但鏡頭下的少年是死的。

白灰色的皮膚，厚重油彩掩蓋眉目。

就像年幼時老家廟宇請來的歌仔戲，畫著大花臉穿著鮮豔俗氣的演員唱著奇怪的歌，合該是京劇的力拔山兮氣蓋世，沒想到脫口而出的淨是奇怪的搖滾電音。

明明活著並大口呼吸空氣，你卻看不到靈魂。

或許你在追求一種靈魂共鳴。

介於生死的模糊曖昧。

卻可以判斷人類存亡與否。

「今天就到這裡。」

你放下手中極具侵犯性的相機，心想。

他慣例不說話，在你面前坦然自若脫去衣裳，然後換上自己的。你的視線移不開，順著美麗鎖骨往下，隱約可見肋骨和屬於少年的纖細腰肢。他背過身，突出肩胛骨在陽光閃耀下恍惚看見一對巨大肉翼、一邊覆蓋美麗羽毛，一邊如蝙蝠薄翅。

然後少年用灰綠色的連身帽T掩蓋它們。

他離開。

什麼都沒留下。

你想起你的灰白黑概念，才發現那僅是個荒唐怪誕的悖論。

「先生。」你回過神才發現芷凰已經佇立多時。「今天還好嗎？」

揚揚嘴角，你捕捉不到她的靈魂。

或許世界上幾十億人口裡，超過半數者已經提早淪落地獄。

不過，你是其中一員。

一切沒有差別。

「不能再好了。」

「對了，前陣子有人跟我說你這裡常傳出奇怪聲響……」

芷凰沒有把話說完。

她恐懼地看了你一眼，快速離去。

天啊，你想。

什麼時候你的腳邊開始出現紅色血跡，以及各種色彩斑斕的動物皮毛？

或許一直都在，而你毫無自覺。

●

有時這像沒有隱私權的旅館。

你居住在最高處，逃生設備很差勁，遇到危險你只能往上爬，對晴空和虛無存在的神祇呼救。相對的你也能聽到不少事情，如果要前往其他地方，你勢必得走樓梯，這鬼地方從來沒有電梯。樓層、房間的隔音設備其差無比。

「這幾天簡直雞犬不寧。」

看吧，那些無法抑制的聲音緩慢藉由空氣傳進耳裡。

「唉，六樓上次鬧割腕自殺、之前吞過安眠藥，誰那麼膽大還敢開藥給他？」

「省省吧，三樓四樓的雙胞胎才剛被發現赤身裸體糾纏在床上，簡直亂七八糟！都刻意分樓層住了，居然還能讓他們鑽空隙搞在一起。」

「二樓的小姐弟每天找媽媽，還跟房裡龜裂的牆壁聊天呢，妳都不知道半夜看到那屬於小孩、陰惻惻的臉，簡直不輸鬼片。」

「最可怕的是八樓啊……平時乖巧得緊，誰知道前天阿芷一臉驚慌地說……」

後續你聽不清楚。

無所謂。

有時候不說話反而比說話的人更表達透徹。

巴別塔淪落帶出各樣語言，但從來沒人正視語言像雙面刃，是詛咒也是恩典。在說出祝福的同時也帶上詛咒，因為你不確定這些事情會不會發生，如果發生了那便相安無事；如果帶來的是惡意也難辭其咎。

就是這麼一種奇怪的東西。

語言。

如果每個人都像少年就好。

只需靜靜凝望。
不聽不看，閉上雙眼，摀住耳朵。
剜去雙目，割下雙耳，或許也不錯。
你突然很想擁有他。
但你不知道怎麼跟他見面。你像那可憐老人急欲了解美麗少年的一切，卻找不到突破口。
就這麼死了。
帶著戲劇性的悲哀諷刺。

那天之後，你發現自己再也看不見少年了。

在開始想念並產生將他綑綁身邊的念頭之際，你已經失去和他在一起的權利。

消失的第二天。
無法用現代人依賴的通訊設備聯絡對方，你想逃離租屋處卻不得其門而出。這時你才花了點時間正視居住多年的地方。
白灰牆面有時會滲水，鐵製樓梯是通往出口的唯一途徑，每個獨立房間該有的都不會少，過分冷清的空氣在提醒你，這裡只不過是讓你睡覺休息的地方。
是居所而不是家。
你突然覺得自己有辦法分辨這微小卻致命的差異性。
但又能怎樣？

多年前當你迎風背著行囊逃離以務農為本業的家，投奔繁華島國北部的剎那，就已經失去了回家的權利了。

你記得父親在身後追趕，嘴裡謾罵的字句。

卻想不起母親在痛苦時安慰你的雙手生得什麼模樣，也不記得你美術比賽得到首獎時，父親嘴角蜿蜒何種弧度。

過去在你腦中漸行漸遠。

模糊風化消失不見。

回過神看著自己蒼白又骨節分明的指尖。

在失落與洪荒中徘徊。

如鏡花水月的少年在身邊時，你並不會思考他以外的事物；你在有他相隨的夢裡沉淪，忘卻所有現實層面的記憶浮生。

他是你的毒。

從第一眼見到他開始，從第一眼愛上他開始。

無關對錯，只是誰先遇上的問題。

記憶開始顛三倒四，有東西即將破繭而你不敢去想，同時懷抱深切的不確定性。

溫暖的濕熱的，某種東西。

少年依舊沒有下落。

頭好痛。

灰色條紋的床鋪上。

溫暖的濕熱的物體不再流淌而下。

頭好痛。好痛。

●

初夏時分，空蕩蕩的八樓，所屬會客室冷氣開得過分低溫。

「妄想症、精神耗弱、焦慮症、反社會人格、強烈攻擊傾向有高機率併發精神分裂……曾有殺人未遂的前科？總體來說，被法院判定為某種程度的人格喪失無法自理。」

男子盯著手中厚厚一疊的資料和端坐在他前方玩著手指的少年。

他不是個醫生。

但並不影響他開設這間精神病院。從評估資料來深究背後含義，男子不適合在任何一間正規醫院擔任精神科醫師的職務。

因此他得到在這裡工作的機會。

一個有病醫生面對一群有病病人。

合情合理。

他藍襯衫外頭罩了件大白褂，少年安靜得很溫馴。

好似那些病都是捏造出來般。

事實也正是如此。

「你不是瘋子。」

少年抬頭，沒有焦距的瞳孔。

男子知道他在看自己，用打量和試探並進的目光。

上挑鳳眼。眼角淚痣。

「我不是。」少年開口，渙散的眼開始對焦、微笑上揚的唇角很誘人：「你手裡的資料是我向一個男人買來的，只是動些手腳就能輕鬆進來。嗯，聽說是一級隔離區。」

諷刺的笑聲依舊好聽。

是個嘴裡飆著粗話依舊美麗不可方物的少年。

「你放任神經病在外頭跑而把正常的自己弄進隔離區。」男子推了推眼鏡。「你沒想過要是殺了人怎麼辦？」

「這不關我的事。」

少年笑了，稚嫩臉龐有種不諳世事的天真。

「你得把那男人弄回來。」

「他精神有問題，身為精神科醫生的你要我把他弄回來？」少年啞然失笑。「不能否認這還挺有趣的。」

「或許我該先詢問你來此的真正目的？我不做研究很久了，因此你也不會是那些奇怪老人派來盜取論文發表的走狗……」俯身挑起少年下顎。「又或許你真的和那些青少年沒什麼不同，因為好奇而前來。」

「只是想認識你，這樣的理由不夠強烈嗎？」

少年偏偏腦袋的樣子很純良，他想自己差點就信以為真了。

「為什麼？我們甚至沒見過面。」

「不，我們見過。」

「我沒有半點印象。」

「而我自己心底有譜就夠了。」少年從柔軟的酒紅色沙發起身，上挑眉眼帶了接受要求的意味。「放心吧，他總是會回來的，因為只有在這裡他才是個『人類』而非警方口中的，『薛丁格』。」

少年離開時下了陣大雨。

男子遞出一把傘。

「或許我需要你的幫忙，偶爾，只是偶爾，我會期待你的來到。」

「我的榮幸。」

握緊手中的通行證，少年沉默地消失在雨中。

一切開端由此拓展。

沒有理由。

沒有原因，自然而然。

●

你張開眼睛，發現一切安好。

灰條紋床單上有你壓過的人形痕跡，凌亂書桌散落少年的相片，你想起暗房的門似乎沒關，天花板漏水已經好幾個禮拜了卻聯絡不到房東，他似乎也沒有幫你整修的打算。

少年仍舊沒有出現。

直到現在你發現對於少年的渴望可以稱作病態了。如同藤蔓植物依附，最終在毀了他人的同時也殺死自己。

好像你多喜歡殺死別人和殺死自己的名詞。

同歸於盡的完美不在死亡，而是在忍受過程中你並不寂寞。

你可以忍耐死亡會併發的劇烈痛苦，但你覺得自己不能忍受那種不疾不徐、緩慢蠶食鯨吞自己的孤單感。

滴答。
滴答。
你聽見了水聲。
濕熱的。溫暖的。
你夢見了什麼？努力回想起內容，你發現什麼都想不起來。
地板上有團黑呼呼的物體。
猩紅色的。血紅色的。
溫暖的顏色。
你開始不正常了嗎？在沒有少年的世界裡。
你今天做了什麼？不知道。
你今天吃了什麼？沒印象。
你今天有什麼奇怪的地方？不記得。
你今天去了哪裡？似乎是外頭的、有著溫暖太陽的花圃裡散步。
你發現了什麼？一隻……一隻白色的貓兒。
然後呢？
然後你做了什麼？
一個循序漸進的聲音。
一串引導式的問句。
男人又出現在你面前。毫無疑問，光是他身上的藍襯衫就足以讓你判斷。他關切地看著你，而你的目光是他皮鞋下的紅色痕跡。

「是時候了。」

你被換到另一個——或者該說是隔壁房間。空白讓人窒息的氛圍，跟你住慣的居所完全不同。你打電話給房東抗議，他說你的房間要修水管。

不是抱怨漏水很嚴重嗎？

你隨即接受對方的回答，每天在空白房間裡行走，睡覺。

想念暗房、想念少年。

芷凰偶爾會來，端著餐盤，神色驚懼中帶著噁心，攙雜厭惡。

那目光不陌生，甚至時常遊走於你的記憶裡。

你是承受著這種目光活過來的。

第十三天，雨夜。

你精確計算時間，鐘點敲響十二下，門外傳出聲響，你疑惑但選擇打開門。

是少年，你擁抱疑問望向他。

他走近並親吻你的眼角嘴唇，似遠卻近。

你抱緊少年哭泣。人們透過美麗或聖潔的意象坦承罪孽，好似藉此就能夠得到救贖並昇華。

恍若一世紀悠長。

少年來和離開時都顯得很安靜。而你注意到衣袖裡憑空多出你的相機鏡頭。

「該是時候了。」

粉潤嘴唇開開合合，你讀懂了意境。

蠱惑從來都不是單方面的。如果不願意，誰都逼不了你。人類的腦部纖細卻堅韌得不可思議，控制和解離，從來都由自己。

就像對他的愛，與誰都無關。

●

你計算時間。

滴答滴答。

手緊握的力道讓鏡頭割花掌心，但你感覺不到痛，畢竟可能很快的，你就不會痛了。

鏡頭會割傷人的手，真奇怪不是嗎？

但他都能囚禁人類的靈魂了，這麼想似乎就能更加心安理得地說服自己。

你有些懷念你的相機和暗房刺鼻的藥水氣味，關於少年的相片，關於少年的蠱惑。

他很快就會成為你；你很快就能擁有他。

這之前，我們需要儀式。

因此你等待，富有耐心地等待。門被人推開了，芷凰打量著端坐在空白床鋪上的你，將食物托盤放在桌上。

「說說話？」

你用的是問句，但動作很粗魯地撲上前。你只是想要說說話，但不知道為什麼她看你的模樣就像先前的白貓還有灰貓以及虎斑貓，怯生生的、眼睛深處清晰反映著恐懼。

怪物！

嘲笑的聲音在腦袋被放大，你疑惑地抱著腦袋，想找到來源出處，為什麼要喊你怪物，眼前景象變得光怪陸離，美術高中實驗室裡、難得的生物解剖課程，一張張漆黑卻有著咧口微笑的嘴臉。

人群圍著你叫罵，瘋狂的、支離破碎的語言邏輯讓你不知道該說什麼，一切凝聚在腦海裡的迷霧，像是被人雙手掩蓋起來的東西開始清晰，你慢慢明白過來，卻又更加迷惘。

溫暖的濕熱的鮮紅的。貓。貓。貓。

嘲弄聲音繼續，人影圍著你跳舞，如同末世狂歡，叫囂欣賞巴別塔淪落、索多瑪娥摩拉的劫火，喊著你怪物……而你知道自己不是。

安靜！

你揮著手，覺得鏡頭好像刺入了什麼柔軟的物質之中。

為什麼鏡頭可以刺入呢？

但聲音小了一點，真好！你不斷地不斷地重複規律穿刺行為，直到一切回歸黑暗虛無，你冷得瑟瑟發抖，耳邊是滴答滴答的聲音。

液體擴散。

如擁抱溫暖的。如眼淚濕潤的。

半掩門扉外少年背光走來，延伸著相異相斥的雙翼。你的「信仰」自上方俯瞰你，顯出自我的卑微，卻止不住嚮往，如同伊卡路斯義無反顧。

「我這麼做是對的嗎？」

少年溫柔地擁抱他。

「你只是變回了你自己而已，無關對錯。」

他最後的記憶，停格於美好。

「我把他找回來了，承諾兌現。」少年瞇眼微笑，那模樣藉由鏡子或任何玻璃物品映在他視網膜上。

「我不認識你，也弄不清你執著的定義。」

「那讓我為你說個故事。」

男人和未婚妻與妻弟去參加葬禮。

葬禮有些簡陋，但那人是男人工作上的夥伴，或者該說是他的病人，對方家屬基於死者生前遺願發了訃聞給他。男人出席並看著棺木放入坑中，覆蓋泥土。

就像約好似的，男人身邊很多病人都死了，而他總會收到那些邀請般的訃聞。

每次每次，他只是看著鏟落的沙土和棺木，兀自沉思什麼。

「我只是想見你而已。」少年頓了頓：「我們是同類人，活在自己的墓園裡，而我選擇了你，當我的土坑，為我送葬。」

墓園是生與死的橋梁，人類在其中是生；離開後藉由口耳相傳成為了死。

男子想妻子死亡那天，也是這麼說的。

我選擇了你，為我送葬。

「為什麼？」

「因為不在乎。」

比如生；比如死。

跳脫前因後果的框架，只是活著而已。

「所以你能毫無牽掛地替我鏟土，或看著我被火化。」

少年不需要憐愛，而是需要一隻從裡到外的格里高爾，扭曲的《變形記》，卻能更加清晰地打量這個世界。

他想起故事的片段，一些殘渣似的灰燼。

少年想如何便如何吧，沒什麼不好的。

無論和他有沒有關聯性，都沒有什麼是不好的。

虛無且空洞地，男子輕撫少年的頭顱。

如果是你所希冀的話。

●

隱蔽的山區，外觀整潔的病院。

有些人千方百計想出去，有些人千方百計想進來，當然永遠都是前者多過於後者，留在一個出不去的地方，巨大的無聊像黑洞似地總能把人逼到發狂。

「為什麼不考慮出去？」

少年在院長室裡，看著他的醫生、微笑盯著報紙內容的男子。

「人總是得自我約束。」他敲了敲桌子上的病歷簿：「你知道嗎？病患都希望我親手送葬，無論如何他們總有辦法找到我，不如把所有人集中起來。反正我無所謂，而社會需要一點正向的東西。」

「意思是你圈養著我們。」

「對我來說你們都沒有什麼差別，共同掠奪世界的資源，然後相互殘殺，並沒有不同。」

人類希望他送葬，並說著有他在的地方才是生。

「你不離開就是在逼瘋他們，巨大的空白、無法消耗的時間。」少年在他懷裡蹭了蹭。「但他們還是依附你。」

男子沒有固定的形象，在六樓喜歡吞藥洗胃的人面前，他是對方穿著白衣笑容和煦的早逝妻子；對分隔到三四樓的雙胞胎戀人而言，他是兩人沒能見到就被代理孕母以怪物之名扼殺的年幼女兒；至於二樓的小姐弟每回見面總是笑著喊媽媽並擁抱他，儘管他們的母親早在一場闖空門事件裡為了保護他們而亡。

所有人見到他，都安詳得如同正常人。

除去八樓的居住者。

他發現那人對自己的害怕。

這種害怕襯托出一種突兀的獨特性，蟄伏並不安定。

所以他沒有阻止少年的所作所為，畢竟巨大平衡的維持向來不易。

男子君臨著他小小的烏托邦。

不能鬆動任何根基。

如螺旋的扭曲總有一天會歪斜。

而在那之前，他會照顧著自己的城邦，望著窗外更迭著景色。

如輪迴般地，周而復始。

（台東大學「砂城文學獎」首獎作品）

莊斐丞

惰性極高悟性不足的牡羊座，夢想每天可以醉生夢死地過日子，卻無法順利逃開人生的現實山。在舊電腦壽終正寢後，每天努力尋找人生新出路，最後決定買台新電腦比較實際些。

斷斷續續寫作至今好像邁入第十年了，但開始文筆成熟點貌似是最近的事情。

黑帽與桑

江元宏

森林永遠是靜謐而喧嘩的，宛如千年巨樹的泰然挺立，枝椏則不時上演蟲蟻鳥獸之間狩與被狩的生動情景。這片遼闊的森林一如往常地沉睡，即使一陣激烈的蹄踏之聲自樹林深處響起，森林仍然不聞不問。

一頭大角鹿飛奔於林地，躍足於岩間，其奔騰與跳動之勢驚動了樹梢的鳥兒，振翅與啼鳴之聲響徹森林上空。大角鹿向左前方快速奔馳，依靠聽覺的判斷，牠知道自己的左右後方，以及右前側，同時夾擊著三匹速度飛快的掠食者。

三匹白色野獸追逐大角鹿，兩匹杜絕大角鹿轉向後方逃跑的可能，右前方的一匹則牽制大角鹿的逃竄方向。牠們的四肢迅捷有力，奔馳時脊椎與脖頸呈銳利的直線，皺起的長嘴與密布的尖牙，無一不挑動著大角鹿原始本能的求生意志。

塵土飛揚，林道漸密。大角鹿的逃竄方向逐漸受到侷限，每一步的曲折奔騰，彷彿都被野獸追趕的意圖所左右。忽然，右前方的白色野獸向大角鹿欺近數步，大角鹿被迫向左拐個急彎，霎時，大角鹿驚覺樹木的高處有所異樣——樹梢上竟撲來一襲身影，一道銳利之物由上而下深深刺進大角鹿的後臀。大角鹿在奔馳中失去平衡，哀鳴一聲翻倒在林地上，四肢猛烈掙扎，白色野獸一擁而上，立時咬斷了大角鹿的脖子。林地裡血液四濺，三匹野獸，不，是四匹野獸，正分食著團體狩獵的成果。

那是三匹挺拔的白色巨山犬，以及一位沾染鹿血的人類少女。

●

一隻蒼鷹緩緩旋過森林上空，即便是那雙銳利的眼眸，也望不盡林間的邊界。森林一隅的高崖之上，一匹白山犬肅穆俯臥，體型遠大於一般山犬的兩倍以上，其名莫娜。人類亦稱呼其為山犬神。人們傳聞莫娜擁有三百年的智慧，長有兩條尾巴，可通人語。山犬族類的地域性極強，凡是擅闖森林的人類居民都會遭其驅趕。山犬的存在，無形中也使得人們對於森林懷抱一股敬畏之心。因此這片森林至今仍保留著人跡罕見的自然地景。

高崖旁的林地上，身著獸皮戎裝的少女正依偎著一匹白山犬的柔軟皮毛，閉上眼睛沉靜地呼吸。微風吹過樹梢，落下幾片樹葉，少女緩緩睜開眼睛。只見她伸手撫摸白山犬的身軀，白皙修長的指尖透出一絲頑強的野性，令人一時分不清，那是一雙少女的手，抑或野狼的爪子。少女對於莫娜的三個兒女各有不同的稱呼。咧起嘴來模樣最凶猛的叫作「牙」、狩獵時奔跑最快的叫作「趾」，其中少女最喜歡的是擁有一身柔軟皮毛的「白」。

少女自白的皮毛之中起身，望向高崖上的莫娜。莫娜凝視著森林的另一頭，其佇立崖頂的身姿宛如一尊受人膜拜的狼神像。風中似乎混雜了什麼氣味。莫娜遙望森林遠方，仔細嗅聞著風所帶來的異味。

「莫娜，森林的另一頭有什麼嗎？」

莫娜收起遙望的眼光，注視著少女，其眼裡的深邃，彷彿直墜森林底層無盡的幽晦。山犬從不忐忑遲疑，此刻莫娜卻不由得流露出一絲盤根錯節的複雜。

「……小桑，想知道的話，妳就去看看吧。」

被莫娜稱作桑的少女望向森林的另一頭，她看見一縷烏黑，像蛇。裊裊攀向天空。

●

越接近森林的邊緣，映入小桑眼裡的景象越是異常。她曾觀察過花朵的枯萎，那是一朵豔麗的五瓣紅花，在一個太陽過去以後，花色明顯轉深，在第二個太陽過去以後，原本嬌挺的姿態已顯委靡，最後，逐漸以蒼老朽敗之姿沒入森林的土壤之中。此刻天空瀰漫濃稠的煙，彷彿一群黑色巨象自遠方狂奔而來，象群奔騰的汗水化為不祥的雨絲，冷冷墜落大地。這裡的雨絲令小桑感到不安，彷彿裡頭寄宿了一股黏稠的、被放逐的無形生靈。小桑無法再像於森林深處時那般自在呼吸，彷彿空氣裡躲藏著細小的威脅者，只得審慎留意每一次吸入肺部的空氣。這是小桑第一次知道，原來天空也有像花朵枯萎的時候，雨滴也有老朽地沒入土壤的時候。

森林裡的動物顯得焦躁不安，一反平日的靜謐潛伏，徑自在林間四處竄動，彷彿預告黑色的雷雨將至。小桑加快腳步，於林間飛快奔跑。自幼與白山犬一起長大的她，無論是速度或體能一點也不遜於山中的動物們。忽然，一股濃烈的嗆鼻煙霧迎面而來，小桑屏住呼吸，在樹葉遮蔽處停下。她聽見不遠處傳來吆喝呼喊的聲音、此起彼落的物體撞擊聲、木頭燃燒的劈啪聲響。小桑以潛伏之姿緩緩前行，逐漸看清楚森林邊緣正在發生的事。

小桑愣愣地注視，數十名與自己同為人類的人們，正以某種繫於長桿上的硬質器具砍伐著森林的樹木，再毫不留情地將木頭置入巨大的金屬碗盆裡焚燒。小桑曾見過一次雷擊後的森林大火，當時她並不覺得樹木是傷心的，此刻她卻彷彿聽見金屬碗盆底傳出的啜泣與低鳴。

森林邊緣的樹木已成一片狼藉，燃燒的木頭化身為漫天煙霧，奔向天空。幾隻野豬倒在森林邊緣，看似為了保衛地盤，而被人類毫無價值地殺害了。小桑不由得湧上一股憤怒，牠們的死竟如此廉價，並非出於生命的延續，僅是無用地被丟棄於一旁。小桑忽然想起，自己曾問過莫娜，為什麼自己長得和其他白山犬不一樣？莫娜舔了舔小桑的頭髮，彷彿替幼獸梳理著毛髮，輕聲告訴她：「小桑，妳的心是屬於山犬的。在這片森林裡，妳就是我的女兒。」

當小桑回過神來時，她已踏出了森林的界線，站在眾人面前，任憑數十道驚奇的目光迎向她微微顫抖的身軀。伐木的人們不由自主地停下手上的工作，訝異地注視從森林走出的女孩。不，他們同時懷疑，說不定那並不是人類，而是森林變出的其他什麼東西。

「回去！森林已經在哭泣了，你們難道聽不見嗎！」小桑彷彿如獸豎起全身汗毛，目光炯炯地注視眼前的人類，心底卻一陣幽晦的哀傷，她與人類的首次交流，竟是驅逐喝退。

在這一瞬糾結之間，小桑的額上傳來一道劇痛，她摀上額頭，卻見滿手鮮血。原來是眼前的人們朝她丟擲石頭。小桑愣愣地望著手上滴落的血紅，既沒有一絲想向前攻擊的憤怒，亦沒有逃進森林裡的恐懼，彷彿失線的木偶站在原地。人們議論紛紛，似乎決意有所行動。此時，不遠處一聲高亢的狼嚎喚醒了她，林間騷動著，葉片紛紛落下，莫娜領著三匹白山犬自森林之中飛躍而出。

「山犬神來了！」

一名武裝男人驚呼，敲起鼓鑼，一面召集武裝部隊進行迎擊與防衛，一面指示砍伐人員的撤退行動。小桑感到一陣強風掠過臉面，莫娜與兄妹們奔入人群之中，眼前一陣兵荒馬亂，逃竄與打鬥交織，一片凌亂，人們在山犬牙和利爪之下血肉橫飛，白山犬所發出的咆哮與低吼也無法掩蓋人們恐懼的哀嚎。這片由人類與野獸所相纏的混亂戰場，使得小桑感到一陣強烈的暈眩迷茫，如暗流穿透石縫，頓時將她淹沒。

●

達達拉城的一隅幽閉角落，坐落著沒有人敢接近的蒼涼庭院。居住在庭院裡的人們長年以頭巾、口罩、紗布將身體遮蔽得密不透風，只留下一雙泛黃的眼睛和畸形節瘤的雙手。一旦染上痲瘋，生命必滿布痛苦與艱難。這是數十名棲身於庭院的患者共同的體悟。他們有的躺在草蓆堆裡，遠遠看去彷彿早已了無氣息，有的正忍受皮膚傳來的奇癢與灼燒而掙扎呻吟。

阿時戴上口罩，眼神藏不住對於這座庭院的困惑與恐懼。這裡彷彿生界與死界的交會。病體如衰敗與腐朽的具現，令對於生命美好有所想像的人們難以直視。阿時心裡有些後悔，黑帽大人明明說過自己可以不用跟來的。阿時佇立於門旁，默默看著黑帽大人正為病患清洗腐爛的傷口。

黑帽大人沒有戴上口罩。如同在人群熙來攘往的街坊上、如同在自己執政主持的城堡裡，她的裝扮一如往常。嘴上那抹輕輕上揚的豔紅像是對於死亡與腐朽的輕蔑，深黑肅穆的外衣下襯著一襲鮮紅的小袖。端莊整齊的高挺黑髮與這幽閉庭院的患病殘敗勾勒出一筆柔美的唐突。黑帽大人細心地擦拭病患每一節滿布斑疹的皮膚、清理化膿的傷口，再替病患纏上新的雪白繃帶。面對變質皮膚所傳來的惡臭，她一次也沒有皺過眉頭、掩上鼻子。

「明明是毒蛇般的女人……為何如此對待我們……？」病患顫抖的聲音分不清是痛苦、感激，或是嘲諷。

面對病患的無禮，黑帽大人仍帶著一絲淺淺的微笑，默不作聲地擦拭病患的身體。病患嘆了口氣，嗓音因病菌侵犯黏膜而顯得嘶嗄不堪：「我詛咒這個世界，詛咒身為人類卻得病的自己，但無論如何我還是想活下去……黑帽大人，請恕老朽無禮，有傳聞說大人您曾是位妓女……我想也正因如此，您比任何人都深知，每一個人都希望有尊嚴地活下去……您是唯一把我們當作人來看待的人，不害怕我們得病，清洗我們腐爛的身體，纏上紗布……無論您是條毒蛇或暴君，我都……」病患忽然劇烈地咳嗽，黑帽大人只是靜靜地握住他的手。

黑帽大人直視著病患混濁的雙眼，默默地看著病患捨不得闔上的雙眼終成一條黑線，才起身離去。

●

那是一個動亂的年代。因為農業技術發達，人類的生活逐漸富裕，隨著經濟的發展，人們開始脫離領主大名的勢力影響，自立其城鎮。因為領主勢力的衰落，無視法紀的盜賊們也開始崛起。燒殺擄掠、人口販賣是強勢者與弱勢者之間的常態關係。

阿時便是那時被販賣到達達拉城的女人，作為商品，作為奴役，在市場上流通交易。女人的地位無論高低，都以男人作為生活的中心。提著武器奔波戰場的是男人，在盜賊出沒的林道運輸資糧的也是男人。阿時也覺得服務男人是身為女人應盡的回報。她對於生活也不抱有想法，只知道打理好男人所需的一切，就是生活本身。

因此聽聞黑帽大人刺殺達達拉城主的消息時，阿時完全無法反應過來。一個女人可以勝任城主嗎？這些事情不是應該交由男人決定嗎？除了黑帽大人的親信部隊，所有的男人與女人都無法會意過來，一個女人竟要統治一座城。那日，正當阿時發愣時，門外傳來一陣嘈雜喧鬧聲，其中一個阿時熟悉的聲音正吆喝咒罵著，那是當年在奴隸市場買下她的男人。

阿時正要出門探望，便聽得轟然一聲巨響，映入眼簾的則是癱倒於血泊當中的男人。

「請見諒。我請求這個男人將妳釋放，但他卻試圖攻擊我們，不得已只好殺了他。」阿時望著一群武裝的女性部隊。其中一位黑髮高挺的顯眼女性，扛著肩上一支冒煙的石火矢，微笑著對她說：「今天開始，這座城沒有一個人可以被奴役。如果妳不知道何去何從，就跟著我來吧。」

黑帽大人說完便帶著部隊繼續前進，留下仍在原地發愣的阿時。不知是男人已經死去的緣故而害怕自己流離失所，或者眼前的這位女性似乎存在著一股悸動自己內心的光芒，抑或……阿時什麼也沒多想。她望著黑帽大人邁開的腳步與漆黑肅穆的外衣，飛快地跟了上去。

●

達達拉城原本就是一座煉鐵之城，叮叮的煅鐵聲不分日夜地盤旋在城鎮上空。灰暗色調的建築物難見一絲綠意，孤零零地坐落於巨大的湖泊旁。湖岸周圍滿布人們所製造的濃煙，而圍繞在城邊的是密密麻麻的木樁與柵欄，用以防範日益劇增的騷亂。達達拉城裡最具代表性的，便是一座巨大的煉鐵爐廠，達達拉的人們日夜不斷地踩著鼓風機，不讓鍋爐的火焰熄滅。

自從黑帽大人統治達達拉城以來，整個城鎮的發展有了嶄新的變化。女人取代了男人踩踏鼓風機的勞力工作，將男人額外分派至森林邊緣採集林木與鐵砂。因此煉鐵的速度比先前提升了許多。黑帽大人甚至安排工匠進行技術的傳承，將武器工藝交給庭院裡的痲瘋病人負責。自此達達拉城裡的男人與強者、女人與弱勢之間起了巧妙的變化。

工業的提升也帶來達達拉城的日漸繁榮，隨著經濟貿易與工業技術的進步，人類對於自然資源的需求日漸提升。在達達拉城，生產三公噸的鐵需要十公噸的木炭，相當於砍伐一百平方公尺的森林資源。因此增加至森林邊緣進行採集的人員是必要的策略。

今天黑帽大人接到一則緊急報告：森林邊緣的砍伐部隊遭到山犬神的攻擊。黑帽大人聽聞消息以後，沉默良久，彷彿靜待水瓶中的最後一滴水珠溢出。近衛有些緊張，因為黑帽大人素來不忐忑遲疑。終於，她向近衛下達了一道指令：「集結石火矢部隊、噴火柱部隊，明日清晨前往森林邊緣進行山犬神的討伐。」此言一出，近衛大吃一驚，不可置信地說：「黑、黑帽大人，那可是神明哪！」

「神明又如何？傳令下去！」

「是、是！」

近衛慌張離開了以後，黑帽大人注視著城外滾動的濃煙，再望向遠方森林的天空，此時她聽見一聲微乎其微的嘆息，她幾乎分不清楚，那是自己的，抑或是無形山靈與祖先所發出的嘆息。

●

小桑從白柔軟的皮毛上醒來的時候，以為只是做了一個可怕的夢。當她看見白的毛皮上竟染著片片血紅時，她才不得不面對這一切。小桑別過頭，迴避著白山犬們的視線，默默地望向森林漆黑的深處。白彷彿可以感受到小桑的心情，以鼻尖輕觸她的肩膀與臉龐，溫柔地來回摩擦。小桑咬緊嘴唇，大聲地向崖上的莫娜喊道：「人類的身體，我不想要！」小桑頭也不回地向森林深處跑去。白的眼裡焦慮閃爍，正欲追上，莫娜卻輕聲阻止：「讓她去吧……！」

小桑在夜晚的林道裡奔馳著，彷彿身體深處躲藏著一頭分不清人或獸的模糊動物，不停在心頭上打滾、低吼、哀鳴……循著皓白的月光，她不問方向地直奔森林深處。小桑竭力跑動，直到完全沒了力氣，伏在大樹蔓延的巨根上流淚。她討厭這副身體，夜晚會冷，牙齒不夠銳利，四肢不如她的兄妹一樣挺拔壯碩。為什麼自己不是山犬，而是人類呢。往後她要如何面對這一片森林，面對莫娜與兄妹們，以及她自己……

一隻蟲蟻爬上小桑的面龐，小桑一動也不動，任由蟲蟻輕輕爬過。她望著樹根，靜靜地想，自己如果死去，也會成為這座森林的一部分吧。森林教她關於活著的事情，也教她關於死亡的事情。活著的時候是森林的一部分，死去了也是森林的一部分。而死去了以後會如何呢？小桑不知道，但她相信森林。

就像被她捕食的獵物會忠實地作為她的一部分，共同生活下去，而自己總有一天也會回歸這片森林一樣。小桑的心裡明白，自己從森林裡來，也該往森林裡去。

但是，作為人類的自己，對於森林而言又是什麼樣的存在？自從目睹人類的模樣與作為以後，小桑的心底動搖著。

她拭去眼淚，微微抬首，注視森林盡頭之外，那黑色濃煙發散的方向。

●

在見識白山犬的野性力量以後，伐木的男人們是無論如何也不敢再接近森林邊緣的。但今天黑帽大人親自前來林地，男人們又怎能表現出怯弱退縮的模樣。況且，黑帽大人後方所嚴密架設的石火矢與噴火柱部隊也令他們壯起膽子來。

「奪！奪！奪！」的伐木聲開始規律地響起，迴盪於一棵樹的樹幹，迴盪於枝椏茂密的樹林間，迴盪於遠方白山犬的尖耳裡。黑帽大人靜靜地等待，注視著鳥兒在斧聲的動盪之中飛離家園。注視著樹木一棵棵轟然倒下，落葉紛飛。注視著燃起的木頭所騰起的濃煙，密布森林上空。

幾刻鐘的時間，黑帽大人等到了，那不遠處的一聲狼嚎。

「伐木組迅速撤離！石火矢部隊裝填準備！」黑帽大人迅速下令道。

森林中的樹葉開始騷動起來，所有人屏住氣息，目不轉睛地盯緊森林深處。

「第一石火矢部隊發射！」

轟的數聲雷響，高溫的鐵彈射進樹林裡，三匹白色野獸分別從左、右、前方迅速竄出，躍向武裝部隊。只見射擊完畢的第一部隊迅速後退，而第二部隊的槍管立時迅速地指向前方。

「第二石火矢部隊發射！」

白色野獸迅雷般的奔騰速度再配合左右橫移的踏步，閃避了多數直射而來的鐵彈，牠們作勢向前猛衝，又迅速拐彎奔回樹林裡，似乎是在觀察人類所使用的新型武器。

「哼，狡詐的山犬。三隻都是小的，莫娜沒有出現嗎……」

這次奔騰而出的是速度最快的趾，牠迅速穿梭在森林與部隊之間，宛如一道銀白的銳利閃電。而趁著部隊交換的空檔，牙和白也分別從左右不同方向竄出夾擊。

「石火矢部隊撤退，噴火柱部隊預備！」

三匹野獸見石火矢部隊向後退去，便加速腳步迎向武裝部隊。此時距離眼前的人類僅不到兩次踏步，牠們勢在必得。然而令白色野獸意想不到的是，爪下的人類竟然「吐出」一陣熊熊大火，火勢之猛烈彷彿能夠燒紅整片天空。趾和白大驚拐彎，牙則來不急閃避，全身泛起祝融的彌天光火。

此時一陣狼嚎響徹山林，巨大的莫娜從森林之中現身，猛力奔向黑帽大人。

「噴火柱部隊撤退，第一石火矢部隊預備，發射！」

在槍響的瞬間，莫娜後腿一蹬，宛如蒼鷹凌空，橫越所有迎面而來的鐵彈，其強悍的身軀落在隊伍中央，發出震天的聲響，並衝散了隊伍陣形。莫娜無堅不摧的爪與尖牙立時在人類的肉身上展開反擊。方才著火的牙則猛烈地在地面上打滾翻騰，終於在塵土飛揚之中掩熄了身上的光火，卻留下處處焦黑。趾和白見莫娜出現，立刻掉頭重回戰場。

「不要驚慌！噴火柱部隊集中攻擊莫娜，石火矢部隊朝外面的山犬射擊！」

莫娜迅速地咬斷了幾個近身武裝者的脖子，然而在看見噴火柱對準牠的瞬間，莫娜還是不得不立刻閃避。凶猛的火龍驅退了莫娜近距離的威脅，石火矢部隊則朝外圈的三匹山犬猛烈射擊。莫娜見狀，向天空泛起一聲狼嚎，三匹白色野獸只得迅速撤回森林裡。牠們依恃著迅捷的動作，躲過了大量子彈的追擊，但白的腹部還是不幸中了一槍。點點血花隨著白色野獸的折返落向森林深處。

「黑帽大人，要追擊嗎？！」

「不必。」黑帽大人望著野獸負傷所落下的血花，然後說。「山犬神暫時不會回來了，石火矢和噴火柱部隊重新整隊，伐木部隊幫忙照顧傷患！」

●

這天達達拉城的夜晚不同平日，卻是熱鬧非凡。黑帽大人成功擊退了山犬神，人們拿出陳年釀造的好酒、煮烤豢養的豬隻來應景作樂。大廳裡擠滿湊熱鬧的人們，女人與男人同桌喝酒談笑，滿室瀰漫著慶典般歡娛的氣息。

「黑帽大人可真厲害！好幾代的人們以來，看到那森林就害怕，完全不敢靠近一步，如今竟然擊退了山犬神，真是不可思議！」男人扯開嗓門大聲地說。一群人也附和著，開始誇耀起自己如何面對巨大的山犬神，加油添醋地描述打鬥的過程。

「如果有一天可以穿越森林的話，就不用繞過這麼遠的山路運送米糧了！」也有人這樣感嘆著。「說起來，在達達拉城還是當女人最幸福了，不用冒著生命危險外出，還有我們男人千辛萬苦運送回來的米可以吃。」

「呸！你們買米的錢還不是我們日日夜夜踩著鼓風機賺來的！」女人們一邊喝酒，一邊不滿地回應。

「什麼話！要不是我們在外面砍伐木材，鼓風機哪來的木炭可以燒呀，到頭來最辛苦的還不是我們？」

「你這傢伙！」女人將酒杯重重擺在桌上，怒視著發言的男人。

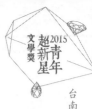

大廳裡歡笑與爭吵聲此起彼落，黑帽大人走了進來，拍了拍手。大家頓時收住聲音，看向黑帽大人。

「好了，好了！達達拉城要擔憂的事可多著呢！前些日子我們才趕跑了大名派來徵取稅收的使者，往後的日子，可沒閒工夫讓你們瞎吵鬧哦。」

方才那一桌爭吵的男女頓時臉紅了起來。黑帽大人接著向眾人朗聲說道：「這次擊退山犬神的事蹟可以證明，人類已經不同以往了！我們有能力去創造與取得資源，從今以後，人類不必再看神明的臉色過日子了。各位，為了人類的大步向前舉杯吧！」她舉起盛滿美酒的杯子，迎向眾人。群眾歡呼著與黑帽大人一齊飲下溫潤的美酒。

實際上，黑帽大人要顧及的戰事範圍不僅僅止於與山犬神的爭鬥。人類與人類之間的相互威脅才是最為迫切的問題。達達拉城已經成為工業與經濟的一大重鎮，會被領主大名、強盜殘兵所覬覦是理所當然的事情。為此黑帽大人必須大量生產石火矢等武器，作為守護這片家園的基石。

離開酒宴以後，黑帽大人來到偏僻的蒼涼庭院，向守門的痲瘋病患點頭致意：「打擾了。」便走進了屋內。

「哦！黑帽大人，您要的東西做出來了，請試試吧！」病患遞上一柄擦得光亮的石火矢。她接了過來，拿在手上掂了掂，思忖道：「已經做得很好了，比其他領主用的石火矢都還要精緻。不過還是有點沉，最好是能夠讓女人們也能操作自如。」一旁打磨著金屬的病患聽了笑著說：「黑帽大人，這把已經是我們最輕型的作品了，再削下去都要變成紙片啦！」

「是嗎？辛苦你們了，期待更厲害的成果喲！」黑帽大人也笑著說。她將石火矢恭敬地遞回給病患，便告辭了。

●

小桑回來的時候，白只是默然伏臥，雙眼閉闔，再也不動了。趾和牙不會哭，只是不斷低鳴嗚咿。小桑輕輕撥弄白那點點血花的毛皮，彷彿細數著這自幼陪伴她的溫暖，是由多少根柔軟的白毛所聚合的。原本因血花而凝固的細毛，頃刻又一點一滴地濕潤了起來。

「小桑，白只是回森林裡去了。」莫娜輕聲地說。

「我知道、我知道……可是，看見白再也不會動了的樣子，心裡還是覺得好痛……！」小桑伏在白的皮毛上，低聲啜泣著。

「白為了森林獻上自己的生命，是我們山犬族的驕傲。小桑，祝福白的離去吧。」

夜黑的森林闃然無聲，只聞得小桑的輕泣，過了許久，連小桑的聲音也停息了，此刻的森林是全然的寂靜。皓白的月光穿透樹梢，落到林地上化為一片片湖面光影，地面湖光隨著樹葉搖曳。大樹們沉默般注視，似哀悼、似祝福、似鋪上一張泥土編織的毯，承載一切哀傷與失落。良久，小桑仍伏在白的身軀上，眼淚細流般濕濡了毛皮，她無意識地撫著白已不再流血的傷口。

寂靜之中，小桑的聲音劃破了黑暗：「媽媽，我是山犬。」

「小桑，你是我的孩子。」

小桑抬起頭，自腰間拔出一把銳利的牙刀，在月光下輕輕刺進白的身體裡。霎時，她感到身體裡那分不清面貌的模糊動物，大大地張開嘴巴，從裡頭吐出一株植物的嫩芽，根鬚扎向土地深處，枝椏無止境地伸向天空……。

「白，我們一起活下去。」

●

那晚，圓月高掛，人們沉醉在歡慶的氣息之中，只有黑帽大人獨自清醒著。她漫步在夜晚的達達拉城裡，環視這座她努力建立的理想家園。她想著在斧聲之中逃離樹梢的小鳥、想著白山犬所流下的血液。「神明啊，要詛咒的話，就詛咒我一個人好了。」黑帽大人想起，阿時曾提起膽子問起她的過去。有人說她曾是個妓女，也有人說她是海盜的妻子，關於黑帽大人的謠言和傳聞數也數不清。然而她從不賣弄自己的不幸。她所選擇實現的，是這裡的弱者不再受到奴役與販賣，患者不再遭受輕蔑與遺棄。

「啊，必須盡快讓女人們也能順利使用石火矢才行呢……」

黑帽大人喃喃道。接著她聽到了一個聲音，即使只有一瞬，仍聽得很清楚，那是人的呼吸聲，而那呼與吸之間卻透出一股非比尋常的銳利！黑帽大人驚覺之下拔起腰間的佩刀，轉向身後，只聽「叮」的一陣聲響，她格開了一柄迎面刺來的凶殘牙刀，瞬間產生了山犬張口襲來的錯覺。那襲來的人影乘著反彈的後座力躍上了平房的屋頂，在月光柔和的照耀下，黑帽大人看清楚了刺客的模樣。

那竟是一位少女，身上披著一襲雪白的犬獸皮毛，頸部繫著一環尖牙項鍊，精悍的四肢像是久經訓練的戰士，不，更應該說像是一頭久經自然磨練的猛獸。「妳是什麼人？」黑帽大人向屋頂上的少女質問道。少女一言不發，晃了晃身子，彷彿犬獸狩獵般地撲向地面上的目標。黑帽大人向後一躍，閃開少女的落地直擊，然而少女的雙腳才接觸地面，便立刻彈起再次迅速襲向黑帽大人。

黑帽大人格開少女凶殘的攻擊，全神貫注地盯緊眼前的少女。她深知這不是人類所使用的戰鬥技巧，那是模仿利爪和尖牙的使用所發展出來的野性鬥術。她看向少女的雙眼，那雙眼蘊含著無盡的焰火，彷彿大樹於鍋爐底燃燒的情景。她頓時明白了一切。黑帽大人向著少女的空隙祭出了一刀，少女急忙擋開，兩人頓時拉開了幾步的距離。

「啊啊，妳是森林養大的女孩，是吧。」黑帽大人從容地調侃：「看來妳的心已經被山犬給吃了呢。」

少女勃然大怒，向前揮出銳利的牙刀，直取黑帽大人纖白的脖子。「哎呀，這可不行，要像個人類一樣，把別人的話給聽完才行哦。」黑帽大人一面防守著少女的刺擊，一面調笑著說。「小女孩，妳明明是個人類，怎麼會以為自己是隻山犬呢？」

「閉嘴！」少女怒斥著。

「哦，原來是會說話的呀。看來妳的母親也為了這一天做了準備，不是嗎？」黑帽大人盯著少女熾焰般的雙眼。「妳這副執著的模樣，真是像極了人類。不聞不問的森林可曾為了誰著想過呢？」少女試圖欺近黑帽大人的防守死角，但每一次的進攻都被她刁鑽的刀勢所制止。

「怎麼可能會像人類……！」少女咬牙。

「那麼，至少像我吧。我們都是為了守護家園而不得不戰，不是嗎？」黑帽大人輕笑著。

「不，妳是個惡魔！莫娜也說了，真恨不得咬碎妳的腦袋！」

「為了理想而行動，不惜化身為惡魔，這又有什麼不對呢。妳有妳的森林，我有我的家園，不是嗎？」

少女瞪視著眼前的人類，決定閉上嘴巴。她們都感受到彼此之間那道無法逾越的氣流，彷彿兩道暴風眼隔空對峙，即使彼此有理解的空間，也不存在和解的可能。此刻兩人所能做的事情，只有一樣。少女調整呼吸，靜下心試圖找出眼前人類的防守弱點。

「看來我們兩個是沒有什麼好說的呢。不過，森林的女兒呀，今晚是我贏了哦。」黑帽大人驕傲地微笑著。聞聲趕來的城民們，無論男人女人手上都握著武器，情緒高亢地包圍少女。少女張望著四周，汗毛豎起，將全身細胞的警覺性張至最大，彷彿在森林裡被獸群包圍時，絕不放過任何可能威脅自身的一舉一動。

「黑帽大人，您沒事吧！」群眾們激動地關心主子的安危，彷彿這座城裡的所有居民都來到了包圍現場。無論是男人或女人，老人或青年，健康的人或患病的人，皆緊握著手裡的武器，生怕她受到任何傷害。

「小女孩，很抱歉，這就是我所背負的一切。有些事情，實在不得已。請妳見諒。」黑帽大人看著少女，不由得想起那些因她的理想而埋葬的性命。她不曾試圖赦免自己一路走來所沾染的汙穢，這些呢喃從未動搖她的決意，此刻她注視著少女的雙眼，心底卻隱隱糾結。黑帽大人深吸了一口氣，胸口微微顫動，喝道：「殺了她！」

先鋒城民們的長槍立刻朝少女刺了過去，數十把長槍密不透風地要將少女捕殺。然而少女竟蜻蛉般一蹬，踏上一把落空的長槍木柄，借勢躍上了屋頂，眾人連連驚呼，難以置信。少女接連在屋頂上奔跑跳躍，底下追趕著無數手持武器的群眾，偶有石火矢的炮聲響徹半空。

「果然是森林的女兒呢。」黑帽大人望著少女的一身鮮白獸皮，注視那野獸般的纖細身軀逐漸消失在夜空當中。一陣微涼拂上她的臉面，似是森林方向吹來的風。黑帽大人忽然放聲大笑，那笑聲裡迴盪的是難以言喻的失落與慶幸。自此，少女將代替她注視自己所泯滅的罪與汙穢，而她從未料想過，自己的一生竟擁有了贖罪的可能，即便她註定背負一切沉重而死去。

那晚的夜風原本細弱，漸漸竟似山靈遠來的尋訪，歌唱嘹亮般穿透了所有達達拉城的濃煙。那山風不停歇地吹著，在黑上加黑的天空裡上揚，與濃煙相纏。只見濃煙在山風的懷擁之中變形、膨脹，逐漸散成月光下的薄薄雲霧，最後，天空只存一片皓白，映在所有人抬首的雙眼之中。

從此以後，在達達拉城裡，便流傳著「森林的女兒」的傳聞。訴說一位森林化身而成的少女，身懷人類所不知的森林祕密，生活在不屬於人類的自然國土，與山犬神共同守護森林的一切。

達達拉城裡的濃煙仍然日夜不停地蒸向遼闊的天空，彷彿不飄至世界的所有角落，便不甘罷休。正如同森林一般，這個世界也永遠是如此靜謐而喧嘩。少女站在山崖頂上，輕撫著陪伴她的鮮白獸皮，望著遠方一縷烏黑，像蛇。裊裊攀向天空。

（台南藝術大學「南藝文學創作獎」首獎作品）

江元宏

南投縣埔里人，全人中學畢業，現就讀於台南藝術大學。家裡有四隻狗、三隻貓、兩隻鵝、一隻羊。最近的座右銘是「可以騎驢找馬，但不要三心二意」。透過文學觸摸自己和世界。生活在一個充滿可能性的世代。

阿梅的故事

劉詩宇

一九八四年，阿梅十六歲，做夢都想嫁個香港人。

地圖

阿梅家住在廣東的一個小漁村裡，這漁村小到阿梅在廣東省的地圖上都未曾找見過。一九七六年九月，偉大領袖去世，阿梅八歲，一個月後阿梅第一次有機會看到廣東省地圖。那是一個從小隨父母去香港生活的哥哥回鄉探親時送給她的。其實說實話，這個哥哥與阿梅的親戚關係實在過於疏遠，哥哥的媽媽是阿梅爸爸的表姐的堂妹。所以這位哥哥並不是拿著廣東地圖不惜千里迢迢專程來看阿梅這個可愛妹妹的，只是漁村小而閉塞，又因為人少，所以或多或少人們都連著點親戚關係，一旦有個外地親戚回鄉探望，自然大家都傾巢出動，阿梅就是小孩子中的一員。

印象裡阿梅只看到哥哥陽光下一個逆光的輪廓，他的樣子阿梅完全不記得。當年在一群簇擁吵鬧的孩子中，可能阿梅不小心在一瞬間占據了哥哥的視野，於是為了快點打發開一群好奇的孩子，哥哥將地圖冊這個新鮮事物放到了阿梅的手裡，之後任一眾小孩子簇擁著到旁處哄搶。

上帝無心的一個舉動，讓地上的某個人以為自己成了天意的選民。地圖冊在孩子們中間傳閱了一圈之後，理所應當地被阿梅占為己有。當時有個頭髮濃密如鳥窩、雙眼細長、眉毛整齊的男孩總是沒完沒了地向阿梅借這本薄書。開始阿梅不情願，可後來還是禁不住軟磨硬泡，沒想到這麼借借還還不知不覺就是許多年。

黃霑

一九八三年黃日華主演的《射雕英雄傳》開播，電視劇輾轉到阿梅的漁村時已是一九八四年。想想若干年前一窮二白的小漁村，現在已經有了不下十台電視機，村子裡的人覺得非常滿足。

男孩子們喜歡跟著郭靖洪七公們比比畫畫，但是阿梅喜歡的卻是裡面的歌曲。其中有一首歌，叫作〈千愁記恩情〉，相較於〈鐵血丹心〉、〈人生有意義〉等反反覆覆播放的主題歌，阿梅更喜歡這首。不同於身邊的其他人，阿梅似乎擁有一個好腦殼，這首生僻的歌曲只在電視上播放了一遍，阿梅便記住了歌詞。後來阿梅才知道寫這歌詞的人叫作黃霑，是個香港人，與哥哥在同一個地方。香港總是給人與眾不同的感覺，雖然阿梅身處的地方歸共和國管轄，但是講著一口粵語的阿梅既不服氣自己是個開國大典裡鄉土氣十足的國家的一員，又覺得身邊的每一個人都鄉土氣十足。對於自己身處的地方阿梅早就受夠了，看著身邊那些等著嫁給鄰居家男孩的女伴，阿梅覺得自己更女人一些，而那些人生下來就像是已經活了幾十年的大嬸。

沒有人的時候，阿梅喜歡反覆咀嚼歌詞裡面的一字一句。字句間黃霑繚繞的形象與小時候哥哥的形象重疊在一起，夢裡阿梅總是想貼近他們，但是那模糊的所在卻總是忽近忽遠。白天阿梅神遊香港之時，那個借地圖的小子總是不時打斷阿梅的獨想。

「阿梅，地圖借我看一下好嗎？」

「你煩不煩？這麼久了，你畫也該畫出一本了吧？」

因為頻繁的打擾，阿梅記住了這個叫建明的男孩。在小村的那些個女孩當中，阿梅總是顯得獨樹一幟，她又瘦又白，小鼻子小眼，偏偏又生著不矮的身量。她總是喜歡一邊若有所思，一邊將黑得出奇的幾綹頭髮攏向耳後，那低頭的神態引得建明等幾個男孩朝思暮想。這是一個新舊思想交替的年代，村子裡的阿姨們都說阿梅不像是能生兒子的樣子，但她們的兒子卻都希望能被阿梅多看幾眼。

後來建明終於按捺不住向阿梅表達自己的心意，卻在幾秒鐘內得到了答案。拒絕過於乾脆，反而讓建明不想放棄。建明不是第一個向阿梅告白的人，甚至連前三名都排不上，但是與另外那幾個人相比，起碼阿梅記得他的名字。

「阿梅，今後我會帶妳過上好日子的，相信我。我今後要學地理，成為地理學家，到時候我們肯定能走出這個村子！」

「要多久呀？」阿梅若有所思地將目光穿過了建明的眼睛，然後又低下了頭，攏過了幾綹黑髮，抱著細白的胳膊看著腳旁一步遠的石子。

「要不了多久的，妳相信我，我覺得我在這方面很有天賦！」建明臉紅了。

「你要是真有天賦，還要向我借幾年地圖？」

「我，我，其實只是想看妳罷了，地，地圖上的東西我早都背下來了，不信，不信妳考！」

阿梅隨便點了幾個自己不知道的地方，建明真的對答如流，不過顯然阿梅沒覺得這有什麼了不起。

「我想嫁個香港人。」阿梅的話擊碎了建明額頭前的空氣。

相機

一九八八年，阿梅二十歲。

村子裡相熟的同齡女孩都紛紛嫁人，開始變成粗手粗腳的主婦，每天曬網洗船，有些人的背上胸前已經吊上了娃娃。同齡女伴對著阿梅清瘦高眺的身材、煢煢孑立的背影羨慕、嫉妒、蔑視的眼光，讓阿梅覺得同齡人都開始走上衰老之路，而自己不過是在逆勢而行，自己身上多出來的這些東西什麼時候被收走，無非是看上天的心情。所以阿梅告訴自己，必須在還能做些什麼的時候，去做些什麼。

阿梅對漁民的生活沒有絲毫熱情，到了年齡又遲遲不願結婚，父母對她的不滿越來越明顯。阿梅還是阿梅，但生活上的變化憑空為她增添了幾分悽楚的氣質，她開始覺得自己更像是《射鵰英雄傳》裡面的穆念慈，而不是她最喜歡的黃蓉。

說到射鵰就必須提到建明，這些年來，建明還是一如既往地與阿梅保持著相當接近、卻又有些陌生的距離，建明甚至不知從哪裡弄來了射鵰的小說，儘管厚厚的那麼一大本，像是衛生紙一般，字模糊又小，還不時出現錯別字，但阿梅還是一遍又一遍地閱讀著，這是她唯一接受建明的禮物。

建明變成了整個小村子裡那幾個男孩中看起來最順眼的一個，但是距離阿梅想像中的香港人還頗遠。所以對於後來建明的幾次表白，阿梅都若有所思地淡淡拒絕了。

終於在一九八九年大年初一，阿梅帶著之前努力偷偷攢下的不知夠不夠的積蓄，甚至還拿走了媽媽只有過年時才會戴上的金耳環，趁著家人還在熟睡時走出了小村，踏上了去往香港的路。沒想到建明竟然在村口攔住了阿梅，更沒想到的是他不知從哪弄來了一部帶三腳架的古舊照相機。建明的臉蒼白又透著病態的紅，好像正在發燒一般。建明一語不發，臉上掛著阿梅從來沒見過的表情，他強拉著阿梅的手，兩人背對著海的方向留下了一張合影。

阿梅看見用電線連出的手動快門被建明手上的汗濡濕，之後建明便放阿梅走了。阿梅覺得莫名其妙，甚至有點厭煩，但前胸卻一陣一陣發酸，鼻尖也有點發麻，她頭也沒回，更不知道建明有沒有在村口站立很久。

十

一九八九年三月，阿梅二十二歲，輾轉了一個月，她來到了近在咫尺的香港。

香港的街上高樓林立，汽車滿地。街上人頭攢動，不知道大家都要去做些什麼，雖然才三月，但地上的空氣似乎已經被高溫扭曲，人們好像是站在一個巨大的鍋蓋上無處下腳，所以才動個不停。到處都是電視螢幕，電視上、街道上大家都穿著阿梅陌生的時裝。到香港不久之後，阿梅便發現電視上自己最喜歡的黃蓉早在四年前就自殺了，阿梅有些錯愕，但這錯愕自然沒能持續多久，新鮮又刺激的環境就像身邊吹過的狂風，既颳得阿梅站不穩腳跟，又讓她覺得被吹了個痛快。

原來在小村裡，阿梅像是一朵白蓮花般惹人注目，但到了香港，她立刻發現自己泯然眾人了，甚至比一般人還不如。這裡到處都是高眺漂亮香噴噴的女孩，自己卻土里土氣，害羞時只能一個勁兒的攏耳邊的頭髮。曾經喜歡看武俠小說、沉吟歌詞，看上去是那麼的卓爾不群，在這裡卻不過是一般人都會有的愛好。阿梅當然沒有找到十幾年前那個哥哥，但是阿梅並不後悔自己的決定，既然沒有把小漁村當成家，香港便不應有什麼陌生感。

這裡漂亮彷彿畫中的女孩多，像阿梅這樣的外地女孩一樣很多，在這片熱鬧的地方，阿梅覺得什麼都多。她很快找到了組織，和五六個外地來的女孩住在一起。阿梅長得並不醜，但也沒有多麼驚世駭俗，如果時間可以放慢腳步，讓阿梅一點一點適應女人成長的過程，或許再搭配上一種不緊不慢，但保有自尊的生活，她很可以發展出一種只屬於自己的從容。甚至因為她小小的五官不容易顯老，她還可能在三十五歲之後，逐漸體現出相較於同齡香港女人的優勢，而變成一個看上去氣質很好的少婦。但是香港對於阿梅來說實在是太急迫了，她開始學會在臉上撲廉價的脂粉，燙上一頭鬈髮，她以為這樣會更像是香港本地人，但實際上只是更像香港本地的下層人。

因為沒有一技之長，所以阿梅的工作輾轉於酒吧、咖啡店、麥當勞、髮廊、按摩院。雖然開始知道自己的地位有多麼尷尬，但是她接觸到的卻常常是有一定消費能力的本地人，這讓她感覺到一絲滿足。昔日哥哥、黃霑的形象逐漸模糊，化成了眼前一張張流動的臉。她飛快地記憶，再飛快遺忘，周遭撲面而來的環境，幾乎打散了自己。得知飾演黃蓉的翁美玲死去之後，阿梅很快沉浸到了影院裡成龍刺激的打鬥以及張國榮俊美的臉龐當中了。她開始喜歡陳百強的粵語歌曲，有時對著《警察故事》裡可憐的張曼玉發呆。

阿梅住的地方很窄仄，門口是條堪堪一人寬的窄巷。或許這甚至不能叫作巷子，只是沒有什麼更加適合的稱呼罷了。從外面看上去，這窄巷彷彿只是香港樓與樓之間年久失修後迸出的一條裂縫，但阿梅她們就像是被施了魔法，住在了這看似不可能的地方。每天阿梅要夜裡十一點才能回到這裡，同伴們也是大同小異。大家都匆忙擺脫窄巷撲向自己的床，阿梅卻喜歡等大家都睡熟了，大約零點二十，再從屋裡出來，坐在門檻上，用拖鞋抵著對面的牆根抽上一支菸。夜裡清冷，阿梅很喜歡抱著胳膊，默默地抬頭望窄巷頂的一線天，這縫隙窄到運氣好的時候，中間才能夾上一兩顆星星。廣闊讓人心慌，坐在地上的縫隙裡看天上的縫隙，讓阿梅感覺又回到了那個寂靜的漁村。阿梅希望這個時候自己能有個隨身聽，聽陳百強的〈偏偏喜歡你〉和張國榮的〈無心睡眠〉。

嫁人之後，老公會買給自己吧。阿梅常這樣想，自己也許會嫁給某個常遇到的客人，或者是某個雇主。相較之下阿梅對咖啡店的老闆更有興趣，而真心不希望命運選中的是按摩院。有人說阿梅胖了，她自己覺得可能只是有些水腫。現在的生活幸福嗎？香港人，香港人，嫁給香港人之後，自己就住上樓房了吧。

阿梅這種時候都在恍神，每個人一天中都會有這樣的時間，何況夜深人靜。大約十五分鐘，菸快燒到手指，阿梅才帶著一身夜涼回床睡覺。菸蒂上已經燒得疏鬆的細小菸屑，遇到窄巷裡濕冷的磚石，時常發出細小的嗤聲，在黑暗中閃爍極短暫的一絲火花，便被露水吞滅。

訪談

一九九七年，阿梅三十歲，香港回歸。在這之前香港的人們以為大變即將來臨，所以那段時間警察與黑社會都忙得不亦樂乎。然而真到了七月一日這一天，人們圍在大大小小的電視前看罷了交接儀式，發現太陽仍然是那個太陽，月亮也還是那個月亮，電視裡的影視劇依舊，自己的工資也還是捉襟見肘，小孩子的學習仍然讓人擔心，物價也仍然在一點一點的增長。

兩間小小的臥室加上一個不大的客廳，還有一個陽台改造的窄窄廚房，這便是阿梅現在的家。屋內的地面是廉價的地板革，使用多年顏色逐漸暗沉，不規則地顯現出水痕與汙漬，四邊也早已微微翹起，就像是一張老舊的書皮。除了歲月的痕跡，其實地面尚算整潔，但床上、沙發、茶几上不時可見的報紙或者雜誌，則顯現出屋主忙碌疲憊的生活。

阿梅站在這十二樓的窗邊時，常常望著對樓牆體密密麻麻的空調機發呆。不知不覺她已是三十歲的女人。獨自一人，又身在他鄉，沒有一技之長，偏偏又有著一副女人的身體，阿梅過去七八年的生活，徘徊在容易與不易之間。她總覺得生活就好比夢遊，風吹雨打的經歷讓她學會了該把什麼當作不堪回首的夢，也讓她的記憶變得模糊斷續。

好在生活沒有毀掉她，一九九二年，阿梅奉子成婚，當年兒子阿越出生，至今已五歲。而丈夫既不是按摩院的常客，也不是咖啡店的老闆，而是一個朋友介紹的本地小職員，比阿梅大了八歲。丈夫難免有點對外懦弱對內剛愎的缺點，可總體性格還算平順。阿梅雖然剛剛三十，但在打扮上早已與中年婦女無甚差別，曾經略顯誇張的大鬈髮變成了溫順的小髦髮，廉價的脂粉已經不見，菜籃子、平底鞋、走路不規矩的小孩子則成為阿梅身體的延伸。

一個尋常的禮拜五傍晚，時鐘走至六點，阿梅從恍神中醒來。打開客廳的十七吋電視，將幼稚園歸來的兒子安頓在沙發上，自己則匆匆走向廚房，準備一週當中最不寒酸的一頓晚餐。正在加班的丈夫還有兩個小時歸來，明天就是辛苦了五天之後的週末，早下班回來的阿梅要做些不錯的食物犒勞自己一家三口。

很快的廚房傳來熟練的切菜聲。婚前她對於做菜幾乎一竅不通，然而短短幾年時間，她已成為此中的行家裡手。每當在廚房勞作時，阿梅便不自覺地想起彷彿幾生幾世之前的漁村歲月，想起母親粗糙的手指，而憶不清母親的臉。因為當年不回頭的決定，阿梅總是下意識地拒絕回憶，但自己年輕時候的聰明、對於哥哥和黃霑的喜愛，卻總是從嫻熟的家務聲音中溜出來，只可惜那幾縷經常落下於耳際的黑髮早已被自己染黃、燙曲、剪短了。

「各位觀眾晚上好，在今天的節目中，我們非常榮幸地請到了近來蜚聲海內外的新銳插畫家鄒建明，來與電視機前的各位觀眾分享自己的美術人生……」客廳的電視機響著，阿越怎麼會看這樣的節目？定是白天在幼稚園瘋玩，現在又睡著了吧。阿梅放下手上的活計走回客廳，發現果然不出所料。

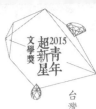

準備把阿越抱回臥室的阿梅不經意地瞥了一眼電視，竟覺得眼前這個西裝革履的年輕人物看上去有點面善。細長的眼睛瞇成一條線，眉毛卻又濃又黑，好像覺得在哪見過。阿梅不以為意，安頓好阿越後，才又回到電視機前。

「小的時候我在漁村長大，那裡雖然生活舒適但是消息十分閉塞。我在很小的時候，便機緣巧合地看到了一本地圖冊，因為這本地圖冊，我對地理產生了濃厚的興趣，甚至夢想著成為一名地理學家。可是後來我就漸漸發現，我對於山川形貌的熱愛更甚於那些固定的名詞與資料，所以我開始嘗試著用畫的方式來表現……」

阿梅坐在沙發上，一手撚著自己穿了數年的毛衣邊角，彷彿想起了什麼，但卻怎麼都想不清楚。過去這麼些年的經歷如同走馬燈，那些現實的回憶甚至不比一個星期前的夢境更加清晰，阿梅的眉頭微蹙，但幾分鐘後阿梅便笑笑放棄了努力。過去的事，想起來又有什麼用呢？她起身回到廚房，繼續勞作，彷彿什麼都沒有發生一樣。

電視當中，年輕的插畫家興致勃勃地向大家展示自己在一九八九年拍的第一張照片。主持人被照片中插畫家不自然的神情逗笑，並開玩笑式地逼問著照片中另外一個人是誰，現場氛圍十分歡快。

伴著電視裡的說話聲，廚房裡的聲音又開始叮叮噹噹錯落有致，排風機嗡嗡的響聲與油鍋劈啪的聲音不時響起，但從中似乎傳來一聲下意識地嘆息，婉轉飄忽有如少女但卻暗淡寂寞好似死亡。嘆息幾乎細不可聞，又偏偏在電視裡掌聲笑聲說話聲與廚房的嘈雜聲中徘徊無礙。

虛虛實實的感覺彷彿輪迴轉世，生死疲勞。

（台灣師範大學「紅樓現代文學獎」首獎作品）

劉詩宇

一九九〇年四月二十八日出生於中國大陸遼寧省瀋陽市，二〇一三年起於北京師範大學文學院就讀中國現當代文學碩士，目前在國立台灣師範大學國文學系參與雙聯制學位計畫。

蛾

褚盈均

鐵製的半圓形洗手台，不知已經使用了多久，或許這間賓館建造時它便在這。它與賓館曾經同樣亮麗光潔，現今也同樣布滿凹痕且藏汙納垢。安置在洗手台上方牆面上的大圓鏡，背後的銀塗料在歲月的流逝中逐漸氧化，鏡面上滿是大小不一的黑點，隨著蓮蓬頭沖出的熱水而升起的水氣使得鏡子蒙上一層霧氣，模糊了斑斑黑點。

她赤裸地躺在房間中央的雙人床上。其實也稱不上中央，幾坪大的房間，一部分隔作衛浴，其餘的部分剛好安置一張床以及足夠兩人轉身的空間。她有些疲倦地闔上眼，側耳傾聽蓮蓬頭傾瀉的聲音，她想像熱水點點落在她男人身上後，帶走汗水與毛髮，在發黃的磁磚上匯聚成道道水流，最後流進深不見底的排水孔中。

有一股溫熱的液體從她的陰戶流出，順著大腿滑下失去溫度，混合著她與他的氣味。於是她想起曾經有個未成形的生命，在藥效發揮後，伴隨著劇烈的腹痛，化作一攤攤溫熱的血自她的體內流出，像是每個月的來潮，但她明白這之間的差異。

她沒向任何人提起這件事，包括男人在內。

她對男人所知甚少，關於他的出生背景都只是模模糊糊地知道個大概，甚至她連在她之外男人是否還有其他女人，也不是很清楚。既然他不說，她也不打算問，這樣也意味著在男人面前她有同等權利不述說自己。

有時她卻強烈地認為自己有義務將這件事告訴男人。走在長長的街道上，她多次想說，卻不知道該在什麼時間點開口，於是她假裝沒事，一起沉默地走著。

他們行經一間小學旁的文具店，店門口擺放著用塑膠盒裝著的蠶寶寶，他隨手拿起一盒，淡淡地說起以前自然課養蠶的事情。他說他養的蠶從沒羽化成蛾過，總是吐絲結蛹後不再有動靜，於是年幼的他便用美工刀剖開其中一個，打算一探究竟，沒想到裡面竟是空的，只有一隻肥碩如蛆、失了面目的醜物。

他像是對她說著旁事，卻又像意有所指。

當天晚上她發了夢。夢中的她站在一大片落地窗前，窗前映著屬於少女的青澀軀體，窗後是入夜後城市的星星燈火，窗中她的倒影像是飄浮在整個城市之上。

她看見倒影中自己的會陰處有一道傷口正淌著血，緩緩地沿著腿往下滑。然後那一道傷口不斷地往上爬升、擴大，湧出來的血更多更快，先是一點、兩點、三點，接著便像紅墨水滴入清水中快速擴散，最後整個城市染上血紅的色彩。

她被這奇異的影像吸引著，伸手向裂至前胸的傷口探去。起初她不感覺到痛，反而更往裡伸，像是在翻找著什麼。隨著那雙手越往腹部移動，疼痛的感覺越是強烈。

浴室的水聲暫歇，傳來撕開塑膠包裝袋的細微聲響，她想像沐浴乳在他掌心中慢慢地搓揉成綿密的泡沫，沿著身體的線條悉心地塗抹、搓洗。

從前完事後，男人總會靜靜地抱著她，讓兩顆激情的心緩一緩後，再一塊到浴室為彼此清洗身體，不知何時，新的默契取代舊的默契，縱然悵然若失，卻也覺得輕鬆。

她從床頭矮櫃拿起他隨手一擺的菸盒，叼起一根菸，旅館附贈的打火機用得不很順手，試了幾次仍只有幾簇火花，一湊近又熄滅，只好作罷。

她又躺回床上，抓了身旁的床單微微遮住身軀，仰頭看著忽閃忽滅的日光燈，幾隻不知何時飛進房內的蛾，或者牠們原本便在這裡，只是沒有察覺，圍繞著日光燈，輪番地衝撞、退回；退回、衝撞，隨著燈光閃滅而規律的發出砰砰撞擊聲。

她反覆做著同樣的夢，尤其是睡在男人的身側時。

夢醒時，男人往往仍在睡夢中。她伏在男人的雙腳之間，近似膜拜地掏弄，看著它在雙手間逐漸腫脹挺立，她跨坐在他的腰間，讓它一點一點沒入自己體內。她先是輕輕地擺動自己的身軀，謹慎地確認那物已然在體內，接著她加大擺動的幅度，待異物侵入的不適感過去後，她感到充盈的喜悅流竄全身。

「小賤貨。」

此時，男人早已張著一雙飽含情欲的眼，將她從身上翻下來，從背後重新進入了她。趴伏在床沿的她剛好面向安在房間另一側的梳妝台，梳妝台的鏡子映著他們歡愛的身影，在鏡中直挺著背脊賣力衝刺的男人顯得龐大，身下的她低微的像是抽空靈魂的玩物。

「妳好濕。」

男人用沙啞的嗓音在她耳畔呢喃，她感到一陣厭惡，卻又無法抵抗男人帶給她的歡娛，她的視線對上鏡中自己迷離的眼，就連自己都瞧不起自己，同時也感覺身體像是破了一個大洞，有些什麼正隨著他的擺動一點一點地從體內流失。

水聲再次響起。她百無聊賴地拿起遙控器，對著床前老舊的映像管式電視試了幾次，黑色畫面像布幕一般從中央一分為二，緩緩地向兩側退去，在毫無預警的情況下，一個撫弄陰部的特寫映入眼簾，她嚇了一跳立即切換到別台。新聞主播平穩的語氣讓她從驚嚇中恢復了過來，轉念一想，賓館內有這樣的頻道也是再正常不過的事了，反倒是自己未免太過大驚小怪。

在好奇心的驅使下，她又轉回剛剛的頻道。鏡頭稍稍拉遠，原來在撥弄陰部的手竟然是畫面中女孩自己的手，先是輕挑，後是慢捻，汁液緩緩流出，沾濕了她的手。鏡頭切換她臉部的特寫，她微張著眼，表情隨著喘息的快慢在轉變，既是痛苦也是狂喜，與映在電視螢幕上自己木然的表情形成強烈的對比。

即使明知那樣的表情泰半是演出來的，卻仍有些歆羨，她自問：一個女人能夠不靠男人，光憑自己而得到滿足嗎？

她曾在男人的要求下如此嘗試過，但是她無法讓身體放鬆下來，專心地感受撫摸帶來的絲毫快感。男人注視的眼神讓她想起白日那些在她身上游移的目光。

其實她何嘗不知道自己只要略施媚態，迎合那些目光，便可以輕鬆地完成每日的業績，但是她總覺得他們目光所及之處，身上的衣服好像一層層被剝除，映在他們一雙雙眼中的是赤身裸體的自己。

她雙臂環繞於胸前，起身走向介於床頭矮櫃與浴室間的梳妝台前，她鬆開雙臂，細細審視梳妝台鏡中的自己。

或許是年歲的增長，在衣服的包裹之下，外表上雖然看起來差不多，但是仔細觀察可以發現，身體的稜線漸漸的柔軟下來。

她托起自己的乳房，握在掌中感覺沉甸甸的，像是充滿著乳汁。

血淋淋的夢仍然時常出現，夢中的傷口也沒有絲毫好轉的跡象，總是從會陰處往上撕裂至胸口，然後她就會開始往傷口內翻找東西。至於那東西是什麼，她自己也不是很清楚。她想，或許她的身體曾經破了一個大洞，讓很重要的東西流了出去，再也回不來。

如果完整的女人可以不靠男人而得到滿足；那麼像自己這樣，外表看不出殘缺的女人呢？

她先是試探性地輕捻乳頭，她感覺自己渾身開始發燙，呼吸開始急促了起來，輕輕閉上眼感受乳尖的陣陣酥麻，但她仍覺得不夠，慢慢加重力道；另一手則是沿著胸間的軸線往下探索。

原來自己的身體不像自己所想的冰冷。

她日日吹著空調，吹得身體直發冷，有時候她甚至覺得身體裡的血都因此而凍結，但她越往自己的大腿深處探去越覺得溫熱，好像此刻體內所有的血液又重新流動了起來。

「女孩子家怎麼可以用這種東西。」

母親嚴厲的臉突然浮現在腦海裡。那一日母親來到她租屋處，在廁所的架上搜出一盒未使用完的衛生棉條摔在她眼前，像是在指責一個不檢點的女人，當時她想開口為自己辯解些什麼，但她卻羞恥地說不出任何一句話。

她從貼身的包包中拿出隨身鏡。她從未如此清楚的看過自己的陰部，並非因為厭惡，而是羞恥，她討厭其他人討論它的方式。

「女孩子的腳要合起來，不要張那麼開。」

母親很重視她的儀態，尤其是坐姿。母親從小就告訴她，坐下的時候要先將裙子裙襬收攏好，雙腳併攏，膝蓋靠著膝蓋，稍一鬆懈就會招來母親責備的眼光。

她害怕去看婦產科，雖然只是一些尋常的小毛病，但是當她兩腳跨在診療椅前的腳架時，總會想到母親責備的目光，忍不住想將自己的腳併攏。

鏡中自己的陰部其實不似想像中的醜陋。首先映入眼簾的兩片陰唇像是彼此在擁抱，她輕輕地撥開，用手指輕觸兩側，滑溜溜地，接著她大膽地往洞口探去，慢慢地將手指放入，異物進入的不適感漸漸退去，取而代之是一股股的舒暢。她像是在對抗什麼似的，雙手狂亂地撫弄自己的身軀，沉溺在一波波的快感之中，清晰地感覺到自己的存在，不為了別人，只為了自己。

她並未察覺到從浴室梳妝完畢的男人正看著她。

男人緊貼著她，從背後再次進入了她。她雖被這突如其來的舉動嚇了一跳，立即鬆開雙手，撐著梳妝台以免跌倒。

「妳是我的。」

她撇見慌亂中掉落在床沿的隨身鏡，男人的臉占滿整個鏡面，讓她可以很清楚地觀察男人表情的變化。鏡中的他緊皺著雙眉，五官慢慢聚攏、變形，好像很用力地在忍耐著什麼。

原來他的表情竟是如此猙獰。

老舊的電梯緩緩拉開門，看守櫃台的歐吉桑並未抬眼，仍專注地握著鉛筆，在印著密密麻麻數字的印刷品堆中推算著明牌。身旁那台隨時開著的收音機正播放著叫賣跌打損傷膏藥的廣告。

她想，在她看不見的地方，男人或許就是像這樣，將她的經期一一羅列成表，埋頭算著安全期與危險期，在日曆上巨細靡遺地在每個日期上分門別類的做上記號。

她並不想指正他。

她悄悄地在他的掌控中懷著孩子，即使時間很短暫，她卻很滿足。這個祕密讓她感覺自己的身體並不像自己所想像般的荒蕪，同時她藉著違逆男人而得到一份難得的獨立。

她想起適才在房內的飛蛾。

如果在蟲繭中的牠們知道自己往後的命運是這般，那麼牠們還會選擇破繭而出嗎？

那孩子像是為她如繭一般封閉的日子開一小口子，讓她有一個改變的契機。但是她無法想像外面的生活是什麼模樣，如果做了錯的決定還有可能再退回來嗎？

他們原是一起走出電梯，卻在不知何時已經拉開一段距離，她匆忙地從隨身的肩背包翻出鑰匙放在櫃台，急忙追上前去。但還是沒有追上，她賭氣似地，故意不喊他，男人也沒有回頭找她的意思，這下子她更拉不下臉面喚他，只好倚著門柱等待男人牽車回來。

所謂的生活，其實只不過是日日的等待所組合而成。每日裡，她一層層地用彩妝為自己堆疊出另外一張臉，保持著自信與樂於服務的笑容，守在百貨公司入口處十幾坪大的櫃位，展示櫃裡展示著連她自己也消費不起的精品。

每當她靠近展示櫃想調整那些飾品的位置時，玻璃總會映著自己那張過於精細描繪的臉，好像在提醒著她，自己與那些飾品並無二致，被釘在這間鎮日燈火通明、冷氣不斷放送的巨大展示櫃中，失去日夜與溫度感知能力，像是等待著被賞玩的蝴蝶標本。

她常想，如果有一天蝴蝶掙脫桎梏，飛出展示櫃，抹去彩妝，又該如何生存呢？

適才來時的雨已經止歇，街燈下成群的飛蛾繞著燈火盤旋，牠們使勁的撞擊玻璃燈罩想要更加靠近光源，卻一次次的敗退下來，絲毫沒有毀及燈罩半分，自身反而在殉道似的衝擊中支離破碎，破碎的軀體撒落在底下濕漉漉的柏油路上。

在散落一地的殘骸中，一隻傷痕累累的飛蛾同樣無法抗拒亮光致命的誘惑，拍打著失去鱗片的翅膀，掙扎著。

離峰時段的街道，偶有車燈閃過，它們毫不停留地奔馳而過，似乎很清楚自己應該奔向何處，彷彿在遠方有個地方在等著它們。它們看似有所選擇，其實只不過是按照規劃出來的道路前進，就像是交通號誌中一直在行走的小綠人一般，看起來不斷往前，但是實際他哪也沒去成，永遠在有限且循環的時間內，在框格中原地踏步。

即便如此，總好過自己從未為自己選擇過前進的方向。

或許認分已經成為自己體內的一部分。求學時期按照父母親的心意填選志願，念著自己翻來覆去也不明白的書，只知道將那些文字等同自己的意志，將種種規矩轉化為自己的舉止，便能安安穩穩地待在人群中，不被排除在外，等待父母所許諾的未來出現在眼前。

所謂的等待其實只是自欺欺人，是為了可以繼續在各種掌控中忍耐。

有時她想那只是夢的一部分吧。夢中的她代替自己吃下了藥，所以才會血流不止，腹痛不已，不斷地在翻找，其實那孩子還在子宮裡靜靜地等著她準備好。

遠端出現一個亮點，等越來越靠近時，才發現原來是一台計程車，隔著一段距離無法判斷車上是否有載客或是仍在營業。她伸手握住自己肩背包的背帶，在心底暗暗的下了個決定：若車子靠近自己，沒有載客，她便要搭上這台車離去。

計程車彷彿受到她的召喚似的，一路直駛，她的手仍握著肩背包的背帶，準備等車一駛近便要舉手攔車。但是計程車卻在毫無預警的情況下，連方向燈也沒打，便在眼前的路口右轉，漸漸隱沒，直到看不見車尾，她才鬆開緊握背帶的手。

她像是自嘲的扯扯嘴角，有些事情早在嘗試之前便已經註定了結果，僅僅只是想測驗彼此的能耐罷了。工作久了，她也漸漸懂得判斷哪些客人會買，哪些客人捏準了主意不會出手，他們逛進來的目的無非是要彰顯自己的身分，同時還想驗證我們所使出的手段是否如他們所想的一般，然後擺擺手裝作沒有興趣，彰顯自己的睿智與氣派。

她跨上機車後座，風不斷將男人的氣息吹拂到鼻間。那個氣息除了有她所熟悉的男人體味外，同時還混合著廉價沐浴乳及賓館冷氣吹送出來的霉味，像是一種隱喻。

街邊的拾荒老婦推著滿是回收物的推車蹣跚走過。老婦人乾乾癟癟的皮膚像是垂掛在骨頭上，鬆鬆垮垮，繫在推車側邊的空鐵罐隨著她的步伐而互相撞擊，叮鈴噹啷，叮鈴噹啷，迴響在寂靜的街道。

她微微調整坐姿，想從後照鏡中看看自己的臉，卻只看到種植在道路兩旁的鳳凰木不斷的後退，原本開滿如火紅般的花現在已經凋零得差不多，散落一地的紅花浸在雨水中開始散發出腐敗的氣味。

鳳凰木或許是因為羽狀複葉像極了鳥類的羽翼，在滿樹的紅花中隨風起伏，給予人浴火鳳凰的聯想而得名。

傳說中，每五百年鳳凰便會降臨世間一次，牠會將人世間一切苦難背負起來，奔向火焰，淨化所有的不幸，重生為聖潔的靈獸。然而鳳凰僅是神話中的傳奇生物，從來沒有人親眼見過。鳳凰木只是擬態，年復一年地花開花落，不是重新而是更替，紅豔如火的花也不具有溫度。

她喜歡看男人工作的模樣。

鍋裡的火在剎那間熊熊燃起，生鮮的食材撒入鍋中，鍋杓快速拌炒，周圍的空氣瞬間攀升，持著鍋杓翻炒的手開始有節奏地敲打著鍋沿，讓熟透的食材反覆的跳躍與下墜之間與醬汁均勻地混合在一起，湯汁淋漓。

火光下，萬物的面容皆在瞬息萬變的明滅之間閃耀，握著鍋柄的手一個甩拋，燒得火烈的火焰退去，鍋內的食材沒有因為方才的火而變得焦黑，反而鍍上一層鮮嫩的色澤。她整個人籠罩在火光跳躍之中，映得整張臉暖呼呼地，誘使她更加湊近去看個分明。

「不要靠近，還很燙。」

那是男人對她說的第一句話。

她的腦海裡又浮現那些來回撞擊著燈罩的蛾。

或許飛蛾背負得太多，生命太短暫，五百年是無法企及的漫長，於是牠們便不計後果地想往火裡去。在掉落撞擊時，飛蛾會感覺到燙嗎？如果沒有燈罩，那些飛蛾又會如何呢？牠們在燃燒殆盡的同時，還會像鳳凰一般地重生嗎？

「抓緊。」

突然一隻野貓從路邊衝了出來，她下意識地抱緊男人，閉上眼睛準備一起跌落。她感覺到男人的身體微微的傾斜又拉回，預料中的跌落與疼痛並未發生，她重新睜開眼，男人的手依舊牢牢地控制方向，早已不見貓的蹤影。

但是男人的身體沒有為此而鬆懈下來，握著機車把手的手仍繃得緊緊的，可以清楚地看見青筋淺淺的浮起。

這雙手讓她感到無比安心。

她想起他們結識的那一天，雨勢來得又快又急，轉眼間便下成一道難以穿越的帷幕，對街盛開的鳳凰木像是永不熄滅的火炬，兀自矗立在雨中。

那一夜，男人為自己點一根菸，將菸盒遞給她。她低著頭瞧了一眼自己身上的制服，搖搖頭想婉拒，男人示意她看看周圍，深夜的雨天裡只有他們兩人還留在外頭，兩人不禁相視而笑。

她叼著菸往男人小心地護著的火苗湊去，火光中男人磨出厚繭的手猶似還留有爐火的溫度。

男人趁著等紅綠燈的空檔拉拉她環在他腰間的手，示意她抱得更緊些，她側耳緊貼著他的心房的位置，想聽聽他的心跳聲。

卻意外地發現，那規律的心跳聲竟像極了飛蛾撞擊燈罩的聲響。

（成功大學「鳳凰樹文學獎」首獎作品）

褚盈均

一九八九年十月十八日生，新北市新莊人，成大台文系畢，目前就讀成大台文所。

蘇秀

高文君

蘇秀是一個女鬼，一個在地府遊蕩了上百年的女鬼，她似在等待著誰，卻又像什麼都沒等一樣，從不刻意停留在某個地方，她日復一日都做著相同的事，如鬼魅般在冥府各處閒晃——哦不，她本來就是個鬼了。

可她雖然是鬼，卻依舊令地府的人頭疼，因為所有的鬼都拿她沒辦法，如果蘇秀是隻普通的鬼，孟婆有成千上萬種方式可以讓她去投胎，像是不小心給她喝下孟婆湯，或者告訴她，人間有多好，來世她能大富大貴，也許還能做個一人之下萬人之上的皇后，殘忍一點也能直接命小鬼將她架上奈何橋……

但這些方法卻沒一個管用，誰叫蘇秀是個癡呆鬼，連句話都說不好，叫她投胎，也只是讓她變成傻子受人欺辱而已，還不如讓她留在地府來得快活，至少地府的鬼魂、鬼官看她可憐，也不會想去欺負她。

人們都說鬼不如人，其實是人不如鬼，人會主動害人，而鬼不會，地府裡的鬼只想趕緊贖罪，趕緊投胎而已。

蘇秀的行程幾乎都是固定的，她每天都拿著桶子從孟婆旁經過，走到奈何橋邊，舀些忘川水到木桶裡，再走到忘川附近的彼岸花林，那是地府特有的植物，豔紅似血，蘇秀似乎很喜歡這種紅到極致的花。一朵一朵，她都細心捧著花緣，為花朵澆灌。

等她忙完，一天也差不多結束了，她就又拿起木桶回去。

她在離彼岸花海不遠處，有間屬於自己的小屋，那是孟婆施捨給她的，因為蘇秀除了澆花什麼都不會，又執著地賴在地府不走，連個住的地方都沒有未免可憐，所以某天孟婆就忽然善心大發，贈了一小間棲身處給她。

只是孟婆也覺得蘇秀這女鬼頗奇怪，她知道蘇秀喜歡澆花，所以便把小屋建在彼岸花林，可她明明都已經幫蘇秀設想好了，蘇秀還是會特定繞了個大圈，走到奈何橋畔，再走回花林。

果然傻子的邏輯不是正常的鬼能理解的。

通常孟婆都不太會去答理路過的鬼，因為一旦認識了，就容易產生感情，這對她這種送人投胎的工作有害無益，可孟婆對這個看了幾百年的鬼始終還是保持著一絲憐憫，同時孟婆也很好奇，什麼樣的執念能讓一個鬼甘願徘徊於地府，又不爭不求。

孟婆在地府待了上千年，已經看過了太多太多的鬼，所以她知道鬼在面對認識的、曾經的親人時總會有一分不捨。儘管前生的恩怨情仇在死後皆不重要，卻還有許多不肯放手的鬼，苦苦哀求，拚了命也想挽回些什麼。

這樣的鬼，孟婆也見過不少，她會給這些鬼兩個選項，要嘛喝下孟婆湯，要嘛直接從忘川河走過——從忘川走過可是撕心裂肺的疼，如烈火焚燒，如萬蟲蝕骨，並要煎熬個幾百年，才能轉世為人。

孟婆從沒看過有誰能成功走過忘川，往往都是走了幾步便回頭了。再者就算成功走過，保留前世的記憶又如何？當記憶裡的人都不認得自己，這份執著苦的人也只是自己罷了，既做不回前世，也把握不住今生。

但蘇秀不一樣，孟婆沒看過蘇秀為了誰而鬧事，蘇秀就像一尊冰冷的木偶，什麼都不要，什麼也不求，只是固定遊蕩於地府。面對來來往往的魂魄，她的眸中掀不起一絲波瀾，簡直比地府裡的鬼官還清心寡欲。

在蘇秀待在冥府的第兩百三十六年，孟婆曾耐不住疑惑，開口問她：「妳為什麼不走？地府哪裡比得過人間？」

說真的，如果不是她在地府為官，她倒想到人間歷練歷練。人間有著地府所沒有的美好，那是跟地府截然不同的存在，她曾到人間出差過，雖然只有短暫幾日，但卻看見了比地府幾個月還多的景色。

地府一直都是幽暗且死氣沉沉的樣子，而人間不同，人間的景象每一日都有變化，就像人心一般，每秒都有分毫差異。春花，夏雨，秋月，冬雪，人間季節分明，每一季節都有不同的美景。

蘇秀沒有說話，只是皺起眉頭，露出一副困惑的神情，盯著孟婆看了好一會兒。

孟婆被她看到受不了，像個孩子般賭氣說：「也罷，妳不想說就別說吧！但我要告訴妳，那彼岸花吃的是鮮血，是人血，妳一直澆忘川上去，對它們根本沒用！」

想說那是傻子的興趣，孟婆一直不忍心拆穿，但她今天難得開口關心「鬼」，居然就吃了閉門羹，她就不信傻子也是啞巴！

像是要把眉都擰在一起似的，蘇秀不解地看了看手裡的木桶，又看了看孟婆，然後她放下手中的木桶，默默地走回家。

只是隔天，她依舊提了個木桶，經過了孟婆身邊。

日子這樣過下去似乎也沒什麼不好，就是孟婆像發現新樂趣般，每天都要逗蘇秀幾句，看蘇秀到底會不會說話，蘇秀則一如既往的沉默，彷彿根本不存在於這個世界。

第五百二十八年，孟婆得了個空，可以去找閻王報告。對孟婆來說，幾百年一次的會報是她最清閒的日子，她可以一連幾天不擺孟婆湯，不用對著長得奇形怪狀的鬼魂發愣。

孟婆走在前往閻王府的小徑，心情出奇的好，只是她才剛走到閻王府，正要敲門，裡面的門就自動開了。孟婆愣了一下，卻也沒有多想，舉步就跨過門檻。

閻王府承襲了地府的特色，除了比忘川橋畔多了些許威嚴外，依舊是幽暗冰冷的，唯一的色彩是從孟婆那裡移植過來的彼岸花，鮮豔的色彩在黯淡的地府裡顯得格外妖嬈。望著花，孟婆難得的咧嘴笑了笑。

揮手示意鬼卒無須通報，孟婆不受拘束地走進閻王殿，反正她跟閻王那是老交情了，用得著通報嗎？

只是剛走入閻王殿，孟婆又呆了一下，她沒想到閻王殿除了閻王外，竟然還多了一個人。嗅著空氣中瀰漫的人氣，孟婆有些不可置信。

「老婆啊！先把門帶上吧！」

閻王朝孟婆露出一個人畜無害的笑容。

「呸，」孟婆雖還在狀況外，仍是下意識的吐槽閻王，「誰是你老婆啊？你個老不修。」

「老婆啊！妳這樣說太傷我的心了，枉我神機妙算，千算萬算的幫妳開門了……」

「去你的，一個鬼算到另一個鬼會來，有什麼了不起啊？」

「話可不能……」

「那個，兩位……」

看孟婆跟閻王兩人有種一鬥到天亮的趨勢，閻王殿裡唯一的人趕緊出言打斷，閻王這才撓了撓頭，說：「人我幫你找來了，你自己跟她說吧！」

這下孟婆聽了可不樂意了，敢情你是來算計我的？

「老不修，你給我把話說清楚，難怪你忽然放我假，原來是有陰謀的啊！」

「不是的，孟婆大人。」那人連忙幫閻王辯護。「是在下特地來拜託閻王大人。」

孟婆這才正眼瞧他，一襲藍裝，長髮整整齊齊地梳在腦後，一副就是文弱書生的樣子。孟婆有些不屑。

「你叫什麼名字？」

「在下崔映，特地來求孟婆大人幫助。」

「哦？」孟婆涼涼的說，她最討厭無端闖進地府的人類了，一向準沒好事。

「你一下說要拜託閻王那老不修，一下又說要求我，你到底是要找誰？」

「這……」崔映有些不知所措。

「他找妳府上那丫頭。」一旁的閻王代他回答。

「我府上沒人。」孟婆白了閻王一眼。

「別跟我鬧，就每天養花的那丫頭。」閻王沒好氣的說，這孟婆真是越來越沒大沒小了。

「蘇秀？」孟婆訝異了。

不過孟婆可沒漏看，在她提到蘇秀時崔映的眼神，她微眯起眸子，像個彎月般打量著崔映。

「是的，孟婆大人可否讓在下跟蘇秀見一面？」崔映微彎腰，狀似請求。

「憑什麼？」孟婆不悅。

人還講究個一面之情，蘇秀都在地府裡待那麼久了，孟婆好歹也把她當半個自己人，如今忽然跑出個陌生男子，孟婆怎麼可能無端放鬼，而且蘇秀還是個傻子鬼。

可惜她還來不及刁難他，崔映旁邊的閻王就代他開口，閻王表示就讓他們見一面吧，這是他們兩人之間的孽緣，總是要有個了結，拖著對他們兩個都不好，再說蘇秀都在地府裡待了好幾百年，難道妳要她再多待個幾千年？

孟婆一時無語，瞪了眼閻王要他把話說清楚。

閻王嘆了一聲，命鬼卒將生死簿拿來。他翻開了生死簿，口中念念有詞，得到術法滋潤的簿本頓時亮著異光，在一片光亮過後，孟婆看到了蘇秀的前生——她來地府前的生活。

原來蘇秀是一國公主。

畫面來到了蘇秀的寢宮，她正倚在貴妃椅上刺著繡畫，畫裡的圖樣卻不是尋常女兒家喜愛繡的鴛鴦花卉，而是滿地染著鮮血的落櫻。

那時的蘇秀，眸子裡一片清澈，雖然被母親關在房裡逼練女紅，卻還是執著地做著自己想做的事，就算不能彎弓作戰，至少也要懷念沙場，她最喜歡做的事情就是背著父王，偷偷地女扮男裝，投奔戰場。

在蘇秀眼裡，戰爭從來就跟男女無關，而是一種保家衛國的意念，不過蘇秀的功夫雖然不錯，卻沒機會真正上戰場，往往才剛混進去就被人認出來了。

為此她非常苦惱，直到她遇見了崔映。

崔映是個文官，對武術一竅不通。因為公主太不受教，一直想舞刀弄槍的，讓國王非常頭疼，於是在公主氣走第七個老師後，崔映自願幫國王分憂，請命去當公主的老師。

「公主，在下是妳的新老師。」

「你配嗎？」蘇秀大笑，笑得豪爽不羈，笑得讓崔映看傻了眼。他第一次看到女生這麼樣笑，這讓崔映狹小的世界產生巨大的衝擊，他一直以為女生都該掩著嘴笑的。

崔映起初也跟之前的幾個老師一樣，不斷地被公主刁難。其實蘇秀也沒有惡意，純粹只是討厭繁文縟節而已，所以她刻意欺負他們，為的就是把他們氣走後，可有一段等遞補的短暫清閒日子。

沒想到這次的老師這麼快就來了，聽說還是自己向父王請令的，蘇秀不耐煩的皺起眉頭，「喂，你會刺繡嗎？」

崔映一愣，「什麼？」

「我說刺繡，刺繡，你會嗎？」蘇秀在崔映眼前晃著自己手裡的刺繡。

「呃……公主，那是女兒家在做的事……在下不會。」崔映吞吞吐吐地說。

蘇秀啐了一口，「連這麼簡單的東西都不會，你當什麼老師啊？」

「在下要會這些，才能當老師嗎？」崔映疑惑。

「廢話。」蘇秀翻了個白眼。

「那……在下練習看看。」

這下換公主愣住了，不過也只有一下子，她很快就回過神來，把刺繡丟給崔映，跑去一邊做自己的事情了。

崔映默默地接過蘇秀手裡的刺繡，坐在一棵大樹旁的石頭上，一針一針的開始練習，比起蘇秀當年剛學刺繡時，刺得坑坑洞洞，崔映算是非常有天分了，他從白天練習到下午，手中的圖樣基本上已經成形了。

雖然偶爾會不小心刺到手指，他也只是皺了下眉頭，就又繼續刺公主交給他的畫。

蘇秀從寢宮裡走出來後，第一個念頭是，這哪來的傻子啊？她瞪著眼前一臉傻樣地研究著刺繡的男子，忽然有了想將他留下來的念頭。

但想歸想，蘇秀還是一樣地喜歡欺負他，唯一的不同是蘇秀不再想著要把他氣走了，她發現，就算她不吵著要上戰場，只要跟著崔映，這日子過得也不會無趣，她開始纏著崔映，要崔映講講朝廷上的趣事，或說些流傳於市井的傳說。

崔映就這樣陪了蘇秀整整三個年頭，他每天下朝的第一件事就是給蘇秀報些新玩意。對於蘇秀的要求，不管好的壞的，崔映幾乎都照單全收，只有蘇秀曾要他想辦法，讓她能戎馬出征的那件事，崔映拒絕了，他說那樣太危險，他不想要睜開眼卻看不見她爽朗的笑。

聽著崔映的回答，蘇秀沉默了好一會，就在崔映以為公主生氣了的時候，蘇秀回給他一個比以往任何時候都還要燦爛的笑容。而且從此以後，蘇秀再沒有提過想去戰場上當個女將軍。

閻王翻手闔上了生死簿，收起了蘇秀與崔映的前緣，崔映望著孟婆，眼神是從未有過的堅定。

孟婆忽然覺得，也許蘇秀當個傻子還省事點，至少傻子無心，不會疼痛。她嘆了一聲，「之後呢？」

「之後的事妳得自己去問蘇秀了。」

孟婆點了點頭，領著閻王跟崔映去奈何橋畔。

蘇秀正彎身舀起一瓢忘川水，準備倒入木桶裡，一抬眼，卻看見崔映熟悉的容顏。蘇秀一愣，木瓢滑出手心，落到了地面。

黯淡無光的眸子裡漾起一種莫名的情緒，她啟唇，咿咿呀呀地卻說不出話，好半天才艱難地發出幾個音節。

「……出……因……」

顯然是太長時間沒開口，蘇秀的嗓音嘶啞低沉，但崔映還是由她的唇形明白了她是在喚他。

她還記得他。

崔映對已經癡傻了的蘇秀笑了笑。

「公主，在下來歸還屬於妳的東西了。」

崔映剛說完這句話，一道白光從他身上竄出，快速地衝到蘇秀體內。

一旁的孟婆好似明白什麼了，難怪她一直找不出蘇秀癡傻的原因，原是少了一魂一魄，而她少的那魂魄竟藏在崔映身上，這執念該有多深啊……

魂魄回歸的那一剎那，那些失去了的記憶排山倒海的灌到她的腦袋裡，蘇秀蹲下身子，捂著腦袋掙扎，發出痛苦的悲鳴。崔映走到她身邊，輕輕地抱著她，像哄小孩般，輕輕地拍著她的背。

「好了好了，都過去了……」

崔映的語氣溫柔，一如每次被蘇秀欺負時那樣，崔映溫和地安撫著她，也只有崔映知道，這個在外人面前囂張跋扈的公主，其實內心就像個孩子，只要有人願意打從心底真心接納她的一切，她就會不顧一切的信任那個人，即使粉身碎骨也在所不惜。

他忽然想起分別的那一天，蘇秀對他說的那句話。

「帶我走，好不好？」

那時的公主，早已褪去了武裝，對他全然的信任。可他卻選擇了信任這個國家，信任把公主嫁到強國，能換取國家的百年安寧。

他忽視了蘇秀眼底的哀傷。

「有些責任是公主必須盡的。」他說。

「那我不要當公主了，你帶我走，帶我走，好不好？我不知道當公主有什麼好？這輩子我都做不成自己想做的事……」她的眼裡已經溢滿了淚花。

崔映沉默，第一次對蘇秀說了重話，「可妳就是公主，這是生下來就註定了的事，妳改變不了，妳此生只能為了這個國家。」

後來蘇秀還是嫁了過去，只是沒幾個月便傳來公主病逝的噩耗，崔映在那天難得喝了個大醉，他不知道自己做的到底對不對，望著溫柔如水的月，他忽然感到厭惡，忽然開始懷念蘇秀豪爽的笑容。

幾年後他獨自前往公主遠嫁的他鄉，想在那裡找尋一絲屬於公主的氣息，卻在宮中聽到了一些奇怪的傳聞，說是公主當年根本不是病逝，而是自殺。

病逝只是王室怕被怪罪，才編造出來的謊言。

聽著那些流言蜚語，崔映好像明白了些什麼，他握著當年那幅刺繡，久久不能開口。

如今望著熟悉的容顏，崔映總算懂了當初那份失落的緣由，他緊緊抱著懷中的蘇秀，感受著踏實的溫度，直到公主漸漸轉醒，他才柔聲問出他一直以來的疑惑。

「公主，為什麼要把一魂一魄留在我身上？」

蘇秀揉著腦袋，將崔映推開了些，並在他肩上打了一拳，「因為我恨你，恨你！留一魂一魄在你身上，你死不了，我活不成，這樣對我們都好。」

崔映望著屬於自己的幸福，像個狐狸般微笑道：「這樣啊！那我現在把妳的魂魄還妳了，妳可不能再恨我了呀！」

「……崔映你個無賴！」

（佛光大學「佛光文學創作獎」首獎作品）

高文君

出生於一九九四年十二月，典型的射手小鬼，大學以下的學歷都在林口完成。個性有點表裡不一，表面是隻馴良的兔子，骨子裡卻是叛逆到不行的小惡魔，只要不會傷害到自己，也不傷害他人利益，基本上非常樂於不聽從指揮，別人叫我往東，我就會開心地往西。喜歡思考沒有標準答案的問題，更喜歡把腦袋放空、什麼都不去想。

WHO

賴怡臻

一、蘇妍儀

「佩瑤……？」妳睜大雙眼不敢置信的盯著天花板上搖曳的影子。

妳張大嘴巴，尖叫聲卡在喉頭裡，噁心的感覺從胃底狠狠的湧上喉頭，妳捂住嘴巴喉頭的酸意使妳衝出教室，狠狠的吐在走廊邊。

「啊啊啊啊啊——！！！」妳放聲尖叫，淚水不停的打濕臉龐，被恐懼以及驚嚇淹沒，妳的意識逐漸失去，然後一片黑暗向妳襲來。

回過神來，妳的身旁圍繞著許多人，有警員有教官有朋友，嘈雜的聲音以及不住的安慰，在妳耳邊不停的迴轉，妳愣愣的直視前方，圍在妳身旁的朋友安慰地擁抱著妳，而一絲想法從妳腦中滑過，妳不敢細想，也無法細想，妳只是無神的看著遠方，腦中充斥懾人的景象，直到一名員警向妳走來。

●

「蘇同學，可以和我們描述當時的情況嗎？」一名員警手拿著筆記本站在蘇妍儀面前，推了推他的細框眼鏡，很專注地盯著第一目擊證人——蘇妍儀看，蘇妍儀抬起頭看了他一眼，點了點頭，慢慢的說道：

「我……和佩瑤……是最好的朋友，至少我認為是這樣……我們一起上課住在一起……然而這些天來，我和她發生一點小爭執，我們就這樣逐漸疏離……」

蘇妍儀吞了口水，回想起她和佩瑤在一起的時光，哽咽地再度開口說道：

「而我今天本來想和她好好的聊聊關於我們倆的爭執，想要解開我們的心結，我特地等她的社團下課，想和她好好聊聊，但我在他們社團教室等了將近三十分鐘，都沒遇到她，直到我遇到他們社團的助教，和助教在教室裡聊了一下天，才知道她今天有事提前下課，那時大約是晚上十一點……我想她大概是回家去了，所以我便離開校園……」

蘇妍儀深深吸了一口氣，很是不願再度回想起剛剛經歷過的事情，她忍不住顫抖地繼續道：

「但我一走回到家門口，才發現我的鑰匙不小心遺落在他們社團的教室裡，所以我又再度折返回去學校，發現社團教室的燈仍是亮著的，我以為還有人在裡頭，一打開門……才、才發現是、佩、佩瑤……」

「那當時妳發現死者時，大約是幾點呢？」員警不停的在筆記本上寫著，看了蘇妍儀一眼問道。

「我、我不太確定……大約是、是十一點半吧……從我家走到學校，大概要二十多分鐘……」蘇妍儀斷斷續續的回答員警的問題，一邊擦拭著她不斷滑落的淚水。

「那請問在妳發現死者前有沒有看到可疑的人呢？」員警推了一下他的眼鏡，繼續問道。

「……可疑的人……」她稍微緩過氣來，然後低下頭深深的思考當時的情況。

蘇妍儀慢慢地抬起頭，看著遠方正在處理事情的男人，然後對上員警疑問的眼光，緩緩吐出一個名字。

「是……李昆陽教授……」

二、李昆陽

清脆的敲門聲傳來，李昆陽頭也不抬的喊聲請進。

「請問是李昆陽教授嗎？」一名員警向李昆陽走來，他停下手邊的工作有些詫異地看著員警回答：「是，我是。請問有什麼我可以幫忙的嗎？」那名員警推了一下他的細框眼鏡回答：「是，我想耽擱您一些時間。」

「當然。」李昆陽闔上他桌上的公文，繞過辦公桌，指向旁邊的沙發，請員警坐下後，倒了兩杯水放在茶几上，然後便坐在員警的對面。

「是關於我任課班上的佩瑤對吧？」李昆陽先開了話題，面上帶著微微的傷感。

「是的。」員警點了點頭，然後拿起他的筆記本，很制式化的接著問。

「不好意思，這裡有些問題需要您回答。」

「好的。」李昆陽配合的點了點頭。

「請問您前天晚上大約十一點到十一點半這段時間是在哪裡？有人和您在一起嗎？」

「呃……？等一下，我以為佩瑤是自殺，為什麼要問這些問題呢？」李昆陽有些發愣，有些不理解的看向員警。

「警方的初步判定是自殺，但是仍未排除他殺的可能，麻煩請配合警方調查。」員警注意到他的視線，有些抱歉地回道。

「嗯，當然了。前天晚上因為我家有些事情，所以我沒有參加我們社團的活動，早早就請假回家了，我老婆可以作證，我一整晚都在家中。」

「可是在大約十一點半時，有人曾看見您在命案現場出現，您確定您一整晚都待在家中？」員警有些咄咄逼人。

「什、什麼！你現在是在懷疑我嗎？我、我當然是待在家中了呀！你不相信可以打電話問我老婆！她可以證明！」李昆陽有些激動的回道。

員警有些半信半疑的看著李昆陽，繼續問道：「那能否給我您的住址以及聯絡方式？」

李昆陽氣沖沖地站起來，拿著一張白紙迅速地寫下他家裡的住址以及聯絡電話，很是不屑的遞給員警。

員警默默的收下來，然後繼續問道：「那關於佩瑤，您是否知道有沒有人試圖傷她，或是有人想對她不利的？」

「沒有。」

「您確定嗎？」

「沒有就是沒有！……等等……該不會是……我知道有人對佩瑤懷有強烈的感情……但我不確定是他……」李昆陽有些遲疑的道。

「可以給我他的名字嗎？」

「郭兆群，他的名字是郭兆群。」

三、員警

「郭兆群？」一名較年長的員警皺著眉頭看著較年輕的警員，一邊問道。

「是，好像是死者的前男友，依照李昆陽的敘述來看，這位郭兆群非常不願意分手，但是死者並不想要繼續，對這位郭兆群產生非常大的打擊，或許因此萌生了殺意？」年輕的警員推了一下他下滑的細框眼鏡。

「等等，小子，這個案件已經是謀殺案了嗎？」年長的員警提出疑問。

「是的，我剛剛拿到法醫給我的驗屍報告，正要拿給您看。」年輕的員警從他的包包裡拿出一疊資料放在桌上。

「喔？我來看看，陳小子你也坐著，別站在我面前，擋路。」年長的員警一邊拿起資料，一邊道。

「死者不是上吊而死的？」

「一般來說，上吊而死的死者在位於喉嚨上方吞嚥食物的會厭軟骨，通常會因體重及繩索受力而斷裂，但在此案中，法醫並沒有發現這種現象，而且死者身上多處瘀血，似乎在生前與人發生過爭執。」陳姓警官一邊翻著資料一邊道。

「那真正的死因是？」

「……不清楚。」陳姓警官皺緊了他的眉頭。

「不清楚？」

「外觀看起來是勒斃，但是驗屍官覺得很疑惑的是，在她被勒斃之前她已經中毒身亡了。」

「中毒？」年長警官被他搞得越來越疑惑，他撓撓他的腦袋一邊聽著陳姓警官說。

「是的，你看死者的傷痕不一，脖頸上有兩道勒痕，但都不致死，真正的原因是中毒，但是法醫卻找不出是何種毒，解剖報告也看不出來。」

「這麼離奇？」

「是啊……」陳姓警官壓著太陽穴，有些偏頭痛。

「陳小子，這個是？」年長的警員敲了敲他桌上的一張照片。

「這是第三個疑點，這裡和這裡，很怪異的斷了兩截頭髮。」陳姓警官比了比照片上死者的頭髮，從右耳後到後頸的頭髮，以及從額前到左耳的頭髮被人刻意切斷似的。

「會是凶手剪的嗎？」

「也許是，戀物癖犯人？」陳姓警官啜了一口咖啡，他知道這會持續一段時間，而他需要一些咖啡因。

「或許是，還有任何疑點嗎？」

「沒了，或許我們應該去見見這位郭同學，郭兆群。」

四、郭兆群

今天是李佩瑤的下葬日，陳警員到場時剛好到了下葬時間，他朝著一名長相清秀但十分憔悴的男子問道：「請問是郭兆群同學嗎？」

男子先是無神的看了員警一眼，之後才慢慢地回過神來說：「是的，我是……」

「不好意思，可以借一步說話嗎？」員警問道。

「可以……」郭兆群慢悠悠的點了點頭，跟著員警出去。

「郭兆群同學，不好意思，這裡有些問題想要請教你。」

「嗯……關於……我的女朋友佩瑤吧……」郭兆群坐在花圃的邊緣，他揉著有些痠澀的眼睛，而眼底下有著深深的黑眼圈。

「女朋友？」員警有些疑惑的問道。

「對，佩瑤是我的女朋友，我們交往一年多了……怎麼了嗎？」不太清楚為什麼員警要一臉訝異的問著他，郭兆群回問。

「呃，我以為你們已經分手了，李昆陽教授說——」

「李昆陽！」陳警員還未說完，郭兆群已經氣憤的打斷他，他有些激動的站起身來怒斥。「李昆陽！那該死的禽獸，他說的話你也相信！你知不知道他強迫佩瑤跟他發生關係！該死的混蛋！」郭兆群握緊拳頭，眼眶發紅的怒道。

「什麼？」陳警員有些發愣，這件事情是他第一次聽到，不禁有些疑惑。「這部分可以再跟我說清楚一些嗎？」

「你可以去問蘇妍儀……這是她跟我說的，感謝上帝，她跟我說了這些，不然我都不知道佩瑤原來都被……」郭兆群有些冷靜下來，他再度坐下，回道。

「蘇妍儀？佩瑤的好朋友？」陳警官有些疑惑地回問。

「對，她不久前才偷偷跑來跟我說，前陣子她親眼看到李昆陽那個混蛋，居然在社團教室就把佩瑤給……那個混蛋！」郭兆群咬牙切齒的低吼著。

「好，感謝你。那這裡有些問題想要請教你。」陳警官推一下他的眼鏡，繼續問道。

「問吧……」郭兆群吸了幾口氣，讓自己稍微冷靜下來。

「請問你三月十三日晚上大約十點半到十一點在哪裡呢？」

「什麼！你現在是在懷疑我嗎？」郭兆群再度氣憤的站起身來，雙眼睜大，不敢置信的看著警員。

「抱歉，請你配合，這是例行公事。」

「三月十三日晚上十點半的時候，我大概正要回家……」郭兆群不快的說著。

「那請問有誰可以作證嗎？」

「我、我一個人騎車回家的，然後就、就直接回到了我房間，你可以去調閱監視器，我說的是實話！」郭兆群有些吞吞吐吐地道。

「好，感謝配合。」

五、蘇妍儀

「蘇同學！打擾一下！」員警對著剛好要離開喪禮的蘇妍儀大叫。

「是？」蘇妍儀疑惑的轉過頭來。

「有些問題想要問妳，可以耽擱一下時間嗎？」員警指了指後面較安靜的後花園。

「當然。」

「首先，我剛剛和郭兆群同學談過了，他說是妳跟他說佩瑤被李昆陽強迫進行性行為，可以跟我說說這件事嗎？」員警靠著牆壁問著蘇妍儀。

蘇妍儀先是震驚的看了員警一眼，然後垂下頭，一聲不響。

就在員警想要再次提起疑問時，蘇妍儀才抬起頭來悠悠地道出：

「其實兆群講的是錯的但也是對的，是和教授發生性行為，但不是強迫的。天知道佩瑤和教授發生關係多久了，那天我只是想要折返去拿我的筆記本，才發現他們兩個居然在教室……呵，我既是憤怒，但又有些興奮。」蘇妍儀露出諷刺的微笑。明明是我先喜歡上兆群，佩瑤得知這件事後，還很故意地去勾引兆群，之後還特地跑來跟我很抱歉地說他們兩個在一起了，甚至一副困擾的跟我說，她只想和兆群玩玩即可，但兆群卻太愛她了。」蘇妍儀咬著她的下唇，雙手握拳。

「說實話，我一發現她和教授的事情後，我隨即和佩瑤提起，她還覺得我太大驚小怪，說什麼只是性而已，何必看得這麼重呢？

「當然，我問了她，那兆群呢？你知道她居然回了我什麼嗎？

「『拜託，這只是性而已，那男的每天都在跟我說什麼，保守貞操什麼的鬼話，白癡得要命。』」蘇妍儀特地捏著嗓子，似乎是故意學著佩瑤的音調。

「後來我受不了，和她大吵一頓，還特地跑去找兆群跟他說這件事，但是他無法接受佩瑤出軌的事情，硬是把心甘情願的事實改成教授強迫佩瑤……

「我真的搞不懂，佩瑤究竟有什麼好，值得兆群這樣去愛她，真是夠了……夠了……」蘇妍儀忍不住低低的抽泣。

六、李昆陽

「他們真的這麼說？」李昆陽嘆了口氣。

「是的，那請問您真的是……？」員警看著李昆陽問道。

「……如果有……但那有怎樣？我們兩個是成年男女，這並不犯罪啊！」李昆陽有些激動的道。

「殺害一名女大學生，這就有犯罪了吧。」

「我沒有殺佩瑤！」

「那請你解釋，你在三月十三號的晚上十一點有出門過，你的老婆說你是出門去超市買東西，但是調閱監視器，卻發現你的車子是往你們學校開的？這是？」員警敲了敲桌子，一句比一句更犀利。

「我沒有！我承認我那天是騙了我老婆，但我那天來學校是要跟佩瑤說清楚的！」李昆陽激動的拍了一下桌子。

「那結果呢？談判不攏？你誤殺了她？」員警沒有買帳，繼續咄咄逼人道。

「我沒有！那時候我想要找她說話，但是助教卻把我叫走，說是臨時找不到實驗室的鑰匙要我給她備用鑰匙，我一回去社團教室後，發現佩瑤已經不在了，我以為她已經回家了，卻沒想到……」

「你確定，你沒有下殺手？」

「不是我！我發誓！照我來看，凶手肯定是郭兆群！」李昆陽恨恨地道。

「郭兆群？」

「對！我發誓我在十點多快十一點的時候看到他在跟佩瑤講話，看起來是發生了不小的爭執，佩瑤似乎很想要掙脫他，但他卻緊緊地抓著佩瑤。等我回到教室後，問了其他人才知道，他們倆一起離開了，要我說，肯定是他！」

七、員警

「陳小子？都這個時間了，你怎麼還在這？」年長的員警正好拿著他的大衣和公事包準備回家，看到陳姓警官還在辦公桌前沙沙的翻著資料。

「我還在看那件案子的資料。」陳姓警官有些疲憊的揉了揉痠澀的雙眼，一邊壓著他的太陽穴，一邊啜了口咖啡。

「怎麼？」年長的警員走到他身旁，放下他的公事包，拉了張椅子坐下。

「你看這個。」陳姓警官把電腦轉過去面對年長警官。

「這是？」

「這是之前和警衛要的監視錄影器，你看這是晚上十點五十分，死者在這裡。」陳姓警官敲了敲電腦螢幕，畫面上李佩瑤正要從社團教室離開，但是半途被助教叫住，助教把一杯飲料交給李佩瑤，之後比了比助教身後的男子。

「等等，那是？」年長的警官忍不住驚呼。

「對，郭兆群。」

「我記得他那時候的證詞是，他十點半時已經離開校園了，但在這裡時間顯示的卻是十點五十分。」年長警官摸著下巴道。

「還有這個。」陳姓警官在鍵盤上敲了幾下，然後又是另一個監視錄影器。「這是從廁所外側較隱祕的監視器所照到的。」

電腦上放映著黑白的監視錄影器，畫面中李佩瑤似乎跟郭兆群正在爭執著，直到十一點多，兩人爭執仍持續著。

「這場爭執從十點五十分持續到——」陳姓警員還未說完，值班的菜鳥警員走到他們倆身旁，比了比身後的男子，說了句這人要找陳姓警員，陳姓警員站起身來忍不住驚訝道：

「郭兆群？」

八、郭兆群

偵查室的詭異白燈搖搖晃晃的照在郭兆群的臉上，郭兆群看起來很是失魂落魄，他不發一語，眼神空洞的直盯著兩位員警。

「你剛剛說……是你殺了佩瑤？」陳姓警員十分疑惑，案情突然急轉向下。

「是……是我……」郭兆群垂下頭，在日光燈的照映下，郭兆群的臉色看起來十分蒼白，眼底下的黑眼圈以及深深的眼袋，使他原本清秀的臉龐變得十分憔悴。

「你為什麼會想要殺了佩瑤？你之前不是說你很愛她，怎麼會想要殺了她？」陳姓警官問道。

「因為我太愛她了……得知她和李昆陽的事情讓我嫉妒到發狂，所以我才會殺了她……」

「你是怎麼殺了她？」陳姓警官繼續問道，直覺告訴他，事情十分不對勁。

「我……我勒死她的，在我們爭吵過後，我勒死她的……」郭兆群吞吞吐吐的道，他躲開兩位警員探究的眼神，有些緊張的咬起他的手指甲。

「不對，佩瑤不是被勒死的。郭兆群你在幫誰頂罪嗎？說實話，不然我們會用妨礙警員辦案將你逮捕。」陳姓警官皺緊眉頭，加重語氣道。

「是我！就是我殺了她！我愛她！愛到想要殺了她！拜託……逮捕我！！」郭兆群突然崩潰，他使勁用頭撞擊桌面，尖叫著。

兩位警員上前去制止他的自虐，陳警官想拉住郭兆群的身子，卻不小心拉開他的衣服，裡面滿滿的都是瘀血以及烙傷。

「這、這是？」震驚的陳姓警員忍不住放開郭兆群，郭兆群尖叫的甩開年長警官，然後縮在角落裡，瑟瑟發抖。

「是我、是我、是我、是我殺了她、是我、是我……」郭兆群縮在角落裡，雙手圍著他的雙腿，嘴裡喃喃重複道，眼底充滿著恐懼。

「這究竟是……？」兩名員警面面相覷，有些不知道該如何辦。

九、凶手

啪的一聲，妳把報紙放在妳的桌上，報紙的頭條有著聳動的標題：

第一嫌疑犯疑似有精神病，××大學謀殺案仍找不到凶手！

妳有些止不住嘴角的笑意，雖然已經能預料到那些無能的警察抓錯人，但妳也很訝異計畫會如此的順利。

妳摸了摸掛在手上的黑色手鍊，真人髮絲的柔順使妳不停的著迷撫摸著。

「噢，不對，這就是妳的頭髮呀，佩瑤。」妳咕噥著。

然後敲門聲響起，清秀的女學生打開門對妳道：

「該上課嘍，助教！」

（亞洲大學「亞大文學獎」首獎作品）

賴怡臻

現在就讀亞洲大學心理系一年級，我出生於屏東縣的一個偏遠小村莊叫作新埤村，那是一九九六年六月十一日。

在家中是姐姐影響，喜歡看各類的小說，也因為姐姐，她帶我踏進寫小說的大門。

這是我第一次將自己的作品呈交上去，我是個對自己不太有自信的人，這次呈交我的作品有許多都是來自我身旁人的鼓勵，很感謝他們對我的肯定，讓我有這個機會得到這個獎項！

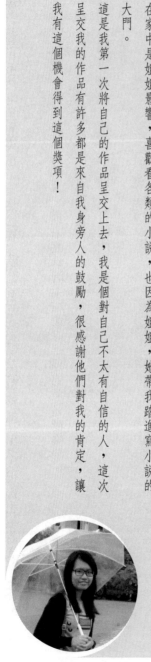

蓬萊

夏穎珊

羅出仁一口一口地咀嚼著冷掉的苦瓜。

飯盒裡面還有一小塊豬油和一點鹽。他用泛白乾燥的筷子想把黃白黏稠的團塊扒拉到一邊留著最後拌飯吃，不小心用力過猛，掉到條凳底下。一隻涎著臉的土狗從旁邊幾乎同時隨著豬油的掉落飛撲過來，心滿意足地舔舐水泥地上濕潤的一攤。

羅出仁咬著牙蹦出個「嬲」字，嘴裡苦瓜的汁液迸裂開去。昨天傍晚，他路過廚房的時候，看到了幾簸箕萎縮焦黑的苦瓜，還有一些棕褐色的豆角和乾癟的茄子。李秀春剛洗完頭，一團濕髮披肩，蹲在水龍頭旁用鐵絲球拚了命地刷那些粗糙的植物。紅色塑料盆裡的水越來越渾濁，細軟的苦瓜在盆裡沉浮，乾巴巴的外皮掛著暗沉的水珠，招來蒼蠅時不時地停在上面又飛走。

他也那樣用力地刷著八號床的雞巴。

每天至少兩次便溺。明明床上的洞開得好好的，可是八號床總是對不準位置，直接在床鋪上拉屎。

當大小便一起浸染整個床單，一股惡臭撲面而來的時候，羅出仁知道自己來晚了。他笑笑。幫那人脫掉條紋罩褲，黃黑色棉毛褲和藍色大褲衩，把他扶到廁所裡，讓他張開腿坐在坐便器上，然後用一塑料桶的水使勁地以毛巾擦洗著他一團糟的下面。那雞巴軟軟地垂下來，大腿內側和陰部滿是鬆鬆的皺紋和黝黑的紋路。最開始看著很犯噁心，但過了這大半年的已經適應了。十五年後我也會變成這樣？羅出仁低頭看了看自己的褲襠。八號床有點不安，扭了扭身子，衝著他憨憨地笑。

你媽逼。故意折磨我有味是吧？羅出仁碎碎念叨。

八號床依舊衝著他笑。眼睛微微瞇起，眼角和鼻孔似乎隨時都有液體要流出來一樣濕潤。嘴巴不自覺地一張一合，裡面黑洞洞的，沒有牙齒，涎水黏在嘴角。

待在這裡莫動，老不死的。

羅出仁用乾毛巾擦乾八號床的下體，憤憤地大聲詛咒著，轉身走出廁所去換床單和被褥。

他刮乾淨碗壁上最後一顆米粒，起身去廚房。李秀春正在洗刷晚飯餐具。他把碗筷遞過去，坐在廚房門檻上開始抽菸。李秀春默默地低著頭，背對著他。她一直是個沉默的女人。他們之間幾乎沒有對話。上一次交談還是在來「蓬萊」前夜，那已經是六個月前的事。

快要過年了。羅出仁吐著煙圈默默地想著。他俯瞰著這個村鎮。不遠處長青的樹叢上落滿了灰塵，灰濛濛的一團，地裡乾涸龜裂，還稀稀落落地插著幾根焦黃的稻草。瞇起眼想看清楚對面山坡上自家的那個黃泥屋，不知是霧太大還是年紀來了眼神不好，怎麼也看不到。

沒有土狗和雞叫喚出生機，這個村鎮就像是一個無人知曉的垂死老人。

送走大志的那天晚上，李秀春問，你不去南濱？細軍啊龍寶他們都打算過了中秋就去那邊工地做事。

羅出仁醉醺醺地，用筷子細的一頭蘸酒，在烏黑膩滑的桌板上一筆一畫地寫起字來。

李秀春我跟妳算筆帳。細軍他們出去做事我問了，一個月五千塊錢。我這個六十多的人比得上細軍龍寶他們四十歲人的力氣？估計在工地也只能搬磚。一個月肯定不到五千塊錢。妳又一個人待在家裡。倒是去麗燕妹子的「蓬萊」做事，兩個人每個月怎麼都有八千塊錢。她劉麗燕拍胸脯和我講好了的。還包吃包住。我們自己留個千把塊錢存起來，其他的都可以拿去幫大志還他的學費貸款。辛苦個半年把子，大志的貸款就可以還清了。

李秀春望著羅出仁豬肝紅的臉和半耷拉的眼皮沉默不語。許久，她說，天天給老人家端屎端尿說出去醜，還不知道哪天兩腿一伸就走了，也不怕晦氣。

羅出仁一巴掌拍下去，酒水湯汁濺了一桌，筷子蘸酒寫的字變得模糊不清。這婆娘哪裡聽來那麼多廢話。都跟你扯道理了還七里八里。囉不囉唆。吃飯。他口齒不清地朝李秀春臉上噴酒氣。

六個月也這樣挨過來了。

羅出仁順手把菸屁股扔到地上，瞇著眼滿足地望向西邊那條通向村口的路。過兩天這村子就會熱鬧起來啦。大志也要回來啦。到時候把錢用紅紙裡三層外三層給他包個大包封啦。羅出仁一想到大志，就安心地拍拍屁股起身，踩滅最後一點火光，在廚房裡盛了碗剩粥，往屋子裡走去。

「蓬萊」無關那個傳說中的仙島。這是H省S村的一個民辦養老院，全稱為「蓬萊愛心養老院」，村民們簡稱其為「蓬萊」。容納養老院的建築物成規整的長方體狀，一共有五層，外觀像是三星級酒店，是全國重點扶貧地區S村最高的一棟建築物。三年前的大年初六，「蓬萊」開始營運的那一天，省委祕書長出席了剪綵儀式。全村人傾巢而出，他們都很好奇省委祕書長長成什麼樣。

那天羅出仁也去了。他擠在很後面，只看到了省委祕書長光亮的腦門和頭頂。祕書長講話的聲音斷斷續續地從喇叭裡飄出來。

「代表政府祝賀……我們省最貧困的村子……震驚全國的創舉……對於老齡化社會和養老服務體系建設，這是重要的一環……投入大量的財力……劉麗燕女士作為民辦企業家……敬意……」

勉強斷斷續續地聽到一些片段。但羅出仁明白了一件事：「蓬萊」是個了不起的地方。昔日的鄰居小妹劉麗燕從南濱致富回家鄉，投資半公益性質的民辦養老院，解決家鄉老齡化和老人留守的問題，得到了上級政府領導的高度重視，聽說上了機關報紙。最近省台的黃金時段的新聞也提到了這件事，在那個三十秒鐘左右的新聞裡，播放村莊全景的時候，羅出仁的黃泥屋也一晃而過。他覺得有點得意。而這些都歸功於劉麗燕啊。

劉麗燕被祕書長誇獎，站在一邊滿臉堆笑地頻頻點頭，然後擺手表示不敢當，台面工夫做足。她南下拚了三十年，從賣滷鴨脖的做成了全南濱最大的連鎖川菜館老闆，推杯舉盞或虛實相迎，人情世故樣樣都得心應手，一切麻煩事都應付得妥妥貼貼。現在人也五十來歲了，一臉城市的脂粉氣也遮蓋不住她的衰老，精心剪裁的套裝越發凸顯她日趨鬆弛膨脹的身體，從滿臉的笑容還可以勉強辨認出那個鄰家的圓鼻子酒窩姑娘，可是那臉上飽經風霜的腫脹橫肉似乎又在指涉一個陌生的人。

聽說她離了婚才回來，也不曉得在南濱發生什麼事。只聽劉姑姑說她那個老公是個吃軟飯的，也真是苦了她了。

前面的劉萍妹子和她的妯娌在嚼舌根。的確，不做點好事就這樣回來，她的婚姻經歷連同傳奇的南漂經歷，背後不知道會被村人傳成什麼樣子。

「希望父老鄉親們支持……努力打造一流的民辦養老院……謝謝大家！」

劉麗燕深深鞠躬致敬。台下掌聲洶湧。

當時那個省委祕書長和劉麗燕站過的水泥台子，現在堆滿了紅磚。

這些磚，是屬於「蓬萊」隔壁做建材的龍老闆的。養老院開幕的時候，整個村子就他一個人唱反調：

為什麼養老院偏偏開在我鋪子邊上？每天死個人這晦氣我遭得住哇？我還做不做生意了？

他經常把這句話掛在嘴上，像是說出來就可以消弭厄運一樣。

然而，從某一天起，他開始把磚頭泥沙不時地堆到這塊本屬於養老院停車場的水泥平台上。別人笑著問他是不怕晦氣了嗎，他嘟囔著說東西太多自己地方不夠。又說反正這地空著也是白空著。劉麗燕當然知道這件事情，想到之前龍老闆的諸多不滿，睜一隻眼閉一隻眼也就過去了。龍老闆也知趣地閉口不提晦氣不晦氣的話。

從第一天開張，「蓬萊」就生意火爆。短短幾天時間內，九十個床位全部占滿。聽說很多人還是和劉麗燕攀關係才拿到床位的。新聞又開始播報，說S縣民辦養老院試點成功了，政府民間通力合作是關鍵。劉麗燕的養老院，使這個沒沒無聞的村莊前所未有地熱鬧起來。

羅出仁仍舊還是種著他的地，和李秀春守在他的黃泥屋。

直到兩年半以前，兒子大志考上了大學，學校在南濱。大志是老來子，是被夫妻倆捧在手心裡頭長大的。一面高興一面開始發愁，學費不知道該怎麼辦。種地為生勉勉強強可過日子，可讀書的錢實在是不夠。用之前的微薄儲蓄，東拼西湊又靠助學貸款應付過了兩年，半年前大志要升大三的時候，羅出仁覺得要找一些別的路子來賺錢了。

這時候，他想到了「蓬萊」。聽人說，「蓬萊」一直缺護工。許多年輕人都出去打工，即使來了的人也是三五天就走。現在年輕人哪能忍受得了呢？因此他抱著試試看的心態，去敲了劉麗燕的門。

劉麗燕一聽，隔壁老鄰居羅叔想來做事，開心得不得了。從小就知道羅叔是個老實莊稼人，做事勤懇踏實。得知其要賺錢為兒子繳學費更是深表同情。於是熱情地下了一個保證：羅叔和阿姨肯來幫忙，每個月八千元是最低工資，包吃包住。

就這樣，羅出仁和李秀春到了「蓬萊」。

羅出仁現在還會不時地想起龍治明。龍治明是他唯一清楚記得全名和相貌的養員，因為他是從小就相識的鄉鄰，羅出仁常喚其為龍哥。龍哥來到這兒的時候已經八十四，未曾娶妻，膝下也無子嗣，身邊就只有一副筆硯，和一本翻得烏黑發亮的周易。人們總是來找他算命，他口若懸河，經常把他們說得滿面春風，抑或是淚如雨下。在八十四歲這年，一覺醒來腦溢血，床上躺了小半天才被人發現送去醫院，之後落下了偏癱。平素那些熱絡來往的街坊鄰人，特別是那些如他卜算順了心的人，湊了幾千塊錢，合夥把他送到「蓬萊」。

這個昔日的鄰居大哥曾經是羅出仁的偶像。他每次用蓍草或石子占卜的時候，總是閉上眼睛，專注著用天賦異稟的直覺窺探到被卜之人的命運，摸清楚其內心深處不自知的肌理。這次龍哥入院，羅出仁也算是有機會和他仔細地聊聊天。龍哥雖然偏癱，脖子以下幾乎不能動彈，但是腦袋還是很清楚。他看到羅出仁在休息時候向他走來，心中便有數了。

別問算卦有什麼機巧。我說的那些都是胡亂編造的。就這方圓幾十里的，誰不知道誰的底細。照著卦象，順著他們的心意信口說說就是。龍哥啞著嗓子說。

幹我們這行的，說是會折壽。我死皮賴臉的也算是活到了近八十半。人一輩子，自己給自己算卦，只能算一次。年輕時候不懂事，算過一次，卦象上說是自己會活到八十四，雙腿一伸不累他人。我看啊，我這氣數是快絕了。

羅出仁本能地接話，說龍哥你這雜七雜八想什麼呢，你不都說了是信口胡編的嘛。腦溢血偏癱的病人活了多久的都有，少說些不吉利的話。

龍哥沉吟道，平日招搖撞騙，說什麼半仙不半仙的，其實不過是插科打諢的說書人。現在只求自己命順，死得也稍安穩些。

沉默數秒，他望著羅出仁，突然問他要不要給自己算一卦。

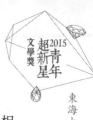

INK PUBLISHING 讀者服務卡

您買的書是：________________________________

生日：　　年　　月　　日

學歷：□國中　□高中　□大專　□研究所（含以上）

職業：□學生　□軍警公教　□服務業

□工　□商　□大眾傳播

□SOHO族　□學生　□其他 ____________

購書方式：□門市_____書店　□網路書店　□親友贈送　□其他 _____

購書原因：□題材吸引　□價格實在　□力挺作者　□設計新穎

□就愛印刻　□其他 ____________（可複選）

購買日期：_______年_______月_______日

你從哪裡得知本書：□書店　□報紙　□雜誌　□網路　□親友介紹

□DM傳單　□廣播　□電視　□其他

你對本書的評價：（請填代號　1.非常滿意　2.滿意　3.普通　4.不滿意）

書名_____　內容_____封面設計_____版面設計_____

讀完本書後您覺得：

1.□非常喜歡　2.□喜歡　3.□普通　4.□不喜歡　5.□非常不喜歡

您對於本書建議：

感謝您的惠顧，為了提供更好的服務，請填妥各欄資料，將讀者服務卡直接寄回或傳真本社，我們將隨時提供最新的出版、活動等相關訊息。

讀者服務專線：（02）2228-1626　讀者傳真專線：（02）2228-1598

廣	告	回	信
板橋郵局登記證			
板橋廣字第83號			
免	貼	郵	票

舒讀網「碼」上看

235-53
新北市中和區建一路249號8樓
印刻文學生活雜誌出版有限公司　收
讀者服務部

姓名：＿＿＿＿＿＿＿＿ 性別：□男　□女

郵遞區號：＿＿＿＿＿＿＿＿

地址：＿＿＿＿＿＿＿＿

電話：（日）＿＿＿＿＿＿＿＿（夜）＿＿＿＿＿＿＿＿

傳真：＿＿＿＿＿＿＿＿

e-mail：＿＿＿＿＿＿＿＿

INK

羅出仁起初推搡說自己已經快六十了，天命早就心裡有數，何必還多此一舉。不過想到兒子大志，還是想看看自己的命運。按龍哥的口述步驟，他撿了門口停車場石子兒堆裡的幾小顆，在空閒時候算了給龍哥拿來看卦象。龍哥看著看著皺起了眉，說你這不太妙啊，小心遭騙。末了又鬆開眼眉，說不過是玩笑話不必當真。

來了不到半個月，在一個深夜，龍治明不聲不響地復發腦溢血。

第二天清晨，縣醫院來車拖走屍體的時候，羅出仁盯著白色裹屍布外龍治明僵硬鐵青的雙腳，覺得真是神了。算活人命理不算本事，不過生老病死，悲歡離合，喜怒哀樂，再加之如他所言，都是身邊鄰人，怎麼算也大致差不到哪裡去。但能夠算準死期，這的確非凡人之所能為。於是羅出仁抱著近乎虔誠而敬畏的心情整理龍治明的床位。當他拿著掃帚清理床底的時候，感覺探到什麼東西。嘩啦一聲，滾出一堆黃白相間的藥片。這些藥片顏色很深，沾滿了灰塵和頭髮。想必是每天三次羅出仁餵藥時他佯裝服下，轉頭就吐到床頭板和牆壁之間的縫隙裡面。

這個江湖老騙子，死前還要虛晃一招。

想來，他也許是痛恨，痛恨這連擲筊都做不到的、自己接近腐爛的肉體。

羅出仁的心底裡升起一種無法言說的絕望感。

徑直走入一〇二房，羅出仁開始餵十號床吃飯。十號床叫龍芳慶，是隔壁村的。名字這種指代，其實在養老院裡是非常多餘的。大多數，他們都已經老到對自己的名字沒有反應。而比起記名字，記住床位和人的對應於工作更有幫助，尤其對於羅出仁這種一個人照料著十張床的護工。十號床緩慢地張開嘴巴。羅出仁拿勺子舀起粥，往十號床嘴裡放。他已經九十歲，幾乎喪失了吮吸的能力。羅出仁耐心地等待粥液完全流入十號床的口腔。好，再來一勺。他在十號床的耳邊大聲吼叫。

正準備再放一勺，突然之前的粥液從他嘴角流出，眼看著要墜落弄髒衣服，羅出仁眼疾手快，操起床頭的毛巾接住。他決定把十號床的嘴擦乾淨，幫助他合攏。

何必再餵他食物？搞不好餵下去，十分鐘以後全部流出來，他真的受夠了清理黏糊糊的東西的感覺。把那碗粥端在手裡，他望著十號床失焦的瞳孔和渾濁的眼白突然察覺到，剛剛他張開嘴吃東西的樣子，和他深夜張開嘴呻吟的樣子別無二致。

十號床除了多餘的生命力一無是處。

他身上有著一切老年人具備的慢性病痛。比如心臟病、高血壓、高血脂、糖尿病。但冬天一到，最嚴重的應該是他的風濕。現在正值二月中，S地陰冷潮濕，一覺起來被子濕得似乎可以擰出水來。而這群老人們除了自己編有號碼的床，再沒有別的地方可去。他們整日整日地躺在一米寬兩米長的床上，等待著羅出仁以及其他護工來幫他們翻身，或是如期而至的死亡。十號床也是如此，只是潮冷陰濕的被褥和他嚴重的風濕病激發了他最後的一點生命意志。他連日在深夜裡對著冰冷的空氣呻吟或咆哮，那聲音整晚整晚往羅出仁耳朵裡鑽，鑽得他睡不安生。

他本可以開暖氣除濕。可是劉麗燕對他這樣說：羅叔實在是對不起。養老院資金周轉不靈，工資也暫時付你不起。但是我劉麗燕保證過年的時候給你結清帳。還有一件事，養老院的水電花銷太高，說什麼民辦養老院有優惠，結果還不是和商業用途一個價格。這樣吧，我看這冬天的暖氣可以免了。天晴時候多陪老人家出去曬曬太陽，把被子多晾一下就好。羅叔實在是抱歉。

羅出仁笑笑。我不是看準了妳劉麗燕的能力嗎。暫時的困難誰沒有過？羅叔相信妳。水電和暖氣的事情我放在心上了，也會和其他的護工講的。

劉麗燕明朗地順口拍馬，羅叔果然是羅叔。

羅出仁的確沒開暖氣了。能省一點是一點，哪怕稍微早點結清他的工資都是好的。

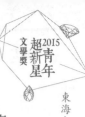

十號床癟了癟嘴。似乎做好再次喝粥的準備。他主動地張開嘴巴，羅出仁端起粥，一勺一勺送進去。這次他送粥的速度很快，生怕突然那粥又沒完沒了地落出來。最後就著涼白開，把那一盒子十號床每天都必須服用的花花綠綠的藥片塞進他嘴裡，確認他完成吞嚥動作後，鬆了一口氣。吃飽就倒。十號床合上嘴近乎昏迷地倒在床上，發出低頻率的呼嚕聲。羅出仁收拾了碗和勺，準備去隔壁床處理糞便。他時常覺得，這些遲暮老人和初生兒沒什麼區別。他等待你餵食，你幫他處理糞便。他有的時候會莫名微笑甚而大笑大鬧，有的時候會哭號。可是這些老人實在是不能激發他身體裡的哪怕最少的一點憐惜。他們全身收縮褶皺，動作遲緩，眼神呆滯，讓人忘記他們曾經也擁有過健壯的體魄和熟練的溝通能力。羅出仁彷佛置身於死亡世界與活人世界的中轉站，有氣無力地拉著這些人的手，而另一頭則是死神。死神稍稍用力，這些人就墜入他界。然後羅出仁就把床鋪清理乾淨，灑滿消毒水，換上新的床單被褥和枕頭，開窗通風大半天，迎接排號的下一個人來。

那個人依舊是十號床，或者九號床，或者八號床。

短短六個月，羅出仁就迎接了五個新住客。他唯一感到麻煩的是，每逢新住客來，至少要花上一個星期，才能夠摸清楚他們的生理情況和生活習慣。但這次九號床不一樣。她身體健康，幾乎可以自己照顧自己。每天清一次糞便，給她送三次飯，以及送去要定時服用的藥物就足夠了。這是她來的第三天。

羅出仁彎腰伸手去拿九號床的便盆，九號床喊住他。

羅工你等等。這裡有電話嗎？

值班室裡面有，怎麼了？

幫我撥一下這個號碼。

九號床從床頭拿出一本灰紅色的塑料皮本，拿出老花眼鏡戴上。她從本子的扉頁夾層撕下一張。歪歪扭扭地寫下：18871045678。

這是我兒子的電話。幫我跟他講聲我已經到「蓬萊」了。

羅出仁一手拎著便盆，一手攥著紙條向屋外走。他把紙條順手揉成一小團，扔在門口的垃圾桶裡，就像扔掉菸屁股那樣。聽聞其他護工說，九號床的獨子在南濱的工地討工錢不成，站在塔吊上以自殺威脅，而南濱剛下過雨，腳下一滑，掉下來，人沒了。羅出仁想到剛剛那塊飛出碗的豬油，在地上濕濕的一攤。會不會有狗崽來舔呢？街坊鄰居都沒敢和九號床說，只是把工地賠償的一萬塊錢轉交到她手裡，說妳兒子過年不回來啦，但是工錢給妳賺到啦，他叫妳拿這錢住到「蓬萊」享清福啦。

拿到錢的當天晚上，她就自己打包行李，手裡攥著那個厚實的包封來到了「蓬萊」。

羅出仁想到這事，心裡就莫名感到悲哀。走廊的盡頭站著一個啞巴女子，她是負責這層樓的另外一個護工。啞巴女子幹事利索，毫無怨言，也許有怨，但能說什麼？她提著兩桶水，撩起衣袖露出黝黑的胳臂，準備開始洗刷走廊的地板和磁磚。啞巴女子的丈夫是細軍，但村裡人哪一個不曉得細軍在南濱有相好的女人。也不知道啞巴心裡清不清楚，也許心裡明白，但也發不出任何一個試圖表達憤怒的音節。細軍當時讓啞巴女子過門是看她能做事，又無話，落個清靜。現在細君在外做工，又和工地周圍的風塵女打得熱火朝天，啞巴就在「蓬萊」謀個事做，一方面守家，一方面自己尚可餬口飯吃。

啞巴女子看羅出仁要過身，把水桶挪到一邊，頭也不轉地兀自擦拭磁磚。

羅出仁到廁所把便桶清理乾淨，到隔壁值班室稍作休息。三樓護工小李坐在裡面盯著電視。現在是下午兩點過八分。中央三台在重播《星光大道》。畢福劍扮傻逗笑，女子穿著肚兜畫著濃濃的腮紅，在舞台中間引吭高歌。值班室裡殘留著的方便麵的味道混合著羅出仁身上帶來的屎尿味，伴隨著殺雞般的重金屬民歌充斥整個房間。

羅叔，你來了啊。小李轉過頭來望著他。

這是一張年輕的臉。他是羅出仁在「蓬萊」遇到的為數不多的年輕護工。眉毛粗黑，眼睛明亮，皮膚潤澤。羅出仁看到他的時候，才覺得自己大約是還生活在現世人間。這個臉龐讓他想起了這六個月以來來了又走的幾個小夥子，他們都在來了不到一週後突然消失於這個死地。這是小李來的第三天，估計年後就要走了吧？想來也是，他們的未來還很長，不必要為不相干的死亡做尷尬的註腳。

羅出仁對小李笑笑。三樓午班今天是梁姐做啊。

對啊，是梁姐做。小李面對著螢幕爆發出陣陣笑聲，心不在焉地答著話。

明天就是大年三十。大志說是三十下午回來，工資的事情也應該和劉麗燕講清了。羅出仁看牆上的鐘指到上午十點正，按劉麗燕平日作息，她應該已經到了「蓬萊」。走到五樓的走廊盡頭，他敲開門。

羅叔你來了。快坐快坐。關於過年值班的事情還想和你商量一下呢。

麗燕妹子，我想和妳結清一下工資。

你說抓鬮怎麼樣，我覺得這樣公平。

工資我算了，六個月整，我和李秀春一共四萬八。

年三十到初四三個人值班，初五到初八三個人值班。這樣大家都可以過個年。

妳看這樣好不好，包我們飲食，也算是住了這麼久，妳最近也資金周轉不靈。我看妳給我四萬五就夠。

對了，這兩天估計會有老人家的家裡人要來。你們稍微多打掃一下。角角落落的都打掃打掃。接待一下親屬。順便提醒一下年後繳費的事。

羅出仁的視線越過了劉麗燕渾圓的肩頭。窗外天空是灰暗的，但羅出仁覺得不會下雨。S村雖然冬季天天幾乎都陰著，下雨量反而沒有春夏兩季多。遠遠望見右手邊進村的路上陸陸續續地開來一些車。

不知道哪家開始放爆竹，殘響和硝煙氣飄蕩落入這間陷入暫時安靜的屋子。他想，要加緊結清工資了。大志要回來啦。

羅叔，等我年後收了他們今年的費用，第一件事就是給你補發工資。勞你再耐心等等。過了年一切給你結清。那時候大志不是還沒走嗎，他可以拿著錢去學校呀。

羅出仁笑笑。我們不是說好年三十結錢嗎，明天大志就回家了。我紅紙包封都準備好了。

劉麗燕說，這樣吧。過年還是要給個紅包。我先給你兩千元你拿去給大志嘛。過年也喜慶一下。

我不是要兩千。剛剛說了，我算的是四萬五。在「蓬萊」六個月我圖什麼？不就是要趕在明天之前把四萬五給大志，這年才過得安生。

羅出仁發覺，外面的鞭炮聲突然消失，他的聲音在屋子裡迴盪，異常響亮。

我知道我知道。但現在手上只有兩千可以拿給你。羅叔，你逼我也沒有辦法。這兩千你就收下吧。劉麗燕有點急了，從錢包裡掏出兩千塊起身塞到羅出仁的懷裡。

其實跟你說老實話。梁姐和劉哥他們的工資我現在也還沒給他們算。但羅叔你是什麼人啊。你出了多少力我心裡明明白白。這兩千你先收著吧。

李秀春現在應該正在廚房裡準備午餐。她今天不會刷苦瓜。過年這幾天親屬來得最多，若是叫他們看到平日伙食肯定要抱怨：每月花老子三千塊錢就給吃這個？一個護工照顧十個，這錢都花到哪裡去了？

羅出仁也想問劉麗燕這些錢的去處。心裡隱隱的有一個虛弱的回聲，他設法把它壓制下去。盯著手裡的兩千塊錢，羅出仁突然覺得先收一點是一點，慢慢地把工資拿全也不失為一個辦法。

他理清紛亂的念頭，慢慢地踱步下到一樓，迎面李秀春驚慌地從值班室裡出來，看到羅出仁的瞬間一臉哭相。

完了老羅。大志出事了。

什麼？大志？

輔導員來電話，說是大志和同學打架，互相捅刀子。現在人在醫院，輔導員叫我們快點準備一些錢先付他醫療費。對方家裡在南濱有權有勢，接下來不曉得他們會做出什麼事來。她說現在是過年時候，估計我們一時半會兒趕不到南濱，叫我們先準備一萬打給學校事務處的帳戶，她先和對方家長溝通一下，看看怎麼辦。

一萬？我上哪裡找一萬去？

你不是要找劉麗燕清掉我們的工錢嗎？

羅出仁感覺太陽穴在不斷地跳動，裡面的血管好似要衝出皮膚爆裂。他背上冒出一陣虛汗，全身覺得像是貼著嚴寒天氣裡的大理石面一般冷得透徹。緩過神來，手裡的兩千塊已經全部濡濕。他拙拙地伸出手把鈔票遞給李秀春。

妳回值班室等著。我再上去一趟看看。

羅出仁直接衝進五樓盡頭的那個房間。眼前的景象讓他怔住。

一具肥胖的身體在椅子上瘋狂扭動，汗水的氣味混合著灼熱的喘息一陣一陣地擴散。

仔細一看，是劉麗燕。她叉開雙腿坐在小李的身上，頭髮亂糟糟。兩隻高跟鞋散落在桌邊，絲襪被褪去一半，胸罩掛住小李的脖子。

看到站在門口的羅出仁，劉麗燕驚惶地站起來，整理好身上的衣服。小李把褲子拉鍊拉拉好，站起來衝著羅出仁一笑。

羅叔，你來了。我先走啦。

劉麗燕，我就覺得妳不是什麼好貨。從前的小白、小劉，到今天的小李，怕是都和妳不清白。上回我看到小白就納悶，沒什麼文化，又是個護工做不過三天的性子，出去一個月就能開豪車？筆挺的一身太扎眼。想來是妳養著他們？再怎麼沒耐性，這年輕小夥子都剛剛來就走，實在是太奇怪。

怎麼不敲門？我說過進我辦公室要敲門的。你怎麼不敲門？

是這樣的。我要一萬塊錢。妳馬上給我。

一萬塊？我現在沒錢給你。剛剛跟你講那麼多你沒聽懂？

妳要不要試試看。我把妳和小白、小劉、小李的這些破事說出去，妳看看大家怎麼議論妳？唾沫星子都能淹死妳。

你看到了嗎？你看到什麼了？誰可以證明？你敢威脅我？我看你是吃了豹子膽了。羅出仁啊羅出仁，你以為這民辦養老院說辦就能辦，機關報紙想上就能上，市委祕書長想請就能請的？我勸你還是省省吧。再說，村裡哪個人不知道我劉麗燕的為人處事？老瘋狗要是敢亂咬，我看你是想吃官司？

劉麗燕，我只要一萬塊錢。求妳給我，我真的沒別的辦法了。

滾開。沒錢。

求求妳給我。我家大志被捅傷了。錢不夠的話，醫療費付不起，失手捅了人，怕是要被關到裡頭去。

劉麗燕冷笑一聲。你覺得是我和小李的空穴來風夠那些潑婦議論，還是你家大學生乖兒子大志捅人更加夠意思？沒人能救你啊羅出仁。說出去的話潑出去的水，你要是看著嘴，一點也不會和我到這一步。

羅出仁囁囁嚅嚅地跪到地上，噙著淚水望著劉麗燕刮花了的黑色絲襪。

求妳了。

劉麗燕操起桌上的坤包，穿好高跟，整理好衣角，頭也不回地出門，壓低聲音甩下一句：

休想。

三十終於到了。昨天一晚像是過了一輩子。六十年來的生活如走馬燈一般在羅出仁的腦海裡奔騰。李秀春和羅出仁在值班室相對著坐了一宿。他們沒有一句交談，只是在早晨六點鳴鐘的時候，覺得對方的頭髮似乎又白了一層。

羅出仁像是醒過來一樣。他按了按李秀春的手，說不要著急，我有辦法。接著踱出門外。

妳去梳洗一下準備著，過幾個鐘頭這親屬都要來了。早飯要燒好。

羅出仁提醒李秀春。

李秀春如行屍一般緩慢地站立然後行走。今天的早飯是豆漿、南瓜粥、雜糧饅頭和蒸蛋。蒸蛋和南瓜粥是專門給和十號床一樣情況的養員準備的，南瓜粥是粉南瓜搭配少許燕麥與白木耳熬爛的糊糊，不用白米和小米是因為米粥會使血糖飆升。蛋液碎碎地打開，裡面不加一點鹽，出蒸鍋的當口每一份裡滴兩滴芝麻油來提升香度。雜糧饅頭蒸得膨大鬆軟，用剪刀分解成小塊，配備熱豆漿。尚有咀嚼能力的養員可以直接吃，牙口不好的則可以把饅頭浸在豆漿之中泡得更加膨脹柔軟再吞食。

親屬接踵而至。似乎只有大年三十是全年無休的「蓬萊」的唯一開放日。七號床的兒子一進門就開始罵罵咧咧。

養老院的停車坪被狗日的建材老闆的磚頭給占了，根本沒空地停車，最後逼得老子把車子開回老屋，然後再走上來。這破地方還建在這山頭上，累死老子。伢老倌，我從廣州回來了，給你老人家帶了幾條臘腸。你不是最愛吃廣式臘腸嗎？

七號床沒反應。

嬲。這臘腸吃得個鬼下啊。嘖。

七號床兒子轉過頭來，看到正坐在八號床邊餵飯的羅出仁。

叔叔，這幾掛廣式臘腸你收下吧，口味滿好的。這半年勞煩你費心照顧了。您這麼大把年紀在這裡也是不容易。

羅出仁感覺到有人在和他搭話，緩過神來，發現裝有臘腸的塑膠袋已經放在身邊的椅子上，七號床兒子穿上黑色皮夾克準備離開。

沒事，這都是我該做的。

他從牙縫裡擠出話回應的時候，那年輕男子已經沒了蹤影。

羅叔，你是打算今晚主動留下來？

劉麗燕滿臉狐疑地望著他。其他的護工們鬆了口氣。

對。你們好生回去團圓一下。我和你們李姨在這裡看著沒事的。

羅出仁抬了抬眼皮，平淡地回答。

好，那就省去抓鬮這個環節。我們向羅叔表示感謝。大家鼓掌。

劉麗燕的臉還是沒有鬆下來，她緊綳綳地咬著嘴唇，擠出一點符合場合的笑意，手跟著拍得勤。她不知道羅出仁現在是在唱哪一齣，只能默默地揣測，也許是羅大志沒法兒回家，他們夫婦待在這裡，也比兩個人獨自面對家徒四壁要強。

羅叔，那就交給你了。先在這裡祝大家過年好。

晚上八點，家屬已經全部離開。逢年過節就是這樣，一個儀式完成就趕場去另一個。李秀春把白天剩下的飯菜用碗盛好，端到值班室裡。羅出仁打開電視，春節聯歡晚會的聲音流淌出來。他想到大志在南濱一個人孤零零地關在裡頭，心裡就過不去。多好的孩子，怎麼會做出這樣的事？今天又接到輔導員的電話，說是這兩天就要想辦法湊齊一萬塊錢，不然過了年初四那男孩兒家開始有所行動，大志可能就麻煩了。

該死。

羅出仁毫無食欲，他為了身體的正常運轉快速地扒著鋁盒裡的飯菜，用力咀嚼著，幾乎要把舌頭嚼爛一樣狠。

李秀春說，聽說四樓的七十一號床和五樓的八十七號床狀態不太好，他們因為今天沒人來看望，心情不好不吃飯，想上去看看。羅出仁悶頭吃飯沒作聲，她默默地拎著一不鏽鋼保溫瓶的竹筍排骨湯，端著兩只空碗走出了值班室。

羅出仁很快就吃完飯。他感覺胸口堵得慌。大志現在在吃什麼呢？到底是怎麼回事，大志那麼乖的孩子，是不是平時太內向憋出病？在這南濱沒兩個錢確實是有些抬不起頭，不會是在學校遭人欺負了吧。錢……錢！我他媽手裡沒錢啊想個屁！劉麗燕，該死的！我操妳全家啊劉麗燕。他盯著沾滿了紅色油脂的筷子和碗壁，想起劉麗燕說話時候翕動著的塗滿豔色口紅的油膩嘴唇，滿是汗的拳頭不覺地攥緊，指甲快要嵌入掌心。過度的重複思考讓羅出仁筋疲力盡，他靠在椅背上，昨晚以來的一種隱隱的念頭如煙在心中升騰。他感覺到一種聲音爬在頭皮和太陽穴，即將通過鼻孔和耳蝸放大傳出。他的頭部被這聲波衝擊，劇烈的疼痛潛伏在每一根面部神經，抽搐不止。

中國中央電視台！

中央人民廣播電台！

親愛的觀眾朋友們——春節好！

他放下飯碗。搖搖晃晃地走出值班室。

國泰民安乾坤頌，張燈結彩大拜年！

在這辭舊迎新的時刻，首先我們向全國各族人民——

他走到「蓬萊」門口的水泥平台旁邊抄起了兩塊紅磚。

向香港特別行政區同胞，向澳門特別行政區同胞——

向台灣同胞、海外僑胞，向全世界各國的朋友們，道一聲——

重新回到「蓬萊」裡，他打開一〇一號房的門。一、二、三號床明顯已經睡著。二號床的呼吸裡有著濃重的痰聲，他腿發軟，幾乎是摔進了房間。

拜年啦！

他拿起磚頭，朝一號床的腦袋砸過去。一下、兩下、三下，手上變得濕濕黏黏，很像是處理他們排泄物或是餵飯時候碰到唾液的感覺。一號床因為重度糖尿病及併發症，全身腫得像個橡皮球，疼起來的時候死死抓著床沿。我來放氣了。他的耳邊模糊的呻吟深深淺淺地重複著。放完氣你就解脫了，我也解脫了，大家也解脫了。砸到第五下的他覺得這缺口足夠徹底放氣，停下手來。他想說，下一個，來，二號床。但突然發覺喉頭緊澀，自己像是啞掉了。

觀眾朋友們，國正天心順，豐年盛世情！

接下來是二號床。他在被褥上把剛剛手上沾染的黏稠溫熱的血液弄乾淨，然後舉起磚頭利落地砸下。重度老年癡呆的二號床。每次餵飯、餵藥或者給他翻身按摩，他的雙眼總是斜睨著自己，那眼神裡面似乎有不屑和嘲笑。明知道二號床無法控制表情，可是他每每看到，心中總是會燃起無明火。

迎祥納福百家姓，天地人和——

三號床。一〇二號房的四號床，五號床，六號床。一〇三號房的七號床，八號床，九號床。羅出仁一路砸過來。他全身都是血，在濃重的黑色中顯得越發烏黑。沾滿血的衣物貼在身上格外冰涼，腥味隨著汗味散發蒸騰，混合著空氣裡硝煙氣和屎尿味，他的脖子像是被人挾住一樣快要窒息。

萬——事——興！

在九號床的床沿坐著，他長長地舒了口氣。外面的天空一片灰藍，雲層厚重，月亮的光澤微微滲出，看不見星星。過不久，就會有禮花發射上天，而他要趕在這之前結束一切。他站起來，往值班室走，走著走著突然發覺膝蓋刺痛，鑽心地疼。也不知道是不是用力過猛，肩膀和手臂像是扭傷了，只能僵著懸在半空。終究是不比年輕時候。想當年剛二十出頭的羅出仁，扛著兩袋穀子一口氣能走十里地。

回到值班室，他有點恍惚地走到門後。門後是灰白色的鐵皮櫃，裡面裝著每個床的藥。他盯著那些瓶瓶罐罐想，人老了就得吃藥，吃藥才能活久一點。他把所有的藥全部倒在塑料水桶裡，水桶裡頓時充滿花花綠綠的小片。你們死了算是一了百了，不再有病痛，不再受制於身體的腐敗，家人們可以心安理得地過上更舒適的日子，往後的大年三十可以空出更多時間來準備年夜飯，每個月也少一筆不小的開支，對我來說也算是減輕了負擔，不用再勞心去清理你們身體裡流出來的任何東西，不用扯著喉嚨和你們做無謂的交流，不用再往你們嘴裡塞什麼然後再看它流出來。

來來來，你們看好了。我替你們活著。吃藥吃藥。

他開始一把一把地抓起彩色的藥丸吞下。吞到第三把的時候，他覺得有些膠囊的外衣黏著在他的喉嚨裡。旁邊有一大壺涼白開。他一把抓過來往喉嚨裡澆灌。水從他的嘴角溢出。他慘笑。重複著吞嚥的動作，直到失去意識。最後在耳邊模模糊糊迴盪著的，似乎是李秀春的尖叫聲。

他的眼前，有萬千禮花爆裂綻放。

龍老闆最後還是打算搬地方？

晦氣死了。死那麼多人。「蓬萊」旁邊做建材生意的龍老闆正在急匆匆地整理鋪面。

這個養老院，到底出什麼事了？

我不想說了，實在是倒楣，怎麼就和這種地方為鄰。

到底是怎麼回事？聽說死了不少人？

我和你講一次你就別再問了。這養老院的那個護工羅出仁三十晚上砸死了九個老人家，聽說是拖欠工資鬧的。說是接到電話，他那乖兒子出事，要錢解決。一時走投無路，精神錯亂，三十晚上拿磚頭砸人。這磚頭還用的是我家的，你說煩不煩？你知道我為什麼要搬了吧？砸死人以後，他吃了滿滿一肚子藥，還沒運到縣醫院人就去了。羅出仁的堂客李秀春從那天起就神神叨叨的，說不清楚話了。你猜最神的是什麼？大年初一，羅大志回來了。人好端端的，什麼事也沒有。只是遲回一天，就聽說自家發生滅頂之災，整個人崩潰。想來那個打電話的人是詐騙犯。這養老院的老闆，就是那個劉麗燕，被帶去一個下午就回來了。她承諾底下人月內還清拖欠工錢，又承諾賠償每個死者的家庭萬把塊錢，還有什麼好說呢？這些個家裡突然接到這麼一筆錢，高興還來不及。養老院初六開門的時候熱鬧得……嘖嘖嘖……排隊在登記。估計這大半年的是住不進去了。

今天都初十五了才來。唉，我屋裡老母不知道要排到什麼時候去了。

（東海大學「東海文學獎」首獎作品）

夏穎翀

一九九四年八月二十七日出生，中國湖南省長沙人。現就讀四川大學對外漢語專業三年級，東海大學中文系交換生。非典型處女座。長期遊蕩於巴蜀湖湘之地，性嗜辣，暴烈有餘，溫柔不足。癡讀已有數年，參與東海創作課程，方開始認真動筆寫作，發覺寫作趣味與責任。立志為人之困境發聲。

等她醒來

曾于珊

看看錶，我在該是下班的時間之前醒來。視線是一片昏暗，我安靜的躺著，遠遠的傳來一陣又一陣的車聲、窸窸窣窣的像是說話的聲音，偶爾可以分辨，有貓，或是狗，踩過落葉。

這裡是我之前帶過客戶看的房子附近，一處荒廢許久的空屋。四四方方的水泥空間，它甚至連磁磚都沒有上就被放棄了，為了某種我不知道的原因。每個人都可以進來，卻也不會有人來。

我安靜躺著，真希望永遠不要醒來。

上午十點，麥當勞二樓湧進了最後一波吃早餐的人潮。我看著那兩個女大學生揀了我旁邊的四人座坐下，餐盤裡是兩份老婆以前最愛點的豬肉鬆餅套餐。她們不急著吃，將餐盤輕輕往左方推開，從書包裡各自拿出厚厚一疊計算紙，開始討論即將來臨的期中考。

她們的餐盤離我很近，滲油的豬肉疊在圓形的鬆餅上，一旁的紙袋裝著薯餅，慢慢地也從內滲出點點油斑。我發現很難將目光從她們兩人桌上的食物移開。新婚以來，老婆每日早上收走我面前的饅頭夾蛋與現打精力湯的空盤時，都會溫柔地笑：「有沒有吃飽啊？上班加油唷！」但今日沒有。桌上僅有的一小杯熱美式，彷彿在嘲笑我空空的胃囊。

十年前的約會，那時還只是女朋友的老婆最喜歡跟我相約吃早餐。那對一個總是熬夜打電動、隔天翹課睡覺的臭男生來說，是極為痛苦的事。她總以為這樣能讓我改正晚睡晚起的惡習，但實際上，我總是整夜未睡，想辦法撐到吃完早餐以後再回家睡覺。

她那時喜歡點豬肉鬆餅套餐配冰紅茶，然後要我點歐姆蛋堡，她會用一半的豬肉跟我換一口漢堡麵包。我說我可以整片麵包與她交換，但她就只想吃一口。

大概是我盯得太久，其中一位女學生停止交談，抬頭狠狠地瞪我一眼，然後拉拉同伴的衣袖，用下巴指指我，兩人便起身換了位置。

我低頭看看自己，服裝正式，抬起右手悄悄的嗅，沒有異味。不知道為什麼那個女學生要如此凶狠。只不過是盯著久了些。

離我本來該進辦公室的時間已經過了一個半小時。這時候，週三，早上十一點，例行的早會。我會坐在台下，頭低著，看起來像很認真在聽，偶爾左手轉兩下原子筆，某些根本不重要的字眼飄進耳朵被捕捉住的時候就抄寫下來。有的時候他們會問我意見，可是像我這樣的人的意見根本不算意見，只需要抬起頭來微笑：「我認為這樣很好。」那就很好。

某些急著想當衝在最前面的人，常常覺得憤懣、想要有更多表現的機會，到頭來他們不是輸了，就是被扼倒了。在這公司裡，只要乖乖當一頭柔順的羊，每天等著被理毛，那就會有好果子吃。本來我以為是這樣的。直到昨天。

年底到了，上頭開始清算那些業績不太令他們滿意的人，碰巧我是其一。

我被叫進主管辦公室。這裡我常進來，但都不會待太久。唯一一次是面試那天。主管姓曹，我的履歷單調乏味，他卻看得很高興：「哇！我也是××大學畢業的，我財經系的，也算是你的學長。」

那天面談結束，就被錄取了，通知隔天可以上班。平常我們拿鑰匙開物件給客戶看，沒有客戶的時候，曹主管要什麼，一通電話，我就拿進去辦公室給他，再面朝他矮身退出來。

如今，我再度可以好好的坐在這間辦公室裡面。擺設不太有變化。桌上仍是一台Mac、一支電話、零亂的成疊文件，還有總是被擠在桌子邊邊，岌岌可危的全家福相片。

即使我就坐在他的對面，身體因為一點緊張還有無事可做之感扭來扭去，曹主管仍將文件拿得遠遠的審視了一番，才把老花眼鏡從鼻梁上放低。他的下巴微收，眼睛在鏡片的上方直勾勾的看著我。他讓我想到過去我父親看報紙的方式——如今父親已經因為阿茲海默症看不了任何報紙了。

「學弟，」他總是這麼叫我：「還記得我們學校的校訓嗎？」

「呃……？」

「是『親愛精誠』。」他說完摘下眼鏡站了起來，走離辦公桌來到窗邊，背對著我。

這畫面很熟悉，就像電影裡每個大老闆要裁員前裝出的語重心長。但那時的我並沒有任何連結。

「我呢，很高興能夠讓學弟來到這裡一起工作。」他說，仍然沒有轉身：「你是這邊，除了我之外，學歷最高的員工。」

正當我思索著是否該客套地回覆幾句時，曹主管繼續說：「可是我卻沒有看到你拿出像我一樣標準的工作績效。」

完了。

「你看看那個小全，高職畢業而已就來我這邊做。前一季他成交的物件卻硬生生是你的兩倍。」

我想我那時的腦袋應該是完全空白吧，連「對不起」或是「請給我機會，我會再好好努力」都沒有說出來。

「最近房子也真是不好賣，人力又吃緊。其實你不想做的話，後面還有很多人想要進來……」

「不，曹主任，」我像醒過來一樣從沙發上站起來：「請再給我一次機會，我會成交的，一定成交的！」

曹主管轉過身來，窗外的光線在他的臉上形成一片暗影。

一如往常面朝著他矮身退出辦公室時，我比過去看到的更多，他的百葉窗不知道何時換成花布簾，旁邊的櫃子上還多了一個小魚缸，幾條紅色的小魚游來游去。

「以你的學歷實在不適合在這個地方屈就。你應該能夠找到更好的地方。」這是曹主管在那間辦公室跟我說的最後一句話。

彷彿我是這個世界上最後一個知情似的，其他同事在我走出辦公室時，全都用憐憫的眼神看著我沒有說話。

我交出下午本來要帶客戶去看的物件鑰匙，轉託給小全。小全安靜的收下，全程只有一句謝謝。然後我頭也不回的拿起公事包就往公司外頭走。Paper 沒有轉移、工作沒有交接，甚至沒有收拾私人物品。我連我自己都無法收拾。

於是等我回過神來，我已經待在這裡，那間空屋。

地上滿布水泥碎屑、菸蒂，還有幾包被束起來卻沒有被丟棄的粉紅色半透明垃圾袋。我可以數裡面有幾包喝乾的鋁箔包、幾團用過的衛生紙，紅紅黑黑的檳榔汁液灑在吃光的保麗龍餐盒裡。

這附近有一間三十五年的老公寓，外表陳舊，上樓的階梯陡峭。但是原屋主將房子內部整理得非常好，進口廚具、實木地板，幾件歐風家具懶得搬走就要送給買主。如果早一點碰上該物件的話，老婆肯定會很想住下來吧。

只可惜即使早一點知道我們仍然買不起。

新婚的前三個月，我們仍住在租來的八坪套房中。有人問我們為什麼急著結婚？現在過三十歲才結婚的人到處都是，為什麼不等金錢方面再穩定一些，才來談結婚？

大學畢業後我輾轉換了幾個工作。一開始先在偏鄉當代課老師，這邊代一學期，那邊代一學年，存了一點點錢以後回到北部，想跑新聞。沒想到找了很久，都沒有地方願意看在我畢業自排名前五的學校校名而給予機會。

科系不對。他們的眼神總是告訴我這些。

那時還不是老婆的女朋友，她待在一間私人企業領著不高的薪水，與我同居。當我用那些微薄的存款東貼房租、西貼手機月租和水電時，是她會在每天早上出門前，以不吵醒我為前提，往我的睡褲裡塞兩百塊，補貼我一天的伙食。

在我已經對新聞業不抱太大希望改找別的工作機會時，某間知名報社因為我好幾個月前投出的履歷聯絡我。

我興奮極了。掛掉電話馬上先走一小段路搭公車、轉搭捷運再走一段路，晚上七點準時抵達女朋友的公司樓下等她下班。九點的時候，我們坐在一家路邊攤吃藥燉排骨，配好多好多平常不敢點的黑白切小菜。她也為我高興，這次就順我的意讓我全盤買單。

進報社報到面試，上頭第一句就問：「會不會開快車？」

善良誠實、奉公守法的好市民第一反應當然是先搖搖頭。於是主管從抽屜裡拿一台即使我不太懂、但看起來也滿破舊的單眼相機給我，然後要旁邊的人等等就帶我去練車。

「務必學會在下班時間的市民大道或基隆路鑽空檔、開快車，快眼尋找免費停車位，還有，」主管滔滔不絕地交代：「在巷子中倒車一百公尺也要很厲害。」

原來我的職位是狗仔隊。

剛開始說給女朋友聽時，我們還能一起哈哈大笑，覺得這工作聽起來很有趣。等到開始上班以後才發現，做一個公眾人物、人人喊打的過街老鼠是多麼的不容易。

我曾經撞碎公司車的右方後視鏡，更別提老是被補烤漆的那幾個位置。我曾經和我的夥伴半夜掛急診縫補傷口。我曾經開快車追逐藝人搶拍鏡頭，還要開快車逃離那個即將下車打我的人。

學生時代羨慕那些愛好攝影的人手一支上好鏡頭，等到當上狗仔以後，才知道大砲那麼難用，焦距、景深、光圈……光是調整好，人都跑得差不多了。好幾次都被上面巴頭：「你拍的那到底是什麼鬼東西！」

待不了半年，我又興起想換工作的念頭。

女朋友仍是支持我：「反正我也不想你一直做那種去翻名模家信箱的缺德工作。」

於是又是一個漫長的日日拿兩百塊的半年。

就是在那些時日，我知道今生就是她會陪我度過。不是虧欠、不是歉疚感，就是想跟她共度一生。

於是我厚臉皮的跑回家要錢，除了提親、聘禮等等，其他就交給公證處理。

待在空屋的下午，我的腦海中盡是這些過去，老婆已如同求婚時她的誓言，願意陪我吃苦享樂共度一生，但是我卻不知道回家該怎麼告訴她，這份工作又沒了。

我待到原訂的下班時間才從空屋裡走出來。夕陽的餘暉已經很稀薄，我可以聽到附近的人家中，電視傳來的晚間新聞播報聲。

餓了。即使沒有工作仍會感到飢餓，這是恆常不變的事。

為隱瞞工作沒了的事，今早一樣穿著西裝、提著包包走出家門。但我馬上腳步一轉，想往昨天的空屋走，那裡的灰暗與沉悶正適合我。

昨晚一進家門就看到老婆刻意擺在玄關鞋櫃的排卵試紙，那是我們不言自明的暗號。

老婆很愛小孩，從大學的時候開始，她便會利用課餘時間到幼稚園、安親班等地方當愛心姐姐，陪他們玩、為他們朗讀故事書，偶爾那邊的老師還會請她開個簡單的美術課程，讓小朋友們拿著蠟筆在圖畫紙上塗鴉、捏捏紙黏土。她會很有耐心地，一次又一次阻止他們將運筆動線延伸到桌上、臉上、白牆上，也很細心的在每個看不出來是什麼的黏土作品前大聲誇獎他們，並為他們髒兮兮的小手塗上肥皂沖洗。

上班以後，少了時間多了加班，更別提有很多時候需要協助沒用的我處理很多生活瑣事，她不再接觸小孩子。但即使匆忙走在路上，也可以看到她的目光常常停駐在與她擦肩而過的小朋友身上。

我們曾經討論過這個問題，而且是一而再再而三。我搬出那些在身後沒有馬上被看見的種種現實：那些大學死黨們婚後有了小孩，就忙著照顧、忙著賺錢，哪一個還有空常常跟我們聯絡？妳的前美女同事Mimi不是很早就奉子成婚？結果現在再看到她不是已經變成黃臉婆了？還有那個誰誰誰……

更別提我們仍要扛在肩膀上的房貸、每個月一成不變的微薄薪資單。

「也許現在還不太適合。」話題的最後我總會這麼告訴老婆。在那之前，她會拚命以「現在的社會情況沒有你想的那麼糟糕」，或「我爸媽也是這樣胼手胝足的拉拔我們兄妹三人長大呀」。

直到最近一次，她已不再只是用各種數據與案例說服我。

那天晚飯後，我們收拾好碗盤出外散步，順便走到幾個巷口以外的藥妝店添補用品。當我拉著她的手走到「家庭計畫」那一櫃時，她不再像以前那樣跟我討論哪款保險套在特價、哪個品牌即使再怎麼降價也不要買，因為很厚又乾。她戴著紙口罩，默不作聲的看著我隨手拎了兩盒丟到鐵籃裡，連同沐浴乳牙膏刮鬍刀等等拿到櫃台結帳。

我們走出藥妝店，往來時路走。老婆掙脫了牽著的手，本以為她只是需要抓個癢什麼的，但她頭也不回地往前疾行三四步，然後回過頭拉下口罩對我大哭：「我真的好想要小孩喔，真的好想要喔。」

她哭得很淒慘，像拚命做家事討好媽媽最後卻得不到任何獎賞的小女孩。周圍的婆媽都盯著我們看。

老實說我跟綠色提袋裡的兩大盒十二包裝的保險套們都手足無措，我們不知道是該立刻從地球表面上蒸發掉，還是應該當場就把自己丟到垃圾桶裡。

我用最快的反應回神，上前抱住她，像哄小孩一樣喃喃：「好，小孩。我們要小孩。就要小孩。」

後來，沐浴乳和牙膏又替換了兩三次口味，但是那兩盒保險套卻從來沒有被拆開過。

說來也奇怪，老婆自己上網查了很多資料，也諮詢過醫生，學會每天早上量測體溫，家中囤了一些排卵試紙和驗孕棒，我們固定在她將驗孕試紙放在鞋櫃上的夜裡做愛，也試過各種偏方，比如倒立、墊枕頭、抓中藥吃。但是老婆總在生理期準時報到的時候失望。

「今天一定可以。」每次做愛之前，老婆總會這麼說。

昨夜，當我在鞋櫃上看到試紙時只覺得疲憊。老婆像日本傳統主婦一樣走到玄關來接我，幫我在皮鞋裡塞入芳香包，放入鞋櫃，她一邊拉著我的手到餐桌前坐下，一邊哼著歌，大概是排卵日的關係。

我滿懷心事看著她坐在我的對面，自己燒的飯吃得好香。見她雀躍而期待的樣子，我實在不忍心說出今天發生了什麼事。

「Baby，你要先洗澡嗎？」飯後她問。婚後她很少如此稱呼我，唯有在固定的日子。一種顯而易見的暗示。我不願去想她有多期待，也許她只是注意到今晚我沒有帶任何工作回家，胡亂切著電視頻道的樣子，替我找事情做罷了。

我慢吞吞踱步，拉開落地窗走到陽台，從角落堆的幾塊磚頭後方掏出一包皺皺的菸。我已經很久沒有菸癮，菸成為斷斷續續的無聊消遣。經濟不穩定的那段日子，為了尊嚴，即使沒有菸抽而痛苦，也不能花女朋友的錢買菸。後來結婚，老婆不准我在室內抽菸。再更後來，為了受孕機率，連菸也不准抽了。「要抽，你就給我偷偷摸摸的抽。」老婆說。同事，不，前同事們都覺得很訝異，跑房業務這麼地吃力不討好，有些女生都受不了壓力開始抽菸了，我竟然能忍耐，甚至在他們排排站在物件騎樓下抽菸時，站在他們身邊也不覺得怎麼樣。

可是在當下，我突然好想抽菸。

老婆在洗碗，她洗完碗以後還要整理廚房，我大概有半小時的時間。菸盒裡還有十八支菸，但光是看樣子就知道潮了。

我沒有和老婆說就拿著皮夾出門。

老婆沒有過問我回家時身上散發的菸味，她只是再度問我：「要洗澡嗎？」

在往空屋的路上我接到小全的來電，他說他已把我的物品收拾好，想約在那空屋附近把東西交給我，因為那麼剛好，他今天要帶客戶看看我留下來的物件。「老大，其實對你很不好意思。」小全的抱歉語氣裡完全藏不住興奮：「不過今天真的很有機會成交耶。」

我失去對空屋打發時間的興致。故意和他相約城市兩端的麥當勞，他必須用最快的速度帶完客戶回公司回報再出來找我，否則就必須占用到他的休息時間。而我則有一天的充裕時間可以慢慢晃過去，然後我將坐在那裡，直到等到他。

只是沒想到回到過去約會的麥當勞，路程會這麼地暢通。就像我現在早已坐在二樓，遭受大學生白眼以後，思緒毫無阻礙地回到昨天夜裡發生的事。

洗澡後我躺在床上，思考該怎麼告訴老婆撤職的事。

這件事情一旦被搬上檯面，金錢肯定是最大的問題。除了兩人都省吃儉用以外，以養身體為由辭掉工作三個月的老婆勢必要再重找工作。生養小孩的計畫更不可能了。這是最重要也最難開口的。但是我該怎麼說呢？老婆曾說過，她體內的中控室在過了三十歲以後，總無時無刻閃著紅燈：「該生小孩了，快來不及了，快來不及了。」我該怎麼說服她違背身心意願？

臥房裡的浴室門一打開，我的眼前便一暗。老婆穿上那永遠的一百零一件情趣內衣，一從浴室走出來就將臥房的燈切掉。過去的她總說因為會害羞，但現在比較像是為了遮掩那件貓裝上越來越大的破洞。

「今天一定可以。」她像一條蛇溜上床，趴在我的身上對準我的耳朵說。

這句話像個魔咒，即使她用手幫我，我卻沒什麼搞頭。

我的手輕輕摩挲她的背，老婆很喜歡。有時我會忘記當下的任務，天馬行空的去思考輕觸那件網格狀衣服的手感，假如一整晚只需要這樣摸下去就好了……

「奇怪，你很累嗎？」老婆問。

我沒有說話。反過身來將她壓在身下，右手抓起我準備很久的保險套戴上。進入的時候老婆一定曉得。即使在黑暗之中我也能猜到她臉上又驚又怒，彷彿受到羞辱的表情。她抗拒的推擠我，手腳亂舞，我捂住她不停咒罵的嘴，突然覺得這般情境令人興奮。我已經好久沒有在與老婆做愛的時刻裡有興奮之感了。

我不抱任何恐懼的射入，滿足的退出。老婆用力掙脫我，逃向浴室。我可以聽見浴室門鎖喀啦一聲，彷彿巨響。蓮蓬頭被打開，她痛哭的聲音流瀉下來。

超值午餐的時間一過，二樓原本滿布的炸物味較沒那麼刺鼻與噁心了。要說起來，我最喜歡吃的麥當勞食物應該是漢堡類的。尤其是吉事漢堡，便宜，卻又能讓人覺得好吃。

此時的老婆正在做什麼呢？我們從昨晚就沒有再說話。今早起床的時候她坐在餐桌邊的老位置上，邊吃饅頭與豆漿，邊看她的手機。而我平常的位置前面則什麼也沒有。

明明是習以為常的夏日早晨光景（雖然少了我的早餐），卻覺得餐桌的對面像冷冽的凜冬。我越發難以啟齒不再能夠上班的事。

那桌的大學生已經離開。我的桌上仍是那杯不再溫熱的美式。我在等待，再餓一點，再餓一點，唯獨讓自己感到全然的飢餓，否則現在點一份餐來吃，稍晚又感覺飢餓的話，那麼剛剛吃過的一餐就變成浪費。

失去工作以後，省錢馬上是我想到要做的第一件事。

陽光從大面窗戶斜斜打進室內的下午，即使有空調，仍然悶熱了起來。

工讀生匆匆忙忙地趕來拉上窗簾。室內一暗，這才發現即使過了用餐時段，二樓仍坐滿了人。大部分皆是桌上只點了一杯咖啡或是可樂的學生們群聚，或埋首書堆，或竊竊私語。當然也有桌上擺著書、卻一直低頭玩手機的人。這些畫面從我還是學生的時候就沒有太大改變。也許現在很靠近大學生們的期中考時間？離開大學久了，漸漸對時間的變遷感到些微的麻木。樓梯間的入口仍還有人陸陸續續的在進來。有的看見裡頭的「盛況」，頭一轉書包一甩便走了；有的端著盤子往整個二樓走一圈，最後總是會停在我的桌前許久，徘徊不去。我雙手握著我的咖啡，閉目養神。甚至會定時幾分鐘就將嘴湊近杯緣假抿一口。久了他們也就放棄了。

我頻頻瞄著門口，找最好的時機往廁所還有旁邊的書報櫃報到。小全還沒有來，試著打電話給他都進入語音信箱。手機快要沒電了。

我抓好時機離開位置，想不到才在我準備踏進廁所時，又有人端著盤子上樓。我猶疑不定，無法決定要不要去我應該現在、立刻、馬上進去解放的地方，但那群人已經一眼便相中我的空位，正有說有笑的朝它走去。

顧不得快爆炸的膀胱，我回頭，順手朝書報架拿了一本雜誌。急匆匆地，早他們一步跨進座位。我假裝沒看見他們錯愕、可能也帶點惱怒的表情。為求精確，還特地又拿起咖啡空杯「呷」了一口。

「欸，有人了啦。」我聽著他們低聲抱怨，覺得有股勝利的快感。

隨機拿的雜誌是免費贈閱的名不見經傳的財經小書，封面粗糙，紙質廉價，裡面的內容不懂不懂，也沒有產生任何想明白它的欲望。但是等待的時間漫漫，店裡又不時有人覬覦座位，只好低頭看書，假裝自己怎麼樣也喝不完那小小 size 的咖啡。

一開始我會只看圖片，上頭的不是一些商務人士坐在辦公桌或是PPT投影幕前侃侃而談的照片，就是一連串的數據圖表。蜻蜓點水。

然後是文字。

就在我意識到我正盯著第四頁的第三行字發呆時，旁邊的座位不知何時已空出，一男一女坐了下來。女人看起來大概三十歲上下，跟老婆一樣，卻不像老婆的打扮總是簡單清秀，她的眼妝化得特別濃，唇上也搽了大紅色。為什麼女人會喜歡塗了鮮血一樣的顏色在嘴上呢？老婆曾經著迷韓劇而跟著買了一兩條大紅色唇膏，她塗了問我好不好看，我怕死了。

男人年紀看來也差不多，但是氣色不佳。本以為他倆是情侶，但他們卻生疏的一左一右面對面坐下。他們聊了一陣子後我便了解到，女人是保險推銷員。這是一場馬上就可以看出來的勝負。手裡抓著雜誌，聽著他們說話，這場非洲草原獵捕秀引起了我的高度興趣。我從以前就很愛觀賞動物頻道。

非洲母獅，不，那位女保險員用很嗲的口氣問那與我坐同排的男人一個月薪水安排。

羚羊男的聲音聽起來和他的樣子一樣憔悴：「我日夜輪班，作業員一次十個小時，每個月的薪水三萬二。一萬塊繳房租，一萬塊給菲傭仲介，九千塊是日常還有水電、手機費那些開銷，剩下的三千塊存起來。」

這樣的男人應該沒辦法結婚吧，我幸災樂禍的想，然後一邊覺得這樣的自己同樣悲哀。即使這樣的愧疚在此時此刻非常渺小。

「這樣啊，」母獅子說，用樂觀開朗的聲音：「那三千塊很適合保我們這個方案喔！你還沒有任何保險吧？」

「有保郵局的。」羚羊男回道。

「唉唷——」女保險員發出一聲撒嬌似的抱怨：「郵局的沒有我們這個好啦，我告訴你，你去退掉，再加一千五，加入我們這個方案只要半年，持續的累積，你就可以得到一筆漂亮的回饋金喔！」

「還要一千五喔……」

「一千五很簡單啦！只要稍微省一點，像是每天少喝一瓶飲料，就可以啦。而且你加入這個方案，等時間到了退保，你拿到的錢就會是這樣……」母獅在紙上寫了數字。

每天少喝一杯飲料，那也要天天都喝五十元的飲料才湊得起來吧。但羚羊男大概被母獅所寫的數字給激起了對未來的無限嚮往，馬上答應著要簽下去。

我只覺得毛骨悚然，卻噗嗤一笑。母獅朝我瞟來一眼。

那一眼既是打量又像是警告，警告我別礙事，哪裡來就滾回哪裡去。

可是這時間我又有哪裡可以去呢？

總算靠著完全沒記入腦袋裡的無聊雜誌打發到平常的下班時間，小全沒有出現也沒有打來。在這裡乾等也不是辦法。

我將陪我一整天的咖啡空杯回收，走出麥當勞，循來時的路線搭公車，經過大學時代常走的路、經過以前約會的幾家餐廳和景點、經過回家的站牌，再過一站，我下車，走三十分鐘的路往公司。

當房仲最需要的是要有交通工具，可是我沒有。這點被公司念了好幾次。我唯一能夠做到的，只是提早出發，提早抵達，花一點時間讓微風把汗都吹乾。

我站在馬路對面看，公司的燈還亮著，騎樓下有兩個同事在抽菸。沒有想過去打招呼的意思。我繼續走著，走到空屋所在的眷村那一帶。

小學同學有幾個在當時住在這裡，現在也早已搬走。這裡已有幾棟大樓，大概再過不了多久，眷村的低矮房子都將會被夷平吧。

國宅落成不久，藉著工作之便，我曾經帶著老婆到物件裡頭參觀。公寓式三房一廳一廚兩衛的格局、近三十坪、坐北朝南、採光明亮，樓下還有管理室與不大的活動中心充作簡易健身房。平時客戶可能只待個半小時到一小時，老婆卻在同一個物件裡待了兩三倍的時間。她從中午開始讚嘆穿透窗戶與落地窗打進室內的光線，接著是下午，然後是傍晚，光線的每一分變化都讓她看得入迷。又反覆看著那三間房間，在裡頭跳舞般的走來走去。

「這間可以是我們的房間，隔壁就是育嬰房。老公，你不覺得小朋友也應該要有自己的空間嗎？從小到大都跟我們一間也太可憐了。然後這間是爸媽過來的時候……」老婆興致勃勃地規劃著，彷彿我們已經要搬進來了。

事實上，那時我們才剛擺脫租來的小套房，靠著我們爸媽的贊助繳了一間老公寓的頭期款。公寓不大，約莫十八坪，臥房客廳廚房，還有一間格局詭異，小到不行的房間，不適合起居，只能充作我的工作間。所以Baby，將來的小朋友還是從小到大都必須跟我們一起睡。

我看著老婆對新屋著迷的樣子，光只是想像，就讓她看起來有點暈眩。

後來那三十坪公寓售出的時候——小全賣的——我回家告訴老婆，她的失落之大，好幾天都能感受得到。而我依然每個月固定咬緊牙根繳著貸款。

這次的拜訪我不再進去空屋，來到當初那棟公寓的樓下，抬頭上望。不太記得是哪一戶，只記得樓層。那樓的住家們似乎都有人回家了，燈光都是亮著的。有的拉上窗簾有的沒有。沒有拉上的住戶剛好可以讓我看到他們裝潢的天花板材質與燈具。

那些燈具我與老婆假日閒逛IKEA與特力屋時也都有看過。老婆總是對光線特別著迷，每一盞商家陳列的燈她也會細細的看。

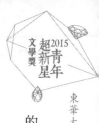

「我最不喜歡那種長長的、無聊的日光燈。」她說。

不用多作解釋，現在我們家裡也是那種日光燈。

做過房仲最大的好處就是我的耐心變好了。我可以持續地站在某個地方等待，等待塞車遲到的客戶、等待長時間的開會、等待售方冗長又繁複的條件、等待永不出現的小全。

而現在我站在老婆的「夢幻住宅」前觀看他人的窗簾與燈具，等待的是再晚一些些的時間。這麼早，我不知道該怎麼面對冷戰時的老婆。

過去，我討厭被忽視與沉默，不爽的時候就該大聲說出來。可是老婆卻是最喜歡用沉默逼迫我的人。以前這樣，不出半小時我肯定對她示弱示好。但是現在，若要解釋我昨晚的行為，肯定得全盤托出失業的事。

失業。是的，失業。這兩天我總是刻意不去想像這個字眼。

這兩個字牽扯出的，不僅僅只是無法生養小孩而已。眼看著下週即將開始的中秋假期，帶著老婆回兩方的老家過節，交通費、禮品費、請家人吃飯的費用……月底又要繳房貸，雖然這可以靠存款扣款，但是接下來呢？

我到底能瞞她多久？又能夠瞞著彼此的爸媽多久？親家母那邊到底能夠容忍自己寶貝女兒的女婿不成才到什麼程度？又我那急著抱孫的父母又有多少時間承受等待？

回到家的時候，室內一片昏暗，與往常不同。過去她總是會為我留一盞燈。

我走到臥房看她，賭氣般的，她睡在最靠牆的床的邊邊，背對著門口。她可能知道我回來了，也可能不知道。她都戴著耳塞睡覺，睡著以後又很難被驚醒。

這樣也好。我還是沒有辦法面對她醒來的那片沉默。

我先洗了澡，走到書房。桌上有幾疊卷宗，都是過時的物件資料。那時我還是公司菜鳥，對賣房抱持著熱忱。我將這些卷宗推到桌角，打開跑得極慢的電腦，打算上人力公司丟幾份履歷。

等待電腦開機的過程中，我陷在椅子裡發呆，腦袋裡無限循環的跑著該如何對家人們開口，與近期生錢的方法。

在那極大的電腦風扇裡，我似乎聽到房外有些聲音。是老婆嗎？她醒了嗎？我該出去跟她打招呼嗎？她會跟我說話嗎？

猶豫許久，那聲音細細碎碎夾雜在風扇運轉聲裡。

我拿起桌上多天未洗的茶杯，拉開書房的門。我可以故作輕鬆的跟老婆聊天，說說今天加班晚回家對不起，也可以問她這麼晚了還爬起來是不是睡不著。假如她都不回應我，我也可以假裝不過是出去倒杯水。

門一拉開，書房裡的燈光——最普通的無聊日光燈——微微流瀉至黑暗的客廳裡，可以感覺到外頭的騷動都停止了。

臥房的門仍是關上的。

不是老婆嗎？難道是我敏感嗎？

我關上書房門，摸黑走到廚房洗杯子倒水，然後返回客廳。就在我的眼睛完全適應黑暗以後，我可以看到沙發的背後躲藏著一個半蹲的人。

我大叫一聲。那人也發現我看見他，便不再躲藏。他站了起來。我模糊的目測他可能比我高，但肯定比我壯。

「你想幹嘛！」事後想想我問這什麼白癡問題。

他沒有回答，只是發出沉重的呼吸聲，夾雜著某種奇怪的咕嚕聲。

我緊靠著牆壁移動，摸到電燈開關打開。燈光一亮，我們兩人都分別被刺痛雙眼。我以手遮在眼睛上方，勉強逼迫自己睜開眼睛，才見到那是公寓大樓對面開雜貨店阿公的孫子。平時可以看到那孫子總是坐在店門口喝得醉醺醺，稍有不如意就毆打他的阿公阿嬤。老婆每次看到他這般模樣，往往義憤填膺的想要去阻止，卻都被我攔下來。

「別人的家務事妳別管。」我說。

強制被我拉開帶走的老婆會在路上碎念：「你覺得這真的只是別人的家務事嗎？」「縱容暴力只會讓暴力更加茁壯而已。」「你覺得這個人只敢打他阿公嗎？」

這個人現正站在我家客廳、我的面前，努力抗拒燈光，眼裡都流出淚水……等等，這只不過是個老婆口中「平凡無聊」的日光燈，有這麼嚴重嗎？我不都已經好好的站在牆邊打量他了？

再仔細一看，這男人的眼睛通紅，鼻水眼淚都流不停，嘴邊還不停冒出唾液得一直吞嚥。這狀況，好像跟我以前代課時在輔導室見過的毒癮犯了的高中屁孩一個樣嘛。

「給——給我——給我錢！」他語意不清地喊，手裡還晃著一柄小短刀。那是老婆放在客廳桌上的水果刀嗎？

我看看他，再看看緊閉的臥房，然後瞄到客廳旁邊的落地窗並沒有關好。剛剛忘記檢查了。

「出去！」我吼他。見他輕輕的，不知是因為害怕，還是毒癮而抖了一下。

「我告訴你，」我又警告他，雖然我的聲音有點抖，希望他沒有聽出來：「我家有設保全，他們現在在路上。你給我出去！」

他看著我，流著眼淚鼻涕口水的臉有點遲疑。他拿起那柄水果刀，想朝我走來。我可以感覺我的頭因為恐懼還有腎上腺素快要爆炸了一樣。我瞄準他的頭丟出手上的茶杯。匡噹一聲，沒有打中他，卻在他身後摔個粉碎。他轉頭看了看地上那只杯子。我找了機會往廚房拿老婆平常在打掃的掃把與吸塵器，伸長了就往他的頭、他的背、他的手腳用力拍打。

「給我滾、給我滾、我已經報警了、給我滾！」我一邊揍一邊大吼。

他原本還一手抱住自己的頭，一手拿著水果刀亂揮，我盡量保持最遠的距離，死命用掃把拍他，直到拍掉他的刀。我改用棍子的那方用力揮打，他雙手抱頭，一邊向後倒退一邊哭吼別打了之類的話。

就這樣一直把他逼到落地窗前，他跑進陽台攀著牆壁走到隔壁鄰居的陽台，再往旁邊一翻，狼狽地爬至公寓大樓室外的太平梯，咚咚咚咚，連滾帶爬的爬下去。

男人一走，我將掃把與吸塵器丟到一旁，先將落地窗用力關上並上鎖，再把窗簾拉上。室內一片狼藉，茶杯的碎片與開水灑得到處都是。我就地坐了下來——與其說坐，不如說是因為腿軟幾乎是跪下來——想著剛剛的場面，覺得恐懼仍在我的身體裡，覺得好冷。

其實我家根本沒有保全，那樣說能讓他相信算我好運。我瞄到那支掃把，才發現原來它幾乎快要被我打斷了。

臥房的門仍是緊閉的，熟睡的老婆似乎仍沒有被吵醒，好像剛剛發生的事情都只是我的想像，也還好那個人並沒有傷害到她。

我想著剛剛那個男人，他的臉、他的心智、他的身體被毒品殘害的模樣；他的阿公佝僂著背管理已經沒什麼人在光顧的雜貨店的模樣；麥當勞裡搽著紅色唇膏的母獅，與她眼中的羚羊男獵物的模樣；我那些業績壓力過大、狂抽菸的同事們的模樣……

說來丟臉，想著這些事情，讓我一個大男人在自家客廳裡痛哭流涕。這是我失業以來第一次哭泣。收拾好情緒以後，從落地窗簾的縫隙中可以看到天已經微微的亮了。

我沒有立刻清掃地上的杯子碎片，只是走到臥房前輕輕拉開房門，然後如蛇一般爬上床，緊緊抱住睡著卻仍下意識倔強背對著我的老婆。等她醒來，我會告訴她昨晚發生什麼事；等她醒來，我會誠實告訴她我失業了；等她醒來，我會向她道歉；只要等她醒來。

（東華大學「東華奇萊文學獎」首獎作品）

曾于珊

一九九〇年二月十七日生，就讀東華大學華文所創作組。曾以詩〈致我親愛的兄弟〉獲東華文學獎佳作，並收於《放牠的手在你心上》，其餘詩作散見《衛生紙+》、《海星》、《風球》等。現有聯合報繽紛版「動物浮世繪」專欄。

保養品

傅俊璋

四月六日（一）

我們的班花——季小璐，前天一早在前往學校的路途中，不幸車禍身亡。那時地面上淌著深紅的暗淡血漬，接連兩日的豪雨也未能沖刷那深刻的血跡。之所以晚了兩天寫日記，正是爲了收拾她在宿舍以及教室內的用品。我和玉琛住在她隔壁，因此被叫去幫忙搬東西，而那時玉琛說她從不做白工，便拿走季小璐的一樣保養品——Ayazi。我很害怕，畢竟那是死去的人的東西，但玉琛說：「季小璐既然已經死了，她的家人就不該留戀她，應該讓她好走，所以遺物什麼的越少越好。」雖說這麼做不好，但是我也不敢違背玉琛，因爲很多時候她說的都很正確。當晚玉琛就對著鏡子塗塗抹抹的，我只覺得這是個沒聽過的牌子，但是玉琛說季小璐家很有錢，用的一定是高檔貨，或許是個人用的品牌也不一定。事實證明玉琛所說無錯，隔天就讓我著實嚇了一大跳。玉琛眼瞼下擠了很久也弄不去的青春痘，竟然一夕間就消失了！而且……

「鈴——鈴——」電話響起，顏子茴迅速扔下手中的藍筆，一個箭步衝去接聽：「喂？」「子茴！妳知道嗎？我的胎記也變淺了耶！」想到這是接續昨天的話題，顏子茴的唇角微微勾起，不自覺地苦笑著。對方不知顏子茴此時的情緒轉變，只是自顧自的滔滔不絕：「如果我天天都這樣搽的話，搞不好會變得像季小璐一樣正耶！唉唷，其實她也沒有很正啦，只是比別人能看一些。要是我很早有Ayazi的話，那我一定是班花了呀！就說嘛，她怎麼可能一出生就很正，喂，妳幹嘛不講話？」面對林玉琛幼稚的心態，顏子茴只輕聲的表明自己只想當個聆聽者，於是她就照樣說著自己的故事，自得其樂。顏子茴淡淡的微笑，心裡異常地苦悶：兩人從開學就一直是所謂的「死黨」，但彼此交情卻不深。此時顏子茴像想到了什麼般，捲著電話線的手指猛然止住。「玉琛……胎記怎麼會變淺呢？」顏子茴滿腦子疑問，卻被林玉琛的笑聲驚的倒抽一口氣。「呵呵呵，那不是重點啦——」她的喉嚨發出咯咯咯吞嚥口水的聲音，從電話線傳來十分清晰，使得顏子茴感受到陣陣惡寒，而林玉琛的笑聲就像指甲刮黑板般，刺耳得令人頭疼。

顏子茴感到細微的不對勁，但並沒有向她表明自己的疑惑，畢竟林玉琛不正常的情形實在太多、太多了。對單純的顏子茴來說，林玉琛是個時常遊走在危險邊緣的特異女子，卻不知自己才是與眾不同的純真。正由於特殊的個性，顏子茴才會被林玉琛玩弄於掌心，卻認為對方是替自己著想。

這通對話在詭譎的氣氛下中斷，顏子茴走近書桌把未完成的日記簿收起，順帶收拾桌面。即使窩在暖洋洋的被窩中，空氣中仍有一絲寒意，顏子茴不禁攏了攏棉被，將汗流浹背的身子裹得更加密不通風。

四月十二日（日）

爲了變美麗，這幾日下來，玉琛天天都在用Ayazi，成效是顯而易見的，玉琛長在劉海下的胎記無影無蹤了，因太陽曬出的雀斑也消失，甚至連肌膚都變得吹彈可破、細膩柔和，她也不在意別人碰，玉琛只說再搽Ayazi就能更好。她不給其他同學用Ayazi，她說越多人用效果越不好，雖然大家都怒罵玉琛做作，但是這麼好的東西任誰都不想與人共享吧！不過玉琛對我說，這瓶保養品，不是一般的化妝品，它是用不完的、它是有魔力的。聽到玉琛這樣說的時候，我心裡很是難過。同學們都看得出來玉琛對它的愛護，甚至是連到後方櫃子拿書也要帶在身上，我又怎麼會和玉琛搶那瓶Ayazi呢？我們都是朋友，不該這般互相懷疑猜忌的……但是說了玉琛也不會聽，當人類面對危險時，會自動遺忘以及忽略那段心驚膽戰的過程，就好比玉琛不想記得這段最眞誠的話語，我能夠理解玉琛的心，她一直很討厭季小璐成爲班花這件事，所以才費盡心力想要比她更加豔麗。我一直覺得玉琛已經夠美了，但她不這麼想……眞希望我能幫助她，眞希望她會接受我的想法。

顏子茴來回地審視日記上的一字一句，輕微的嘆了口氣。對於朋友的煩惱，她一點忙也幫不上，令她百般懊惱。於是顏子茴決定坐而言不如起而行，拉開椅子便撥著號碼。

「喂？」「請問是林玉琛嗎？」「我是。子茴嗎？」林玉琛難能的細語，令顏子茴的眸中顯出一抹訝然之色。在她印象中的林玉琛，是易怒、暴躁、不通情達理的人，此時卻能夠與之溫順平靜的對話。「玉琛……」顏子茴吐出一小口氣，鼓足勇氣對電話的另一端說：「如果有什麼困難的話，一定要跟我說！我不會跟妳借Ayazi的，我只想幫妳，看妳天天這樣，我真的很……」就在顏子茴的淚水要奪眶而出之際，林玉琛打斷了她的話：「子茴，我真的沒事。」柔嫩的嗓音是十足的安神劑，但也是最危險的迷幻藥。顏子茴仍舊緊張的蹙著眉，小臉皺成一團，擔憂的道：「真的沒事嗎？可是妳今天……」「子茴，妳該擔心的是妳自己。妳最近都沒怎麼睡好吧？最近妳的黑眼圈越來越深了，明天下課時我借妳 Ayazi 吧，黑眼圈很快就會不見了唷！」

顏子茴含著淚水在吞吐的答應後，便躺死在床上。她忘了一件重大要緊的事：當初林玉琛是怎樣死命保護稱作 Ayazi 的珍貴保養品。

四月十三日（一）

今天玉琛借我 Ayazi，效果真的太好了！眼眶下方一下子又變回原來的膚色，不過好像更白皙了一些些？總之我終於明瞭玉琛不想給人的心情了，如果是被我拿到的話，想必我也不想給別人吧。不過……即使功效良好，我也不願再使用一次。畢竟塗滿了 Ayazi 以後，整張臉就好像被什麼覆蓋住，難以呼吸。就好似……被一張假臉皮套住，宛如要被取代的感覺，很可怕，到現在想起來依舊毛毛的，如果洗不掉的話，該不會一輩子都要……

顏子茴用力的甩了甩頭，拿出立可帶把最後幾句刪去，「喀啦」一聲關閉小檯燈，衝進被中瑟瑟發抖。

四月十六日（四）

玉琛好奇怪，她很像一個我們認識的人，然而我不記得了……她也有一樣水汪汪的圓碩眼睛，講話也很溫柔，但我想不起是誰，玉琛的頭髮也和她一樣長，一樣及腰。原本玉琛的頭髮才在肩膀的……實在好奇怪好奇怪！最近玉琛一直要我用Ayazi，可是我好怕那些油脂會洗不掉……這些油用普通的肥皀或洗面露根本洗不掉，我搓到臉頰發紅，還是感覺濕黏悶熱，我不想再體驗那種感覺，當天我根本睡不著，好可怕……如果眞的一覺不醒該怎麼辦，爸爸還有媽媽……

四月二十日（一）

過了週末，今天再看到玉琛，發現她從圓滑有肉感的下巴變成瓜子臉，好像換了個人似的。本該很不習慣，但卻有種似曾相識的感覺。同學們也有同感，覺得好像某個人，卻想不起到底是誰。

四月二十一日（二）

今天玉琛跟我說，她覺得自己像季小璐一樣的漂亮，我對她說，季小璐才比不上妳呢。不過我對季小璐一點深刻的記憶也沒有，只記得是位個性、人緣都很好的女生。

四月二十二日（三）

今天我問玉琛關於季小璐的一些事情，她說季小璐是個很美麗的女生。不止容貌端正、個性溫存，渾身散發的氣質就是一種無與倫比的丰采。聽著玉琛癡醉如夢的敘說關於季小璐的美好，我只覺得一切都比不上玉琛。玉琛很替我著想，我想她以前一定是沒有自信，所以才會因爲一些小事而生氣，我好高興她有了Ayazi，因爲玉琛相信它一定有效，在自我催眠之下，該說是自我感覺良好嗎？呵呵，總之玉琛變得快樂，我也很開心，就像自己眞正的家人一樣，玉琛的一舉一動牽動著我的心弦，對我來說，她是比季小璐還要遙不可及。

四月二十三日（四）

最近睡得有點久。

四月二十四日（五）

（空白）

四月二十七日（一）

今天放學時一起去買了書，她買了本《靈能異聞錄》，對我說她很喜歡靈異故事，她家有一整櫃的靈異小說，改天請我去她家看看。她說她最近搬家，會搬到這附近，而她的宿舍房間會改在我隔壁。我問她爲什麼不跟我一起住，她瞇著眼笑答：「還是習慣的最好呀！」

四月二十八日（二）

（空白）

四月二十九日（三）

今天在學校睡得太久，導致現在有些睡不著。像往常一樣，有個很漂亮的女生找我談天，我記得她的臉，卻始終忘記她的名字。好像叫琛……的。她笑起來很漂亮，像太陽般和煦，跟她聊天總是很開心，不過我好希望能夠記得她的名字，我只記得「琛」這個字，這是珍寶的意思，她就像塊待琢磨的玉，只差一個眞正能夠匹配的名字罷了。如果叫作「璐」一定是名副其實，像美玉般閃爍著輝煌的亮光，使得周遭黯然失色。

四月三十日（四）

……

五月四日（一）

我終於記得她的名字了。今天我又問了她一次，我老實的對她說我記不起她的名字，她噙著甜美的笑容，嘴角呈現一種秀美悅人的弧度。

「我叫作季小璐，我覺得我現在很美麗。」

（虎尾科技大學「虎尾溪文學獎」首獎作品）

傅俊璋

我是一個熱愛閱讀的人，在每日的空閒時間裡，書本中的奇幻世界就是我最愛的地方，當我沉靜在書中時，我的心靈會獲得充實，而寫作則是將自己內心的話，用文字表達出來，將自己的情感寫在裡面，讓人們更加認識自我。

長庚大學

變革

蕭家凡

一、總統之死

總統倒在血泊之中，挺拔利落的西裝被不斷湧出的血液染黑，簡單清爽的紳士髮型也軟弱無力的垂下劉海，至於那雙曾經深湛而銳利、彷彿看透世間的眼睛，則空洞的望著我。

我無助的癱坐地上，嘴巴只能發出啞啞的嘶吼聲。護衛們馬上就會進來，儘管他們因為總統本人的要求而遠遠待在三個房間之外，但很快就會發現不對勁。而我似乎應該做點什麼，至少該想好當一群盛怒的護衛衝進房間的時候我該說些什麼。

我得像平常一樣……像平常一樣展現遊刃有餘的姿態，不疾不徐地跟眾人解釋：「元首之所以倒在血泊中是有深意的，堅定、等待！」……這僅存的一絲不理智試圖拉扯著我的心智，但身體和腦袋還是無法動彈，我甚至無法停止不看倒下的聖諺那喪失了光芒的眼神。

他曾經是我的總統。

他是庶民的希望、國家的黎明、民主的晨光；他是世界和平獎角逐者、經濟學大師與實踐者、打破對立隔閡者；他是救世主、他是指引者，近年來，甚至有一些聲音稱他是世紀的英雄。

「一起來吧。」他對我說的最後一句話，也曾是我們初次見面的第一句話。現在回想起來，不知不覺我也已經跟著他走了這麼久，竟然還走到了這麼高的地方。

我很早就知道他是有這個「容量」的大人物，權力與金錢從來不是目的，只是在他追求理想與卓越的過程中，自然而然出現的副產物罷了，除此之外，還有更重要得多的事物，忘記了是從什麼時候開始我們踰越了人類追求的極限，也或許是區區渺小的人類本來就不足以容納聖諺那樣的世紀性存在，將手伸向神權的存在，對他而言是如此的自然。

他們稱我為先知、賢者，或是宣告者。

因為我是第一個對眾人宣稱聖諺乃救世主的人，我是第一個拉起他的手宣稱眾人應當追隨他的人。那是一個非常天才的點子，此時此刻的我已經想不起為何當初會有那樣大膽而瘋狂的構想；但更可能的是當時的我當真是如此的深信。當年所翻遍的每一本宗教經典都被狂熱激情的雙眼給蒙蔽，以致我在沒日沒夜的幻想與自圓其說之中，無視了數不清的矛盾，宣稱聖諺符合許多宗教所指稱的救世主。

這本該是個笑話，正常情況下，我應該被眾人當成瘋子，而他會淪為笑柄。但聖諺不同，他本身就具有無窮的魔力：他的雙眼、他的話語、他的嘴角，以及那些連我也無法解釋的奇蹟……數以萬計聽過我狂言的民眾開始相信，開始相信那關於救世主與世紀英雄的謊言。

突如其來的攙扶讓我驚醒。不知道經過了多久，眼前的房間已站滿了人，多餘的家具全被移開，除了身著制服的侍衛、白袍的醫療人員、值班到半夜的幕僚外，還有為數不少住在官邸祀奉的信徒與聖職人員。

許多不可置信與慌亂的面孔不約而同地望向我，其餘則望向已被抬出血泊、平躺在沙發上、早已沒了生命氣息的總統聖諺。

「黨魁先生，請問這、這……這怎麼一回事？總統……這個，這是總統的安排嗎？」

「大人，我們愚昧、謙恭、卑微，但我們不明瞭旨意。」

震驚的侍衛隊長與貼身幕僚們以世俗的職位及思考角度問我；茫然的追隨者與狂熱信徒則是以教內特有的稱謂向我請示。其實沒什麼不同，已經有很多年沒有人會懷疑聖諺，以及身為他宣揚者的我。當聖諺不認為今晚自己會死亡，這個房間內就沒有人真的相信他會死亡。

但我能告訴他們什麼呢？我已經不知道什麼是真相，曾經深信不疑的事物已然破滅。我顫巍巍地走向前，直到近得能看清楚聖諺容貌的距離，慎重而緩慢的俯身向下，將手掌輕柔的蓋在他那失去對焦的雙眼，輕輕闔上。

大房間中數十人，沒有人發出聲音，更沒有人試圖阻攔我，即使他們充滿惶恐與疑惑；醫護人員急救完後也不敢擅作主張闔上聖諺的雙眼，即使他已經沒有生命氣息。

沒有特別示意，所有人卻習慣性的以圓弧狀圍繞躺在沙發上的聖諺與一旁的我，保持了三公尺以上的距離，充滿崇敬與期待的等著。如同過去我所教導、而聖諺每一次展現奇蹟的時候一樣。不同的是，不會再有奇蹟，也許從來就沒有過什麼奇蹟。

似剎那、似永恆。或許會有記錄家這樣形容這一幕的時光流逝，但我確確實實在這短暫的一刻，又重新回想起過去十七年中的每一幕。回憶許久，但實際時間只過了一瞬間，直到我再次開口：「他走了，也許從未來過。」傾盡了我所有智慧。

他們不會明瞭其中含義，就像他們永遠不會明瞭我所知道的真實；會有無數人猜想、錯解這句話，就像過去的我從未真正了解王聖諺這個人。也許仍然會有人繼續相信他是救世主，但絕對不會有人理解，為何我會親手殺了他。

二、宣揚者

在他們找到我之前，我只是個流連於苗栗鄉下夜市的玩具叫賣商人，帶著幾個大箱子裝的批發玩具、一些桌椅，在圈起來的小場地以大聲公口若懸河的不停地講。

批發玩具並沒有標價，能賣到多少價格、賣出多少數量，除了得看當晚的人潮，更重要的是販賣者本身的口才。與其說是賣玩具，不如說是表演才藝，才藝即口才。將直接得自製造商，一台極其普通的遙控車，形容成近年新研發出的科技產品，說得像是闔家大小假日的最佳休閒，最後以四到八倍的利潤賣出，就是一次成功的交易。

生意本身還算好賺，儘管並不穩定，但以國中學歷不偷不搶能有這等收入已是萬幸。直到他們找到我。

那個晚上，幾個穿著西裝的男子在我忙著收攤時現身，「太精采了！」他們這樣說道，臉上各自帶著不同含義的笑容。帶頭的男子髮色已然灰白，他自稱姓劉，頭銜是一間新創立的民調公司董事長。「曾先生，你正是我們需要的人才。」這位劉閔咸難掩笑意的說著，「你的言談之中擁有少見的說服力，口氣與音調具有讓人們自然而然願意聽下去的吸引力。雖然你自己未必發覺，但你將語言所蘊含的溝通本質發揮得淋漓盡致，這是我們尋訪多年的天賦。」

我皺著眉頭邊收東西邊聽著，我並不打算深談，這年頭什麼樣的詐騙都有。

他滔滔不絕的說著：「不瞞你說，適才連我也頗受你那台以高價賣出的遙控蝴蝶吸引，相信它真有那個價值。現在想來不過就是個廉價玩具。我所自豪的識人之明跟判斷力……近幾年來，還沒有人能讓我產生如此判斷上的誤差，即使只有一會兒。曾先生，你有讓我完全折服的說服力。」

我任對方自顧自的說個沒停。「是的，我們已經觀察你一陣子了，之前我也曾來過兩次。你的大才不應該浪費在這些蠅頭小利之上，你可以為這世界帶來更重要的事物。」

劉閔咸在我正巧回頭時，慢條斯理的從上衣內裡掏出一份牛皮紙袋示意，稍稍吸引了我的目光。當年我也曾為了自己那點「蠅頭小利」而自豪過，因此對眼前那乾扁可憐的信封嗤之以鼻，直到看見信封中裝著的並非現金而是支票，而且上頭填著的天文數字為止。

「四千萬。這作為約聘你的訂金。」我從未想過能同時擁有這樣的數字，這對我是沒有真實感、甚至沒有概念的數字，但對劉閔咸那類人來說並不是如此。

「汲汲營營於一些細小數字上細微的差異，或庸庸碌碌於一些生活上錯誤的目標……這國家大多數的人們都搞錯了生命的意義。曾先生，你是成就大事的一塊拼圖，你得跟我走，一起為這國家做點事。」

於是我加入了組織。

離開苗栗北上的兩天後就上了飛機，劉閔咸帶我來到休士頓的一處園區進行特訓與改造，沒有想到一待就是兩年。

此處是專門訓練話術與溝通人才的研究區，我被安排為重點培訓學員，一天中有十二個小時的上課時間，半數是語言訓練，另外半數包含了實驗及認知心理學、人格及社會探討、發展和生物臨床心理課程……等心理領域，另外還有一些溝通與激勵課程。語言方面，一年有兩種外語的課程，即使是原本已經相當精通的中文，仍然每天有一小時的正音班和字彙班，第二年後甚至開始練習在短時間內構築出精美文句的技巧。

在休士頓的兩年增長了我的眼界，劉閔咸交派兩位助理負責訓練以及打理我的日常生活。從走路姿勢和體面穿著開始，乃至於音樂或舞蹈的鑑賞能力，很快的將我打造成一個從裡到外都難以發現破綻的貴族人物。

直到課程結束回國後，我已經成為不同的人。

曾鳴為，首先我得到了新名字，一個屬於一鳴驚人或是有所作為人物的名字，比起早就過世的父母給予我的名字更上得了檯面。我也有了新的學歷、經歷跟過去，因為劉閔咸說過，「身分地位者的隨口一語，會比無名小卒的金玉良言更為人重視」，因此他給了我新的身分相襯，某新上市的生技公司董事監察、社會弱勢財團法人基金會執行長……等多項掛名殊榮。

我的行程被安排得極為謹慎，我每兩週會有一日出席一些政商名流聚集的剪綵、募款、演講和晚會，和重要人物留下一面之緣；其餘時間都留在組織派給我的私人公寓中，蒐集近來國內的各項資訊，另外由於我個人的獨到見解，我很重視新興的網路資訊平台。

這一年，二〇〇九年的春季我正好滿三十歲，開始了另一段人生。即使在若干年後的未來，因為選舉爭戰而數度踏上苗栗的土地，也不再有人認得出我；無論跟我一同生活過十幾個年頭的鄰居，或是僅存幾個有血緣的遠親，都沒有辦法。

我有想過為何自己會這樣走上瘋狂而輝煌的人生，但回憶起來似乎只是自然而然的被牽著鼻子走。其實，如果沒有能衣錦還鄉的故鄉和親人，改變世界的成就又有什麼吸引力呢？

回國的半年後，十月的第二個週末，我才剛出席完企業午餐會，兩位助理便慎重其事將我推上車，並神祕的載到了坐落於新莊山區的獨立莊園。即使在此時的我眼中，這個莊園也豪華得嘆為觀止，腹地起碼有四、五座中學加起來那樣寬廣，正門柵欄至大廳門前的車道兩邊，灌木與噴泉一絲不苟的豎立；主廳與偏廳擺設的繪畫與雕刻均出自名家之手，木製桌椅也精細得如同藝術品。

助理將我帶至位於屋內深處的議事廳門口，略帶不安的走進去後才發現，自己獨自一人位於小廣場般的房廳中央，數十雙眼睛從不遠處的二樓天井旁隔著扶手欄杆俯視。

劉閔咸也坐在二樓的其中一張豪華扶手椅中。他沒有刻意提高音量的穩重聲調清楚的傳了過來，「曾鳴為，證明自己，向在場的大老們展現你的價值。」

突兀的要求，臨時的試驗。

但我並不是毫無準備。這一天的到來早在休士頓的遊學期間就出現在我腦海中，我深知畢竟會有一日我得向龐大組織的其他人表演我的「才藝」。

於是我先帶著輕浮的微笑並以優雅卻做作的半鞠躬作為開場白：「諸公，終於見到你們一面了，實在不勝惶恐哪！」我注意到坐在扶手椅的十幾人有半數皺起了眉頭，這在我的計畫之中，先行植入與他們期望有落差的第一印象能更吸引注意力，也能強化後段的說服力。

「你們塑造出我這樣的人，為的是什麼呢？難道只是想在山中的豪華別墅看一隻受過特殊溝通訓練的猴子雜耍嗎？更遑論是想讓這隻猴子當真躍上枝頭，接管什麼企業或是做出什麼了不起的決策吧。

「就讓我們省略客氣話吧，各位，你們的目的是這個吧。」我順手抽出了今早留在西裝內襯口袋的一頁報紙，頭版的全版照片剛好能讓遠在二樓的人也看清楚上面是誰。正是現任的帥氣總統。這張報紙的素材稍稍引起幾張扶手椅的騷動。

「你們注意到了台灣的選舉趨勢，也注意到了現任總統的成功原因：形象。無論是準備了優秀的人傑，或只拿得出半顆西瓜，透過包裝去塑造出另外一個完美的領導人形象給眾人追隨，複製出現任總統成功經歷。」我成功的吸引了所有扶手椅中重要人物的注視，「完美的形象和一塵不染的氣質，搭配經過過度包裝的華麗資歷……透過影響人類的潛意識，塑造者有機會能讓人們因為情感而自己選擇蒙蔽雙眼、忽視理性，以為自己是因為自主意識和判斷才做了決定，但其實從頭到尾都身不由己。」

加入組織後，我有太多時間可以從各方面旁敲側擊地去思考，終於在無數夜晚之後被我想通其中的邏輯。

「你們需要我，一個宣揚者，去幫忙『產生』台灣下一代另一個政治明星，一個可以讓民眾不由自主就投了票的領導者。這就是我的長才所在。即使鬼話連篇也講得頭頭是道的發言人，現在政壇上已經太多了，但我則是更出類拔萃，構築一個天方夜譚，並讓民眾篤信不已。」口沫橫飛的我感到熱血沸騰，我相信那數十雙望著我而顯得精光閃閃的眼睛們的主人，同樣也感到熱血沸騰。「目標是三年後……不對，應該是二〇一六年的總統選舉。其實政壇明星的操作和演藝圈幾乎沒什麼不同，清新的勢力總會給人好感，每一次大螢幕上毫無瑕疵的表演就能決定勝負，關鍵在於穿透觀眾的情感與潛意識。」

「這個——」我以雙手將手中總統的半身全版照片攤了開來，「就是我們的目標。」

第一個因為我的表演而站起來鼓掌的是個乾癟老人，我也才驚覺原來我一直對紫黨——國內最大政黨所屬元老侃侃而談了這麼久，也又一次認知到組織的龐大與層級之高。

隨著乾癟老人，這個國家與政治的重要人物許久不止的鼓掌終於告歇，扶手椅的眾人簡單的交頭接耳一番，便迅速從二樓的出口離去。滿面紅光的劉閔咸攙扶著老人下了樓梯向我走來，身旁還有一個穿著白西裝、留著八字鬍的中年男子。

「這位是前總統與橙黨黨主席，你應該也知道。」劉閔咸開口招呼，「下週一和我去見一個人，你猜想的人傑我們已經找到了，一切計畫也即將開始推動，但接下來還得看你的表現，因為你必須說服這個人。」

「說服他？」我喃喃問道，沒有人回應。

前總統陳柏豪以乾皺的手掌拍了拍我的肩膀，年近九十歲高齡的目光向我凝視許久，以難以注意到的幅度點了點頭後，三人也離開了。

三、火種

在休士頓的兩年中，也曾有那麼短暫的一段時間我認為自己會成為大人物，但不久我就自己領悟到：我是叫賣商品的商人，不是商品本身。劉閔咸曾用「成就大事的拼圖」形容我，這句話也又一次的展現了他言簡意賅的特質，我的確只該是一塊拼圖，而不是英雄或偉人。

庶民時期，我不曾認為自己會為了政治或是民主型態而努力，即使在改頭換面之後，我也只清楚的意識到自己作為叫賣商人……或是美其名為宣揚者的責任。但在認識了他之後我開始改觀，他讓我相信自己有能力跟責任讓國家跟國民都變得更好。

這個國家如同病入膏肓的政治型態，除了他之外……除了前無古人、後無來者的「他」之外，我不認為還有其他人有辦法能成功戰勝。

若要談到國家的政治問題，一切都得回溯到歷史源頭。二次大戰剛結束後的紫黨在台灣成立了臨時政權，以戰時緊急狀態為名義，將號稱為民主國家的政治權力緊握在少數人手中而形同獨裁。

二十世紀踏入後期，因為來自美、歐等西方民主國家的壓力，紫黨不得不開始逐漸開放憲法所賦予人民的各項權利，包括其中最重要的選舉權。以此為契機，憎恨獨裁的紫黨數十年囂張跋扈的人們，以及因為政治因素甚或政治迫害而產生的受難者家屬與當事人，在開放過程中形成一種勢力，最後組成了如同反紫黨勢力共主的橙黨。

因應變革所產生的民主化潮流，紫黨和橙黨都不斷的進步與改變，一同進入了二十一世紀；但同時對立與矛盾也不斷累積，像無法解除的枷鎖一般也被兩黨帶入了二十一世紀。

二十一世紀，本該是民主的世紀，但實際上卻讓人遺憾。

何謂民主？每一個人民的個體因應自身的利益與需求，憑藉個人的認知與判斷，在慎選與改進之後，於每一次選舉選出權責的代理人；代理人則代替所有人民行使國家的權力。

小至里長，大至市長、立委、總統，每一個選舉和當選者理論上都應該是國家整體而言最佳的選擇。但實際上卻總是不斷上演紫黨和橙黨的民意對決。人民不再因為候選人的資歷、能力或理想而做選擇，人民不再經過自身利益的思考和判斷後才投票，僅僅只因為候選人所掛黨籍的「顏色」，就輕易擲出手上寶貴的一票。

最後造成的結果不能說只是紫黨抑或橙黨的錯，但兩黨對於罪魁禍首皆難辭其咎。

兩黨的支持者各有其立場與歷史，兩邊各有既得利益者，亦都有受壓迫者，數十年的對立與衝突，讓兩種立場的人們互相完全無法容忍另一方的存在與見解，而身處高位的獲益者更無意解決此亂象：因為顏色對決的情況越明顯，獲益者與其後代更容易世襲權位。

這樣的民主遺憾從一九八〇年代延續至二〇一二年的選舉，未曾解決，原本也沒有機會解決，但開始有人擔憂並立志解決現況，因此我在所處的組織中赫然見到以數十年前的紫黨前總統陳柏豪，和現任橙黨黨主席謝京汝兩人為首的少數政治菁英，組成了一個神祕而龐大的地下組織，意圖於二〇一六年的大選顛覆這個枷鎖。

而我和我身處的組織在二〇一〇年埋下了火種，即將改變一切。

在豪華莊園試驗會那晚的下週一，劉閔咸帶著我與許多隨扈、助理搭乘新近發展的高速鐵路南下，在高雄大學一處喧騰的大教室外找到王聖諺。

他的第一印象的確與眾不同，斜飛的劍眉坐落於稜角分明的臉龐上、嘴角永遠帶有三分笑意的微微向上勾起、簡單利落的紳士髮型中找不著一絲灰白；而他細長的眼眸中醞釀著一種看透一切的深邃，在他第一眼望向我的那一瞬間，我感受到目光望向的不只是我的臉龐，而是整個深藏其中的靈魂與過去都被看穿，有那麼半秒的時間，我像是回到了某個因生意不好枯坐夜市的夜晚，百無聊賴的放空心思。

既視感轉瞬即去，我打了一個冷顫，避開他直視而來的視線，拉緊身上挺拔華麗的西裝讓自己更有安全感。王聖諺只是笑了笑，和劉閔咸握手，並對我們每一個成員以點頭作為代替的打了一個簡單的招呼。

「一起來吧。」半霎，在劉閔咸尚未開口前他對我們所有人說道，我卻再也不敢與他直視。

他帶我們走進一旁那間特別大的教室，此時的教室內如同市場般的喧鬧，桌椅也像宴會般四處散開，學生們如同清晨魚市中的船家不停吆喝與討價還價，這奇景既不像課外活動，和我腦中的上課景象更是天差地別。

「每個學期的期中考，我都這樣安排。」王聖諺略顯滿意的對我們一行人講解，「所謂的理論，就是在宇宙中不管何處都逃不過的金科玉律。我在這邊建構了一個小型市場，讓學生們進行自由貿易，讓他們親身體會就算在這又小又擠的教室中，也逃不過市場理論的魔爪。」

「學生們喜歡這樣的考試吧？」劉閔咸頗有興致的問道。

「呵，那可不盡然。我為全班學生準備了足以讓每個人都達到八十分的總額，結果最後卻只有不到四分之一的同學能及格。這麼多年來都是如此。」王聖諺輕笑出聲，「在開市時占有優勢的同學會在市場中保有生存與競爭力，相對的一開始即受挫的同學將會維持受限的選擇很長一段時間，而能跳脫貧窮循環的成功者更是少之又少。」

王聖諺轉頭看向我們，眼神和似笑非笑的嘴角讓人不知不覺的被他所吸引。

「只要我沒有公布得分的配額，那些即使超過滿分後的同學，仍會索求無度的繼續以優勢競爭力向其他同學壓榨，鮮少有人在確定得分之前主動援手弱者。」他告訴我們，「就和現實所展現的一樣。這樣不諷刺嗎？自由經濟所展現的自由，建立在不公平與不自由之上。如果每一個個體會因為自己所不能決定的因素，而有差別待遇與差別競爭力，造成有些人會吃得過胖，有些人卻瀕臨餓死邊緣，這樣子怎麼能稱之為自由？」

「你有機會能改變一切。」劉閔咸在極佳的時機點開口，「我前幾次也說過，教導再多的孩子，也不能改變什麼，從體制著手才是根本之道。」

「你覺得呢？」王聖諺突然轉向我，饒富興趣，「你不是打算來幫助我的嗎，你為什麼要幫我？」

我……面對突如其來的詢問我啞口無言，不知道是問題本身抑或是問問題的人，我累積一身的機智妙語，竟然沒有辦法讓我回答眼前的提問，一個再簡單不過的問題，我感受到的卻是更深刻的含義。

一瞬間我理解了為何劉閔咸會找了這麼久之後選上這個人。此人能越過不重要的外在修飾，直達人心深處與人溝通。更重要的是，他或許與那些空口白話的立委官僚全都不同，是真心想要給人幸福。

「哈哈，如你之前所說，劉先生，從體制著手才能有所改變。但我為什麼要去改變呢？」王聖諺笑著搖頭走遠。

「等等，別走。」毫無由來的，一股發自體內的衝動讓我的嘴巴發出聲音，和所有教過我溝通技巧的老師相違背，我並沒有想好任何句子才開口說話。「什麼？」王聖諺回頭看著我。

「為了讓所有人幸福啊。」理所當然的答案脫口而出，「你不也是如此期望的嗎？你期望著有朝一日會出現那個帶領全班同學都及格的同學，你期望著在正義的體制之下展現真正的自由。所以才會這麼多年來不斷嘗試，等著那個英雄出現。不是嗎？」

帶給更多人幸福……王聖諺喃喃說道，他突兀的停下腳步，一臉震驚的抬頭看著我，「是的，我有一個讓世界變得更好的無敵計畫。」他告訴我。

於是，我們將英雄帶上了舞台。

四、奇蹟

其實，就算有組織的龐大影響力作為後盾，就算我本人被劉閔咸稱作難得一見的說服奇才，我們所要做的事情仍然難如登天。

組織的目標是顛覆台灣多年來的顏色選舉，因此就算組織的祕密核心人物是紫黨和橙黨中極有影響力的角色，在選舉的過程中，我們卻得小心和兩黨的色彩都保持距離。在選民結構堅如磐石的選區不能綁樁腳、無法掛保證，不能讓任何一滴紫或橙的顏色沾到我們的旗幟上，要獲得勝選根本是不可能

踏出的第一步更是艱難異常。組織原本瞄準二〇一〇年下旬的市議員選舉作為王聖諺初出茅廬的第一役，但在祕密活動了數個月後，由劉閔咸面有難色地宣告告吹。高雄所有選區都由不同家族勢力和利益團體所把持著，兩黨僅是作為共主接受各地候選人的靠攏。一個既沒有當地勢力、也不靠大黨擁戴的新人，是不可能選的。

但如同劉閔咸言簡意賅的宣言：「他太過優秀。」

下定決心一展抱負的王聖諺和深受其吸引的我一拍即合，我們也沒有在組織正忙著祕密運作政治勢力的時候閒著。

劉閔咸籌備了約五十名人力的辦公室供我差遣。我利用王聖諺的學者資歷作為起點，靠著組織提供的鉅額資金和前幾個月我與少數政商名流建立起的薄弱關係，不斷製造話題吸引媒體的注意力，成立基金會、打著無黨平民與學者的旗號積極參與公眾話題，儼然塑造出一股政治清流。

我充分了解我們的優勢。只要不斷安排聖諺在媒體前曝光，多數人就會很自然地被他那王者一般的氣息吸引而心生嚮往，這一點容易得令人難以想像。聖諺每次親上火線與年輕人或勞工團體……等不同族群開啟對話窗口，都會引起廣大的共鳴。我也積極利用自己的說辯長才，數度攻陷敵對立場的政論節目，並極度重視兩黨長久以來忽視的網路媒介，我引導並組織了群聚於網路上那數以萬計的言論導向，久而久之，整體的輿論方向對我們形成巨大的優勢。

於是，二〇一〇年的三月在山區莊園的祕密會議後，我和所有組織大老取得共識。我們要讓王聖諺走一條前無古人的終南捷徑，以素人身分直接挑戰直轄市長的高位。

現在想起來，那實在是兩個將步入中年卻仍未脫年輕人心態的無謀熱血，初出道不到半年的政治素人與政論名嘴，竟然想一舉挑戰全國第二都市市長的大位，如果不是組織擁有深不可測的影響力與鴻圖謀略，在每一個階段我們可能遇到的困難前就已經先部署好必要的力量，我們連半點希望都沒有。

但就算如此，高雄市選戰仍然是背水一戰且步步荊棘。高雄市的政治勢力完全是橙黨的後花園，現任市長也在橙黨多年執政下有穩固的支持力量，在在都是避免與政黨色彩沾染顏色的聖諺難以撼動的。

時光快速飛逝了四個月，來到了二〇一〇年的八月，我們感受到了前所未有的巨大壓力。無論在輿論戰場的勝利有多懸殊，能產生更多的影響已經微乎其微，近幾個月來根本無法觸及對方的基本盤。在民調數據差距十個百分點還能持續產生拉鋸的原因，只剩下橙黨黨主席，那個八字鬍謝京汝的幕後操作。

謝京汝放任橙黨內與高雄市長候選人不同勢力的黨內派系之間的群體互鬥，又一邊暗地煽動紫黨競爭者以各種黑函方式作為攻擊手段；同時也保有情報優勢的讓兩黨候選人總是緩一步得到重要消息。但儘管如此，聖諺還是和現任市長有一段不小的差距。

選前一個月，最後一次的候選人政見發表會前夜，貌似大勢已去。我照表操課陪伴聖諺，與組織準備的幕僚群進行最後一次沙盤推演。沙盤內容和聖諺的領袖魅力如往常一樣完美，但我和幕僚們都深知這樣子距離勝選仍遠遠不足，推演結束後聖諺也察覺到大家內心的沉重。

即使在多年後回想起來，已經都知道所有事情發展的我，還是很難理解當年究竟是發生了什麼變化。但是，隔晚的政見發表會後確實發生了奇蹟。

或許是從那天埋下了我神格化聖諺的念頭，或者也可以說是，從那時起我才真正了解到，聖諺絕不只是人類這樣渺小的存在。我已經記不清楚整個政見發表會的過程，但卻記得聖諺從亮相開始就完全吸引了所有人的目光。直到結論階段，全國人民都已經如癡如醉的陷入他的領袖魅力之中，而聖諺在所有人屏息以待，等待他說出最後結尾的部分時，更鏗鏘有力地說了這樣的話：「總要有人先開始，總會有人先做出正確的選擇；只要有人開始，就會有人追隨。不需要太多理由，只因為那是正確的。」

這段話深刻的植入人民腦中，經過一晚醞釀成一場風暴。

隔天早晨，全市各處角落開始有民眾自發性的發起了援助遊民與窮人的行動，從一塊麵包或是一張紙鈔開始，這樣的行動如同病菌感染般急速擴張，「善心」這種原本虛幻的形容詞竟然實體的現身於整個高雄市，甚至影響了半個台灣，有整整一週的時間，台灣所有遊民與街友、所有窮人與弱勢族群都像是參加了一場盛大宴會，過了富足而夢幻的一週。各慈善團體在當時所得到的捐助善款跟物資更是史無前例的規模。

「我有一個讓世界變得更好的無敵計畫。」我想起了聖諺跟我說過的這句話。他和我提了很多次這句話。而全台灣的人民僅僅因為聽了聖諺一席話，便凝聚起巨大而純真的力量去幫助身旁的弱者！和這歷史性的創舉比起來，剎那間區區一個市長的選舉變得無足輕重了，而選舉結果也是如此自然的就壓倒性逆轉。

五、紫衣人

二〇一一年的上半年，我陷入迷惘之中，蝸居了數個月鮮少出門。這段時間，聖諺正忙著他所熱情的市政事務，致力於讓城市變得更好。但我卻無心於此。雖然聖諺親自找過我好幾次，談論未來以及他的計畫，但我可不像他這樣熱愛行政事務。

於是直到遇上了紫衣人，讓我在不經意間跨越了歷史上不可碰觸的禁忌：政治攪和宗教。

紫衣人很引人注目，一大群人同時穿著同樣款式的紫色上衣，背上繡著斗大的字眼「佛」，出沒於高雄車站之類的熱鬧地段。第一眼見到時我不以為意，宗教團體在台灣並不稀奇，不時可以見到摩門教徒騎著腳踏車四處穿梭，更別提每年的媽祖遶境盛況人可多得多了。但連續幾週經過車站的時候都看到數百名紫衣人群聚，勾起了我的興趣。

乍看之下會以為這是佛教傳至台灣後，那上百個分支中的其中一個，但一些關鍵處卻有些詭祕。首先，教內雖以佛教信仰為教義枝幹，又試圖融入基督、伊斯蘭……在內的諸多信仰，聲稱所有宗教殊途同歸，皆為本教所海納，同時卻無視各信仰無數互相矛盾而難以自圓其說的定義；其次，絕對的教主崇拜，事實上正法大會的大殿前方掛置的是教主個人的照片，而非傳統信仰中的佛像，而信徒們被教導教主擁有超自然的法力，是超脫凡人的神格化存在；最後，嚴密的層級式組織架構，以老鼠會形式的分派地域性，將所有教徒連結成一個緊密的溝通網絡。

當然國內的法律並沒有禁止教主崇拜，但教主崇拜向來是許多世紀以來邪教的特色之一，分寸並不易拿捏。而且，看似誇張又膚淺的說詞，到底是如何博取如許的知識分子信任。我以局外人的心態混入，在第十四次的正法大會中終於有機會接觸到教主，一個外表無甚特色的中年男子。

當時我內心鄙夷卻不露聲色，跪拜並接受眼前這位被稱為「師父」的教主祈禱儀式，假情假意的相信眼前這個祈禱能為自己和其實並不存在的家人帶來庇護與好運。我自認對眼前的紫衣人了然於胸，教主的目的絕對是金錢和名聲。於是儀式結束後我和教主對望一眼，想著是否能從那雙眼睛中看到我想像中的狡詐，但短短的一剎那之後我又低下了頭，在被數百人包圍的場地中被發現真實身分就太不智了。

我有整整半年的時間浸淫在紫衣人的新興宗教活動中，也曾有一大段時間全然不信而且暗地鄙視他們。但逐漸的我想通了，完全想通了，於是我改變了。

真是太有趣了，真是太有趣了！

當然我並不是開始相信什麼「師父」不「師父」，而是我參透了其中訣竅。

但我可不是一個學者，解析和闡述宗教信仰的本質，也不是我的工作。在想通了一切的那晚，我產生了一個念頭，一個瘋狂卻又如此自然的念頭，一個改變了我與整個國家的念頭。

我打算不再放任全台灣數十萬、數百萬的人民繼續去盲目尋找自己的「相信」。他們被錯誤的人誤導太久了。我眼前不就有一個童叟無欺的英雄人物可以追隨嗎？王聖諺所產生的奇蹟可不是廉價演員表演出的拙劣演技，更不是靠散布眾人以訛傳訛的傳聞來博取信任的騙術，他才是真真實實的……神蹟。

任何一個親眼看著他改變一切的人，都不會有絲毫懷疑。

我沒日沒夜地翻著數千本不同宗教的經典，驚喜的發現，無論是任何宗教都有明示或是暗示解救眾人的英雄到來片段；我更不可置信卻又狂熱的發現，王聖諺的舉手投足，以及他出現後在這個國家所帶來的改變，都完美符合一個救世主的形象。

無數日子後，我蛻變了，也出關了。

在紫衣團體的那半年中我得到了什麼？反覆灌輸的師父神蹟以及沒有任何保證的庇護、斷斷續續的佛經解讀以及支離破碎的組合教義、一大群朝夕關心卻毫無其他社交連結的親密教友。而我付出了什麼？六萬八千元台幣。

這點數字對我來說根本九牛一毛，但對普遍的教徒而言絕對不是這麼一回事。而且這還是沒將花費的時間成本計入的數字。但為何全台會有幾乎十萬人的信徒？難道這十萬人都認為，師父那號稱摸過就能治癒癌症與斷腿的表演；改編自基督教〈奇異恩典〉卻號稱東方佛祖加持的宗教歌曲，值得那每月付出的超過平均薪資十分之一的金額嗎？

這就是第一個關鍵。他們不在意合理性，只在意理由。

我首先招來了閒置將近一年、專屬於我的辦公室，開始致力撰寫圓滿解釋王聖諺身為救世主的新聖經，更將他就任以來所帶來的許多政績，幾乎降低了九成的犯罪率和提高了不只一倍的幸福指數，統統以超自然的奇蹟做解釋。

然後我動用了原有的影響力，以紫衣人為藍圖，開始組織信徒與教派，蛻下習慣的筆挺西裝，改為披上類似於教宗肩衣的宗教服飾，復出於公眾之中，宣揚救世主的傳說。

進展順利的程度令人咋舌。全台灣對王聖諺的崇拜原本就已經醞釀了龐大的氣氛，年輕人將他視為偶像並暱稱為諺神，而睿智的中老年人也將他視為政治上久旱甘霖般的及時雨。我的出現與解釋簡直就像是匯集了雜亂民心的水閘出口一樣，讓沉寂已久卻巨大無比的人民有了可以宣泄的出口。

這是第二個關鍵。一個有說服力的人，說著沒有說服力的故事，仍然很有說服力。

十萬、二十萬、五十萬……一百萬。救世主教在短短幾年之間就形成一股龐大的勢力，我的表演不斷影響著更多人，每當我又現身於一個擠得水泄不通的聚會，總是有數千名激動得熱淚盈眶的民眾請求我告訴他們，那個關於救世主將會帶來的救贖，我也總是不負眾望的告訴更多人該要追隨他。

我學習到，大部分人不過就是需要一個依靠，需要在人類天生殘缺且不安的心靈中注入一些能無條件相信的事物。但這群人為什麼願意付出過高的代價追求其實原本就存在自己心中的虛幻之物呢？

於是我又發現，信仰就算不是無價的，最少也能是相當高價。紫衣團體跟教主都不該被定義為邪教，甚至也不是詐騙組織。應該定義成商家。商品就是這一切又一切的「相信」，所有的表演和教義，不過是包裝在商品外頭的華麗包裝紙，真正具有讓所有信徒甘願投入海量代價的核心是信仰本身，也就是「相信」。

它讓我理解到這不就是我的專業所在嗎？也不就是「曾鳴為」這號人物的存在本質：藉由人類與生俱來懼怕未知、期待未來的心理狀態；利用人性天生的不完美與人心殘缺；在資訊不對等與溝通期間產生的差別理解，創造出無限的可能，哄抬無上限的價格。

休士頓的老師言猶在耳。人類並沒有那麼聰明，大腦總是遷就於心態的不理性。於是我參透了死忠信徒的動機，參透了驅動十萬人相信區區一介中年男子的巨大動力源於何處，然後我開始創造。

「你在走一步非常危險的棋。」新教引起熱烈共鳴後，某日劉閔咸召集了祕密莊園的飯局，「你得知道，你根本就是在神格化王聖諺，而與宗教牽扯不清的政治人物十分危險。他是組織的希望，也是國家的明日之星，到了這個階段可不容許任何失敗。」

「我了解，你沒什麼好擔心的。」我自信滿滿的露出微笑。時值二〇一二的秋季，前一陣子總統大選不意外的沒有跳脫顏色對決，結果還是由原本的帥氣總統繼續連任，但王聖諺的聲勢扶搖直上，計畫正在往好的方向發展。

「聖諺本人可不反對我所宣言的事情。當然啦，他也沒有支持就是了，他就只是默默的看著正在發生的轉變，默默的看著發展。結果事實上不就是越來越多人追隨並且信任他了嗎？」

「小朋友，這與預期出現了偏差。」年事已高的陳柏豪雖行動緩慢且說話有氣無力，但他還是盡量出席組織的祕密聚會，「我們要打破台灣的顏色對決，但是得靠著人民的自覺，而不是宗教崇拜。靠著虛幻的信仰推翻的政治型態有何意義呢？拱了一個宗教領袖當總統……簡直難以想像。」

「這還是成功的情況。」橙黨的領袖謝京汝一邊摸著八字鬍，一邊以客氣卻不苟同的態度說話，「一旦你跟你的宗教團體被對手查出什麼汙點，甚至是『栽贓』了一些汙點，跌下來的速度將會比爬上去的時候更快。」

「現在還來得及切割，鳴為，讓王聖諺跟你的宗教保持一些距離比較妥當吧。」最後是劉閔咸的發言。

「我說啊，你們三個這種態度還稱得上是即將改變台灣的幕後推手嗎？啊？」

組織的三位領導人展現出來的態度讓我十分不耐，他們只看到了莫須有的危險，卻忽略了我將聖諺拱為救世主所帶來的龐大效益，他們怎能對數十萬的死忠信徒視而不見？

「這將是歷史性的一刻，他會成為有史以來最偉大的候選人，他……」

「鳴為，聽我說……」

「不，你聽我說。」我打斷皺眉且想發言的劉閔咸，「憑你們原本的計畫，要讓政治立場白得像張白紙般的王聖諺登上台灣的總統寶座？怎麼可能！當然他會改變一部分的選民素質，但是選舉的結構本質，根本就不是十年、二十年之間有辦法扭轉的。唯一的機會，得讓他成為超越所有其他對手的存在，讓他戴上其他人都不可能擁有的光環，才有希望能夠成功。」

眼前的三人聽我這樣說都閉了嘴。如同我所說的，他們原本也無法確定、沒有把握能在最後贏得勝利，僅能勉力一試，而我的方法才是能改變一切的撒手鐧。

最後謝京汝先行妥協。

「好吧，如你所說，就試試吧。」他聳著肩膀起身離座。

「唉……我們也只能，盡人事、聽……聽天命了。」陳前總統隨後表示。然後被快速趨前的看護扶起，拄著拐杖緩慢離開了。我帶著勝利般的笑容轉頭看著劉閔咸，想聽聽其餘兩人都妥協後，他還會說什麼。

「嗚為。」

「嗯，什麼？」

「你變得不一樣了。」他只留下了這樣的句子。

六、救世主

二〇一四年發生了學運，是十多年來影響力最大而且深遠的學運。導火線是民眾對政府的不信任和對鄰國的恐懼，真正的起因則複雜得難以說清。但結果是台灣的政治型態開始明顯的轉變，人民開始不妥協於政府與政黨的操弄，不滿足於只在投票那一刻盡公民義務。

這對組織和我們的目標而言簡直是天賜良機，但也可說是我們努力了數年後才有這樣的結果。我們趁機以聖諺為中心，召集在野聯盟組成新的政黨。紫黨的支持度開始迅速下滑，同時謝京汝不斷暗中操盤，導致橙黨也無法在學運後的情勢之中獲益，兩大黨持續的失去在人民心中的地位，政黨間隱然形成鼎足之勢。

此時，累積數百萬支持者、上百萬信徒、政治形象清新潔白、政績能力耀眼奪目，儼然救世主降臨似的受到全國人民一致認可的領袖——王聖諺，聲勢已經來到了根本無人能敵的至高境界。

他理所當然的連任了高雄市長，並在兩年之後，完成了組織的期望，達到了那個曾經被視為不可能的任務：在二〇一六年打破台灣的顏色對決，以不屬於任何顏色的純白之姿當選台灣最高權力地位的元首——總統。

「一起來吧。我有一個讓世界變得更好的無敵計畫。」

就職典禮當天，當我仍在沾沾自喜的時候，聖諺只是這樣說著，平靜而自然的背對我走向耀眼的高台。這些年來他從未改變過，一如七年前我見到的那個大學學者，單純為了更多人的幸福向前邁進。選上總統對他而言甚至不是個勝利，只是個途徑。

在他身邊最近距離的我看得最清楚。短短幾年內，他以獨到的經濟理論改善體制，打破財閥並為人民爭取了更多利益，而他絲毫未謀取任何可能的金錢，貪汙一詞與他完全沾不上邊。他的施政簡明而親民，他不斷以實際行動領導人民博愛，他讓犯罪者有了其他選擇，讓富有者將好施視為義務。在他的麾下，古人曾經夢想過的「理想國」逐漸形成。

開始有更多以聖諺為中心的宗教如雨後春筍般湧出，台灣……甚至台灣以外的世界其他地方，無數人開始篤信救世主的降臨與救贖。救世主教派仍是其中的佼佼者，信徒們以先知稱呼我；即使是其餘半數不信仰宗教的人們，也願意尊稱我為賢者，因為聖諺的執政很明顯的帶領國家越來越好。

但遲早得面對的，執政五年後許多問題開始浮現。即使政府再努力，經濟成長趨緩、生育率與教育問題持續碰壁、壓低房市與交通網絡的副作用開始反饋、敵國的壓力不斷增強、還有不中斷的天災傷亡……而最糟糕的莫過於政敵們無止境的扯後腿。

聖諺無私的執政，讓過去四、五十年中公營組織那無窮無盡的弊端深淵一一崩毀。有太多、太多的既得利益者無法再靠不正當的手段榨取金錢，光是靠著除掉寄生蟲所奪回的酬庸、地利金額，比過去每年幫政府省下的預算多了上千億。我根本難以想像，聖諺究竟是面對了多少壓力和做出了多少驚人之舉，才能讓我在事後好整以暇的對著財報與情資吃驚。

二〇二二年，聖諺早已年過半百，我也不再年輕。此時前總統陳柏豪已辭世多年，那時國家舉辦了一場盛大的哀悼；劉閔咸則在數年前死於紫黨立委的暗殺，組織中許多得力幕僚與出資企業主，都死於那個失勢者發起的政變，被我們擊敗的那些既得利益者們費盡心力掀開我們的底細並試圖除去，太多人因而遭殃。

聖諺花了兩年時間，直到近日，才逐漸肅清這些國家害蟲，但來自國外的政治和軍事壓力卻又席捲而至。少了很多助力與背後支持的援手，我不得不兼任本黨黨主席與國策顧問，面對接踵而來的內憂外患、天災人禍，我們也才意識到過去組織暗地裡擋下了多少事端。我疲於奔走中國和美國之間交涉，甚至動用了遍布全球的救世主教影響力，難得在美方見到一些成效，中國的強硬姿態卻不見稍減。

「怎麼會……」我在總統房間內看著聖諺遞來的一份內憂處理成果清單。內文寫著近來揪出的叛國者名單，赫然見到現任林姓行政院長、卸任橙黨主席謝京汝、前總統……等人密謀掀起一場以擠兌破壞經濟的動亂計畫。

「唉，該怎麼辦就怎麼辦吧。」聖諺孤寂的背對我看著搖曳的檯燈，「即便謝先生對我們恩重如山、林院長和我們親如手足。與人民為敵的人就是敵人，這一點不可動搖。」

「一切都是為了更多人的幸福，是吧？」

「是的。」

「我知道了……對了，你聽說了嗎？你被提名諾貝爾和平獎。」

「昨天聽說了，真是胡鬧，我交代祕書處去處理了。」

「那面對中國的強硬態度你會怎麼做？」

聖諺突然抬頭看著我，露出熱切的目光。

「等著瞧吧，時機即將成熟。」

當晚我們就這樣結束了對話，聖諺自信的表情給了我無比的信心。但未來我無比懊悔。我確信不是聖諺的計畫失效，就是他打從一開始就想岔了，這可是他自踏入政壇後就從未出現過的重大失誤，我對此無比自責。

七、讓世界更好的無敵計畫

發生了戰爭，死了許多人。

二〇二二年初的主權導火線一直延燒到二〇二三年的三月，中國方面決定以武力行動恫嚇，台灣總統卻一反常態的立場堅決。於是衝突不斷升高，演變為局部性的戰事行為，最後擴大成全面戰爭。

身為形同國教的救世主教派領導人，兼任執政黨黨主席，我是人民心中第二順位的救贖，戰爭中，我幾乎沒有一夜好眠的不斷奔走於全國各地。

這塊土地上處處燃起了烽火與狼煙，空襲毀了無數房屋，很多人無家可歸，幾個大都市光是避難時推擠所造成的死亡就有數百人，更別說澎湖和金門馬祖早成了人間煉獄，那些曾經如此美麗的地方。有能力的人在排隊等待逃往國外，沒有能力的人只能每日祈禱。

其實，中國方面這場仗打得非常不情願，我國也簡直是捨命陪君子的跟著陷下去，戰事拖垮經濟跟發展的程度會遠大於任何收穫，人類總是得做這種沒有人會得到好處的事。因此雙方都在抑制交火的戰力，但還是死了許多人。

「帶來破壞與死亡的敵人終將戰敗，救世主，會領導我們。」我總是說這些，人們也總是表現得好像聽到這句話就滿足了一樣。但戰爭從沒因此結束。

這一日我率領政府慰問團來到苗栗。上次來這裡是一年前，但其實自從隨組織離開後至今十七年，我就不曾在這片土地上過夜，近來看了很多死亡，突然很想念這裡。

慰問團不知道我與這裡的淵源，於是我主動提議多待幾日。前兩日白天都與地方首長探視各區災情，晚上接受官僚的簡報並安排後勤資源的調度。第三日早晨醒來，突來的衝動讓我不顧一切的只帶著一名助理隨行，身穿便衣就駕車回到我過去的老家。

曾經熱鬧的苗栗公館市區如今處處是被轟炸過的焦黑，父母留給我的房子也不復見。此處仍然聚集了不少人，無處可去的鄉民們回到斷垣殘壁的家園，重新組建臨時能住的地方。而放眼望去最具規模的，竟然是救世主教徒臨時搭建的鐵皮教堂。

走進鐵皮教堂，聚集的數百人正低頭祈禱，很少人聽到我細微的腳步聲，更沒有人因此抬起頭來。裡頭盡是老弱婦孺，許多人都失去了家人，我內心深層的某處開始有東西剝落，我曾經滿意自己所設計的教堂既神聖又威嚴，但此處只讓我感受到悲傷。

一旁有人輕拍我的肩膀，回頭一看，那面孔依稀是當年我曾經相當熟識的鄰居與老朋友，木材行的老薛。我心中有些驚訝，因為我以為沒人會認得出我，我從頭到腳沒有一處與當年的叫賣商人有相似之處，而且我也老了。老薛歪著頭瞧了我好久，有些人也轉過頭來看著我們，一時間整個教堂鴉雀無聲。

「老薛……」我親暱的想與舊識打招呼，但隨即愕然於雙膝突然跪下的老人。

「我們始終相信，祂會救贖我們。祂是世紀英雄。」老薛以教內常用的祈禱手勢畫著簡易的符文向我又跪又拜，同時身旁許多人也都認出我來，紛紛有樣學樣的衝我跪下。

「感嘆！先知；讚嘆！世紀英雄。」合唱般的聲音此起彼落的響起，不多時，整個教堂乃至教堂外的上千人同時對我膜拜。

過去的我或許會滿意，充滿自信，甚至沾沾自喜；但此刻我卻同時感受到落寞、孤寂、自責、噁心、罪惡。我看著老薛那衰老卻狂熱的雙眼，突然竄起一股惡寒，明白這世界早就已經沒有我的過去，也突然想到我為這世界帶來了什麼未來。

於是我隨即北上，我得見聖諺，戰爭無法讓任何人獲得幸福。

「我正等著你！」聖諺不如我預期中的憔悴，反倒比前一陣子精神奕奕，光彩煥發。我晉見時，房間內有一干將領與最高閣員正在進行會議，但聖諺直接傳召我並暫停會議，將領與閣員見到我時沒有任何不耐煩，而是露出了無比的敬意與崇拜表情，目送我和聖諺進到裡面更隱祕的小房間密談。我都忘記了，我早已成為如此重要的人物。

「有些好消息告訴你，中國在西藏、蒙古以及雲南邊界出現了動亂，上萬解放軍調往邊界。貿然開戰引發了統治基礎的問題，他們此刻必定感受到無比的壓力，只要我們能……你是怎麼啦？」聖諺興致勃勃的講著講著，突然發現我兩眼無神的低頭。

「我……嗯，不……」

「這陣子太辛苦你了，你得找點時間休息。」聖諺太過興奮，以至於不像平常那樣睿智而且看透萬物，沒有發現我的異常，「因此，再三個月，我們或許可立於不敗之地，計畫就能順利執行，然後……」

「聖諺。」

「然後半年，至多八個月，就能考慮休戰並開始執行重建步驟，一切計畫都會很順利，我們會開創一個……」

「聖諺！」我大幅度的站起，打斷了總統原本滔滔不絕的成果發表，讓聖諺錯愕的停下動作，「停戰了吧……死了好多人，還會死更多人……」

半年，得死多少人才能結束戰爭。我得欺騙多少因空襲而喪失家園的民眾，告訴他們一切都會好轉？我得欺騙多少因參軍而喪失孩子的父母，告訴他們死者死得其所？

「聖諺，你得出去看看外面的慘狀，很多孩子死了，而且不知道還得再死多少人才能結束這場戰爭。」

「預計是五十萬人。」聖諺不帶情感的說著，一邊翻著手上的一疊資料。

什……什麼？

「直接在搶灘和突襲戰役中戰死和負傷的人數約兩萬人，間接在戰事行為中死亡的十萬，派出攻擊而無法返鄉的人數約五千，最主要的是後端挨餓受凍、流離失所、感染疫病，在三年內達到的死亡總人數大約是五十萬，百分之二的總人口。」聖諺像檢視普通的人事命令文件般翻著手中資料，「預期大概就是這個數字。現階段預估死亡人數是兩萬兩千人，還在戰前評估的範圍內。」

「預期、評估？數字……」

「我知道一切會很辛苦，但我們得撐下去才行啊。」聖諺將文件在桌上敲了敲，順手用釘書機釘起來後拿給我，「財政跟農業復甦上會比較辛苦，所幸與對方達成的默契，我們的科技、醫療、教育等國家重要指標會在戰事中受到保存，停戰後很快就可以復甦。」

「不止這樣啊，完全不只是這樣啊，聖諺。外面每天都有人在死亡，我們該考慮的不只是數字跟百分比，每一個死去的都是活生生的人啊！」

「不夠，還不夠啊。」

「什麼？現在停戰對我們沒有壞處，中國方面根本無意繼續打下去，我們……」

「還不夠……」

「你應該走出去看看那些正在哀號卻總是祈禱的人們，跟那些倒下卻永遠不會再睜開眼睛的孩子，他們不只是報告中的數字而已，他們……」

「我說這樣子根本還不夠啊！」

聖諺的語氣突然大聲了起來，我才驚覺他竟然有些不悅，不知道是因為興奮還是氣惱而脹紅了臉，並且臉上還出現我從未看過的表情，失去自制而有些扭曲的嘴角和透出紅絲的眼睛。

「你說不夠是什麼意思？」

「……死的人還不夠。」

八、殉道者

「好吧。總是得跟你解釋的。」聖諺很快的收斂自己的情緒，轉而用苦口婆心、教導學生般的語氣，「鳴為，這一切都在計畫之中。」

「什麼計畫？」

「這一切的一切，都是計畫啊！你還記得嗎？我那個可以讓世界變得更好的無敵計畫，我們不是一直想要實現它嗎！」聖諺嘴角不自覺地露出微笑，「衝突、主權，都是為了引起這場戰爭。為了打這場讓國家與人民重新復甦的戰爭。」

「你看，中國打不贏我們，還是得陪著繼續演這場沒有任何好處的戲，我們卻能趁機消耗陳年的冗贅物資與腐敗體系，以大破大立的手段整頓國家那些我們原本無法觸及的所有角落，」聖諺越說越起勁，開始手舞足蹈的輔助，怕我沒聽懂似的強調字眼，「好處還在後頭。徵稅和市場統一可以完整的拉近貧富差距；通貨膨脹以及我們即將實施的物價統治制度，能成功的解決半個世紀以來因為經濟起飛所產生的階級問題。

「這是戰爭經濟學啊，庇古在十八世紀提出來的，我就是要用它來讓所有人幸福。」他走到一旁的書架，從中抽出一本原文的經濟學書刊拋給我，「這個國家有超過半數的金錢集中在百分之一的權貴人士手中，能變成有錢人跟政府官員的永遠都是有錢人家的孩子。醫生的孩子容易當醫生、律師的孩子容易進入法律系，賣菜的孩子卻連讀書時間都不夠。金錢跟地位總是世襲，太多了……太多了，許多村子裡一個第一志願的學生都沒有，從起跑點就不給參加，還說什麼公平或不公平？」

「你在說什麼，這個跟那個有什麼關係？我說的可是戰爭，現在……」

「你不懂，嗚為，這是唯一的辦法。即使是總統，也不能命令大家把錢平分給窮人，更沒辦法命令有錢人將資源投資給更努力或者更有天賦的小孩。我們只能眼睜睜的看著無憂無慮生活長大的孩子、一輩子不曾展現出天分也沒有努力過的孩子，一面說著自己受盡挫折，又一面靠著父輩的庇蔭當上高官政要。」聖諺的語氣充滿失望與壓抑，「這場戰爭，可以讓有錢人不再有錢，有權勢者不再有權勢。我很努力的讓醫生、律師、會計師、工程師……等數百種國家的人才命脈盡量保存下來，但是他們的孩子無法再繼續靠著不公平的手段繼承階級。所有人都會有同樣公平的起跑點，富人不會坐享三代，窮人也不會窮超過半個世紀。

「還記得我的實作期中考嗎？那個看似公平但卻絲毫不公平的期中考。其實是有三個讓弱勢也能及格的方法：增加總金額、減少總人數、重新分配。」我想起了當年在高雄大學那個溫暖與紛亂的熱鬧教室，「每個領導者都只會嘗試增加總金額卻成效不彰，因為他們忽略了後面兩者的重要性。這次的戰爭是個達成的創舉。沒錯，很遺憾得失去一些人，也許不少人還得過一小段苦日子，但是未來，幸福的人會比過去多很多，多非常多！我要讓所有人都能分享幸福，而不再只是一小撮被選中的人。」

「你……你瘋了，聖諺，你只是讓活著的人瓜分死去的人的遺物而已！」

「不，這就是解答！是我從十年的期中考實驗跟反覆苦思中不斷改良後的成果。」聖諺露出勝利而且滿足的笑臉，「沒錯，這就是讓世界變得更好的無敵計畫。」

「別再說了……」

我轉身逃離了房間。聖諺耀眼的笑容與過去數個月那無數流乾淚水的臉龐重疊在一起，一個巨大的裂痕聲音在耳中想起，我逃了出去。

夜晚，我的座車駛進了總統官邸。

有那麼一瞬間我有些擔心，怕中午在總統府的不歡而散會讓這次的通行受到阻礙，但隨即坦然。我知道我該做些什麼。

官邸燈火通明，外圍駐守了大批軍隊，甚至還有精銳的防空武力，內圍則有數百名武裝警力巡視。除此之外，本來就總是待在官邸內以供驅策的幕僚人員，因為特別時期而很久沒有回家的政府機要，還有為數不少穿著聖袍的救世主教教徒在聖殿內祈禱、服侍。

晚上的官邸也如同燈火通明的小型城市一樣，不同的人在忙碌不同的事情，唯一相同的是，他們都向我行了最敬禮。我一面想著這些人，一面想著這些人的家人；一面想著外面更多活著的人，一面想著更多的人跟他們死掉的家人，一面通過層層關卡與房間。

聖諺接見我了，和這十幾年來的每一次一樣，他不曾拒絕我，甚至為了見我而將所有隨身護衛都驅散到三個房間之外的距離。

「你來了。」聖諺背對著我，正仔細端倪牆面懸掛的巨幅全國地圖，看起來像正考慮戰情。

「我……來了。」

「嗯，想通了嗎？我知道中午你有些激動，但很快就會發現我們是對的。」聖諺舉起右手觸摸地圖上的某處，又移到另外一處，都是正在進行搶灘戰事的區塊，「人民不能沒有你，我們還有好多重要的事情沒做。」

「沒做的事……什麼是該做的事？」

聖諺轉過頭來，是我熟悉的那副面容：專注而堅定的臉龐、洞悉世事的眼眸、似笑非笑的嘴角。他緩緩走到我的身邊，露出寬容的微笑，拍了拍我的肩膀。

「讓這個世界變得更好，影響更多人、更多國家。」聖諺以從容的語氣說話。我的確相信他所做的一切都是為了其他人的幸福……但卻不是所有人的幸福，「國家正在變好，我們正在開創一個更美好的世界。」

「你還打算影響更多人、更多國家？」

「這個世界充斥著太多不公平與不自由，我們得影響這世界，將世界帶到更進步的未來去。」

「我懂，你是拯救世界的救世主，我一直都懂……」

他是如此堅定不移的相信自己。沒有任何一絲的私心才會擁有如此純粹的動力跟能量。即使……在看到全世界最信任的人——我——從上衣內掏出制式手槍指著他，他的眼角也沒有出現哪怕是一瞬間的遲疑，仍然從容而且放鬆的看著我，露出雖淺卻深刻的微笑。

「你懂的，嗚為，你其實是懂的。相信我。」

「我相信你，但我不懂……這個國家、這個世界還沒準備好接受這樣的改變。」

「為了更多人的幸福，為了開創更好的世界。」

「即使這樣，也不能讓無數的父母痛失愛兒，只因為未知的未來跟未知的幸福。你也許是對的，但是你沒有權力這樣做。」

「一起來吧。」

最後一剎那我有所遲疑，也許我會抹殺這個世界變得更好的唯一希望。但我想起了父母，想起了劉閔咸期許的目光，想起了老薛，想起了老薛身旁數千名喪失家園與家人的人民，想起了澎湖金馬的數千具屍體，想起了痛哭失聲的民眾。那樣的世界，我不懂。

（長庚大學「長庚文學獎」首獎作品）

蕭家凡

優質八卦板鄉民，上站次數二千零七十三次，爆文數十篇；古今中外、天文地理全沒涉獵，但全部能戰，歡迎來信討論；另外感謝同學朋友在不知情的情況下提供名字，給予文學創作不小的鼓勵，讓我省下了想名字這種非常麻煩的事情。

床伴

林雨諄

算了，這並不是一些很重要的事情。

結束和教授的面談，下午的陽光讓毛細孔乾裂，收起粉紅色碎花瑜伽傘，我趕緊把抗紫外線外套披上，拉起帽緣，將側臉包好，再戴上安全帽與墨鏡，看起來極像要潛入大廈偷竊的賊子。

我必須要趕往那兒去，我想那是一個光明與黑暗兼具的巢穴吧。

那要是個安靜無虞、與世無憂的黑暗，要能夠容納一位來去自如、不受拘束的女子的影子。

凱凱已經在樓下等著了，也買好了我在電話中說的麥香魚餐，他大概幫自己買了雞塊餐吧。

他星期三下午國小低年級是沒有課的，我們都約在這天見面。

走進旅館，右邊是介紹當地觀光景點的大地圖，還有一組深紅色沙發，他要了一個三小時的房間。一進房，我便迫不及待先去洗了澡，他隨後也跟了進來。要等到兩個人的身體全乾再調情比較有意思，但我從凱凱的反應得知他早已蓄勢待發，像一枚隨時要升空的火箭，否則便炸裂開來。上個月我到外地發表論文，沒有例行約會，他倒捱過飢荒時刻。

結束後，他總沉沉睡上一覺，鼻鼾聲微微從腔孔發出。我想起姐姐那五個月大的嬰兒，用那小小鼻子呼吸的模樣，彷彿世界才正要開始。我喜歡用指尖輕觸他的鬍碴，那是專門按摩我引以為傲的皮膚用的。可靠的指尖，滑到隆起的喉結，等手指挪移到乳頭時，怕癢的他才會出聲制止我，在半寐半醒中給我一個挑逗的笑。

整個房間都是麥當勞漢堡、炸雞、薯條的味道，只有吃、睡、做的空蕩下午，才讓我有揮霍生命和青春的感覺。

從以前他就是風雲人物，不但是校園刊物的編輯，也是排球隊隊長，加上迷人的外表和能言善道的口條，很難不讓別人注意到他的存在。事實上那是他的本能和本領，我常猜想要是他去當汽車銷售員什麼的，早就成為百萬業務了。總之他的條件滿偶像劇的，至少什麼某某的隊長儼然是一種會讓女生愛慕的公式。

「非也非也，自在做想做的事情，別人才會感覺到我的專注，如果去當個為了拚業績而討人喜歡的銷售員，大概會適得其反。」他學《天龍八部》包不同叛逆辯駁的口吻認真分析。不過我想等他真的去幹，一定會很樂在其中的。

凱凱在女人身上停留的時間總是短暫，他嫌她們的生活太無趣、太沒有創意，就像單線進行的小說直直往下走一般無趣。

「那我呢？」像我這樣一個博士生，日子應該沒有人比我更單線了吧，除了我自己寫的小說之外，目前還看不到比我更無聊的了。

「妳不一樣。」哪個男人不是這樣說的。

「在單線的故事中，妳有過人的膽識和巧妙的創意。」我知道他在說床伴的事。世俗實在把這樣的關係，取了一個都市俗才會念的醜名字，我則一直稱為「床伴」，多好聽哪，每一位嬰兒都需要有人陪在身邊，即使是一條暖暖的棉被也行，我與我所認識的情人都是童心未泯的。

「總之，妳不一樣。」多講幾遍我就相信了，畢竟我還是女人哪。

男人像一群蜜蜂，來時手腳沾了許多蜂蜜，沒想到取走的更多；也像一本只有謊言與藉口的字典，剛開始謊言居多，離開前抄錄好幾遍藉口送給妳當紀念。我很同情他們一個個被叔本華說中了：「純粹是生殖衝動。」

我承認那些情話用來調情時很動聽，但調情這件事情往往是有誤解的，很多人（尤其是男人）自以為是自己的魅力勾起了讓女人想要調情的欲望，而且（接下來要說的最危險）還非要兌現到什麼不可（上床或起碼熱吻一下吧）。女人其實要的只是一個時刻與過程，之後有沒有什麼根本就不重要。好奇、興奮與動心時刻往往一下子就消失不見了，讓人沒有接著要走下去的欲望。這可能和男人施展魅力的功力大有關係，我也和一般女人一樣媚俗，有男人開著名貴跑車，名片上有亮眼的赫赫頭銜，或掌握著某部分的知識與權力，一樣會讓我對他充滿著好奇與想望，這樣的媚俗跟政治人物、明星作秀一樣的不可避免。

當然就算什麼都沒有，還是能夠打動我的，因為人都是需要有人陪的（我不用「戀愛」這個字眼，因其內含交往的成分，我認為是不夠精確的），而且我又必須使用一個更媚俗的字眼——緣分。

是的，我想我和凱凱是有緣分的，就像以前的那些男朋友一樣。

緣分不免有些穿鑿附會，但偏偏每個人充滿了各種宿命，誰敢說自己的死法不是一種宿命，生在哪個家，死在哪個地方都是宿命。最可怕的是，有誰敢說自己的「選擇」不是一種宿命？當午飯後妳只能選擇一種水果吃的時候，是要吃香蕉呢，還是蘋果？不管選擇了哪一種，其實答案早就決定了，其他的選項都是跑龍套出來騙人的。

緣分就是這樣的宿命，看起來是我勾引凱凱的，但其實當下我別無選擇，我的呼吸渴望讓他聽見，我的皮膚渴望他的觸撫。如果現在越來越多的選項出現，我仍會執意凱凱。如果是在我和他搭上線之前有更多選項，那就不一定選擇他了，誰知道。不過這個命題不能混為一談，那是另外一套宿命了，完全不同體系的。

（如果人沒有脫離或改變宿命的可能，我們還會在這個世界上積極努力去改變一些什麼嗎？）

我必須承認，在某一些當下，我是媚俗的愛上了凱凱，大部分的時間我則當他是一陣讓人舒爽的風。因為緣分，因為不甘寂寞，因為無法直視著青春一點一滴流逝，如此媚俗的理由呀，我大膽的承認這一點。

我不想提父母的婚姻生活，一定會被自以為是的小說研究者或批評家罵道：「還不都是那樣，接著關切到主角的家庭背景，發現有一個破掉的空洞無法填補。」很抱歉，他們之間並沒有第三者，婚姻也還維持著，我父親死去後，母親也沒和別的男人來往。她可能是怕我無知的弟弟反對，只要有單獨的陌生男子來家裡作客，他便躲在房間不肯出來，等客人離開後，又一直追問母親那個人究竟是誰。

母親大概希望做好榜樣，願我可以成為走入另一個家庭的女人，每逢清明節到夫家掃墓、祭一堆我不認識也不想認識的祖先，並在先生死後自重，以維持兩家的姻親關係，不給叔叔伯伯兄弟姐妹們說嘴看笑話。

真是，無聊呀。難道沒法過我自己的生活，非要活在某一種期待？一個年過三十的女博士生，在親戚的口耳間必然是茶餘飯後最好的涼拌，要是將來我沒找到一份高薪的工作，哼哼哼，還有得說呢。

我想成為一個大眾通俗（多麼親切的，又更勝媚俗了）小說家，小說如果不和大量的讀者見面，在閱讀後的聯想空間產生關係（有點像集體上線在某個討論區的感覺），那麼就算是以一招千奇百怪的神來之筆創作出來的，我還是覺得太孤獨了一些。這讓我想起黃凡〈小說實驗〉裡被關在玻璃展示窗中，正倒立寫小說給大家看的人，展現的是一種特殊創作的方法。至少他是清楚被看見了。

凱凱很喜歡讀我寫的小說（我想這又是另外一種讓我陷入宿命的原因），他總深信有一天我會大紅大紫，比九把刀還要紅上千百倍。

「真的，不知道為什麼台灣居然沒有任何一位暢銷女性小說家耶！」

說來我也有種英雄所見略同的相知相惜，才會和他在一起的，以這樣我所願意的方式。

當年我在P大是全校公認的四大名花之一，還曾北上進攝影棚錄影，但那實在太做作了，而且我也想證明自己不只有臉蛋而已，沒想到卻命定了我博士生涯的路。他在網路上定是先看了我的相簿和簡介，還找到幾年前的新聞稿和文章，才和我搭上線的吧，我討厭這樣膚淺的男子（但又如何呢，誰都是膚淺的，反正自己也以同樣的理由喜歡上他）。「妳不就是那個聞名P大的學姐嗎？」他詫異的讚美填滿了我的虛榮，還有人記得畢業後那麼多年的事情，彷彿凱凱認識的我，是那個青春洋溢二十一歲的大三校園正妹。既然他喜歡我是有原因和基礎的，他自然站在比其他競爭者還要靠近我的位子。

黃教授的意思我不是不明白，但我不喜歡和生活圈的人太過靠近，他身為教授，也不好直接公開追求底下的學生，只能私下傳些簡訊問我要不要吃個飯討論論文與研究，這意思再明顯不過了。他這個人挺不錯的，送禮物有分寸，給了我一些不太會拒絕的東西，二手筆電、馬克杯、圖書禮券、電影票、餐券，他會請我假日不要都待在家裡，要多和男友走出去，我明白他想換來的訊息，回答：「沒有，我沒有男友。」「沒關係，找不到人可以約我去。」他表面上開玩笑的說。被年紀大上我太多的人追求，很自然而然的會把對方想像成色鬼，除非他能夠像劉德華、金城武那樣成熟帥氣，上了年紀又不好看的男人對我來說，真的沒有太大吸引力。也曾名列四大名花之一的凱蒂和我相反，她喜歡上了年紀有權有勢的男人，嫁給了政壇名人的她，最近不巧的捲入一場貪汙案而被檢調，金額前後高達一億多台幣。

前男友小柏偶爾也會和我聯繫，和他打情罵俏有助於生活情趣，但每次提到要見面我便玩不下去了，推了一堆理由和藉口出來，比他當時說分手還要誇張，有時候他說有什麼五星級飯店招待券要請我去，我也不太理他，請他在下一通給別的女子的電話中繼續加油。在小柏之後我有過幾任男友，但對他仍情有獨鍾，也許是和他培養的感情最漫長，我還曾一度死纏爛打的要求復合。分分合合了幾次，最終還是把彼此的愛情額度耗盡了。當然，我喜歡和他性愛的感覺，沒話說，每一次掌握得分秒不差，像一齣高潮迭起的動作片，聲光效果十足，爆破場面不缺，而非爛戲亂拖的鄉土劇。

和小柏一開始是磨合，到後來是拖磨了。

我從鏡子看見自己和凱凱的真實模樣，很像一部未演完、正要進入後續的愛情藝文片。我想像凱凱的目光因為在我赤裸的正面打量，他先估測了自己掌心與我乳房的吻合度，沒有一絲贅肉的腰身，光滑細長的雙腿比美玉高潔清亮，私處一撮整齊的細毛完成了一具隨時間毀滅融化的冰雕藝術品。那一些我天生就會、只是不斷操演熟練的體姿，隨著男伴的要求與需要做更換，每一項姿勢有每一項的優點，我也不特別排斥或接受某些姿勢，這天做完我竟然想起朱天文〈世紀末的華麗〉，二十五歲的女主角已有的衰老之感。

我獨自躺在房裡的時刻，對於老的感覺特別深刻，瞧著雙手細緻透光的皮膚，彷彿可見血管隱隱流動，這邊這條是青色的靜脈血管，我輕輕敞開上衣，乳房上細小的血管網狀散開，是我最滿意身體的一部分。我的肉體幾乎是透明的了。只要想到老這個問題，我便會開始緊張塗抹起保養品，幫全身肌膚徹底細細按摩一遍，這是寫論文、做研究之餘最好的放鬆儀式，讓我不會在書堆與數據中不知不覺親手抹殺了自己的青春。靜靜躺在床上的時刻，看著秒針一秒秒的向前跑，都是時間流逝而我漸漸衰老的殘酷測量，只有在一次次的性愛中，我才彷彿將青春停留了下來，每次全身都會浮現自然優雅的紅光。年少時怕什麼都還沒嘗試就以處女之姿死去，年輕時怕沒有把青春揮霍夠本就不小心喪命於天災人禍，我就那麼媚俗的貪生怕死。也許是米蘭．昆德拉說的：「媚俗，是對存在的全然接受。」我就是這樣一個女子，寂寞的時刻我一天也不想浪費掉。

凱凱是我認識的男性中最怕衰老的。有許多保養品都是我從他那兒拿來試用的，他並沒有誇張到出門撐傘、每日照三餐抹保養品，取而代之以無時無刻的睡眠來將自己封存起來，幾乎沒有脾氣的他也與這個有關，「天哪，煩惱與生氣會讓人一下子衰老十幾歲的！」開心度日是他的座右銘，揮霍時光更是他身體力行的實踐之道，據我所知，沒聽說過他有超過兩個月以上沒有女人陪的，凱凱說那也會讓他一下子好像乾扁的木乃伊似的沒有人要。求學時期異性緣不曾間斷過的他，這是屬於他媚俗的虛榮，他背著自己的偶像包袱，換來該有的女性注目禮報償。他害怕自己有一天失去魅力，女人接近他，全不是因為他的言行舉止或外表，而是他的職業、財富與年紀，他受不了這一類庸俗的交換。

「當老師不結婚不很可惜？」當他女性友人對他這麼說時，凱凱簡直覺得太不可理喻，原來有了身分地位後，誰當了他的太太就間接有了微不足道的光環，醫生有醫師娘的光環、律師有律師娘的光環，教師也有教師娘的光環。「教師這個職業還滿穩定的。」女性友人還又提。他一點也不想要有這一類的穩定，太不符合凱凱脫韁野馬的性格了，藝術系畢業的他本來就是野獸派一類輪廓深邃、色彩鮮豔濃烈的作品，教職純粹是他餬口的工具，凱凱雖然也很滿意這份工作，喜歡帶小朋友上繪畫課，但他討厭的是被用來衡量地位的教職和學校那許多庸俗不堪的同事。庸俗本身並不是件壞事，但決心要脫離庸俗的人自然會對此過敏無比，好像鼻子與灰塵的關係，貓狗與跳蚤的關係。

我是個媚俗的人，但凱凱覺得我一點也不庸俗，「有自己想法的人，照著自己意識行動的人，會寫小說的人，怎麼會和庸俗扯上關係呢？」我喜歡凱凱不停的說愛我，這是媚俗。但如果時機、語氣和方式不對，讓我感到只想要辦完他想要做的事情，那他就太庸俗了，所幸我們都不是彼此界定為庸俗的人。

我一點也不想探究自己只想要有個床伴的原因，這牽扯到太多人和我的情史錄，有些時候名存實亡的感情已是苟延殘喘的床伴戲碼了。我和凱凱維持現在這樣就很不錯了，每一刻我都能看到他的真，毫不猶豫的向我索取想要的那種真，一邊赤裸裸走來走去一邊低頭玩智慧型手機的真，問我暑假有沒有空要一起出國旅遊願意幫我分擔旅費的真，在我生病特地找人代課請假來照顧我的真，我明白這一些都是媚俗的真，但如此才能凸顯我是真心想要媚俗、喜歡媚俗的活下去。我不希望看到他的虛假，要就要，不要就不要，我要彼此之間都是坦蕩蕩的，有其他情人、打算離開的時候直說無妨。我恨以前的情人那樣偷偷摸摸報備，編了一連串的謊言只為了和別的女孩子單獨約會，事後才又莫名其妙的自己承認了起來，喜歡就喜歡，要就放膽去追，哪來乘著老娘的船等著搭下一艘的，有種把話說死、說乾淨。

凱凱也曾問我要不要交往，「兩個人都單身各自在自己的生活圈裡不是很好嗎？」「妳就不怕我不安全？」「彼此彼此吧，我還很多人追耶！」我們彼此都無須為誰報備，黃教授約我的事情對他是隻字不提，前男友的簡訊也在看過後一律刪光光，我不知道他是否也做了同樣的舉動。我從未偷看他的手機、登入他的信箱，那是他的世界，我必然要給他全部的自由，正如我要他給我的一樣。我曾跟他提過某個教授好像對我有興趣，誇獎我漂亮，租屋裡黃教授送的筆電凱凱也是看過的，他只不作聲默默滑著手機，沒多久塗鴉牆新發布：「四十幾歲的老頭和二十幾歲的年少帥哥，大家覺得搶情人誰比較有勝算？」一下就秒了一百多個讚。從他的眼中我看到未褪色的十幾歲青少年的那一股傲氣與倔強，一下子我也跟著小了十幾歲似的，回到了需要讓人保護、找人依偎的年紀。

不久凱凱突然對我說，有個以前心儀許久的學妹和他搭上線，我明白他的暗示，對於完全沒興趣的人他絕對是隻字不提的，但如果有了進展仍然未透口風，那我的處境大概是危險的。

一個床伴能夠行使的權利不多，最多就賴著不走，別讓他三兩下就甩開了，但那太沒骨氣，我也嫌難看。我心還是無法控制的揪了一下：「到此為止了嗎？」瀟灑派的，仍強顏歡笑，心有一點點滴血，冒險的問。

「沒有，我只是要問妳怎麼辦。」

「我又不是你的誰，怎麼回答你，寫信問你家人。」我翻過身不說話了，誰先不小心有了新情人，就占有絕大的上風。「也許晚上我就和黃教授去飯店吃了喔。」

天哪我到底在做什麼，這是威脅嗎？這不是自招了自己正處在沒有籌碼梭哈的窘境？一個女人這樣子用言語賤賣自己，我都不敢相信這是我自己了（但算了吧，過兩天我自己調整好不就沒事了嗎，不會就這樣和黃教授吃飯去的，最起碼前男友還排在前面先）。

我記得曾經和凱凱談過未來。每一天的美好時刻都屬於當下，過了明天就全都不算了，凱凱所認為的未來即是收集每一刻的當下，「不知不覺就會收集完的，並且串成了過去。」我認為那需要找一個開關，而且那開關怎麼找也找不到，當自己累到不想找的時候，它自己就會啪一聲打開了，那就是未來，所以一定會找到，只是過程永遠是個謎，而且還是個命定的謎。

我想起《發條鳥年代記》第二部發條鳥先生收到妻子久美子的信，她表示自己激烈卻不愛對方的和他人性交了，先生讀完快三千字的信以後，只做了三件事：把信又細細重讀了一遍、拿了一瓶酒喝、慶幸失蹤的妻子還沒有輕生的念頭。

我現在就想要喝一瓶冰冰涼涼的啤酒，沒有其他的。

凱凱曾說我們兩個的生命有太多太多的空洞，否則不會一遇上對方就拚命的想要填補些什麼，好像如果一起到海邊放空，就會情不自禁的想起什麼而流下淚來。世紀末的華麗呀……光是篇名就讓人哀傷，米亞是那麼可愛的角色，卻被評論家批評她的靈魂是空泛虛無的，裡面什麼東西也沒有裝。走在時尚前端、外表超俗過人的米亞，對青春流逝卻無能為力的痛苦是超乎一般凡人的想像呀，她亦是相當媚俗的，但她絕對不庸俗。念到博士，見過許多自以為飽讀詩書又自稱知識分子的俗人，一個個在我眼中都不及米亞這麼一個虛構的角色。米亞的空洞由四十幾歲的已婚老段填滿，我則讓凱凱給填滿了嗎？

凱凱開始要書寫他的防老情史了嗎？就從小個幾歲的學妹開始。和大他幾歲的我相比，一來一往不知有多少青春年華的可怕差距，我應該躲在衣櫥裡偷看他們性交的過程，她的皮膚是否比我還緊實，呻吟較我更黏人銷魂，血管透明得彷彿一碰就會開綻出一朵朵鮮紅色的花……

「我跟她沒什麼，我只是陳述這個事實給妳而已，妳先不要著急和生氣……」凱凱自知說錯話但已來不及。

「我哪有生氣，我哪有！」

也許我也該將自己寫入誰的防老情史裡，但我不甘心就這樣低頭向一群老我十幾、二十幾、三十幾來歲的老色鬼們認輸（這又讓我想起白先勇筆下的金大班是嫁給怎麼樣個富人的），說穿了我就喜歡年輕同輩的色鬼。女人就算真有賞味期，我也是最晚、最後一批還沒被隨便倒掉的。

「如果要你選，是我還是她？」從前一條條法則開始崩裂瓦解，所有規則一一宣告失敗陣亡。我想起那個四大名花之一的凱蒂曾對我過人的成績不屑一顧的說：「妳是個漂亮的女孩子，如果只專心埋頭做學問方面，是太浪費妳父母給妳的臉蛋的，念書沒有妳想像中的重要，還不就是為了賺錢。」突然感到有一種兩頭空的感覺，博班的未來茫茫，感情茫茫，事業忙忙，我對凱凱說的話就到此為止，沒別的了，我想從今以後，我將失去一個肯聽我訴苦、陪我說話的床伴。

「學妹找我吃飯，但我其實老早就拒絕了，我跟她說自己有心儀的女孩子，還被臭罵了一頓少自以為是，不過是找吃飯而已，就掛上電話了。」凱凱說。

我又將自己推上了另外一段嶄新的宿命。一段關係的轉變，縱使行為模式如常，一日復一日的那些日常掩蓋了真正變質（這也並非是那種發酸發臭的變質，或許就像優酪乳發酵前的益菌也說不定）的事物。有點像從前和舊情人維持著填補空虛的日子，直到有一個人開始厭惡那平凡無趣的雙人關係而逃離出去，把那些已經壞掉的全部留在原地給還在發愣的人收拾。一樣變壞的東西如果最終引來的是好結果，那或許也並非真那麼壞了。

我很喜歡這個好談文學又討厭宿命論的凱凱，他說自己擁有絕對的選擇權，但不肯承認自己最終只能夠選擇我。而我還是比較喜歡單向直線型的小說，乾淨、簡單，貼近讀者，雖然一定會被看過無數篇純文學小說的評論者抨擊，罵我膚淺、閱讀經驗過少、不肯從閱讀類別昇華出來，但我一直都知道自己是個徹徹底底媚俗之人；絕對不是庸俗那一型的，這是凱凱說的。我是從許多選擇中做了比較，好比嘗過了許多甜點才知道自己喜歡的，好比從許多朋友中選擇了最靠近、最適合自己的，好比閱讀了許多小說後發現最貼近生命的是哪一本書，好比翻了翻衣櫃選了一件最適合下午陽光灑照色澤的洋裝，也許並不全然那麼宿命，否則我可能會否定掉自己的所有理智選擇（雖然我時常這麼做）。

算了，這並不是一些很重要的事情。真正重要的總是有其他的。

（屏東大學「陳哲男校友文學獎」首獎作品）

林雨諄

屏東教育大學中文系、中山大學中文所畢業，現為台北市學生輔導諮商中心的教育服務中輟專長役男，剩餘百日退。

公寓生活小記

余其芬

（一）

這天天氣還不錯，沒有下雨，只是天空有些泛黃，空氣中好像懸浮著大顆粒，搞不清是霧還是霾，讓所有東西都曖昧地朦朧起來。下午四點半的光景，邱老師走進社區。按年齡來看的話，邱老師應該叫「邱老頭」才對。他做過幾十年的訓導主任，因此鄰居們都尊敬地稱呼他為「邱老師」。他已經六十八歲了，不過在這個年齡層的族群裡，他算是很出色的了。邱老師的五官十分端正，鼻子挺直，濃眉大眼。因為上了年紀的緣故，邱老師長出淺淺的眼袋，眼角有皺紋，頭髮也有些花白，但他沒有老年斑，又因為個子高，因此外表還是十分英挺，看上去至多只有五十歲。邱老師平常愛穿一件土黃色夾克，他的背沒有駝，灰白的鬢角也梳理得當。邱老師每天都刮鬍子，下巴那兒總是青青的一片。偶爾去赴宴，鄰居們會看到邱老師穿著他那套價格不菲的西裝，白色襯衣的袖口多出西裝袖口兩個指頭的距離，總之一切都是紳士的派頭。

平時，鄰居們看到邱老師總是會打招呼，可是打完招呼後卻很難開口閒聊幾句，最多也就是問他有沒有吃過飯，或是談論一下最近的天氣。不知道是不是在學校時間長了，邱老師給人的感覺是文質彬彬帶著書卷氣，但又有些難以親近。「小朋友，走路要小心哦！」偶爾頑皮的小朋友一路打鬧奔馳而過，邱老師會輕輕攔住他們，小朋友吐吐舌頭，不敢再放肆地打鬧。邱老師說這話的時候臉上是帶著慈祥笑容，只是這笑好像有些浮於表面，有些牽強。鄰居們也很難看到邱老師的臉上露出很明顯的笑容，儘管他那樣有禮貌。

這天，邱老師拎著一個環保袋，裡面裝著剛買的西紅柿、生菜和一些其他蔬菜。這些菜都是邱太太生前愛吃的。一晃眼，邱太太去世已經六、七年了。邱老師自己都沒有意識到，他買的菜依舊是太太喜歡吃的那些。這時，邱老師並沒有去記他剛剛到底買了什麼菜，而是在想附近新開商場門前的那個所謂的「裝置藝術」。一個黑色的大理石球在不停地滾動，很像三百萬年後被剝去地衣的地球，一個醜陋的、還在軌道上旋轉同時自轉的黑色星球。

「好醜，這是藝術嗎？」邱老師想。

「不過藝術並不一定要美啊，說不定放這個東西是出於風水的考慮。」

這樣一想，邱老師也不那麼介懷那個醜陋的大球突然出現在每天都要經過的街口。他摸了一下口袋，確認一下鑰匙還在裡面，便走進電梯，假裝沒有看到兩個路過的歐巴桑見到他時互相交換的詭異眼色。

（二）

買菜是邱老師的習慣動作，甚至是一種愛好，對於大多數男性來說這個愛好有些不可思議。但邱老師不一樣，因為他是上海人，一個上海男人，他並不覺得買菜是一件什麼丟臉的事情。有些人用「賢慧」來形容上海的男人，邱老師覺得他們有點不懷好意，他認為買菜只不過是眾多家務中很普通的一種，不應該被賦予性別色彩。在邱老師的太太還沒去世的時候，他們週末常常一起去菜場，有很多關於挑選蔬菜的知識，都是太太教給邱老師的。

「怎麼那麼婆婆媽媽？」

邱老師以前一直這樣數落太太，當他看到太太舉著一棵生菜左看右看，觀察有沒有蟲眼的時候。

「她可能只是想當一個很好的家庭主婦而已」，在太太去世以後，邱老師才覺得不應該老是責怪她放了太多熱情在買菜這件事上。

當邱老師一個人在菜場裡閒逛的時候，他會常常想起自己的太太。「她真是一個再普通不過的女人。」邱太太皮膚白皙，身形嬌小，說話溫柔，很多年前是邱老師學校的國文教師，最後因為胰腺癌去世。其實邱老師對太太的感情是很深的，畢竟幾十年相濡以沫，但他是個不習慣表達感情的人，和很多上了年紀的男人一樣。甚至在幾個夜裡，邱老師半夜醒來看到床的右邊空空蕩蕩，眼眶都濕了。這些事邱老師當然不會說給別人聽，這些別人裡，也包括他唯一的女兒。

邱老師喜歡去菜場的另一個原因，說起來也很可笑，他喜歡菜場裡那種熱熱鬧鬧的市井氣息，甚至是那些接近人聲鼎沸的嘈雜。歐巴桑和攤主討價還價的聲音、魚在盆裡「啪嗒」、「啪嗒」甩尾巴的聲音、刀切在案板上的聲響，還有空氣裡潮濕的、帶一點點腥臭的氣息……都讓邱老師回憶起太太還在的時候，兩人一起逛菜場的時光。不像現在，有時候他一個人坐在公寓的窗前，看著報紙昏昏欲睡，猛然清醒才發現時間只過去五分鐘。公寓裡的生活在太太去世後，漸漸地索然無味起來。或者換一種說法，公寓的生活一直就沒有什麼趣味，但太太總是對一切興致勃勃，填補了公寓生活的刻板無聊。

邱老師所住的公寓，是一個三室兩廳的大套間，邱老師、太太、女兒、女婿和外孫一起住。自從邱太太去世、外孫去外國念書以後，女婿也是三天兩頭出差，偌大的公寓只剩邱老師和女兒兩個人住。因為沒有時間打理家務，邱老師的女兒請了一個保母，每天下午來公寓打掃和煮飯。公寓裡還殘存著許多邱太太生活過的痕跡，冰箱上貼著的冰箱貼是邱太太在為數不多的幾次旅行中買的、沙發上兩個暖黃色的靠墊是邱太太大減價的時候選的、邱老師房間雙人床的床單也是邱太太去世之前挑的，最近才找出來鋪上……公寓客廳的牆上掛著一張全家福，這張全家福還是邱老師六十歲生日的時候拍的，上面有邱老師、他太太、他們的女兒、女兒的丈夫，以及邱老師唯一的外孫。那時外孫才十五六歲，身上還殘存一點點孩子的氣息，臉上的稜角還沒有那麼分明。八年，十年，六十年，一晃就過去了，邱老師總是想，在他像外孫那樣年輕的時候，覺得六十歲真是一個可怕的年紀，六十歲是白髮、駝背、老年斑、皺紋密布的粗大指關節……好久沒有看見外孫了，自從他去美國念研究所以後就沒有回來過，電話也是隔了好久才打來一個，久得邱老師已經記不清當中是間隔了一個月還是兩個月了。

邱老師又怎麼會不知道那兩個歐巴桑的眼神交換的是什麼「驚天事件」呢！在二三十年前，邱老師做訓導主任的那間學校，學生們提起他的名字都戰戰兢兢。學生撒謊前遲疑的半秒，精心準備的作弊小紙條，沒有什麼能逃過他的眼睛。在退休前的幾年，他突然和善起來，導致學弟學妹們很難將這個溫文儒雅又和藹可親的老先生，和學長姐口中那個鐵面無私的訓導主任聯繫起來。這樣的轉變是由一件很小的事情促成的。那天學生在向邱老師問好的時候，他看到一個女生的頭頂長著一根耀眼的白髮，而她還未滿十八歲呢。這件事猛然敲醒了邱老師，「那麼執著做什麼呢？十八歲、二十歲轉瞬即逝。他們很快會變得像我一樣老，而我很快就會死的。」邱老師決定不再那麼強硬，偶爾對學生的放肆行徑睜一隻眼閉一隻眼，「這樣至少我死了以後，學生們還願意來送我一枝白花。」而對於另一件事，邱老師採取的態度卻極其強硬，他和女兒已經耗了快半年的時間，這件事正是讓住在樓裡的歐巴桑交頭接耳的「驚天事件」。

（三）

「邱老師要和他們家的保母結婚！」

這個「祕密」是由住在邱老師隔壁的美惠傳出去的。美惠其實一點也不年輕了，不美麗也不賢慧，她五十多歲，有一個三、四歲的孫子。美惠的穿衣風格總是很大膽，好像她花費一切努力想讓自己停留在二十幾歲，但顯然是徒勞的。她的臉上蓋著厚重的粉底，依然掩蓋不住原本蠟黃的膚色，她畫著濃密的睫毛和很粗的棕色眼線，顯得有些不倫不類。儘管美惠不美，但在鄰居們眼裡，她還是個熱心的好人，只是大多數時候有些熱心過頭並且喜歡搬弄是非。在邱老師和女兒的數次爭執中，一些言語被美惠不小心聽到，又不小心散播出去。因此沒過多久，整棟公寓的人都知道邱老師想和保母結婚、但女兒強烈反對的消息。公寓裡的歐巴桑們總是在下午接完孫子孫女後，準備晚飯前的時間聚在一起閒聊，這件事立刻就取代隔壁八樓的李先生和他太太離婚以及 Peter 買了陽明山豪宅，成為社區最熱門的話題。歐巴桑們說起這件事的時候，總是流露出一些傷心惋惜又不屑的神情，總之這個消息對她們來說五味雜陳。在這個社區的歐巴桑心中，邱老師的排名是相當靠前的。和她們禿頭、腆著啤酒肚、不修邊幅的丈夫相比，同齡的邱老師無疑出色很多。她們總是有意無意交換一些關於邱老師的「八卦」，比如「邱老師以前在上海是少爺，讀的是教會學校，上下課都有司機接送哦」，或者「邱老師的西裝聽說要十萬台幣耶」。當這個消息傳來的時候，歐巴桑們神情落寞，「怎麼邱老師會喜歡這種女人！沒想到眼光那麼差。」有一個叫白姐的歐巴桑說話特別刻薄，其實大家都知道，寡居多年的她對邱老師多少有些愛慕。她說的話引起一兩個歐巴桑的附和，而另外幾個沒有說話的歐巴桑，也在心裡默默贊同。

「Eric 會怎麼想你這個外公！你有沒有考慮過我們做兒女的感受！」

這句話是美惠在許多場合都捏著嗓子學的一句，是邱老師的女兒在與他爭執時，以高八度的聲音吼出的，有些歇斯底里。說是爭執，其實也不完全契合，因為在數次鬥爭中，美惠只聽見邱老師女兒的聲音，而邱老師好像總是沉默著。「都說兒女的性格和父母相反，邱老師和邱太太都滿隨和的，所以女兒才會那麼強勢」，美惠是那麼想的。

歐巴桑們的話是過於刻薄，但邱老師要娶他的保母，確實讓公寓裡的大多數人感到奇怪。再怎麼看，那個保母也不過是一個極其普通的中年婦女，說難聽一點，是一個長相平平、沒有任何姿色的「鄉下人」。她的頭髮有些乾枯泛黃，不知道是因為小時候營養不良還是廉價的染髮劑造成的。那個保姆矮矮胖胖，眼睛有點小，門牙間的縫很寬，笑起來嘴會咧得很大。總之和原來的邱太太比起來，簡直沒有任何一個優點。這樣說又很不公平，因為在邱老師看來，她是一個淳樸善良的女人，光是這一點就有很多女人做不到。而女兒一口咬定這個保母居心叵測，不知道如何欺瞞誘騙了她年邁的父親，為了謀他的遺產。

「想想這套公寓，現在至少值三千多萬吧，她要工作多久才能賺到三千萬！現在輕易就到手了！你不要被她騙了，爸！你是不是得了阿茲海默症！」

女兒說起話來氣急敗壞，換作別的父親搞不好會給她一個耳光，而邱老師有點懶得爭辯，只是想：「當初真不應該讓女兒念會計，現在腦子裡只知道錢。」邱老師上了年紀以後，就盡量避免和別人爭辯，碰到快要起爭執的時候，他總是禮貌地笑笑，就不再說話。這一點不知道和他血液裡的上海人基因有沒有關係。在所有的衝突中，上海人是極少動手的，在他們看來，暴力是最低級的解決問題的方式。這點也是上海人常常被詬病的一件事，北方人說這是「孬種」。邱老師絕不是什麼「孬種」，沉默也是他抵抗的一種方式。

「你快七十歲了！她呢？還不到五十！」年齡是另一個女兒強烈反對這樁婚事的原因。「我是死也不會讓 Eric 叫這樣的女人外婆的！我們斷絕父女關係！」女兒一邊說一邊胡亂地抓起外套和扔在沙發上的挎包，衝了出去，將公寓的門「砰」地關上。這一聲「砰」，好像一個戰爭的休止符，邱老師仍舊坐在客廳的沙發上，女兒尖利的聲音好像仍然迴盪在安靜的空氣裡，揮之不去。邱老師的腦海裡浮現出女兒那張氣急敗壞的臉，粉底花了，眉形亂了，睫毛膏在下眼瞼染出一小片陰影，眼角有些血絲，一點也不像以前依偎在邱老師懷裡如小貓一樣的小女孩了。一轉眼，連女兒都到了會長幾根白頭髮的年齡。「時間，都是時間，真可怕。」邱老師看著牆上那張全家福，八年了，照片開始褪色了，甚至掛著照片的那堵牆也從粉刷完的雪白漸漸泛黃。夕陽斜著照進來，鏡框上映出一塊紅紅的像血跡般的太陽。

照片裡的女兒臉上帶著露齒笑容，那時她是幸福的，至少比現在幸福。邱太太死後，邱老師的女兒是極度悲傷的，她與母親在一起的時間很長，因此她對母親的感情比對邱老師的深得多。母親死後，她看不出父親有多麼悲傷，他和往常並沒有太大不同，因此她在心裡一直埋怨她的父親，這是她反對父親再娶的最重要原因，但她沒有說出口。這種埋怨多多少少和邱老師什麼都藏在心裡不說的性格有關，女兒不知道父親在母親死後有多悲傷，就像邱老師也不知道女兒因為這件事對他有多麼失望。從這點來看，父女倆是那麼像，他們想了很多，但又絕口不提。

（四）

又一些風言風語傳到邱老師的耳朵裡，最離譜的是說保母懷了邱老師的孩子，而其他好一些的，也像《蘋果日報》犄角旮旯上刊登著那種不倫戀、黃昏戀或是描寫露骨的下流新聞。

「奇怪，都一年了，肚子裡有孩子也早就生出來了，怎麼有人那麼無聊呢。」

邱老師對這些傳言假裝一無所知。他年輕時是個很要面子的人，可能因為他是上海人的緣故，在人們關於上海人的刻板印象或是想像中，上海人總是最要面子的。甚至在他們窮得買不起襯衫的時候，都要在西裝裡面穿一個假領子。現在，邱老師決定捨棄一部分尊嚴，看到那些讓人有點厭煩的歐巴桑時，也擠出一個笑容，在鄰居們交頭接耳的時候間歇性失聰，過濾掉一些帶有諷刺意味的言語。

「邱老師和他女兒分開住了！」

這個消息不是由美惠傳出的，所有人都發現了。邱老師從十二樓搬去了十九樓。原本邱老師在這棟公寓樓裡就有兩套公寓，他和女兒、女婿、外孫住在十二樓的大套間裡，十九樓的小套間用來出租。邱老師的搬家工作極其隱蔽，連美惠都搞不清楚他到底是什麼時候搬上樓的。只是大家突然發現邱老師從十九樓走進電梯，才知道他與女兒一家分開住了。公寓裡的輿論分為兩派，一派以白姐為首的歐巴桑認為，邱老師這樣做是非常「為老不尊」的，毀壞了他一輩子「為人師表」的形象，她們一致認為天下烏鴉一般黑，邱老師和普通的男人沒什麼區別，被保母勾引了，而她們的老公也有可能被保母或者公司裡的年輕女祕書勾引，因而她們回家總是拿邱老師當反面教材，給那些無辜的老公敲響警鐘。而另一派認為邱老師只是想找個人作伴而已，並沒有什麼大不了的，年齡、背景根本不是什麼問題，這畢竟是他們兩個自己的事，他們無法理解為什麼邱老師的女兒如此固執。這件事導致邱老師女兒和鄰居們的關係也緊張起來，她看到他們時很艱難地才能擠出一個訕訕的笑容。批評自己的那派鄰居她自然是敬而遠之的，而那些歐巴桑，雖然說和她同仇敵愾，卻因為總是數落父親的種種不是，也讓她感到討厭。

（五）

過了好幾個月，天氣熱起來，公寓裡的人開始陸續發現似乎好久沒看到邱老師了。「邱老師呢？」一開始，人們以為邱老師病了，這個年紀的人身體多多少少會有毛病。後來鄰居們才陸續聽說邱老師搬走了。至於搬去哪裡，沒有人知道，美惠有幾次想開口問邱老師的女兒，但是看到她臉上的表情，說不出是難過還是不屑，始終開不了口。

十九樓的公寓空著，還沒有租客搬進來。幾個月過去了，所有的家具都蒙上一層薄薄的灰。邱老師住過的痕跡還是暴露在帶著粉塵的空氣裡。煤氣灶上放著一只煮麵的不鏽鋼鍋。邱老師愛逛菜場，但對煮飯卻是一竅不通。他嘗試戴著老花眼鏡，對著買來的食譜，以類似做化學實驗的方式來煮菜，結果自然是以失敗告終。最後邱老師繳械投降，只是偶爾煮麵填飽肚子，放些生菜和西紅柿，也不算太沒有營養。其實邱老師愛吃女兒煮的菜，她有七八成母親的廚藝，但女兒是極少下廚房的，因為工作太忙，邱老師也不好意思開口讓女兒煮菜給自己吃。保母的工作內容原本是不包括煮菜的，有幾次，她實在看不下去邱老師給自己煮的「營養麵」，便就地取材煮了兩三個家常小菜給邱老師吃。第一次吃，邱老師竟然吃出死去太太的手藝，一樣是口味偏甜，飯也煮得軟糯，不像外面大多數餐廳的米飯粒粒分明。

廚房明顯是被收拾過的，只是桌上的杯子裡還留著淺淺的茶漬，垃圾桶的底部殘留著一張水果糖的糖紙。邱老師其實很少吃糖。那天他在電梯裡碰到六樓的小朋友大力，他被阿嬤抱在懷裡，額頭飽滿，眼睛大大的，亮晶晶的，是那種嬰兒剛剛過渡到幼兒的眼睛。他「嗯嗯啊啊」地叫著，將什麼東西塞到邱老師手上。邱老師回家以後才發現是一顆水果硬糖，邱老師撕開包裝紙，糖已經有些化了，黏在紙上。「這是什麼味道？」邱老師覺得自己的舌頭木了，就和人一樣，老了都會木的。不像幾十年前還是孩子的時候，他舌尖舔到糖果，就立刻能分辨出來是草莓、檸檬、鳳梨還是青蘋果味道。年輕的時候聽到一首歌的前奏，就立刻能說出這是什麼歌，老了以後感覺再熟悉的歌，卻是如何絞盡腦汁也想不出它的名字。這樣的時刻總是讓人感到絕望。邱老師戴上老花鏡看了看包裝紙，上面印著很小的「Mango」。

公寓的廁所很小，牆上的鉤子上掛著一條褐色的毛巾，洗手台旁放著一把藍色的剃鬚刀，上面殘留著幾根或灰或白的短鬍鬚，牙刷杯上有一條白色泡沫乾了的痕跡，像一隻死去的鼻涕蟲。浴缸邊上放著一瓶用完的沐浴乳和一瓶沒有用完的洗髮水，邱老師很慶幸自己到了這個年齡頭髮也還算茂密。聽說中國男性禿頭的面積，已經等於四個香港的面積了，想想就覺得可怕。邱老師覺得自己老了的另一個徵狀，是明明有時候洗澡不想洗頭，一晃神卻發現自己擠出的是洗髮水而不是沐浴乳，只能胡亂地把頭髮也洗了。

公寓床上的被子和毯子被疊起來了，只是說不上來是精心疊起來還是隨便收拾的。男人鋪的床總是這樣，因為他們不會費心地去拉好床單或者被罩的四個角，應該呈現出四方形的被子，也總是有一個角會突出來，或是某個地方會塌下去。床頭櫃上，有一瓶剩下幾片的安眠藥和一個開著的黑色眼鏡盒。

牆上的鏡框還掛在老地方，裡面的照片卻被拿走了，留下灰白的襯紙兀自占著原來照片的位置。鏡框和公寓一樣，都顯得空空蕩蕩。

（六）

陽光太好了，邱老師走在石灘上。他走了，終於離開冷冰冰總是下雨或是混合著汽車尾氣而悶熱無比的城市，離開那棟他住了幾十年的公寓。不遠處是一群國中生，女生穿著短褲，露出白白的大腿，男生穿著亂七八糟的汗衫，時不時發出尖銳的笑聲或是刻意壓低聲線的怒罵。

「多好啊！」邱老師想，「我太老了，真是有些辜負這麼晴朗的天氣。」此時天空是那樣藍，那樣廣闊無邊，不遠處的太平洋也呈現著令人迷醉的各種藍色。在外國電影裡，如果有這樣的好天氣，在南法或者義大利的海灘上，年輕的男女主角總是要衝進海裡游泳的，然後就在澎湃的海浪裡熱吻起來。邱老師又一次深切地感受到自己已經快到古稀之年了。「這樣也未必不好，」邱老師想，「至少我現在終於感到自由了。」

沒來由地，邱老師在看到大海的時候想起了童年，想起了上海。看到海的時候，人總感到自己的渺小，順便開始回憶自己人生中的瑣碎往事。其實上海對邱老師來說只是一個很模糊的、屬於七歲以前的概念了。有時候在他的腦子，上海是一團模糊的綠色影子，這應該是他坐在轎車裡，仰頭從搖下的車窗看到暮春或初夏茂盛的梧桐樹不斷掠過，直至成為模糊的印象派色塊。而上海有時候又是一團迷濛的灰色，伴隨著梅雨季節一種腐朽、濕潤、難以捉摸的氣息。

在記憶更深更深的地方，邱老師還能想起來一個人，她應該是家裡某個傭人的女兒。那些放學後的無聊下午，父親上班，母親去打牌，他總是偷偷從自己的房間溜出來，跑去找她玩，吃一些奇奇怪怪的零食，玩彈珠，扔沙包，唱一些爛俗的童謠。家裡人知道的話一定不允許，和下人的孩子一起是非常不合體統的。從小，邱老師就是一個並不快活的小孩，他總是活在家人對他的期待裡，比如母親要求他在餐桌上必須保持絕對的安靜，軍校畢業的父親要求他走路一定要把背挺直，要站有站相，如果發現他沒有站直，便一巴掌打在他稚嫩的背上，讓他感到一陣火辣辣的疼。只有偷偷溜出來和那個小女孩一起玩的時候，年幼的邱老師才能做回自己，感到自由和快樂，儘管它們是很短暫的。邱老師想回憶那個小女孩的長相，但腦海浮現的，是一張熟悉的長著枯黃頭髮、眼睛小小、笑起來嘴巴很闊的臉。

「以後和我回一次上海好不好？」邱老師問著。

那位曾作為流言女主角的保母在他旁邊點點頭，她的臉和邱老師記憶裡小女孩的臉重合到了一起。她眼睛裡出現一種亮晶晶的光彩，讓邱老師想起遞給他糖果的那個小朋友的眼睛。她並不是因為是鄉下女人害羞內向才不說話的，她是啞巴，不會說話。但這不妨礙邱老師愛她，看到她的第一眼，邱老師就猛然回憶起童年和故鄉，溫暖又親切。邱老師很清楚，這種愛並不是愛情，而是一種近似親情的愛，可能是她的善良和一點點怯懦激發起邱老師作為男人血液裡本能的保護欲望。在邱老師看來，這可能是他人生裡唯一一次、也是最後一次的逃亡。這輩子他都是那樣認真地生活著，遵循著各種規則，做的每一件事都盡量符合別人對他的期待。其實他早就累了，因此這一次，所有的道理他都不管不顧了，他只想離開，離開那棟公寓、離開那座城市，帶著他想保護的人，開始一場唐吉訶德式的有些荒誕的逃亡，作為對生活、對生命的一次或許結局是徒勞的抵抗。

他們在路邊買了幾隻愛文芒果，剝了皮直接吃。邱老師的舌尖剛碰到芒果的汁液，就立刻辨別出這種酸甜、帶著輕微橡膠味的味道屬於芒果。

「完全不像各種化學成分調出來的硬糖。」

芒果黏稠的汁液流到了邱老師的手上，像融化了的膠水爬滿他的手指，流向手掌，他的手似乎要被黏起來了，但他感到很快樂，莫名其妙的快樂。保母拿出一張濕紙巾遞給邱老師，她的眼睛裡也滿是笑意。此時此刻，離那輛裝滿芒果的卡車三個半小時車程的公寓裡，邱老師的女兒也搬家了，沒人知道搬去哪裡，十九樓小套間住進新的租客。樓下的歐巴桑正在討論住在三樓的朱先生，聽說他因為對女職員性騷擾被告了。

公寓裡的人們偶爾還是會談起邱老師，他穿著黑西裝一絲不茍地去赴宴的畫面，好像已經恍如隔世。

（政治大學「道南文學獎」首獎作品）

余其芬

一九九二年一月七日出生於上海，畢業於華東師範大學編輯出版專業，現就讀於國立政治大學傳播學院碩士班，熱愛寫作，曾擔任多家報社實習記者、編輯，ELLE雜誌編輯助理，獲得兩屆上海市中學生作文競賽一等獎，「恆源祥文學之星」上海優勝獎等。

蘇菲亞的世界

盧一涵

五年前，我站在波塞冬神廟（Temple of Poseidon）的廢墟前，眺望遠方的愛琴海。

這會兒，我坐在斯塔萬格（Stavanger）一棟洋房上的窗口，窗外飄下一片片的楓葉，鋪在街道上，宛如一張鬆散的毛毯。挪威楓成熟的雙翼果跳躍在花園的籬笆間，散落滿地。一位小男孩踩著它們，慵懶的走過我家門前。

回憶起當時所經歷的事，彷彿是場夢，那樣的不可思議，那麼的令人難忘。

我必須趁著還有記憶的時候，記錄當時所發生的事情。拿起紙筆，我開始寫下——

這趟旅程是從霍寧斯沃格（Honningsvåg）開始的，那是在挪威一個通往北角的小村莊。我們兄妹倆一路南下，直奔奧斯陸，乘坐DFDS郵輪到丹麥的哥本哈根，然後再驅車行駛到希臘，一路上經過許多城市，但我們迫不及待來到這裡，諸多哲學家的故鄉。

我看著車窗外飛逝的風景，有種隔世的感覺，我和喬納森．霍克有個約定，當他開車時，我靜靜的坐在車後看書，偶爾抬頭看看窗外的風景。當時說要來希臘時，他說是為了要找尋寫作的題材，但我從他的眼眸中，看見他對希臘的熱愛。從他開車的速度看來，他是興奮的。我想。

我們終於穿過希臘邊境，他放慢車速行駛在希臘沿海公路上。

「快看，蘇菲亞，我們終於到希臘了！」

聽見他的呼喊，我從書海中回過神來，看著窗外不同於挪威的美麗風景，一望無際的天空中飄浮著幾朵白雲，在蔚藍的天空映照下的湖水是那樣湛藍，那樣晶瑩透澈，我不由得看癡了。

他停下車，拿了相機，舉起手對著遠方的海岸線及湛藍的天空按下快門。而後，又鑽回車裡，當我們到達雅典時，已經接近傍晚了。我們特地挑了間頂樓有瞭望平台的飯店，好讓我們方便觀賞著名的雅典衛城（Acropolis）。

我興奮的跨大腳步走到飯店十樓套房，望向落地窗，整個雅典城果然盡收眼底，但我們還是搭乘電梯到頂樓觀賞。

一到頂樓瞭望平台，喬納森早已被高城中的古老神殿震住了，舉起相機，連續按下快門，再也忍不住的大聲驚嘆著：「這實在太厲害了！蘇菲亞，看見沒？這比任何一個希臘圖片都還要來得有震撼力。」他興奮的在平台上來回踱步著，直到稍微平復心理的亢奮，又按了幾次快門。

而後，他買了杯啤酒，倚靠在欄杆前，飲啜一口。「雅典衛城又被世人稱為高丘上的城邦，距今已經有三千年的歷史了。今日這一見，果然名不虛傳。」他喃喃自語，視線依然移不開遠方的古城。

我當然也不例外的被眼前的神殿震住了，看著遠方壯觀的景象，好半晌說不出話來。

「蘇菲亞，知道什麼是歷史嗎？」

聞言，我有些疑惑的看著他，不懂他為何突然問這個，該不會是喝醉了吧？罷了，聽他說這些至少不算浪費時間。

他把我的沉默解讀為不懂，開始滔滔不絕的說著，「所謂歷史指的就是自然界和人類社會的發展過程，也指某種事物的發展過程和個人的經歷。打個比方吧，就在我剛問完這個問題後，十秒鐘過去了，這段逝去的時間就叫作歷史。」他又飲啜一口啤酒，繼續說：「而未來是尚未發生的事，未來的範圍很廣，可以是五秒或三十分鐘後，甚至是千萬年以後。」

「但我們人能夠活的卻只有當下！」我有些激動。

「對！就是這樣沒錯。」頓了一下，繼續道：「曾經有位智者說，人類是種奇怪的生物，他們對未來焦慮不已，卻又無視現在的幸福。因此，他們既不活在當下，也不活在未來。他們活著彷彿從來不會死亡；臨死前，又彷彿從未活過。妳明白嗎？」說到後面，他的聲音已經有些微的高分貝。

這些話在我耳裡，聽起來有如石破天驚，好半晌說不出話來。

過後，我們沉默的看著那依然高聳的城邦，直到夜幕降臨，才回到房裡歇息。說實話，我非常滿意這間套房，由於是兩房一廳，所以我和喬納森分別睡在不同的房裡。

我進到房裡，大致上瀏覽過一遍房間，室內的裝潢很復古，牆上還掛著一幅米開朗基羅的〈創造亞當〉，我有些訝異，本以為希臘的房間多半以藍白襯托，就像外面建築那樣，但事實卻令我出乎意料。角落的橢圓形大銅鏡吸引了我的注意，我踩著鬆軟的地毯朝它走了過去。我站在銅鏡前，看著有些模糊的鏡面，雖然看不清自己的臉，但還是能照出人的身形。

這是裝飾品嗎？我有些疑惑的想著。

「蘇菲亞……」

我一愣，剛才好像聽見有人在呼喚我的名字，抬頭，我戒備的看了看房間的四周。

大概是多心了吧！我嘆了口氣。

在我離開銅鏡前，聽見一陣宛如銀鈴般清脆的笑聲，我再度戒備的看了看房間的四周，沒人！

我感覺到心跳逐漸加快，脊椎開始有些發涼，抬起僵硬的腳，緩緩地走回銅鏡前，看著鏡面裡的自己，沉默了好一會兒。直到確定聲音是從銅鏡裡傳出來時，我嚇呆了。

「你是誰？」此刻，我感覺到我的聲音在顫抖。

「我？我是蘇菲亞呀。」

「胡說，我才是蘇菲亞。」

他又笑了。

「喂，你不要一直笑！你住在鏡子裡面嗎？」我有些生氣，但還是止不住心中的疑問。

好不容易止住笑聲，他才回答：「妳覺得呢？」

「我怎麼會曉得。是我在問你話，你應該要回答我才對。」

「對我來說，妳不也是住在鏡子裡面。」

我震驚地一顫。小時候照鏡子時，總是覺得鏡子裡面有另一個相反的世界，也許我們會做著同樣的事，在那裡一樣會有人、有樹、有車、有動物，甚至是生命的存在。而鏡面裡的我，是否也會趁著照鏡子時，想著這些問題。如今，鏡子裡的另一面說著這些話，我突然分不清楚這是現實還是虛擬。

他會不會突然從鏡子裡出來？雖然我不了解「他」是何方神聖。

「你是誰？」我又問了一次。

「我叫作克萊兒。」

我揉了揉眼睛，「你真實的名字？」

「對。」他點頭。

「但我還是不知道你是誰。」

「可是我對妳卻一清二楚。」

「你可以出來嗎？」

他沉默一會兒，「當然可以。」

接著，一道刺眼的光芒從鏡面裡反射出來，照映在我臉上，使我難受的閉起眼睛。好半晌，我緩緩地張開眼，映入眼簾的，是一個嬌小的身軀，身上穿著白色長袍，臉蛋看上去白白淨淨，卻透露著紅潤的氣息，看上去很舒服，唯一分辨不出來的，大概就是他的性別了。

「天啊，你長得好嬌小！像極了小時候祖母送給我的一個小娃娃。」我看著他，「難道你是天使？」

「我看起來不像嗎？」他似笑非笑地望著我。

「可是你背後沒有翅膀。」看著他身後，我疑惑地說。

他沉默片刻。「許久以前，我是有翅膀的。」

我驚呼，「天啊！那為什麼……」

「別提了好嗎？」他的眼神黯淡下來，顯然是件不想多談的回憶。

我識相的閉起嘴。看著他許久，我忽然想到聖經裡的一段話：天使乃是靈，所以天使的性質乃是屬靈的。這和今日屬物質的東西，是不同的，是我們肉身的眼睛所看不見，肉身的感官所覺不得的。

「為什麼我看得見你？」我提出疑問。

「不，事實上，從兩個小時前，我就已經開始觀察妳了，只是妳沒察覺到。」他坐在沙發上晃起小腿。

我低頭思索了一會兒，「你是說我們在頂樓的瞭望平台上，你就已經在了？」

「是的。」他露出笑容。

見我不說話，克萊兒輕輕地靠近我。「妳生氣了嗎？」

「沒有。」我搖搖頭。

「下次在聊吧。」他忽然說。

這時，門外傳來敲門聲，「蘇菲亞！蘇菲亞！」

「喬納森？有什麼事嗎？」我走到門口替他開門。

「沒事。時間也不早了，洗完澡後妳該睡了。明天我們到高城走走，順便看看雅典市集，那些偉大的哲學家曾走過的地方。」他道了聲晚安，然後低頭親吻我的額頭，接著走出房門。

當我轉身時，早已不見他的身影。

第二天早晨一覺醒來，我心裡想的頭一件事就是：天使克萊兒究竟是不是一場夢？

我起身走到銅鏡前，仔細瞧了瞧，直到確認沒什麼不對勁後，才轉身走到浴室盥洗。

一走出房門，就見到喬納森興奮的談論著今天要去雅典衛城遊覽的事，直到我們吃完早餐，等待侍者替他倒咖啡的同時，他依然認真的拿起手中的導覽圖仔細瞧過一遍。

說實在，我不忍掃他的興，但我滿腦子想的都是昨天那個天使。再度瞥了他一眼，我把想說的話默默放回心底。

「我們到高城遊玩，要怎麼走啊？」我指著地圖問道，開始討論正事。

由於衛城南部和西部街道被拓寬，修建成兩旁有咖啡店和餐館的步行街後，步行變成一項很有趣的事情了。在普拉卡（Plaka）和摩納斯提拉基（Monastiraki）道路旁可以從所站的地方往上坡方向走，到達最上面的時候，會發現此刻置身於森林之中而不是被高樓大廈所環繞。

爬上樓梯後就到了入口，或者稱為山門（Propylaea），建於西元前四三二年，伯羅奔尼撒戰爭（Peloponnesian wars）之前。

左手邊是 Pinacotheca 殿和 Hellenistic 基座。而右手邊則是通往雅典娜尼基神廟（Nike Athena）又被稱為雅典娜勝利神廟（Athena of Victory）。神廟的修築是為了紀念雅典人對波斯人戰爭的勝利。建在平台上的神廟俯瞰塞隆尼克灣（Saronic Gulf），並被用來作為雅典的標誌。

我們來到最大間的巴特農神殿（Parthenon）面前，巨大雄偉的古老神殿近在咫尺，喬納森忍不住驚嘆著：「這實在是太壯觀了！」再度被眼前的神殿怔住，此刻，早已忘了舉起手中的相機。

過了好半晌，他回神。「蘇菲亞，知道嗎？僅在一百五十年前，雅典衛城還有人居住。」按完快門的同時，他向我說道。

我震驚的轉過頭望著他。

「這是真的。衛城指的是上面的城市。古希臘的其他很多城市都環繞衛城而建，以便在敵人入侵時，逃難者可以順利上衛城避難。所以最神聖的建築全都建在衛城裡，因為這裡是最安全的地方。」

我疑惑的看著眼前的神殿，低頭思索著他說的話。

見我不語，他開始帶著我走遍神殿的角落，一一的向我訴說著希臘的古老神話。我認真聆聽著，但也不時想著克萊兒昨天對我說的話：事實上，從兩個小時前，我就已經開始觀察妳了，只是妳沒察覺到。

我倏地抬起頭東張西望，也許他現在就在我身邊看著我。

「我要到博物館裡參觀，妳呢？」喬納森突然向我說道。

我原本想和他一起參觀，因為他真的是個學問淵博的好嚮導，但此刻我想待在外頭，也許克萊兒會出現。

我靜靜的找了個地方坐下來歇息。

「衛城還精采嗎？」清脆的嗓音倏然響起。

我訝然地回頭。「你真的出現了？」

「真的？」克萊兒眼裡有著疑惑。

「我以為昨天是場夢。」

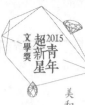

他翻了翻白眼。「我從來不說謊。」

「因為你是天使？」我學他翻了下白眼。

「對。」他點了點頭。

「好吧，我相信你。」說完，我看著人來人往的衛城，有些緊張的問：「別人看得見你嗎？」

「我想應該是看不到。」他笑了笑，然後緩緩地靠近我，「蘇菲亞，想不想瞧瞧千年以前的衛城？妳永遠也想不到有多麼壯觀。」

我震驚的抬頭望著他，只見他閉上眼，緩慢地飄向空中，嘴裡小聲的呢喃著我聽不懂的語言。

還來不及意識到發生什麼事時，除了我和他之外，周遭的人突然像是畫面倒轉般，幾棟高樓至廢墟中逐漸立起，衛城依然聳立在天際，但是看上去卻煥然一新。人們都打扮得很不一樣，有人身著寬鬆長袍，有人騎著馬，身上有佩劍，也有人身著長至膝蓋的短袖束腰外衣，上面佩著許多飾品，他們有些打著赤腳，但卻都慵懶的漫步在廣場上，看上去好不真實。

「這兒是幾千年前的衛城？」我瞠目結舌。

「沒錯，蘇菲亞，這裡是西元前四〇八年。」

「不，這怎麼可能。」我搖搖頭，眼神望著前方在廣場上來來往往的人們，「你不該跟一個十三歲的小女孩胡扯這麼多，甚至把我帶來這莫名其妙的地方。」我大聲控訴著，眼裡有些怒意。

「妳可以不相信我，但是妳要否認眼前所見的一切嗎？」

「可是……這實在是太不可思議了。」我喃喃自語。

「走吧，蘇菲亞。」他笑嘻嘻地說道。

等我回過神來，我們已經坐在神殿上面的柱子上，從六公尺的高度俯瞰底下人來人往的廣場。

「妳知道蘇格拉底嗎？」克莱兒忽然問。

「知道不多，只知道他是希臘的哲學家，有西方孔子之稱。」

「他很有趣，即使他去世已經有千年了，但我永遠不會忘了當初在雅典見到的一幕。」談起過往，他有些止不住笑意。

「你見過蘇格拉底？」我再度驚訝。

「當然，我和你們不一樣。你們來來去去，而我們從盤古開天闢地後，就一直存在，過去是這樣，而未來亦是。」

「你說他很有趣，為什麼？他的生活不是充滿哲學嗎？」

「蘇格拉底和那些詭辯學家生在同一時代，就像他們一樣，但蘇格拉底比較關心個人與他在社會中的位置，對於大自然的力量較不感興趣。就像幾百年後羅馬哲學家西塞羅所說的，蘇格拉底將哲學從天上召喚下來，使它在各地落腳生根，並進入各個家庭，還迫使它審視生命、倫理與善惡。」

我認真聆聽著，心底對蘇格拉底充滿無限尊敬與佩服。

「不過，蘇格拉底有一點與詭辯學派不同，而這點很重要。他並不認為自己是個『智者』，即博學或聰明的人。他也不像詭辯學家一樣，為賺錢而教書，他們知道實際上自己所知十分有限，這也是他們不斷追求真知灼見的原因。他認為自己對生命與世界一無所知，並對自己貧乏的知識感到相當懊惱。」他頓了一下，「於是，他不停的探索著，好比說……妳叫什麼名字。」克萊兒望向我。

我覺得有些莫名其妙。「我是蘇菲亞．安徒生。」

他點點頭，接著問：「妳為什麼叫作蘇菲亞．安徒生？」

「應該是我爸爸替我取名的。」

「妳爸爸為什麼替妳取名為蘇菲亞？」

「我不知道……」

「妳為什麼不知道？」

「……」

「妳為什麼不知道？」他又問了一次。

「也許是因為好聽吧！」我隨口說說。

「為什麼會覺得好聽呢？」

「因為……」我一時語塞。

「因為什麼？」

「討厭，你要問到什麼時候！」我有些招架不住。

「明白了嗎？蘇格拉底就是這樣，這是我親眼見過的，千真萬確。」他大笑著。「確切來說，人們面對許多難解的問題，而我們對這些問題還沒有找到滿意的答案。因此現在我們面臨兩種可能：一個是不懂卻要裝懂，藉此自欺欺人。另一個則是閉上眼睛，從此不去理會。人們通常不是太過篤定，就是漠不關心。在雅典，蘇格拉底既不篤定也不漠然，他只知道自己一無所知，而這使他非常苦惱。因此他成為一個哲學家，一個孜孜不倦追求真理、永不放棄的人。」

「顯然他是一位理性主義者。」我仰望著天空，打了一下呵欠。

「說得對極了！蘇菲亞。」

「我不知道天使也會對這些感興趣。」

「妳不知道的事還很多。」他意有所指，接著神祕一笑。

而後，我們倆靜靜地坐在昔日的神殿上面。我有些慵懶的閉上眼，在這種陽光和煦的時刻，我開始有些睏意了。

忽然，被一陣小孩的哭鬧聲給打斷，我坐起身來找尋聲音的來源，見到一個趴坐在地上哭鬧的小男孩，遠方那個應該是他的母親，她著急的朝小男孩那兒奔去，兩人相擁的畫面，令克萊兒忍不住眼眶泛淚。

我驚訝的望向他。「你哭了，為什麼？」

「其實……我有時候很羨慕你們人類。」他吸了吸鼻子，接著說：「天使與人完全不同。人死後不會成為天使，而天使也從未做過人類，也不會變成人類。你們有著血肉身軀，可以享受真正活著的滋味，你們有家庭，可以感受被愛及愛人的感覺；而我們卻沒有，我們雖然永遠不會死，但是日子一久，仍然會有些空虛感。畢竟我們是從盤古開天闢地後就一直存在著，算算時間也過了幾十億年了……」

「但是正如同你所說的，我們來來去去，活著必然要接受生老病死。生命雖然是如此美麗而神祕，同時卻又纖弱不堪一擊。」我試著安慰他，「而對你們來說，就算過了幾千年，你們依然可以坐在某個地方，觀賞人們所舉辦的慶典和煙火。」

他伸手抹了抹臉上的淚水，抬起頭望向我，我接著道：「你瞧，我們現在不就坐在幾千年前的神殿上，這是我們凡人所做不到的。」

克萊兒眼裡有著感動，他激動的說著：「能和妳談話真好！」

我開心的笑了笑，「對我來說，你是位很棒的天使。」

「謝謝妳，蘇菲亞。」他漾開一抹燦爛的笑容，接著有些可惜的說：「很遺憾，我們得趕緊回去了。」語畢，便見他閉上雙眼，只是那短短的一瞬間，我們又回到了今日的雅典衛城。

「有機會再聊。」克萊兒說完便消失了。

此時，哥哥朝我這兒走來，「抱歉蘇菲亞，等很久了吧。」

我搖搖頭。「不會，剛才我在和克萊兒聊天。」

「克萊兒？」他露出疑惑的神情。

「一位很可愛的孩子，現在他回家了。」

他只是點點頭。接著就興奮的與我分享他在博物館裡所見到的東西，「博物館裡頭分許多室，第一室有西元前七世紀時古神殿頂下的三角楣雕刻，並留有色彩的痕跡，左邊繪著英雄赫爾克里士（Herakles）大戰九頭怪蛇修德拉的情景，是出土文物年代最久遠的一個。真可惜，妳應該要進來看看的；第二室雅典古神殿西側……」

夜裡，我悠悠轉醒，意識有些矇矓。起身，我揉了柔眼睛環顧四周，瞥向床頭的鬧鐘，再一分鐘就凌晨四點，空氣中帶著一絲冷意。

昨天去完雅典衛城，我們還逛了市集，藍色的窗戶和桅杆，布滿著許多藤蔓，純白色的房子，與藍天白雲相互映襯，就好似迷宮般，到處都是四通八達的道路，不停的引誘我們向前探索，拐過一個又一個彎，樂此不疲。

吃完晚餐回到飯店已經是夜晚了，喬納森立刻衝進房裡，提筆開始寫下堆積在腦海一整天的靈感，生怕有一個字漏掉。

我識相的不去打擾，洗完澡後，我慵懶的仰躺在柔軟的床上，恍惚中，我沉沉睡著了。

伸了伸懶腰，我隨手拿了件斗篷蓋在身上，然後走向窗前，推開百葉窗，冷風頓時呼嘯而來，我打了個冷顫，拉緊身上的斗篷。抬眼，望向空中的星辰，也許是因為冬天的關係，天色未亮，但天空並非純黑，黑中反而透露出一片神祕的深藍，襯托浩瀚無邊的銀河，空中閃爍著滿天星斗，如此寧靜的時刻，此時，我彷彿置身於外太空，而這間飯店是艘迷路的太空船，靜靜的飄蕩在太空之中。

我記得那時我心裡想著：如果在這房間裡，能沒有地心引力，那麼我就能浮在空中了。就和真正的太空人一樣。

當我幻想著這些不切實際的念頭後，我感覺到體內有股東西在流逝；接著，我的雙腳漸漸飄浮起來，房間就好似和我說的一樣，失去地心引力，我緩緩地飄浮在空中。

「天啊，這是怎麼一回事！」我驚呼，拉緊床沿，隨即像是想到什麼，接著對著某處說：「是你嗎？克萊兒。」

坐在櫃子上的克萊兒慢慢顯現了出來，「飄浮在空中的滋味很不錯吧。」他開玩笑地說道。

「你差點嚇壞我了。」我驚魂未定的撫胸。

「我以為妳會喜歡。」

我沉默一會，「你能不能先讓我下來？」

「當然可以。」語畢，他手輕輕一揮，我又回到地面上。

「你真的讓這間房間失去地心引力？」

他笑了笑，「這當然是不可能的，蘇菲亞。」見我眼裡有著疑惑，他接著道：「我只是讓妳飄浮在空中，如果真的沒有地心引力，妳知道會發生多麼嚴重的事嗎？」

「所有東西會飄在空氣中。」

「是的。不只如此，倘若萬有引力消失，整個星系的運行上，將會發生極大的改變。」他語氣嚴肅。

我驚訝地倒抽一口氣。

接著，我遲疑了片刻。「你怎麼會知道我想飄在空中？」

他嘴角掛著一抹若有似無的笑容，並沒回答我。

「你會讀心術？」我大膽猜測。

從他的眼神中我看出了答案，「你怎麼可以這樣！」我有些生氣，這種感覺就好像全身赤裸裸的站在別人面前，被看光的感覺令我感到有些惱怒和一絲不自在。

「很抱歉，蘇菲亞。我保證，下不為例。」他道歉，並指天發誓。

那可愛的模樣令我忍不住笑出聲來。「好吧，我原諒你。」

而後，我們靜靜地看著天空中的星辰。許久，克萊兒清脆的嗓音倏地響起，「蘇菲亞，妳認為這個世界是從何而來？」

這個世界不是本來就存在嗎？我咬著手指，納悶的想著。

「我的意思是，妳認為這個世界是一直就存在著，還是它是在某個時期才被創造出來的？」

答案當然是後者，書上都說地球是在四十六億年前形成，由原始太陽星雲的部分物質構成後計起的嘛！雖然很想這麼說，但我能肯定克萊兒想要的並不是這種回答，於是我認真的想了想，「地球自然是在太空形成，但太空又是來自於何處呢？我曾經想過，地球也許只是某個人手中把玩的玩具，而我們是被囚禁在這裡的可憐蟲，只要玩家心情不好，舉手一揮，隨時都可以讓地球瞬間毀滅。」我說，「也許前幾次在地球上的六次大滅絕就是如此，而他終究只是冷眼看著我們受難。」

「妳所說的玩家是指誰？」他對我提出的想法感到有趣。

聳了聳肩，我隨口回答：「也許是上帝，又也許是存在於宇宙中的巨大生物。」

「那妳呢？妳又是從何而來？」他繼續丟問題給我。

我低頭思索了一下，我當然是在媽媽的肚子裡形成，但在這之前我又在哪裡？我倏地抬頭，見到克萊兒堅定的眼神，從他身上散發著一股溫暖和使人安心的氣息。

「也許這要回溯到好幾千年前……」

「為什麼？」

「假如我的祖先沒有和另一人相戀，就不會有這些後代，也就不會有今天的蘇菲亞和喬納森，而我也不會來到希臘，遇上你，然後坐在這兒和你聊天。」

「也許妳的回答只對了一半。」他意有所指地說道。

「這問題太難了！」

「沒關係，蘇菲亞，還有很長一段時間，至少在未來，妳能釐清這個答案。」

「未來嗎……」我呢喃。

「是的。」克萊兒臉上終究掛著一抹溫柔的笑容。

「我答應你。也許不是現在，但是在未來的有一天，我會解開問題的答案。」我的語氣帶著堅定。

「和妳聊天真有意思。」

「你也會和別人聊天嗎？」

「當然會，但是上一次聊天已經是兩百年前的事了。」

我驚訝的瞪大眼睛。「那這兩百年來，你都在做什麼？」

他並沒有回答我的問題。「蘇菲亞，妳認為遇上我，一切都只是巧合嗎？」

我抬眼望向他那雙如湖水般清澈的慧黠水眸，並沒有答腔。

「世上沒有偶然，有的只是必然。」克萊兒對我投出一顆震撼彈。

這些話在我腦海裡炸開，好半晌我才回過神來。

「你認為所有發生的一切都是註定好的，你在問我相不相信命運？」我看著他。

克萊兒遲疑了片刻，「世界上有太多絕非偶然的事情在發生，雖然妳現在在這間房裡和我談天，但是當妳跨出腳步時，也許下一秒人就消失了。」

克萊兒從我的眼神當中讀到不相信。

「別認為這是不可能的事。歷史上曾經發生過，約莫三十年前，新奧爾良城的一所中學操場上，巴爾萊克一球射進球門，他高興的跳起來一叫，當著眾人的面，眨眼工夫就消失在眾人眼前。而這只是其中一個例子……」

「天啊，這是真的嗎？」我驚訝地倒抽一口氣。

他點點頭。「千真萬確。」

我著急的問，「那些消失的人去哪了？」

「穿越？又或者跑到別的星球去了，也許有某個空間在連結著。但是他們究竟去哪了？無人知曉。」

「這實在太不可思議了……」我呢喃。

直到平復完心裡的震驚，我抬眼望克萊兒，「你好像什麼都知道。」

他搖搖頭。「萬物本身就是個極大的奧祕，它正等待著我們去摸索。而我知道的，也不過僅僅如此而已。」

「萬物本身就是個奧祕……」我輕聲重複。

「可惜的是，據我所觀察，現在許多人對於周遭的事物早已習慣，或是漠不關心。現在對事物依然存著好奇之心的大概就是小孩了。」

我同感的點點頭。記得小時候看見別的小朋友向爸爸媽媽提出心中的疑問，但他們總是敷衍的說：乖，別再胡說八道了、小孩子別問這麼多……

我低頭思索了好一會。「也許他們都逐漸失去了思考的能力。」

「說得對極了。」克萊兒投給我一個讚賞的眼神。「世人總是把周遭的一切視為理所當然，他們從不曾去探討其中的奧妙；自己是誰？從哪裡來，又或者該何去何從？」

此刻，我的心裡因為克萊兒這段話感到無比的震撼。

我忽然想起在書中所看到的一段文字，忍不住脫口而出：「我們一邊思維，一邊生存。」

「沒錯，人明明就有著極高的思考能力，卻不好好運用，實在是很可惜。」

「如果你是人類，一定是個了不起的哲學家。」我打趣道。

他瞪大眼睛看著我，「為什麼？因為我說了這些話嗎？」

「也許是，也許不是。」我掩嘴偷笑。

「妳在笑什麼？」他好奇地靠近我。

「我覺得你比我哥哥還要愛說這些話，他雖然是作家，但是與你相較，還真是小巫見大巫。」我再也忍不住地開懷大笑。

「真有這麼好笑嗎？」他看著我，納悶的說著。

好不容易止住笑意，我擦了擦眼角的淚水。「你平常都喜歡偷看人嗎？」

他臉兒有些微紅，向我抗議著，「我才沒有偷看呢！」

「好吧。那其他天使都長得和你一樣嗎？」提出早已放在心中的疑問。

「當然不一樣嘍。」這次換克萊兒想笑。

「那上帝呢？上帝真的存在嗎？」

「祂確實存在。」

「我曾經想過，如果當初祂沒有把亞當和夏娃趕出伊甸園，那麼現在的世界會是怎樣的景象。」

「妳會怪祂嗎？」

我搖搖頭。「夏娃受不了誘惑，偷嘗禁果，才會淪落到這種下場。」

「禁果的誘惑啊……夏娃肯定沒料到自己會受到這種懲罰。」

「那你是怎麼來的？」天使應該沒有父母吧？我努力的想著。

「天上有成千上萬個天使，而我們和亞當夏娃一樣，都是由上帝所創造的。」

「原來上帝真的存在。」我喃喃自語。

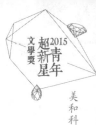

「上帝本來就存在！」他向我抗議，「你們也是由上帝所創造，只要祂大手一揮，又會有許多新生兒呱呱落地。」

「那麼你比較想當壽命幾十年的凡人還是永遠不死的天使？」

「這些都不是妳我所能選擇的，又何必多談。」克萊兒聳了聳肩。

「這麼說也是。」我認同的點點頭。

天漸漸破曉，大地霧濛濛的。此時，萬籟俱寂，突然有聲鳥鳴劃破寂靜，那萬道霞光透過雲層照射在雅典，為這寒冬添加一股溫暖。

打了個呵欠，我揉揉眼睛。「不知道為什麼，我突然睏了。」

「睡吧。」克萊兒只是輕聲說完，便升起來，坐到櫃子上看著我。

我爬上床，眼皮越來越重，睡著前的最後意識是：他看上去有些半透明，原來我之前看不見他的原因是這樣。

再度醒來，已經是三個多小時後了，我瞥向櫃子一眼，沒見到克萊兒，倒是桌子上有份早餐。

飽足一頓後，我走進喬納森的房間，他正在趕稿，偶爾抽根菸，然後走向落地窗思索著，又突然回到電腦前繼續打字，絲毫沒發現我的存在。

此刻，我覺得自己像極了天使克萊兒，正在窺探凡人的生活。

「咦？蘇菲亞，妳什麼時候進來的？」打到一個段落，他抬起頭伸伸懶腰，才發現我的存在。

「有一段時間了。」

「桌上的早餐吃完了嗎？」

我點點頭，然後遲疑了一會兒，「我能不能到外面的書店逛逛？」

昨夜回飯店時，在附近見到一家溫馨的小書店，許多人都坐在那兒看書。琳琅滿目的書籍令我感到興奮，要不是礙於回來有些晚了，否則我真想當場就飛奔進去。

見他猶豫，我趕緊說：「很近，就在飯店門口左轉的那條街就是了，我不會亂跑的。」

「妳一個人可以嗎？需不需要我跟妳去？」喬納森有些擔憂。

「我已經長大了，況且你還有工作，我自己去就行了。」

過了許久，喬納森才說：「好吧，小心一點。」語畢，他順手拿了些紙幣給我。

「那我走嘍。」我漾開一抹燦爛的笑容，便雀躍的跑了出來。

到了書店，我開始尋找自己喜歡的書籍，有幾本書名特別吸引我，像是《鏡中的女人》、《天空的囚徒》、《到不了的天堂》、《繆里爾的世界》、《遇上另一個自己》、《塔羅牌的祕密》、《死神的翅膀》、《蘇黎世的女孩》、《折翼天使》……

當我的目光瞥向《折翼天使》時，突然想到天使克萊兒曾經說過：許久以前，我是有翅膀的。

我從書架上拿起這本書，坐在沙發椅上開始靜靜的閱讀起來。

書店裡播放著醉人的古典音樂，我沉醉在這書海中；直到被一陣聲響打斷，我抬頭望向眼前跟我差不多大的小男孩。

「有什麼事嗎？」我說著挪威語，不知道他聽不聽得懂？

「我可以坐在這兒，和妳一起看書嗎？」他用挪威語回答。

「當然可以，你是挪威人？」我訝然的說著。

「嗯，我叫作吉姆，妳呢？」他露出笑容，臉頰有個小酒窩，看上去相當可愛。

「我叫蘇菲亞。你都看什麼書？」我好奇的望著他。

「我喜歡推理和哲學小說。」

「我也是耶！不過除此之外，我還喜歡閱讀古希臘的神話故事，那些眾神發生在天上的事。對了，你相不相信天使的存在呢？」

「我相信上帝的存在。」

「那天使呢？」

瞥向我手裡拿的書，他遲疑片刻，「也許天使是存在的。」

「是啊，他們有著翅膀，看上去很嬌小，但是這當中，也會有幾個折翼天使。」

吉姆認為我是看了這本書，才會說出這些話來。

「妳怎麼知道？難道說妳見過天使？」

我一時語塞，「想像嘛！你心目中的天使長什麼樣？」

「我心目中的天使不一定是天使。」見我眼裡有著疑惑，他接著說：「我父母親待我很好，我想要什麼，他們會盡力替我達成；我生病的時候，他們會徹夜不眠的守在床邊照顧我；我睡不著時，母親會在我耳邊，用溫柔的嗓音念故事給我聽。他們很愛我，對我來說，他們就像天使，守護著我。」他說著這段話時，嘴角不禁揚起一抹微笑。

「說得棒極了，吉姆。」我眼裡有著感動。

「蘇菲亞的父母也是這樣吧？」吉姆望向窗外來來往往的人們。

「父母親在我還小的時候就去世了……自從有印象以來，都是喬納森在照顧我，他是位很棒的哥哥，對我來說，他就像天使。」

「對不起，我不該提到這個。」

「沒關係，父母親在我的印象裡相當模糊，他們雖然是生我者，但對我來說，卻找不到一絲熟悉感，畢竟從小到大我都只能看著照片裡的他們。但是喬納森給我的愛，絕對不會輸給你的父母親。」

「我也這麼認為。妳真幸運，有一位這麼好的哥哥。」

「我們都很幸運呀，得好好珍惜。」說完，我們互相對視著，接著忍不住笑了出來。

直到喬納森出現在書店裡，「原來妳在這兒，我找了好久。」

「咦？你這麼會出來？」我訝然的望向他。

「妳出來太久了，我有些擔心，所以就出來看看。」

我舉起手看了一下錶，驚呼道：「已經過了兩個多小時了！」

「妳還敢說！」他捏了捏我的臉頰，隨後發現吉姆的存在，「這位小孩是？」

我摸了摸被捏的臉頰，有些哀怨的望著他，「他叫吉姆，是剛才在書店認識的朋友，他和我們一樣都是挪威人。吉姆，他就是喬納森。」

「你好。」吉姆禮貌性的朝他鞠躬問好。

他則以點頭示意。

「吉姆，我得回飯店了，能認識你真好。」

「真可惜，我還想和妳多聊呢！」他開玩笑地說。

「我相信有機會我們會再見面的，再見。」說完，我拿著這本書到櫃台結帳，便走出書店。

回到飯店後，我並沒有回房，而是獨自搭乘電梯到頂樓瞭望平台上看著遠方的風景。

當時是為了什麼，才會來到希臘的？對了，是為了喬納森的新作品，而來找尋新的靈感。

如果沒來這兒，也許此生我都不會遇見克萊兒吧！我想。

世上沒有偶然，有的只是必然。我忽然想起這句話，若真的是命定的，那麼即便我沒來到這個國家，說不定我依然會遇上克萊兒。

努力想著的同時，我看見克萊兒從欄杆上慢慢顯現了出來，「怎麼了，蘇菲亞？」

「命運真的很神奇，到頭來我們都輸給了上帝。」我喃喃自語。

他歪著頭不解地看著我。

撥開被風吹亂的髮絲，我搖搖頭。仰望著空中自由翱翔的鳥兒，我有些羨慕，「如果可以飛翔在廣大的天際，俯瞰著地上的人們，一定很酷。」

「想試試看嗎？」

「很想，但人類現在的科技恐怕還得等上一段時間。」

克萊兒嘆了一口氣，「別再說這種話了，妳忘了有我在嗎？」

我瞪大眼，這才想起上回飄浮在房裡的情形。「那我們趕快去吧。」

「蘇菲亞，一切等夜幕降臨時在說，妳絕對無法想像飛行在月亮和許多星星旁，有多麼夢幻。」

「天啊，我好期待！」

回到房裡後，我躺在床上看著今天買的書，封面只是寫著一段簡短的文字：斷了羽翼，從此墜落凡間，永生永世。

我翻開第一頁開始閱讀。時間很快的就過去了，轉眼間早已是夜晚了，和喬納森吃過晚飯後，我快速衝到房裡泡澡。稍後，我換上睡袍，靜靜等待午夜的來臨。

「蘇菲亞！蘇菲亞——」

一陣聲響把我從夢境中喚醒，我揉揉眼睛，看著眼前的黑影。「克萊兒？」瞥向床頭的鬧鐘，「噢，我不小心睡著了。要走了嗎？」

「穿上大衣吧，外面很寒冷的。」

我爬下床走到窗前凝望著空中的星辰，「我可不可以先到喬納森的房裡看看他？」

「當然可以。」

到了他房間，我看見喬納森趴睡在電腦桌前，螢幕上有著未打完的稿子，我壓低音量，「克萊兒，你能不能讓他躺到床上去？」

他舉起手輕輕一揮，喬納森緩緩地飄浮在空中，他將他輕放在柔軟的床鋪上，我替他拉起被子。

「走吧。」

他拉起我的手走向窗口，我感覺到身子一輕，晃眼間我們已經飛行在廣大的空中了。

「天啊，這太不可思議了！」我高聲驚呼。

小時候總是認為只要飛得夠高，就能碰到天上的星星與月亮，於是我們不停的往上爬。從一樓爬向陽台，再從陽台爬上屋頂，一層又一層，但不管試了多少次，依然徒勞無功。而如今飛行在眾多星星旁，彷彿一伸手就能抓住，但事實上卻是那麼遙不可及。

空中突然飄起雪來，我拉緊身上的大衣，慵懶的和克萊兒飛行在廣大的天際裡，看著沉睡的雅典城，及另一頭的海岸線，我感覺到無比的神奇。他拉著我穿過雲層，此刻，我覺得自己簡直就像天使，感覺好不真實。

「我不知道飛翔在天上的感覺是如此美妙。」

「很高興妳喜歡。」

飛行了許久，克萊兒才扯開清脆的嗓音向我說道：「蘇菲亞，妳會不會認為我們兩個是不同的世界？」

「什麼？」空氣中的冷風使我聽不清楚他在說什麼。

「許多人都認為天使是不存在的，或者根本就不在這個世界，那麼妳認為呢？」

這次我聽懂了，拉緊身上的大衣，我思索了好一會兒，「我從不認為我們是不同世界的人。」

他望向我。我則從高空俯看著眼底下的城市，「對我來說，天使和人並沒有太大差異。我們一樣都有眼睛鼻子和嘴巴。」

我頓了一下，「也許我們是住在同一個世界，只是住在不同層次。好比說地球是個空間，我們人類住在一樓，你們則住在二樓或者更高，但這些都不是重點。」我說，「我們都不知道彼此的樓層住著什麼樣的人或者是生物，因為我們沒能力窺探，但是數年過去了，當我們有能力時，又會發現什麼都沒有，一切都只是自身的憑空想像。但我相信他們是存在的，也許只是我們的肉眼看不見……」

「我們來個假設，蘇菲亞，倘若此生我從未出現在妳的眼前，那麼妳還會如此的篤定我的存在嗎？」

我遲疑了好一會兒，才點了點頭。「我依然相信。」

「妳真特別，也許當初和妳說話是對的選擇。」克萊兒露出笑容。

「說真的，當時真是嚇壞我了。」現在回想起來還是心有餘悸。

「很抱歉，我不是故意的。」

「沒關係，我慶幸遇上了你，這一定是我此生最驚奇的意外。」

「妳能這麼想我很開心，幸好沒給妳帶來困擾。」

他張開雙手，慵懶又熟練地自由飛翔在廣大的天際中，偶爾翻轉或是以仰躺的姿勢飛行，對他來說輕輕鬆鬆。

天空比想像中還要大上許多許多，我瞇起眼凝望著遠方的世界，就這樣一直延伸，一直延伸，毫無盡頭。唯有現在，我才能深刻的感覺到人類是多麼渺小，在這廣大的宇宙中，我們都只是個小小的塵埃，一不小心，就會星飛雲散。

我閉起眼睛享受這難得又新奇的滋味，這種違反自然法則的能力，大概也只有克萊兒他們做得出來吧！畢竟地球還是有地心引力的。

「看來雅典明天會是雪白的一片。」克萊兒忽然說道。

我睜開眼睛，看著還在飄雪的天空，大地漸漸被一片雪白覆蓋著。「實在太浪漫了。萬物都被賦予生命，地球永遠都不會老化，它每天都是不同面貌的嶄新世界。而我就活在這兒，多麼不可思議！」

「蘇菲亞，妳知道嗎？其實早在幾千萬年前，妳就已經存在了。」

雖然知道他會有此一說，但乍聽之下，不免還是感到一陣驚訝。

倉卒間，我不曉得該怎麼回答，只能怔怔的看著他。

「你所指的是輪迴？」

他搖搖頭，「我指的是妳的祖先。若是沒有他們，妳根本就不會誕生在這世界。」他說，「幾千年以來，地球上發生過許多大事，好比說歐洲黑死病。那時，全歐洲死了百分之三十的人，幸運的是，他們都逃過一劫。我再說一次，沒有他們，就沒有蘇菲亞．安徒生。」

「等等，」克萊兒這段話使我內心受到極大的震撼，我有些反應不過來。「在黑死病發生的期間，你見過我的祖先？」

他聳肩。「也許有，也許沒有。」

「書上說人死後會到另一個世界，是指天堂嗎？」

「那妳相信天堂的存在嗎？」克萊兒反問。

「我怎麼會曉得，明明是我先問你的！」

「這還需要問嗎？地球本來就是一座大天堂。這座天堂有山有水，還有美好的風景；白天有和煦的太陽，傍晚有燃燒的晚霞，而晚上有美如詩畫的星星與月亮，你們本來就已經置身於天堂之中了。」

「那你可以形容你在雲裡面的世界長怎樣嗎？我好想知道，以前都只能看書想像畫面，但這終究是人們筆下所幻想出來的東西。」

「直接說就太沒意思了，那麼妳所想像的畫面是什麼？」

我思索了好一會，「我認為天使居住的美好國度是由許多鬆軟的雲朵所包圍，最中間有著類似阿波羅噴泉的水池，在上方一點有著希臘式的神殿，上面有許多天使，還有會飛的馬兒，那兒很大很美很夢幻，就像伊甸園一樣。」

克萊兒笑了出來，「想像的世界總是模糊的。」

「那你要說了嗎？」我好奇的望著他。

「我們居住的地方就和妳所說的一樣。」

「你胡說！」

「是真的。每個人對於天堂都有著不同的幻想，不論如何，天堂永遠是他們內心想像的樣子。因此，就某個層面上來說，天堂是很多變化的。」

我有些不滿的看著他，「這算什麼回答！」

「不然妳希望我的回答是什麼？」克萊兒似笑非笑地望著我。

「這個嗎……」我努力地絞盡腦汁想了許久，「好吧，你贏了。」

克萊兒頑皮地笑了笑。

「那麼，天使被創造在這世上，有什麼特別的意義嗎？我是指人類生存的意義；為誰而生，為誰而活，以及天使。上帝為何要創造我們？」俯瞰著雅典城的街道，我提出心中的疑問。

「這倒是問倒我了。」

「我曾認為我們來到這世上，都背負著一個使命，當我們完成，時間一到，就得走了。」我說，「世界每一分鐘都有著新生命誕生，相對的還有死亡。我曾經埋怨過，為什麼我們作為地球上的生物都得死？在還未來到這世上時，我不知道我身在何處；死後，我又在哪兒？到頭來，我們只是短暫停留在地球上的過客，地球從來就不屬於我們。」

克萊兒靜靜地聽著我所說的每句話。

「當我們離開這短暫的軀殼時，我是什麼？靈體嗎？那麼不就和你一樣？作為人，我有時希望自己是小鳥，可以自由自在的飛翔在空中；有時又希望自己作為海豚，慵懶地穿梭於大海中。可惜的是，我們無從選擇。」

「我很想替妳解答，蘇菲亞，但這終究要妳自己去尋找答案，我無法幫助妳。記得我們約定過的嗎？『我是誰』這個問題是人生中一門很重要的學問。」

「以後我能不能把你寫進書裡？」我忽然說道。

「妳以後要當作家嗎？」

「還不賴啊！至少我很喜歡看書。」

「那麼妳要怎麼寫？」他張大眼睛望著我。

「我會寫我和喬納森出來旅遊時，與你相遇的過程，包括那虛驚一場的第一次見面。」我開玩笑說道。

「天啊，妳怎麼還對那件事耿耿於懷？我知道我不該裝神弄鬼嚇妳，我的錯嘛。」他強忍住笑意地說完這段。

「你少取笑我了。」

「別生氣，別生氣。天使生氣會不可愛喔！」

「天使？你說誰？」我一怔。

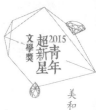

「當然是妳嘍，蘇菲亞。」

「我是……天使嗎？」

「難道妳不覺得自己此刻就像天使般一樣美麗嗎？白皙的臉蛋，柔順的金色長髮披在肩後；更重要的是，妳有雙靈性的大眼，眼眸裡透露著對世間的好奇，而我們現在飛翔在寬闊的高空中。」

「克莉絲汀也這麼說過，但我從來就不覺得自己美麗。」大家常說我有一雙深邃的大眼，很漂亮！但我卻老是覺得自己的鼻子有點小，臉上還有少許雀斑。

「克莉絲汀是妳的朋友嗎？」

我點點頭，克萊兒只是淡笑不語。

我們幾乎飛過整個希臘上空。稍後，我們坐在愛琴海上的一塊岩石上，等待日出的來臨。

當太陽緩緩從地平線升起，閃耀的光芒照射在我們身上時，克萊兒屏息的望著我，「妳絕對不知道自己此刻有多美。妳彷彿是站在貝殼上，剛從海中誕生的維納斯。」

「你就像我在書中見到的小精靈，善良且兼具智慧。」我嘻笑道。

當萬丈光芒照射在我倆身上時，時間彷彿暫停住了，我們只是靜靜的凝望著遠方的美麗風景。

絢麗的剎那間，即是永恆。

最後，我寫下：我們活在這個世界，同時，卻又不屬於這世界。也許我們都只是地球的旅客。當我們來到這世上時，都被賦予一個短暫的稱號，而我就是蘇菲亞·安徒生。「我是誰」這個問題或許永遠都沒有答案，「我是一位地球人」、「我是一位女孩」、「我是成年人」、「我是蘇菲亞」、「我是……」。

然而這些都是短暫的，倘若今天我什麼都沒有，連名字都沒有，那麼，我是誰？

在好幾億年前，從一個微小的細胞，慢慢演變而來；直到離開這世上，我又回到了廣大的虛無之中。

（美和科技大學「美和瑞昌文學獎」首獎作品）

盧一涵

就讀美和科技大學美容系。夏天出生的毛小孩，卻喜愛冬天的寒冷。善變、機靈、矛盾，是個典型的雙子座。

從小便喜歡看書，隨著年齡漸漸增長，書的類型也不斷轉換。熱愛西方文化，不管是攝影或是書籍都很西方，簡單說起來，就是一位超級「西方控」。

喜歡到處參加比賽，即使贏的機會很渺茫，至少別讓自己在未來後悔；因為我知道，不去試試看，連失敗的機會都沒有。

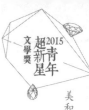

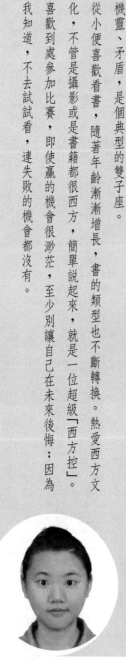

房間

林雨承

1

那天上午發生了兩件事。不大不小的事。

發現第一件事是在上午十一點。五坪大的窄小套房長年積聚一股男人的悶臭，他甫睜眼便嗅到這股異味。有時他猜測，某種毛茸茸、肥大的山林野獸一定棲伏在這間房的某個角落，而牠糾結汗垢的毛皮底下，鐵定不斷散逸屬於雄性的臭氣，經年累月把自己薰染得一身騷臭；當然他知道，那股味道或源於床腳幾乎發霉的臭襪堆，或疊滿揉皺衛生紙的圓筒型垃圾桶，但更有一種可能，就是源於他自己。他嗅了嗅腋下，嗯，真的很臭，昨晚一定沒洗澡，前天或許也沒有。

揉開了眼屎結塊的眼皮，時間已十點半，鬧鐘都不曉得響了幾百轉，還是無法挽救他遲到三個鐘頭。打卡時間是七點，大概吧，沒記錯的話，就像主管成天嘛嘴叨念的那樣。他打個呵欠，嘗試不去計算每天遲到究竟誰的責任比較大；是同事皮笑肉不笑的迎合應對，還是自己糜爛頹廢的度日模式，抑或兩者皆有。

他很胖。是站在街上會阻塞交通的那種胖，有時他認為胖子起床該有更完美的方法，而非狼狽喘氣把床單弄得一團糟。當然他根本沒打算去上班，遲到三個鐘頭不如不去，他只是想起床開門，今天房間比平常更加悶熱。

然後他發現了第一件怪事：門打不開。他轉了轉門把，轉不動。嘗試這樣如何：一隻手撐住牆壁，抬起腿對門板踹一腳？文風不動。怎麼搞的，強力膠黏死一樣，是惡作劇？

其實嘛，門壞掉並非什麼大事，如果他的手機還在身上，那他大可找鎖匠或房東來開鎖。可是手機呢？他找了十來分鐘，翻遍整間小房間就是沒找到。突然他想起昨晚在酒吧喝完酒，離開時已不省人事，好像是公司那個笑起來很可愛的後輩開車送他回家。也許手機落在車上了吧。

想到取回手機的麻煩手續，他心裡就怕得發慌。他是個常常掉東西的人，雨傘、戒指、手錶、筆記本。只要能拿下來的他幾乎都掉過。幾次經驗下來，他不大喜歡穿戴飾品了，女友曾告訴他，反正你也不適合，全部都拿下來算了。戒指和耳環都是有檔次的高級貨，打開垃圾桶他便扔了。唯獨手錶是母親給他的遺物，一支樣式簡潔的銀色手工錶。他沒扔，可是女友卻取走了，邊收還邊數落他：「遲早你會弄丟。」這話說得也對，手錶就當沒有吧。

對於女友他一向很疼。自己對自己很懶，可是一扯上女友他就精力充沛，像條躍躍欲試的豬，上山下海都陪她去，也不顧路人嗤笑的眼光。當街對女友跪下求饒算什麼？被叫馬子狗又如何？女友開心他什麼都肯做。只要女友能對他笑一笑，外界的眼光他大可八方吹不動，反正人群對自己的態度從沒有好過。花錢方面他對女友也毫不手軟，只要跟他吃，那餐就他付帳；只要女友逛街看上衣服，他低頭就掏皮夾拿信用卡。後來他嫌麻煩，乾脆把副卡當作女友的生日禮物，任她隨便花用。朋友笑他太寵，他也不回嘴或反駁，偶爾還傻笑說：「我還有錢嘛。」

有錢大概是他唯一的優勢吧，他覺得。女友曾貼著他的臉，用食指和中指掀過他肥碩的鼻頭，然後滑過鼻粱，撫過油脂密布的黏膩臉頰最後停在額頭，又亮又圓的眼睛盯著他，兩汪黑色瞳孔幾乎倒映出自己大而方的臉孔。女友的眼神似乎是一種欣賞石膏像的眼神，一吋吋刻著他、啃著他，好像要將他整張臉敲崩打碎。有時，他甚至認為這不只是個比喻。他記得，當他多毛又粗糙的手指第一次鑽進她蕾絲內褲與平滑小腹的間隙、細密摩挲她濃密柔順的恥毛，女友的齒縫迸出細微而撩人的呻吟，他持續推進，指尖推開布料與毛髮，緩緩深入胯間溫熱的溝壑，他的手臂卻遭她狠狠往下掐住，按在他多年未洗、黃漬斑斑的床單上。

她瞪大眼仔細打量一遍他的臉，然後紅唇湊近耳朵，輕輕吐出濕熱的一句：「你真醜！」

這句話伴著神祕的水聲流入他的耳膜、他的口腔、還有他體內每一處足以發出共鳴的空穴。他的胯下劇烈充血硬挺。他納悶哪裡有水？那像一道流過昏暗房間地下的涓涓清流，又似唾液沾黏入耳的鹹濕挑逗。水聲不絕於耳，當他回過神來，水流幾乎阻斷他的呼吸。他大力掙扎，卻驚覺自己已經不由自主進入她的體內，黏膩的汪洋用細緻的密度吸著、收縮著。快感使他渾身顫抖，抖落的汗液啪答啪答滴在床單和地板。

當他大口呼氣、豆大的汗珠噴灑如雨，她的白色蕾絲內褲已經濕潤透明，另一股濃稠白液用噁心的方式，如擠奶油般一坨一坨流出，滴在自己肥碩的小腹和雜亂的恥毛上。她抽了兩張紙巾，熟練地擦淨胯間，也替他清理乾淨。他感覺自己抽空了。靈魂的內裡伴隨方才的情欲釋放排出體外，現在的自己只是一具空殼，而且是髒臭的空殼。

女友把揉皺的紙團捏在手上，透明液體自細白的指間湧出，她趴到他身上，把那團紙統統塞到他臉上，逼迫他張開嘴，然後統統吃入嘴裡。她小巧的瓜子臉側過一邊，嫌惡的神情使她在黯淡中與剛才完全像不同的兩個人。「你有夠醜。」她低聲，然後嗤笑：「醜得不像人。」

是啊，他真的好醜。所以對鏡子他一直很厭惡，他不喜歡看見自己。五坪大的小房間裡就沒有任何一面鏡子存在。有時從女友的眼裡看見自己，他會感覺深深的不愉快。

在房門邊摸了半天，怎樣就是打不開門。他累了，一屁股坐在床上，沒刷牙的嘴吐著難聞的臭氣。房間還是一樣亂，一樣小。女友問過他為何不找大一點的房子？他也答不上來，大概某種恐懼感作祟吧，太大的空間會讓他失去安全感，還是窄小的地方最好。

床單柔軟的觸感促使他躺了下來。這張床多年未洗，上面甚至沾著各色深淺的汙漬，連床邊都滴著幾滴暗紅的不明液體。這些髒汙不只屬於他，也有她留下的。柔滑布料有一層特殊氣味，應該是自己的體味和女友的體味混合，或許更多是她的體液。她的需求比自己大太多了。

對於性他真的索求不多，更多時候主動方不是他而是女友。她喜歡在任何時候挑逗他，無論是學校或是公司，在開車或在吃飯，她的手指有種情欲的魔力，只要指尖稍稍摩擦刺激，就能令他迅速血脈僨張，想立刻將她占有。

或許是因為自慚形穢吧，與女友交媾的美好，總有一種榨取挖索的回春效果，譬如老男人對年輕女子緊緻肌膚的孜孜嚮往；又譬如在曠野狂風呼嘯的孤獨裡尋得一方木造小屋，窗縫且流瀉足以勾起溫飽之欲的溫潤燭光，他將削尖腦袋使勁往縫縫鑽。他聽說貓亦是可以鑽縫的，只要腦袋能過，牠的身體便可無礙擠進無論多窄的縫隙。但他畢竟不是貓。要拿獸來比喻，他更像頭老邁蹣跚的公豬，以為腦袋是自己最肥大的部位，擰滿肥油的胸腹陽具卻扭為一團不忍直視的肥肉。

想起女友的好，他感覺體內有股火在燒。昨晚喝的酒實在是太多了，腦袋又悶又脹好似快炸開，記憶全部攪成一團漿糊。趴到窗邊，他猛地拉開窗簾，陰暗的房內驟然一亮，刺得他眨了眨眼。窗外是熟悉的城市景色，有樓有路有車，高矮不一，又灰又破，但是卻沒半個人。

天色陰鬱無風，房裡的氣味怎樣也吹不去，床上的臭幾乎跟某種地縛靈一樣陰魂不散。他拿起一本雜誌搧了搧，還是熱，最後索性脫了又臭又黏的上衣，扔在床上，拿肥大的肚腩對著窗，窗外居然完全無風，像一道被雲雨遺棄的無風帶，他則躺在一艘體臭充盈的小舟上等待起風。

公司是不必去了，電話不在身上，門又打不開，乾脆就蹺一天班吧。反正去了也是遭人嫌棄。這份工作是透過關係得到的肥缺，也是這家公司往上爬的最好跳板。他肥碩的臀部輕易坐上這張椅子，自然惹來不少閒話，那些表裡不一的笑臉他還是看得懂。久而久之，因為各種理由，他對公司膩煩了，去的次數慢慢減少，開始花更多時間在女友身上，戶頭的錢也如洩洪的水流往女友帳戶。反正自己是父親失望透頂的小兒子，本來就不需要什麼成就來證明自己。根據他長期觀察，老爸的心態大概是每個月花萬把塊塞住他的嘴，不讓他騷擾老人家討錢，眼不見心不煩。

想到這裡，糾結心中多年的自卑又浮現了，打小的那種陰影一下子讓他跌入牛角尖裡。他穿金戴銀，但是所有人都看不起他：家人、朋友、同事。只有女友看得上自己。他記得自己走過城隍廟的人潮，手裡捏著香灰粉狀崩落的兩炷香，正想把香插入煙霧騰騰的香爐，兩個小鬼恰好把他一屁股撞倒，兩炷香彈上肚腩，燙得他殺豬似慘叫。這可悲的情狀沒有博來任何同情，反而引起哄堂大笑。他拍掉香灰想起身，滑稽吃力的動作又換來潮水般的嘻笑。他垂頭喪氣蹭到門前，正想一走了之，一個人遞給他兩炷剛點好的香，外加溫暖鼓勵的微笑，他傻住了。第一次有人無條件向他示好。「我好熱，」她拉開領口搧了搧，他眼珠子幾乎要瞪到那條粉白乳溝裡，她大方露出微笑：「陪我去吃碗冰怎樣？還是你有其他事？」他回神，連聲答應。

當天他就經歷了交往、接吻、上床，然後決定同居。他永遠忘不了女友對他的好，知恩圖報，他的生活重心山崩海倒地全部投注到女友身上，費盡一切心思要讓她快樂。

應該說，愛情確實一度使他振作，給他注進了新的能量。他開始注重打扮穿著，調整自己的儀表談吐，雖然進展緩慢，可他感覺自己似乎重新打娘胎出生了，雖然尚且胎毛未褪、乳臭未乾，但鑽出水潤窄小的狹縫，他透過女友成為了一個新的人。

他決定首先改善與家人的關係。

回家見父親之前，兩人費了好大的勁治裝打扮，勉強把他弄得像個人。後來回家先跟父親吃頓飯，父親劈頭就冷冷問：「懷孕了？」他一下子傻了，自己並非搞大女友肚子才帶回家，而是想讓父親認識她。他支支吾吾辯解，她沒懷孕，我們有防護措施……然後他看見父親手裡的筷子朝自己射來，還沒來得及回神，沾滿油汁的筷子撲通撞上他胸口，留下難看的紅色湯汁。幹什麼？他呆呆抬頭看父親。「放你一個人住，你居然在外面亂搞？」父親的聲音彷彿從遙遠的餐桌對面爆炸似地傳來：「作孽！我怎麼教你的……」他無法反應，女友卻一下子哭了。他看著暴跳如雷的父親，手臂被人一扯，女友拉著他奪出家門，頭也不回奔出那棟高級豪宅。

回到租屋處的樓下，女友在車上擦著眼淚。「你選我，還是選他？」他沒有回答，因為根本尚未回神。女友啜泣：「當然是選我，對不對？」用力撲進他懷裡，撞得他隱隱生疼。

那天的女友比平時脆弱，像隻濕濡的貓一直瑟縮啜泣。他無從安慰，也無從解決。自己並非懂得說話的人，父親刻板守舊的思想該如何撼動？而錢呢？自己有辦法獨立賺錢養活自己嗎？

想到這裡他的心更沉了。一條黑暗的路，走到哪裡也不是個頭。他煩悶地扔開雜誌，一腳踹翻另一座漫畫小山，又氣自己沒打理好房間導致現在心情煩躁。他拉開抽屜，拿出幾支影片翻看，每一片的封面都印著裸體女人搔首弄姿的照片。他挑了其中一部。打算什麼也不去管，先發洩一下。

經過窗邊時他發覺不大對勁。

他倒退兩步，再一次細看窗外景致，找到了詭異點。兩幢灰色高樓之間，本來什麼也沒有，怎麼現在有座山？

對山勢地形沒有研究的他空有滿腹狐疑，無法驗證自己是否記錯。但是那股詭異而揪心的感覺不斷蔓延至頭頂，雞皮疙瘩爬遍手臂。腦子裡似乎有塊東西要破繭迸出，但是想不起來是什麼。他呆望著山峰出神。不高不矮的山，濃重墨綠的峰巒縫隙透著一丁點紅。一間廟吧，他瞇眼細看。廟頂兩側的垂脊高昂捲起，正脊上的龍鳳脊飾卻黯淡斑駁。

說起廟他就渾身發冷。一張紅燭下的木刻笑臉浮上心頭，鼻間似乎又飄來山林夜晚的泥濘濕氣和淡淡香煙。儘管事隔多時，他仍記得回到台北行天宮，廟公面色凝重下的註解：「那不是神。」這句話比廟裡的香煙還輕，卻幾乎壓得他雙腿發軟。他緊緊揪著那張憑印象勾勒的素描，壓著嗓子問：「那是什麼？」

廟公挽起寬大的袖口，持筆的整條手臂左右滑動，讓毛筆尖的紅墨像血塗開一個大叉叉，遮蓋了紙上的笑臉，然後結語：「某種其他不該碰的東西。」

他瞪視那座憑空出世的山頭，眼神就像那天瞪著廟公。

想起房裡有一把單筒望遠鏡，他趕緊東翻西找把它挖出。流線型的黑色造型，備有夜視功能，當年買下來要萬把塊錢。他記得當時他猶豫很久，遲遲無法決定。倒不是因為錢，錢他有得是，他只是不曉得怎樣啟口。店員看他挑很久，問他是不是登山要用的？他胡亂回答，最後支吾問：「有沒有夜視功能的？」店員看他有購買意願，喜孜孜拿出這把夜視鏡，聲稱防霧防水，而且三年保固。店員講完他瞬間就心動了，立刻掏錢買下，隨便包一包就直奔回家。

這把望遠鏡還是沒變，一樣的重量和質感，握在手上卻不若那天滿是手汗。他臉貼著鏡面，把望遠鏡對準那座山，一片翠綠樹叢細緻而精密地映入眼簾。找了片刻，他找到了，果然是一座廟。但是大片的樹林剛好把它主體擋住，無法看清廟內供奉的神。

看來看去，他沒看出什麼端倪。不過是座普通的山。山腰上一間廟。大概真的是自己記錯了吧？他又覺得有些頭疼，抓起床邊的礦泉水咕嚕咕嚕灌了一大口，過多的冷水從嘴角蜿蜒滑下，流入凌亂鬍碴叢，沿下巴滴在地上。

冷水流過食道湧入胃袋，他感覺餓了。

重新回到門前，他轉轉喇叭鎖，轉不動。對著門板踹也毫無動靜。方才剛起床感覺還好，現在肚子開始叫起來，困在房裡實在太不好受。怎麼自己就沒儲備食物呢？他跑到窗邊往下望，一股衝動讓他想大叫人來幫忙，但是話到嘴邊又硬生生吞回去。他不是喜歡出鋒頭的人，所謂「棒打出頭鳥」，他向來相信這個道理。

可是再害羞也不是辦法，飯還是得吃。尤其昨晚剛吐過，現在胃裡又空又難受，想趕緊吃點溫熱的東西。他上下左右都看了一遍，正在思索該不該從窗口往下爬，爬到這層樓的公用走道，然後下樓去找房東幫忙。可是真的該爬嗎？這裡有五樓高，只要稍稍不慎，自己這輩子就算完了。雖然不是多光彩的一生，可是能保住性命當然最好，乞丐也是會怕死的。再說了，自己一直以來都極力避免身陷危險，無論是搭船、搭飛機，他都極少有經驗。更甚者，連過馬路他都喜歡走地下道和天橋，凡是需要穿越斑馬線，他一定是萬不得已。就因為這個性格，他的人生很少刺激，又平凡又順利，連脾氣都銷磨得又滑又順，絕少生氣。

現在要他爬窗根本是天方夜譚。

女友笑過他懼高。她似乎天不怕地不怕，遊樂園的設施對她來說不構成任何刺激，任何恐怖電影她都能一眼不眨從頭看到尾，心跳甚至不用加速。其實他知道，唯一能讓她感到刺激的只有性。性是人類最根本深層的欲望。女友說，自己比任何人都要接近原始樣態，熱愛性交就是證明。

為了滿足她的胃口，他流水般地砸錢。汽車旅館的高級套房、各種價格和功用的性愛玩具都只是小菜。比起這種私密的兩人世界，女友更喜歡那些奇特的場所和玩法。好比海水浴場的死角、電影院的後排座位，還有商業大廈的樓梯間。他翹班越凶，女友就需求更大。曾經整整一個月他們都在汗水與體液裡翻滾，醒來就是吃和做愛，做完就洗澡，洗完澡就睡覺，睡醒就繼續做愛。有時他先睡著，女友會用牙齒讓他的下體驚醒，然後一陣瘋狂摩擦讓他不由自主爆發在她柔嫩與硬質兼具的唇齒縫隙，用近乎榨取的速度。一個月後他回到公司，過量的性愛使他無法工作，只得不斷跑到廁所自慰，發洩被迫湧現的過剩性欲。

與女友不同，性對他並非挑逗神經的刺激體驗，因此他無從同女友那般熱切享受。他不習慣心跳加速，也不喜歡過量的手汗和腳軟。女友曾說：「這是很強的生命力。」她捏著自己的胸部，撩起裙襬跨上他的臉，一層濃烈的熱氣籠罩他，水聲再度流過耳穴如一條帶著騷氣的溪水。女友仰頭閉眼，嘴裡呢喃：「這樣其實挺好。我喜歡你的膽小，還有又醜又膽小的樣子。這樣挺好，挺好……」

他深信物種是天擇的後果，懦弱如他，應該是大自然的最後選擇。因此他不善於應對任何極端狀況。平凡的人生，用卑微的姿態戰戰兢兢苟活。

與女友相遇前，自殺的念頭一度長時間盤桓不去。

他恨過父親，為何要把自己弄出來？父親回答，他是意外的產物，家裡根本沒打算生第三個兒子。「本來是要墮掉你的，」父親一臉鄙夷地說：「當初就應該這麼做。」

他沒有吭聲，只是孝子一樣陪笑、倒茶。

家庭與工作爛成一團，他唯一的支柱是愛情。至少他認為是愛情。

因此，當他得知女友出軌時，肩膀一下子垮了。他不該偷看女友手機的，他根本沒有能力消化這件事。要說抵抗吧，翹班、拒接電話，還有什麼？一個又醜又胖的男人，還能幹什麼？

後來女友還是來了，按下門鈴，他窩在房裡不願開門，女友卻拿出鑰匙直接開啟門鎖，一眼就望見蹲在房裡的他，肚子的脂肪層疊堆擠成一團詭異的肉色小山巒。女友脫下黑色皮衣，褪下絲襪，晶亮的細跟高跟鞋卻刻意留在腳上。他順著高跟鞋往上看，眼神如蝸牛的濕黏軌跡爬過她平坦光滑的小腹，酥軟豐腴、托在黑色蕾絲內衣裡的兩團乳肉，然後是那張清麗可人的臉。

女友彎腰脫下內褲，扔在他臉上。他閉上眼。

女友何時走的他不知道，他醒來時窗外已是沉沉黑夜，女友的情趣內褲還留在臉上。他把它甩開，爬上電腦椅，抹乾嘴角殘留的唾沫，迅速在鍵盤上敲下一個男人的名字。

皮膚科醫生。他盯著螢幕，妒意在心底像火一般燒。清秀臉蛋。看起來有在健身的高眺身材。他頹然關閉視窗，腦袋一團混亂。該直接跟女友攤牌嗎？還是去找那個男人理論？還是，乾脆當作什麼事也沒發生？

思索了一個晚上，他決定了：他要跟蹤他們。

細雨一絲絲劃過夜幕，在街上積聚一層淺淺的水坑，他縮在租車行租來的車裡，透過雨刷觀察站在便利超商騎樓下的女友。一輛銀色休旅車靠邊停車，駕駛的男人下車打傘，把女友送入副駕駛座，還貼心替她開關車門。他感覺胸口一陣刺痛。女友上車後，休旅車疾駛過街，他趕忙催油門跟上，一路跟蹤那男人的車將近兩個鐘頭，來到一座山腰的土地廟。他披上黑色風衣，面戴口罩，雙手緊緊插在外套口袋裡，一步一步遙遙跟著他們。男人摟著女友的腰，時不時挑逗探入短裙的下襬，毫不忌憚階梯下的其他香客。

時間已經將近十點，天色全然漆黑，晶亮的雨水打在他臉上身上，卻完全不冷。他只感覺雙腿發軟。不知道是因為跟蹤的刺激，還是因為這條長長的上坡路耗盡了體力。

參拜過正神，女友牽著男人奔入後山的小徑，兩人咚咚跑上階梯。他假裝閒逛過去，抬頭看著階梯，黑漆漆一片沒有盡頭，兩邊的樹林枝枒層層疊疊越陷越深，幾乎壓輾了可以呼吸的空間。他從後背包掏出用紙包裹好的望遠鏡，拆開包裝的報紙，緩緩步入黑暗。

四周一片漆黑。沒有光。只有偶爾的微風搔過脖頸和臉頰，風中藏著山林的各種細微躁動，每一次稍微特異的聲響都嚇得他一身寒顫。他幾乎沒辦法呼吸。有緊張感，也有罪惡感。手汗如漿液黏稠了整雙手。這件事徹底違逆他生存的法則，可是他卻必須做。

然後他聽見了水聲。

一條溫潤的細流彷彿流過腳底、濘濕了深山的黑夜。潺潺水聲從腳底開始往上竄，竄入他的股間往上，流入雙耳，滲透他肥大的腦袋。

他繼續往上走。拐過彎，一點紅光在漆黑中醒目綻放。

路邊，一小香爐供著小小的神像，頂上用小巧的紅磚瓦砌成一間小廟，紅通通的兩支蠟燭照亮了神像的面孔。一對男女用面對面的姿勢靠在矮廟廟脊上，劇烈地抽插晃動。男女淫靡的呻吟交錯、撞擊，隨著流水打濕了小小的神像笑臉。

他瞪大眼，雙腿一軟，差點要跌在濕滑的石階上。

女友的表情好像正經歷極大的歡樂與痛楚。紅唇誇張大開，眉宇不知是苦是樂地皺著，每一下男人的挺進都讓她吐出高亢而深邃的呻吟。從背後看去，男人的臀部渾圓有力快速抽動，女友雙手緊緊掐著他的背，兩條細白大腿則高高揚起顫動。

跟著顫動的還有他的手。

笨拙的手指一邊顫抖，一邊舉起望遠鏡，貼上右眼。他的另一隻手則緩緩探入褲襠，握住早已硬挺無比的地方。他根本忘記了細雨冰冷的涼意。

這只是一個開始。

女友歡娛的呻吟如今一直迴盪在他腦海，揮之不去。此後每一次自瀆他都會想起女友浪蕩的叫聲，以及在山野間大張雙腿的模樣，那居然讓他感覺更加刺激。

他記得那件事的起源跟一切經過，但是收尾卻無甚印象。關於自己是怎樣回到小房間，怎樣把女友約出來見面，他都恍如夢中。直到他重新站在公園的街燈下，魂魄才又歸了位。

女友與他人交媾的畫面深深烙印在他眼珠子，一回過神，各種感受湧上心頭，羞恥、嫉妒、憤怒、疑惑。但是這些情緒匯流一處之後，逐漸出現了一種新的感受。

女友遲到了。她一向喜歡讓他等，他習慣了。等了三十分鐘，女友踏過樹林的陰影，窈窕的身段撲入他懷裡。他推開她，一把拉住她的手，將她拉入路邊的小轎車裡，二話不說發動車子就走。

一路上他都沒有說話，她也沒有。兩人安安靜靜注視前方，車身迅速穿過車流去往山上。眼看街燈的數量逐漸減少，女友有些不安起來，開始四下張望。

「我們要去哪？」她忍不住開口。他沒有回答。

車子最後停在一片漆黑的草坡上，草坡盡處是一片黑壓壓的森林，四下幾乎沒有任何光源。其實他沒有特別要去哪，只是隨走隨選，最後就選了這個看似無人的地帶。

女友踩著高跟鞋下車，一臉茫然，然後轉為生氣。

他二話不說將她撲倒。女友驚呼著跌入草坡，然後迅速被脫去衣裙，只留下一套淡藍色棉質內衣。

「這是哪啊？」

她咯咯笑起來，動手解他的皮帶。

他任由她解開皮帶，脫下西裝褲，卻沒有自己脫去上衣和內褲，只是湊上她的臉吻她。她熱情伸出舌頭回應。兩人的唾液交纏、滴濺，在下巴和臉頰留下一條條黏膩。

然後他鬆開她的嘴，跪起身，雙手大力扳開女友的兩條大腿，不由分說直接挺入。她大叫：「痛！」伸手想推開他，但他不理，反而猛烈抽插起來，動作激烈到她連連哀叫，腦袋還擦撞到草叢裡的石頭，痛得她連聲叫停。

插了幾分鐘，他累了，女友正想趁機脫身，卻被他一把抓起，用力翻向背面，然後從背後插入，繼續一連串猛烈折騰。

「你到底……等一下！搞什麼啊……」

「閉嘴。」

「停！我說停！」

他掄起拳頭，從她後腦勺敲下。

她發出不可置信的大叫。

他伸手扯住她的頭髮，像騎馬一樣向後拉扯。

「那個男人也是這樣插妳，不是嗎？」

「你在說誰？」

「死女人，不要再騙我了！」

吼叫迴盪在一片漆黑寂靜的山林中，緊接而來的卻是一片窒息般的寂靜。

然後他聽見一句冰冷、低沉的沙啞說話從前方傳來：「不然你想要怎樣？」

女友回頭的眼神陰冷無比，直直看著他。

「你又醜又胖，做愛的技巧又那麼差，我會出軌還不是你害的？」

女友的話語冰冷，他卻感覺胯下緊密吸附的地方開始劇烈收縮，濃濃的濕滑感延伸到兩條大腿，彷彿自己正跪在一片溫滑的汪洋。他用力一扯女友的長髮，然後捏住她纖細的脖頸，將兩人的臉一下子拉近。

「妳說過妳愛我，那是真的嗎？」

「死胖子，我愛你的錢。」

他怒吼給了她一巴掌。兩人順勢分開，黏稠的液體牽連下體，有如一條混濁卻透明的臍帶。

他趁女友逃跑前撲上去，一把將她按倒，然後強制撥開她的腿，用力把自己塞入那狹窄的隙縫。她這次起了激烈掙扎，但是他的身材太過肥胖，瘦弱的女友幾乎沒辦法撼動他半分，只能任由他粗暴擠進氾濫的下體。

然而，他雖然擠了進去，卻沒有維持太久。她露出鄙夷的神色。

「你真的好醜。」

他流下眼淚，雙手伸向她脖子，然後捏緊。同時他感覺自己下體的殘留還在汩汩湧出，兩股濃稠的液體交纏為一股腥臭。他手上更加用力。

「你真醜，死胖子。」她嘴角上揚，氣若遊絲：「醜得不像人。」

當一切歸於寧靜，他鬆開女友，張開雙掌，看著自己肥胖粗短的手指。突然，那雙手掌罩上一層淡淡紅光，他驚詫抬頭，躺在草地上的女友也全身紅光。然後他扭頭看向那片樹林，層層疊疊的枝枒與樹葉間居然透著濃烈的紅色光芒。

他跌跌撞撞往前走，忘記自己的西裝褲還卡在腳踝，當場無預警被絆倒，腦袋正中女友的腦袋。眼前陷入一片昏黑。

醒來的時候天色已經蒙蒙亮，一股難受的涼意浸透全身，他打著哆嗦趕快跳起身，卻發覺草坡上只有自己一個人。

他慌張地四下奔跑一圈，什麼人也沒看見，眼前盡是翠綠的樹木和黎明前的天空，根本沒半條人影。消失了。那天清晨的他滿頭大汗找了一整天，什麼人影也沒見到，失魂落魄地回到自己的小房間。剛回到房間他便甩上門，發狂似地大聲吶喊，猛力把手裡抓到的一切摔在牆上，摔完開始嚎啕大哭。差點殺人的手感還是存在。

想起那次大哭，他放下手中的夜視望遠鏡，覺得有些可笑。膽小如自己，連吃魚都不敢正視魚頭的眼睛，怎麼會有勇氣捏住女友的喉嚨？那一定不是自己的本意。回想起來，那天清晨恍如隔世，有如一場虛空的假想，或許根本不是真的。是真也好，是假也好，自己都被困死在五坪大的房間，毫無頭緒卻也不慌不忙。是真是假都無所謂。無風的窗口寂靜無聲，房裡的濕氣不知不覺令他滿身淌汗。他把望遠鏡擱在桌上，卻聽見砰的一聲，他回頭，望遠鏡掉在地上。他伸手去撿，卻抓不起望遠鏡。

然後他驚覺整張桌子垮了一半，上頭滿是濕黏、汩汩流動的水。

他無法呼吸。

水流過耳腔的細碎聲響蔓延至全身，他露出微笑，這是他熟悉的感受。房間四壁發出古怪的爆裂聲，書架、牆板崩裂收縮，逐漸以自己為中心靠攏，彷彿被巨人的兩隻手臂擰緊以致場陷。

腥氣如一場薄霧降落瀰漫於房間，視線所及的一切都沾上一層黏稠流水，讓他摸不清所有方位。突然腰間一陣酥麻，他乾嘔兩聲，褲袋內的陽具劇烈抽動。一切似乎陷入死絕、卻又生氣勃勃，如甫出世的嬰兒不發一語的詭異寧靜。他發現自己就是那個嬰兒。一道古怪想法撞入他的腦子：如果可以，我願意放棄自己，成為一個更符合庸俗大眾審美標準的人。儘管他知道那是對自我本身的否定，是毀滅記憶的極致核武，蕈狀煙雲綻放後終將為人唾棄。

但是那又怎樣？他願意做如此想，不計代價。

2

依稀記得喝醉酒那天，天色也與今天一樣沉悶。他不想動，不想說話，但是同事拉他一把，他就去了，順著那個後輩的牽引跌入五光十色的酒吧。

吉他手的和弦拚命刷動在迪斯可球的霓虹底下，強烈的節奏像海水翻攪每一個人。同事們點了啤酒，然後是薯條，手裡又吃又喝地交換飲料食物，嘴上卻嘻嘻哈哈說個沒完。他沒有參與話題，只是呆呆喝酒。突然間他覺得後輩的側臉與女友很相似，側乳的弧度卻比女友更加上翹。一定是內衣的作用。他邊看邊喝啤酒，幾個同事看他不出聲於是拱他多喝，他照單全收。後輩擔心地拍他的背，問他：「要不要休息一下？」他的回答是再喝一杯。

他醉了。他只是自己不承認。哪一個人喝醉會承認？他晃著腦袋，吐出帶有酒氣的話：「我沒醉。」同事轟然大笑。他覺得有點生氣：「我真沒醉。」一個男同事邊倒酒邊笑：「你說謊。」他繼續猛晃腦袋：「我沒說謊。」換來又一次轟然大笑。他怒了，語無倫次，喋喋不休，然後發覺每個同事都在等著看他笑話。他聽見他們談起翹班的事，還有他那有錢的老爸，最後說到他的女友。一人一張嘴如聒噪的烏鴉說個沒完。你們原來背後都這樣說我？他猛灌自己啤酒，覺得又傷心又生氣，「不是那樣，你們閉嘴。」他想這樣說，但是聲音淹沒在音樂的洪流中，那些同事根本沒聽見。一個女同事大笑著說到他女友的身材，信誓旦旦地保證那對奶子肯定是在大陸做的；另一個男同事說假的又怎樣，你沒看她走路的樣子有夠騷；一個前輩表示不用忍他多久了，反正他有個有錢的老爸不用自己辛苦，這句話惹來眾人的歡呼。聽不下去了，真的聽不下去了，憤怒的他一拍桌面，擠出生平從沒有過的勇氣猛然起身，肥大的肚腩撞翻一杯調酒，酒水灑了一桌。所有人的目光都回頭看著怒氣勃勃的他。他覺得這是極好的時機，是時候替自己和女友說兩句公道話了，於是張大了嘴，然後在整間酒吧包括舞台上吉他手錯愕的目光下，將胃袋裡的東西全部嘔在桌上。

房間。他想回他的房間。後輩安慰他：「快到了，就快到了。」他點點頭，臉上跑過一盞盞街燈的光影，半醒，自己好像在車上，是後輩開車。我們兩個人？他往窗外探，發現這裡好陌生，但是又好熟悉，他正想開口問這是哪裡，窗外閃過一點紅光。「那是什麼？」後輩順著他的手指望去，笑答：「或許是某間廟吧。」

某間廟，他想起的卻是一間小廟，又矮又小，藏身在黑暗山林的泥壤落葉之間。他想起那個廟公給他的警告：「看見了，不能求也不能拜。」但他有沒有拜呢？他努力思索，卻感覺自己的記憶片片散落，有如刻意遺忘的拼圖片怎樣也尋不到。後輩問他：「需要喝點水嗎？」他搖頭，他只想回自己的房間。

停好車，後輩攙扶他爬上五樓，他從口袋掏出鑰匙卻插不進鑰匙孔，後輩溫柔替他插入，然後扶他進房，咚咚咚跑去倒一杯溫水給他。「你快躺下，不要動。」他攤在床上讓後輩替他蓋被子，昏昏沉沉間，他發覺後輩竟然在脫襯衫，粉色的胸罩隨著扣子解開也一併落下。真挺，他想著。女友的究竟是不是假的他也摸不出來，但是眼前這個總是真的吧？後輩鑽入棉被，纖細的手指靈活往下滑，探入他寬鬆的內褲縫隙。

「妳不覺得我醜？」

「一點也不會。」

後輩溫柔捧著他臉，輕輕吻他。一股熱流從下盤緩緩上攀，揪住了他的兩隻眼珠、他的耳朵、他的鼻腔。這不是女友，不，不是她。失望和躁鬱同時湧上，他撥開後輩的手，後輩卻執意抓住他，整顆腦袋陷入被窩，他的下體頓時被一股溫熱輕輕包覆，尖端被一條濕滑靈活的東西來回刺激，他發出不自主的呻吟，那股濕潤的感受開始上下緊縮抽動，而且越動越快，棉被裡傳出淫靡的嘖嘖吸吮聲。

當他大口喘氣、推開忙著替他擦拭的後輩，他已經說不出話。下體好痛。他低頭，自己的硬物居然比剛才更加硬挺。窗外的朦朧街燈透入玻璃，他不能清楚看見後輩是什麼表情，她緩緩躺倒，張開雙臂，閉上眼睛，然後沒有再動過。

他站在床畔俯視這具毫無防備的赤裸女體，他也裸著下體，而未擦拭乾淨的乳白體液一滴滴落上枕頭，沒有人理會。

也不曉得過了多久，他就這樣直挺挺釘在地上，像尊塑像硬邦邦動也不動。後輩的呼吸越來越粗重。夜已深沉，窗外城市光點一盞盞熄滅，但國道的燈有如一條長龍依舊發亮，細小光點閃爍無定。長龍的盡頭有一座山。山上不慍不火燃著一盞晦暗紅光，似廟宇門堂隨風輕搖的朱紅燈籠。有什麼碎片剝落了，忘記了，那盞紅光由視網膜向下捲起、剝落，連同某塊懊悔的記憶如一滴鼻血輕巧墜落，碎滾一地。

緩緩地他彎下腰，伸手探入幽深無光的床板底下，從而拖出一包沉甸甸的黑色大塑膠袋。塑膠袋的袋口用死結胡亂綁著，他由床底抽出一把沾著紅漬的大剪刀，輕輕剪開袋口，露出裡面一張清秀的女人臉孔。剪刀往下剪，剪開皺褶密布的外殼，一具蒼白但熟悉的女人裸體如洋蔥被剝露，右手腕處箍著一支銀色手錶。他知道自己更硬了。

打開女人雙腿的同時，一道清澈、靜謐的水流緩緩由房間的四面八方匯聚到自己腳下，形成一潭腥氣四溢的死水。他嗅著這股騷氣，把自己推向女人的柔軟下體。溫熱的腔道包覆了他。比什麼都更溫暖的地方。

他機械似擺動起他的腰，低低喘氣，動作跟一頭發情的豬一樣自然而然。

女人的瞳孔無神睜著，他邊賣力抽動邊望著那兩汪死水，裡面倒映出一張纖瘦、白淨的男人臉孔，還有精壯結實、正在運動淌汗的身軀。

好安靜。好溫暖。

他感覺這景況有如一場自己反覆練習的夢。

夢中他尚且青澀，一個人偷偷在房裡自慰，對著一方書桌前的鏡子。然後他發覺自己的床是濕的，抬起手掌會沾黏一條條透明黏液。莫名的衝動促使他趴上床，把下體塞入被褥的縫隙，從沒有過的愉悅感快速衝昏腦袋，他愉快地發出大叫，然後房間消失了，床單成為一具死板的女人肉體，身上掛滿毫無美感的贅肉和膿瘡。他繼續抽插，努力扭動腰部深入女人體內，儘管女人毫無知覺，彷彿陷入一場又深又沉的長夢而肉體只能任他蹂躪。當他興奮抵達極致，胯間的溫熱緩緩擴散，水流不知不覺已經深及膝蓋，他沒有辦法抽身，下體不自主繼續衝撞女人恥毛遍布的穴口，突然他的腰陷了進去，他驚詫地想拔開但沒有辦法。跟著是他的左腳，右腳……變魔術一般他絲毫不會痛，也沒有任何恐懼的感受，只是眼睜睜看著自己逐漸塌陷摺疊塞入女人的兩腿之間，浸泡於黏稠的液體和潤滑的腔壁。

最後他肥大的腦袋擠入穴口，深入一片泥濘漆黑。

那是場纏綿多年的夢。性愛的耽溺伴他走過這些歲月，荒誕的夢隨著自己對性的逐漸了悟慢慢崩解。可是他記得，那具死屍般的女體有山巒似的疙瘩和膿瘡，在他沉溺泥淖前，所有瘡疤一齊爆裂出一條條肥嫩、蠕蠕爬動的蛆，那樣的視覺衝擊居然與性愛緊緊聯繫。

這場夢後他覺得自己更加殘缺，但也更加圓滿。安安靜靜的房間裡，他沒注意到後輩靜靜望著他，用無比安詳的眼神，似乎把他從臟腑到皮囊都完全看透。他只在乎窄小濕熱的兩人交合處，像一把鑰匙奮力與鎖孔磨合，又像一個無法離開的房間。

最終他迎來了命運軌道偏執逆行的必然，向來怯懦的自己彷彿丟棄所有恐懼了，好像那些嘲諷的耳語、現實的壓力再不能傷害自己，那些如夢似幻的性愛一吋吋爬入耳腔、鑽入大腦，給自己打上一劑濃烈的痛快麻醉。沒有人可以傷害自己，也沒有人能確定，究竟這一方窄小房間如何能構築溫潤的巢，豢養一隻懦弱的豬。或許，他本不該在黑暗裡對那間小廟五體投地懇求慰藉；又或許，一切的真實都不再重要，只要他快樂，夢亦似真，無可無不可。

（淡江大學「五虎崗文學獎」首獎作品）

林雨承

東吳中文系畢業，現就讀淡江中文所。喜歡寫作、電影、花生做的料理，還有願意傾聽的人；討厭番茄、宗教狂熱，以及任何過於死板的成見。認為寫作是最有成就感的一件事，希望能一直寫下去。

離家出走

安卓一傑

小玉的婚紗不是她想像中那麼上心的白。小時候她常說結婚那天，絕對要穿上亮亮的白紗，裙襬拖得遠遠長長，還要灑下滿天白雪。她說：「姐，妳先結婚，然後生一對寶寶來，我就要他們當我的花童！」

外面的人都說她才像姐姐，對什麼都有想法，堅持己見，勇敢。我也這麼覺得。大姐二姐差我們很多歲，沒有念書就直接賺錢養家，現在都嫁了，可還是每月寄錢來給媽媽、我和小玉。很多時候，小玉和我說我們兩個之間是被世界逼到絕路、想自殺的少女互相救贖的故事。我知道她所有表現出來的堅強獨立，所有對我的照顧，底下都有像我一般的軟弱，甚至縮進一個比我更小更不堪一擊的角落，那些「像姐姐」的成熟決絕，都是防衛。

十七、八歲的下課後，小玉常拉著我去中山北路的婚紗街，一邊是綠樹濃蔭，一邊是傾倒了整排陽光的禮服櫥窗。我們扁瘦的身子只撐得起學校制服，卻在每一個閃閃發亮的模特前停留好久好久，那是一條永遠逛不完的夢。她睫毛巴眨巴眨地閃，盯著櫥窗說出她現在的夢想：早點嫁人，越早越好。她是那麼受不了這個家。爸爸走了，媽媽打著零工，奇怪的嗜好是偷拿別人的東西。幾次我躲在房間，聽小玉大聲斥責媽媽偷走她打工的錢、拿走她同學忘在我們家的手錶……媽媽永遠都是不發一語，怎麼也不承認，但仍是在那東西堆積如山難以行走的房間中被翻出來，兩人都脹紅臉，聲音是越發尖銳冷漠。小玉碰的一聲甩門、鎖住，把我嚇到了，她看我哭，便過來把我抱得緊緊的叫我乖啊，卻也哭了。

燈光昏昏黃黃，室內還是暗得沉重，窗外的風再大再急也吹不起。媽媽背對門縮在床上一角，身體像蝦子那樣蜷曲，動也不動。我把門撐開一條細縫，光線漏進去，在一片黑暗中那麼突兀。「媽，」我努力穩住，聲音還是透出緊張，「小玉說她要帶一個人回來給妳看看，打工認識的。」「嗯。」「那妳什麼時候有空？」我聲音越來越小，從小遇到這樣的氣氛就不由自主開始心虛。「隨便。」開始了。「我最討厭就是妳們這樣，就是自私，什麼都不用說。還有什麼好看，妳們的事跟我沒關係。」從頭開始就不對了。如果爸爸還在這個家，媽媽就不會把自己封鎖住，只伸出刺。如果媽媽懂得放下，我們之間會好一點吧？像同學放學會打給媽媽說要回家了、午休時間媽媽會來送便當給她們那個樣子。我的記憶中沒有爸爸，有印象開始就是和小玉待在一塊兒。從來，只要媽媽一發怒小玉馬上衝撞回去，現在小玉賭氣（當然也有害怕，畢竟是重要的決定，走出這個家後就不會再回來了）不出面，我沒辦法不替她傳話。在家裡我一直是沉默的，不說話就顯得堅強一點，不說話就不會把我所有不安、崩潰、巨大的疑惑都傾倒出來。只有不面對媽媽的時候，和小玉獨處的某些時候，我才懂得說話。

如果還有機會從頭開始，我想見見爸爸，我想問他你為什麼要出去，你和媽媽都做情人做到結婚了，怎麼會不知道她其實那麼脆弱，不要你走。

「關門。」媽媽還是背對著門口。風從窗子不斷颳進來，我想問她要不要關窗，可是總是這樣，帶有一點感情的話總是這樣，到了嘴邊還是被拉回肚裡。我氣自己沒辦法脫離尷尬，只要是對著媽媽，任何一點關心都彆扭得令人難以忍受。明明每個女生都像水，清澈、柔軟又明亮，為什麼現在在媽媽身上都找不到？如果她和小玉之間是劍拔弩張，我和她便是一道牆，透明的，都知道對方在想什麼、在做什麼，卻怎麼樣都不要跨越，也無法推倒。

我回去房間找小玉，我說再一陣子吧，都不確定那個人是什麼樣子就要結婚，太荒唐了。我說媽媽沒答應要見，等她心情好一點說不定就願意了，再等一陣子。「妳知道嗎？雖然我討厭她，但我就跟她一模一樣，」小玉說：「大姊說媽以前很早就嫁給爸了，沒有好好選才選到爸這樣的人。我可能也是。我不得不。我待不下去。」小玉的眼神不屑一顧，但又被逼著接受。

燈關了後，我像以前一樣跑去跟她擠一張床，牽著手睡。同年齡的孩子都在做些什麼呢？還要繼續讀書考試，念大學吧。時代轉換得很快，媽媽那時候國中結婚也算正常，現在高中快畢業的小玉，結婚有些早了。我們兩個常常互問為什麼我們會生在這個家？如果生命和生命之間有什麼必須一世一世延續下去的緣分，那我們拚了命想脫離這裡，來生肯定還是要經歷一場逃不了的償還。爸爸呢？他和媽媽的緣分難道就是走過一段，然後就真的在這一世結束了？我怎麼樣也睡不著，撐起眼瞥瞥小玉，她眼裡閃著淚的光。她捏捏我的手也看我睡了沒。我說別怕。

小玉的婚紗不是她想像中那麼上心的白，我摸摸她的紗裙，有一種二手的舊黃氣味。車子空間很緊，她左邊是我，右邊是新郎，三個人擠在後座不發一語。新郎是在打工地方認識的，從聽到這個陌生名字到結婚這天只有短短的兩個月，小玉回來就說他爸爸媽媽很親切、他人不錯，沒有別的了。媽媽依舊沉默，點點頭說：都好。迎娶就訂在小玉生日那天，雖然身分證上是十二月，但小玉偷偷告訴我應該是夏天，媽媽原本要把她送給別人才一直不報戶口，拖到冬天。是爸爸走之後，媽媽才發現懷了小玉。媽媽懷著她的時候該愛還是該恨？小玉最後還是在這個家長大了，媽媽給她的是愛比恨多吧？這是那麼不容易的事。看到小玉就想起自己是被留下來的人，看著看著，就算愛多於恨，難過總是在的。一輩子的疤痕抹不掉。

所以婚期在小玉的堅持下趕在六月下旬，匆匆地，車隊來了。家裡沒有特別忙進忙出，但媽媽一早便煮了一鍋甜湯圓，熱熱黏黏讓人無法靠近，她自己也躲回房間裡。小玉沒有請新娘祕書、沒有任何親戚來幫忙，只有我在她旁邊看她化妝，她刷腮紅的樣子很讓人喜歡，臉側一邊，輕輕慢慢的一筆一筆染上去，全心全意的那個樣子。幫她拉上禮服拉鍊的時候，她背對我說：「姐，妳以後跟我住好不好，捨不得妳。」我問她是怕一個人去那嗎？她點頭，說還有不想我自己留在這個家裡。這一切都太快，決定那個人的時間、婚禮的時間、說再見的時間……「結婚」這個被我們姐妹討論上萬遍的、慎重的夢，正在潦草的實現著。我顧著全部的流程卻又跟不上，只能慢慢的在後面看著這些事情不停運轉，小玉是等不及了。

婚禮前，和小玉再逛了一遍又一遍的櫥窗。她說沒有錢拍婚紗，但婚禮總是要借一套來穿的。我們找了好久，打工的錢湊在一起也只能付上那一套二等的。她輕輕笑說沒關係啦，有婚紗就很好。媽媽沒有拿出錢，大姐二姐給的只夠應付其他繁瑣的禮儀。今年梅雨遲至五月底才來，綿延到六月，整個台北潮濕發霉，天空沉下來，一點都沒有夏天的輕快步伐。店員讓我們試穿了一下午，臉色也越來越沉，索性回到櫃台接待別組客人，臨走前還拋下一句：「妹妹，妳不是真的要結婚吧！年紀那麼小，男朋友也沒來。」小玉像被什麼打中了，頭低低的。我把她抱進我的胸口。兩個無助的、二十歲邊緣的小女生，就要哭出來了，卻說什麼也要租下這套試到最後的婚紗。

我盯著右邊的新郎，那個完全陌生的男孩，正在把小玉帶走。她是不可能滿意這場婚姻的，因為那個人沒有像我們以前討論的那樣，幫她開車門、緊緊牽她的手、給她一個令她心醉的笑。他自顧自吃著那鍋湯圓，和小玉跟媽媽磕頭拜別之後馬上站起來，小玉還跪著，身體軟軟的起不來，要哭卻忍住的樣子。媽媽坐在那，頭低低的沒說什麼，沒有看著新郎新娘，眼眶卻紅了一點。媽媽有沒有想到爸？爸爸走的時候有沒有一點點留戀，有沒有回過頭來看看？就算心已經沒辦法待在這裡，畢竟也是組成這個家的、不能拋卻的一部分。我把小玉扶起來，她小聲地說：「媽，我走了。」轉身就跟在新郎後面跨出家門。

媽媽站在車窗外，拿著大水盆的她看起來小小的。小玉只盯著前方，車子在走。水就嘩的一聲潑在地上，流得四分五裂。

（清華大學「月涵文學獎」首獎作品）

安卓一傑

十八歲離開景美，二十歲待過一陣子北京。二十一歲的下半季要回台北學藝術，開始大學的最後一年（是清華給我這些機會，都是我最喜歡做的事）。

硬皮阿公

董宛君

媽祖生氣了，天要落大雨，要做風颱，把我們全部淹沒，不用等科學家預言，陳家就要世界末日了。

●

後來，阿公全身布滿痂疤，先是從手指，漸而延伸至身體表面，全身上下無一例外，沒有跌打損傷，卻不斷重複結痂，像是個詛咒，惡魔在阿公身上實現祂的預言。當年阿公醉言狂出，指著媽祖神像胡言亂語，可知會有這天？還是阿公早明瞭身上的硬皮結疤遲早會將他吞噬，所以不甘心，滿腹牢騷無人可說，三步作兩步赤腳跨進圳堵朝清宮，手裡還拿著半罐米酒，半癲半跛連走帶爬爬上二樓媽祖廳，廟公還來不及阻止，便聽到不斷的髒話飛天，最後還是廟公的兒子叫我帶阿公離開。很難想像上一秒還在神明面前飆髒字的他，竟然乖巧安靜地讓我牽著手慢慢走回家。一路上我們誰也沒開口，我不問阿公為什麼突然發起瘋來，他也不主動提起，阿公不說，我就不問，這是我們多年的默契，阿公，我懂你。

阿公指著身上不斷形成的硬皮，少見的免疫力缺陷疾病在他身上深植，病毒感染使阿公得到男人不常見的病狀，男女得病率一比五，阿公說，阿公代母職，連女人才會得的病都得了。當年他背著嗷嗷待哺的嬰兒，喝不到母乳的我張嘴哇哇哭個不停，還是他急忙到巷口的柑仔店買罐奶粉，餵我這個體重不足的早產兒，嘴裡塞著奶瓶我才肯停止哭聲。命運的詛咒不曾放過我們陳家，當年從二樓失足跌落的母親奄奄一息，醫生開刀剖腹才把我救出來，阿公的兒媳卻這樣隨著早逝的髮妻走了，典型故事一樁，傷心的父親離家北上，成了只管賺錢不問家事的人，自那之後，父親就很少回來。他一人當我的阿公、我另個父親、有時轉換母親的角色，自小一路拉拔我長大，從國小國中到高中的家長座談會，每年都是他來參加，沒有一年缺席，有的同學甚至以為，我是單親家庭兼隔代教養的小孩，脾氣才會這麼陰陽古怪，其實我並不在乎，真的，我和阿公一樣，對別人的看法沒有興趣。阿公，我懂你。

●

我熟稔地走進清泉醫院，來到電梯前，按下五樓按鍵，電梯無聲往上爬升，我看著按鍵從一跳到二、三、四，終於五樓到了，我猛灌好幾口水，順帶換張笑臉，提醒自己看見阿公一定要微笑再微笑。結果不由衷的笑臉化成尷尬笑容，我只得快快說話來變臉，「阿公，恁甘有卡好？」病床上躺了瘦巴巴的阿公，黑漆皮膚，像個難民。我努力回溯他從前模樣，儘管滿臉老人斑，但至少曾是壯碩的身軀，笑嗨嗨的臉龐，逢人便介紹：「這是我的乖孫。」做田人身體怎能不勇壯？颳風日曬巡田練就一身健朗，如今幻化成乾癟模樣，記憶裡的他不是眼前這副皮囊，絕對不是。醫生施打激素與抑制劑仍殺不死阿公體內的病毒，卻逐漸使年邁的他快速老去和縮小。是不是人都是這樣，幼年渺小身軀渴求壯年的龐大意志與青春肉體，老去的人喚不回過往所以日漸枯萎，一路同黑市收盤往下掉？阿公從體外到內心早已是糊掉的紙，皺巴巴，看不出先前還是朵蓮花模樣。

「同款啦。」阿公病懨懨地回答，我卻吐不出半句話，坐在沙發開始搜尋電視頻道，持續切換，我執守在電視前，放任嘈雜的聲音擾攘，好讓死氣沉沉的病房充點人氣。「嘔！」阿公開始狂吐，身體變瘦之後，連帶胃也像縮小了，一吃東西就會想吐，空蕩蕩的胃囊沒有食物，卻不斷吐出黃綠色液體。阿公你會害怕嗎？怕你先走一步，放我忍受沒有你存在的痛苦？

●

「幹！做神明了不起喔！還不是我們捐錢，不然祢哪能整先踩刁刁在這？早就被狗叼走了啦！」

「媽祖婆，請祢指示我，為蝦米我不孝的兒女分完財產就整攤散了了？」

「媽祖婆，祢若是有在天之靈，幫幫我好某？」

等我趕到朝清宮二樓只看見軟跪在地上的阿公，米酒灑了一地，揮不去的酒氣沖天，媽祖廳好不莊嚴，千里眼順風耳一紅一綠的神像都在指責阿公，那一刻我多希望聽不見旁人重複阿公的醉言醉語，我聽不見，假裝聽不見。我牽著他的手，緊握，撥開人群，把他帶回家，誰知道七十歲的阿公現在老番癲，暴躁脾氣比火山還容易噴發，雙腳一踏進家門，門就被用力甩上，把自己關在房間，久久沒有動靜。

阿公自從罵完媽祖婆之後就鮮少講話，全身的力氣與情緒好像都在那一天用盡，他時常坐在搖椅上閉眼無語。搖椅晃呀晃，晃回阿公七十大壽的辦桌酒席，慶生的喧鬧聲把圳堵小鎮給吵醒，我坐在他的對面，抬頭便看見鋼管女郎在阿公身上搔首弄姿，背景音樂謝金燕的〈姐姐〉越來越大聲，持續不斷的噪音好像就要無止境地持續下去，我甚至看見大姑丈抓了鋼管女郎的胸部一把，三姑丈和隔壁平日嚴肅穩重的黃老師揸拳叫囂，平時吱吱喳喳的大姑姑和二姑姑這下更顯得長舌，相互炫耀新買的名牌包包，隔條巷子弔唁人家不停止的梵樂與木魚聲，好吵，我聽不見阿公的生日願望，他們有聽見嗎？阿公你說什麼？我聽不見。

●

隨著阿公的靜默，我漸漸染上不說話的習慣，常常他坐在廚房的門邊，一整個下午就是抽完整包藍星香菸，菸蒂弄得整個地上的磁磚變色，腳踩菸蒂的黑色痕跡猶如阿公硬化的黑色肌膚，慘不忍睹。我後來才知道，阿公說出的瘋言與抹不去的殘渣是種預言，一種崩壞的語言。

●

我打通電話給父親，在台北工作的他距離我讀書的地方並不遠，而我卻從未和他見面，陌生是我們共同的語言。冷冰冰的電話無法承擔更多問候，再多一句彷彿都是多餘，「阿公病了。」「嗯，我會回去。」沒有開頭的喧問，簡短的對話如同我手機只有兩位聯絡人，家中電話和父親的手機號碼，手機鈴聲是伍佰那首〈汝是我心肝〉，每次鈴聲一響，心中感到一陣麻。「最近的暗暝，我定定會爬起床，目睭金金看你看到天光……」而我真的常常整夜不睡，直到阿公入眠數著他的鼾聲我才能放心，守在床前，檢視阿公硬邦邦的手指。醫生說他肺部已經開始纖維化。我時常在想，命運從未給這個老實的做田人一絲絲豐厚，僵硬的面容就連流出的眼淚滴在身上，對身體都是巨大的疼痛，阿公沉默的面容，痛字也很少說出口，阿公，我真的懂你想說什麼嗎？無聲會不會也是種溝通？或者，無聲會不會也是種指控？

阿公病情掛急，父親隔天便趕回台中醫院，我從未認真了解過我的父親，兒時慶生的蠟燭還收在我的抽屜，然而童年的愉快像提前將幸福領取完畢，如果幸福有一定的額度，也許我早已用盡。父親的銀髮、微微駝背的身影，窄肩的他，看起來清瘦、老氣。老了，這是我推開病房門第一個念頭。可我卻不懂他，時間沒有給我機會了解，我看見他的背影不斷越來越小，拿著阿公的尿桶，把屎把尿，一下子問我肚子會不會餓，一下子幫阿公馬殺雞，我悄悄坐在椅子上，望著病床上的阿公，有時凝視父親忙碌的身影，再看看鏡中的自己，我覺得自己了解了什麼。我並不責怪任何一個人，阿公、父親，這兩個我生命裡頭重要且僅有的男人，他們的存在交織我一生的命運網，血緣是機架、相連的臍帶，同時也是重要的養分來源，建構我小小的天空。我笑了笑，同樣還是狹窄的病房，但那白色牆壁與淡綠色的床單，漸漸不像第一次進來時那般生厭。

●

我騎著紅色的機車，在車水馬龍的雅潭路急速狂飆，闖進小巷，一路閃過好幾輛大卡車，大力按喇叭像大甲媽祖出巡遶境，儀表板表速有時超過八十，不用十五分鐘就從醫院回到厝家，我甩下的拖鞋正好一正一反，也算擲出聖筊的一種，「爽！」心情已經許久不曾這麼愉快，今天晚上父親向醫院請假，要將阿公接回家，我們打算帶他到東勢保育區看螢火蟲，想像一大片的螢火蟲滿天飛，我嘴角都快笑到太陽穴去。接著，我直奔三樓神明廳，拿出八根向玉堂春買來的香枝，點火，先拜天公再拜媽祖婆，嘴中念念有詞：「信女陳小米，我什麼都不想求，只求祢能夠保佑父親和阿公身體健健康康，無災無厄，我知道阿公一年前曾經喝醉酒向祢撂下冒犯的話，我願代他受罰，只求他身體快快好起來，不要再讓他被針頭折磨，人不像人。」

我和父親想盡辦法才把阿公弄到東勢山上，包著成人紙尿褲的阿公手上還有兩支針頭，我和父親輪流推輪椅，有時交互拿點滴，這兒沒人，我一下說阿公長阿公短，嘴裡不斷叫著：「阿公，有火金姑在飛耶！」「阿爸，你看，火金姑在飛，就水！」阿公還笑我看到帥哥都不會這麼大驚小怪，看到火金姑在飛卻叫成這款，我傻里傻氣，摸摸頭，心裡暗自希望阿公明年還能陪我和父親來看滿山谷的火金姑，螢火

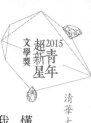

蟲在飛，一閃一閃卻又不滅，我突然覺得阿公病情有望，不會真的肺部纖維化失去功能或者器官衰竭而死，這些螢火蟲都是來祝福我阿公的。

阿公生病之前，日常作息再普通不過，天未光就戴上斗笠拿起鋤頭出門，立春至大寒沒有一天歇息，就連過年都要到田裡嗅嗅泥土味，走完田埂才肯休息。他人生的全部時間都投注在他的農田與雞舍，他並不像其他人一樣，賣掉無用的田地狠狠大賺一筆。也沒有讓人隨便租賃土地，他以前常說：「做人不能忘本，吃果子拜樹頭，吃米飯拜鋤頭。」大伯與二姑都笑他憨呆，要是他們老早就蓋大樓當包租婆包租公，哪還需要天天巡田，看天公伯的臉色吃飯，蝦米錢都賺無，有一次，大伯賭輸錢積欠地下錢莊想偷拿阿公的地契，還好阿公那天早早巡完田回家吃飯，看見自己的親生兒子做出這種事，還打死不認帳，一氣之下把早已肖想田產許久的大伯二姑趕出家門，這一趕，家裡反倒了無人煙，過年回家吃飯，兒子女兒見面連喊一聲阿爸都不肯，這下阿公反倒成了外人，何況阿公破病之後，照顧阿公那樣勞駕的工作，他們怎麼可能心甘情願去做？他們想要的，是阿公的田地與保險金。有時我都替阿公感到不服，像他這樣老實做人，生出來的小孩怎麼這麼不孝，家裡風水氣場混亂就算了，我最怨嘆的，是阿公的病症，人們都說久病床前無孝子，阿公，我咁準算？他的一生很少走出圳堵這個小村莊，吃喝玩樂全都在這兒，離家最遠的地方是醫院，而且一待就是半年之久，會不會，他還沒得老人癡呆之前就忘了回家的路怎麼走？

●

從東勢回家阿公就得了感冒，肺部成硬石的他喘不過氣，我能想像他當時一定是張大眼睛，無法換氣而活活憋死，當我從台北接到父親的電話，伍佰感性的聲音早已為死亡奏下前奏，手機不停地振動，那首歌拚命地響，不斷在空氣中迴盪：

你睏得眞甜　笑容是彼呢單純　溫暖的愛一時煞充滿心門
眞希望能夠　永遠甲你作伴　輕輕鬆鬆唱咱們快樂的歌
人生的路上　總有坎坷的路愛行　不免煩惱　我是你的靠山

●

如果阿公的瘋言是種預言，那麼，火金姑的化身會不會也是通往冥界的指引者？

至今我回想阿公生前的一切，我們的所作所為恍若被命運操控著，阿公似乎早就看破這一點，他破病後的臉龐鮮少有的笑臉，我承擔他的無言無語，阿公，我常在想，人與人的溝通到底是什麼？聲音在飄有人在叫就是種交流嗎？阿公，為什麼我常常覺得人與人的溝通有時候沒有用？

一樣固定下午四點，我又走到三樓神明廳，每燒一次香，每拜一次媽祖神像，我都像在贖罪，是的，贖罪。再也沒有阿公的圳堵老家一樣靜悄悄，只剩下檀香煙霧在飄，好像在笑，在說話旋繞……

（清華大學「月涵文學獎」首獎作品）

董宛君

喜歡胡思亂想、散步和看電影，但總是看不懂《去年在馬倫巴》。和朋友一起的時光是最大的寶物。最近正在跟名為意志的東西奮鬥。

快樂天堂

施孟竹

0

你把它當作一個故事也行，因為也即將是個故事了。

1

深深吸了一口氣，鼻腔裡滿是海的鹹味。海風直撲撲地吹拂在阿德的面頰上、脖子上。空曠曠的沙灘上只有阿德一人。他垂望著靜靜拍打的海浪，一層接著一層——湧上他的腳踝，頓時感到一股冰涼透進肌膚裡。太陽高掛著，阿德瞇起眼，眺望向一旁的大海，風平浪靜，海面上被陽光映得波光粼粼，反照出天空的淺淺藍色；而遠處，海平面與天空相鄰的地方連成一條模糊的線，深遠不見盡頭。

阿德又深吸了一口氣，海風的氣味逐漸在肺葉裡擴張開來，像是回到母親溫暖的懷抱裡，熟悉且令人陶醉。但直直落在眼前的大海，又是如此陌生，阿德不禁懷疑，腳底下踩的沙灘和遠方的大海——都是憑空想像出來的。不！阿德反駁剛剛的想法：不應該是這樣子，它就在我眼前存在著！海不會變，海浪從未停止過拍打，就在這裡，我現在不就真真實實的看著它嗎？雖然我無法清楚描述這裡是哪，但我能直覺地明白，我來自這裡！

「浩銘，C區的幫浦好像出問題了。」這句話像把刀似的，毫無預警的刺進阿德的耳窩裡。阿德疑惑地望望四周，不見海邊有其他人的蹤影。

過了半晌，無人回應那句話。

「浩銘，還在睡啊？有沒有聽到？」對方有如將嘴貼在阿德的耳邊說話，音量大得跟飛機起飛時一樣。

「什麼？再說一次。」海浪拍打的聲音越來越遙遠，取而代之的是逐漸清晰的機械運轉聲。

「我說，C區的幫浦去檢查一下。」好像是莊哥的聲音。

「好，收到！」這句簡短有力的回答，才讓阿德意識到自己身在何處。

在寬綽有餘的機房內，阿德獨自躺在一張恰恰符合自己身形的紙板上。他緩緩睜開惺忪的睡眼，朦朧地望著上方，數千條如大蟒蛇般粗大的電纜線，從機台的頂端鑽出，錯綜複雜地垂掛在天花板上頭，像是一層厚厚的烏雲，壓得人透不過氣來。側過身來，眼前是幾十座模樣形似飲料販賣機的機台，緊鄰著牆壁一字排開，不斷發出轟然的運轉聲，連地板都隨之微微震動起來；在昏暗的燈光底下，能看見機台前頻頻閃爍著紅紅綠綠的小燈，還有螢幕上變來變去的數字和符號。

戴在右耳的耳機傳來「撲滋、撲滋」的聲響。沒有任何意義的雜訊。阿德手裡握著對講機想著，下一道命令應該是在半小時以後吧。他擺動著肩膀，調整一下睡姿，接著思忖著方才在夢中的畫面。那片海在哪裡？雖然對他來說，夢裡的海一點都不陌生——但在記憶裡卻找不到任何線索。阿德最近比平常還多夢，而且都是一模一樣的夢；不知為何，在工廠睡覺時，特別容易夢見那片海，大概是從出院後開始的吧。阿德翻過身來，望向機房一隅的小窗戶，透過正正方方的窗框，像是在觀賞一幅畫。黃澄澄的夜空中，矗立著數百根大大小小的煙囪，厚實的白煙不斷從頂端噴發出來，一串串縱橫交錯著，把整個天空都給籠罩了起來。

眼前的景象，讓他憶起不久前住院的那段日子。那是一棟坐落在化工廠大門口前的醫院，白淨的外觀和十幾層樓的高度，相較於當地矮小的建築和貧瘠的土地，顯得格外突兀。阿德那時因為打排球的關係，右手小指的關節粉碎性骨折，住院了好些日子；那次，也是他第一次進到這家醫院看病。到處都是落地窗，只要是病房和診療室都一定會有，但看出去的景色卻是令人感到錯愕：站在十層樓的落地窗前，阿德從未以如此高的視角俯瞰自己的家鄉，化工廠儼然是一個獨立的王國，櫛比鱗次的鍋槽和鋼管盤據在西海岸上，像是城堡般的大煙囪在四處高高聳立著，一根接連一根，夜以繼日的冒出陣陣白色抑或灰色抑或黑色的煙，接連升空至天際的白雲內，逐漸混成一體。入夜後，燃燒出來的火光四溢八方，將本是靜謐的夜空給吞食殆盡。

一塊被詛咒的土地，工廠方圓外數十公里全是光禿禿、種不出任何作物的荒田。每當風吹起時，刺鼻的酸味會竄進你的鼻息，聞起來酸酸的，像是塑膠被焚燒過後的味道。儘管如此，長期住在這裡的居民包括阿德，卻早已習慣成自然。阿德跟父親一樣痛恨著自己的家鄉，就連分手的女友小翠也是。他猶然記得跟小翠最後一次見面時在醫院裡的對話。

小翠那時每天下班後都會來探病，直到一天，她突然跟阿德說起未來的計畫：想要辭掉工廠的會計，搬離這裡，跟外地的親戚一起工作。阿德很困惑地問她：「那妳什麼時候會回來？」兩人站在醫院電梯口的落地窗前，沉默了一陣子，小翠一直未轉頭看他，彷彿害怕看見阿德失落和不安的表情，她俯望著夜色中的化工廠，緩緩地說道：「不知道，我沒想過這個問題，但我很清楚的是，繼續待在這裡我會很痛苦。」

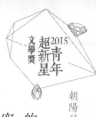

「為什麼會痛苦呢？」阿德輕輕地試探道。

「難道你想在這裡生活一輩子？」小翠神色凝重地回答，「打從出去外面讀書回來後，我時常想著，為何上天要把我生在這裡？為何別人的家鄉都沒有眼前這片工廠？每當我想到，要在這裡待上一輩子，我就感到難過，不得不說一句，好悲哀，但很多人卻把這裡當作天堂，你懂嗎？」

當下，阿德一句話也不說，靜得像手裡握著的點滴架，冰冷冷的，一動也不動。小翠走了，留下阿德一人繼續待在腳下——一個稱作家鄉的地方。

2

「各位親愛的工作夥伴們，晚上好，今天下午發生的事情，也有跟大家說明過了，並不像外界所傳的嚴重，一切都只是有心人士惡意傳播的謠言，敬請各位夥伴們安心地堅守住自己的工作崗位，預祝大家晚上工作順利。」廠內的每個地方都有著一個擴音喇叭，每隔一段時間，就會告訴所有作業員——上頭的老闆認為「重要的事」。

阿德在化工廠內工作了快一年，穩定的收入猶如頭頂上穩定排放的白煙，薪水和待遇都比一般的工作來得高高在上；肯努力工作，不翹班，乖乖聽話，奉行不誤，待在這個窮鄉僻壤的地方就無虞匱乏了。對於當地許多抱著夢想的年輕人來說，化工廠是通往成功的捷徑，那裡宛如一座落在凡間的快樂天堂，能幫你百分之百達成夢想；那——大家的夢想是什麼：賺更多的錢，存更多的錢，娶個老婆，生個小孩，順利退休，然後等死。這套條理清楚的脈絡是由當地的父母長輩承襲下來的信仰，讓夢想不再只是虛無飄渺的空談，變得具體且實際；以此類推，化工廠成為一個不容質疑的答案。

遠幸公司的作業員都為自己的制服感到驕傲，那是一件水藍色的制服，左胸前繡有遠幸公司的字樣和員工編號，穿上它彷彿穿上了成功。穿出去時，經過你的人都會投以羨慕和讚嘆的眼光，大家都會知道你是最接近成功的傢伙；因為相較於其他廠區，遠幸是最爽缺的化工廠，薪水高，工作內容輕鬆簡單，只要學會放空腦袋，等待大同小異的命令傳到你耳中，相信任憑誰都能輕易上手。阿德就是其中一個幸運的傢伙。

「阿德，去檢查一下A區的開閥有否異常，過後再把三包……兩包白的好了，倒進鍋槽裡。」對講機的聲音像是隔著一層厚布傳來的，悶悶的，有些含糊不清。

「收到。」雖然阿德心裡有著千百萬個不願，但他還是迅速地回應了。

他站起身來，把紙板收納到機台背後臨著牆壁的縫隙裡。走出機房門外，一支支燃燒塔冒著火光，照亮了整個夜幕；阿德不曾在自己的家鄉觀賞過星星，只有橘紅色、光晃晃的天空。阿德告訴自己：撐下去，再挨個兩、三個小時就可以回家休息了。

作業員在工廠裡有各種瑣碎的工作，但不管怎麼做，最後都是殊途同歸，簡單來說就是：排除狀況。目的是要維持生產線的穩定運作，只要是任何即將要妨礙這條線的「可預知」狀況都得極力排除，諸如：維持鍋槽內原料的正確比例、維持管線幫浦的正常運作、維持每個閘閥的正確開關、維持例行取樣的正確時間。平均一個小時要排除一次狀況，其餘的時間就任由你休息、睡覺。

除了工程師外，沒有一位作業員知道自己在製造什麼東西，更不知道為何要維持生產線的穩定運作。總之，薪水是穩定的就好。

管線的閘閥旁貼著幾張紅色的警告標語，上頭寫著一長串一長串的英文，但阿德沒一句看得懂，因為根本無需懂。他戴著寫有自己編號的黃色安全帽，走在A區的管線區裡。狹小的廊道裡光線昏暗，分布在腳底下的管線毫無規則、錯綜複雜的排列在目光所及之處。踩在管線上頭時，能感覺到裡頭有不知名的氣體或液體在流動，不時發出像是吞口水的波波聲。一個格外寂寥的空間，像是踏進漫無人跡的墳墓，一片死寂。

阿德非常累，四肢如石頭般沉重，他雙手緊握著長得像汽車方向盤的開閥，用力朝右鬆開後，忽然從頭頂傳來沉重的氣流聲，聽來像是有人在嘆氣。他蹲在開閥前休息了一會，過後又沿著管線走向鍋槽區。除了工程師外，沒有一位作業員知道這些管線最後通往哪裡，更不知道它們為何要把閘閥開開關關、開開關關。總之，薪水是絕對會穩穩地流入自己的口袋。

數十包裝著白色粉末的麻布袋散落在木製的淺板上，一旁是三座巨大的鍋槽，有將近三層樓左右的高度，光是站在幾十公尺以外的距離，就能感受到瀰漫在空氣中的高溫從鍋槽的金屬外殼散發出來。三個鍋槽像是大型的果汁攪拌機，沒日沒夜地在攪拌著，差別在於裡頭裝的不是水果，而是貯存著白色的液態原料。阿德肩上扛著兩包裝有原料的麻布袋，爬上鍋槽旁的梯子。每踏上一階，除了會發出老舊的吱吱聲外，還能從腳底下感受到鍋槽攪拌時傳來的震動，肩膀上的粉狀原料也在麻布袋裡滾動。

阿德花了五分鐘走到梯子的最高點，一個橢圓形的鐵製平台，鍋槽的圓形頂部就在跟前，周圍沒有什麼安全護欄之類的東西。平台的網狀鏤空設計能從腳底下垂望到地面，彷彿整個人飄在空中般，能透見好幾層樓的高度，阿德想起第一次上來平台時，禁不住害怕而站不住腳。他踩穩腳步，用力推開鍋槽的巨大蓋子，攪拌聲咚咚咚的灌進耳內，一陣陣灰濛濛、像霧般的煙從裡頭噴發出來，直撲在阿德戴著口罩的臉上。敞開的補充孔是方形的，長寬兩公尺，如果一個不小心滑倒，絕對會整個人跌進鍋槽裡頭，必死無疑。阿德撕開麻布袋後，將粉狀的原料刷刷的倒進鍋槽裡；從補充孔望進去，濃稠到像優格的白色液體在槽裡轉動著，形成一個大型的漩渦；才剛剛灑進去的白色粉末，一下子被捲入漩渦中央的黑洞裡，消失得無影無蹤。阿德拿著空空的麻布袋，盯著鍋槽內許久，接著利落地將蓋子闔上。

3

對講機時有時無的響著。

「嘉督，去把十包原料拿到A區裡。」

「明天誰有空幫我代中班？」

「樣品已經送到品管室了。」

「誰拿了我放在冰箱的飲料，大罐的麥香奶。」

「油車迷路了啦，誰去大門口接應一下。」

雖然大家零零散散地在廠區的各個角落工作或是偷懶，然則在見不到彼此的情況下，所有人的心還是能藉由對講機串連一塊，一起度過這個無盡的夜晚。

阿德完成排除狀況的任務後，坐在鍋槽區外的長椅上休息，一口一口吃著有點軟掉的麵包，那是傍晚前從福利社買來的。他一邊緩慢的吃著，一邊輕輕哼著伍佰的歌，那首他最愛的〈夏夜晚風〉，同時在腦海中想著離去的小翠，不知她現在睡了沒。阿德想起歌詞中有唱到一句：一個還在等待的愛。現在的他，等待的不是愛，是等待下一個枯燥乏味的任務來臨。

阿德越想越沮喪，仰起頭來望著一成不變的工廠，櫛比鱗次的煙囪和燃燒塔，由遠而近的運作著，冒不完的白煙、燒不盡的火光，究竟這副憔悴不堪的身軀要深陷在工廠內多久？他拿出手機，按開App「我的班表」，廠區內幾乎每個人都有安裝這套軟體，能幫你輕鬆管理你的班表。只要輸入班表的推演模式後，它就會幫你排好未來的每一天、每一年的班表；早早、中中、晚晚、休休，有序的排列下去。阿德不斷的向前滑，滑到未來的每一天，千篇一律的表格從眼前瀏覽過。

十年、二十年、三十年，直到退休為止。頓時間，阿德深覺自己的年輕歲月如同宿命般，被工作填滿殆盡，沒有任何轉圜的餘地，其餘就是成家、生小孩、等退休。細想後，是何等無聊、缺少可能性的人生啊——但它又是一個從小根深柢固、不容質疑的價值觀，倘若你敢在途中節外生枝，去追求那些不切實際的夢想，安逸且篤定的生活將會殘酷的離你而去，一切會變得更加複雜。阿德時常被圍困在諸如此類的問題當中，但最後得出的結論仍是：好好工作，別想太多。

4

「吃麵包喔，怎麼不揪一下！」是莊哥的聲音，但不是從右耳的對講機傳來的。

阿德抬起頭來，看見莊哥在不遠處，提著工具箱，拖著緩慢的腳步朝自己走來。這是今天看到的第一個同事。

「什麼啦！你這幾天都待在控制台，要怎麼揪你啦！」阿德說。

「真的很煩啊，我就跟人事部那邊說我不想待控制台，但他們卻叫我先做做看再說，超累，想要睡個覺也不行，」莊哥在阿德旁邊坐了下來，打了一個大呵欠，「最近又要代一堆班，養小孩真的很煩。啊你最近過得如何？手好了嗎？」

「好了啊，欸，你盡量別把事情給我啦，你要什麼飲料我請你。」阿德笑笑地說。

「你這樣我會被其他人訐譙的啦！」莊哥抓了抓頭，露出困擾的表情。

兩人閒聊了一會後，莊哥站起身來，伸了伸懶腰，接著調整一下掛在右耳的對講機。

「我先回去控制台啦。」

「你快去吧。」

阿德若有所思地看著他離去。周遭又安靜了下來，獨留下燃燒塔的轟轟聲。

5

阿德是在幾個月前，一次中午休息時認識莊哥的。

「真羨慕你，這麼年輕就來這裡工作了。」莊哥感嘆地說。當時——兩人坐在工廠大門口外的堤防上吃午餐，碰巧見到對方穿著同樣的制服，而閒聊了起來。阿德抽著菸，目光飄向遠處，幾位穿著不同顏色制服的工人站在消波塊上，拿著釣竿釣魚。

「剛好家住在附近而已，之前也沒想過說要來這裡工作。」阿德說。

「真好，我時常覺得之前都不知道在幹嘛，每天看著一堆輪胎，也賺不到多少錢。趁你年輕多存點吧，以後生了小孩就不愁了，像我現在才剛要開始而已。」

莊哥來化工廠工作已經兩、三年了，據他所說，過去曾待過輪胎工廠，因為微薄的薪水不足家用，最後選擇搬離家裡，住在工廠的宿舍裡頭。三十歲的他，著實是位好爸爸，結婚五年，生了兩個小孩，每次只要有代班的機會，他總是第一個搶破頭答應的，就為了賺更多錢，讓自己的孩子有更好的生活。但是莊哥的老婆卻極力反對他來這裡工作，再加上先前南部的化工廠發生氣爆後，更是每天耳提面命的囑咐他換份工作，然則又能在哪裡找到同樣一份有住宿、薪水高、福利好、不用任何特殊技能的工作呢？

天空陰陰的，海浪無聲無息的捲動著，輕輕拍打在堤防前的消波塊上。阿德將手上的菸踩熄後，呆望著堤防旁的橋。停工了五年，原本要作為產業道路的橋只做好一半，直硬硬的插在海水中，而空的另一半，遠遠指向阿德住的村子，不知何時會蓋好。

「所以你會一直在這裡幹下去喔？」阿德轉頭對著身後的莊哥問道。

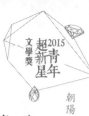

「應該吧，沒意外的話，等我存夠錢，就把一家人都搬來這邊住，否則一個月也才回家幾次，對那兩個小鬼頭真過意不去。」莊哥看了一下手機，桌面上頭有著小孩的照片，「你呢？」

「再看看吧，」阿德回答道，「或者就結婚，嗯，也說不定。」

兩人沉默了一段時間，不知還能說什麼給對方聽。有著一種默契，似乎你知道的，我也知道了，沒什麼好多問的。忽然下起一陣大雨來，結束了這段沉默，堤岸上的人紛紛跑回工廠裡頭。阿德在跑回去的路上，看見掠過頭頂的濃濃白煙，置身於疊疊密密的雨簾當中。

從廠內遠遠傳來了廣播聲：「各位親愛的工作夥伴們，午安，經過短暫的午休過後，相信大家都更有精神了，為了我們的個人、家庭、事業，下午也要更加努力的工作喔，預祝大家工作順利。」

6

阿德常常思考著——家鄉跟自己的關係是什麼？在這塊土地生活了二十三年，卻連一點認同感都沒有。小時候，父親總是叮嚀著阿德：要努力讀書，存夠錢，帶全家搬到別的地方。令阿德不解的是——究竟是什麼樣的執著讓人恨不得離開自己誕生的地方。爺爺痛恨這塊土地，父親痛恨這塊土地，村子裡每個人都痛恨這塊土地，最後終於等到機會，出於報復的心態，把家鄉拱手讓人，由外地人來接管，然而下一代的孩子們仍痛恨這塊土地。在阿德童年的記憶裡，是沒有選擇地看著砂石車和挖土機輾過家門前，望著家鄉的海邊一點一點被蠶食鯨吞，如雨後春筍般的煙囪紛紛冒出，占據了整個西海岸。這是一場錯誤嗎？讓他不知所措。阿德漸漸能明白小翠想離開家鄉的原因：為了尋找可以回去的地方，尋找一個可以安心闔上眼的地方，不再感到痛苦。

「我要離開這裡。」阿德喃喃地說出，像是對著自己講似的。

莊哥離開了好一陣子，阿德仍坐在長椅上，好想打定了什麼主意，握緊著拳頭，目光落在腳底踩著的水泥地，夢裡的海邊又在腦海中浮現，他頓時明白那片海位於何處，不就在這裡嗎！不就在工廠底下嗎！如今卻不復存在、遍尋不著，永永遠遠的消失了，不曾有人憶起過這件事。無以名狀的失落感油然而生，阿德第一次如此猙獰地盯著煙囪，心中的話不知是要對誰傾訴才好，要打電話給小翠嗎？就算講了又能怎樣呢！好憤怒！憑什麼我要承受眼前的這一切，如同親人死去般難受。為什麼？為什麼？為什麼？為什麼？為什麼？為什麼？為什麼？為什麼？為什麼？為什麼？為什麼？為什麼工廠要蓋在我的家鄉？為何我要誕生在這個地方？一個該死的地獄，究竟誰能回答我！

7

就像是回答阿德似的，他遠遠瞧見一道黑煙從鍋槽區後頭竄出，濃烈地在空中擴散開來，令人怵目驚心，還傳出陣陣不尋常的爆炸聲。正當阿德對遠方的景象感到疑惑時，對講機忽然傳來一句話，聽得出來口氣中的不安了：

「欸！那個，那個……」

「怎樣？說清楚！」

「那個……」對方越說越字抖句顫，「鍋槽區的管線爆炸了！」

說完這句話後，對講機裡留下一陣長長的靜默。

「靠杯呀！」不可預料的狀況發生了。

控制室裡氣氛凝重，廠內十幾位作業員蜂擁而至，紛紛圍繞在莊哥的後面，他一語不發地坐在控制台前，皺著眉頭。當下，僅聽得見冷氣運轉的嗡嗡聲。「誰知道該怎麼辦？」莊哥盯著螢幕，將問題丟給身後的大家。沒有人敢吭出聲來，一個難倒所有人的問題，因為除了早已下班的工程師外，沒有人知道如何解決管線爆裂的問題。

「先逃吧！」

在工廠裡待最久的作業員終於說話了，「不要等上面如何指使我們了，先保住自己的性命要緊。」聽完這話後，所有人都面面相覷，彼此心照不宣現在的情況，過後一個接一個，不發一語地離開控制台。

火勢益發猛烈，整個鍋爐區都身陷在火海裡，一縷縷黑煙眼看就要將工廠淹沒了，卻不見消防車的蹤影，更遑論有任何警報聲，彷彿一切都不為人知、默默地發生著。阿德和莊哥慌亂地跑到休息室裡，正要拿著自己的背包走人時，廣播的聲音傳遍整個廠區：「各位親愛的工作夥伴們，不准有任何人擅自離開崗位，不准有人跟外面通報失火的消息，事情沒有看見的這麼嚴重，一切都在控制之內，敢擅自離開者一律解聘。」同樣的話，像是催眠般，不絕於耳地在廠內重複播送著。

阿德困惑地看著窗外的景象，要轉身離去時，卻發現莊哥愣愣地站在原地。

「欸，你是要走還是不走！」阿德喊道。

莊哥仍舊一動也不動，緊緊握著手中的對講機，垂望著地板說道：

「你先走吧……」

「你他媽的勒，你是想死啊！」阿德立馬回話，「最好這火勢是在控制之內啦，幹！」

「我相信他們說的啊，我不想失去這份工作，我跟你不一樣，我可是要養家的！」

「你死了要怎麼養家啦！」阿德憤怒地吼道。

「不用你擔心，這工廠也運作十幾年了，都沒發生過什麼重大意外，廣播敢這樣說，一定沒事的，你要走就走吧！」

莊哥戴好在慌亂中掉落的耳機，確認對講機的音量後，無視於身旁的阿德，一步步往控制台的方向走去。

8

許多作業員紛紛從工廠的大門口逃了出來，但依然有許多人如莊哥一般，為了保住工作而不肯離開。紅澄澄的火光映在阿德滿是汗水的臉上，他看見自己在奔跑的影子，搖搖晃晃的在地上閃動著。周遭充斥著爆炸聲和廣播聲，對講機和黃色的安全帽沿途散落在工廠的道路上。死亡的恐懼敲打著他的心臟，不曾想過，像是末日般的情景，竟然在身後歷歷在目的發生著。

阿德騎著機車，行駛在工廠外圍的馬路上，沒有目標的騎著，只知道離工廠越遠越好。除了音量大到馬路上都能聽見的廣播外，沒有人能告訴阿德現在是什麼情況，未來還會發生什麼事情。阿德沿途想著：有人通報外面了嗎？火勢會被撲滅嗎？為何會有許多像莊哥一樣的人相信工廠說的鬼話？阿德越騎越遠，依稀能聽見對講機裡的聲音，聽不清楚裡面的對話，只能從口氣中感受到緊張的情緒。

馬路旁的海水被火光染成血紅色一片。阿德直到聽不見對講機的聲音後，才慢慢停下車來。充斥在身後的爆炸聲頻頻作響，他遲疑了許久，然後轉過頭來，卻露出驚訝與恐懼的神情，好幾公里長的化工廠深陷在火海中，熊熊燃燒的火焰比煙囪還高，濃濃的黑煙在空中鋪天蓋地的捲動著，活像是一座落在凡間的地獄。

阿德不知所措地望著，腦中徒留一片空白。要是當初跟小翠一起走，可能就不會目睹這般景象。目光望向另一方，在化工廠大門口前的那間醫院上頭，猶然亮著兩個斗大的字：急診。

（朝陽科技大學「紅磚文學獎」首獎作品）

施孟竹

出生於一九九二年七月一日，
曾就讀朝陽科技大學傳播藝術系。

困獸者

廖家翊

她某次無意間走進舊書店。

那是在與交往了三年的男友旅遊途中吵架時，意外中的意外，就那樣只抓了一包菸，連隨身的提包都沒帶上就下了火車。

然後跑出車站，逃出燈火區。

腦海中重複播放了甩開他的手，那驚愕而憤怒的樣子。接著是廣播楊梅站到了楊梅站到了，旅客起身，車廂門打開的剎那，瞬間甩開他的手，那驚愕而憤怒的樣子。快速站起來手被抓住，瞪著他甩開手，他那驚愕而憤怒的樣子。

啪嘰啪嘰的老式打火機閃了那幾下星火，像脆爛的陳年過節紅紙般剝落她哭過的臉龐，接著是七星藍莓特有的甜膩展開輿圖迷離狀漂泊。不常抽菸的她吸入了雷雲，酥麻流動至全身，從乳房胸膛到腰間腹部，再一個回勾到四肢。也不知道是不是剛剛在親戚的喜宴上喝太多了，腦內語言思緒開始重疊混亂。

根本就忘了是為什麼吵架。

因為在喜宴的氣氛下，問了「那我們什麼時候結婚？」，不，不不不。

自己作為女人還沒那麼無聊因為這樣的事情吵了起來。

其實最根本的原因，自己是清楚的，但是在逃避。這次的紛爭只是壓倒駱駝的最後一根稻草，逃避而且忍耐了三年，早上出發的時候也沒料到今天會是個大逃亡。

外頭是絕對的寒冷，如果在十一月尾這種無法乍寒還暖的時節意外暖和起來，那今天應該是不會和男朋友吵架的好運氣才對。暖暖柔柔，就像依靠在男人的臂彎裡，加上冬季衣物的柔情。

黑色粗呢大衣扣上了軍樣式的雙排扣，高跟鞋走在深夜的街上，迎面而來不知道從哪個交際場所回來的一家人，他們的笑鬧聲收斂了在抽菸酒醉女俠擦肩而過的數秒，那汙穢那落魄那正義的抽菸酒醉女俠實在太令人感到恐懼了。

快步走過快步走過然後又是一陣笑鬧。

那讓女俠回憶起高中時代。

高中時代的笑聲總是在她背後，那就是社會惡意在年幼時期的發展過程。當然，在她出糗的時候，那些笑聲會更大更宏亮，儼然就是個正義光明社會的小小代言人。笑聲從所有磁磚縫隙鑽了出來，糾纏悲劇黑影從各個角落覬覦，柱子牆壁花紋，人人人，來來往往嘻笑的人們，為什麼你們可以那麼快樂？我也想要啊！我也想要一個可以因為自己前進而快樂，因為有朋友而快樂，我也想要一個可以存在於世界的理由。

但有什麼辦法，所有細節都在告訴她世界的真理。

當然還有那時每次放學回家都會經過的雜貨店。

「真他媽的王八羔子！」

小朋友一哄而散，嬉鬧跑開。雜貨店的老闆顫巍巍扶著店門框，手臂揮動。在豔陽暈偏紫的蒸騰裡，他臉上的皺紋更顯得蒼老，站在雜貨店內外之間的門檻，喘了幾口氣，臉揪得猙獰，知道追不到孩子，但卻也不退回店裡，靈魂抽乾卡在門框間的乾屍。

他是撤退來台的。有人這樣說。類似那種能激起憎恨崇洋媚外的東西，一概都不能和他提起。討厭洋人的東西、現代的東西，就像我們是文明的盜匪，逐漸的遠離他，丟下他，現在已不是他能生存的地方了。和平的戰事，與中國結為友邦，電視薄成那樣，不再是以前那種有拉門的黑白螢幕。

賣著彈珠汽水、紅傘牌火柴，和一些早期國產老菸。身為現代人最好還是不要進去問東問西，有沒有賣那個賣那個的。縱使枝仔冰賣不出去很久，我們也沒有能侵犯他的權利。

這種脫序感就像雨後逢晴一樣蒸熱黏膩，是揮之不去的腥臭。可能是聯想到了她的爺爺，一樣固執的老國軍，一樣的孤獨死亡，一樣的盛夏在家做頭七揮之不去。自然界的死亡宣告害她丟了好幾件衣服，不過初戀情人送的紅紡紗呢絲巾倒是猶豫了很久……

因為她想起分手時他說的那些話，那真的是一字不忘的一遍又一遍的只要周圍靜下來就會想。

「我喜歡妳喔，喜歡到想跟妳結婚那種程度，為此我不想跟妳發生『初戀』這種關係，雖然聽起來像藉口，不過其實只是喜歡妳到顛狂，初戀會是印象最深、也最值得回味的感情，但是卻註定分離，不夠成熟，不夠有社會經驗，沒有事業，不夠有錢，我是寧可妳三四十歲時離婚，我三四十觥籌交影搞壞了身子，妳可能還帶著拖油瓶，互相的感情可能也不是那麼真切而且殘缺，可能有一部分還是為了錢，也不怪我們，人生長路下來，最俗的銅臭反而成為不變的真理，算是最後一張安心的手牌，但我們還是在一起，就算是畸形的搖擺前行，我們還是在一起。」

鬆手菸頭落下，星火撞擊柏油地面閃了朱光通紅，踩熄。左右兩邊的田地被鐵絲網隔開。她抬頭仰望無燈火的空寂天雲。瞬間察覺時間慢了下來，腳步開始猶豫，在車站地磚踩著的氣焰消失。從口袋拿出香菸，點燃，她手指在氣溫下血色盡失的白，菸絲狀的飄散。萬事萬物，都是由理由推進運行。

打算找地方窩著的她張望了一下，可這時間哪裡來的店家，寒冷的夜風捲起大衣，整條街風雨欲來。遠處發現少許微光，是一種褐色的、淡黃色的光。不像便利商店那商業的冷光，死板平凡淨潔。可是猶豫，那溫暖像是獸夾，但冰冷又是正義嗎？

就在踩著高跟鞋走了過去時，雨滴瘋狂的席捲，沒有徵兆的突然下起了暴雨。加速了小跑步，黃光在沾有雨珠的髮絲下迷幻失真。那過去的道路，似遠而近。

是家八〇年代裝潢的喫茶店，鐵門式的木窗，某些小細節卻是意外的充滿歐風。推開金屬的雕花門把，黑色長靴高跟叩進店內的肉灰色地磚，雖然店門沒有預期的哐啷聲，那金屬風鈴撞擊玻璃門的迎客響動，但如猜想般暖和。

「來點咖啡？」一個男子的沉穩低音問道。

那是問句，是的她懂的，但過於驚嚇而晃了晃腦。

那聲音轉移了她的眼。左手邊是高腳椅吧台，右邊是書架咖啡桌老式的窗。然後出現的店主，那男人站在吧台裡，妖精似的，以那可能是手指或抹布的輪廓在擦著杯子，不過太暗了看不清楚。

「好的，麻煩您。」她聲音像支碎裂的號角無法控制爆鳴。

那其實有些失禮。不過那又如何呢？她知道自己醉了，她知道自己的道德正在被酒精吞噬。

到高腳椅坐下，也看了看店長的臉孔。模糊，但真實。其實也就是一般人有的臉。一般人的鼻一般人的額一般人的唇，眼窩有點凹陷，黑色頭髮前面劉海與鬢角是短的，後面卻是略長，是隻異域的鬼，或是那沙很長的中國西域龜茲。悶熱煩躁的沙海，到了晚上那寒冷寂寞伴著荒嶺裡小動物嚎叫，以未尋得綠洲的生存憂鬱殘喘著。

「你是尼泊爾人嗎？」問了才後悔，心說要藉口喝了酒，有點發瘋。坐在黑色皮革的旋轉高腳椅上，雙手撐在光滑木製吧台，上面四盞吊燈垂下，好像在這邊沒有時間概念一樣，店外的暴雨阻隔了世界與店面。

「不是。」放下擦杯子的手，也撐在台邊，無奈的注視她。「台北人？」繼續拿起抹布，隨意慵懶的擦拭木製吧台。

「咦？嗯。」咖啡香絡通了思維，她想了一下便閃爍回敬他的西域瞳。

沒有回應，他又回過頭去沖他的咖啡。這時嗅了嗅自己，懷疑是沾染了城市的惡臭，要不怎麼暴露自己是台北人的？不過這也難怪，在異常擠超級抽筋的大都市裡，小羔羊似的髒兮兮，抽搐抽搐的擠了自己一身灰毛屎尿銅腥。

一顆顆解開大衣塑料鈕扣，脫下，放在旁邊高腳椅上。裡面身穿著應付喜宴的灰色小套裝，絲襪包覆著女體，貼合緊實的大腿曲線。雙手交疊，慢慢打量了室內裝潢。吧台上方吊扇沒有開啟，座位後方是一排排的書架，幾盞燈泡吊掛昏暗古香，最後方沒有盡頭似的，闃暗延伸地面與書架。

「請問……是……不是……打擾到了？是準備要關店了嗎？」

「是沒錯，因為想說下雨了，又那麼晚了。真是抱歉太暗了是吧？不好意思我馬上開燈。」他彎腰消失在吧台裡，然後能察覺到後方的大燈亮了，因為明顯的店內更加柔和光亮。

「謝謝，真的非常不好意思。」

「不會。」

停下對話，但是不感到尷尬，因為店長仔細的沖泡咖啡，製作工藝品的仔細鋪上濾紙，壺緩緩傾斜繞著圓形沖泡，然後移除滴架，左手端起咖啡右手拿了鮮奶壺，搖晃倒入。熟練，而且迷幻。魔術師細長華麗的身段拉花，紅底銀絲手杖，一點一敲一炸，火光驚喜箱。明白到那杯充滿心思的咖啡將會是我的，原來要那樣子的滿足，其實花了錢在咖啡店就能購買得到。眨了眼視線換到自己交疊的雙手上。原來自己期待的，不過就是這樣東西嗎？

「您的咖啡。」

瓷器碰撞。

「請問這是間舊書店嗎？」忍不住她問了。因為舊書與新書不同，是種洗練的特別香味。

「是的。」他笑了笑。

「酒吧？」

「是的也算是，原本只是試著想打造可以喝點酒又看書的地方，不過我畢竟太天真了，邊看邊喝咖啡明顯正常多了，所以……」

「是不錯啊，雖然很久沒看書了，但睡前喝點葡萄酒，看點小說，在國外有一陣子是這樣的。」

「但是這是在台灣啊！」

他們笑了。台灣，桃園，楊梅。

家中稱不上富裕，但至少算得上小康。六日不用打工幫忙小館子攤販，爸媽都是上班族，甚至可以聽著普契尼歌劇，什麼事都不想、什麼事都想的躺在床上。

這樣的迷離狀態通常容易想很多，飛梭狀的思潮閃現一些兒時片段。每在這種時候不禁就恐慌了起來，感覺時間過好快，自己被界定為學生這種人物的時間長達了十幾年，現在卻還是跟小學幼稚園時期一樣吸吮著家庭的養分，可悲的是，好像自己對於這樣的狀況，只會在不定期的幾年裡回憶到了從前，然後稍微反省了一下自己。

手背遮著臉，年少維特的煩惱對大人來說無關緊要的大小事迷惘困惑。

桌上放著一些不知名的茶品，有罐裝的、寶特瓶的、鐵罐的，茶壺茶杯。唱機以一種坐在太師椅上的惆悵演奏著。在她爺爺的房裡戲耍時一樣的氛圍。其實自己也發現了他與雜貨店老闆的不同處，他是已經接受失敗的憂鬱頹喪老人，唯一的興趣就是泡茶。和那有精神而活在自己世界的朽木不一樣。

「給你五百讓你去死。」那聲音就像在一堆不明的混沌茶香裡，輕輕柔柔的神境迷離感。他似乎掛了串黑白佛珠，瘦骨更顯得仙氣，但藏青色的大褂柔中帶剛，甚至比西裝筆挺還肅殺，佛珠領帶的，一節節的，一串串的。

左手右手殘影相間，指間散發著脂味酥香，意興闌珊的慵懶手式端起來，清涼的香液勾著杯緣。茶裡不該有的黏膩口感在舌間打轉，一次又一次的麻痺味覺，她可以感受到呼出來的植物香氣橫梭縱織交雜。

她的爺爺和爸爸都喜歡沒醉說醉話。什麼叫給你五百讓你去死？

國中有次正要進廚房，那正對青春不明、晦澀的少女時代，就看到老爸站在水槽邊不知道在凝視什麼。

「怎麼了？」

「你看得到嗎？」

「什麼？」慢慢靠了過去。

他緩緩的把頭湊了過來，然後輕聲的，字正腔圓的，好像水槽裡躺了個熟睡的嬰兒般，說道：「你那些煩惱就像泡麵渣一樣。」

總是這樣，那高貴的冷凍後泡水皺皮狀紅蘿蔔，神聖的姿態在泡麵碗中、在水槽底部，明明就是那麼的微小細碎骯髒腐臭，偶爾還夾些碎麵，還敢故作聖潔姿態？

什麼叫像泡麵渣？

為什麼那個年紀只能做小而無用的愁緒？

回神過來，她發現店主正看著手持馬克杯的手的無名指的戒。不是在觀察感情狀態她是知道的，是知道的。對於店長或自己，環狀的深黑洞可能是深花核，也可能是成長過程中累積的汙穢點，溫暖濕熱而顫抖。或是懾魂吸魄的深黑的洞，沉思而且回憶，歷史的傷痛軌跡不斷的忘掉，然後想起，然後再次傷害。

她總是這樣走神。晃了頭，拿起熱的白馬克杯，那熱度是唇，難以放下，是個與老情不同的激烈。她看了放在旁邊椅上的大衣，確認它是不是濕的。照理來說，今天此時此刻不該出現在這裡，如果沒有收到親戚喜事的請帖遠道而來，如果沒有吵架，如果自己是個更理性的女人……

「那是桑葚。」她說。是那銀色的環，是大膽色系的陷洞。

「桑葚？是桑葚的葉子還是果實？」

他伸出手握著，手掌厚實而且有力。四盞吊燈照出暈黃的光，一條條竹編的影打在桌上的手。

她答不出來。

呆了半响。「大學時的綽號叫桑葚這樣……」

桑葚從來沒想過自己的名字是葚葉還是葚果，不不不，葚這個字本身不就是果實的意思嗎？

「店長？」

「啊對不起。」店長放下她的手。是呢也是。

或許，或許他只是想去確認，上一個握過桑葚手的男人的溫度而已。

沒有很溫，一定。

「名字這種東西其實意義不大，比方說那個，叫什麼？」指向門口的紅色鈕。

「門鈴？」

「那如果是掛在門上推門就會哐啷哐啷的叫什麼？」

「呃……也是門鈴？」

「是嗎？你確定嗎？還有，日式庭院裡的竹筒不是有裝水的，裝滿水就會敲一聲然後又倒掉的那個。」

「……」

「就是——」

「我有聽懂，我不知道那叫作什麼。」

「是吧。」

「那麼我又想問了，店長你的名字是？」桑葚知道他不會回答，她緩緩的靠近他的唇，吻著。微弱的吐息擾動了耳邊的髮絲，輕輕騷動敏感的耳內汗毛，光影交錯，想像著齒間幾絲頭髮被抿在嘴角的樣子，親吻著自己的肌膚與絲狀的唾液。

想像手指在交纏的狀態下脫了他的衣服，既不嶙峋，也非壯碩。想像肌理間人類自然演化而來的美感就在迷眩的向晚霓虹光下，想像以進行蠻荒且神祕的儀式般，在羊頭骨、辛辣且又帶有香甜的青煙與黑袍人口中具有攝人心魂的反覆音律中，反反覆覆，左右搖擺。而搖曳的燭火是日光的長征，遊走在祭品邊，人形剪影圍繞成圈，以快速又不失其韻律的步伐讓筋脈與骨骼展現其男子的上半身。

突然桑葚將他推開。

不對。

這不對，不該這樣的。

「怎麼了？」

靜默了幾秒，店長搔搔鼻子，嘆了口氣。

「也是呢，如果就這樣下去，那妳跟其他的女人有什麼不一樣呢？」

她正想反駁他對所有女人的看法時，發現自己無法否定，因為或許對桑葚來說，是一種與學齡前小學國中高中大學出社會的惡臭。至於店長又是怎樣的背景？算了她不想問，那不重要。只是難道自己二十八年來的人生當是像今天一樣嗎？湊巧、意外、我行我素，似乎忘了可能有個人在等她回去，對於爺爺的死也是同樣，他心臟病發時自己在房裡午睡，雖然說誰也不怪她，但是卻在做七的時後偷拿走了爺爺常戴的黑白佛珠，自己也不能解釋為什麼，但拿著就是覺得安心，好似過去的那些都還沒過去般的，永遠陪在她左右。

趴在魚缸面前，看著紅色小魚像藥丸一樣豔紅四散。

有種東西叫營養食品，聽起來就很假，仔細想想就像邪惡儀式手持法杖的詠唱人，一顆顆花花綠綠大大小小。噢，那個是阿特拉斯流星碎屑，要價七萬八千九，那個是千年人形何首烏，算你便宜十二萬就好。

咒術師用滿是油垢的手攢來一股腐臭的熱氣。

一天三次照三餐服用，抗痘防老除斑抽脂利尿化痰暖胃壯陽治青光眼治腳癬生髮⋯⋯

她一臉厭惡，一把把的放在地上，踩碎，然後掃起來餵魚。

才沒有。

她才沒有那樣做。

從小到五年級結束，只要有整天的課就會有一瓶高蛋白，上面用夾鍊袋裝著藥丸，搞得同學都投以好奇的眼光。

妳在喝羅倫佐的油嗎？

有一次她和爸媽去淡水沙崙海水浴場，那是個沒落的海灘，或者說，那時間剛好是沒有什麼人的淡季，真的剛好，真的一個人都沒有。

她記得非常清楚，爸爸頭捲著毛巾，拿著一支超長的魚網帶著上捷運，又大又長。搞得好像叫化子要去哪條溪捕魚加菜一樣，想當然，又是全捷運車廂投以異樣眼光。終於忍到目的地了，就像會議中久憋的屁一樣，一出了捷運站，七竅裡腥臭的綠色汁液四濺。沒想到到了海邊，吃了自製的壽司便當，又要來例行公事的吃營養食品，然後這時出現了一個人。穿得像過氣的牛仔，長直髮，就像報章雜誌上的殺人魔一樣，搞不好他的長筒靴裡藏著一把摺疊獵刀。

「想不想抓蝙蝠？」

「這附近有蝙蝠洞嗎？」父。

「借我那支魚網。」

然後她就揮舞了起來，拿著魚網揮著。

啊，他在網蝙蝠。

他是吸毒者，幻覺充腦中。

啪啦。

高蛋白罐子上的夾鏈袋藥丸突然被她撕起來，然後吞下去，她一定是把那看成某種續力的藥物了。所以她從小就不信任父母。覺得自己才是對的，因為她實在看過太多父母固執造成的蠢事了，對於看起來就很可疑的人士，居然沒有嚴加提防。造就了她膽怯且細心直到控制全大局，不會有其他因素干擾的保守性格。

她在黎明時離開。

沒有留下「我會再來喝你的咖啡」這種台詞，因為她知道的，沒有了。之後店長一直很沉默，而且看似很不開心，臨走前，他送了她張字籤。說是字籤，其實也只是某本舊書的內頁。寫了某某大師的那頁。

上面寫著：

當看到一個人會感到深深的恐懼

而且那個人明明外表不恐怖時

那一定是看到了他那瀕死的靈魂

那是，

生物看到自己同種死去時的恐懼

——十九世紀挪威詩人畢梭西斯

到了車站，在明確的時刻表上確認了時間，金屬底白色黏膠的數字貼紙架著框，擺在高處。候車亭冷清與酸臭味，所有老舊、所有斑剝才是世界真理。東西放久了本來就會舊，而老舊這個表現反而是永恆不變，才剛要走入剪票口，手腕卻突然被抓住。嚇得她想抽開手時卻想起了大概是怎麼回事。

「妳整個晚上去哪了？手機也沒帶。」這是男朋友的台詞。

如果是過去的自己，絕對會馬上回頭過來，說聲抱歉，也許會抱緊他。不會去想過去的那些缺陷，雖然他是那麼好，那麼的有才華，不吵架也不怎麼生氣過，這次在火車上的紛爭純粹是自己覺得不行再下去的情緒爆發。

綠色閘門還是應聲打開了。

「喂，你知道日本庭院裡，裝滿水就會敲一聲然後又倒掉的那個叫什麼嗎？」

她拿出懷中的火器和香菸叼著點了起來。放任麻痺全身。

男友錯愕的愣了一下，接著馬上說。

「妳不要抽菸。」

她吐了口菸，他的回答真實到了不能再真實。拿下手腕上的黑白相間佛珠，取下初戀情人送她的絲巾小角，桑葚想要拿下她的戒指時，卻發現已經不在了，可能是忘在咖啡店了吧？

時刻表、鐵軌的坑登聲，離內心暗玳深海好遠好遠，淡菸定格似的許久不散，她也像是停擺似的夾著菸。火車來了，一陣風吹散了停滯在那的霧。

瞥向廳內的時鐘，壞了，但是不用看也知道是準時的列車。

將那些東西包括菸都丟到鐵軌上。

全身無力的襲擊她全身，很累很累，深深的。

一種像是跌倒的落在男朋友的懷裡，淚珠無法停止的流下，她失聲痛哭。無法控制的，無可奈何的，抽氣與嗚嚎。那是她成年後第一次哭泣，暌違十年的淚，特別而又殘酷，好似永遠永遠的無法逃脫世界的命運。

他摟著她。手順著她的髮流撫平著。

就那樣的又上了火車。

快到台北時，桑葚已經停止哭泣，面無表情的靠在他肩膀上。

他轉過頭，靠近她耳邊說話。

「妳在妳的潛意識知道自己必然會回來，如果今天，妳帶走了所有行李，那我就不會等妳徹夜了。」

桑葚開口囁嚅著，但始終什麼都沒有說出口。

也許下次吧下次。

台北站到了台北站到了，列車門像艙門一樣的氣音聲打開，人潮起身，行李拿下的嘈雜聲，放置來回。

（華梵大學「大冠鷲文學獎」首獎作品）

廖家翊

台灣台北人，一九九四年生。有段不悲慘但悲劇的過去。現居台北龜宅。

二〇一三年初加入耕莘青年寫作會。

對於繪畫、設計、古典音樂、動畫電影、電影、民族樂、文學、哲學有些涉獵。畢業於北市萬芳高中，現讀新北華梵大學美術與文創學系。曾獲金華國中文學獎與萬芳高中文學獎，得獎作品《碳惑》、《救世主》、《蟬》、《腦》等……

食物鏈

李萱瑜

1

為什麼不反抗呢？

豹仔一夥又在欺負他了。

既不是轉學生，也沒有令人火大的性格，更沒有異味和怪癖，只是個正常的、隨處可見的人。

「像你這種難民身材都可以領殘障手冊了啦！」總是率先發難的菜頭捏著嗓子喊道。

於是他被硬性銬上「鼠崽」的綽號。

雖然與同齡相比似乎略微矮小而且明顯過輕，但並不是什麼值得大驚小怪的畸形。

「我們只是想借點錢去玩，壓力太大想快樂一下都不行喔？」喜歡裝腔作勢的油條總會接在菜頭後面演戲。此刻他就噘起嘴，語帶哭腔地裝出很可憐的模樣，菜頭在旁「好可憐」的幫腔。

「動作快點，大哥不耐煩了。」一直默不作聲、站著三七步在一邊的黑狗皺著眉走過來，粗暴地推推油條跟菜頭，深邃的眼睛卻凝視著他。

過程中，他只是蜷起身體，低著頭像做錯事的小孩，不發一語。和菜頭交換了眼神，油條一句「不說話就是默許嘍」，逕自拿走他錢包裡的錢，而單薄的錢包被隨意扔在地上。

「不要一副我們欺負你的樣子嘛！我們可是給了你無價的感激欸！」臨走前，菜頭順勢一巴掌拍向他的背，湊上前去一個字一個字用力地在他耳邊說道：「無價。」

強烈的衝擊力道使他瑟縮了一下，但還是一句話不吭地僵在原地。

菜頭的舉動惹來黑狗無聲的瞪視，眼神凶狠得像要撕碎獵物。

豹仔一夥是吃定他了。

每天的任一時刻，會看到豹仔他們毫無預警地靠近他，先是動手動腳彷彿哥們似地勾肩搭背，其間夾雜親暱的辱罵，最終總以借錢收尾。

那是一種狩獵儀式，像是鯊魚繞著獵物打轉，以畫圓的方式縮短距離直到背鰭若有似無地擦過目標物，被狩獵者只能靜聽心跳的巨大聲響，然後在某個瞬間被一口吞下。他們完美演示食物鏈中，無法對等的力量關係。

置身於儀式之外的同學們看在眼裡，不僅無動於衷，反而十分默契地有種安心感。

安心？

對於那些害怕豹仔的人來說，有個人讓他們宣泄壓力是件再好不過的事，就如同祭品。

只要那個祭品不是自己。

況且看著別人被欺負，又好像有種說不出的快感，猶如變相證明自己不是弱者。

甚至，可以踮在安全和危險的分界線上，一面膽戰心驚地維持平衡，一面高高在上地睥睨著連線都搆不著的人，自詡為王者。

這就是物競天擇的自然生態，不適者只能被淘汰。

「他自己應該反抗，而不是等別人救他。」

同學們用著談論球賽的語調，振振有詞地說。

「喂！鼠崽，去打球。」黑狗敲敲他的頭。

沒有反應。

「欸，他說好啦！」看似向著站在門口的豹仔說，黑狗炯亮殘暴的金褐色眼睛卻示威式地掃過我們。

接著就又拖又拉，有點粗魯卻又小心地挾走他。

看著他們離開的背影，我覺得黑狗帶走的只是個薄弱無助的形體，雖然他渾身散發著絕望放棄的氣場。

即便蹺了一堂課，老師也只會叨念著希望豹仔一夥不要再惹麻煩，不然學校又要上新聞。我卻覺得臉上突然一陣熱辣辣地疼，像是挨了一記重擊，明明他們怎樣，都於我無關。

下課鐘打不久，豹仔一夥大汗淋漓但神清氣爽地回來。除了他之外。

瘦小的身子扭皺在一起，一個排球印耀武揚威地占據整臉，人中的地方還殘留著沒擦乾淨的血痕。

「豹仔大哥剛剛那記殺球超威！直接殺到鼠崽臉上欸靠！」油條誇張還原當時的景況。

「涂！長那麼大隻，就不要給恁爸擋在那邊嘛。」豹仔「嘖」了一聲。

大隻？

「豹仔大哥，鼠崽這樣的身材就算當稻草人都嚇不了小鳥欸！」菜頭使勁搖晃他：「這樣無效，汝老爸老母攏在哭啊。無怪汝老爸早死，剋爸命。」

無效……剋爸命……

「恁娘咧。」黑狗揮拳從菜頭頭頂重重捶下，憤怒的表情像心愛玩具被弄壞一樣，惡狠的眼神嚇愣了菜頭跟油條。

「你不吃胖一點是在減肥喔？」收回拳頭和凌厲的神態，黑狗用力捏他屁股，「一點肉都沒有。」

「唉呦，客官您不知道，長胖了就沒人要嘍，人家鼠崽可是要被有錢老爺包養的高級貨色咧。」油條眼見情況不對，趕忙細著嗓子接話，並且像蛇一樣賣力扭動粗圓的腰，活像老鴇在推銷自家姑娘。

包養。

「淦，油條你可以再噁一點。」豹仔按住臉色微變的黑狗，笑著擂向油條。

油條揉壓紅熱發痛的手臂傻笑，像隻搖尾乞憐的狗。

「欸，請客，肚子餓。」黑狗強硬地終止對話，拍了他的頭，「有吃剩再請你。」

「哭夭，黑狗你食量那麼大，請他吃包裝紙喔？」豹仔邊說邊遞眼神，油條和菜頭趕緊搜他錢包，扔下一句「借一下」，就屁顛地跟在豹仔和黑狗後面。

吃包裝紙……

我渾身顫抖地聽著他們難堪羞辱的詞彙，直到放學前都死盯著那個被黑狗咬掉三分之二、零散破碎的蔥油餅。

當天晚上，我完完全全沒有食欲，但為了避免跟他有一樣的命運，我拚命塞進眼前所有的食物，配著媽媽擔心的眼神。

然後吐了一馬桶。

無法遏制的細碎哭聲自喉頭擠出，我哭得如同被欺凌的是我。

狹小的浴室瀰漫嘔吐物的酸騷味，可是我連把它沖走的力氣都沒有，就像我對他見死不救一樣。

「欸，他說好啦！」黑狗挑釁的眼神充滿了位於食物鏈上層的鄙視。

印在腦中的漂亮眸子讓我心頭一緊，呼吸窒塞得難受。美麗而殘忍的眼睛。

身為食物鏈最底層的他根本什麼都沒說也不能說，永遠蜷縮著身子悲哀地自我催眠，彷彿那樣可以保護自己。

他只是隻蟲子，被困在這個殘酷不講理的琥珀中的卑微的蟲子。

「瘦皮猴！」一群小學生叫嚷圍著同齡的小男孩。

「為什麼你制服不穿裙子啊？娘——泡！」

「我們來幫他換裙子！」

小男孩的臉很模糊，我試著回想，卻被鬧鐘喚醒，思路如泡沫般在轉瞬間破裂消散。

似乎因為錢不斷被迅速吸乾，他的媽媽特地前來學校，低聲下氣又鞠躬哈腰地拜託導師稍加留心他的狀況。

食物鏈下層的卑屈乞求姿態。

作為一個深受學生喜愛的老師，絕對不可能得罪學生，將自己辛苦建立的聲譽毀於一瞬，更不可能去挑戰權力上層。

於是，他被帶到辦公室接受輔導。

「為什麼不反抗呢？」老師臉上堆滿了關心之情，讓人有種頭上頂著天使光環的錯覺。

因為……

因為什麼？

有什麼梗住了，腦袋像被毛玻璃罩住一般，朦朧之中好像有道象徵答案的亮光，但越是深入去想越碰觸不到，越碰觸不到越焦躁。

老師見他沒有反應，便開始強迫推銷似地叨絮自己的長篇大論。

要保護自己，要反抗，要表達你不希望他們這樣做，要……

「你必須克服自己的問題，不然出社會怎麼辦？老師幫不了你一輩子啊……」

自己的問題？

反抗就不會被欺負了嗎？他好像這麼說著似地呆坐。

腦中有什麼在嗡嗡作響，小男孩被脫褲子的影像撞進腦裡。奮力揮舞著拳頭怒吼、抵抗，回應他的卻是暴力、侮辱和轟笑。

「欸欸！他在抵抗欸！」

「力氣那麼小，你到底有沒有吃飯啊？比女生還弱欸！」

「哈哈，你們看他的表情，哈哈哈……。」

向陽處的他們好刺眼，在萬縷光芒中行使著只有神才能做的制裁行為。

如果這世界真的有神……

回憶又在剎那化為一片慘白，耳邊傳來「啪啦」的玻璃破碎的聲音。

不管我想起多少細節，就是無法想起男孩的臉。

我受夠了我受夠了我受夠了受夠了受夠了受夠了受夠受夠受夠受夠我——受——夠——了！

耳內充斥幾近崩潰的咆哮。

我以為是我的罪惡感在吶喊，直到瞥見他瘦削的身影。

他發現我看到了，並沒有說什麼，既沒有驚慌求我封口，也沒有倉皇逃跑。

畏縮的個性導致他身軀佝僂，更顯得渺小而微弱。維持一如既往呆愣空洞的表情，他只是安靜地站在原地，用眼底深處投射出的哀怨眼神注視著我，那眼神控訴道：你也是凶手。

是的，我也是凶手。

一隻蝴蝶輕落在他肩頭，他斜眼瞅了牠一眼，頭也不動地用手捏起那生物的翅膀，正眼不瞧地撕碎。

原本無神的雙眼在眨眼間切換成暴戾、瘋狂，而後平靜。

突然，他變得好龐大，而我變成了在他之下的蟲子。

聽憑宰割的蟲子。

又是「啪啦」的一聲。

逃避的人是我。

不管是對一切視如不見，還是忽視他無聲的吶喊求救。

屋頂上，凜冽的寒風呼嘯著填塞橫亙我們之間的沉默，肌膚被刮削的刺痛感像是有生命似地一跳一跳地疼。溫熱的淚水擦蝕過兩頰，我想逃離這個令我窒息的地方，雙腳卻像被釘住一般動彈不得。

相反的，他動作輕巧地踩上屋頂的護欄，張開維持平衡的雙臂恍若要將世界盡收囊中。

「為什麼要反抗呢？」他突地開口，用著回答問題的口吻。

露出前所未見的燦爛笑容，他的聲音如風一般虛無飄渺：「就算反抗了，事情也不會停止，就算反抗了，什麼也改變不了，就算反抗了，還是沒有人伸出援手……為什麼還要怪罪我不反抗呢？」像在訓誡、責備，他彷彿端立神的最上位，乜視嘲笑人類的愚蠢。

「你們，都是凶手。」

像是要將自己甩離這個荒謬的世界，他用力踩蹬護欄向上跳躍，姿勢猶如撲向自由般解放而輕盈。

如同飛翔一樣的身姿，輕而緩地凝滯在空中，好比照相機按下快門，一切在瞬息間定格靜止。

那個男孩的臉清楚而深刻地乍現腦中，憤怒掙扎的動作在眨眼間被呆滯空洞的表情取代。

他就是那個男孩。

同時，也想起了被我刻意封藏且逃避已久的一件事——鼠崽，就是我。

玻璃碎裂的聲音充斥耳畔，我溫柔擁抱那個被我切割拋棄、傷痕累累的身分。

為什麼不努力擺脫現狀呢？

我，非常非常非常努力地，反抗了……

2

「為什麼是我？」

此時鼠崽的靈魂安然地蜷臥在我懷裡。

不同於過輕的肉體，他的靈魂沉重異常，飽含著憤慨、絕望、罪惡和一直隱忍的不解與委屈。

我似乎聽到他低喃一句：媽，對不起。可是臉上帶著無比輕鬆的爽朗表情。

儘管我常聽人類語帶惋惜地說死亡無法解決任何問題，只會留給生者無盡的悲傷。但我想，鼠崽雖然是以自我了斷逃離了充滿痛苦的世界，卻也某種程度的解決了被迫壓在身上的各種重擔。即便讓他的母親獨自承受了孑然一人的哀痛。

面對乖巧兒子的死亡，鼠崽母親徹底崩潰。

她沒有指控任何人，包括導師。只是用那對哭腫不成形的眼睛瞪視著全班同學，無聲地表達食物鏈下層的怨恨。

然而發散出的龐大情感，卻沒有幾個人能接收到。

「鼠崽媽媽的眼神好噁心喔，我們又沒動手，幹嘛這樣看我們啊？」

「對啊，要找也是找豹仔他們吧？又不關我們的事，我們又沒欺負他。」

「都是因為他沒事跑去自殺，害我回家一天到晚被問有沒有被霸凌，煩都煩死了。」

同學們在底下窸窸窣窣地竊竊私語，而豹仔一夥則是一副若無其事地坦然表情。在鼠崽母親離開後，她那猶如喪心病狂的舉止神情，甚至被油條惟妙惟肖的模仿消遣了好一段時間。不過僅限在黑狗視線外。

平時脾氣難以捉摸、暴力冷淡的黑狗，在鼠崽死後情緒變得極不穩定，就算在豹仔的壓制下仍會不時發飆失控。

第一次油條在他們面前表演鼠崽被欺負的呆愣模樣娛樂豹仔時，黑狗剿了一聲「幹恁娘」就猛撲上前，一百八高大精實的身體將油條強壓在地，掄起拳頭就是狂打狠揍，看起來就是隻身負重傷的猛獸。豹仔見狀，趕忙指揮四名彪悍壯碩的同學，連同自己，死命地將黑狗架扯開。就在令人措手不及的短短幾秒，油條已經被打得奄奄一息，斷了兩根肋骨、鼻梁骨折、牙齒掉了幾顆，外加輕微腦震盪……

那小子是喜歡鼠崽的。

好比一隻愛上老鼠的貓，在獵捕和保護間擺盪。

帶有侵略性的喜歡。

我一路看著鼠崽從拚命抗拒到自我分割成兩個身分的過程。

無法宣泄的情緒導致他一再崩潰，崩潰發狂時，他會虐殺位階低於他的生物，然而那些無辜生命支離破碎的型態也勾起了既視感。

「我彷彿看著自己在殘殺另一個自己。」他這麼跟我說著，表情泫然欲泣。

因此，他一再遊走於歇斯底里和自責愧疚的交界線上，形成一個消極悲哀的輪迴。

所謂生命，到底是什麼呢？

這是他問我的最後一個問題，在我將他送往他該去的地方時。

諷刺的是，我不知道。

在人們眼中，生命的價值是如何定義的呢？

我始終被人類所困惑著。

幾千年來，我目睹無數這樣大同小異的人生，以各種方式撇捺出休止符。

也許有著各種理由藉口，也或許是不帶任何根源的單純念頭，人類相愛相殺、相助相害，不厭其煩地遊走矛盾之間，反覆詮釋人性。

似乎憑著奉行生存法則的本能，許多人類用食物鏈的鏈結纏勒彼此，建立權力關係網。位於金字塔上層的人能夠恣意操縱在他之下的玩偶們，而窩棲下層的人終其一生只能任由其擺布，動彈不得。

當然，也不是沒有成功躋身上位的例子。他們能夠風光地炫耀自己曾是食物鏈下層的慘痛過去，並且極力勉勵那些仍在痛苦中掙扎受難的人們。殘酷的是，能夠立足金字塔上端的人們終究是少數，其餘所謂的「失敗者」，依然是邊境子民，徘徊在無盡的黑暗中。

藉由凸顯他人的弱小來證明自己的強大，為了某種利益而用別人的痛苦供奉自己，或是純粹地以戲耍他人為樂。身處權力上位的人們往往只著眼於眼下的私欲，卻沒想過也許有一天自己也會仆埋其中，任人踐踏，成為底下眾多失敗者的其中一員。更重要的是，縱使擁有了腳下尺寸的成功，終有一天仍會被我帶離那個世界。

站在食物鏈尖端的永遠是我。

而我的獵物永遠不會有地位之分。

遠方傳來小男孩聲嘶力竭的嚎叫。

我俯瞰聲音來源，一個再熟悉不過的畫面……

「娘娘腔——！」說話的小男孩把尾音拉得很長。

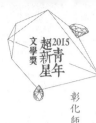

「喂！我們把他褲子脫下來檢查他是不是男生！」另一個男孩邊說邊動作。

被包圍的男孩眼角噙淚拚死抵抗。

「你們不要再弄他了啦！你們再弄我就要去告訴老師！」一個綁著公主頭的小女孩尖著嗓子霸氣十足地說。

「齁喔，女生愛男生，羞羞臉——！」第一個男孩大聲對班上喊。

「不要靠近她，會被傳染抓耙子病毒。」第二個男孩放開掙扎著的男孩，轉向新的目標：「噁心！抓耙子！」

「抓耙子，抓耙子，抓耙子……」像在進行某種儀式，幾個同學加入起鬨。

兩個、三個、五個、八個、十二個……

團結而有致地喊著咒語一樣的「抓耙子」，聲音震耳欲聾，氣勢逼人。

女孩驚惶失措，又急又氣地扯著喉嚨叫道：「你們再欺負我，我要告訴我馬麻！」

反抗的語句淹沒在喧囂霸道的聲浪中，女孩敗下陣來害怕地嚎啕大哭，先前的氣魄蕩然無存。

在女孩號哭的剎那，好比機關被觸動似的，叫嚷聲衝向極限分貝，他們像是被蠱惑一般，沉溺於一種類似勝利的瘋狂狀態。

剛才被圍住的男孩孤立在不遠處，呆然望著眼前失控的局面。

下一秒，他理所當然且毫無縫隙地融入其中。

正義常跟勝利混淆，但這樣的誤解往往只帶來失望的結果。

很有趣的是，人們從小被灌輸善良同理心的價值觀，然而那在他們自己編製的競爭規則裡是全然地不適用。

自行演化出變形的生存法則，總是滿嘴文明的人類終究擺脫不了最原始野蠻的食物鏈法則。

為什麼要這麼做呢？

一開始我總認為我找到了解答，卻又在不久後被推翻。就這樣追尋了幾千年，我仍然懷抱著莫大的疑問。

清藍奪目的天空底下，此起彼落地傳出玻璃破裂的「啪啦」聲，伴隨一地的鮮血。也許不用太久，我又會引領著一個受傷的靈魂離開，而後繼續沉浸在無解的疑惑中。

滿足內心餓獸的狩獵，總是出其不意，甚而無跡可尋。

「啪啦！」

（彰化師範大學「白沙文學獎」首獎作品）

李萱瑜

出生於一九九六年五月五日，心智年齡卻始終停留在幼童期，是嚴重的中二病患者，性格矛盾且只會擺盪在最極端的兩點。觀察人類時間等於自身年紀，寫作也許是身為中二病家裡蹲和世界接軌的方式。

願望

黃騰葳

1

某間食堂的廚房下水道內，住著一隻母老鼠，雖然得天獨厚的廚房環境能讓自己免於在外奔波，但廚師自然不會放過牠，每次看見就是一頓臭揍，甚至還動用老鼠藥，為此牠的生活竟也不甚富足。

今天當老鼠在半夜偷偷出來覓食的時候，一如往常地抱怨道：「唉！這些人類還是那麼小氣，明明食物剩那麼多，卻連一口也不願意與我分享……」

「是啊，真是太過分了。」

老鼠回過頭來，赫然發現身後蹲了一隻墨綠色、長著犄角的生物，老鼠小小的腦袋運作一會後，用不確定的語氣問道：「你……是青蛙嗎？」

「才不是咧，我是妖精（imp）啊，看。」妖精一面說著，一面展開了瘦小的帶膜翅膀，啪啪地振動。

「妖精啊……沒見過呢，不過這裡很危險，建議你還是去別處找吃的吧。」如果廚房裡多一個人住，活動起來不就更顯眼了嗎。要在深夜找尋沒有老鼠藥的食物已經很辛苦了，老鼠抱持著瘠人肥己的心態，委婉地向妖精發出了逐客令。

「啊，你不用擔心，我是來幫你的。」妖精拍了拍老鼠毛茸茸的背說道：「我們妖精專門幫人實現願望，依照傳統，我可以幫你實現三個願望。」

「什麼願望都可以嗎？」

「當然。」妖精的指尖放出一道光芒，噗地一聲輕響，地上的寶特瓶蓋瞬間變成了黃澄澄的奶酪。

「太棒了！」老鼠瞪大了眼睛，小小的手臂在空中興奮地揮舞。「我的願望就是希望那個討厭的廚師消失在世界上。」

「可以是可以啦……」妖精搔了搔尖細的下巴說道：「可是這樣一來，廚房就沒有人做食物了喔。」

「嗚喔。」老鼠沒想到這點。

「不如許願讓自己能夠光明正大的上餐桌如何？」妖精建議。

「好極了，就是這個。」如果能光明正大的上餐桌，那就什麼好吃的都能隨便吃了，更解氣的是，可以跟平常老是驅趕自己的人類平起平坐。

「那剩下兩個願望呢？」妖精不知從哪變出了一張小紙條跟墨水，用指尖蘸墨，沙沙地寫滿了一堆老鼠看不懂的文字。

一想到今後能夠衣食無虞，老鼠膽子不禁大了起來。再看看自己身上雜亂的毛皮與傷痕累累的腳爪，便說：「我希望自己變漂亮。」想起空蕩蕩、冷冰冰的下水道，覺得就算變漂亮，沒有同伴來讚美自己真是太空虛了，於是又說：「然後我希望能獲得很多老鼠的喜愛。」

「簡單來說，你希望能夠光明正大的上餐桌、變辣，還有變紅對吧。」妖精在字尾加上一個華麗的句點，然後將墨水與紙條遞給眼前蹦蹦跳跳的齧齒類，說道：「蓋個掌印，契約就完成了。」

老鼠二話不說，將墨水沾滿雙掌，啪嗒一聲蓋在紙條上。只見滿紙的墨跡開始快速蒸發、飛舞，如颶風般包圍住老鼠的身軀，隨後又是一陣耀眼的白光……

老鼠變成了一罐辣椒醬。

「哈哈哈哈……」妖精爆出震天價響的尖銳笑聲，在地上抹著眼淚打滾。

「等等！這是怎麼回事！」老鼠憤怒地大喊，但身為辣椒罐的身體卻只能發出蚊子一般的聲音。

「沒錯啊，你的願望不就是希望能夠光明正大的上餐桌，變辣還有變紅嗎？」妖精好不容易止住笑，喘著氣回答：「辣椒醬正是又紅又辣，等等我把你擺上餐桌，就三個願望一次滿足啦。」

「一點都不好笑！你惡意曲解我的願望！」老鼠試圖撲向妖精，換來的卻只是辣椒醬的微微震動。

「不會啊，我覺得你們這種選擇性忽視定型化契約的行為很好笑。難道你真以為能藉由一個陌生人的手不勞而獲嗎？」說罷抱起老鼠變成的辣椒醬，緩緩飛向餐桌。

「騙子！騙子！」老鼠在降落的過程中，聲嘶力竭地咒罵著。

「這你倒說對了，我是有件事騙了你。其實我們妖精的法力只能夠維持十二個小時，所以別擔心，十二個小時之後你就又是一條好漢……不對，好老鼠啦。」

午夜的鐘聲敲響了節拍，妖精漸去漸遠的笑聲，與細碎的吱吱咒罵聲，在幽暗的餐廳裡奏起了短短的快板小夜曲。

2

「妖精好不容易止住笑，喘著氣回答：『辣椒醬正是又紅又辣，等等我把你擺上餐桌……』」

「等等，喂，這個理由也太牽強了吧。」

「『……等等我把你擺上餐桌，就三個願望一次滿足啦。』」

「說真的，等一下。小威，我聽不下去了。這個故事他媽的前半部分像童話。後半部分像網路上抄來的冷笑話。」老詹抬起頭，把看白癡的眼神越過電腦螢幕拋射過來。

「可以請你先聽我念完嗎？」我忍住被不屑目光大轟炸所引燃的怒火，把原稿翻到下一頁，但還沒開口就被老詹打斷。

「首先，為什麼妖精能跟老鼠對話，用詞還都充斥著人類的文化用語，比方『紅』跟『辣』？」老詹再度把視線移回螢幕，將滑鼠點得喀喀響。壯碩的軀體蜷曲在十四吋的筆記型電腦前，形成一幅有點詭異的畫面。

「這是兒童故事，拜託你不要這樣較真。」我抽起半口氣，邊嘆邊答。

「這個妖精為什麼要浪費生命去玩弄一隻老鼠？」老詹飛快地騰出手來打了一串字，然後繼續握起滑鼠。

「因為它是 imp，imp 是一種源自日耳曼的傳說，專門以惡作劇為樂的妖精。」

「所以你這篇故事的重點到底在哪裡？」左手大力敲擊著外接鍵盤，老詹的語氣隨著滑鼠聲響的急促以及遊戲內傳來的爆炸效果音，開始變得焦躁。

「首先是深入淺出地闡釋馬斯洛的需求層次論，人很容易在滿足生理與安全需求後，就轉而追求愛與歸屬跟自尊——就跟老鼠一樣，但是這種模式流於常規後是否會產生問題？這個思考是第一點。其次是想諷刺一下那些被欲望蒙蔽眼睛的人們，最後就是定型化契約，雖然我們都知道該好好看……」

「幹！」把滑鼠重重一摔，我這位資工系的學長猛然站起身，飛撲到嘎吱作響的木床上重重的喘息著。可憐的滑鼠就這樣維持著自掛東南枝的姿態，在桌邊晃啊晃的，底部的紅光宛如迪斯可球般掃射在衣櫃下方的最後一抹餘暉上。某首不懂得看氣氛的抒情老歌此時從播放清單中緩緩響起，伴隨著漸弱的遊戲音效，一時間我們那擺放衣櫃的老舊角落，竟產生了一種投幣式廉價卡拉ＯＫ的氛圍。

「又輸嘍？」雖然我很想抱怨他根本沒在專心聽我的文章，但現在顯然不是時候。

一陣沉默後，老詹的悶聲從棉被中傳出來：「隊友根本是神經病，叫他退後幾次了都講不聽，只會一直衝。」

「玩個遊戲還得嘔氣，要不要考慮直接移除算了？」我放下原稿，一屁股坐回書桌前，塑膠摺疊椅發出嘎吱的抗議聲。「更何況，我覺得你最近有走火入魔的趨勢，線上遊戲一款玩完換一款，除了睡覺游泳外，壓根就一直坐在電腦前。」

「我也不是因為喜歡玩才玩的。」

尷尬在男歌手輕柔的轉音裡，慢慢注滿這五坪大的小宿舍。我只能說自己並不是很明白眼前這位學長的思考邏輯。如果是喜歡到上癮的程度還說得過去，如果根本不喜歡你幹嘛玩它呢？

「說真的，你打算拿這種東西去投稿兒童文學獎？」老詹翻過身來，用衣角擦拭著眼鏡。

「我們教授曾說過，只要是能夠打破僵化觀點，產生複雜聯想的文本就可以稱之為文學。我覺得這種能帶給小朋友啟發的故事已經稱得上是好作品了。」

「所以你是為了獲得別人的認可才去投稿作品的？」

有時候，我真的很討厭老詹這種刺耳但一針見血的說話方式，就像大學面試，當面試委員問你為什麼要選擇本科系時，標準答案是：「因為我對於這個科系十分有興趣……契機就是……」就算動機不是如此的人，也不會老實說：「因為我想念國立大學，但分數只報得上你們系。」

「當然不是，寫作本身就是一件快樂的事情。」好吧，我無法否認，自己心中當然有一小部分希望自己的作品得到他人實質上的認可，但無論是閱讀或寫作確實能夠帶給我快樂，否則當初也不會選擇中文系，這個回答我完全無愧於心。

「如果你在乎的是寫作本身，那你為什麼要投稿？寫完了把它鎖在保險櫃裡不也一樣嗎？」老詹戴起眼鏡，從桌上一堆凌亂的發票中摸出機車鑰匙。有時我真心覺得這位大五的學長根本不是資工系，而是哲學系的學生。

「好啦，我承認自己希望有別人的認可。」我繳械，但還是心有不甘地小小反駁了一下：「就算是這樣，也沒有什麼不妥吧？」要是每個人都得有遠大的理想與抱負才能寫作的話，那全世界書籍的刊行量大概會退回活版印刷時代。

「我要去吃晚餐，有需要順便幫你外帶一份嗎？」老詹沒理會我的反駁，拉上夾克的拉鍊站起身。

「你要吃哪，巷口的拉麵店嗎？」我知道如今再請老詹繼續幫我審稿已經無濟於事，索性就放任他離開。

「不，那家湯多麵少又難吃，何況自從上次在廁所裡看到老鼠之後，我就再也不光顧那家店了。我要去車站附近吃牛肉麵。」

「很遠耶。」我們住的小公寓離市區有點遠，得繞過一大片農地才能接到產業道路上。

「不會啊，我從後山騎過去只要十分鐘。」這個人的語氣彷彿用時速七十騎完十幾公里沒有路燈的山路是再正常不過的事情。

「好吧，麻煩幫我帶十二顆水餃。還有拜託你騎慢點。」

老詹把耳機戴上，揮了揮手。

聽著拖鞋敲打著階梯的聲音，這才發現殘缺的百葉窗外早已是一片靛藍，斑駁的牆壁上投映著懸宕滑鼠搖曳的紅光，檯燈在旁無力地滋滋閃爍著，真是好一個恐怖電影的布景。說實話，會搬來這裡的人除了覬覦那廉價的租金之外，我完全想不出有什麼其他優點。

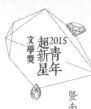

我按下檯燈的開關，站起身試圖把百葉窗向上拉，但拉繩的滑輪早已扭曲，洞口還被不知道是哪一任的房客用口香糖黏死了。我嘆口氣，撥開百葉窗，目送老詹的車尾燈離開社區，然後將老詹吊死在桌邊的滑鼠放回滑鼠墊上，一面整理著這位好室友對我作品的評價。

確實，我承認關於辣椒醬的笑話有點牽強，但如果要把它拔掉，那這個故事就一點獨特性都沒有了。關於創作動機的問題更是與作品內容無關，但不知為何，這個問題確實令我不快。話說回來，雖然我很感謝他願意幫我的作品勘誤，但是送佛送上西，難道他就不能把遊戲關掉好好的聽嗎？

一陣疲憊湧上，我把老詹的音響關掉，躺回自己的床。感到酥麻的疼痛感從耳後爬上太陽穴。果然昨天只睡兩個小時實在太少了。

「真希望能夠順利得獎。」我在半夢半醒間，對著黑暗的房間喃喃自語。

「這就是你的第一個願望嗎？」一個成熟的女聲從窗邊傳來。

我抓著棉被從床上翻滾下來，左膝蓋在一片混亂中撞上了摺疊椅，使得我整個人失去平衡撲倒在地，疼痛與驚愕讓方才的睡意全消。

老詹下樓時忘記關門了——這是閃進我腦內的第一個念頭。但仔細想想，我的床位就在門邊，有人進來不可能沒聽見腳步聲。難道她是從窗戶進來的？但這裡是三樓啊！

「妳是……誰？」我掙扎著起身按下房間大燈的開關，卻發現開關完全沒反應，房中依舊一片漆黑。

「我是形上世界的居民，終極善的追求者，同時也是願望的聆聽與實現者。一般人稱呼我為天使。」眼前穿著針織外套與緊身牛仔褲的女性年約三十歲，有著坑坑疤疤的面孔與及肩的棕色頭髮，語氣中帶著明顯的慵懶，一副年輕活力方才被公司銷磨殆盡、但衣著打扮還來不及跟上心理變化的社會人樣貌。

我不知道這個神經病是怎麼跑進房間的，但是總之碰到這種狀況不可以激怒對方，得冷靜應對，並尋找離開現場的機會，我找尋著手邊能夠拿來自衛的武器，卻只發現一個五百西西的塑膠水壺。

「我以為天使應該……應該身穿白色長袍，身後長著翅膀，頭上還有光環之類的……」

自稱天使的女人笑了笑，說道：「白色長袍！為什麼大家總是習慣把文藝復興時期我們的形象沿用到工業化社會？難道你們認為翅膀跟光環會幫助天使實現人們的願望嗎？」

「我覺得……」抓起手機準備報警的我維持著前傾的姿勢愣在地上，因為女人開始緩緩上升，在空中翻轉一百八十度後，像蝙蝠一樣頭下腳上地站在天花板上。仔細一看，在黑暗的寢室中，她的身上發出一陣淡淡的藍光，令人陶醉。

「所以，你的願望是能夠在兒童文學獎順利得獎？」

「啊，是的。等等、不，不是……我的意思是……是的。」我大夢初醒，凌亂的思緒參雜，讓口中吐出的話語不成章句，我懷疑自己是否寫小說寫瘋了，但是剛才跌下床的疼痛感以及眼前的異象，都強迫我承認眼前的女人確實是人們所說的天使。

「好的，那麼在將來，你將損失兩次獲得文學獎的機會。」天使拿出一本筆記本，用老詹桌上的原子筆開始書寫。

「等等……什麼？」我喊了出來：「這算哪門子的實現願望？」

「就算是天使，也不能無中生有啊。你國中有學過能量不滅定律吧，如果一個人希望確實改變現狀，那麼就必須從別的地方拿來一點能量，最簡單的做法就是從同一個時間軸上的自己擷取，但因為轉移的過程能量會有流失的情形，因此如果要實現當下的願望，就得從將來剝奪該願望兩倍的能量。」

我想起自己故事中的老鼠，果然天下沒有白吃的午餐。但是反過來想，如果這個人真的能夠實現所有願望……

「我希望自己一生中的作品皆能夠獲獎。」

「好的，不過你的一生會因此變得十分短暫，並且失去在其他領域的所有成就機會，這樣可以嗎？」

天使面不改色地說著。

我稍稍思忖了天使這句話背後的含義，赫然發現是某種程度上的侮辱。話說回來，就算眼前的這位天使不是什麼魔法金魚，但連高利貸都只有百分之十的利息了。許個願居然需要百分百的利息，實在令自己無語。

「你不是第一個跟我玩文字遊戲的人。在此再次給予忠告：請遵守能量不滅定律許願，這才是對你最好的選擇。」天使把玩著原子筆。把電腦的音量調大。「啊，我喜歡這首歌。」

我把臉埋進雙手內。寫了一個關於願望、諷刺人性的故事，但面對真正要許願時卻手足無措，這真是太丟臉了。此刻許什麼願早已不重要，重要的是搞懂這套高利貸許願系統到底該怎麼運作，這關乎我身為作者的尊嚴。看著眼前的天使，或許以滿足私欲的角度來許願從根本上來說就是錯誤的。因為願望源自於人類生存的動機與欲望，代表善的天使一定不喜歡人們為了私欲許願，說不定這種高利貸式的許願方式，正是希望我們許善的願望，才會有善的循環，就像那個以長筷子餵對方吃飯的寓言一樣。於是我說道：「希望世界上人人都長保喜悅，不要有爭執。」

「這兩個願望不是辦不到，但是請你好好考慮一下。」天使露出了若有所思的表情。「首先情緒是相對性的，一個人現在快樂，將來必然有相對不快樂的時候，若索求無限上綱的快樂，我只能持續刺激人們的前額葉到大腦無法負荷的程度；其次是爭執的問題，沒有爭執表示每個人都必須放棄自己的立場，遵循某種特定程度的規範，你要用最後一個願望決定這個規範嗎？」

我在心中打著自己耳光。

天使拉過摺疊椅，在我面前用豪邁的姿勢坐下。「抽象的願望是很危險的，你讀過 The Monkey's Paw 嗎？一對老夫妻得到了能許願的木乃伊猴掌，許願希望得到一大筆錢。但最後那筆錢竟是兒子的撫恤金。越龐大的願望越難完全實現，而且成就的形式也會受到諸多限制，最後往往不是許願者所希望的結果，因此除了確切的描述願望之外，還是希望你們能夠遵守能量不滅定律。」

「但是……但我是為了別人的幸福而許願啊。」

「你為什麼要為了別人的幸福而許願呢？」天使把筆記本擱在大腿上，饒富興味地看著我。

我又愣住了，從小我們就被教育：「幫助別人，成就自己」、「助人為快樂之本」等等，特別是宗教往往講求大愛，更重視關懷他人的重要性。如今聽見一位自稱天使的人質疑「為別人的幸福許願」這件事的正當性，真是說不出的彆扭。

「妳身為天使的目的，不正是要促進世界的善嗎？」我無助地說道，感到沉重的烏雲再次爬進我的腦中嗡嗡作響，沒想到許個願竟然還要跟天使辯論哲學問題。

「理論上是如此，但一味的行善並不能保證善果……這牽涉到許多複雜的議題。」天使看見我臉上困惑的表情，娓娓說明道：「例如價值觀的問題，一個食人族的酋長可以心平氣和的享用完母親的肉，然後自覺與母親的靈魂結合是一件好事——當然這是比較極端的例子；相對來說，惡行也並非絕對的惡行，例如判殺人犯死刑究竟有無正當性。或許有人認為這樣拯救了更多的人，是善行；但也有人堅持殺人就是罪惡。」

「難道沒有所謂形上世界的規範與準則嗎？」我開始覺得自己的宇宙觀隨著這個跟著 bossa nova 旋律搖曳的天使崩壞。

「當然沒有，如果有的話，就不會有天堂跟地獄的分立了。難道你以為形下世界所無法解決的問題都能在形上世界獲得解答嗎？別忘了形下世界是形上世界的投影，就算我們更加貼近於真實，有些問題的本質是不變的。」天使把筆記本向我展開說明著，但我卻只看見一片空白。「在此時有人引進了 data mining 的概念，於是我們嘗試用統計來解決這個無解的問題。總而言之，本性論的問題此刻對我們來說就變得非常重要了，因為用相關的方式探索本性——也就是人類的願望以及生存的驅力，就能證明其中一方的

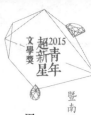

價值觀是正確的。因此我們目前的實務工作層面是尋找一些比較純粹的願望，幫助人們實現它，希望向地獄的領導者證明，願望依舊有可能是純粹的，人的本性還是……」

「那拜託妳離開吧，我現在連自己都不確定自己的願望是否純粹了。」我忽然感到光火，到頭來，我的願望只是他們競賽的籌碼。

「我覺得你一開始的願望就很純粹。」天使試圖鼓勵我。

「好！但是我現在的願望就是希望妳離開這個房間，求妳了。」我用棉被把頭包起來，拒絕再看那雙清澈卻深沉的眼睛。

空氣在棉被的包裹中慢慢變得稀薄，Kenny G 的歌聲在安靜的房中開始厚重、清晰起來。

...Tall and tan and young and lovely. The girl from Ipanema goes walking

And when she passes he smiles, but she doesn't see.

那個慵懶的聲音沒有再出現，取而代之的，是巷口房東家老黑狗一陣莫名的狂吠。這時有股強烈的下墜感攫住了全身，大腦卻不聽使喚的開始播放昨天所看過的連續劇。

but she doesn't see...but she doesn't see...

我從不知道跟天使聊天是一件這麼令人不愉快的事情。

but she doesn't see...

3

「這種店一看就像是有老鼠的樣子，我最討厭小動物了。」穿西裝的男子抱怨著。高湯的熱氣充斥著店內的每一個角落，正午時段的拉麵店擁擠如尖峰時段的電車車廂，布滿淡黑色油汙的桌面還殘留著上一位客人所享用過的食物殘渣。剛洗過的一籃筷子隱約還沾著洗碗精的泡沫，與麵粉的霉味揉雜，逸散出令人作嘔的化學藥劑味。

「請謹言慎行，將心比心。」桌子對面穿著針織外套的女子瞪了他一眼。「如果今天是你開拉麵店，聽到客人一進門就說這種話，會作何感想？」

「我會檢討店內的衛生環境是否真的很糟糕，然後把鼻涕擤到那個人的拉麵裡。」穿西裝的男子笑了笑，用面紙將桌面稍作清理後，幫女子擺好餐具。「不過連將心比心這種話都講得出來，難怪你會跑到天堂那邊去工作。」

「難道你不同意這句話？」女子翹起二郎腿，用質詢的語氣問道。

「當然同意。」男子舉起雙手，擺出投降的手勢，畢竟在吃飯前吵架不是什麼值得嘗試的事情。「但是在這之前，我更相信每個人要先把本分顧好，而在檢視缺點的同時，適度的外在批評是必要的。如果大家都想著將心比心，姑息苟且的態度只會讓整體生活水準退化。」

「退化！」女子越發咄咄逼人：「屬靈生命的追求難道只剩下物質生活水平嗎？我們是將許多個人的利益轉化為道德性的集體共同福利，你們的做法只會讓利己主義成為常態。」

「投降！我錯了，請老姐原諒我的失言。」男子想起地獄裡流傳的一句俏皮話：永遠不要試圖去戰勝一個天使。因為他會把你的智商拉低到天使的水平，然後用他們無理取鬧的豐富技巧打敗你。「說起集體，妳一年沒回家了，老媽很擔心妳……」

「我很忙。」女子忽然對隔壁桌吃著牛蒡絲的大叔產生了高度的興趣。

「拜託，老姐，妳有空在這裡跟我吃拉麵，一定有時間回去一趟……」

「我們只是各自在出差的時候『巧遇』，不是利用私人時間聚會，更何況我回去還要寫關於這次對象放棄許願的報告書。」

「放棄？」男子驚訝的表情只維持了幾秒鐘，隨即露出無可奈何的神色：「妳該不會又老實跟人們交代許願需要代價了吧。」

「根據毒樹果實理論，我們必須公開所有的條件，否則只會讓……」女子有氣無力地說著，好像自己也不是很能堅持這種說法。

「這種想法不對。」男子糾正她。「我們讓人類許願的目的本來就是探求人的本性，其中包括認為滿足欲望需不需要付出代價。因此如果許願者沒問，我們就不該講，觀測者本身過度的涉入才會造成錯誤的結果……啊！我明白了，所以這就是我們——天使與惡魔——根本上的差異。不是什麼利己與利他主義，而是你們會以有色眼鏡去看世界。」

「兩碗大碗豚骨拉麵。」穿著髒汙圍裙的矮個子服務生捧著托盤，努力穿越擁擠的座位前來。

「湯這麼多，我看大碗與小碗不過是水量的差別。」男子故意大聲感嘆著，服務生的臉紅得跟石榴一樣，唯唯諾諾地逃離了現場。

「我覺得這才是我們根本上的差異。」女子目送服務生微胖的身形消失在廚房的窄門中。

惡魔微笑，他十歲的時候就知道自己這輩子都說不過姐姐了。正想幫湯裡加點辣椒的時候，手上的辣椒罐忽然開始劇烈的扭動，噗通一聲，掉進了下方的豚骨拉麵中。

「唉呀，變成名副其實的地獄拉麵了。」天使揶揄著。

「不是啦，說真的這罐辣椒剛剛扭動了一下。」惡魔頭一次顯得有些困窘，但依舊不疾不徐地用筷子在湯碗裡打撈著。

女主播的聲音從收音機裡傳來：「中原標準時間：上午十二點整……播報午間新聞：今天早上在A鎮後山山溝中發現一名學生機車騎士，疑似是車速過快導致過彎時打滑，法醫初步研判……」

（暨南國際大學「水煙紗漣文學獎」首獎作品）

黃騰葳

國立暨南國際大學教育政策與行政學系四年級，雙主修中國語文學系。有個小自己六歲的弟弟並非易事，光是最普通的休閒娛樂就搞不定，太難的遊戲他不懂，太簡單的我覺得無聊。佐以性格、語言、心智年齡的發展差異，產生碰撞、磨合之後，我們停在了「講故事」這個早於一切文學理論的娛樂上——不是肯尼思．格拉姆的那種親情，只是單純的各取所需。

夢蝶

林晏溶

《Chapter 1》

令胸口刺痛的季節再次來臨。耀眼到不行的陽光，彷彿每走一步，地面將會冒出一縷縷白煙——沒錯！這就是夏天。

台灣南部因位於副熱帶氣候，一年四季如夏，照理說變化不大，但是……我的天氣變化圖卻是如此的多變，一會兒晴、一會兒雨，這一切的因果關係……全來自於「那個他」！

故事該從何時說起呢？……

這天，陰雨綿綿，連空氣都充滿濕黏感。但是，我喜歡這樣的感覺。

其實雨天也沒有什麼不好，在炎炎的夏日裡，偶爾下點雨，那又是另一種感覺。我走在水窪處，水花四濺。儘管穿著新鞋子，依然想踏出那小小一步。

這場雨來得快、去得也快。即使我心裡苦苦哀求雲兒不要離我而去，很可惜地，雲兒們毫不留情的拔腿就跑，天氣很快地恢復到往常，太陽公公伸伸懶腰，打理好儀容，便神采奕奕出門見客。

明明已經是入秋，為什麼您還是這麼奮力向上呢？或許我該祈求老天爺讓您好好放一天假。師長總是告訴我們「生活是鍋，工作是蓋，娛樂是飯，休息是菜。好鍋離不開蓋，好飯少不了菜。」您可千萬不要病了！

還是先別管天氣了……再不快一點開學典禮就要開始了！開學第一天就遲到……實在不太好！

●

「欸，你有沒有去那個遊樂園的鬼屋啊？超可怕的！」

「我覺得你比較可怕……」

「你怎麼還在啊？」

「靠！不然你是希望我怎樣喔？」

……

校園裡毫不熱鬧，平凡再不過的話語，這股熟悉感，好一陣子不見了！即使對話像毒針般的尖銳，依然是不可或缺的夥伴。或許這就是友誼的象徵吧！

「學務處廣播——請全校同學至操場集合，我們即將舉行開學典禮。」

「學務處再次廣播……」

啊啊……幸虧趕上了！我大嘆一口氣，平時不熱愛運動的我，加上將近兩個月的停滯期……真是好喘……

「王映純！妳怎麼現在才來？大家都已經在操場了！」

突如其來的聲音，彷彿雷公下凡探究人類生活。才剛面臨或許會遲到的危機，緊接著來臨的即是導師大發雷霆……

「實在是非常抱歉，我現在馬上去！」

我跑我跑……也許我的呼吸調節中樞正向我提出反抗牌，但是，很抱歉！我必須提出反駁！

加油！繼續跑……跑……妳快到了！王映純，不要放棄啊！

●

「欸——各位同學大家早，今天又是一個開學日，我有句話想和大家分享。

「子曰：『不患無位，患所以立；不患莫己知，求為可知也。』孔子透過這句話，鼓勵他的門生不要擔心自己將來沒有適當的職位，而是要如何充實自己、立足社會做籌謀……」

滴答——滴答——看似流水的時間，為何像是行走在沙漠般遲緩？耀眼的太陽不斷吸取我們體內的水分，每個人像是被迫綁上無形的石頭，誰還有力氣跨出下一步伐？……我說校長大人啊！你再繼續說下去，咱們將會應聲全倒的！

終於聽到同學們如雷的掌聲，還以為大家苦難結束了，沒想到校長接著說：

「今天請到一位貴賓蒞臨本校，等一下請同學們排隊走到禮堂，準備聽演講……」

天啊！莫非校長是要來個「天將降大任於斯人也」的考驗，不然為何一開學就要大家「苦其心志」，還要「勞其筋骨」？

唉……坐在位子上，我揉了揉乾澀的眼珠子，昨晚為了趕在開學前看完那僅存最後幾集的戲劇，搞得半夜三更才著床……

沒人發現……我看我就來小睡一下吧！

擺好姿勢，沉重的眼皮逐漸下滑。

我好像聽到潺潺的流水聲，溫暖的陽光照耀在我臉上，徐徐的風吹著……好舒服喔……

愛麗絲！等等我，我等會兒就過去與妳一起冒險！

「喂！這位同學，這裡是我的肩膀，不是妳的枕頭！」

忽然感到有種聲音將我從通往夢的道路上狠狠地拉了回來，我猛然睜開眼，竟、竟然是教官！他就坐在我旁邊的空位上，而且我就斜靠在他的肩膀上！他什麼時候過來的？

一定是打盹的技術不夠，才會讓頭就這麼的滑下去……

我感覺到所有眼光全掃射到我這兒，這是如此受矚目的事啊……不過我要的不是這種的啊！

「呵呵……今、今天天氣真晴朗啊！」我決定先裝傻再說。

「是啊！既然天氣這麼好，那妳就待會到我辦公室來泡茶吧！」

天啊！彷彿有一道閃電正中我頭頂。我今天是犯太歲嗎？怎麼事事不順？據說這位教官是出了名的……咳！我渾身顫抖，光是用想的就覺得可怕！

「是……」

●

隨著時間的流逝，開學典禮也拉下序幕。如預期的，我整整被教官訓了三個多鐘頭……

「王映純同學，妳都已經三年級了！怎麼連這麼基本的禮儀都做不到呢？校長在台上說這麼生動的故事，妳應該要懷抱著感恩感謝之心來傾聽，來！我跟妳說一個佛經故事……」

這、這根本是校長的翻版！我可憐的神經細胞，拚命閃躲教官「感謝之心」的攻擊……

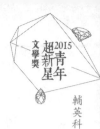

我感覺頭腦好沉重……還是先回教室吧，大家一定都開始上課了！

《Chapter 2》

秋天，楊樹葉子黃了，掛在樹上，好像一朵朵黃色的小花；飄落在空中，像一隻隻黃色的蝴蝶；落在樹旁的小河裡，彷彿是金色的小船。

雖說入秋已久，但今年是盛夏酷暑，那整天泡在臭汗中的滋味；那隨手一摸，到處滾燙的感覺，卻刻骨銘心，似乎盛夏的餘威還遲遲不肯退卻。

好熱喔……

都刻意選擇靠窗的座位，怎麼還是一點涼意都沒有呢？

雖然表面東抱怨西抱怨的，但其實心裡還滿喜歡靠窗的座位，這個座位其實有好有壞，好處就是累時可以稍微靠在窗上，不必像趴在桌上那樣醒目；而壞處就是這個位子其實滿容易被老師注意的，通常會選擇角落位子的人一般被視為不太認真的孩子。

而我又剛好是選擇最後一排。除了因為喜歡一個人獨處，可以給自己私人空間，另一方面還可以避免麻煩事務上身。

沒錯！我是一個超級無敵怕麻煩的人，恨不得將自己包得緊緊的，也不願讓麻煩自動找上門。

碰！門被狠狠地推開。誰啊？都這個時候了才來上學……

仔細一看，是他……如果是他的話，那麼這一切就正常許多了。

「我睡過頭了呢！唉呀，真是抱歉。」他笑了笑若無其事地走回自己的座位上。

「張文鴻！這是你遲到應有的態度嗎？」

「唉呦！老師，只要是人都會有睡過頭的時候嘛！」面對老師的責難，他仍嘻皮笑臉。

不過，實在無法反駁他的言語……從某一方面來說，其實滿有道理的……
但是進來教室這麼久，竟然沒有發現身旁座位是空的……我也挺厲害的！
「算了算了！快點把課本拿出來！」

●

我將思緒繼續拉回窗外，小鳥鳴聲此起彼落，終於有些微涼意。看著掉落在池畔裡的金色樹葉，秋天真的來了呢！
「喂！純，這麼久沒看到我了，妳都不會想我喔？」
……這傢伙，沒救了。
文鴻用他最燦爛的笑容看向我……噁心。
「想你有錢拿嗎？」我呢，當然是以最平常的反應來回答。
「齁！這麼帥的人坐妳旁邊，妳應該感到慶幸啊！」
已經幫自己鍍金了……真可笑呢！
「好啦，不鬧妳了。老樣子，下課叫我，記得幫我整理筆記。」語畢，便趴在桌上，進入夢境。
又來了……
我看著文鴻的睡臉，仔細想想，還真是不可思議的人呢！

●

其實我和文鴻早在很久以前就見過面了，是多久前呢？我也不太清楚。還記得是在一所音樂學園裡認識的，那時的他簡直就是小毛頭，掀女孩裙子、拿青蛙嚇人、拍老師馬屁……各式各樣把戲都有，但

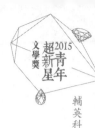

是看似輕浮的他，私下卻是一個安靜到令人畏懼的人，而且在各方面的表現也是榜上有名，不僅獲得音樂比賽優勝，演奏技巧、各科成績等，更是無人能比。

這樣的他，說實話還真有點羨慕呢！對於我們這種拚死拚活、每天練習不到某一程度絕不睡的人而言，他卻可以無關緊要來應付。就像現在這樣……雖然才剛開學第一天，但也不想想再過一星期就要模擬考……畢竟我們也高三了，即將面對的是宛如喜馬拉雅山般高聳的書堆，而他竟能夠那麼輕鬆……

不過，話雖如此，能在平淡無奇的高中生活裡再次遇見他，實在是太好了，至少讓我了解能活在這世上，其實也是一件美好的事呢！

我再次將目光送往窗外，看向那蔚藍的天空，高三的生活究竟會一帆風順？還是一波三折呢？

湛藍的晴空彷彿用清水洗刷過般，沒有一絲雲彩，深邃而透明，似乎它也無法回答我的疑問。

《Chapter 3》

冬天是一個乖戾的小孩，時而溫順伶俐；時而惡作劇，高興時，便陽光普照、和風徐徐；生氣時，則是烏雲蔽日、風雨交加，總是迫不及待的前來見客似的，可憐的秋天，尚未好好地介紹自己，便被無情地拋至九霄雲外。

但是這就是台灣。

時間總是在不知不覺中流逝。從開學到現在也已過了三個多月……人事依舊，景物全非。

「各位同學，現在翻到課本第三課。」教室裡寂靜無聲，只聞粉筆在黑板上沙沙地走著。

我望向窗外，枝葉也已光禿禿一片，準備脫胎換骨迎接新的一年。但身旁這人似乎沒什麼長進……臉已完完全全地與桌子結合一體。

「昔者莊周夢為蝴蝶，栩栩然蝴蝶也，自喻適志與！不知周也。俄然覺，則蘧蘧然周也。不知周之夢為蝴蝶與，蝴蝶之夢為周與？周與蝴蝶，則必有分矣。此之謂物化。」

「究竟是莊子夢見自己變成蝴蝶翩翩飛舞？還是蝴蝶夢見自己變成莊子呢？這則寓言是表現莊子齊物思想的名篇。莊子認為人們如果能打破生死、物我的界限，則無往而不快樂。」

莊周夢蝶……實在是很妙，莊子秉持著道家思想，透過故事來倡導道家萬物合一之理論。

其實幸福一直環繞在我們生活周遭，只是因為人們常起分別心和比較心，而顯得格格不入……雖說如此，縱使莊子再怎麼玄妙，終究抵擋不了周公的魅力啊！

好想睡喔……暖暖陽光透射在窗前，輕微白光映照在臉龐，這是一個多麼適合午睡的下午時分啊！尤其是在午飯過後，聽著毫無頻率起伏的講課。

其實坐在最後一排的好處之一，就是可以觀察同學們的上課反應……真不愧是資優班，大家持續保持著背脊直而挺的姿態。

唯獨我身旁的人……算了，我也來休憩一會兒吧！

……

「然而現今的哲學家對於莊周夢蝶提出一個論點，人們是否能明確分別現實與虛幻呢？」

嗯？赫然，我豎起我的大耳。

「各位同學，你們覺得我們現在所處的世界是現實？還是虛幻？」

「老師，我們該如何辨別它們呢？」

「虛幻是人們潛意識所構築的世界，它就像牢獄的鐵欄，交叉繁複的網子將我們囚禁在其中。」

彷彿身處在監獄裡，隨時都會被現實所戳破的表象圖畫，這樣的世界究竟會如何呢？

然而我是否也在交錯的格網之上建築著自我的幻想呢？

我低下頭看向自己猶如白紙、毫無重點的書本，我的路程也是如此……

我，就是那牢獄之人吧！

噹噹——下課鐘聲響起，劃破虛幻世界的鐵欄，仰望而見的是在空中飛舞的蝴蝶。

《Chapter 4》

傍晚的空氣中總有著一種炊煙的味道，夾雜著從各個溫暖的餐桌上飄散的菜餚芳香，混合成一種特殊氣味；冬天的黃昏將裸露的枝椏映照在地上，似一幅粗略的素描，伴隨著家家戶戶的烹調味。一天就要結束了呢！每到這個時候嗅到這樣的氣息，彷彿告訴我們今天即將拉下閉幕的帷簾，又到了最喜愛的放學時光。

一如往常，我和文鴻並肩走在回家的路上。

「完全聽不懂老師的意思，什麼現實與虛幻的……」我問。

「我覺得老師只是要藉由這個故事來告訴我們，不要為了一時的利益而不停奔跑，卻忘了最初的意念，徘徊在虛幻的世界裡。」文鴻說。

「最初的意念？」我狐疑的望向他。

「對啊！最原始純潔的心，比想像中更堅強。」

不知為什麼我腦海中老是盤旋著老師說的話？即使在聽文鴻的解說之際，仍是心有惦掛般，是因為被發現自己有可能活在虛幻的世界，因而感到恐懼嗎？

「『人』究竟是什麼樣的生物呢？自從誕生於這世上，跟隨著父母循序誘導的方式一直存活到現在，未來的點點滴滴總是被安排得好好的。有的人，無法在親人面前表現出真正的自己，因為他們知道雙親對自己的寄託；有的人，則是毫無顧忌勇敢追逐夢，但是卻漫無目的的在原地踏步。如此矛盾的生活，為什麼我們還要努力向前呢？」

這個問題並非無中生有，它早已埋沒在內心深處已久。我從小父母關係就很差，總是看著雙親臉色長大。在不知不覺中成為小丑的我，在雙親之間不得不賣笑裝傻，然而在小學的時候，父母終究還是離婚收場。

我一直走在被安排得好好的路上，恍若隨時伸手、隨時有援手。但我也從未反駁過，因為我想只要完成媽媽的寄託，媽媽一定會很開心的！她也一定會抬頭用正眼看我的……我一直是這麼認為的，直到現在，不曾改變。

所以我將自己的內在——真正的自己隱藏起來。因為我是小丑嘛！

「人啊……其實『人』這個字是一個人雙腳站立時候的樣子，是個象形文字。人孤獨地出生，孤獨地生活，最終會孤獨地死去。」

我靜靜的聽著文鴻的話，雙腳仍不停向前行。

「然而人是種醜陋的生物。以征服看不順眼的人為樂的殘酷生物。所以，不自覺地為了討人喜歡而偽裝自己，為了在這個團體中生存下去而全副武裝。」

討人喜歡……確實是如此，我一直是這麼認為的，為什麼我會誕生在這世上呢？是為了保持父母關係才被生下來的嗎？

我活著的意義是什麼？

我輕撫著胸口，文鴻的話彷彿針一樣，一針一針地刺進我的心頭。

「但是，人有時也是種美麗的生物喔！」

我歪著頭，向文鴻投射出疑問的目光，或許是感覺到我的掃射，文鴻莞爾說：

「純，妳的夢想是什麼呢？」

「我的夢想？」

「嗯嗯，人因為有了夢想、想要成為怎樣的自己，所以努力地完成想做的事。因為他們有了活著的目標、活著的意義，為自己的道路種下美麗的花兒。」

想要成為怎樣的自己……

如果我有自己想做的事、應該做的事，這個世界又會變成怎樣呢？

我不再是小丑、不再是為了保持雙親關係而活，媽媽也會為我的作為感到驕傲？

「其實啊，我覺得活在虛幻裡沒有什麼不好的。因為那是我們理想中的自己，因為想要成為那樣的人，所以建築了虛幻的世界，在那個世界裡我們看似作繭自縛，其實正不斷的孕育著能量，直到蛻變成蝴蝶，輕拍著彩翼回歸現實……」

走著走著，我們來到一個交叉路口，這裡是和文鴻分別的路口。天空漸漸地由橙黃轉為黑藍，星星們似乎迫不及待想要見到大家，一顆一顆點綴在這張黑藍的紙上。

我仍默默看著文鴻，不發任何一語。然而文鴻並無在意太多，或許是察覺我開不了口的理由，因為一輛卡車行駛於我倆之間，由於車身龐大擋住了彼此的視線，那如爆炸聲響的引擎聲，更是穿梭在耳際。

我看不到文鴻，只見他舉起右手揮來揮去，等待卡車過去，便開口大喊：「王映純，夢想就在妳心裡，回想自己活著的意義。」接著，頭也不回的離去……

《Chapter 5》

「人因為有了夢想、想要成為怎樣的自己，所以努力地完成想做的事。因為他們有了活著的目標、活著的意義，為自己的道路種下美麗的花兒。」

文鴻的話一直存留在我腦海，「活著的意義」仿若鬼針草，緊緊依附在我身上，不肯遠離。

嘩——我打開水龍頭，將水潑灑在我臉上，試著沉澱起伏不安的情緒。抬起頭看著鏡前的自己，殘留在睫毛上的水珠晃蕩不安，隨時都有可能失足而落下。

我拿起身旁的毛巾，毫不留情的將它們一一拭去。走出浴室，來到家中最寬敞也是最密集的起居室。各式雜物堆滿地，連些微移動都感到艱難。

但畢竟也是住了一輩子的家，我可沒那麼容易舉白旗。彷彿芭蕾舞般的旋轉動作，三兩下便走到沙發上坐下，打開課本準備複習今日的功課。

都已經晚上十點多了，媽媽怎麼還沒回來……心中湧現不尋常的不安感，右眼皮也從剛剛開始就一直跳個不停……

坐立難安的我決定起身去外頭看看。就在我走出起居室的剎那，一陣濃烈刺鼻的酒臭味撲鼻而來。

「媽！妳怎麼喝得醉醺醺的？」

我將我全身力量支撐在媽媽的身上，生怕有個不小心，媽媽便與地板近距離接觸。

「死老頭！也不想想自己年紀一大把，還想吃我豆腐？門兒都沒有！」

「好了啦！來，媽先喝一點水。」

哐啷！無辜的水杯毫不留情地墜落在地，為地上布滿凹凸不平的白色透明碎片。

「不要用妳的髒手碰我！身上也流著和那男的相同的血液，會汙染我！」

媽媽口中的男人毫無疑問是我爸，這也不是第一次聽到這樣的話了……

我將我的手從媽媽身上抽離，開始撿起散落一地的玻璃碎片，一片一片地輕觸著我的掌心，如蜻蜓點水般，卻又是殘酷的處刑。

宛如一把無形的刀，一刀一刀輕割著我的心臟。

好痛……

●

午夜深時，位於床上左翻右覆的我，無論再怎麼數羊，仍消不滅徘徊在腦中不成形的毛線團。

「我想做的事情……」其實有很多呢，若是用筆將願望一一寫在純白的紙上，那麼這張紙或許沒多久便被筆墨包覆住。

但是長久以來媽媽給我的「這世上的常識」，是好好學習考上好學校，有朝一日到知名的企業就職。現在這兩種念頭在我腦海中格鬥著，翻來覆去，分不清誰上誰下。

我忍不住打開手機電源，一道刺眼白光照射在我臉龐。我熟練地滑動螢幕尋找那熟悉的名字。

應該還沒睡吧……

我決定賭一把，屏住呼吸按下通話鍵。

鈴——輕快的旋律奏出，在寂靜的夜裡，獨自一人在房內。宛如早晨來臨時從遠方揭開序幕——耳裡的音樂正是如此。

「喂？」從電話的另一頭傳來精神洋溢的清脆嗓音。

看來還沒睡呢！

「鴻，你睡了嗎？」

「還沒喔，怎麼了？又和妳媽吵架了啊？」

「嗯……」

果然還是只有鴻了解，或許早在不知不覺中，鴻已成了很重要的人。

如果我能早點察覺，那麼命運會因此而改變嗎……？

皎潔的月，光芒萬丈，似乎有將整個天空照亮的雄心壯志；星星像是被過濾掉了似的，如若不是仔細去看，就根本找不到它的影子。

《Chapter 6》

如果看不見明天的話，那麼哪個方向會是對的？傾落的雨滴此時正劈啪、劈啪地潛入耳際，我獨自一人在家中，緊密的門窗仍抵不過潮濕的空氣，頑固地從縫隙鑽入；冰冷的北風伸出右手拚命敲打窗戶，咻碰、咻碰——窗戶顫抖著，彷彿正訴苦，「好冷、好冷，也讓我們進屋內取暖吧！」

哈啾！我揉揉泛紅的鼻子，這已經不知道是第幾次了，桌上堆滿一坨坨面紙團。

煩悶的氣息更加濃厚，看著牆上的計畫表，一點進度也沒有，反倒是面紙減量的速度風馳電掣。

自從昨晚，這個家的天氣一直處於攝氏零下五十度。母親也在太陽尚未升起的清晨，匆忙的出了家門。

到底是什麼事那麼急、那麼重要？

我想應該又是去找那男的吧！

心裡總覺得毛毛的……畢竟是在酒店裡認識，難免會在人們心中產生排斥、距離。

鈴——鈴——

「雖說外面飄著細雨，但我們仍繼續努力地街頭巡迴喔！就在火車站前面，真希望你也能一同前來觀賞、跟著我們一起搖滾吧！」

隨著訊息長度，順勢將螢幕往下捲動，一張清秀的臉龐映入眼簾，俏皮的吐著舌頭，還不忘比出Y手勢。

依舊是老樣子，每當文鴻進行街頭表演時，總是簡訊一封接著一封傳來。

「我很努力實現我的夢想喔，所以純也要努力找出自己活著的意義喔！」

文鴻總是用樂觀的角度看待每樣事情，即使現在是高三生準備學測的黃金衝刺時期，他仍不忘空出時間做他想做的事——一輩子的音樂人。

不拘泥現實的囚禁、自由自在地活著，這就是文鴻的法則。

真好啊！我也能無顧忌地生活著嗎？

我打開距離書桌最近的百葉窗，寒冷的風毫不留情撲向我臉，好冷。伸出手讓雨滴盡情地躺在我手心。

雨似乎稍小了些……

●

冬雨，就像一位吝嗇的財主，總是慳吝的留著雨水，不願讓大地接受洗禮。即使心情好時，亦只是揮落點點滴滴的小雨，還夾雜著冬日的寒風，無情地拍打到人身上，讓人感到冰冷刺骨，好提醒它的存在。

我吐出一縷白煙，雙手已漸漸泛白，早知道就不要出來了，好冷啊。

不是說在火車站前面嗎？我已經繞了一圈了，怎麼還是找不到文鴻呢？我四處探望，尋找那熟悉的背影。

就在對岸，我找到了。

「純！」他走向前，接著便是連續歡呼聲。

「瞧你一副開心樣，我來遲了嗎？」

「沒有、沒有！我們正要開始。」文鴻別過頭，伸手抓抓頭髮，害羞的樣子一眼就看得出來。

不久，文鴻將我帶到離火車站不遠處的露天小舞台。這裡有良好的遮陽棚設備，不怕樂器因而淋濕，觀眾亦不用怕雨淋，除此之外，夏天時也有很好的遮陽效果，是個很貼心的設計喔。

我找了個離舞台近的位子坐下來，只見文鴻已擺好姿勢，轉頭與伴奏者示意，準備開始了吧！

深吸一口氣，低聲且沉重的音律奏出，彷彿正嘆息著歲月哀愁，而後鋼琴輕快地踏著步伐走了過來，不理會小提琴的哀愁，竟還嘲笑了小提琴眉頭因深鎖已久而形成八字眉樣！小提琴不服輸，便與鋼琴展開一場爾虞我詐的競技，最終，兩者紛紛一絲不掛倒在地上。

拉威爾的〈茨岡狂想曲〉就是這樣的感覺吧！文鴻的技巧相當熟練呢，不僅將此曲最困難的地方表達得完美無缺，跟伴奏者的默契更是無可挑剔。

但是、但是……就在那一夕之間，文鴻痛苦的神情以及額前汗珠……那絕對不是因為全心投入演奏而造成的！怎麼回事……？

我看著文鴻享受著演奏小提琴的神情，他的臉白得不成樣子，額前的汗珠，一串一串的接連而下流至眼前，以致瑟瑟抖動的長睫毛彷彿沾滿了水液，緊緊咬著的嘴唇也已滲出一縷血痕。

輕快的曲目仍繼續，圍觀的民眾座無虛席。暮色也隨著曲終漸漸模糊了起來，堆滿著晚霞的天空，也慢慢平淡下來，沒了色彩。

●

「鴻……？你還好嗎……」

我仍忘不了那時文鴻痛苦的神情，我感覺得出來……那般的痛苦非比尋常。

我急忙上前詢問，就在我走向他時，文鴻好像刻意隱匿了什麼？很匆忙、很慌張……

「嗯、嗯！很好啊！沒事的。」他一派輕鬆的說著，卻仍揮不去我的隱憂。

我想……應該是我的錯覺吧……？

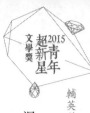

「鴻，謝謝你讓我聽到如此美妙的音樂會。」

多久沒有好好享受一場音樂會了呢？那些音樂家們努力編寫成的樂譜，揮灑過多少汗水，總是蠱惑著爭先恐後向前行的人們。

然而我也是那些人中的一……

「要不要試試看？」

「嗯？」

文鴻將自己珍藏的小提琴遞到我面前，示意要我接下。

「很久沒有演奏了吧！是否願意讓我的團員也見識一下妳的實力呢？」

文鴻莞爾，眼前的小提琴雖然歷經多年歲月、不停地被演奏著，但那光澤仍存在，彷彿很享受這些歲月的演出。

我的心怦然一跳，潛意識地伸手接取，就在這時，我怎麼也想不到的事還是發生了……

《Chapter 7》

「王映純，妳最好給我解釋一下妳現在在做什麼？」

「媽！」

或許從音樂會一開始母親就站在那裡，默默地觀察著我的一舉一動。隱匿在心中已久的悸動、羨慕和妄想，在這個剎那撒落一地。

「我應該跟妳說過我不喜歡妳玩音樂，妳現在在做什麼，最好給我一個合理的交代。」

面對母親的譴責，我什麼話也說不出口，明明內心還有很多話想說的啊……其實我很膽小！寧可忍住所有埋怨，也不願母親怒髮衝冠……因為我其實很在乎別人的想法。

我仍低著頭，雙腳因害怕而拚命顫抖著。

「伯母，很抱歉是我讓映純來這裡的。」最先跳出來替我解圍的不是我自己，而是自己最熟悉的人。

「映純她都已努力向上贏得好成績了，為何不讓她去做些自己想做的事呢？」文鴻將我推至後面，彬彬有禮地說道。

「你是什麼人？憑什麼在這裡和我說教？」

「我沒有這個意思，伯母妳應該也很清楚，映純只是單純喜歡音樂……」

晶瑩的淚珠，滾動在我眼眶裡，像斷了線的珍珠，滾下面頰。我的心疼得像刀絞一樣，眼淚不住地往下流。

世界上能有多少人願意在自己無助時，伸出援手替自己解困呢？沉澱在心中已久的壓力隨著淚珠流落。

「別自以為很了解一樣，你懂什麼？我辛辛苦苦拉拔她長大，希望她能過好的人生，有錯嗎？就怕她骨子裡像她爸一樣，成天玩音樂、玩夢想，搞到最後連妻子女兒都拋下！」母親怒不可遏地吼叫著，聲音像沉雷一樣傳得很遠很遠。

「不是的，不是這樣的……我喜歡音樂，今天所有的錯，便錯在我是爸爸的女兒……」

一種宿命的悲哀，在我內心奔竄。第一次這樣反抗母親，足以讓我渾身顫抖，站都站不穩……但是文鴻仍願意給我支撐的力量，他輕碰我的肩膀，掌心溫度傳遍我全身。

「好、很好！枉費我那麼用心栽培妳！妳、妳竟然……！」

母親鐵青著臉，眼裡閃著一股無法遏制的怒火，好似一頭被激怒的獅子。她用力跺著腳說：「妳就去完成妳那自以為是的幻想吧！」說完，便一腳踢開身旁數把椅子，離開了現場，很快地不見人影。

「我是不是應該回到現實才好呢？」我渾身癱軟在地，文鴻輕輕將我抱至懷裡，輕撫著我的頭髮。

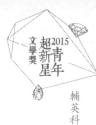

「虛幻沒有什麼不好，因為有虛幻的世界，我們的夢才能生根，不是嗎？只要我們在那裡持續歷練著，一定能像毛毛蟲蛻變成蝴蝶……」

《Chapter 8》

即使時光飛逝，有一天我們會振翼而飛，但仍會頻頻回首，那些深埋於心中的往事，那些讓我們變得堅強的點滴，在我們成長的蛻變中是如影隨形的……

冬爺爺剛走，春姑娘便提著百花籃，伴著春風，帶著春雨，悄悄地來到了。

隨著季節轉變，距離學測的日子也逐漸邁入倒數，我呢，自從上次說出自己內心真正的想法後，生活周遭所有事物感覺都不一樣了呢！

我想這就是因為心裡所想的不一樣，所以世界也跟著不一樣了。

雖然「活著的意義」到底是什麼，我仍迷惘著，但是就像文鴻所說的，「一步一腳印」，有些事是強求不來的。

在那之後，我和母親也形成一個很奇妙的關係……母親變得不太理我，甚至有時候選擇忽略，所以小丑職位也毫無預警地消失了……

但是，這樣的感覺不壞，很自私的想法呢。或許是累了吧！我不想再活在別人的腳下了，我想走我自己的道路。

春天，這個屬於百花盛開的季節，總是能帶給人們不一樣的感受——一個全新的開始，而我們也在啃書、嬉戲、打鬧中，眼花撩亂地走過了我們的青澀歲月！

畢業在即，就在一次的課堂中，導師向我們宣布了一件事，「各位同學，老師這裡有一件遺憾的事要和各位同學宣布……就是我們的張文鴻同學因為心臟方面問題，必須回美國接受治療……不能和我們大家一起倒數了。」

放學後，我詫異地跑到文鴻的家探視，但卻得到他已遠行的消息。回家的路上，我望著那紛紛飄落的鳳凰花花瓣，每一片彷彿映照著我們這三年來的點點滴滴，隨著風一一播放在我的眼前，就如同走馬燈一樣，在腦海中不斷盤旋著——初次見面、第一次離別、高中再次相遇、十字路口分別、和母親吵架的那晚、雨天的演奏會……一陣劇烈的鼻酸湧入，止不住的淚水正倔強的爬滿雙頰。

習慣經過的道路、無論何時都會有相視而笑的朋友，我該如何誠實面對它呢？就像飛舞的花瓣一樣稍不留神便消失無蹤……

「為什麼命運會如此捉弄人呢？」總是在電視劇裡看到的話語、總認為是千篇一律的老哏，唯獨發生在自己身上時，才會相信、才會認清。

其實我早該料到的，文鴻……你從小就罹患先天性心臟病了吧！也因為這樣，所以你在小時候突然離開了音樂教室、無聲無息地……也是因為這樣，所以你努力的實現夢想，因為你不知道自己還能活多久，也許下一秒你便離開人世……而那時的演奏會，那痛苦的神情也是因為如此吧！

「這世界蘊出多少的愛，我在這廣闊無邊的世界竟和你相遇。
是上天賜予的奇蹟，無論何時，我們的奇蹟，
即使分離，不必惋惜，也無需告別，
縱使歌聲漸漸地沉寂，我們的心也會永遠地跳蕩不息。」

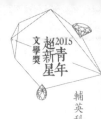

文鴻的歌聲再度於心中響起，彷彿告訴她：「純，就算我離開了，但是我們的相遇便是一種奇蹟，就算會有悲傷……妳看，妳並不是一個人唷！」

《Chapter 9》

「王醫師，今天輪到妳值班了。」

「嗯！辛苦你了。」接起對講機，上面還存著餘溫，肯定是剛結束吧——結束那場隨時都有可能會喪命的任務，無論是傷患、甚至自己。

這是一份挑戰，也是一種責任，我將對講機放進胸前的口袋，回到了辦公室，看著眼前滿滿字跡的桌曆，就是今天了吧……每年到這個時候心情總是特別感傷。

時間過得很快，日子在不知不覺中已到了入春的季節，微風吹拂，從窗外望去漫天飛舞的是櫻之精靈，空氣裡散發著只屬於它的迷人香氣。曾有人告訴我，櫻花最美的時候，不是開得如火如荼時，而是即將死去，那一朵花細碎的花瓣凋零在空中，紛紛揚揚……

高中畢業後我選擇了醫學院就讀，昔日想當音樂家的夢想，並非幻滅，而是在文鴻生病就醫之際，對生命有更新的體悟，其實存在本身便是一種意義，尤其是你的存在對別人是有價值的……曾經因為父親的遠離、母親的輕蔑，而迷惑否定過自己，如今在昔日動盪的心湖中，終於照見自己未來清晰的輪廓。

文鴻，是否還記得多年前的今天，是我們再次分離的日子。我曾經尋你，但隨著你們舉家遷居美國，我無從得知你的訊息，而我隨著母親的改嫁，也搬離了原先的住處，日子一天一天流逝，多少年了，你過得好嗎？

文鴻彷彿感受到我對他的思念似的，就在轉身之際，有一道風強而有力地從窗戶湧進，頃刻間，一片花瓣像破蛹而出的彩蝶一樣凌空飛起，旋即落入我的掌心……我將花瓣放入口袋裡，用力吸口氣，打開辦公室大門，重新走向那白色的世界。

（輔英科技大學「天使嶺文學獎」首獎作品）

林晏溶

我，林晏溶，生於一九九六年十月六日。

喜歡沉靜於文字的世界裡，藉由它的帶領讓生活添增色彩。

總認為文字不單單只是言語的表達，而是帶給他人另一不同領域。

平時除了閱讀各類書籍，亦喜歡影視及音樂的鑑賞，能賞析他人的作品是件幸福的事。

牛在城市裡

童育園

聽著阿爸的聲音，陳建雄覺得自己聞到了故鄉泥土的味道，嘉義田邊老家的庭院，被傍晚的夕陽煎得一片金黃，他腦子裡浮現的畫面中，阿爸坐在庭院裡一張小板凳上，用特大的嗓門講電話。

「好啦好啦，我過幾天就款款欸來去台北啦！」陳建雄聽見阿爸這樣說，似乎也看得見阿爸黝黑的臉上皺著眉頭。

阿爸終於答應要來台北了。他在心裡反覆告訴自己這句話，心中某些沉重的負擔也放下來了。過去這一個月以來，他費盡唇舌，每天一通電話，勸阿爸來台北，好讓他和穎芬能好好照顧他。阿爸膝蓋不好，腰也不好，雖然沒什麼嚴重的病痛，卻總讓陳建雄掛心，上個月阿爸在田溝旁摔了一跤，摔得全身骨頭都散了，卻一個字也沒和陳建雄提，還是老家附近的鄰居阿霞嬸打電話來，要他回嘉義看看，他才知道發生這樣的事。阿爸愛面子，又固執，那次，陳建雄沒能順利把阿爸帶回台北。阿爸一個人住嘉義好幾年了。好幾次，他想把阿爸接來台北照顧，都沒成功，發生這件事之後，他的決心更堅定了，阿爸很固執，但他兒子也不會輸他。

掛上電話，陳建雄把手機收進西裝外套右邊口袋，從公事包中間拉鍊夾層掏出車鑰匙，他所有東西都非常整齊、有條理，就像他做事一樣。走出電梯，隨即走進地下二樓的停車場。

在這個傍晚，塞車的下班時間，陳建雄也被困在車陣裡，緩緩地移動，他看著前方擠得水泄不通的車陣裡，紛紛亮起的煞車燈，又抬起頭，看見了更遠的前方，兩棟大樓之間，夕陽將天空渲染成漸層的橘黃色。

來台北好像已經二十年了。他在心裡這樣想，他也快四十歲了。

這陣子每天和阿爸聯絡，不知道是不是這個原因，最近他時常做一個同樣的夢，夢中的畫面，是嘉義老家一大片田，以及遠方的樹林，這些景物，全都籠罩在一片薄霧裡。那一大片田，是附近好幾十戶人家的田，陳建雄他家的田也是其中的某一塊，他記得就是那一塊，遠處靠近樹林的那一塊。這個夢不複雜，就只有這個場景，霧裡家鄉綠色的田，接著，早晨的陽光越來越亮，越來越大，霧散去了，太陽大得刺眼，眼前的田地也漸漸模糊，他隱約聽見穎芬在耳邊喚他起床，夢也就醒了。

這個夢境讓他想起當初剛來台北念書的時候，既興奮又滿心期待，過了兩個禮拜，卻開始想家，想家的感覺真的太難受，他吃不下，睡不好，整天昏昏沉沉。思鄉的感覺是苦的，直到那時，他才知道這種苦竟是苦得如此難耐，他覺得自己患了嚴重的思鄉病，只有在和阿爸講電話時，才能從阿爸的聲音裡，索求一點關於家鄉的什麼，好讓心中思鄉的苦，能紓解那麼一些些，但聽見阿爸問他在那裡過得還好嗎？他卻得忍著眼淚鼻涕，逼自己回答：「很好，一切都很好！」

之後，某個焦慮而難以成眠的夜裡，他從宿舍床上爬了起來，一個人什麼也沒帶，買了車票，跳上南下的火車，火車載著他在深夜裡奔馳，往家鄉的方向而去。到嘉義的時候，天空已經開始泛白。

他在老家旁那一大片田裡，獨自一人坐在田埂邊，他沒打算回家，更不想讓阿爸阿母知道他偷偷跑回嘉義。太陽還沒出來，天空漸漸褪色，清晨的薄霧籠罩著眼前一望無際的田地，和遠處的樹林，他坐在田埂上，望著這片熟悉的景物，要自己狠狠記住家鄉的模樣。太陽一出來，他便動身回台北去了。

後來時間久了，他的思鄉病似乎也好了。他大學念的是法律，青春和精力都投注在學業裡。埋首在書堆中，很少有什麼能讓他分心，同學們跑社團、去舞會、看夜景，他卻總能安分地守著自己的目標，小心地保護著自己心中在乎的一點什麼。他想要自己活得踏實，不愧對自己，不愧對家鄉的阿爸。如果可以，他希望自己能付出更多努力，辛苦一點，也不要讓自己後悔當初離開家鄉來到台北。

苦讀了幾年，順利畢業後，他在一間律師事務所找到工作，在台北安定了下來。

來台北竟也已經二十年了。

前面路口的紅綠燈由黃燈轉為紅燈，他的手機響了，是穎芬。

「今天有要加班嗎？」

「沒有，我在回家的路上了。阿爸已經答應來台北住了。」

「那真是太好了，你也放心了吧，開車小心。」

「嗯。」

穎芬心腸好，脾氣好，他曉得穎芬是真正懂他，總是處處讓著他、順著他，穎芬是台北人，他們也是在台北認識的。年輕的時候，穎芬喜歡聽陳建雄講家鄉的事，她沒離開過城市，聽陳建雄講家鄉的事，讓她覺得特別有趣，他常說的故事就那麼幾個，她卻好像永遠也聽不膩。

陳建雄他們家是種田人家，種的是稻米。

一九七〇年代的嘉南平原，布滿了綠油油的水田，那時候，農業還是社會重要的一大部分，鄉下地方，民風純樸，農人們的生活型態十分簡單，種田、養家，閒暇的時候，聚在一塊泡茶聊天或下棋，一個下午便很快地消磨過去了。

農忙的時候，他阿爸阿母天還沒亮就去田裡了，從天亮忙到天黑，一回家吃飽飯倒頭就睡。農忙的時期過後，阿爸一樣每天去巡田，但下午兩三點就回來了，在他小的時候，阿爸提早回來，是件令人開心的事。他們家裡就他和弟弟兩個囝仔，還有一隻老土狗，兩個囝仔一隻狗，每天玩在一塊。他阿母因為身體虛弱，只生了兩個孩子，雖然她沒讀過什麼書，也不識字，卻是個很講道理的人，很疼他們兄弟倆。他阿爸對他們雖然嚴格，卻也是個明理的人。

偶爾阿爸提早從田裡回來，就會騎著鐵馬，載著兩個囝仔，去鐵路旁看火車，鐵路兩旁長滿了又高又白的芒草，火車經過他們眼前，發出「扣隆扣隆，扣隆扣隆」的巨響，兩旁的芒草便像是在和火車跳舞一般，隨風搖擺，和煦的陽光灑下來，映在他們臉上，地上火車的影子緊跟著奔馳而過的火車。

「火車來啊！火車來啊！」

那是他童年最快樂的時光。看見火車從眼前奔馳而去，他和弟弟便開心地呼喊著，彷彿整個世界都停了下來，只剩火車在跑。

「阿爸，火車走這麼緊是欲去叨位啊？」每次去看火車，他總愛問這個問題。

「去台北啊。」無論火車往東還是往西，阿爸總是這樣回答。

他長大一點之後，也常獨自一人去鐵路旁看火車。那大概是在他國中的時候，每天大清早的就跟著阿爸到田裡去，拔拔田裡發出來的雜草，幫點忙，六、七點才騎著鐵馬去學校。他一向成績很好，是老師眼裡優秀的學生。有一陣子，他下午都沒有直接回家，而是去了鐵路旁看火車。

那時的他，對於自己的未來，開始有了困惑，他常常牽著鐵馬，沿著鐵路散步，隔著那一叢叢在風中搖擺的芒草，望著火車經過，思考著，關於未來的事。我要一輩子就這麼待在嘉義種田嗎？我是不是也可以搭著火車去台北呢？我真的離得開這裡嗎？阿爸肯嗎？這些問題讓他對生命、對自己產生了好多的懷疑。

他時常望著火車，好奇著，怎樣的人去了台北，想像著，台北的模樣。面對這些困惑，他找不出答案，他覺得那些答案似乎也被火車載去了台北。

「阿爸，我以後甘一定要佇咧嘉義種田？」某天他看完火車回家，忍不住這麼問了。

「原來你咧煩惱這喔。」阿爸坐在椅子上抬頭看他。

「做田是卡辛苦啦，愛曝日頭，愛流汗，毋擱卡穩定，袂多好野，嘛袂飫（餓）死啦，你以後想要做啥就做啥，毋免煩惱遐多啦！」阿爸從餐桌上夾了些菜到碗裡，繼續說下去。

阿爸從來不會對他的人生有什麼限制或干涉，做什麼都好，不要做壞事就好，從小就對他們的品行很重視，他要他們當一個誠實、勤奮而知足的人。

但那時候，他們家只剩陳建雄一個孩子了，陳建雄的弟弟早已經不在。在他十歲的時候，他弟弟八歲，陳建雄現在對弟弟的印象已經非常模糊，只記得那時他們都只是還沒長大的囝仔，一個颱風天裡，家裡的老土狗不見了，弟弟二話不說，踩上鐵馬要出去找狗。

「嘜出去啦！外面風雨遐大！」陳建雄在後面喊，但他卻像沒聽見一樣。

弟弟一整夜都沒回來，老土狗也沒回來。隔天清晨，颱風走了，弟弟被鄰居發現在水圳裡淹死了，家裡的鐵馬也在水圳裡，他連人帶車摔進了圳溝，而老土狗被發現倒在田邊，斷了氣。陳建雄聽說過，老狗在快死的時候，會跑出家裡，去一個無人的地方靜靜死去，沒想到老土狗走了，弟弟竟也跟著去了。

如果弟弟還在，現在的他會過得怎樣呢？也會像我一樣離開嘉義來台北生活嗎？陳建雄在心裡這麼想。他開著車，載著穎芬和讀小學的兒子安安，到了火車站。假日的中午，烈日高照，阿爸說今天來台北，一早就打來說上火車了，算算時間，也差不多快到了，停好車，他們一家人走到火車站等阿爸，阿爸正好打電話來了。

「阿雄，我到火車頭啊。」

陳建雄四處張望，看阿爸在哪裡。

「阿公！阿公帶嘉義的牛來了！」安安興奮的大喊，指著右邊，往那裡跑了過去。

陳建雄轉頭望去，果然看見阿爸提著行李，身旁有一隻黑色的龐然大物，真的是老家那隻牛。

「阿爸，你那ㄟ有法度帶牛坐火車啊？」陳建雄驚訝的問。

「我坐彼種咧運貨ㄟ火車啦！甲伊拜託幾咧，伊丟乎我坐啊。」阿爸笑著說。

「阿公你怎麼把牛帶來了。」安安拉著他的手問。

「嘿啊，阿公愛人照顧，阿公ㄟ牛嘛愛阿公照顧啊。」阿爸摸摸安安的頭。他很疼孫子的，每次回嘉義，他總帶著孫子到處玩、到處看，在老家的時候，牛養在後院山坡的樹下，他也常帶著安安去看牛。

陳建雄看著驚訝得說不出話的穎芬，又看了看阿爸的牛，不禁莞爾一笑。

「穎芬，你先載阿爸和安安回家，我牽牛走回家。」他把車鑰匙遞給穎芬。

「嗯，好。」穎芬愣了一下，點了點頭。

陳建雄牽著牛，踩在斑馬線上，穿越馬路。這隻牛老了。阿爸三十多歲時，牠還是隻小牛，那時候陳建雄每天去餵牠草料，經過了多少歲月，這隻牛的腳步慢了，不像以前那麼有力。他們走在台北車水馬龍的街道上，一個人，一隻牛。以前他念中學的時候，在嘉義老家，就常牽著這隻牛走在田間，走在鐵路旁，散散步、看火車，像個放牛的小孩啊，陳建雄在心裡這樣想。同一隻牛，同一個人，但牛老了，人也長大了，他們走在一起，走在城市裡。

路上的行人、車輛的駕駛，紛紛投以好奇的目光。

陳建雄看了看身旁鐵灰色的老牛，伸手拍了拍牠的背脊。

「阮來去行行ㄟ。」他像小時候那樣對牠說話。開車十五分鐘的路程，要走多久才會到呢？陳建雄這麼想。就慢慢走吧！他牽著牛，感覺像回到了童年的時光。

陳建雄家住在社區大樓六樓，他想辦法把牛安頓在社區中庭花園，那裡沒有樹，只好把牛拴在花園裡的雕花長椅上。社區管理員一開始十分驚訝，但聽了陳建雄解釋之後便一口答應。

「沒問題沒問題，牛放中庭花園，我會看著的。」

這隻牛對阿爸來說，就像他兄弟一樣吧！陳建雄是這麼想的，二、三十年來，這隻牛幫阿爸犁田、整地，從年輕到老，他們的生命緊緊牽連在一塊。

天色暗了，路燈紛紛亮起，暈黃的燈光落在台北的街道上。

晚上，陳建雄接到大伯從嘉義打來的電話。

「阿雄，你阿爸怎麼不見了！我去你老家攏找嘸人，伊是去叨位啊？你甘知影？」大伯焦急的問。

「大伯，你嘜緊張啦，阿爸來台北和我住了。」

「原來是安捏，啊火旺嘛無跟我講一聲！」陳建雄的阿爸叫作陳火旺，厝邊隔壁都叫他火旺或火旺伯。

掛上電話，陳建雄望向拿著遙控器轉電視的阿爸，他在想，阿爸是真的忘了說，還是捨不得說再見呢？

阿爸和大伯的感情最好，他記得小的時候，大伯常來他們家和阿爸聊天。有一次，大伯心情不好，在他們家喝了點酒，竟然哭了起來，對火旺講起了他的大兒子。他的大兒子二十多歲了，在台中的工廠上班，也不知道到底在做什麼，常常不去上班，遊手好閒，錢不夠花就回來跟爸媽討，後來還說服大伯把嘉義的田過戶給他，沒想到過沒多久，竟把那塊田賣了。大伯又氣又懊悔，紅著眼睛說自己把兒子寵壞了，阿爸聽了皺著眉，不發一語。夜深了，阿爸和陳建雄扶著醉倒的大伯回他家，一進門，就看見大伯的大兒子翹著二郎腿盯著電視，看他們進門，只是瞥了一眼，又繼續看電視，阿爸扶大伯坐在客廳沙發上，轉身看見大伯大兒子，他怒火中燒，一個箭步上前，用力抓起他的領口，破口大罵。

「幹拎老師，你幾咧不成囝仔！你阿爸這世人飼你遐大漢，敢講你毋是呷你家彼塊田種欸米大漢欸！

你做這款代誌甘對欸起拎老爸！」火旺伯瞪大眼睛，一手抓著大伯大兒子的領口，另一手緊握拳頭，憤怒地顫抖著。

大伯的兒子嚇傻了，陳建雄站在旁邊，也嚇傻了。

那時候陳建雄還是讀小學的年紀，他不認識大伯的兒子，但有時候會看到他在鐵路旁，抽著菸，面無表情地看火車。那時候，陳建雄覺得他可能有很多煩惱，所以在吞雲吐霧間，想把憂愁全都吐出來。陳建雄看著他吐出來的憂愁飄散在空氣中，覺得他有點可憐，人是不是長大以後，就會生出很多的煩惱和憂愁呢？

火旺伯來台北之後，安安每天都好開心，每天放學一回家就吵著要阿公帶他去看牛，牽牛去散步，對這個在台北長大的孩子來說，有隻牛在家裡是多麼新奇的一件事。

「阿公，我跟你說一件事喔。」安安有天放學回來，卻愁眉苦臉的。

「好啊，什麼代誌啊？」

「我今天在學校跟同學說我們家養了一隻牛，他們都不相信我，說我說謊。」安安滿臉委屈。

「擱有這種代誌喔？」火旺伯疑惑地說。

「嗯，對啊。」安安用力的點點頭。

「安捏明日阮帶牛去乎他們看。」火旺伯認真地說。

「阿公真的可以嗎！耶！」安安開心得又叫又跳。

陳建雄在一旁聽他們祖孫倆的對話，一個人說國語，一個人說台語，還能溝通得那麼好，真是有趣。

隔天，他們祖孫倆起了個大早，要帶牛走到安安的小學去。

火旺伯牽著牛，牽著安安，走在台北早晨的街道上，整個城市剛甦醒，和煦的陽光灑落在他們身上、腳步間。

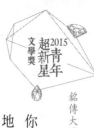

「哇！真的是牛欸！」

所有教室裡的小朋友都跑出來走廊，驚呼連連。小朋友們好奇地把牛團團包圍，膽子大一點的伸手摸了摸牛，安安站在一旁，一臉十分神氣的樣子。

直到上課鐘聲響了，小朋友們都還捨不得回教室去。

「可憐ㄟ台北囝仔，生到這麼大漢無看過牛。」火旺伯看著小朋友們說。

安安的老師從走廊另一端走來，看到那麼多小朋友聚在那兒，她有些疑惑，走近一看，才發現有隻牛在這。

「啊，老師哩厚！歹勢歹勢！妳欲上課啊厚，我現在就把牛牽回去啦！」火旺伯不好意思的說，「安安，你愛好好啊上課喔，阿公先來走齁。」

「好，阿公掰掰。」安安笑著向他揮揮手。

那天傍晚，陳建雄剛下班要回家，夕陽很美，他在社區門口看見阿爸牽著牛散步回來，夕陽輝映在他們身上，在地上拉出了長長的影子。看著這一幕，陳建雄憶起了故鄉泥土的味道，想起了小時候，一放學，就騎著鐵馬到了老家田邊。

「阿爸，我回來啊！」他對著田裡的阿爸喊著。

阿爸抬起頭看了看他，夕陽輝映在阿爸臉上、牛的身上，整個世界是橘黃色的，老家的稻田在微風裡，夕陽下，鐵路旁白色的芒草還隨風搖擺不停。

（銘傳大學「銘傳文藝獎」首獎作品）

童育園

一九九六年生於台中，現居苗栗竹南，正就讀於銘傳大學應用中文系。喜歡閱讀和寫東西，喜歡樂觀地過每一天，喜歡鄉下勝過城市。

武裝新紀元

李子儀

我，感覺著自己正躺臥在一張床上，這張床雖然有點硬，可是躺起來卻不會不舒服。我，聽見水滴一點一點落下的聲音，外頭似乎正在下雨。

「我是誰？我是什麼時候睡著的？我為什麼會在這裡？」我試圖回想以前發生的事，卻無法勾起任何回憶。這時，我聽見一陣腳步聲漸漸靠近，然後腳步聲停在我身邊，接著，我感覺到有人扶著我的身體，讓我坐起來。然後，他輕輕的將纏繞在我臉上的布緩緩解開，之後我聽見一個粗獷的聲音對我說：「你可以慢慢睜開眼睛了。」我依照他的指示，慢慢的將眼睛睜開，視線由模糊漸漸清晰。我看見我的床是位在這個大房間的角落，牆上有著兩扇窗戶。窗外，正下著綿綿細雨，而這間房間裡的人，不是穿著白袍，就是穿著迷彩服。

這裡，似乎是容納傷兵的地方。有的士兵身體只剩半截，痛苦的躺在床上，有的士兵少一、兩隻手腳，乘著輪椅靠在牆角休息。大家所表現出的表情，都令我感到心情沉重。這時我望向坐在我腳邊、那位穿白袍的男人，他留著一頭紅色短髮以及一口落腮鬍，身材看起來十分魁梧。首先，他對我說：「我是你的主治醫師，我叫卡諾，如果你身體有不對勁的地方，都要跟我說。那現在，你的身體有哪裡不舒服嗎？」醫師用嚴肅的表情問我，我回答說：「沒有。」接著，我緊張的問醫師：「可是，我是誰？為什麼我什麼事都想不起來？」醫師先是看著我，愣了一會，然後靠到我身旁，用凝重的表情對我說：「你叫赫爾莫德，是奧茲討伐隊的士官，你似乎是被流彈傷到腦部，所以造成失憶，但是只要經過長期復健，還是會有復元的機會。」

接著，醫師給了我一本文件夾，並對我說：「在這文件夾裡，寫的是你的基本資料、家族事蹟與個人功績，你可以看一看，說不定會想起什麼。」醫師準備起身離去，離去前對我囑咐：「如果身體不舒服，記得要立刻跟我說。」說完後，醫師便轉身去探望其他病患。

我緩緩起身，離開床鋪，拿著醫師給我的文件夾，搖搖晃晃的走進大門旁的洗手間，我走到洗手台前，看著鏡子所映照的自己，我認不出這個人是誰，雖然外觀都完整無缺，可是我對這張臉孔完全沒有印象，我打開醫師剛剛給我的文件夾，第一頁上面寫著我的基本資料：「我叫赫爾莫德，身高一百七十公分，體重七十五公斤。」文件上的相片跟鏡中的自己比起來年輕許多，「出生於公曆三四四年，生在史提爾星一區，軍事訓練畢業於武裝第一學院。」

接著我翻到第二頁「個人事蹟」，「曾協助改良AT立場機甲」、「曾於一日內殺死數萬名敵人」。如此激烈的事，我卻一點印象都沒有。

之後我翻到第三頁「家族事蹟」，「我的祖父曾率領我們家族的戰士前往討伐奧茲，討伐隊成員包括我的爸媽以及我」，文件上寫著：「我在那時差點就殺死奧茲，因為敵人蜂擁而上，導致我們家族成員死傷慘重，最後我的祖父忍痛大喊撤退，能活著回到二區的人只剩我跟祖父兩個人。」文件看到這裡，我依然什麼都沒有想起來。

最後我洗一洗我的臉，擦拭身體後回到我的床位。當天吃完晚飯後，我請醫師帶我重新認識環境。醫師告訴我，我們現在所處的星球叫史提爾星，是四百多年前地球的人類找到這個理想星球。之後經過大約三十年的時間，選擇留在這裡的人類，便開始進行新科技的研究，並以公曆一年開始生活，至今已經是公曆三七三年。

這個星球只有一塊大陸，占了這星球大約四分之一的面積，這個星球除了這塊大陸與海洋，其餘的部分都只是零散的小島。從地球來的人類，直接將這塊大陸當成是一個國家，並將這塊大陸取名為蓋亞，陸地與海洋的資源都十分豐富，是個名副實的理想星球。

而在一百多年前，太空中突然出現了不明生命體，被這個國家的科學家發現。科學家們想要研究新出現的物種，所以就將生命體帶到這個國家的沙漠地區。可是生命體並沒有釋出善意，反而放出大量的寄生蟲，這些寄生蟲本身具有觸手、毒液，大肆攻擊這個國家的動、植物，甚至可以寄生於各種生命體上，使寄生蟲與宿主擁有強大的殺傷力。寄生蟲會讓宿主產生大量的殺意、敵意，不僅會攻擊沒被寄生的個體，還會殘殺同類。所以政府將不明生命體取名為奧茲，並將其視為必須完全消滅的目標。

國家政府將整塊大陸分為三區：一區，隔離區。位於大陸最北端，是這個星球僅存的理想區域。為了保護僅存的土地，政府在其周遭設置大量的軍事基地，規定人類只能離開，不許進入；二區，武裝前線。位於大陸中部，研究、製造頂尖武器對抗敵人，招募傭兵、教授戰鬥課程。實戰訓練時就直接上戰場；三區，沙漠大陸，原先的環境是半森林半沙漠。被奧茲占領後，那塊地區就變為荒蕪之地，只剩下散沙。最後醫師告訴我，若想重回戰場，可以先回學院訓練，重新學會戰鬥方式，再回戰場復仇。

隔天早晨，我前往武裝第一學院，教官將我安排到C小隊。隊長叫作克拉托斯，是一位身材壯碩的男子。小隊裡還有其他三名成員，分別是，潘、狄恩、蘿塔，之後小隊長便開始教我如何使用輕裝戰甲以及攻擊套路：「這是頸部的保護墊，腰部和胯下的扣環一定要扣好……」「先用手從對方頸部這裡揮下去，轉過身，抬起腳從對方腰部踢下去……」我漸漸的熟悉小隊長教我的套路。不知道是太簡單還是什麼原因，不僅經常感覺不到身上裝甲的重量，學會套路的速度似乎比其他人快很多。其他小隊員看到我學習如此神速，也都更加勤奮的練習。

第一天訓練完後，我從澡堂要回寢室時，看到了一個人影從我面前跑過去，因為覺得很可疑，所以我就追了上去。當我追進一個小巷子時，我突然感到頭暈目眩，接著我便昏了過去。

當我再次有意識時，我抬起手看著手錶上的時間，已經是隔天早上。我似乎是被人送進了醫護室，這時有位戴口罩的護士走了過來，一邊幫我檢查外傷，一邊用急促的語氣對我說：「你是赫爾莫德吧？今天一早敵人又攻到了我們前線，小隊的人都先去應戰了，你如果身體狀況沒有問題，就趕緊過去幫忙吧！」護士說完以後就去照顧其他病患了，我看一下我的身體，沒有奇怪的外傷，也沒有不協調的部分，所以我便急急忙忙的跑到倉庫。換上輕裝機甲、裝上兩百發子彈，還帶上兩顆MK2手榴彈，之後又趕緊去跟C小隊會合。

我看著裝甲上的定位系統，小隊成員都已經進入沙漠。我靠著隊長教我的攻擊套路，一邊攻擊敵人，一邊與小隊拉近距離，正當我快要跟小隊會合時，在我身旁突然丟來一顆被拉開保險的手榴彈，我心想：「糟了，逃不掉了。」我勉強的撐著意識，結果卻看見我的身體被手榴彈炸成四分五裂，大量的刺痛傳到腦部，令全身神經麻痺失去痛覺。不久過後我便因為沒有心臟供血，腦部缺氧死去了。

當我再次有意識時，我睜開眼睛，趕緊從床上起身，看著手上的手錶，心想：「怎麼還在早上，我剛才……不是已經……死了嗎？」這時早上的那位護士走了過來，幫我檢查外傷，一樣用急促的語氣對我說著早上說過的那些話，我用疑惑的語氣問她：「我們……之前有見過面嗎？」護士一臉疑惑的對我說：「沒有吧？就只有昨天晚上你被送進來時，見過你而已。」護士說完以後就去照顧其他病患了。我看著我的身體，狀況跟死前的那個早上一模一樣，「應該是做夢吧？」我一邊催眠自己，一邊走到倉庫。換上跟之前相同的裝備，然後去與小隊會合。

我看著裝甲上的定位系統，小隊成員都進入了沙漠。我一樣靠著攻擊套路，一邊攻擊敵人，一邊與小隊拉近距離。我快要跟小隊會合時，繞過我剛才「死」過的地方，由其他地方與小隊會合。我走著走著突然聽見，我剛才避開的地方出現了巨大的爆炸聲響。正當我慶幸我沒有走剛才那條路線時，看見在我的右側不遠處，已經有兩輛坦克車面向著我。我趕緊蹲下，可是來不及了，兩輛坦克車都已經對我發射炮彈了。就這樣，我看著炮彈擊中了身體，在我身上炸開，身體立刻血肉橫飛，令我當場失去意識。

我再次醒來後，睜開我的眼睛，趕緊從床上起身，看著手上的手錶，心想：「一樣的時間，是同一天，剛才場景這麼逼真，一定不是夢，可是，我死後會重生？」充滿疑惑的我，看著周遭上演著一樣的場景，同一位護士說著一樣的話，我換上一樣的裝備去與小隊會合。

這次我在快與小隊會合時，選擇了另一條之前沒走過的路線。聽見了兩次巨大的爆炸聲響，我左右觀望，沒有槍械對準我。正當我踏出第一步要與小隊會合時，地表突然在我周遭竄出許多土色的觸手。當下我來不及反應，只能眼睜睜的看著觸手快速的纏繞在我身上，使我動彈不得。接著，我看著其中一隻觸手，硬生生的從我的下顎插進我的大腦。當下我並沒有馬上失去意識，而是掙扎了一段時間後才死去。

我又再次醒來，睜開眼睛，從床上起身，看著手錶上的時間，心想：「那些噁心的觸手到底是什麼？而且每次死掉都好痛喔。」我摸著我的脖子，一樣看著周遭又上演著一樣的場景，同一位護士又說著一樣的話，我還是換上裝備去與小隊會合。

這次我在快與小隊會合時，走了第一次所走的路線。只是我這次走得比較慢，看著手榴彈在預定爆炸的範圍爆炸，坦克車也是在手榴彈爆炸後發射砲彈，之後我便安全的與小隊會合。隊長看見我來了，命令隊伍重組。我跟隊長作為前鋒，潘、狄恩、蘿塔分別是中鋒、後衛以及輔助兵。接著我們漸漸靠近奧茲，越靠近奧茲，敵方的炮火就越猛烈。突然，我感覺到腳上似乎被什麼絆住了，正當要抬起腳來看時，地表下的地雷爆炸了。我眼睜睜的看著自己又被炸碎，這次還看見其他隊員用憤怒的眼神瞪著我，顯然他們也被波及到了。但是，我卻只能感到抱歉的死去。

我又再次醒來，再次與小隊會合。我請隊長繞其他的路線，這次打得正激烈，我們遇見一位棕色長髮的女士官。女士官要求加入我們的隊伍，正當隊長在重新安排隊形時，有一群遭到寄生的猛獸衝了過來。我們大部分的人都被撕咬成碎塊，就算我們頑強抵抗，似乎也起不了多少作用，最後全軍覆沒。一次又一次的重生，我漸漸演變出更多的戰鬥方式，拿著更多樣的工具，避開致命傷。在其他隊員眼裡，我就像是能預知未來一樣，不停的戰鬥著。

我又再次醒來，再次裝上機甲，再次與小隊會合。我請隊長趕快繞其他的路線，再次遇見那位棕色長髮的女士官。士官加入我們的隊伍，因為我們來不及重整隊伍，所以將女士官暫時當作輔助兵。接著我們不停的前進，到了傍晚，我在沒有敵人的地區紮營，大家輪流值班站崗。在帳篷中央生起營火，是由潘先站崗，而其他人先休息聊天。

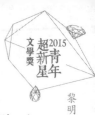

我看著之前沒看清楚的女士官，她有張雪白色的圓臉蛋，耳朵像是精靈一般尖尖的，小巧的鼻子，輕薄的嘴唇，簡直美若天仙，就只差背後沒長出一對翅膀而已。我對女士官說：「我們大家都不認識妳，妳可以自我介紹嗎？我叫赫爾莫德，今年二十八歲。」女士官說：「我叫希比，是三年前開始待在F小隊的，今年二十三歲。」接著我們就聊到各自的興趣，也聊到現代科技的發達。

這時，小隊長突然插話進來：「欸，你們知不知道，政府最近在研究一種有趣的東西，是將人與人的靈魂做交換，你們要不要試一下？」接著隊長拿出了一個深綠色的小盒子，上頭有兩個紅色的按鈕，隊長示意我跟希比一起按下按鈕，周圍的隊員也趕緊附和說：「拜託按下去，我們也想看！」我跟希比接受了大家的慫恿，一同按下了按鈕。我們交換靈魂以後，各自試了一下對方的身體，之後我們再次按了盒子上的按鈕，將靈魂換了回來。當我在希比的身體時，雖然身體感覺比較輕盈，可是穿上裝甲後，卻容易感到行動不便。還是自己的身體比較舒服。

接近深夜時，希比突然將我拉到帳篷旁邊的角落，壓低音量的問我說：「你是不是已經死過很多次了？」我驚訝的回答：「是啊，妳怎麼知道？」希比依然壓低音量的說：「剛剛我跟你交換靈魂的時候，看到了很多關於你死去的記憶，我剛才就在想，你是不是跟我們一樣。我以前也是跟你一樣，可以不停的重生。」

希比將她的經歷全都告訴我，而我在一旁專心的聽著：「我們能不停的復活，是因為被突變的寄生蟲寄生，奧茲本身具有改寫時間的能力。因為不明原因，在寄生蟲當中出現了一隻能讓宿主死後回到當天的突變寄生蟲。這隻寄生蟲與其他蟲不一樣的地方在於，它不會讓宿主失去自我意識，但還是會慢慢提升宿主的戰鬥能力，也只有正被寄生著的那位宿主會留有死前的記憶。而突變的寄生蟲不會死亡，只會一直不停的更換宿主。宿主如果對寄生蟲產生抗體，它就會離開宿主，去找下一位宿主。而先前的宿主死後便不會再復活，所以現在只有你有最大的機會接近奧茲，並將它殺死。」「我們這群被突變寄生蟲寄生過的人們，在寄生蟲脫離後，會很清楚知道自己不會再重生了。唯一保留的，只有寄生蟲所留給我們的知識，以及過去那些血跡斑斑的記憶。」「奧茲，是由諾倫三女神所創造出的魔物，原先的目的是為了使眾神更有效的管理因果、命運及時間。但在創造時，因為注入過多的神力，反而使得奧茲失控後墮落了。現在的奧茲一心只想控制全世界，所有的寄生蟲都是出自於奧茲。若是寄生蟲自行脫離了，還可以寄生於其他生命體身上。」「奧茲的長相是獅頭虎身，有雙亮綠色的眼睛。牠無法自行移動，所以靠近牠時，牠不會逃走。」希比講到這邊，叫我趕緊去睡覺。因為死後重生的日期是定在當天第一次醒來，而不論死後變為如何，身體的狀況都會跟第一次醒來時一樣。

隔天我醒來後，小隊開始進行實戰，累積戰鬥經驗。而有些還有鬥志的重傷兵會來到前線，與身心疲憊的人交換靈魂上場。

我們越靠近奧茲，敵人的數目就越多，攻擊的模式也越複雜，所以小隊滅頂的機率就越高。我看著小隊的成員一次又一次的死去，大家不是掛著憤怒的臉孔，就是掛著悲傷的臉孔死去，我的心情越來越複雜，「為什麼，我都已經死過那麼多次，我還是不想看見這種景象？」我一直不停的問自己，「我覺得好煩、好累、我好想休息，為什麼我救不了他們，難道我只能一直死去嗎？」我的心中出現了許多哀傷的聲音。漸漸的，我想離開戰場，「我既打不贏，死了又會不停重生，這樣我的人生還有什麼意義。」我心裡一直不停的這樣想著。

隨著一次又一次的輪迴，我常常就只是坐在旁邊休息。看著小隊成員一個接著一個表情痛苦的死去，然後我被敵人宰殺，之後又再一次的輪迴。直到有一次敵襲，我過去擊退一些敵人後就坐在一旁休息。蘿塔跟希比走到我面前，蘿塔眼神充滿疑惑的問我：「你今天怎麼了，怎麼一下子就休息了？是生病了嗎？」這時狄恩跟潘也走了過來，潘用厭惡我的眼神看著我，而狄恩用嘲諷的語氣對蘿塔說：「他一定是得了相思病，現在只想回家而已。」說完以後就帶著蘿塔離開了，希比將雙手放在我的肩膀上，盯著我的雙眼認真的問我說：「我們在這裡到底死過幾次了？為什麼你的表情看起來很沮喪？」我並沒有回答她，只是直視著她的雙眼，而她只好無奈說：「加油，打起精神吧，現在勝率最高的人只有你而已。」希比說完以後輕吻了我的嘴唇，而後便去抵擋敵人了。

希比的吻似乎驚動了我，我心中那些自負、哀傷的念頭，一下子便消失得無影無蹤。我打起精神回到前鋒的位置，操作機甲攻擊敵人，「左鉤拳、右踢擊、回旋踢、突刺」，機甲操作起來越來越順，我就像是與機甲合為一體。隨著操作越順，我創造出的招式、動作便越多，小隊前行的速度也越來越快。當我看見奧茲的身影時，我突然感到頭暈目眩。那一瞬間，我聽見了奧茲強烈的咆哮，憤怒的氣息令我無法停止內心的顫抖。

接著，我暈了過去，隱隱約約感覺到有東西脫離了我的身體。沒錯，我的身體已經對寄生蟲產生了抗體，並將寄生蟲排出體外。然後，我聽見了有物體蒸發的聲音，似乎是寄生蟲死去了。我努力的睜開雙眼，試圖撐著所剩無幾的意識，慢慢的爬到奧茲面前，奧茲只是站在前面瞪著我看，周圍的敵人突然都像是發了瘋似的，朝我這裡衝了過來。眼看我就快被敵人埋沒，我用我全身的力氣，將剛才在地上撿來的一組高爆散彈手榴彈，都拉開保險後投到奧茲面前。在手榴彈爆炸的那一瞬間，我親眼看見奧茲被炸成粉碎，而我也正被野獸撕咬著，然後，我看著自己與那群野獸一起被手榴彈炸爛了。

「這次，真的死了呢！我是會去到天國？還是會被丟進地獄？」正當我感到疑惑時，我慢慢的睜開雙眼。可是這次我卻不是在自己的身體裡，我看見我的雙手正處於半透明狀態，「只剩靈魂了嗎？」我輕輕的說著。接著，我看見在我身旁有一副全身都被炸爛、撕爛了的屍體，我很確定那是我剛才待過的身體，現在居然變成這副模樣。之後，小隊長克拉托斯帶著其他隊員到我的屍體面前，希比在遠處認出我的屍體時，立刻放聲大哭，直奔到我的屍體面前跪著。小小聲的對著屍體說：「赫爾莫德，對不起，我現在就帶你回家。」我本來想安慰希比，要她不要傷心難過。可是，當我伸手過去碰希比時，我的手穿過了她，我已經碰不到她了。

接下來，我看著我的屍體被送回一區。我看著許多人來參加我的喪禮，看著我的屍體被埋進土裡，看著地被填平。看著我認不得的親戚在我的墓前痛哭，我覺得心情又低落下來。

正當我低下頭時，「咦？這是什麼？」我看見我的胸前綁著一圈很粗的暗藍色鎖鏈，鎖鏈在我身後延伸了很遠，我蹲下去拉著地上的鎖鏈，沿著另一端前進，走著走著，我走進了一間很高級的醫院，似乎是一區裡最好的醫院。我再沿著鎖鏈繼續前進，上了樓梯，走進一間很安靜的病房。病房的牆壁是漆成淡藍色的，房裡只有一張床，那張床靠在窗邊，床上躺著一個人，在他身上我看見了綁著一樣是暗藍色的鎖鏈，我看著他心想：「這個人好眼熟喔，我好像在哪裡見過。」這時我才想起，這是我原來的身體。

「可是，我怎麼會這麼瘦弱？」我看著這副身體不解的想著。這時，有一位沒有臉孔的天使降落到窗邊，他用笑笑的語氣對我說著：「你只要破壞身上的鎖鏈，就可以復元了，但是如果沒有破壞，你就只能維持現狀。」說完後，那位天使便從窗戶邊飛走了。「我想跟希比道別，我還有好多事情想做。」我心裡這樣想著，所以我決定要把鎖鏈破壞掉。

我拿起鎖鏈打算把它破壞掉，但是無論我怎麼用力敲擊、用牙齒咬，似乎都沒有效果，我拉著鎖鏈用力一扯，結果鎖鏈的另一頭卻被我扯出了一個亮白色的靈魂，這個靈魂還在閃閃發亮著。正當我驚訝著剛才發生的事時，一陣引力立即將我吸進了躺在床上的肉體裡。

當我再次睜開雙眼時，我已經進入了躺在床上的這個身體裡。剛剛隱隱約約看見那個亮白色的靈魂是赫爾莫德，而我也慢慢的想起我以前發生的事。我在一年前因為不明原因突然昏倒，被送進醫院時已經變成植物人了。現在我看著我的胸前，鎖鏈跟赫爾莫德的靈魂都不在了，而且我的身體可以動了。我緩緩起身，走到床邊的洗手台，看著鏡中的自己，我不禁心想：「我也是很帥的！」

接下來，我聽見了一陣腳步聲越來越近。我轉過身去，看見一位戴眼鏡的醫師及一位年輕的護士走了進來，醫師對我說：「克拉爾先生，很高興你能復元，請讓我們的醫療團隊為您做診療，看看還有沒有尚未復元的地方。」我答應了，檢查結果只有營養不良，所以只要多吃點補品就可以康復了。

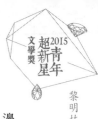

之後，我想要搭船環繞這顆星球。離開前我去和希比打聲招呼，我跟她說了戰場上所發生過的事。她相信了，但也甩了我一巴掌，生氣的對我說：「不要再做犧牲自己的事了，我會討厭你的！」說完後，我們兩人擁吻著。我問希比要不要和我在一起，她只是笑笑的沒有回答，但是卻將她身上的行李丟給我。之後我們兩人便一起踏上新的旅程。

國家政府因為蓋亞大陸的資源取之不盡、用之不竭，而不願意去其他小島開發，也放棄其他小島的統治權。我們在茫茫大海中尋見了一座島嶼，在這之前，我與希比一起經歷了各式各樣的大風大浪，最後都靠著自己的意志活了下來。這座島上的資源與大陸相比毫不遜色，面積也比之前，經過的小島寬廣許多。我與希比討論過後，決定要在這座島上定居，我們先將船固定在島旁，而後環繞了島嶼一圈後，我們在海邊一起建了小屋。每天四處採集一整天要食用、要存放的食物，日子過得很快活。

現在，希比懷了第一胎，我一天雖然要採集兩人份的食物，但是為了希比以及肚子裡的寶寶，再辛苦也是值得的。我在小屋周圍建造起籬笆，在裡頭養了許多動物，也在附近蓋起許多房子，雖然我們來到這座島已經有一段時間了，卻從未看過任何船隻經過，大家似乎都無法來到這裡。幾年過後，我和希比打算要再繼續航行下去，不知道還要多久才能回到蓋亞大陸。

這座島平時雖然很平靜，但卻無法預知下一秒會發生什麼事。不過只要曾經擁有過，家人永遠都會在我心裡，不被遺忘。公曆三八四年，在愛爾蘭火山島嶼，克拉爾的日誌。

（黎明技術學院「黎明文學獎」首獎作品）

李子儀

我是李子儀，我之所以對文學有興趣，是因為在國中時父母離異，為了逃避擾人的情緒，意外的在閱讀中找到了宣泄的窗口，更刺激了我天馬行空的想像。第一次參加學校心得比賽，幸運得到了第三名，這開啓了我對寫作的興趣，加上老師的指導，我從第一次的青澀到現在得到評審的肯定，我知道自己不夠成熟，但我會再接再厲，寫出更好的作品，也是對自己的一種挑戰。

海怪

李鴻駿

職校畢業那年，母親帶著她辦好出入境證，母親吩咐著到高雄之後要聽伯婆的話，寄人籬下就要有禮貌，好好照顧自己。

入夜的新頭碼頭吹著黏膩的海風，至少有二百多人吧，她想。緩緩移動但卻靜默的詭異。長輩戲稱「開口笑」的戰車登陸軍艦停泊著。長長的隊伍到了午夜方能登船，一方面軍艦平底須等著潮漲，但同時為了防止咫尺廈門炮擊而必須在外海停駐一晚，黎明再啟航。

遠方有一整片散著的光點，旁邊的人說，那是廈門的人捕撈小管的漁火。他們在木船或者漁船的尾端裝置魚燈，小管趨光，夜間的海潮混沌未明而前方有光，基於本能，小管便會移往那個方向。

不得已啊。她忽然萌生這樣的想法。但不知道是對海裡的小管還是對誰說。開口笑拉長著船笛，她望向越離越遠的岸邊，海浪唰唰的拍打在漆有「216」字樣的船身，五月仲夏，脊上卻感到一絲寒顫。

吃柴油的216開口笑沒有床位，只能鋪著登船當天的報紙就地躺。她躺在原先放戰車的地方，地上還有些黑油汙漬清除不掉。呼吸著柴油與油墨的嗆鼻氣味，她胸脯劇烈起伏著，只好把用紅棉線繡著姓名的手絹蓋在臉上。

「多麼不吉利。」她隨即又把它拿下來。

她最後決定蜷曲著身體，將手枕在面龐，懷裡抱著當預官的二哥送的軍綠色麻袋，至少味道是熟悉的，她想著。希望在船暈襲來前睡去。黝暗中搖晃的鎢絲燈泡把或坐或臥的影子拖得好長，每個人都像一隻隻熟透的蝦。

儘管閉上眼，眼皮底卻因鎢絲燈亮而發著紅。大概一年會有幾次，入夜後戴著頭盔的陌生人闖進家中，拿著手電筒照在棉被裡頭熟睡的她，強力的光束使眼皮底下發著紅而她驚醒，在手指的縫隙中，她模糊地看到陌生人比對了手中的冊子，再與母親說了幾句話，母親搖搖頭，陌生人才離開。

她問母親，他們是誰，為什麼要進來家裡。

母親替她蓋上棉被，邊應著：「他們是軍人叔叔，要來捉逃兵呀。」

「為什麼他們要逃？」她又問。

母親愣住似的，思忖一下，笑著說，可能他們不喜歡這裡吧。

船上下震盪得厲害，好不容易睡熟的她又醒了。

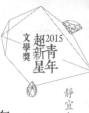

海風吹不進船腹，她的臉與鬢毛因為悶熱而汗濕一片。汗水浸潤母親給的羊脂玉鐲，總是卡在手腕脫不下來的手鐲。

她已經養成不自覺撫摸玉環的習慣。那是她職校畢業的禮物。記得母親特地轉了幾趟公車，公車駛過的水泥路總會揚起風沙，吹過村家聚落的路口。她習慣性地擱在車窗數著路口的風獅爺。金門人覺得風獅爺有鎮風擋煞的威力。沿著臨海的木麻黃樹直行，數到第十五隻風獅爺，就會到達太武山東北側的沙美銀樓街。

母親比了幾間的價，戴著金絲眼鏡的老闆大力拍胸脯，保證絕對是新疆極品和田玉。母親討價還價著，但她只覺得銀樓濕朽味難聞，她懷疑是不是來自汗濕的男人體味，她難受的側過臉向著破損的窗櫺，有幾隻紅褐色的喇牙在光影裡靜止不動。

只聽著這男人兀自叨絮，夫人啊這年頭上面嚴得緊要進這些貨不容易啊。

她還記得銀樓老闆如何掐提起腕，塗了幾次凝脂般的豬油，厚繭抵著細腕，粗糙的觸感讓她很想縮手。玉鐲一半冷、一半熱，先是食指骨節、再來是中指、拇指一吋一吋硬生生轉塞，才將脹紅的手擠進了這只玉鐲。這疼痛纏繞了一個禮拜才消停。老闆拭下額頭的汗滴，對著母親說，恭喜令千金成年。

她艱難地跨過船板上七橫八豎的乘客。有一個媽媽帶著三個小孩瑟縮在角落，幾個大男生不怕船暈的喧鬧，但大部分都是學生，躺在窄窄的鋪地上。

嘔吐聲與濃重的酸臭味一波波湧上，她好不容易忍住欲嘔的反胃感，趕緊沾濕手絹，往臉上抹了一抹，一看才發現手絹染上報紙油印的墨漬。

聽見有人說，甲板的空氣好，比較新鮮。她把帆布麻袋背上，走了幾步又掉頭放回去。反正裡面沒什麼值錢的可以偷，她想。

她望著海，些許水氣噴到她的臉上。

「第一次搭船嗎？」有個聲音在她身後問著。是一個身軀佝僂的老頭子，拄著鑲金邊的檀木杖，頂上無毛，卻穿著筆挺的嗶嘰中山裝，黑頭鞋光可鑑人。她不禁心想，這不是熱昏頭了嗎？

她沒回答，只點點頭。

老頭子口音混濁。他問她，為什麼要去台灣？

她愣了一下，為什麼要去台灣？

老頭子說，在他年輕的時候他常來回往對面跑，批發些成衣、布料還有皮包，布料賺頭最好，在金城外邊的批發市場轉個手賣可以拿到五六倍的價錢。別人勸他危險，常聽聞土共上岸放火燒屋，但他總是哈哈一笑，都是福建人，有什麼好打打殺殺的。

老頭子從懷中拉出一條繫著銀鍊的懷錶，懷錶泛著銅紅光澤，經久使用的痕跡。錶蓋背底鑲嵌一張黑白相紙，裡面有兩個模糊的男性。

她湊近眼前瞧了瞧，是兩個年紀相仿的青年。

他說左邊是他弟弟。那時候一個人做事，生意越加蓬勃越覺得體力不支，恰巧弟弟賦閒在家，兄弟齊心，其利斷金嘛！當時他是這麼想的，便與弟弟一起經手這轉運的生意。

「妳呢？」老頭子忽然問著。

「逃難吧。」她隨即對自己輕易脫口而出的話感到荒謬。

她不自覺撫摸著腕上的羊脂玉環。

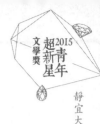

母親在洗衣板上來回搓揉軍綠色衣衫，綿密的泡沫不斷噴起，沾在母親鬢頰。老家因為鄰近軍營之故，母親開了間小小的洗衣店，靠著清洗阿兵哥的汙穢軍服內褲貼補家用。

「所以，阿國對妳……還可以吧？」母親猛然停下動作，抬起頭問她。

她沒有回話。

母親似乎把她的沉默當作少女的嬌羞，又繼續刷洗衣領。

「妳老爸跟我年紀也大了，家裡妳最小，如果能找到好的人照顧，我們當然也會比較放心啊。」

阿國年齡大她一點，是職業軍人，是母親舊識的兒子。相貌堂堂的阿國有對炯炯有神的雙目，鷹勾子般的鼻梁，再加上風趣的談吐，很得長輩人緣。

「妳職校畢業也一陣子了，金門沒什麼好工作。不然就留下來幫忙洗衣服，不然就找個人嫁了，安穩安穩的，也好。」

從長衣洗到汗衫，母親的催促也越加頻繁。但她對未來的感覺，卻像初潮來臨般的不知所措，甚至恐懼。

母親似乎十分屬意阿國，時不時詢問兩人的相處狀況。

「人家阿國這麼有禮貌，人又老實，好好的考慮一下人家罷。」

母親將綠色的汗衫一件件晾在曬衣繩上頭，陽光很快將水分蒸發，僅留下水晶肥皂澀澀的鹼味。幾十坪的後院掛滿男性內褲與軍服，清一色都是迷彩與綠，在風的吹動下飄逸，像是在對她招手。她每每回家停好腳踏車，都得通過被男性衣物占滿的後院。她感覺到頭皮發麻。

「我也不是討厭金門。我也想念每日每夜刷洗軍服的母親，只是我不能再……我不知道……」她一時語塞，說不出話來。

老頭子靜靜地沒有追問下去。

老頭子望著她良久，告訴她，他永遠忘不了那個起著大霧的冬夜。

老頭子住在珠山聚落的薛家厝，偌大的花崗岩搭建成這座閩式家屋，儘管堅固，卻不耐風。金門的冬天凜冽，如刀的風可以刺穿最厚的羊皮襖。老頭子約了在批發市場認識的女孩子出去，但又需要跑一趟廈門批貨，腦筋一轉，便佯稱沒睡好風颳得頭疼，讓弟弟獨自前去。

出門前，老頭子才發現弟弟留給他的，桌上的幾枚銀圓。

跟女孩晃溜的時候便感覺氣氛不對勁，士兵一隊跟著一隊行經，沿海的市場一反往常的沒什麼人，都是兵。他們望著行軍中的好幾輛吉普車與幾個中隊接連而過，心中好生納悶。幾個軍人連聲驅趕，他看了看他們倆呆頭愣腦似的沒有動作，啐罵了一口，死老百姓。

後來有賣花生番薯的販子，好意連勸著說，趕緊回家罷，這幾天氣氛險得緊，共產黨要打來似的，避一避也好。

然而，直到午夜，弟弟一直都沒有回家。

「出大事啦！」隔壁家的表哥倉促敲著木製卡榫的大門，大喊。整個薛家厝燈火通明，全厝的人都醒了，有人要他冷靜，大家一起想辦法解決。

他不管。外頭一片白茫茫的大霧。金門的霧是著名的深，沒有半天一天不會散去。他往海潮氣味的方向狂奔，沿路蘆葦叢晃得厲害，但他聽不見任何聲音，咬緊下唇繃緊全身狂奔——都是我害的到底怎麼一回事應該要一起去搭船兩枚銀圓他故意留給我的回不來了——他重重摔跤在熟悉的紅泥土路，周遭又陷入黑暗。他顫抖著。呼吸不到空氣。他抽搐的雙手劃斷了幾根火柴。點不起燈。但他看見自己的臉孔，害怕而扭曲的一張臉。

薛家厝的人議論紛紛。

是戒嚴啊。上面說以後要獨立作戰、自力更生。為什麼公告寫著全面封鎖海邊。以後晚上不能出門了啊。十點以後必須熄燈。那以後該怎麼辦？

後來老頭子用盡各種管道打聽，但始終無法與在廈門的弟弟取得聯繫。政府軍封鎖一切通訊與臨海，隔沒多久，他們說共匪搶殺進古寧頭，再來是火炮的雷雨傾瀉而下，久了，老頭子甚至可以用肉耳辨別炮彈掉落的遠近。

「可我們是兄弟啊。」

老頭子緊握著銅紅懷錶，用近乎聽不到的嗓音說著。

畢業的前幾天，鳳凰花木一片血紅，阿國約她去金聲戲院看電影。

瓊瑤的浪漫愛情片，女生青春美麗，卻因享受不到愛情而自傷自憐，而男人卻遊走在群芳之中，末了，男人終於回頭選擇苦苦等待的她。

喜歡這部電影嗎？回家路上，阿國問。

她搖搖頭，不是所有人都喜歡瓊瑤的。她踢著石子走。

「那我帶妳去一個可以看風景的地方。」阿國牽起她的手，阿國的手很厚，但濕漉漉的，令她想起與母親去魚市時碎冰上章魚濕滑的觸感。

他拉著她一頭栽進快比人高的高粱田畝。再等幾個月，這些高粱便會結成纍纍的穗粒，金門人習慣將收割下的高粱穗一袋一袋的搬至柏油馬路，鋪平在地，讓往返的黃牛車輾壓、脫粒，順便曝曬。

她想像著未來的五十年都走在這樣的路上，她不確定自己是否喜歡。

紅泥土地到盡頭了。前方是一座廢棄的碉堡，應該是禁止進入的。太陽斜斜的要被海吞沒，海平面染成一片紅，斑駁的碉堡頂有一輪十二道光芒的白色太陽，因為背光的關係看起來好黑。牆面依稀可以看到上頭紅漆：反共絕無妥協，奮鬥才能自由。

阿國問她在看什麼。她說，你真的相信嗎？

相信什麼。

她提手指了指牆上的字面。

「妳知道嗎，隔壁一整連隊的人頭都被水鬼割去了，這麼殘忍的事情，只有共匪才做得出來。」

她驚訝的看著阿國。

「報紙不是還寫著，他們的人民都只能吃著香蕉皮過活，我們不救，那誰去拯救他們獲得自由？」阿國頓了頓，又說：「我們是同胞，是兄弟呀。」

他們得到自由，那我們呢。

「難道我們不夠努力奮鬥嗎？」她想到彎著腰日夜刷洗衣服的母親，想到十點就要熄燈的日子，也想到布滿地雷的一整片海岸線。

「政府一定覺得還不夠。等到奮鬥夠了，趕走共匪了，中國人就會得到真正的自由了。」

她想到小時候，對岸射過來的宣傳彈在空中爆炸，炸出如雪花般的紙片，她好奇撿拾一看，粗糙的紙面上印刷著大陸是多麼地進步，誘引金門人回歸祖國的字樣。她拿回去給母親，母親卻趕緊叫她拿去丟掉，有毒思想一刻也不能碰。

看著驚慌的母親，那一刻她卻覺得自己比母親還要成熟。

她並不懼怕人人撻伐的共匪，對他們這一輩來說，這些紙上文字跟教科書上的文字沒什麼兩樣。但她有時候會夢到母親彎腰洗衣的背影，轉過頭來卻是自己衰老的面容。

「我想走了。」她唐突的說。

「不再待一下？哪裡有這裡更美麗更好的風景。」阿國的臉似乎有點脹紅，身體急著往她靠攏。

「其他地方有沒有比較好我不知道，但留在這裡我一輩子也就這樣了。」她決然轉身。

阿國追上前，亟欲挽留她，伸出手來搭向她的肩頭，卻被她揮手甩掉了。

忽然她感到一陣冰冷，濕漉漉的觸手從腰間攀附上來。

她嚇了一跳。她從沒見過這樣的生物。那是一隻海怪，他巨大而腐敗，藍綠色的皮膚渾身裹著黏液，海怪有殼，青藍色背殼上爬滿眨呀眨的白色巨目，濃密的纖毛一圈一圈圍繞在進食的口器外，口器內有無數個尖銳細齒，揮動的觸手是鮮血般的豔紅，有長有短、有粗有細，有些如槍管般的堅挺，有些又有如橡膠條般的扎實韌性。她凝神一看，海怪兩側各有六隻觸手。她想逃走。海水暴漲淹沒所有退路。海水跟著沸騰了。她聞到死屍腐敗的腥臭味，好幾隻觸手綑綁著她，世界顛倒著，一切都變成紅色的。

海怪巨鳴一聲，像是成千上萬的冤死慘死之人的淒厲。她逃竄，巨大的影子籠罩她，每一根觸手滑溜不已又帶著倒刺，像是槍炮打穿了喉頭，鞭笞她柔軟的身軀，每一擊都讓她痛徹心扉，腥臭的酸臭的汗、硫磺硝石的刺鼻與海潮的躁味不斷襲來，海浪拍打礁岩沖進碉堡，驚飛了棲息的蝙蝠與海鳥拍翅摩擦的急促呻吟。她倒看，一切都是假的，海怪是假的、碉堡是假的、風景是假的、十二道光芒是假的、奮鬥是假的、自由是假的。她緊閉著嘴，卻吐滿整個海岸的鮮血，像鳳凰花似的鮮血。

「媽，我要去台灣。」戴上羊脂玉環後的一個月，她對母親這麼說。

到高雄十三號碼頭已經是晚上的事情了。

她還是忍不住船的暈晃而嘔吐，尾椎一陣發麻到身體最深處勃發，將又稀又黃的膽汁全數嘔出，五臟六腑掏出似的用力。

她聽見有人救贖似興奮的喊著：「看到岸了！」一陣騷動後，在暈晃的餘盪中她看見萬家閃爍的岸，雙目模糊，竟分不清楚眼前是此岸的燈火，還是彼岸的漁火。但開口笑的確是載著他們一船人朝著有光的方向前進。

繁華的高雄街道，霓虹把她的羊脂玉環染成赭紅，她不自覺的摸了摸玉環，意外地感到灼熱。

（靜宜大學文學獎首獎作品）

李鴻駿

台灣文學系四年級生。

喜歡椎名林檎、吉田修一、鯨向海與陳珊妮。對於未來還很迷惘，但相信文學是有力量的，希望可以透過文字傳達自己的價值觀影響更多的人。

虛實之間

蕭翠瑩

1

又是一個看著日出而眠的早晨，陽光這樣刺眼，突然好想吃巷子口的早餐，然而慣性的失眠讓我沒有力氣走出大門，無意識望著時鐘的指針行進，撐著疲憊不堪的身體，馬友友的巴哈無伴奏大提琴，伴著我無眠的夜直至東方初露的魚肚白。恍恍惚惚之間似乎是睡著了，我在接近午間時刻醒來。窗外的太陽怎麼那麼大？我拉下了百葉窗，試圖阻擋燦爛陽光進入。

簡單梳洗後，我想起樓下儲藏室還堆積著待整理的物品，懶洋洋的步下樓去，小房間裡有著一大箱、一大箱的書，和一個大衣櫥，以及數箱信件、雜物，一邊整理，一邊丟了看來沒什麼用途的物品、信件、拉里拉雜的東西，算了，都不要了，以後又不是要開什麼古董店，留著也只是占空間。搬到這棟二層樓高的庭園式樓房已經大半年了，當初搬家的狼狽在這小房間裡仍依稀可見。

咪咪優雅地從我身旁走過，輕巧地沒發出半點聲音，牠是一隻有著白色漂亮皮毛的波斯貓，陪著我好幾年了，我用著所剩無幾的愛豢養著牠。當初為什麼想要養一隻貓呢？說來是有些可笑的，跟前任女友在一起時，聚少離多，寂寞得發慌，我總是不斷的在等待，等待她的出現，等待著她突如其來的召喚，我是那樣卑微地祈求她的愛，而我曾是一個驕傲的情人，過往的情人們都戲謔我是一隻驕傲、尊貴、慵懶的貓。咪咪的存在，可以時時刻刻提醒著我要活得像牠一樣驕傲。當然這是一開始的初衷，相處時日漸久，牠與我的生活息息相關，牠是我摯愛的女兒。

將分類好的書依序放到書房的書櫃去，儲藏室裡的雜物幾乎整理完了，在這棟空蕩蕩的房子裡，接連幾個月來，只要有空或者有精神體力，我總是一個人待在小小的房間裡整理著我們的物品。將屋子簡單打掃一遍後，我癱在沙發上，又陷入發呆的空間裡。

然後，我發現茶几上那盆妳送我的不知名綠色植物枯萎了，以一種醜陋且殘敗的姿勢立在盆栽裡。有多久沒給它澆水了？我想了很久，大概，是從妳離開之後吧！到底有多久了呢？想不起來了。時間的流逝在我的記憶裡，一向發揮不了作用。

屋子裡到處瀰漫著妳的味道，沙發椅背、床單、枕頭上都有著妳的氣味，囂張的宣示這裡曾是妳的領土，妳慣常抽的黑大衛濃菸和我送妳的菸盒、打火機，還靜靜躺在茶几上一角，妳習慣把它擺在茶几的右下角，方便當妳坐在沙發上，可以順手優雅的取菸、點菸，然後吐出裊裊的煙圈。沙發之於妳，像是一體般融合，有時候望著妳，我總有錯覺妳即將陷入沙發裡消失，但是，妳依舊靜靜地坐在那，那根菸在妳左手的食指與中指之間，散發著一種異常協調的美感。

一共還有十一根菸，妳離去那天還有十四根，妳不在的時候，我曾坐在專屬於妳的位置，抽著我幫妳買的菸，它在茶几一角中顯得搶眼而孤單，在煙霧瀰漫間，假裝我們一起挨在沙發上，像從前無數的靜謐時光。

咪咪身手矯健地從陽台上的窗台躍進屋內，輕輕巧巧地在午後陽光灑進的白色地板間行進，那些光影在牠身上形成點點斑點，讓牠看起來像一隻小花貓。

浴室裡，妳的毛巾還掛在右邊的架子，緊傍著我的毛巾，妳的牙刷、牙杯積了些灰塵，前些時候去逛了賣場，心血來潮買了許多東西，當然也買了要給妳的物品。幫妳換了新的水藍色牙刷、牙杯，妳最愛的顏色，妳說水藍色是世界上最美麗溫柔的顏色了。所以，我把床單、被單也換成了柔和的水藍色。

今天，是星期幾了呢？咪咪無力地在我腳邊蜷成一團，我猜牠大概是睏了，牠瞇著眼睛，懶洋洋地打了個呵欠，牠知道妳不見了，妳離家的那天早上，牠還賴在妳身上，一直不肯下來。是不是牠早有預感，才如此依依不捨？我望著咪咪，突然之間好想哭泣，我跟咪咪都被妳捨下了，孤單地存活在這個空洞的房子裡。

屋子裡很靜，時鐘滴滴答答的聲響迴盪著四周，現在才剛過午後，並不是三更半夜，但整棟房子卻靜得出奇。我看著門，有那麼一瞬間，我聽見門外妳的腳步聲，就要推開門進來喚我一聲曉曉，但是門依舊靜靜不動。咪咪在我腳邊嗚嗚的叫著，我抱起牠，讓牠坐在我的腿上，輕輕拂著牠頸背上的細毛，像妳從前為牠做的那樣。咪咪也感受到Zoe媽媽的悲傷了嗎？還是牠也想念著妳？牠不會說話，否則，我想牠一定會問：「Zoe媽媽到哪去了？」

妳到底去哪兒了呢？對於妳離開之後的方向，我一點頭緒也沒，好像是突然闖進我世界的人又突然地消失在我面前，那樣乾淨利落。如果不是妳還遺留在這兒的東西，我會以為一切是我的幻覺。

而妳究竟去哪兒了？我從沒想過，有一天，妳會離開這個屋子。

更沒想過，我會一個人生活，在沒了妳的陪伴之後。

2

阿曼來按了門鈴，還帶了一大束繡球花，進了門，也帶進了輕盈活力的聲響。阿曼是個熱情洋溢的女子，一頭長髮、濃眉大眼，長得活脫脫就是個美人胚子，妳常常說，喜歡阿曼的男人都很可憐，因為阿曼根本不愛男人。是啊！進出我們這棟屋子的人，除了同性戀還是同性戀。我是女人，妳也是女人，而我們相愛。

「該振作起來了，一個人也可以好好的啊！」看她動作利落地洗了玻璃瓶裝了七分滿的水，將一大把花放了進去，擺到桌上還左看右看挪到滿意的位置上，然後順手收拾了一些雜物。彷彿，她才是這屋子的主人。

阿曼熟稔地整理著屋子裡的一切，且能清楚分辨出哪些是妳的，哪些是我的，怪了，明明收得整整齊齊的喔！她卻將那些我們一塊購買添置一對、一雙的物品一一拆散。

她在收拾妳的物品!?

我用力搶下她手上正提著的袋子，一一將妳的東西放回去。

「妳幹嘛？」阿曼的聲音裡有微微嗔怒的意味。她忿忿的看著我的一舉一動，卻不敢造次，她知道在這個家，我才是名正言順的女主人。「妳知道妳在做什麼嗎？」我沒有理會她的問題。

我漸漸想起來了……妳跟阿曼之間微妙的曖昧關係……妳的離開跟阿曼有關嗎？我恍然明白了些什麼……從一開始妳的離開，阿曼都沒有驚惶失措的樣子，只是說些不太真心的安慰話，也不特別傷心、難過，似乎忘了我和她曾經為了妳針鋒相對。

「她都已經離開了，妳還巴望著她會回來嗎？留著她的東西不是更觸景傷情？」我無言。是啊！妳已經離開了，我還巴望著妳會回來。不，我相信，妳一定會再回來，妳只是，不知道去哪裡流浪了，我寧願這樣相信。

妳會回來嗎？我不知道，也不確定。是信念吧！我相信，妳總會出現的。

阿曼見我不語，悻悻然地回去了，卻留下她的味道。

空氣中加入了她身上的香水味，令我感到不快。曾經，妳帶著她的味道回來，那一夜，妳躺在我邊邊，我怎樣都無法入睡，無法接受妳的擁抱，妳只當我神經質，並不理會。

妳早就背著我出軌了，那並不是我的憑空臆測。女人專屬的第六感，妳絕對無法理解。

3

一個靜謐的夜晚，我撕下保養的面膜，自床上躍起，起身至浴室沖洗臉上殘留的保養液。捧著溫水往臉頰潑時，腦中浮現的不是保養後我所想會有水嫩白皙的臉孔，而是一段早已在心裡被塵封的記憶……

「妳怎麼可以欺騙我？妳怎麼可以背著我跟她上床？」第一次發現妳和阿曼的事，我歇斯底里的哭吼著，我第一次體會到什麼叫作「背叛」，用這樣不堪的方式，阿曼是我最要好的姐妹啊！

「妳怎麼可以利用我對妳的信任來欺騙我……妳太過分了……妳知不知道妳傷我多深？」我跌坐在牆角邊，痛得縮成一團。

「別這樣……」

「妳走吧！我們分手吧！」難堪的事實呈現在眼前，我沒有辦法欺騙自己，與妳若無其事的繼續生活在一起。

印象是那樣深刻，我記得那個午後，大太陽肆虐的外頭，空氣沉悶得像是隨時隨地要化成濃稠的液體流動。我坐在房間的地板上，幾許長長的髮絲散落在我蒼白的臉上，頸上有髮絲和著淚水、汗水糾結著的悲傷，紅腫的雙眼，乾枯的語言，失焦的眼神，一碰就要碎裂的我，背部靠著牆壁，像一尊石雕凝住不動。

只有淚水無聲地從空洞的眼眶中流出，再流出。

地板上到處是揉成一團的衛生紙，與我被撕扯碎裂的心。

妳沉默不語，陽光自百葉窗斜射而入，映得我一身紅光，彷彿要自這世界蒸發。妳坐在床上，我在屋內一角蜷著，妳一手摧毀了我的世界。

妳好整以暇地拿著指甲剪，細心地幫我將手指指甲，一根一根仔細地修剪著，偶爾我的淚水滴落妳的手背，妳也只是不發一語地抹去我臉上的淚痕，繼續緩慢的修著我的指甲，一根又一根，修得漂漂亮亮、整整齊齊。妳輕輕拂著我的腳掌，比修剪手指甲更溫柔的方式，將我的腳指甲輕巧修剪乾淨。

指甲碎裂的聲音迴盪在令人窒息的空間裡，與淚水掉落地板的聲音融合。

妳的臉孔漸漸模糊……

即便我心軟原諒了妳，繼續一起經營我們之間的關係，偶爾我想起那夜，心都還是不由自主狠狠地揪痛著。妳和阿曼始終斷不了關係，一次又一次，漸漸地，妳不再說謊掩飾，妳只是沉默，或徹夜不歸。

4

幾個星期過去了，妳依舊毫無音訊，阿曼也匿了聲跡，彷彿妳們從不曾出現在我的世界一樣。我甚至懷疑，其實妳們根本就不曾存在過，一切只是我的想像，但這畢竟純屬我的異想天開。妳們曾經那樣真真實實地存在我的生命中，又怎會是不曾存在過呢？

將拖了好久的論文完稿，也申請了口試。蘇這幾天也來得勤，每天帶著晚餐來陪我，盯著我的論文進度。吃過晚餐，我懶洋洋地攤在沙發上，咪咪蜷在沙發的另一端，遠遠看去，不知情的人說不定會以為那是個溫暖的抱枕。蘇收拾著桌上的食物空盒，她忙碌的身影在空間中來回穿梭，為這棟孤單的房子帶來一點溫暖的色調，出乎意料的和諧。

「喝點紅酒？」她從廚房的儲酒櫃拿了瓶勃艮地紅酒，對著我笑，並挾著兩支紅酒杯。我微笑點頭。蘇倒紅酒的姿勢非常優雅，酒紅色的液體像絲綢般滑進水晶杯邊緣，蘇遞了一杯給我，我像個貴婦般斜斜地倚在沙發上，接過紅酒。

我輕輕喝下一口，酒香立刻在我唇舌間四溢，我的臉頰泛起紅暈，我與蘇靜靜地喝掉手中的酒。我將空杯擺回桌上，蘇靠我靠得很近。

「曉曉……」蘇的聲音聽來有些遙遠，像是醉酒似的聲音，然而，我知道，一杯小小的紅酒是醉不倒蘇的。她撫著我微微發熱的臉龐，她身上散發出的氣息使我明白她的欲望，而我並不打算抗拒。「我好喜歡妳……」蘇吻上了我的唇，雙手在我身上游移。

咪咪突然「喵」地一聲，從另一端沙發躍下，不知發現什麼似的消失在客廳。我想是不預期見到正上演的限制級鏡頭吧！這麼一想的時候，我忍不住笑出聲。蘇停下動作，不解地望著我。

「和自己的指導學生搞曖昧關係不太好吧？」我笑著這麼對她說。

「妳知道，我們並不只是師生關係，而妳也知道我一直都很喜歡妳。」蘇的欲望已然冷卻，我從她眼裡看見失落。

確實，早在重回校園拾起書本前，我跟蘇就是舊識，曾經維持著戀人未滿的朋友關係，一直到跟妳在一起後，漸漸斷了聯繫。念了博班後，才發現蘇竟是所上的教授，背著妳的介意，我沒有告訴妳我的指導教授就是蘇。

其實我一點也不愛蘇，但蘇卻為我如此著迷。為什麼要跟蘇接吻呢？也許我只是好奇，她的唇與妳的唇有什麼不一樣？

夜深了，終於喝多了的蘇擁著我沉沉睡去，她的氣味與妳的氣味重疊，妳們的味道竟不可思議的相似，蘇沉睡時的側臉像極了妳沉睡時的模樣，像是做了什麼美夢而微微揚起的嘴角，我看著髮絲在她頰邊四散，妳們竟這樣相似，我輕撫著她的臉，幾乎要以為蘇就是妳了，簡直一模一樣。

「曉曉，我好愛妳……」妳在我懷裡蹭著，像個小孩般的撒嬌，我們互相擁抱、輕吻，窗外是白晝一片，而景物卻是黑白的，我詫異地叫妳看看四周的異樣變化：「Zoe，妳看……」我話還沒說完，妳的臉突然靠得我好近，我推開妳。

「看什麼？」不是妳的聲音，原來是蘇。「捨得醒了？」蘇笑意盈盈地看著我。我看著蘇，心想，果然是一場夢。

我懶懶地伸展了四肢，蘇低頭親吻我，我沒有避開，但卻有一絲罪惡感油然而生，我不是一個極有道德的女人，想念著妳的同時，卻讓別人在我們的床上與我相擁而眠。

這個人跟妳不可思議的相像，簡直就像同一個模子印出來似的。

妳會生氣嗎？我猜測著妳的想法，卻沒有答案，妳什麼時候會回來我都不知道了，誰來給我個答案呢？

5

蘇順理成章的成了我的女朋友，用著妳的衣物、東西，彷彿她就是妳，她抽菸的方式就跟妳一模一樣，拿菸的姿勢，吐煙的節奏，就連她的習慣也都跟妳如出一轍，為什麼會這樣呢？

有好幾次，我喊著蘇：「Zoe！」

「妳在叫我嗎？」蘇不解地望著我。

「沒……」我回神後，卻仍會錯覺是妳。

曾有那麼一次，我在吧裡看見妳的身影，我欣喜地向前輕拍了妳一下，妳回過頭，竟然是蘇！我明明聽見她們喚妳 Zoe，是我的錯覺嗎？

但，妳跟蘇彷彿是同一個人。

我越來越常把蘇當作是妳般的說話，妳的離去在我的記憶中被徹底磨滅，我的回憶出現了斷層，我有時記得身邊的人是蘇，有時根本就把蘇硬生生地當作是妳，然後拚命地抱著妳說話、痛哭。有時候，我連自己都記不得自己，覺得世界是一片空白，或者是太過扭曲，所以我不知道世界原本應該是什麼樣子。

我進了醫院，醫生說我可能患了精神分裂症，妳，其實從沒存在過。蘇緊盯著我按時吃藥，沒有課的時候，她總是陪在我身邊，然而，我卻如此想念妳。怎麼可能，妳不存在我的生命裡？我們曾經一起做過許多事，那些美好的時光怎麼可能只是我的想像？我不是詩人也不是小說家，我怎麼能夠編織出這樣美好的記憶？我不認為是我生病了。

醫院門診還是持續著，心理醫生最常問我：「妳在想什麼呢？」

身為一個精神病患，我究竟在想什麼呢？我想妳一定也同樣好奇。我到底在想什麼呢？我常常這樣問自己，我也非常好奇我的腦袋都裝些什麼東西。最近我常回想起那段空白的記憶，失控的一切有時會慢動作在我腦海中播放，每每令我驚慌不已。我一度無助的要求醫生讓我平靜下來，不管用什麼方法，只要讓我暫且脫離我已然失控的世界。而我畢竟從醫院逃開了，我無法接受這樣的結果，自醫生離開之後，我不願相信任何既存的傳統療法。

那一段時間，巨大的痛苦包圍著我，伴隨莫名的幻聽與幻覺，我分不清什麼才是屬於我的真實世界，我日夜顛倒的生活著，沒有生氣如一具空靈，家人深覺我如同一具死屍，惶惶不安的揣測到底發生了什麼事，向來讓他們放心的我竟變成這樣，我在藥物的交互作用下，常常處於恍惚的狀態，我不斷企圖自殺，不斷想要知道到底是為什麼這個世界這樣醜陋？為什麼我不快樂？為什麼我身邊的人一個一個離去了呢？

太多的悲傷沒來由，對愛太執著得失，學不會在親密之中保持冷靜與距離，對生命的感受太強烈，承受不起的時候，我的身體意志竟背叛了我選擇了崩潰，於是我構築多年的防衛頃刻瓦解。我閉上了雙眼，再不願看見毀敗的自己。我依稀可以聽見體內不斷發出的尖叫聲與碎裂的聲音。夜裡，我倚靠大量的安眠藥入眠，我總是用枕頭捂住自己的頭，「停止！停止！」我聽見心哀嚎的聲音，我救不了自己。哭泣，水分乾涸的肉體瓦解。

我總是聽見遠方有人呼喚我的名字，耳語不斷，究竟是誰在說話呢？哭泣與耳語的故事依舊流傳，那些帶著悲傷的耳語，彷彿呼喚我至另一個世界似的，於是我下意識的拿起手邊的尖銳物品，我嗜血，見血總讓我有著莫名的快感，那傷口嘲笑著黑暗的一切。

清醒的時候，我依舊悲傷著未知空洞的一切，空洞的自己，那張在鏡子裡出現的臉，幾乎要令我號啕大哭，那是一張空洞、蒼白、沒有生氣的臉，令我害怕的自己的臉。然後，我料理著斑駁的傷痕，而我卻清楚知道，下一回，我依然會循著舊有的脈絡狠狠地割開它。

完美的脫離與世界的連結，我躲避任何關係的牽扯，鎮日活在自己建構的世界之中，我不說話，也不外出，我將自己隔離在我極端依戀卻也厭惡的世界之外。

而那段遺失的空白記憶到哪去了？

6

一天下午，蘇坐在琴前，彈起了貝多芬的〈月光曲〉。午後陽光從落地窗斜斜照射進來，蘇的臉和妳重疊在一起。我從來不知道，蘇竟然也會彈琴，而且彈得這麼好，那一雙手，像極了妳在琴上的交纏。

我抱住了蘇，熱切的吻她，蘇止住了琴聲，轉過身抱著我，我感到身體裡的欲望如此強烈，蘇的手在我身上來回地愛撫，恍惚之間我看見她的臉，竟然是妳的臉，我忍不住哭了。

教會我彈琴的是有著一頭飄逸長髮、且十分帥氣的徐青，我還記得第一次上課時，她說：「什麼都別想，就隨便亂彈吧！」她將我的手放在琴鍵上，我看著她，侷促不安的雙手不知該如何擺動。「像這樣……」她將我的手輕輕提起又突然放下，手落在琴鍵上發出刺耳的聲音。我笑開了，胡亂在琴鍵上彈奏著，徐青居然忍受得了這樣可怕的聲音，她一直微笑的看著我。

徐青原來是蘇的好友，很快的我便知道，徐青跟我們都是同一類的人。她每個星期二下午來教我彈琴，我們不一定上課，徐青有時帶來一部電影，或一張音碟。雖然我並不是特別認真的學琴，但我的琴藝進步得非常迅速，這該歸功於徐青吧！她教我發揮了手指最大的功用。

有一陣子，我發狂似的每天彈妳最愛的那一首曲子，至今我還不知道它的曲名，彈著彈著就哭了，為什麼妳不見了？

我也常常在鋼琴前坐一下午，並不是練琴，而是想念著妳彈琴的模樣，想妳的雙手在黑白琴鍵上飛舞，隨即流瀉出一串美妙的樂音，妳曾說過我們的愛情像一首完美的小奏鳴曲，什麼時候它被演奏得荒腔走板了？

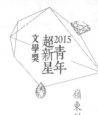

7

論文在蘇的指導下，我順利的取得了學位，蘇決定請我吃飯慶祝。她在市區一家頗有名氣的日本料理店訂了位子，她知道我向來獨鍾日本料理。

到了那家店，我才知道蘇訂了私人包廂，經過自助式吧台時，我竟看到了妳和阿曼。我怔在原地，蘇察覺了我的異常。

「怎麼了？」蘇朝我眼神注視的方向望去，「怎麼了嗎？」

「那是 Zoe 和阿曼。」我向她們走去，然後停在她們面前。

「曉曉……」她們同時驚呼出聲。

「Zoe ……」我哽咽著，卻什麼都說不出來，怎麼妳的消失真是因為阿曼嗎？就這麼無聲無息，一點音訊也沒，原來妳們根本是有計畫的消失。

「曉曉，我們……」

不要說了！什麼都不用說了。我丟下蘇，跑出了那家店，一個人在街上落淚狂奔，我只想跑到一個沒有人的地方躲起來。

「曉曉，我愛妳！」

「讓我來照顧妳！」

「除了妳，我不會再愛上別人了！」

從前妳說過的話一直在我腦海裡重複播放，為什麼妳要這麼對我呢？我從來沒有遺忘過妳，從來沒有，為什麼要這樣對我呢？

「碰！」一聲巨響，Zoe，我彷彿被拋到了空中，再重重落下，我是如此深切的念著妳、想著妳，在失去知覺之前，我想著想著，是劇痛。

Zoe，妳到過天堂嗎？

原來天堂是片無盡的白，不同於我們的一身黑暗，我們怎麼樣都無法被漂成潔淨的白色，那樣充滿死亡意味無盡的白。

妳曾經說過，兩個女人相愛是與生揮之不去的原罪，我們上不了天堂。

Zoe，不是這樣的，我知道妳是虔誠的基督徒，妳唯一背叛教義的便是妳愛女人。但，Zoe，我上了天堂，我們相愛並沒有罪。

「曉曉……曉曉……」蘇的聲音聽來有些遙遠，我緩緩睜開眼睛，眼前是一片白，但我知道我不在天堂，我在醫院，因為到處充滿著刺鼻的藥水味，與濃得化不開屬於死亡的氣味。

「曉曉，妳醒了嗎？」我微笑著，蘇的臉看來好清晰，我舉手輕拂她的臉，她怎麼會像妳呢？是我的想像吧！我不愛她，但我愛妳，因為她身上有妳的影子，所以我愛她身上妳的影子。

我不知道自己傷得重不重，我只想知道，妳和阿曼的事。

「醫生說妳可能有些輕微的腦震盪，要住院觀察。」蘇的語氣聽來有些不自在。

「妳在餐廳到底是見到了誰？那對夫妻被妳嚇了好大一跳！」

「那是Zoe和阿曼，我看得很清楚，不會錯的。」

「都說了不是她們，曉曉，妳不能依賴著妳想像的世界過日子啊！」蘇大概快被我搞瘋了吧？任誰也受不了像我這樣一個神經質的女人。

徐青推開門走進了病房，一來就抓起我的手仔細的審視，「還好，還好，一雙手還完好如初。曉曉應該還沒吃吧？我帶了一些適合病人吃的稀飯，蘇，妳餵她吃吧！」

「謝謝妳，我都忘了該給曉曉買點東西吃了，昏迷了兩天，一定餓壞了。」蘇一面說著，一面動手拿出徐青帶來的食物。

等等，我昏迷了兩天？那妳和阿曼又會跑去哪兒呢？

「蘇，妳幫我找找她們，我明明看見她們了。」我哀求著蘇。

「那真的不是妳認識的人，曉曉，放棄了好嗎？先吃點東西。」蘇確實是個溫柔至極的情人，她愛上我，是個極大的錯誤吧？她可以找一個再正常不過的人啊！

蘇餵我吃完東西後，說要回家拿些我的換洗衣物過來，她請徐青留下來陪我。蘇一離開，徐青低頭吻了我的額頭，「妳怎麼這麼衝動呢？看都不看就往馬路上衝，」徐青的眼神看來極其憐惜，「下次，不准妳這麼不愛自己了！」

一直不知道徐青要的是什麼樣的女人，蘇說她的女友沒斷過，總是有人慕名而來，徐青卻從來沒有愛上任何一個女人，「她大概只愛她自己。」蘇總是在結尾的時候這麼說。

「妳認識 Zoe 或阿曼嗎？」我忍不住想問。

「Zoe？寫小說很早死掉的那個 Zoe 我不認識，但她的書寫得真好！圈內也有不少個 Zoe，妳問的是哪一個？」徐青的眼神閃爍，於是我沒再追問下去，但心裡卻隱隱有個預感，徐青跟蘇有事瞞著我，她們知道 Zoe 在哪裡，但是為什麼要瞞著我呢？

在蘇回來之前，我又昏沉沉的睡著了，Zoe，妳到底在哪裡？

徐青什麼時候離開我一點也不清楚。

8

幾天後，我出了院，精神科醫生告訴我，妳和阿曼都是我想像出來的人格，妳們其實是我。我看著醫生久久、久久無法言語，是你們串通起來讓我以為我自己瘋了嗎？

我仍舊兩個星期回醫院一次，人群充斥，我們相遇的機率是多少呢？這個世界有成千上萬的人，為什麼我遇見妳，並且相愛？我的空間時間，充斥著各種人事物，看來是再充實不過了，但為什麼我還是這麼孤零零的？只是因為我是一個獨立個體嗎？還是因為我是一個實體，所以，那些外在的充實無法穿越我的實體而存在？我在放大的醫院中，看見縮成一團的自己，外頭的吵鬧喧囂，都已在我的實體之外，我是如此安靜，面對孤獨。

領回了藥，蘇依舊盯著我正常吃藥。

蘇去學校教課的時候，我坐在家裡的沙發上，安靜地抱著咪咪，我不斷地回想我們過去曾共有的回憶。以前妳總是在出遠門時，留下一封信給我，說妳會想念我，叮嚀著我要好好照顧自己之類的話……

對了！妳寫給我的信。我放下咪咪，急忙地跑上樓。咪咪也跟著我跑上樓。

我翻遍了整個房子，卻遍尋不著妳曾留下的點點滴滴，不可能，一定是蘇把它們都藏起來了，咪咪在我腿邊喵喵的摩蹭著，然後極優雅的走開。牠走往樓梯間，然後在第七階停了下來。

我走下樓抱起牠，卻注意到那牆上的畫，「咪咪，妳是要告訴我Zoe媽媽的東西藏在這裡嗎？」我抱著咪咪輕輕的問著。咪咪只是慵懶的喵了一聲。

放下咪咪，我掀起了畫，原先掛著畫的牆壁是總電源開關的小空間，「咪咪，爸爸的東西一定在這兒……」我打開了那扇門，在許許多多的開關電線間，果然放了一個小盒子……

我打開了那小盒子，妳的字跡飛舞在我的眼前，我顫抖著雙手，打開了其中一封信，Zoe，妳確實存在，我其實沒有生病。

蘇，徐青，妳們，為什麼要騙我呢？

我得在蘇回來之前把家裡弄成原來的樣子，然後把盒子重新藏好。

蘇在六點左右進了門，帶回了一盆綠色植物，像從前妳送我的那盆，不，是一樣的植物。

「回家時經過花店門口，覺得它很可愛，就買回來送妳，喜歡嗎？」我點了點頭，「它叫水上飄，又叫銅錢草，會幫人招來好運喔！」蘇把它擺在琴上，「以後妳練琴的時候，我也在旁邊陪著妳。」蘇回過頭笑吟吟的看著我。

突然之間，我覺得蘇好陌生，就像一個我從不認識的人一樣，可是她卻活生生的在我面前，與我共同生活著，小心翼翼的照顧我、愛我。而我，卻始終沒能讓她走進我的心裡。

因為我的心已經有妳了，再也容不下別人。我以為自己是個敗德的女人，而原來我對妳的愛是如此純潔，一如白紙，沒有汙漬。

一切是如此荒謬，卻又如此真實。

那麼久以來，我一直是這麼孤單的愛著妳，雖然我並不是什麼好情人，但我知道我愛著妳，所以，讓妳占據了我的整個心，只是我一直沒有發現，妳的心裡其實還有著別人。

這就是人人口中所謂的愛情嗎？

無法單純而絕對，愛與不愛，都只是妳的隨心所欲？

9

蘇在廚房，今晚她要弄點簡單的食物。我不了解，為什麼妳們要騙我？

跟蘇一起吃飯的時候，我看著她，試圖從她的神情中找出些蛛絲馬跡，但是蘇像平常一樣地說著她的研究進度，然後她停止了說話，看著我：

「曉曉，妳怎麼了？妳今天好像有些安靜。」

「我只是有點累……」我歉然地笑了笑。

「那就好，那待會妳早點休息。要不要我幫妳按摩？」

我輕輕地點了點頭，低頭把盤裡的食物吃完。

約略休息了半個鐘頭，我拿了換洗衣物進入浴室，我仍然猜測著一切，到底是哪裡出了問題？我的記憶似乎空白了一大片。

蘇無聲地進入浴室，從背後抱住我，「曉曉，我愛妳。」而我卻失神轉頭喊她「Zoe……」，蘇的身體頓時僵硬。

對不起，蘇，我無意傷妳。

「什麼時候，妳才會忘了妳心中的身影？」蘇哀傷地望著我：「她並不存在啊……」

「不，她一直都在。」我知道，那並不是我的憑空想像。「告訴我實話……」

我抱著蘇，水不斷地從蓮蓬頭灑下，蘇的臉濕淋淋地，她的雙眼似乎有著淚水。

水嘩嘩的流著，我們無言地對望。對不起，蘇，我一定要知道真相，告訴我實話。

「我找到 Zoe 寫給我的信了，她確實存在啊！告訴我實話……」看著蘇的輪廓，我越發覺得那幾乎是妳的臉，有些片段不斷在腦海裡跳躍著，我的頭好痛……

「曉曉，妳還好嗎？妳怎麼了？」蘇一手扶著我，一手關掉了水，她拿了件浴巾將我裹住。「別想了，好好睡一覺，明天，明天就會沒事了。」蘇的聲音聽來好疲憊。

不！我一定要知道真相！我推開了蘇，到樓梯間的牆上拿出那盒子。

「妳看！她存在！她一直都在！」我打開盒子，拿出妳寫給我的信，要蘇承認妳是存在的。

「曉曉……妳看看上面的日期……妳知道這是幾年前的信了嗎？」蘇拿著信，要我看妳署名旁的日期。

「二〇〇五年……這……這不可能，明明就是這兩年來她寫給我的信，怎麼可能是多年前的信？」我顫抖不已，我看著蘇，蘇輕柔的擁抱著我，讓我在沙發上躺了下來。

「她死了好幾年，妳想起來了嗎？」

我閉上雙眼，卻眼淚直流，我想起來了，我全想起來了……九年前的那一段故事……我的空白記憶……

那天清晨醒來，電話答錄機的紅燈閃著，按了播放鍵，「曉曉，是我。阿曼。妳換了電話嗎？想找妳敘敘舊聊聊，我的電話沒換，如果妳不再恨我了，回電給我吧。」消失了大半年的阿曼突然出現了，我有些不祥的預感，她是妳過往的情人之一，妳說跟她在一起沒什麼特別的理由，我想或許是因為寂寞吧！阿曼曾是我們之間的第三者，也是我多年的好友。因為她的介入，我們曾短暫分開一段時間，然後又再度復合。因為這件事，阿曼一直對我有很深的愧疚，而我也不知該怎麼繼續跟她當朋友，兩人形同陌路。

覺得疲憊，決定再小睡一會兒。睡得不是很安穩，做了個噩夢。我夢見妳站在一個好渾沌的地方，面無表情的對我揮手道別，那個渾沌的地方我仔細看著，竟然是靈堂……我汗涔涔的驚醒過來。

「小懶蟲，起床吃飯嘍！」妳的聲音聽來很有精神，妳一向牽引著我心裡最柔軟的部分，我總是無法拒絕孩子氣的妳。幸而那只是一場夢。

「怎麼？又做噩夢啦？」妳發現了我的失神。

「嗯，好可怕的夢！」我說。

「不會是夢到我死掉了吧？」妳玩笑式的戲謔，卻精準的猜中我的噩夢，我的眼淚瞬間湧出，妳驚慌地抽了面紙拭去我臉上的淚，「哎呀，夢與現實是相反的呀！別擔心！」

妳花了好些時間才安撫了我的情緒。下午妳接起了一通電話，隨即說要出門。「曉曉，我有點事要出去。晚點回來，晚餐別等我了。」我想起那個夢，突然很害怕，妳就這麼消失。

傍晚，我再度接到阿曼的電話。

「曉曉……」阿曼的聲音泫然欲泣，「Zoe 她……她現在在台大醫院……」我沒有聽見阿曼後來說了些什麼，我不記得自己是怎麼到達醫院的，只是一趕到急診手術室外頭時，醫生剛剛走出手術室，遺憾地表示他們盡力了……

早上的夢原來是早有預警的，我顫抖地看著病床上蒼白的妳，握著妳的手，妳早已失溫。我沒有哭，也沒有崩潰，冷靜地聯絡了妳的家人來處理後，我回到家裡。阿曼跟著我回家，「她愛的一直都是妳……為什麼是妳，不是我？」她問我，我無言以對。

下午妳出門，原來是阿曼找妳，約在市中心的咖啡館，她表示想再回到妳身邊，妳斷然拒絕。

「妳跟曉曉復合了？」阿曼問。妳默默點點頭。

「妳離開我就是要回到她身邊，是嗎？」阿曼哭了，她知道她只是過客，當初介入我們之間時，她就已經明白了。然而阿曼還是不死心，「我以前不介意名分，現在依然不會介意，我不會讓曉曉發現的！」

妳看著淚流滿面的她卻什麼話都沒說，結果反而引起阿曼更大的反應。她覺得難堪，匆匆抓起皮包，衝了出去，妳擔心她也跟著追了出去。

就在街道口，阿曼聽見尖銳的煞車聲，她回頭一望，只見到妳倒臥血泊中。她放聲尖叫！

而我，從此不再開口說話。

10

我想起來了，蘇伸手抹去我眼角的淚，在我頸背間輕輕的來回安撫著。她一直抱著我，關於妳的一切一切，過去的種種光景，我的空白記憶，一下子充斥我的腦海，我安靜了好久好久，蘇只是一如往昔的耐心守護著我。

我望著她，心裡有好多好多話想說，卻一句話也說不出來，這些年來我一直不願面對妳的死亡，我一直活在過去的世界裡，蘇這樣明瞭，卻仍無微不至的照顧著我，我看著她，蘇的身影漸漸清晰，她不是妳，也不像妳，我才明白她對我有多重要。我漸漸趨於平靜，蘇還抱著我。

「我是我自己了，完整的曉曉。」我在心裡對自己說著，就好像第一次被蘇擁抱般，我開始感受到她的溫度，她的呼吸，甚至是她的心跳。

「我抱妳去房間睡，好嗎？」蘇說。我輕輕點了點頭，緊緊倚在她的懷裡。

「我不會再迷失了。」我在睡意漸濃中這麼告訴蘇。

「我知道。」聽見蘇的回答，我安心的帶著笑，沉沉地睡著。

蘇緊握著我的手，我知道我們再也不分離。從今以後，我能給她我所有完整的愛，我完整的身心靈。

我會愛她，像當初愛妳那樣純粹的愛她。

（嶺東科技大學「嶺東文藝創作獎」首獎作品）

蕭翠瑩

熱愛舞蹈、文學與旅遊，有生之年將盡情舞著、讀著、寫著。醉心於佛朗明哥舞世界，參與多部舞劇演出；曾獲多項文學獎，創作不拘小說、散文、詩作；習慣單獨旅行，一個人行走天涯，無可救藥的隨性。

附錄

青年超新星文學獎
評審會議記錄

時間：二〇一五年九月八日
地點：台北明星咖啡屋
評審委員：宇文正、唐諾、楊照、楊澤、蔡素芬、劉克襄、駱以軍
列席：初安民
記錄、攝影：編輯部

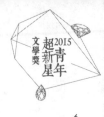

主辦單位報告徵件情形

初安民：今年參加的學校有三十八所，但因為其中的某所學校有兩篇並列首獎，所以一共有三十九篇小說作品。另外要說明的是部分學校未參加的原因，有些學校認為選出來的作品水平不夠，沒有報名；也有些校園文學獎的作業時間未及參與本活動的收件流程（但可報明年度）。結果第二屆青年超新星文學獎有三十八所大專院校報名參加，三十九篇校園文學獎的首獎作品集合在此進行聯合評選。

按照往例，請各位委員共推一位主席，接下來就由主席來主持評審會議。

評審委員們推舉劉克襄擔任主席。主席倡議大家先進行第一次投票，從三十九篇作品中，選出五篇。

第一輪投票

〈虛實之間〉：一票（楊澤）

〈變革〉：一票（楊澤）

〈床伴〉：一票（宇文正）
〈一支令人幸福的吹風機〉：二票（唐諾、楊澤）
〈困獸者〉：一票（蔡素芬）
〈等死〉：三票（宇文正、唐諾、駱以軍）
〈浴缸哲學〉：二票（蔡素芬、劉克襄）
〈平衡〉：二票（楊照、蔡素芬）
〈公寓生活小記〉：一票（唐諾）
〈房間〉：二票（楊澤、劉克襄）
〈等她醒來〉：三票（楊照、楊澤、駱以軍）
〈願望〉：一票（楊照）
〈偉士牌少年大笑事件〉：四票（宇文正、唐諾、蔡素芬、駱以軍）
〈食物鏈〉：一票（宇文正）
〈阿梅的故事〉：二票（宇文正、蔡素芬）
〈蓬萊〉：二票（劉克襄、駱以軍）
〈迴轉〉：二票（唐諾、楊照）
〈離家出走〉：一票（劉克襄）
〈硬皮阿公〉：一票（楊照）
〈快樂天堂〉：二票（劉克襄、駱以軍）

劉克襄：在逐一討論之前，請評審委員針對這次的作品發表整體印象與意見。

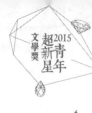

唐諾：過去大家總會盡量想要可以突破文學定義，往不一樣方向走的東西。但這幾年來我慢慢覺得文學的核心應該需要保衛，雖然文學很難講它一定是什麼，但長年我們泡在這裡，知道它有個很專業的核心在裡面，所以我的看法和選擇標準很簡單，就是找出讀來還像是我所認識知道的文學作品。

宇文正：這次滿多篇的作品程度整齊，但是卻沒有特別讓人驚豔的。有幾篇基本功看起來扎實的作品，似乎是來自大陸的學生，小說架構、敘述能力都不錯，但題材稍老舊，不見得動人，又反而不如一些技巧較嫩的作品讓人耳目一新，這讓我挺困擾，不知如何做選擇。

駱以軍：我是看技術層面；有些作品我會看出它漏了哪些技術，有些作品它技術漂亮，會被迷惑。有些作品來自大陸，他們的基本功硬到跟台灣小孩是不一樣的，散發出共和國小說的味道。另外，這個獎究竟是像大專盃集合比賽，似乎也可看出不同城鄉的學校所選出的作品間的程度差異。基本上沒有那種絕好的作品，但我會去想像十幾、二十歲的年輕世代如果做到這個程度，也是滿有意思的。

楊澤：我跟宇文正一樣很困擾，沒有亮眼的作品，變得選擇性不知在哪裡。我也滿贊同駱以軍最後講的，我會比較去看年輕世代的生命情境跟他們所寫的東西，這中間的關係到底在哪裡，所以我挑的角度就在於：他可能剛剛出道，是不是夠上道，有潛力與否。大致是用這般簡單的想法去看，要不然假如去看他們的技術點，每一個人其實都很分散，技術好像也統一不起來，這不是我最關心的。年輕人對生命情境都有一種敏銳度，但有時候只有敏感而沒有銳度，從中我想要找出那個「銳」的。

蔡素芬：我看今年的作品跟去年很不一樣，去年許多關於家庭倫理、談家族關係的作品；今年好幾篇出現了寫女性自主的內容，已經不是談自覺，而是自主了，尤其是身體與情感的自主，甚至有霸權的傾向。這在大學生的作品裡面，我感覺是反映出世代意識的改變，女性的自主性凌駕在男性之上。其他有些作品所涉及到的生活範圍還滿大的，探討社會失業等種種問題；不過就是太工整了，太完整地去講故事，也太明顯地要去表達主題，對我來講就會失去吸引力，因為我已經知道它要講什麼或者題目的反諷。這種完整性還包括年輕人思想上的單純，有時候未給予強烈的原因，卻直接寫了個後果給我們，有些簡化的人生在裡面。所以從這些作品中，我就反而要去看年輕人使用文字的能力、他的靈動感，他是否顯出寫作才華可以繼續寫下去；因為光會想像一個故事而文字沒有特色，可能一段時間過去就沒有熱情了。如果文字充滿才氣的話，有可能想像力就可以延續這份文學生命。在這裡面，我還是看到有些讓我感受到愉快的一種文字的敘述能力。

楊照：讓我留下最深刻印象的，不是好的作品，而是好久沒看過這麼初等的作品；其中某篇文章寫古寧頭大戰之前，然後就去看瓊瑤電影……這種作品竟然會獲選，真是很大的問題。所以我是想提醒參加的學校，希望告訴前面在幫我們做初選的那些評審們，這樣選出來的作品之後還要給別人看。這是我第一個想提醒的。

第二個，這是兩年來非常明確深刻的印象：文章字數都不多，可是現在年輕人真的會在這麼短的字數裡面一直分，要分成很細的段落。我強烈地感覺正在快速消失的是，稍微把文章寫長一點點——包括如何用懸疑，如何把這段銜接到那段——這種能力完全消失了。即使是這次我投了票、認為稍微好些的作品，都是這樣。這是我看到最大的問題跟最深的印象。

劉克襄：這次的作品水準相較於去年第一屆，平均素質比較弱，缺乏突出較好的作品，一下子要選出來

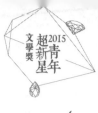

並不容易。比較特別的印象是，有很多虛構未來性的作品大量出現，寫作者明顯受到電玩遊戲世界的影響而出現類似的題材跟語言。此類小說大量出現時，像水母莫名量出，會影響海底世界的多樣性，這是比較讓人擔心的。

接下來，我們就先從獲得一票的作品開始討論起。

一票討論〈虛實之間〉

楊澤：這篇算是被我揀回來的，一開始看覺得有點老套，我知道大家不選的原因是它似乎介於瓊瑤跟什麼（**宇文正**：像韓劇）。它有點笨拙，但其實很中規中矩。標題叫〈虛實之間〉也不好，但描述從失戀到錯亂的過程，處理得相當細膩，我看中的就是它的細膩，細節娓娓道來，雖然有點笨拙但並不粗。

劉克襄：這篇在最後她願意接受蘇老師，轉折速度太快了，非常可惜。

一票討論〈變革〉

楊澤：這篇讓我想起以前黃凡寫的東西，有點訝異大家一票都沒選，故事其實滿能夠跟現在的台灣政治、媒體生態做對話的。一個原本在偏鄉夜市叫賣玩具的小人物，口才極佳，他自身，還有他後來輔佐的總統兩人被發現的過程，是全篇寫得最精采的地方，其他部分還是老套居多；但，他經營這樣一個小中篇，能自圓其說，沒有心浮氣躁、詞浮意淺，已經算是很難得了。

蔡素芬：這篇他寫得很長，有一些隱喻。可是裡面談到的救世主聖諺，他所描述的和他講出的語言完全沒有救世主的形象，我感覺缺乏說服力，讓人很難相信他符合救世主形象。

駱以軍：這類作品我會有個警戒是，我後面會看到受日本漫畫很大的影響。

宇文正：他的優點是表現出的企圖心很大。

一票討論〈床伴〉

宇文正：他有把愛情中占有欲漸漸提升、自由慢慢退位的那種心理過程表現出來，但這篇我不堅持。

一票討論〈困獸者〉

蔡素芬：這篇有滿多缺點，可是我選的原因在於人物的情緒。她是很情緒性的，我們都不知道為什麼，而這就是它的題目〈困獸者〉，她被她的情緒困擾，裡頭這位男性永遠很無辜，不知做了什麼讓女朋友這麼生氣要分手。但他的語言，就是我認為有才氣的那種，有貼切的形容可以表達人物的心情。我覺得還好，並不堅持。

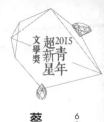

一票討論〈公寓生活小記〉

唐諾：蔡素芬的說法很像我高中時候有次教官說的，「各位同學你們什麼都好，就是缺點太多」。這次的確是沒有很亮眼的作品，順帶提一下，有篇很亮眼的題目叫〈牛在城市裡〉很可惜，本來覺得會是篇好的契訶夫式小說，但為什麼不一開始就寫那隻牛在城市裡呢，他反而拚命去解釋牛為什麼在城市裡。通常寫小說的毛病，是他們喜歡把自己認為最好的點，像抖包袱一樣放在最後才抖出來，但其實應該倒過來：好的小說事實上是找到這個點，然後打開一個書寫可能，是個開始，而不是作為一個結束。

至於〈公寓生活小記〉就是那種很平實、不誇張、耐心的，帶點土氣且缺點很多的寫法，有點讓我想到很久很久以前的小說。它其實跟我選的另外一篇〈等死〉有點像，都寫老人。我本來滿怕看到把老人描寫成那種制式的粗鄙如同回歸獸類，這篇倒是很節制。但我並沒有要說服各位支持它的意思，只是想說：如果小說回到一個不胡思亂想，慢慢認真地寫，不管有沒有才華，他終究把一個東西比較完整地講出來；這篇對於人的感覺不深刻也有點類型化，可是還算準確。

駱以軍：我的情感曾猶豫這篇跟〈等死〉，後來傾斜向〈等死〉。我認同唐諾剛才講的，這篇有點像譬如蘇偉貞那個輩分會寫的；他好像不是會去寫戲劇性的、人與人發生什麼鬥爭，可是人就被放在那個空間裡，開始有臭味或互相滲透的味道出來。可是它有些好像也是糊糊的，包括他跟女兒或後面跟同居人的部分。

蔡素芬：而且它前面敘述上，邱老師比較像是一個第三者被看，沒有他的心理狀態；但後面觀點卻都在邱老師，他的心理狀態跑出來了。我覺得這種敘述觀點不太平衡。

一票討論〈願望〉

楊照：我想爭取大家考慮這篇，剛剛唐諾說〈公寓生活小記〉是不胡思亂想，那麼這篇〈願望〉是胡思亂想。我們看到滿多篇胡思亂想，我覺得應該讓一篇胡思亂想、想得好一點的，可以被考慮。在所有的小說裡面，這篇是最用大腦的，包括設計老鼠的寓言到後面在講願望。我很欣賞第二段的描述，他等於在打破什麼叫許願這件事情，每樣東西都不簡單，每個願望都是有代價的。但這篇小說最大的缺點是第三段，幾乎可以拿掉它，胡思亂想過頭了。若從思考層面而言，在這次我們看了這麼多篇小說，這篇真的非常特別，麻煩大家再考慮一下。

唐諾：有考慮啦，但問題大概是：他們總是太快進入到一種熟練的橋段，這個橋段還不是我們所謂文學的書寫傳統，而是一種流行的套式。我沒有像楊照看得這麼進去的原因，可能在於第一段願望之間的直接反駁：就是所有的願望都隱藏著一個奇怪的代價，你想都想不到的那樣。當然，其實在陳舊的語言套式裡頭，再往下走的話有些時候也會滿有趣的，這也是真的。我比較同意這篇，而比較不同意〈變革〉，它好像要去想像一個大題材但不動到內心，這是對文學企圖的太粗糙、太想當然耳的理解。我覺得這篇有較明確的文學企圖。

蔡素芬：這種辯證性的小說，比較缺乏情節，你們覺得它想要提出來的哲理是什麼？

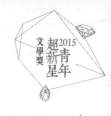

楊照：它就是一篇哲理小說，它的判準會是這個哲理是不是有趣。

宇文正：我是覺得他結尾結得太糟了，所以沒選它。

一票討論〈食物鏈〉

宇文正：這篇寫霸凌，屬於他們這個年齡關心的切身議題；但沒有太新穎的表現，我可以放棄。

一票討論〈離家出走〉

劉克襄：可能是參賽作品中篇幅最短的，可是我讀這篇會有一股感動與溫暖。

楊澤：這篇我本來也考慮要選，但它跟〈一支令人幸福的吹風機〉同樣都在講婚前心境，考慮多選不同東西來討論，因此放棄了。

楊照：它篇幅只有那麼短，但標題四個字就已經把它釘死了。我建議它的文章標題應該要改一下。

一票討論〈硬皮阿公〉

楊照：這篇它的題目很好，但沒有寫好。我不堅持。

二票討論〈一支令人幸福的吹風機〉

唐諾：這篇表現得比較對的一點是說，因為我們看這批作品通常是很破碎的書寫，像楊照講的；但破碎也就罷了，一講到往事卻忽然又變得敘述很完整。而這篇它比較統一，對母親的回憶始終就是幾個畫面，沒告訴我們太多，顯露出某種文學趣味。很多作品好像是長篇東西硬擠進短篇要處理完，但短篇究竟是怎麼回事，我試圖在這些小說裡頭尋找：有沒有一個畫面，打動這個書寫者，讓他魂縈夢繫，就憑一個意象、一個動作，因此想要開展出一個小說來。這篇寫得不夠好，可是她對於母親還有吹風機的聲音，讓我感覺到它有著這樣的短篇味道。短篇小說，我總是希望它有一點點「神奇的事發生」——而不是像這次的許多小說太像紀實散文了——那是小說這個形式本來賦予你的多一點特權，散文不給你的特權，這個部分應該要善用。

楊澤：這篇我很喜歡。去年我就強調，所有這些參賽的作品類型題材都很不一，評審似乎可以從更寬鬆的故事，而不是狹義的短篇小說的角度，去看，去包容及樂觀其成。因為故事是跟年輕作者的生命情境連結在一塊，至少是從他們的經驗中長出來的，這中間有層或隱或顯的對話（或者說自我對話），可以看到年輕寫手摸索形式與內容的過程。這篇其實是一個相當成功的短篇，作者用吹風機有時響有時不響來寫婚前無意識的焦慮，很多東西選擇不明說，很耐人尋味，而且文字清晰優雅，完全可以承載它的多層次意境。這篇是我的首選。

楊照：其實我也還滿喜歡這篇的，它最大的好處是她非常有自覺在寫小說，知道怎麼寫小說，包括它有個貫穿的懸疑。這個懸疑，包括吹風機到底象徵什麼，什麼時候響或不響，我反而比較有意見的是

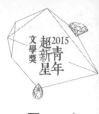

這些東西到後來收得太乾淨了。不過最後的結尾回到家裡面，其實都寫得滿好，這是最有小說設計感的作品。

劉克襄：我也願意支持，尤其是它的吹風機處理方式夠吸引人；但它最後跟非洲的連結很大膽，讓人錯愕，彷彿沒有處理好。

唐諾：對，這地方一開始我也打了問號，因為通常是要用熟悉的東西來解釋不熟悉的東西。但反之卻有個效果，什麼時候可以這樣用？就是要打開另一種書寫可能的時候。到後面我就釋然了，原來她是要處理她跟母親之間的關聯。

楊澤：一遠一近，我倒覺得吹風機跟非洲母獅子的連結是最好、最神奇的一筆。這裡我想要做一點分析，文學史上講唐傳奇有三種特色：詩筆、史才、議論。為什麼是詩筆史才，而不是詩才史筆呢？簡單說，詩筆是修辭思維，也是古典文學強調的，一種有文有筆的文字語言駕馭能力，並不全然是新詩新文藝教學上，一般所謂得意象節奏抒情句寫景句那種容易模擬的東西。這篇文字意境都好，吹風機跟母獅子的意象真的運用得很高明，輕輕鬆鬆就一舉撐起全篇的內在邏輯和張力。

蔡素芬：這篇藉吹風機來連結對母親的想念，我讀來覺得意念非常單純，不容易從中得到感動。設計得滿工整的，而且題目這麼明確地告訴我們吹風機的作用，這跟我對小說認知不一樣，我比較把它歸類為散文。

唐諾：這題目在我看起來還滿有意思的，這題名有一點猶豫，文學的猶豫，並不是要揭示內容，不像〈困獸者〉擺明要做困獸。這題目有點反諷、浮動，這點我以為還好。但我沒有到楊澤那樣覺得它寫得那麼好。

楊澤：我們總要找個比較亮眼的來作為一個標竿。剛剛講了很多東西好像都是套式，但年輕人要如何運用套式，甚至超越套式，才是最重要的。

二票討論〈浴缸哲學〉

蔡素芬：這一篇像是存在主義的寫法，這兩年比較少看到學生這樣寫，他的對話很不囉唆，有些對白有一種海明威式的精鍊。而且跟這批作品比起來，這篇的女性自主性非常高。小說裡這位失去母親的男性，最後只能承接女友的前男友留下的魚，跟他一起在魚缸裡面度過寂寞時光。這當中有一種模糊的象徵性和餘韻，不是明確地說一個現實中的故事，在講這人的狀態和失落，藉由跟魚的相處，有一種諷刺性。

二票討論〈平衡〉

楊照：這篇對我來講，就是不胡思亂想，把一件事情好好寫好的。包括在那樣的家庭狀況底下，必須要去面對和處理的。整體來說，它每一段開頭都是「這條路」，很低調也很細膩的把一些訊息藏在裡頭，比起我看到那麼多沒辦法把段落連起來的作品，相對這是比較成熟也比較完整的作品。很巧的是這篇的題材和寫法，都跟另外一篇〈迴轉〉有點像，只是一個人物是女的另一個是男的。如果以這兩篇來說，我會覺得〈迴轉〉寫得更準確一點。

蔡素芬：這篇主角想要平衡自己的性別情感狀態，常載著室友去吃消夜，她本來跟室友的關係定義在摯友、女性情誼，但其實那是超越的，已經是同志之愛。但她一直在抗拒，並且用道路的坑坑疤疤比喻關係的失衡，因為室友中途另外交了男朋友而使得兩人疏遠，到後來室友分手，又回來找她，她一如既往的騎車載著她去吃消夜，那個張力就出來了，一路上她一直笑，就好像她媽媽跟父親感情不好，就什麼都用笑去掩飾應對，最後的大笑其實是悲傷的。這篇小說很細膩也很靈活。聚焦在她自己個人的情感，對於室友有一種想承認又不敢承認的模糊的距離。但〈迴轉〉還帶入一些以現在來說有點落伍的，就是家族中對於哥哥的情感，我會覺得有一點僵化。

宇文正：我覺得〈平衡〉是這裡頭有比較充裕內心描述的，這種天秤座的平衡執念，除了有主角對自己性別的困惑、確認，還有家庭中，主角跟父、母親之間的平衡感。就像楊照說的，她一直重複著「這條路」，用騎車來比喻怎麼控制她生活中的不穩定。還真的有很多這樣的女性，沒辦法接受自己處在一種失衡的心境裡。這篇戲劇性不強，但描寫心理狀態不容易，我還滿喜歡這篇的。

二票討論〈房間〉

楊澤：這篇下手很重。剛剛〈平衡〉和〈迴轉〉，我覺得〈平衡〉比較有味道，〈迴轉〉就像蔡素芬說的，有一點僵硬。但兩篇對我來說都還不夠新奇好玩。〈房間〉這篇相對很灑狗血。對年輕人來講，立意去大肆鋪張描寫，一個長得很醜的肥仔，他的性苦悶、被女人玩弄，這簡直是甘冒庸俗。作者寫得有點太露骨、太黏在題材上，但自有一種挖掘人生某一面向層次的勇氣。我覺得，性對年輕人來說，既是禁忌也是人生摸索的重要關卡，這篇缺點不少，卻是勇氣驚人。

劉克襄：我同意楊澤的說法，剛開始選這篇的時候，我也是考慮這點。在想像這個男主角時，對不起，我想到的就是駱以軍（笑）。但到最後一段稍微弱了一點。

楊照：太刻板印象了。所有包括胖子跟女人和錢之間的關係，這都太理所當然了。

蔡素芬：我提兩點，他一開始就說自己是懦弱的豬，可是我看不出哪裡表現懦弱，他都在寫跟女朋友之間的關係。（**楊澤**：懦弱是指跟他女朋友在性的主導上。）所以是性的部分，可是除此之外，他還是沒有很明確的把平時懦弱的性格給寫清楚。另外就是，裡面不斷出現的廟跟紅光，這在小說裡代表什麼意思？

楊澤：那個廟清楚就是講女性生殖器官，我會把它解釋為，他在跟自己的潛意識、性的耽溺和執著在做掙扎，因為一整個泡在屬於年輕人的「酒色財氣」裡，我覺得那個世界是存在的，也是很令人不快的，他至少寫出了那種不快。

二票討論〈阿梅的故事〉

宇文正：這是一篇比較有跨度的小說，寫一個夢想完成之後，生命落入平常，而主角自己都不知道的，她已錯失了某種機遇。這篇整個結構是很完整的，而牽涉「命運」的題材總是特別吸引我。但這是我最錯亂的一次評審，前面看到許多支離破碎的作品，終於看到一篇比較完整的，立刻就選了它，它有些細節很好，但再回頭來看，坦白說，又會覺得沒有那麼大的魅力。這就是我一開始說的困擾，每次看，好像在意的點都會變動。

蔡素芬：它的題材並不新鮮，類似這種早期從大陸到香港，香港代表一種夢想和物質，這種故事很多。雖然題材不新鮮，但文字描述的能力是非常成熟的，裡面的形容詞、還有使用的文字很老練，包括寫香港那麼窄的巷子，看著一線天，她在那裡抽菸一隻腳就抵著對面的牆，都是很生動的景象。可是她對香港的嚮往、對於想要成為插畫家的追求，這些到了香港後都是失望的，但卻沒有寫出其中落差的部分，就只是造出了生活的情景。

楊照：我有一個比較強烈的意見，就是一個很主觀的態度和立場。我們不應該鼓勵年輕人寫這種小說，這真的太老式了，該混過去的地方都知道怎麼混過去，例如說：為了要對照讓插畫家的訪問出來，居然就一個段落把她先生給解決掉。

唐諾：我倒是想談一下文字，當然沒有要說服誰，只是我自己作為一個評審的方式。小說的文字畢竟跟所謂的美文的型態不太一樣，我喜歡的文字得具備細膩感和企圖心，常常是在於如何穿透表層，讓作品呈現出層次，純粹的描景很難打動我。我很難相信有單獨的美學這件事，所以我很難單用文字來看作品。這就有一個問題是它有難度高跟難度低的東西，難度低的是直寫，眼睛看到的；比較難的是怎麼去捕捉幽微的躲藏的東西，這個地方常會犯錯、失敗，但這種錯誤和失敗比較有意思。在我們評審過程中，對於文字的喜好和評價會有各種方式，所以這部小說我一點都不覺得它文字有什麼好，我自己是這樣看的，當然也沒有要說服任何人的意思。

駱以軍：它放在這一堆裡面，好像會形成一種陌生化，但過去這幾年我也在香港看到像麥兜，或是一些很左派的插畫家，很像在處理張愛玲〈桂花蒸阿小悲秋〉，有很硬功底的寫底層人在香港的生活。但他就是帶過去，這樣一個在香港底層的打工仔，不要有黑幫，只是一個打工的瑣碎和氣味、空間感，我看過很多年輕人寫得很好。如果選了這篇，只是因為相較其他篇在視覺上的落差，但其實它在這個系統裡寫得也沒那麼好。

一票討論〈蓬萊〉

駱以軍：這很明顯是一個大陸小孩寫的，就我來講如果這一篇能夠進到佳作，或是對台灣小孩的一個基本功的震撼吧。它很像美國小說，很多細節、道德傷害上的對立，很扎實的用寫實技術把整個恐怖的事件寫了下來。我也很意外投這篇的人沒我想像得多，我是因為它的基本功，它後面有一個共和國的家譜，包括閻連科、劉震宇。它的基本動作很扎實，不像我們比較多是現代主義個人人格的飄移、分裂，性的幽微，它就是一個很社會的群體、很左派的。最後的場景我也覺得很恐怖，他拿著磚頭，把那每一床的那些不清楚也不重要的名字都拍爛了。如果剛剛楊澤老師覺得〈房間〉的那個

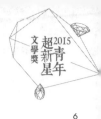

肥仔令人不舒服，我反而會覺得這裡的暴力是更令人不舒服的，以一個二十幾歲的人可以處理成這樣，已經很不錯了。

劉克襄：我會選擇是因為，相對於這幾篇台灣的作品都寫一些比較虛幻的，它有一個寫實傳統的完整性。

楊澤：剛剛駱以軍講得很好，台灣文青有一種力圖模擬西方現代派文學的「標準個體存在情境」，是文青們揮之不去的，我還是比較想鼓勵一下〈房間〉寫肥仔的那種勇氣，它比較從弱者的角度去訴說，雖然〈蓬萊〉這篇確實比較完整。

二票討論〈迴轉〉

楊照：就像剛剛〈平衡〉和〈迴轉〉，我就在猜這些票會分散。非常巧合的，這篇跟〈房間〉在題材和方式上也都很像，但我真的要說這兩篇都是很好的小說，不要因為偶然撞到，就懲罰他們。〈迴轉〉比〈平衡〉多了他哥哥那段，這部分我並不覺得牽強，因為有他哥哥這段，才使得他後面的選擇更加困難，他哥哥的陰影一直在，並且用一種浮在那裡的對話來呈現，這反而我會加分給他。這篇小說在整個鋪陳上，基本上是他處理自己要表達的題材中，相對完整的一個作品。

唐諾：像楊澤一直在強調的，這是年輕人的作品，我們要站在一個怎樣的標準去談這些缺點，當你下定決心要批評它，這話說出來都成立。我會比較考慮〈迴轉〉的是因為它稍稍有較大的企圖心，它的稠密度和立體感較好。短篇小說比較不容易寫出立體感，常都只在同一個思維平面上跑，其實〈公寓生活小記〉跟〈阿梅的故事〉都有這個問題。從這個角度來講，〈迴轉〉的深刻也在這裡，同時也代表可能犯錯的機會也會增加，我是這樣來看。我也同意楊照說的，正因為他哥哥是騎機車車禍，使得他覺得事情不能重複發生。我並不希望小說裡太有意設計一些道具，就像當年侯孝賢拍《南國，再見南國》，伊能靜的角色設計有時候太刻意了，而小說裡出現某一個一直在腦中盤旋不去的意象，在〈迴轉〉裡面我覺得他處理得還不錯，雖然不是零缺點。也剛好回應一下楊照，為什麼我剛剛選了〈迴轉〉而不是〈平衡〉。

駱以軍：我覺得〈平衡〉作者應該是一個很會放電的女生，她將來會寫很好的小說，她做的那個回彎，當然她們不是那麼確定的，這個婆總是最後會跑掉，可是她只要一回來，這種女生之間的撒嬌，她就拿她沒辦法，這個小回彎是很漂亮的，也是她的天分，但是她這個難度是可以一直複製的。而在〈迴轉〉裡面，這個難度是小說的難度，或者說這是小說的意識，所以同樣在處理上就會露出破綻，沒有掉到那個抒情性的小回彎，其實就是在處理嫉妒這件事。它有幾個畫面是很小說的，比如他打怪打到一半，沒發現室友走了進來，結果被室友從鏡子的反射裡發現他正對著電腦螢幕上的男體自慰。光是要建構出這個場景所花的力氣，就比〈平衡〉要來得費力。

二票討論〈快樂天堂〉

駱以軍：這篇在我的心情上，是拿來跟〈蓬萊〉做一個對比，現在大陸二十歲的青年已經可以寫一個小城鎮，搞這種貪腐，弄了養老院、磚廠，最後是這個看護工被剝削，這樣一個建構出整個社會事件的能力。剛剛聽幾位討論下來，我覺得這篇如果作為小說本身的靈光它是沒有的。所以這篇我可以放

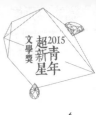

棄。

劉克襄：此篇大概是一九八〇年代，小說家林雙不的進化版，雖說刻板的內容，但晚近也很少讀到相似的作品。

三票討論〈等死〉

楊照：有些地方寫得很好，但最後有些語言的穿插是不對的。結局的部分，前面說「一度也曾沉迷於酒和性」，後來又說「可是，現在，死亡的大門究竟在哪裡？他彷彿看到了，他邁步前進，卻感覺都跨不到那道門檻。」「他越來越認不得掛鐘了——每一秒長得都一樣……」這太文藝腔，太大的落差了。這些的確寫得很好，但這麼大的落差我不得不扣分，怎麼會突然跑來這種感慨呢？就因為他前面寫那麼好，後面這個反差才是最讓我無法忍受的。

宇文正：這一篇、〈阿梅的故事〉，還有〈公寓生活小記〉，都是非常老練的作品。這篇文字又更有魅力，我尤其喜歡其中的荒謬感。但整個故事題材，還是覺得太老套，不是我的首選。

唐諾：這次所有的小說，每個人也都同意並沒有很新鮮特別的，該不該有這個奢望呢？我不知道，每個人都有對現在文學處境的判斷，簡單講，三十九篇的作品，我們都可以說它老套。在場的各位，小說應該都看得夠多，這三十九篇不管是段落、處理的主題，大概都不會溢出各位閱讀的範疇之外。我覺得這篇有耐心、有層次，以少年去寫老人的各種猜測，我以為得分的部分遠高於失分的部分，說明這一趟書寫是有意義的，尤其對書寫者自己。楊照是很敏銳的，最後的確讓人感覺到那個年輕作者衝了出來，之前都忍了這麼久了。儘管那個句子在年輕時書寫會覺得某種程度是漂亮的、深刻的，但當一個小說成立之後，深刻的程度會遠遠超過那樣的描述。這個書寫基本上走在對的路上，繼續寫下去，慢慢會更對更好。

駱以軍：這篇跟剛剛那篇〈房間〉寫肥仔性變態的，我自己情感上的差別。我在二十幾歲時，包括我、林燿德，在九〇年代末，都非常會抓這種暴力式的，甚至他的官能就是從電影裡的暴力去得來的。但〈等死〉這篇，我會想到一套日本內向世代的小說選，裡面有一本就是在講箱裡的造景，講一家人全部在亂倫。所以我很擔心這篇會不會只是進入一個青少年的性幻想，但也不是。從八〇年代我們看森田芳光《家族遊戲》，甚至王文興的《家變》，家這件事情的瓦解，對於書寫者都是操練的過程。很明顯當以為他要開始寫A片、開始寫變態的時候，他又拉回來，會發現他不是寫爽的。寫一個很怪異的、惹人不快、孤單酸臭的老人，一整組人的關係的基本功要強過〈房間〉那篇。這篇看題目會以為很老套的在寫衰老，但裡面一直翻開的東西都是很怪異的。

蔡素芬：這一篇我之前看過，第一次看感受到文字非常好，很精緻；這次再看我就沒給那麼高的分，他把一個七十歲老人的人生簡化到性、酒跟亂倫，包括他看著自己的孫女也覺得是一個很隨便的女孩子。當一個人到了七十歲，你去記錄他的等死過程，他的人生有簡化到這樣嗎？以它承載的厚度來說，我就沒選它了。

劉克襄：我同意素芬說的，它的情境的描述，過於偏重在性跟酒，太過於狹窄。

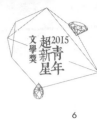

三票討論〈等她醒來〉

楊照：我沒想到這篇有這麼多人投，我可以放棄。

楊澤：我也可以放棄。

駱以軍：我也可以放棄。

四票討論〈偉士牌少年大笑事件〉

宇文正：小說裡那個發光大樓的象徵就是一種內在心理的投射，整篇看起來像是很日常的記事，但其中那種迷迷茫茫不可尋的未來，很迷人。這篇是小知青還存在著對於理想的一種隱約召喚的小說，裡頭表現了主角的閱讀、思考，以及對愛情的嚮往，是比較貼近去寫這個年紀的心智、迷惘還有夢想和生活的作品。我覺得這篇是裡頭最真誠的一篇。

唐諾：我不會用真誠這個字，因為他太熟稔這一代的集體聲音，而不是個人的。他中間有一個麥田捕手式的核心，我不會用真誠的原因，是因為作者太有把握太有自信了，好像筆走到哪裡就灑到哪裡，我很希望他更認真的、用更困難的方式去處理一篇東西，而不是這麼舉重若輕，表現的成分遠多於思索選擇的成分。這應該是會繼續寫下去、也可以期待的寫手，文字非常流利，也很有自信，但我覺得他可以把想寫的東西再寫得更進去一點。

蔡素芬：他的文字滿有個人風格，有一種冷冷的幽默，滿迷人的。裡面談到那座代表年輕人理想的發光的大樓，就是個海市蜃樓，大家對未來還是不敢肯定的，表現一種年輕人對自己現況的思考。

駱以軍：我滿喜歡這篇，因為來看這樣二十幾歲的年輕人創作，看他把一個篇幅打開，很多人一打開來，你會感覺到他已經收了，就好像各位會看到各種拳譜或棋譜，沒有意外性。但他又是一個二十幾歲的大學文學獎，會希望他在某些技術上認真、扎實。有一種類型的作者，我想到一本德國的年輕小說家尤荻特・赫爾曼的《夏之屋，再說吧》，寫一群無所事事的廢材年輕人，整天像鬼魂，會覺得像是公路電影。同樣都有騎摩托車，剛剛〈迴轉〉和〈平衡〉都有在騎車的過程中處理到一點婉轉的被傷害的角色，這篇也有騎摩托車，我覺得在這裡的每一個動作，眼球在閱讀上都會有變化，造成瞳孔收縮。他也有相當的技術可以把那個發光大樓寫得很美，接著他的摩托車又沒頭沒尾看到一對很正的美女，又去到咖啡屋，中途還去修車行修車，跟老闆的對話也很可愛，最後他們站在油桶上混。這是一個非常聰明的孩子，他不會說要寫像剛剛〈平衡〉或是〈迴轉〉那種衝突，完全沒有，人和人之間也沒有任何定著。我覺得他有抓到一種，我們時代已經不在了，但在他們的時代還有的一種浪費、漂流吧。

楊澤：這篇我也喜歡，但有鑑於它和上一屆的第二名作品，實在長得太像，因此一開始沒選。

所有得票作品討論完畢後，第二次投票以給分方式進行，從以上二十篇作品中，每人再挑出五篇，第一名給五分，第二名給四分，第三名給三分，第四名給兩分，第五名給一分，結果如下——

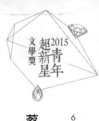

第二輪投票

〈變革〉：一分（楊澤1）

〈一支令人幸福的吹風機〉：二十三分（宇文正2、唐諾2、楊照4、楊澤5、蔡素芬1、劉克襄5、駱以軍4）

〈等死〉：十五分（宇文正4、唐諾4、楊照2、蔡素芬2、駱以軍3）

〈浴缸哲學〉：四分（蔡素芬4）

〈平衡〉：十分（宇文正3、唐諾1、楊照3、蔡素芬3）

〈房間〉：五分（楊澤3、劉克襄2）

〈偉士牌少年大笑事件〉：二十六分（宇文正5、唐諾3、楊澤4、蔡素芬5、劉克襄4、駱以軍5）

〈蓬萊〉：五分（宇文正1、楊澤2、駱以軍2）

〈迴轉〉：十四分（唐諾5、楊照5、劉克襄3、駱以軍1）

〈離家出走〉：二分（楊照1、劉克襄1）

最後，評審決議合計最高分者〈偉士牌少年大笑事件〉為首獎，第二至第五名分數多者：〈一支令人幸福的吹風機〉、〈等死〉、〈迴轉〉、〈平衡〉並列優等。會議結束。

INK PUBLISHING 2015青年超新星文學獎作品集

作　　者　李牧耘、張子慧、黃聖鈞、王靖文、朱容瑩、李嫚珊、姚怡妁
陳昱霖、宋艾玲、沈昀蒨、許立葳、蘇奕儒、杜芳妮、鍾孟芸
莊斐丞、江元宏、劉詩宇、褚盈均、高文君、賴怡臻、夏穎翀
曾于珊、傅俊璋、蕭家凡、林雨諄、余其芬、盧一涵、林雨承
安卓一傑、董宛君、施孟竹、廖家翊、李萱瑜、黃騰葳、林晏溶
童育園、李子儀、李鴻駿、蕭翠瑩
總 編 輯　初安民
責任編輯　鄭嫦娥
美術編輯　陳淑美
校　　對　呂佳眞　鄭嫦娥

發 行 人　張書銘
出　　版　INK印刻文學生活雜誌出版有限公司
新北市中和區建一路249號8樓
電話：02-22281626
傳眞：02-22281598
e-mail：ink.book@msa.hinet.net
網　　址　舒讀網 http：//www.sudu.cc

法律顧問　巨鼎博發法律事務所
施竣中律師
總 代 理　成陽出版股份有限公司
電話：03-3589000（代表號）
傳眞：03-3556521
郵政劃撥　19000691　成陽出版股份有限公司
印　　刷　海王印刷事業股份有限公司

港澳總經銷　泛華發行代理有限公司
地　　址　香港新界將軍澳工業邨駿昌街7號2樓
電　　話　(852) 2798 2220
傳　　眞　(852) 2796 5471
網　　址　www.gccd.com.hk

出版日期　2015年11月　初版
ISBN　978-986-387-070-8

定　價　550元

國家圖書館出版品預行編目資料

青年超新星文學獎作品集. 2015 / 李牧耘
等作. -- 新北市：INK印刻文學, 2015.11
624面；17×23公分
ISBN 978-986-387-070-8（平裝）
857.61　　104024369